ERIC VAN LUSTBADER

SHAN

禅

ERIC VAN LUSTBADER

SHAN

禅

ROMAN

Deutsche Erstausgabe

WILHELM HEYNE VERLAG
MÜNCHEN

HEYNE ALLGEMEINE REIHE
Nr. 01/7501

Titel der amerikanischen Originalausgabe
SHAN
Deutsche Übersetzung von Ralf Sandhagen

Printed in Germany 1987
Umschlaggestaltung: Atelier Ingrid Schütz, München
Gesamtherstellung: Ebner Ulm

ISBN 3-453-00352-7

Für meinen Vater,
in Liebe und Achtung

Ein besonderer Dank an Kate Bush
für die viele Mühe

Kudakutemo
kudakutemo
ari mizu-no tsuki

Sein Bild mag sich brechen
und wieder brechen – er ist immer noch da:
der Mond auf dem Wasser

CHOSU

Den Ruhm oder das Selbst,
was liebt man mehr?
Der Verlust des Selbst oder großer Besitz,
was ist das größere Unglück?

LAOTSE

VORBEMERKUNG

Der Buddhismus benutzt das Wort *kalpa* aus dem Sanskrit in verschiedenen Bedeutungsvarianten. Zum einen wird damit eine fast nicht mehr meßbare Zeitspanne bezeichnet, zum anderen ist es auch das Wort für die Spanne zwischen der Erschaffung der Welt und ihrer künftigen Wiedererschaffung. Jedes große *kalpa* teilt sich in vier Teile. Wie auch mein Roman *Shan*.

Wer meinen Roman *Jian* kennt, wird sich daran erinnern, daß sich das *kalpa* aus dem Sanskrit im chinesischen *ka* wiederfindet. Die Meister des *wei gi*, des altüberlieferten Strategiespiels, das Jake, Shi Zilin und Daniella Vorkuta im *Shan* spielen, beschreiben mit dem Wort jenen toten Punkt, an dem die miteinander im Kampf liegenden Kräfte sich gegenseitig in Schach halten.

Jedoch weiß man unter *wei gi*-Meistern, daß ein Jian – ein Großmeister des *wei gi* – sogar noch eine Strategie finden kann, die das *ka* bricht. Das ist *Shan*, der Berg.

Nach der offiziellen Geschichtsschreibung hat es eine Geheimdienstorganisation mit dem Namen *Pyramide* (von Präsident John F. Kennedy ins Leben gerufen) nie gegeben. Wie es auch im Sommer 1945 im Stab von Major General Patrick J. Hurley, dem amerikanischen Botschafter in China, keinen Mitarbeiter namens Ross Davies gegeben hat. Aber es hätte ihn geben können. Und vielleicht hat es ihn ja auch gegeben.

Erster Teil

SAMVARTA

Zerstörung

»Du mußt wirklich so viele Leben wie ein Romanheld haben, Jake«, sagte Rodger Donovan, ohne sich umzudrehen. Obwohl die Situation alles andere als aussichtsreich für ihn war, wirkte er ruhig. »Aber ich habe immer gewußt, daß es uns nicht gelingen wird, dich zu töten.«

»Was dich nicht daran gehindert hat, es wenigstens zu versuchen.«

Der Ton der Antwort ließ Donovan zusammenzucken. »Natürlich nicht. Oder hast du uns etwa für Amateure gehalten?«

»Schluß jetzt«, erwiderte Jake. »Bring mich zu Wunderman.«

»Ach ja, Wunderman. Wahrscheinlich wird er als erstes von dir wissen wollen, wie es dir gelungen ist, unsere Sicherheitsvorkehrungen zu umgehen.«

»Da werd' ich ihn enttäuschen müssen. Und jetzt vorwärts.«

Wie in einem Traum kam Jake Maroc in Hongkong die Erinnerung an eine andere Zeit, einen anderen Ort. An einen Tag, der neun Monate zurücklag, einen Regentag. Er war nach Washington geflogen, nachdem er stundenlang, gemeinsam mit Bliss, einen Stapel Papiere entschlüsselt hatte; Papiere, die so vielen das Leben gekostet hatten, auch David Oh, Jakes bestem Freund. Die Blätter ließen keinen Zweifel daran, daß Henry Wunderman – inzwischen Direktor der *Pyramide*, des Geheimdienstes, für den auch Jake gearbeitet hatte – ein Doppelagent im Dienst von Daniella Vorkuta vom KGB war. Sein Deckname war *Schimäre*.

Und ebenso eindeutig bewiesen die Papiere, daß die Vorkuta, sie hatte den Rang eines Generals, und Schimäre auch den Mord an Anton Beridien geplant hatten; er war vor wenigen Wochen einem Anschlag zum Opfer gefallen. Beridien hatte die *Pyramide* gegründet und war ihr erster Direktor gewesen.

Am Dulles International Airport von Washington nahm Jake sich einen Wagen und fuhr hinaus nach Great Falls, wo, eingebettet in das Smaragdgrün der sanften Hügel, Greystoke lag: ein Herrschaftshaus aus dem 19. Jahrhundert, die Machtzentrale des neuen Direktors der *Pyramide*. Wunderman hatte hier eine ganze Reihe neuer Sicherungsmaßnahmen getroffen, und das aus gutem Grund. Schließlich hatte er das Gerücht in Umlauf gebracht, daß Jake den Mord an Anton Beridien begangen hätte, weil der ihn aus der *Pyramide* verstoßen habe.

Jake hatte einen Traum: Eines Tages würde er seinem Vater gegenübertreten und ihn für immer niederstrecken.

Natürlich war Henry Wunderman nicht Jake Marocs leiblicher Vater. Aber während Jake sich in der Erinnerung wieder durch das hohe Gras hinter der östlichen Begrenzung von Greystoke vorwärtsschob, sah er sich gleichzeitig durch die müllübersäten Seitenstraßen Hongkongs streifen, ein ungestümer junger Mann, der seine Eltern verloren hatte, getrieben von blindem Zorn, der ihn wie eine körperliche Mißbildung quälte.

Henry Wunderman hatte das alles mit einem Schlag verändert. Er war nach Hongkong gekommen, um Jake für die *Pyramide* anzuwerben. Henry Wunderman hatte Jakes Leben wieder einen Sinn gegeben, sein Vertrauen in den jungen Mann hatte Jake vor einer leeren Zukunft, vielleicht sogar vor der Selbstzerstörung bewahrt. Er war Jakes geistiger Vater.

Und jetzt war Jake gezwungen, ihn zu vernichten.

Um das zu können, brauchte er *ba-mahk*. Wörtlich genommen bedeutete *ba-mahk* ›den Puls fühlen‹. Es beschrieb einen Zustand geistiger Konzentration und Bereitschaft, der es ermöglichte, die Energiequellen der Umgebung, in der man sich bewegte, zu ›fühlen‹. So konnte man durch *ba-mahk* vieles entdecken, was den normalen fünf Sinnen verborgen blieb. Selbst die Strategien des Gegners eröffneten sich einem, und so konnte man ihnen schon im ersten Moment ihrer Anwendung begegnen.

Jetzt, an der östlichen Begrenzung der geheimen Fallen und Hinterhalte, die sich Henry Wunderman zu seiner Sicherheit hatte einfallen lassen, benutzte Jake *ba-mahk*. Er setzte sich und öffnete sein Bewußtsein dem *ba-mahk*. Für ihn war das jedesmal so, als würde er eine vollkommen andere Welt betreten. Hier war er befreit von allen Gedanken, die einer materiellen Vernunft gehorchten. Er war fast nur noch von seinem Geist bestimmt oder, wie die Chinesen sagen würden, von seinem *gi*. So nannten sie jene innere Kraft, die, nach ihrer Überzeugung, jedes Lebewesen besaß. *qi* war, letzten Endes, das Leben selbst. Ohne *gi* konnte ein Mann keine Stärke und keine inneren Reserven besitzen; ohne *gi* konnte er nicht in Einklang mit sich selbst oder seinem Leben sein.

In der Welt des *ba-mahk* wuchs Jakes *qi*, seine geistige Wahrnehmungskraft. Wie sich Wellen auf einem See ausbreiten, in den ein Stein geworfen wurde, dehnte sich sein *gi* nach allen Seiten und entdeckte ihm als erstes die Infrarot-Lichtschranken, die, unkenntlich für das Auge, wie Halme in das Gras gepflanzt waren, und dann die Ultrasonare, die wie braungefleckte Pilzkolonien unter den Bäumen saßen und jede noch so leise Erschütterung des Bodens in ihrer Nähe meldeten.

Ba-mahk zeigte ihm die äußeren Sicherungen von Greystoke. Er umging sie und stieg über sie hinweg, so daß die Elektronik so machtlos gegen ihn war wie gegen den Wind.

Innerhalb des zweiten Sicherungsringes blieb Jake stehen, um sich erneut auf *ba-mahk* zu konzentrieren. Es war ein äußerst angenehmes Gefühl, als würde man in eine vollkommen eigene Welt zurückkehren, in der der Pulsschlag des Kosmos noch zu spüren war, wo man ihn mit Bedacht abwägen und in sich aufnehmen konnte. Jake war sich bewußt, wie sehr er dieses Gefühl genoß und wie groß seine Abhängigkeit von *ba-mahk* war. Es war seine entscheidende Waffe. Mit ihr hatte er seine Siege für die *Pyramide* errungen. Und danach für sich selbst und für seinen Vater. Für seinen richtigen Vater, Shi Zilin.

Es war *ba-mahk*, das ihn zu etwas Besonderem machte, und Jake wußte das. Es war *ba-mahk*, das ihn die Gefahren dieses Lebens, das er sich erwählt hatte, bestehen ließ. Ohne diese besondere Kraft hätte er Greystoke niemals angreifen und jetzt, ruhig wie ein alter Mann, inmitten seines Sicherungsnetzes sitzen können.

Als nächstes kamen die Hunde. Dobermänner, die darauf abgerichtet waren, Menschen zu riechen und zu stellen. *Ba-mahk* entdeckte sie für Jake, und so machte es ihm keine Mühe, seinen Weg so zu wählen, daß der Wind seinen Geruch nicht zu ihnen tragen konnte.

Ba-mahk verriet ihm jedoch nie, wie viele Sicherungsringe noch vor ihm lagen. Die Zahl war auch ohne jede Bedeutung. Sein Eindringen in den Bannkreis von Greystoke war viel eher einer Partie *wei gi* vergleichbar, einem alten strategischen Brettspiel der Chinesen. Es wäre auch vollkommen sinnlos gewesen, sich eine Sicherheitsmaßnahme nach der anderen vorzunehmen, denn oft waren die Schutzvorkehrungen derart miteinander verknüpft, daß die Beseitigung einer einzelnen bei der nächsten das Alarmsignal ausgelöst hätte. *Ba-mahk* ließ Jake mehrere dieser Sicherungsringe auf einmal ›fühlen‹.

Und so gelang es Jake schließlich bis zu Rodger Donovan vorzudringen, dem Wunderkind und der Nummer zwei der *Pyramide*, der auf der Auffahrt neben Greystokes berühmten Rosengarten an seiner 63er Corvette herumbastelte.

Es war Donovan, der Jake in das Haus führte und in das Allerheiligste des Direktors. Wo er endlich Wunderman selbst von Angesicht zu Angesicht gegenüberstand.

Der verlorene Sohn war zurückgekehrt, um sich dem Zorn des Vaters zu stellen. Das Ereignis drängte den mythischen Vergleich geradezu auf. Eigentlich hätten Donner schlagen und Blitze zucken müssen. Statt dessen war der Himmel von bleierner Düsternis, und zu hören war lediglich das unablässige Summen der Bienen, die zwei Stockwerke tiefer gierig den goldenen Staub aus den Rosen sammelten.

In dem Raum hing ein schwerer Blütenduft. Und genau diese Erinnerung beschwor das Ende von Jakes Tagtraum herauf. Denn der Kampf mit Henry Wunderman, dem Rodger Donovan mit sphinxhaftem Blick zusah, war unauslöschlich mit diesem schweren Geruch verbunden.

Wunderman hatte seine Pistole gezogen. Und wenn es mit rechten Dingen zugegangen wäre, hätte er Jake, der keine zwei Meter entfernt vor ihm stand, tödlich treffen müssen. Aber *ba-mahk* hatte Jake ahnen lassen, was Wunderman vorhatte, noch bevor dessen Hand nach der Waffe gegriffen hatte. Und so blieb Jake ein Sekundenbruchteil – der entscheidende Sekundenbruchteil –, in dem er sich seinem Gegner entgegenwerfen konnte und die Kugel ins Leere traf.

Die Würfel waren unwiderruflich gefallen. In den Duft der Rosenblüten mischte sich der Geruch des Todes, in das dröhnende Gesumme der Bienen die dumpfen Geräusche ihres Kampfes.

Wie viele Mythen mochte es geben, aus welchen Kulturen oder Zeiten auch immer, die von dem verlorenen Sohn erzählen, der zurückkehrte, um seinen Vater zu töten? Erfüllt von glühendem Zorn trat Jake erneut in die Welt des *ba-mahk* ein, um Wundermans Verteidigung durchbrechen zu können. Als er die tödlichen Leberschläge einsetzte, waren seine Gedanken bei David Oh, bei Mariana, seiner Frau, bei seinem Halbbruder Nichiren. Schimäre war für ihren Tod direkt oder indirekt verantwortlich gewesen.

Geschützt von *ba-mahk* vor dem Gedanken an das Schreckliche, was er zu tun hatte, waren Jakes Kopf, seine Hände und sein Herz zu Dienern des Todes geworden. Die gleißende Flamme seiner Rache ließ alle Sterne am Himmel verlöschen.

Und jetzt, nur einen Herzschlag später, war alles ganz anders. Statt der Genugtuung der Rache blieb nur der abstoßende, unwiderrufliche Tod. Das und das Gefühl der Schuld und der Schmerz waren zuviel, viel zuviel, und für immer verbunden mit dem Duft von Rosen, mächtig wie eine Springflut.

WINTER – FRÜHLING

Gegenwart

Hongkong/Beijing/Washington/Moskau

Jake und Bliss waren unten in der *Höhle*. Die Nacht dämpfte alle Geräusche, als würde über allem ein wattiger Nebel liegen. Sie waren so nahe am Hafen, daß sie den regelmäßigen Wellenschlag gegen die Kaianlagen hören konnten. Und von Zeit zu Zeit drang auch der quietschende Schrei einer Ratte durch die Wände aus Lehm und verrottenden Holzbalken.

Doch das alles wurde übertönt vom Lärm der Spieler. Denn dazu war die *Höhle*, dieses Gewirr unterirdischer Kammern, die durch niedrige Gänge miteinander verbunden waren, gedacht: zum Glücksspiel. Das einzig legale Glücksspiel in Hongkong waren die Pferdewetten auf dem Turf von Happy Valley. Aber die Chinesen waren nun einmal besessene Spieler.

Es war stockfinster in der *Höhle*, weshalb Jake den Ort auch nicht besonders schätzte. Aber ein anderer Treffpunkt war nicht akzeptiert worden.

»Wie gut kennst du diesen Mann eigentlich?« fragte Bliss.

Jake starrte sie nachdenklich an. »Er gehört zu dem halben Dutzend Leute, denen ich in den letzten sechs Monaten wie ein Verrückter hinterhergelaufen bin.« Dann ging er auf ihren Ton ein. »Ich vertraue ihm.«

Bliss lief ein Schauer über den Rücken. »Mir gefällt es hier unten überhaupt nicht.« Womit sie nur Jakes eigene Gedanken aussprach.

»Er muß seine Gründe dafür gehabt haben, daß er uns ausgerechnet hier treffen wollte«, erwiderte Jake.

Bliss ließ ihren Blick umherwandern. »Hier kann man leicht in eine Falle geraten.«

»Und ebenso leicht aus einer verschwinden«, sagte Jake. »Du mußt dir keine Sorgen machen.«

Sie versuchte ein Lächeln. »Das sind nur die Nerven.« Er konnte jetzt ihren wunderschönen Nackenbogen sehen. »Ich hasse das Gefühl, unter der Erde gefangen zu sein.«

»Ich habe es dir immer wieder angeboten – du hättest zu Haus bleiben können.«

»Nicht nach dem, was dein Kontaktmann angedeutet hat.« Sie drehte sich herum, und auf ihre Stimme schien sich ein Schatten zu legen. »Jake, glaubst du wirklich, daß dieser Mann so enge Verbindungen zu dem Spion hat, der in unseren inneren Kreis eingedrungen ist?«

Jake beobachtete den niedrigen Tunneleingang. Irgend etwas hatte sich dort bewegt. »Es ist, wie ich dir gesagt habe.« Nur das Klickklack der elfenbeinfarbenen Mah-Jongg-Steine war zu hören. »Ich habe ihn selbst überprüft.« Das Licht der nackten Glühbirne färbte den Zigarettenrauch, der schwer wie ein Nebelfeld im Raum hing, blau. »Wie ich es mit allen meinen Spitzeln mache.« Die Fetzen kantonesischen Dialekts wurden lauter, je höher die Einsätze stiegen. »Ich vertraue ihm.« Schatten und Licht gerieten in Bewegung. »Sonst wäre ich nicht hier unten.«

Bliss warf den Kopf herum. Jake konnte die Anspannung fühlen, die ihren Körper gepackt hatte. »Ist er das?«

Ein schlanker Chinese mit glattem, zurückgekämmtem Haar hatte den Raum betreten. Eigentlich war er zu jung für das Treiben hier unten. Die *Höhle* war für gewöhnlich die Domäne der alten Männer, die sich noch an jene Zeiten erinnern konnten, als Schmuggler die Kammern und Tunnels benutzten. »Nein«, antwortete Jake. Der schlanke Chinese war bei den Mah-Jongg-Spielern stehengeblieben. Als er sich auch noch in ihr Gespräch einmischte, wandte Jake sich ab.

»Dein Kontaktmann verspätet sich«, sagte Bliss.

»Aber er wird kommen.«

»Es gab doch auch noch andere Spuren«, beharrte Bliss.

»Die alle zu nichts geführt haben«, antwortete Jake. Er starrte über den Spieltisch hinweg. »Meine Leute sind alle sehr weit gekommen, und dann war es jedesmal so, als würde plötzlich eine Tür vor ihrem Gesicht zugeschlagen.«

»Vielleicht wäre es besser, einen anderen Weg zu wählen.«

Jake dachte darüber nach. Bliss war eine kluge Frau, nicht zuletzt deshalb liebte er sie. Vielleicht hatte sie recht. Vielleicht sollte er...

Jake machte einen Schritt auf die Spieler zu. »Er ist da.«

Als er in das fahle Licht der Glühbirne trat, erkannte der untersetzte Chinese mit dem schmalen Oberlippenbart ihn. Er gab Jake ein Zeichen, daß er stehenbleiben solle. Die Unruhe an dem Mah-Jongg-Tisch wuchs, je näher das Spiel seinem Ende kam.

Der Kontaktmann schob sich an den heftig gestikulierenden Männern vorbei. Seine Bewegungen waren schnell und zielbewußt. Dann schien er plötzlich zu stolpern, und mit einem Schrei stürzte er mitten zwischen die Spieler. Der alte Holztisch brach unter dem Gewicht des Mannes zusammen, die Spielsteine fielen zu Boden, und die alten Männer sprangen mit wütendem Protestgeschrei von ihren Plätzen hoch.

Dann sah Jake den schlanken Chinesen mit dem zurückgekämmten Haar; er flüchtete in den Tunnel hinein, aus dem der Kontaktmann gerade erst herausgetreten war.

Mit einem Sprung war Jake zwischen den alten Männern und ihrem ruinierten Spiel. Als er sich über den untersetzten Chinesen beugte und ihn herumdrehte, hetzte Bliss an ihm vorbei. Überall war Blut. Jake sah das Messer und dachte, er hat das Herz getroffen; er ist ein Profi – und zwar ein guter.

Die Augen des untersetzten Mannes waren wie ausgelöscht; kein erkennender Blick, nicht einmal mehr ein Funkeln war in ihnen zu finden. Im Bruchteil einer Sekunde hatte der Tod das Leben besiegt.

Ohne noch weiter auf das Geschrei der Spieler zu achten, jagte Jake dem Mörder und Bliss hinterher. Ich hätte ihn im Auge behalten müssen, ging es ihm durch den Kopf. Ich hätte es wissen müssen. Warum hat mich *ba-mahk* nicht gewarnt?

Statt dessen war Bliss durch seine Schuld in tödliche Gefahr geraten.

Hinter der nächsten Tunnelbiegung konnte sie den Chinesen mit dem glatten Haar wieder sehen. Süßliche Opiumwolken überlagerten in dem niedrigen Gang fast alle anderen stechenden Gerüche, die schweißigen Ausdünstungen fiebernder Spieler, die feucht in der Luft hingen.

Vorbei an einer Gruppe alter dünner Männer, die Fan-Tan spielten. Fluchend sahen sie ihr hinterher: Was hatte eine Frau in der *Höhle* zu suchen? Geh zurück in deine Küche, Shrimps putzen, und stör die Alten nicht bei ihren wichtigen Geschäften!

Sie überhörte die Verwünschungen, wie sie es ihr ganzes Leben lang getan hatte. Sie hatte den Mann mit dem glatten Haar links in einer Tunnelabzweigung verschwinden sehen, stieß ein paar opiumberauschte Spieler beiseite und stürzte ihm hinterher.

Der Chinese erwartete sie. Sein gebeugter Arm streckte sich wie eine Stahlfeder, und im nächsten Moment fühlte Bliss einen stechenden Schmerz im Rückgrat und in ihrem Nacken. Ihre Beine gaben nach, und keuchend stürzte sie auf den Lehmboden.

Halb betäubt wurde sie in eine enge, übelriechende Kammer gezogen. Das leise Gemurmel von Opiumsüchtigen drang von allen Seiten unablässig auf sie ein. In der Finsternis konnte sie kaum die Schatten der Männer ausmachen. Da und dort brannten kleine Feuer; und in den Köpfen der langen Pfeifen verglommen Tränen des klebrigen Saftes der Mohnkapseln.

Sie spürte seine Gegenwart wie einen Hitzeschild über sich. Und sie ahnte, daß er sie ebenso schnell und gnadenlos töten würde wie Jakes Kontaktmann.

Als er sich über ihr aufrichtete, wußte sie, was sie zu tun hatte. Sie hörte noch die Stimmen der alten Spieler: Was hatte eine Frau in der *Höhle* zu suchen? Dieser Kerl hier war bestimmt nicht besser, und das würde sie zu ihrer Waffe gegen ihn machen.

Jetzt konnte sie seinen keuchenden Atem hören, der sich deutlich abhob von den langsamen, tiefen Atemzügen der Süchtigen, zwischen denen sie lag.

Bliss streckte einen Arm aus, legte die Hand in seinen Nacken und zog ihn zu sich herunter. Strahlen von gelbem Licht spiegelten sich in seinen Augen. Sie konnte seine Erregung geradezu riechen. Manche Menschen empfanden wahre Lust beim Töten, hatte sie gehört.

Sie brauchte Zeit: um Kraft zu sammeln und zur Vorbereitung ihrer Gegenstrategie. Bliss öffnete ihre Beine und stieß dem Fremden ihre Brüste entgegen. Und während der ganzen Zeit wanderte ihre Hand in seinem Nacken vorsichtig weiter. Jetzt lag ihre Daumenspitze auf seiner rechten Nackenseite. Sie mußte vorsichtig sein, damit er nicht vorzeitig gewarnt war.

Bliss wußte, daß sie nur eine einzige Chance haben würde. Mißlang ihr Plan, würde er sie töten. Daran hatte sie nicht den geringsten Zweifel.

Also konzentrierte sie sich auf ihr Angriffsziel. *Carotid.* Immer noch zögerte sie. Alles hing jetzt von dem Bruchteil einer Sekunde ab. Verpaßte sie ihn, wartete der Tod auf sie.

Sie fühlte den Mann auf ihrem weichen Körper und hatte genug von ihm. Noch einmal sammelte sie alle ihr verbliebenen Kräfte und konzentrierte ihr *Qi* auf den einen Punkt seines Körpers. *Carotid.*

Dann öffnete sie die Lippen, stieß einen Schrei aus, wie Jake es sie gelehrt hatte, und preßte ihren Daumen in den Nacken des Chinesen.

Der Effekt ihres Angriffs war erstaunlich. Der Mann zuckte und wand sich wie ein Fisch am Haken. Seine Augen flogen auf, ihr Weiß war überdeutlich zu sehen, und aus seinen Wangen wich die Farbe.

Nur noch von seinem Instinkt getrieben, reagierte er auf ihre Attacke. Blind schlug er zu. Seine Fäuste waren hart wie Eisen. Sie trafen Bliss, und der Schmerz trieb ihr Tränen in die Augen.

Benommen, aber mit einem Grinsen im Gesicht, schlug der Mann erneut zu. Er lachte. Offensichtlich genoß er diesen Kampf. Und wahrscheinlich war er auch noch genauso erregt wie am Anfang.

Bliss ließ seinen Nacken los und traf mit einem gezielten Handkantenschlag seinen Brustkorb. Die zwei untersten Rippen brachen mit einem dumpfen Schnappen.

Jake, der Bliss' Schrei gehört hatte, stürzte in die linke Tunnelabzweigung hinein und hetzte, an tanzenden Schatten vorbei, den fast leeren Gang hinunter. Im Augenwinkel nahm er plötzlich Kampfbewegungen wahr, und mit einem Sprung stand er in der Opiumhöhle.

Seine Hände gruben sich in das glatte Haar des Chinesen und rissen ihn nach hinten. In diesem Moment sah Bliss, die Jake noch gar nicht bemerkt hatte, ihre letzte Chance gekommen und stieß dem Chinesen ihre gestreckte Hand in den Unterleib. Ihre Finger waren dabei, wie Jake es sie gelehrt hatte, hart wie Stahlstäbe. Der Schlag kam so schnell, daß die Bewegung kaum wahrnehmbar war.

»Nein!« schrie Jake, der den tödlichen Schlag im Ansatz erkannte, aber es war zu spät. Sie hatte um ihr Leben gekämpft, und ihr Körper war so ausschließlich darauf konzentriert, seine letzte Überlebenschance zu wahren, daß er auf irgendwelche äußeren Signale nicht mehr reagierte.

Blut und Galle spuckend starb der Chinese. Jake half Bliss vom Boden auf und schloß sie in die Arme. Dann küßte er sie. »Alles in Ordnung?«

»Jake.« Sie drückte ihren Kopf gegen seine Brust.

»Tapferes Mädchen«, sagte er leise und brachte sie zurück ans Licht.

Sie waren in ihrem Apartment. Bliss saß, einen Scotch in der Hand, auf dem Bett. Jake Maroc lag ausgestreckt an ihrer Seite.

»Ich habe alles verdorben«, sagte sie leise.

»Er wollte dich töten«, widersprach Jake ihr. »Also hast du getan, was du tun mußtest. Du hattest keine andere Wahl.«

»Aber wenn ich ihn nur kampfunfähig gemacht hätte, hätten wir ihn jetzt ausfragen können.« Sie hatte das Whiskyglas schon an den Lippen. »Vielleicht hätten wir sogar herausgefunden, wer der Spion ist.«

»Er war ein Profi, Bliss. Wahrscheinlich hätten wir nicht einen Ton aus ihm herausbekommen. Ich bin froh, daß wir beide mit heiler Haut davongekommen sind.«

Nicht weit entfernt rollte die Brandung der Repulse Bay an den Strand, aber ihr Apartment lag zu hoch, als daß sie das Schreien der Möwen hätten hören können.

»Wieder sind wir keinen Schritt weitergekommen«, sagte Bliss und trank von ihrem Scotch. Sie hatte ein langes, heißes Bad genommen, und dann hatten sie und Jake sich geliebt. Das war es gewesen, was sie am meisten gewollt hatte.

Jake starrte aus dem Fenster. »Wahrscheinlich wartet mein Vater schon seit Stunden auf eine Nachricht.«

Bliss sah ihn aus großen, dunklen Augen prüfend an. Und nach einiger Zeit rückte sie, als sei sie zu einem Entschluß gekommen, näher an ihn heran. »Ich glaube, du willst mich nicht verstehen, Jake. Ich gehöre zum *Yuhn-hyun*, zum inneren Kreis. Ich bin ein Teil von dir. Aber wenn ich dir keine Hilfe bin...«

Jake wandte sich mit einem Lächeln zu ihr und griff nach ihrer Hand. »Was wäre ich denn ohne dich, Bliss. Es war *joss*, daß mein Kontaktmann getötet würde; und *joss*, daß es seinem Mörder nicht besser erging. Wenn ich nicht gewollt hätte, daß du mitgehst, wäre mir schon etwas eingefallen, dich daran zu hindern.«

Nachdenklich runzelte er die Stirn. »Aber ich brauche dich an meiner Seite. Wie würden denn sonst meine Nächte aussehen.«

Während der ganzen neun Monate, die seit seiner Rückkehr aus Washington vergangen waren – seit er Wunderman getötet hatte, waren die Nächte für Jake zur Qual geworden. Schlaf fand er nur noch für eine, höchstens zwei Stunden. Gegen Mitternacht brach er für gewöhnlich wie betäubt zusammen, und Bliss löschte dann schnell das Licht und legte sich zu ihm.

Gegen ein oder zwei Uhr in der Frühe wurde sie dann meistens von seinem Stöhnen wieder geweckt. Zwar konnte Jake sich nie an einen seiner Alpträume erinnern, aber Bliss war überzeugt davon, daß sie alle derselben Quelle entstiegen: seinem Schuldgefühl, den eigenen Vater, wenn es auch nicht der richtige war, getötet zu haben.

Bliss streckte ihren Arm aus und ließ ihre langen Finger über seine schmalen Hüften gleiten. Sorgfältig folgten sie dem Muster seiner flachen Bauchmuskeln. Aus dem Augenwinkel heraus beobachtete sie, wie sich Sorgenfalten in sein Gesicht gruben. »Das Krankenhaus«, sagte sie.

Jake lächelte gedankenverloren. »Ich erinnere mich. Was war das im ersten Moment für ein Schreck, dich nach all der Zeit wiederzusehen.«

»Schon als Kinder in den Straßen von Hongkong waren wir ein kleines Liebespaar.«

»Waren wir das?« Er schob sich näher an sie heran.

»Ich jedenfalls habe es immer so empfunden.«

»Weil du eben frühreif warst.« Seine Hand glitt ihren Nacken hinauf. »Für mich warst du der beste Freund, den man sich vorstellen konnte.«

Bliss lachte. »Siehst du? Welcher andere Junge hätte schon ein Mädchen zu seinem besten Freund gemacht.«

»Wahrscheinlich hast du mal wieder recht«, erwiderte Jake. »Ich muß wohl doch verliebt gewesen sein.« Er sah Bliss die Augen schließen. Weil er sie streichelte, oder wegen seiner Antwort? Er war sich nicht sicher, ob das überhaupt eine Rolle spielte. »Oder einfach verrückt.«

Ihre Augen flogen wieder auf, und jetzt lachte er.

»Ich bin nur froh, daß du nicht böse mit mir bist«, sagte sie.

»Warum sollte ich denn böse mit dir sein«, erwiderte er und glitt aus dem Bett.

»Weil ich, als wir uns vor einem Jahr wiedersahen, alles im Auftrag deines Vaters getan habe..., weil ich dir von vielen Dingen wie dem inneren Kreis anfangs nichts sagen durfte.«

Jakes kupferfarbene Augen verdüsterten sich, bis sie undurchdringlich waren wie Blei. »Du warst von meinem Vater dazu bestimmt, mich zu meiner Familie zurückzuführen. Durch dich habe ich meinen Halbbruder Nichiren wiedergefunden und meinen richtigen Vater, Shi Zilin. Durch dich bin ich Teil des *Yuhn-hyun* geworden, des inneren Kreises jener Leute, die eines Tages ganz Asien regieren werden.«

»Du bist viel mehr als nur das«, sagte Bliss. »Du bist der *Zhuan*. Dein Vater bereitet dich darauf vor, die Führung des inneren Kreises zu übernehmen. Und dann wirst du der mächtigste und einflußreichste Mann dieses Kontinents sein.«

Jake wandte sich ab. Was habe ich falsch gemacht, überlegte Bliss. Sie sah ihn barfuß ins Badezimmer gehen, die Tür ließ er offen. Kurz darauf hörte sie das Wasser. Sie zog die Knie unters Kinn und beobachtete die Bewegungen seines scharfgeschnittenen Schattens auf den Kacheln.

Als er aus der Dusche kam, sah er sie mit bohrendem Blick an, als wollte er bis in ihr Innerstes schauen. »Niemand in der Welt hätte getan, was du getan hast«, sagte er. »Du hast an meiner Seite gegen Spione und Mörder gekämpft. Wie heute nacht. Keine Gefahr hat dich je erschrecken können.«

»Mein Vater hat mich eben gut auf alles vorbereitet«, erwiderte Bliss. Aber ihre Gedanken waren ganz woanders. Sie mußte daran denken, wie sehr Jake sich verändert hatte, seit Zilin in Hongkong eingetroffen war. Wie selbstverständlich hatte er immer mehr Führungsaufgaben übernommen und war zugleich doch auch immer verschlossener geworden. Bliss fragte sich, ob das eine unausweichlich das andere zur Folge haben mußte, und sie hoffte inständig, daß dies nicht so sei.

»Der Kampf hat gerade erst begonnen.« Seine Stimme war ruhig und voller Selbstvertrauen. »Und er wird viel aufreibender werden, als wir uns je hätten träumen lassen. Um ihn zu bestehen, werden wir alle unsere Kräfte brauchen, Bliss.«

Seine Worte fielen wie Hammerschläge auf sie nieder. Bliss fühlte ihr Herz schneller schlagen. »Was ist denn los, Jake? Was verschweigst du mir?«

Plötzlich lag ein Lächeln auf seinem Gesicht, und er küßte sie heftig. »Nichts«, antwortete er und küßte sie noch einmal. »Aber du hast gerade deinen Vater erwähnt«, fuhr Jake fort. »Ich muß Three Oaths Tsun heute nachmittag unbedingt noch treffen.«

»Möchtest du nur ihn treffen, oder auch die anderen *tai pans*, die zum inneren Kreis gehören?«

Was mag dahinterstecken, überlegte sie. Was konnte ihm so die Gedanken verdüstern? Sie fühlte, daß da etwas war. Die Erinnerung an die Toten, die er in den letzten Wochen und Monaten hatte zu Grabe tragen müssen. Dann hatte sie für den Splitter einer Sekunde plötzlich eine Vision; wie ein grell leuchtendes Schwert fuhr der Gedanke in ihr Bewußtsein. Da mußte noch etwas sein. Etwas, das vielleicht nicht einmal Jake ahnte. Ein eisiger Angstschauer lief durch ihren Körper. Wenn Jake nicht mehr in Harmonie mit seiner Umwelt oder sich selbst lebte, konnte das eine Katastrophe zur Folge haben. Er brauchte jetzt seine ganze Kraft, um seine Strategie im inneren Kreis durchzusetzen – und um die seiner Feinde aufdecken zu können. Wenn sein *gi* nicht mehr in Einklang mit ihm war, konnte das auch seine Entschlußkraft lähmen.

»Nein, ich möchte Three Oaths Tsun allein sehen«, erwiderte Jake. »Kannst du für drei Uhr ein Treffen mit ihm arrangieren?«

Bliss nickte. »Natürlich.« Sie nannte Three Oaths Tsun Vater, weil er sie großgezogen hatte. Ihren leiblichen Vater hatte sie nie gekannt, und die Erinnerungen an ihre Mutter waren verschwommen wie eine Serie unscharfer Fotos.

»Und vergiß nicht das dringliche Treffen, das Andrew Sawyer für heute mittag einberufen hat«, sagte Bliss. »Es war der früheste Zeitpunkt, zu dem alle *tai pans* zusagen konnten.« Jake nickte.

»Weißt du schon, worum es bei dem Treffen gehen wird?« fragte Bliss mit ängstlicher Stimme. »Andrew klang so aufgeregt, als er anrief.«

»Andrew regt sich immer über irgend etwas auf«, erwiderte Jake.

Gerade wollte sie ihm sagen, daß sie ihm doch nur noch mehr helfen wolle, da hatte er sich schon umgedreht. Sie fühlte, daß er in Gedanken längst fort war, als hätte er die Tür bereits hinter sich geschlossen. Ohne Zweifel dachte er an das morgendliche Treffen mit seinem Vater, dem großen Jian, Shi Zilin.

Bevor sich Henry Wunderman seiner angenommen hatte, war Jake von Adoptiveltern großgezogen worden. Solomon und Ruth Maroc, jüdische Flüchtlinge, die in Shanghai seßhaft geworden waren, hatten ihn und seine todkranke Mutter bei sich aufgenommen und sich um Athena und ihr verängstigtes Kind gekümmert.

Jakes richtiger Vater, Shi Zilin, hatte sich zu dieser Zeit längst Mao Tse-tung angeschlossen und seine Familie und alles, was ihm lieb und teuer gewesen war, aufgegeben, um das Schicksal des neuen China mitzubestimmen.

Zilin arbeitete hinter den Kulissen, half Mao, seine Macht zu sichern, und blieb auch während der blutigen Jahre der Revolution, des Kampfes um die Vorherrschaft im Land, des Sturzes Maos, der Zeit der Viererbande und dem abrupten Ende der Kulturrevolution so selbstlos im Hintergrund, daß er schließlich auch mit allen internen Machtkämpfen, denen unausweichlich die jeweiligen Verlierer zum Opfer fielen, nichts mehr zu tun hatte.

Natürlich hatte es immer wieder Parteigenossen gegeben, die versucht hatten, ihn zu vernichten. Der letzte von ihnen war Wu Aiping gewesen, der sich selbst an die Spitze einer Gruppe reaktionärer Minister gestellt hatte, die sich die *gun* nannten und in scharfem Widerspruch zu Zilins fortschrittlichen Ansichten zur Wirtschafts- und industriellen Zukunft des Landes standen.

Aber Jakes Vater war gerissen genug gewesen, Wu Aiping ins Abseits zu manövrieren, wie er das auch mit allen seinen früheren Gegnern getan hatte. Inzwischen waren seine Ideen von den neuen Machthabern Chinas aufgegriffen worden, und so konnte Shi Zilin, alt und krank inzwischen, nach Süden reisen, um seine erwachsenen Söhne wiederzusehen, Jake und Nichiren, das Kind seiner Geliebten.

Nur einer seiner beiden Söhne hatte den Kampf auf der Veranda der Villa hoch über den Kliffen der Repulse Bay überlebt. Als Nichiren herausfand, daß Zilin nicht nur sein Vater war, sondern daß er von ihm auch als Agent eingesetzt worden war, hatte er ihn angegriffen. Jake hatte den alten Mann nur schützen wollen. Seinen Vater. Und dabei hatte er seinen Bruder getötet. Man hätte sagen können, daß es nur sein Halbbruder gewesen sei, aber was machte das schon für einen Unterschied? In ihren Adern floß dasselbe Blut – Zilins Blut. Ein Großteil ihres Lebens hatten sie einander gejagt, sich als erbitterte Feinde gegenseitig jeden nur erdenklichen Schaden zugefügt. So war Nichiren dafür verantwortlich gewesen, daß Jakes Tochter dreieinhalb Jahre zuvor an den Ufern des Sumchun ihr Leben verlor. Als Agent der *Pyramide* hatte Jake nichts unversucht gelassen, Nichiren zur Strecke zu bringen. Je tiefer er in das Netz der Lügen eindrang, um so mehr wandelte sich seine Ansicht von Nichiren. Aus dem einsamen, auf eigene Faust arbeitenden Mörder wurde ein Agent der Russen – kontrolliert von der Generalin Daniella Vorkuta. Bis vor kurzem hatte die Vorkuta die wohl am meisten gefürchtete Geheimabteilung des KGB geleitet, den KVR. Und dann, am Ende, hatte Jake erfahren müssen, daß in Wahrheit Zilin alle Aktionen Nichirens von Beijing aus geleitet hatte.

Es war alles Teil jenes großen Plans Zilins, den der alte Mann sein *ren* nannte, seine Ernte. Shi hatte einen inneren Kreis geschaffen, einen *yuhn-hyun* einflußreicher, mächtiger Leute. Zu diesem inneren Kreis zählten die wichtigsten *tai pans* – die Köpfe der bedeutendsten Handelshäuser – und ebenso die Drachen, die Führer der drei größten Triaden, der Geheimgesellschaften Hongkongs.

Und der Mann, bei dem alle Fäden zusammenliefen? War Jake Maroc oder Jake Shi, ganz wie man wollte. Der *tai pan* aller *tai pans*. Jake war der *Zhuan*.

Seit dem ersten Wiedersehen mit Zilin war Jake wie besessen von dem alten Mann, seinem Vater. Jeden Tag verbrachte er, in Gespräche vertieft, an seiner Seite. Seine nie ermüdende Begeisterung stellte selbst die ungewöhnliche Ausdauer des alten Mannes auf die Probe.

Für gewöhnlich saßen sie am Wasser, die Hosenbeine hochgerollt, die Füße in den auslaufenden Wellen, und nicht einmal der Hunger konnte ihre Unterhaltung stoppen. Sie aßen, während sie miteinander diskutierten, und schmeckten kaum, was man ihnen zu essen gebracht hatte. Keiner von beiden achtete auf die Mitglieder der Triaden, die zu ihrem Schutz abgestellt worden waren und sorgfältig jeden in Augenschein nahmen, der sich Vater und Sohn näherte. Beide, Jake und Zilin, schienen keinen Gedanken für irgendwelche Gefahren übrig zu haben.

An diesem Morgen war die Luft noch voller Nebelschwaden, als weigerte sich die Nacht, ihre Herrschaft an den Tag abzugeben.

»Es wird Zeit für dich, die volle Verantwortung des *Zhuan* zu übernehmen.«

Wie ein kleines Kind hatte Zilin seine Beine vor sich in den Sand gestreckt.

»Diskussionen sind nur bis zu einem bestimmten Punkt sinnvoll«, fuhr Zilin fort, »danach zählen nur noch Taten.«

Obwohl es nicht sonderlich kalt war, hatte Zilin einen Wintermantel um seine eingefallenen Schultern gelegt.

»Der *Zhuan* ist der *tai pan* aller *tai pans* Hongkongs. Er ist der Kopf des inneren Kreises. Und schon bald wird der *Zhuan* alle Geschäftsverbindungen in Asien beherrschen. Er wird der Mittelsmann sein, über den Beijing seine Geschäfte machen wird, und über den die Chinesen ganz Indochinas ihre Unternehmungen laufen lassen werden. Über den die Engländer ihren Handel abwickeln, wie auch die Amerikaner, die Japaner, die Thais und die Malayen.«

Zilin sah hinaus zu jener Stelle auf dem Meer, wo sich die Sonne wie gehämmertes Kupfer auf den Wellen spiegelte. »Jetzt hat die letzte Phase meines *ren*, meiner Ernte, begonnen. Fünfzig Jahre lang war dies mein großer Traum – ein vereintes China. Ich habe dir bereits erzählt, wie ich die Anfänge der kommunistischen Bewegung in China miterlebt habe. Meine erste Frau, Mai, war eine enge Vertraute von Sun Zhongsan.« Er meinte Dr. Sun Yat-sen, den Gründer der Guomindang. »Wir haben uns in Shanghai kennengelernt, auf dem Gründungskongreß der kommunistischen Partei. – Ich habe dir auch von meiner Kindheit in Suzhou erzählt, und davon, wieviel Zeit ich im Garten meines Lehrers, dem Jian verbrachte. Damals habe ich gelernt, daß das Wichtigste im Leben eines Menschen seine Kunstfertigkeit ist. Der Garten des Jian sah so natürlich aus, daß ich eine Zeitlang glaubte, jeder Baum, jeder Busch, jeder Strauch, jeder Stein und jeder Hügel müßte schon seit Hunderten von Jahren dort stehen – ja, seit dem Anfang der Zeit überhaupt.

Stell dir vor, wie überrascht ich dann war, als der Jian mich in seine Geheimnisse einweihte – in die Geheimnisse seines Gartens. Den Hügel hatte er eigenhändig aufgeschüttet, um einen bestimmten, die Sinne beruhigenden Effekt zu erzielen. Die Steine hatte er sich von einem Flußufer geholt, die Bäume noch woanders her, und die Sträucher hatte er erst drei Wochen vor meinem Besuch gepflanzt. Und doch wirkte alles harmonisch, ganz natürlich. Dabei war ich mir ganz sicher gewesen, daß Buddha selbst diesen Ort gestaltet haben mußte – und nicht die Hand eines Menschen.

Aber es war die Wahrheit. Ich sah mit eigenen Augen, daß es die Wahrheit war, denn ich selbst wurde Teil des Planes, den der Jian für seinen Garten hatte.

Während ich heranwuchs, habe ich das alles nie wieder vergessen können. Und als meine Eltern dann nach Shanghai zogen und mich aufs College schickten, da wußte ich bereits, daß ich das strategische Denken des Jian irgendwie auch für mein Leben nutzen mußte. Ich war

bereits ein Großmeister des *wei gi*. Und auch am Spielbrett konnte ich meine Kunstfertigkeit bereits so einsetzen, daß sich eine Partie zu meinen Gunsten entschied.

Damals, mein lieber Jake, gab es für meine Freunde nur ein Thema: Sie wollten unser Land von den fremden Teufeln befreien, die unsere Küsten besetzt hatten. Denn diese fremden Teufel beraubten uns systematisch unserer Rohstoffe, um zu unseren Lasten ihre Profite machen zu können.

Aber China war geteilt, lag im Krieg mit sich selbst. Und wie sollte es sich da noch vor den fremden Teufeln schützen können? Das war das Thema unzähliger Streitgespräche. Ich hörte zu, aber sagte nur selten selbst etwas. Denn ich sah, wie klug diese fremden Teufel gleichzeitig waren. Und ich dachte, wenn wir nur unsere Kunstfertigkeit ins Spiel bringen könnten – und den fremden Teufeln geben, was sie zu brauchen glaubten –, dann könnten wir *sie* benutzen, wie sie uns benutzt hatten. Dann könnten wir ihre Talente für das Wohl Chinas nutzen.

Aber dazu mußte China erst einmal vereint werden. Ich hatte noch keine klare Vorstellung davon, wie ein so riesiges Land, daß von Armut und inneren Unruhen gleichermaßen geplagt war, gezähmt werden könnte.

Und genau in diesem Moment reiste ich zu dem schicksalhaften Kongreß nach Shanghai. Zum erstenmal erfuhr ich, sozusagen aus erster Hand, von den Theorien der Kommunisten. Und instinktiv wußte ich sofort, daß wir damit die Mittel hatten, China den Frieden zu bringen.

Das, Jake, war die erste Phase meines *ren*, meiner fünfzig Jahre langen Ernte. Aber das verlangte auch, daß ich Shanghai verließ, daß ich Athena, meine zweite Frau, deine Mutter, verließ... und auch dich. Mir blieb keine andere Wahl. Das Schicksal Chinas war wichtiger. China ist immer wichtiger.

Und jetzt bricht die letzte Phase an. Du wirst das Bindeglied sein, durch das alle Macht in Asien fließen wird. China wird endlich wieder eins sein. Nicht durch die vollständige Auslöschung Hongkongs, wie es einige blindwütige Funktionäre in Beijing immer noch wünschen, sondern dadurch, daß wir alles das für uns nutzen, was die fremden Teufel dieser Kolonie gebracht haben: den freien Handel, den Opiummarkt, grenzenlose Handelswege in den Westen. Und so können wir uns, ohne daß wir dabei das Gesicht verlieren, die Unterstützung für unsere Industrie- und Technologieentwicklung verschaffen, die wir so dringend von den fremden Teufeln benötigen.

Je breiter sich die Arme des inneren Kreises öffnen, um so mehr wird China blühen und gedeihen.

Es ist dein *joss*, die Früchte meines *ren*, meiner Ernte zu sehen. Mit den Jahren werden die Ideen des Kommunismus verblassen. In der

Vergangenheit war er ein mächtiges Werkzeug für uns. Der Kommunismus hat den Riesen China aus seinem Schlaf geweckt und ihn ein gutes Stück auf den richtigen Weg gebracht. Aber jetzt behindert er uns nur noch. Wir haben uns noch mit Theorien und Doktrinen herumgeschlagen, während die Welt um uns in ein neues Zeitalter eingetreten ist. Sollte es uns nicht gelingen, diesen Schritt ebenfalls zu tun, dann wird China für immer zur Rückständigkeit verurteilt und in wirklicher Gefahr sein, ein Satellit Moskaus zu werden. Viele Jahrzehnte lang haben die Sowjets versucht, unseren Weg in die Zukunft nach ihren Plänen zu lenken.«

Zilin bewegte seine Beine, und für einen Augenblick legte der Schmerz einen Schatten auf sein Gesicht. »Ich habe von Anfang an beabsichtigt, Jake, über das hinauszugelangen, was der Jian mich gelehrt hat. Und ich habe in meinem Leben auch genug erreicht – jetzt, wo ich meinen Sohn wiedergefunden habe. Ich bin der Schöpfer. Aber der *Zhuan*, der Mittelsmann, über den alle mit Asien verbundenen Geschäfte laufen werden, das wirst du sein. Außerdem bin ich auch zu alt, um noch all jene Kräfte unter Kontrolle halten zu können, die jetzt ins Spiel kommen. Nicht nur die auf dem Festland und in Hongkong, sondern auch die in Bangkok, Singapur, Manila, Kuala Lumpur, Neu-Delhi, Tokio und in Osaka. In einigen dieser Städte haben wir bereits Vertraute, und du kennst ihre Namen. In den anderen wirst du dir selbst welche suchen müssen. Das ist die Aufgabe des *Zhuan* – wie es auch seine Pflicht ist, unsere Feinde zu bekämpfen.«

Eine Dschunke, die sie seit einiger Zeit beobachteten, leitete ein Wendemanöver ein, um in See zu stechen. Als der Winterwind in ihre Segel fuhr, neigte sie sich zur Seite.

Zilin streckte seine rechte Hand aus, und Jake legte ein ovales Jademedaillon hinein, das zwei Tiere zeigte, die in einen Kampf auf Leben und Tod verstrickt waren. Irgendwann einmal war das Jadestück in vier Teile geschnitten worden, die jetzt von vier Spangen aus massivem Gold zusammengehalten wurden. »Es reicht jetzt nicht mehr aus, nur zu träumen oder sich ein Machtgefüge dicht wie ein Spinnennetz auszumalen.« Wieder und wieder drehte er das Medaillon in seinen Händen. »Denn alle noch so klugen Überlegungen müssen am Ende scheitern, wenn der *Yuhn-hyun*, der innere Kreis, auseinanderbricht. Und das Band, das den inneren Kreis zusammenhält, ist vielleicht brüchiger, als du glaubst. Nur die Führer der Triaden und die *tai pans*, die ich selbst ausgewählt habe, sind durch dieses *fu*, das Siegel des Herrschers aus geschnittener Jade – dessen Teile Nichiren, Bliss, Andrew Sawyer und du wieder zusammengetragen haben –, an dich gebunden.«

Er hob das Medaillon ins Sonnenlicht, und fast hatte man den Eindruck, daß die blendenden Strahlen die Tiere zu neuem Leben erweckten. »Aber vergiß nie, was das Medaillon zeigt: den uralten

Kampf zwischen dem Drachen und dem Tiger um die Vorherrschaft auf Erden. Und vielleicht spiegelt sich genau darin die Größe der Aufgabe, die den *yuhn-hyun* jetzt erwartet. Erstens muß das neuentstehende China vor seinen Feinden beschützt werden, den Sowjets, den Engländern, den Amerikanern und vor jenen in Beijing, die den Kommunismus um jeden Preis am Leben erhalten wollen. Zweitens muß Hongkong mit dem Festland wiedervereint, und Japan, Malaysia, Indonesien, Thailand und die Philippinen müssen in diesen Verbund allmählich eingefügt werden. Damit ein mächtiges und homogenes China den Aufgaben des 21. Jahrhunderts entgegentreten kann.

Unter keinen Umständen dürfen wir uns untereinander zerstreiten. Heute sind unsere Kräfte vereint: die meiner Brüder Three Oaths Tsun und T. Y. Chung, Andrew Sawyers, der mir und meiner Familie loyal ergeben ist, und die der Drachen, der Führer der drei größten Triaden.

Aber gerade die Drachen werden ihre Rivalitäten untereinander auch innerhalb des inneren Kreises nicht ruhen lassen. Und ebensowenig darf man damit rechnen, daß von ihrer Seite viel Kapital in die Unternehmungen des inneren Kreises fließen wird. Ihr Wert für uns liegt auf anderen Gebieten. Das ist so und wird immer so sein. *Joss.*

Und wir müssen unsere Feinde im Auge behalten – mächtige Feinde in vielen Ländern –, die nur das eine Ziel haben, den *Yuhn-hyun* zu zerschlagen. Wenn ihnen das je gelingen sollte, dann wird Hongkong ein Schlachtfeld der Profitgier werden. Jedes Land, jede Interessengruppe wird versuchen, den Handel, der durch Hongkong fließt, zu ihrem Vorteil auszubeuten. Die Gewinne werden ausbleiben, und es wird Krieg geben. China wird wieder in seinen mittelalterlichen Schlaf versinken, aus dem es gerade erst erwacht. Geteilt sind wir verletzlich und zu besiegen. Du mußt das um jeden Preis verhindern. Du bist der *Zhuan.* Ohne deine Stärke und deine Erfahrung wird sich China niemals zu einer modernen Weltmacht wandeln können. Ohne dich und den inneren Kreis hat es als Volk keine Zukunft.«

Zilin löste seinen Blick von dem kupferfarbenen Spiegelbild der Sonne auf dem Wasser. Eingetaucht in den Schatten verriet das Sprühen in seinen Augen, welche Geistesschärfe er noch besaß. Jeder andere Mann wäre längst ein Opfer der ungeheuren Schmerzen des allmählichen Muskelschwundes geworden, der den alten Mann plagte. Doch obwohl sein Körper ihn verraten hatte, war sein Geist diszipliniert genug, sich von dem Netz der Nerven, durch die eine dauernde Qual pochte, loszulösen.

»Unsere Feinde sind uns nicht unbekannt«, erwiderte Jake. »In Rußland ist es Daniella Vorkuta, die alles versucht, um über den inneren Kreis und ganz Hongkong Macht zu erlangen. Doch wir wissen, wer hier für sie arbeitet. Sir John Bluestone – der *tai pan* der Five Star Pacific –, der nicht den geringsten Verdacht hat, daß wir ihn enttarnt haben.«

Doch hatte Jake bereits eine Warnung erhalten. Seine Spione, die überall in Hongkong für ihn arbeiteten, hatten ihm von einer merkwürdigen Begebenheit berichtet: von einer Wochenendparty auf Sir John Bluestones vierzig Meter langer Yacht *Trireme*. Mindestens vier mächtige *tai pans* Hongkongs hatten sich in die Gästeliste eingetragen. Auch wenn Jake nicht die Namen aller Gäste erfahren hatte, so war doch die Tatsache selbst, daß sich vier *tai pans* so lange mit Bluestone zusammengesetzt hatten, Anlaß genug, unruhig zu werden.

Vielleicht war es nicht mehr gewesen als ein zweitägiger Abenteuertrip ins Südchinesische Meer hinaus. Schließlich war Bluestone für seine sagenhaften Qualitäten als Gastgeber in der ganzen Kronkolonie bekannt. Doch die Sache behielt einen unguten Beigeschmack. Noch immer konnte Jake sich darüber ärgern, daß es ihm nicht gelungen war, einen seiner Spione an Bord der Yacht zu bringen. Gleich nach der Rückkehr in sein Büro wollte er der Geschichte weiter nachgehen.

»Du hast den einen Agenten vergessen, der auch uns nicht bekannt ist – der *Schimäre* verraten hat, daß ein Teil des *fu* sich in deinem Besitz befindet«, unterbrach Zilin seine Gedanken. »Du mußt diesen Spion finden und vernichten. Was haben wir durch ihn schon alles erleiden müssen. Denk an den Tod von Mariana und den Tod deines Bruders Nichiren. Dafür müssen wir Rache nehmen.«

»Dieser Agent ist bestens getarnt, Vater.« Jake ging die Wochenendparty auf der *Trireme* nicht aus dem Kopf. »Ich fürchte, daß wir noch viele Spuren verfolgen müssen, bis wir endlich wissen, wer es ist.«

»Zeit ist das einzige, wovon uns nur wenig bleibt, Jake.«

»Willst du denn, daß ich den ganzen inneren Kreis auseinanderreiße?«

Der Jian schüttelte den Kopf. »Bestimmt nicht. Der innere Kreis ist für uns das wichtigste. Wenn der innere Kreis zerstört wird, dann ist mein ganzes Leben – all meine Träume und Schmerzen, das Blut, das ich vergossen habe – umsonst gewesen. Nur der *Yuhn-hyun* kann das neue China gegen seine äußeren und inneren Feinde schützen. Aber dieser Agent hat wieder und wieder bewiesen, wie sehr er uns treffen kann.«

Mit einer bei ihm seltenen Geste der Rührung griff er nach dem Arm seines Sohnes. »Du bist der *Zhuan*. Du mußt bestimmen, was geschehen soll. Und ich weiß, daß du mich nicht enttäuschen wirst, was immer auch passieren mag. Du mußt den *Yuhn-hyun* unter allen Umständen zusammenhalten. Ich betone das nochmals: Unter allen Umständen. Wenn du mit deinen Verbündeten nicht ebenso mitleidlos sein kannst wie mit deinen Feinden, wirst du als *Zhuan* keinen Erfolg haben. Und meine *ren*, meine lange Ernte, wird sich in ein Nichts auflösen.

Denk an die Geschichte Chinas. Erst unser eigenes kleinliches Gezänk untereinander hat es seinerzeit den fremden Teufeln ermöglicht, von unserem Land Besitz zu ergreifen. Unsere Ignoranz gegenüber der übrigen Welt gab ihnen erst die Möglichkeit, uns auszubeuten. Aber gerade daß China damals in eine riesige Nation armseliger Kulis verwandelt wurde, machte mir klar, daß eine Theorie wie der Kommunismus genau dieser riesigen Nation neue Kräfte verleihen könnte.

Doch war der Kommunismus nicht mehr als ein Mittel zum Zweck. Und jene Minister in Beijing, die sich noch immer an seinen starren Lehrsätzen festklammern, tun das nur, um sich ihre Macht zu erhalten. Der Kommunismus ist für China zu nichts mehr nütze. Im Gegenteil, er ist für uns zu einem Hindernis geworden. Mein Ziel ist es immer gewesen, Hongkong als eine Art Schwert zu benutzen, mit dem wir uns ganz allmählich unsere alten überlebten Doktrinen vom Hals schaffen können. Für mich war das immer der einzig gangbare Weg. Beijing konnte nicht einfach von einem Tag auf den anderen all das über Bord werfen, was es für Jahrzehnte als einzigartig angepriesen hatte.

Meine Ernte war immer darauf angelegt, China vor sich selbst zu retten.«

Der alte Mann schüttelte den Kopf. »Hongkong ist der Schlüssel für unsere, nein, für die Sicherheit und Zukunft ganz Asiens. Leider wissen das auch unsere Feinde.«

Er ließ den Kopf auf die Brust sinken. »Was ist, Vater?« fragte Jake.

Der Jian schien plötzlich alt und gebrechlich und unendlich müde. Seine Miene war mit einem Schlag düster und traurig geworden, als wäre aus einem Nachmittagshimmel von einer Sekunde zur nächsten die Sonne gewichen.

Jake fühlte, wie die Angst seinen Magen zusammenschnürte. »Hast du Schmerzen, Vater?«

Wieder schüttelte der alte Mann den Kopf. »Der Schmerz, den ich fühle, hat nichts mit meiner Krankheit zu tun.« Er schloß die Augen. Lange Zeit fiel nicht ein Wort zwischen ihnen. Nur das Geschrei der Möwen, die über ihren Köpfen in dem verschwimmenden Sonnenlicht kreisten, war zu hören. Auf dem Wasser lagen Nebelschwaden wie der Atem eines Drachens. Und Jake schien es plötzlich, als lauerte in diesem Dunst irgendeine Gefahr.

»Jake, nicht einmal mit dir habe ich bis heute darüber sprechen wollen«, fuhr Zilin schließlich fort. »Aber jetzt bleibt mir keine andere Wahl mehr.« Er hielt das Jadestück so fest in der Hand, daß sich seine Fingerknöchel weiß färbten. »Es gibt ein Thema, das wir nur selten berührt haben. Kam Sang.«

»Unsere Trumpfkarte«, erwiderte Jake. »Wie du mir gesagt hast, wird Kam Sang eines Tages vielleicht sogar die Rettung Chinas sein.«

Deutlich sichtbar wurde der Jian von einem Schauder gepackt. »Kam Sang war immer ein zweischneidiges Schwert. Wir alle wußten das, als wir das Projekt ins Leben riefen. In jedem Projekt dieser Art steckt immer auch ein bestimmtes Zerstörungspotential. Damals jedoch schien uns das ein kalkulierbares Risiko zu sein. Weil wir die vorgesehenen Kontrollmöglichkeiten und Sicherungen für ausreichend hielten.« Er holte tief Luft. »Aber das ist nun mit einemmal ganz anders geworden.«

In der folgenden tödlichen Stille hörte Jake das anlaufende Wasser plötzlich so laut, als würden Wellen von Kristallen an den Strand geworfen. »Was ist in Kam Sang passiert, Vater?« Er konnte seine eigene Stimme nicht hören, so rauschte ihm das Blut in den Ohren.

Zilin sah aufs Meer hinaus, hinter die Brandung, auf deren Wellen irgendwelche Abfälle auf den Strand zu tanzten. »Die Wissenschaftler dort haben eine Entdeckung gemacht«, erwiderte er leise. »Eine fürchterliche Entdeckung. Es war reiner Zufall. Während eines ihrer Experimente.« Er wandte den Kopf herum, und sein finsterer Blick trieb Jake das Blut aus den Wangen. »Sie birgt eine ungeheure Gefahr, Jake – für die Machtverhältnisse in Asien; und in der ganzen Welt. In Kam Sang ist die Möglichkeit zur Entwicklung eines schier grenzenlosen Vernichtungspotentials entdeckt worden. Es ist so abgrundtief erschreckend, daß du dafür sorgen mußt, daß diese Entdeckung niemals zur Reife gebracht wird. Jeder vernünftige Mensch – und zwar in jedem Land dieser Welt – würde diese Entdeckung sofort mit einem Bann belegen. Aber es gibt eben auch die anderen ...« Er brach den Satz abrupt ab, schauderte und wandte das Gesicht in das blasse Sonnenlicht. »Die Russen würden für das Geheimnis von Kam Sang mit Sicherheit jeden Mord begehen. Genauso wie die Amerikaner und die Engländer. Und du, Jake ... du bist jetzt sein einziger Wächter.«

Er legte Jake das Jadeamulett in die Hand. »Obwohl ich es die ganze Zeit gehalten habe, ist es immer noch kühl. Jade bleibt immer kühl, ganz anders als die Menschen, die sich von Leidenschaften und Lust erhitzen lassen. Das ist etwas, das du lernen mußt.«

Zilin legte seine Hand in Jakes, so daß sie beide das Amulett berührten. »Es gibt ein Sprichwort, Jake«, fuhr er fort, »das älter ist als die Weisheiten des Tao: Auf dem Berg ist es finster und kalt, aber ohne dieses Unbehagen wäre nichts.«

Er streckte seine Beine ins Wasser. »Du bist jetzt dort – auf dem Berg. Du mußt jetzt beginnen, die Finsternis und die Kälte zu fühlen. Ohne das wirst du verloren sein. Und für den Rest deines Lebens von Angst getrieben werden.«

Jake fühlte den Sand unter sich, den salzigen Wind auf den Wangen. Irgendwo lachten Kinder, und ein Hund kläffte im Spiel. Doch am stärksten fühlte er das Gewicht, die Kühle und die Linien des Jadeamuletts in seiner Hand. Vater, hätte er am liebsten gesagt, wenn ich diese Lektion von dir annehme, wird mich das allmächtig machen – oder nur unmenschlich?

Doch hier, am Strand der Repulse Bay, neben dem Jian, der alles geschaffen hatte, sagte er kein Wort. Er wartete stumm, daß sein Vater ihm genauer erklärte, was genau in Kam Sang passiert war – was die Welt verändert und sie zu einer noch gefährlicheren Wohnstatt für die Menschen gemacht hatte.

Jin Kanzhe hielt sich in Qianmen auf, einem südlichen Stadtteil Beijings, inmitten des Gewirrs kleiner Seitenstraßen, in denen sich Lebensmittelläden und jederlei Verkaufsstände drängten. Er trug einen lehmfarbenen Trenchcoat, mit Gürtel und Schulterklappen, dessen Saum bis auf den Boden reichte, was ihn noch größer und schmaler aussehen ließ, als er ohnehin schon war.

Durch die größeren Straßen in Jin Kanzhes Rücken schob sich ein nicht endender Strom von Fahrradfahrern. Doch bittere Kälte verschluckte fast alle Geräusche, so daß über dem verwirrenden Verkehr zugleich eine unheimliche Stille lag. Der hohe Rußanteil schien die Luft in Brei zu verwandeln.

Jin entdeckte den untersetzten Mann vor einem Teppichgeschäft und ging auf ihn zu. »Guten Morgen, Genosse. Wie geht es unserer *lizi*, unserem todbringenden kleinen Pfläumchen?«

Colonel Hu saugte an seinen Zähnen. »Unserem *lizi* geht es denkbar gut«, erwiderte er.

Wie immer fühlte er sich unbehaglich in Jins Gegenwart. Seine grobgeschnittenen Züge ließen ihn auch wie das gerade Gegenstück zu dem elegant schmächtigen Jin Kanzhe erscheinen.

»Dann ist die Mission, das Mädchen betreffend, also glatt gelaufen?« fragte Jin Kanzhe. Gemächlich schoben sie sich durch die Menge der Kauflustigen; Jin Kanzhe liebte es, in Bewegung zu sein.

»Es hat keine besonderen Schwierigkeiten gegeben«, antwortete Colonel Hu. »Die Strategie, die Sie vorgeschlagen hatten, erwies sich als vollkommen richtig. Sie waren es gewohnt, daß in der Nähe des Flusses nach ihnen gesucht wird. Wie es ja auch jahrelang gemacht worden ist. Wir haben Cheng und das Mädchen in den Bergen aufgestöbert und im Schlaf überrascht.« Colonel Hu zuckte die Schultern. »Trotzdem habe ich zwei Männer verloren, und einer liegt im Sterben. Es sind unberechenbare Leute.« Jin Kanzhe überlegte, ob das vielleicht eine Art Respekt war, was da in Hus Stimme anklang. »Wir hatten jede nur erdenkliche Vorsichtsmaßnahme getroffen, und dennoch ist es ihnen gelungen, einen Gegenangriff zu starten.«

»Das ist besonders wegen ihres Begleitschutzes bedauerlich«, sagte Jin Kanzhe. »Ich hätte es vorgezogen, den Mann einem kleinen Folterverhör zu unterziehen.«

»Cheng?« fragte Colonel Hu. »Er ist den Soldatentod gestorben. Eine Kugel genau ins Herz.«

Jin Kanzhe knurrte verächtlich. »Soldatentod. Romantisches Gerede. Der Tod hat nichts Romantisches.«

Colonel Hu schwieg. Am Ende der Häuser bogen sie rechts ein. Sie waren jetzt in der Nähe des Bahnhofs. Apotheke reihte sich an Apotheke, die schmalen Verkaufsräume gefüllt mit staubigen Glasbehältern, in denen Geweihstücke, Tigerzähne, Ginsengwurzeln und getrocknete Pilze jeder Art verwahrt wurden.

Jin Kanzhe nickte, um das Thema damit zu beenden. »Und schließlich interessiert uns in erster Linie das Mädchen. Wir können uns bei Wu Aiping dafür bedanken, daß er sie in der Triade der Steel Tiger ausfindig gemacht hat. Sein fast schon pathologisches Interesse an den Shis hat dazu geführt, daß er ihre Identität – kurz vor seinem Tod – aufdecken konnte. Es war sein Vermächtnis für seinen Freund Huaishan Han.«

»Er hat uns zu dem Mädchen geführt?«

»Ja«, erwiderte Jan Kanzhe nachdenklich. »Und bald wird sie nur noch das Geschöpf Ihrer Hände sein.«

»Es kann übrigens sein«, erwiderte Colonel Hu langsam, »daß das, was ich nach Ihren Vorstellungen mit ihr machen soll, sie auf eine ganz grundsätzliche Art verändern wird.«

Richtig, sagte Jin Kanzhe zu sich selbst, sehr richtig. Sie ist wie ein mythisches Wesen. Jeder Mann, der ihr ins Gesicht sieht, ist gefangen von ihr. Er blieb stehen und sah Colonel Hu in die Augen. »Ich möchte Ihnen noch einmal in aller Deutlichkeit sagen, daß diese Angelegenheit derart heikel ist, daß keiner von uns beiden es sich leisten kann, den anderen mißzuverstehen.« Er schwieg und musterte sein Gegenüber sorgfältig.

Ein paar Sekunden verstrichen, dann nickte Colonel Hu. »Ja, Sir.« Zum erstenmal begriff er, warum ihm in der Gegenwart dieses Mannes immer so unbehaglich war. Ich habe *Angst* vor ihm, dachte Colonel Hu überrascht. Jin Kanzhe weiß, wie verführerisch das *lizi* ist. Hat sie mich, ihren Fänger, so tief beeindruckt? Oder rät Jin Kanzhe einfach so ins Blaue hinein? Am meisten Kummer bereitete Hu, daß er selbst die Antwort darauf nicht wußte.

»Gut, Genosse Colonel. *Zheige lizi hai mei shu ne.* Dieses Pfläumchen ist noch nicht reif. Aber das heißt nicht, daß das Mädchen nicht gefährlich ist. Ganz im Gegenteil. Es ist eine *außergewöhnlich* tödliche Gefahr.« Jin Kanzhe ging plötzlich einfach weiter, und der überraschte Colonel Hu mußte sich mühen, ihn wieder einzuholen.

»Da haben Sie recht«, erwiderte Hu. »Dennoch bin ich nicht sicher, ob Sie wirklich ahnen, zu *was* für einer tödlichen Waffe ich sie gemacht habe.«

Jin Kanzhe wandte den Kopf. Das schrägeinfallende Licht brach sich in seinen Augen, als blitzten Energiebündel aus ihnen heraus. »Sagen Sie, Genosse Colonel«, erwiderte er, »sind Sie je zur See gefahren?«

Colonel Hu sah ihn verwirrt an. »Nein, Sir. Und um die Wahrheit zu sagen, schon der Anblick von Wasser macht mich seekrank.«

Jin Kanzhe lachte. »Ja, ja. Das scheint vielen unserer Landsleute so zu gehen. Aber es gibt da einen nautischen Ausdruck, den Sie sich bei allem, was mit unserem *lizi*, unserem unreifen Pfläumchen zu tun hat, einfallen lassen sollten. Das Mädchen ist wie ein wundervolles leichtes Geleitboot. Und sehr schnell hat man den Eindruck, daß mit ihm einfach alles möglich ist. Deshalb sollten Sie sich davor hüten, Colonel, zu hart am Wind zu segeln. Denn der Wind kann sehr leicht umschlagen, und dann ertrinken Sie am Ende noch.« Er warf einen Blick auf seine Armbanduhr. »Es ist spät geworden.«

Colonel Hu wußte, daß ihre Unterredung damit beendet war und daß er sich besser jedes weitere Wort sparte. Er sah Jin Kanzhe auf dem Absatz kehrtmachen, und im nächsten Moment war der hochaufgeschossene Mann untergetaucht in dem Meer von Fußgängern und Fahrradfahrern, die sich wie ein unendlicher Strom durch Qianmen ergossen.

Ian McKenna war mit seiner Polizeieinheit ausgerückt, um einen Aufruhr in Stanley zu beenden. Und inmitten des Durcheinanders wurde ihm die Brieftasche zugespielt. Gerade hatte er noch drei seiner Leute angewiesen, die Phalanx der keifenden Chinesen zurückzudrängen, die derart begierig waren, noch in die Räume der geschlossenen Hongkong & Bangkok Trust Bank zu kommen, daß sie selbst die von McKennas Leuten aufgestellten Absperrgitter überwunden hatten, da hatte ihm auch schon irgend jemand aus der Menge etwas in die freie Hand geschoben. Mit eins neunzig war McKenna schließlich auch leicht auszumachen.

Einen Moment lang begriff McKenna nicht einmal, was geschehen war. Seine ganze Aufmerksamkeit war auf den Chinesen gerichtet, über dessen Kopf er seinen polierten Teakholzstock erhoben hatte. Das dumpfe Geräusch, als in der nächsten Sekunde das Holz auf den Schädel prallte, gehörte für ihn zum Schönsten auf der Welt.

Dann, als das Blut zu fließen begann und als er schon über den gestürzten Chinesen hinwegsteigen wollte, spürte er plötzlich das Gewicht. Er wandte sich um und sah die Brieftasche und den Chinesen im selben Augenblick.

»Inspektor Ian McKenna, das ist für Sie.«

»Hallo!« schrie er. »Hallo, Sie!« Aber es war schon zu spät. Der Mann war in dem Tumult von Farben und Bewegungen, der um McKenna tobte, untergetaucht.

Bei allen Chinesen, die mit ihm in Kontakt kamen – und das schloß auch jene ein, die unter ihm dienten –, war McKenna als ›das große Pißgesicht‹ bekannt. Natürlich benutzte man den Namen nicht direkt, sondern nur, wenn man in der eigenen Sprache miteinander redete. McKenna war ein feuerhaariger Australier, der, mit einem schauderhaften Akzent, Kantonesisch und einige Brocken des Hakka-Dialekts sprechen konnte. Seine ersten Sporen als Polizist hatte er sich in den australischen Outbacks verdient, dann war er, das lag etwa zehn Jahre zurück, nach Hongkong ausgewandert. Hier, in der Kronkolonie, war er im Rang eines Corporals in die Polizei aufgenommen worden. Und unter Einsatz jeder nur erdenklichen abgefeimten List und nicht selten auch von brutal durchgesetztem Willen hatte er sich schließlich zum Captain hochgearbeitet.

Mit dem sicheren Instinkt eines Tieres ging er jedem Feind, dem er sich gegenübersah, sofort an die Kehle, was ihn bei fast allen seinen Vorgesetzten und bei seinen sämtlichen Untergebenen gefürchtet sein ließ.

Aber es gab auch ein paar Männer, die Ian McKenna nicht fürchteten. Zu ihnen zählte Formidable Sung, die Nummer 489 von Hongkongs größter kantonesischer Triade, der 14K. Es war Formidable Sung gewesen, der, nachdem McKenna nicht zu einem Geschäft zu überreden gewesen war, die schwache Stelle des Australiers gefunden hatte. Man hatte Fotos von McKenna gemacht, die ihn zusammen mit einem jungen Chinesen in so großer Intimität zeigten, daß ihre Veröffentlichung McKenna nicht nur eine unehrenhafte Entlassung, sondern mit Sicherheit auch noch einen Prozeß eingetragen hätte.

Also meldete McKenna inzwischen zweimal die Woche sämtliche anhängigen Angelegenheiten direkt Formidable Sung; es war ein kleiner Bruch mit der Tradition gewesen, daß Nr. 489 persönlich den Stapel Fotos an McKenna ausgehändigt hatte, in einem karmesinroten Lackumschlag.

Die Symbolik dieser Geste – solche roten Umschlägen wurden, mit einer gewissen Summe Geldes, für gewöhnlich unterlegenen Geschäftskonkurrenten ausgehändigt, damit sie das Gesicht wahren konnten – war McKenna nicht entgangen. Nie würde er den Anblick vergessen, in dem Formidable Sung ihm den Umschlag in die Hand drückte. Jedes Geräusch dieser Sekunde, jeder Geruchsfetzen in der Luft und besonders das lachende Glitzern in den Augen von Nr. 489 waren unauslöschlich in McKennas Gedächtnis eingekerbt. Niemals konnte er diese Erniedrigung vergessen, denn Formidable Sung – weil er selbst zur Übergabe gekommen war und McKenna auch noch offen ins Gesicht gesehen hatte, als er den Umschlag öffnete – hatte ihm keine Chance gelassen, sein Gesicht zu wahren.

Und jetzt, während seine Leute noch die letzten Möchtegern-Aufrührer auseinandertrieben, überlegte McKenna bereits, welche neue Demütigung sich der Drache der 14K für ihn ausgedacht haben mochte. Sein Gesicht war feuerrot, und das bestimmt nicht von der Anstrengung, sich durch einen Haufen aufgebrachter Chinesen durchkämpfen zu müssen.

McKenna blies auf seiner Pfeife, womit er seine Männer zu dem Transporter zurückbeorderte, der sie von der Wache hierher gebracht hatte. Er warf noch einen letzten Blick auf den bewußtlosen Chinesen zu seinen Füßen und spie ihm in sein zerschlagenes Gesicht. Viel lieber aber hätte er Formidable Sung ins Gesicht gespien.

Er wandte sich um und stampfte zurück zu dem wartenden Wagen, dabei nur einen Gedanken im Kopf: Eines Tages werde ich genau das tun. Dann werde *ich* zusehen, wie *sein* Gesicht sich verfärbt. Sollen er und seine ganze Triade doch an der Pest krepieren.

McKenna faßte die Brieftasche nicht mehr an, bis sie wieder in ihrem Büro auf der Wache waren. Und selbst hier getraute er sich nicht, sie zu öffnen. Statt dessen ging er den muffig riechenden Flur hinunter in die stinkende Toilette. Das einzige dreckverschmierte Fenster war auch noch weiß übermalt. Auf der faulenden Fensterbank sammelten sich die ausgetrockneten schwarzen Körper toter Fliegen. Und über den Toten flog ein noch lebender Artgenosse wie im Fieber immer wieder gegen die Scheibe. Die Farbe auf dem Glas ließ offensichtlich gerade noch genug Licht durch, um eine trügerische Hoffnung zu nähren.

McKenna blieb stehen. Das Tapp-tapp-tapp der Fliege verursachte in dem engen Raum ein unheimliches Echo, das das Geräusch zu übernatürlicher Größe anschwellen ließ.

Und plötzlich war McKenna wieder im Norden Australiens, noch hinter Bundooma, am Rand der Simpson-Wüste, wo er und sein Partner ein Trio von Eingeborenen verfolgten, die im Verdacht standen, sechs Ochsen gestohlen zu haben. McKenna erinnerte sich, wie heftig sich sein Partner, Deak Jones, beim Anblick der Wüste erregt hatte.

»Nicht auch noch da hinein, mein Lieber«, hatte er geschrien, die Augen in dem sonnenverbrannten Gesicht zu zwei Schlitzen zusammengekniffen. »Laß die Kerle laufen. Da drinnen werden sie sowieso bei lebendigem Leib geröstet.« Im Januar war die Simpson für jedes Lebewesen, das sich nicht ausreichend mit Schatten und Wasser versorgen konnte, die reine Hölle.

»Da sind sie auf heimischem Boden«, hatte McKenna erwidert. »Sie werden auf ihrem Marsch einen Ochsen nach dem anderen schlachten, das Blut trinken und das Fleisch essen. Wenn wir jetzt umkehren, werden sie ungeschoren davonkommen.«

»Aber sie waren am Verhungern. Sie haben das Vieh doch nur gestohlen, um überhaupt eine Überlebenschance zu haben.«

»Wenn sie das hier sehen«, McKenna zog seine Magnum, »dann werden sie wissen, daß sie ein Unrecht begangen haben.« Er leckte sich die Lippen und zog den Hahn der Magnum zurück. »Das ist unser Job, mein lieber Deak. Wenn wir den nicht hätten, hätten wir überhaupt nichts.«

»Wir sollen sie zurückbringen, Ian«, erwiderte Deak, den Blick auf den Lauf des großen Revolvers geheftet. »Laß uns das nicht vergessen.«

McKenna grinste böse. »Also mach los, Kumpel. Mach los.«

Es dauerte zwei weitere Tage, bis sie die Eingeborenen endlich aufstöbern und überrumpeln konnten. Gegen Abend waren sie noch eine Anhöhe hinaufgeklettert, und von dort hatten sie das Trio und was von dem Vieh noch übrig war entdeckt. Fast fünfzig Stunden waren sie da schon in der Wüste unterwegs gewesen, und das hatte seinen Tribut gefordert. Sie waren regelrecht ausgetrocknet, total übermüdet und derartig überreizt, daß jedes fremde Geräusch ihnen Angst und Schrecken einjagte.

»Holen wir sie uns«, flüsterte Deak durch seine verkrusteten Lippen hindurch, und McKenna war leise wie ein Jagdhund den Abhang hinuntergepirscht.

Die Eingeborenen sahen die Polizisten kommen. Wie von McKenna vorausgesagt, hatten sie gerade einen Ochsen geschlachtet. Sein Blut hatte sich in dem aufgeschnittenen Bauch zu einem See gesammelt.

Es fiel kein Wort. Die Eingeborenen bewegten sich nicht; in ihren Gesichtern war keine Feindschaft, keine Reue – nicht einmal Überraschung zu lesen, war es McKenna später durch den Kopf gegangen.

»Also dann«, hatte Deak schließlich begonnen. Es sollte eine offizielle Belehrung werden, die McKenna Wort für Wort kannte. Er zog seine Magnum und jagte jedem der drei eine Kugel durch die Stirn. Sie stürzten vornüber, genau auf den Ochsen, den sie soeben aufgeschlitzt hatten.

»Herr im Himmel!« Deak warf sich herum. »Bist du wahnsinnig geworden? Wir sollten sie lebend zurückbringen. L-E-B-E-N-D!«

McKenna schob seine Magnum ins Holster zurück. »Jetzt hör mir mal zu. Wir sind jetzt länger als drei Tage in diesem Höllenloch. Die waren drei, wir sind zwei. Was glaubst du denn, wie lange wir es überlebt hätten, diese Burschen zurückzutreiben? Glaubst du im Ernst, daß du noch eine Nacht ohne Schlaf ausgehalten hättest? Oder mit vier Stunden Schlaf ausgekommen wärst? Was glaubst du denn, was passiert wäre, wenn du deine Augen nur für einen Moment geschlossen hättest: Die hätten erst dich fertiggemacht und dann mich. Das wäre passiert. Dies war der sicherste Weg. Der einzige.«

Sie schlugen ihr Lager für die Nacht auf und machten sich über die Reste des Ochsen her. Aber sobald sie den Geruch des Todes aufgenommen hatten, waren auch die Fliegen da. Es war ein seltsamer Anblick, Fliegen mitten in der Wüste. Aber sie waren nicht zu vertreiben und krochen, ohne Unterschied, über den toten Stier und die Eingeborenen.

Tapp-tapp-tapp. Im letzten Tageslicht hatte McKenna den Kopf herumgewandt. Tapp-tapp-tapp. Sein Blick wanderte zur Quelle des Geräusches. Eine Fliege flog wieder und wieder gegen das offene Auge eines der toten Eingeborenen, als sei es eine Glasscheibe, als sei sie in einem Raum gefangen.

Tapp-tapp-tapp. Tapp-tapp-tapp, immer wieder, vollkommen sinnlos. Das Geräuschmuster zerrte an McKennas Nerven. Er stand auf und ging zu dem Toten. Tap-tapp-tapp. Er sah hinunter in den glanzlosen Augapfel. Tapp-tapp-tapp.

»Zur Hölle mit dir!« Er holte mit dem Fuß aus und schlug seine Stiefelspitze in das aschfahle Gesicht. »Ruhe!« Dann rieb er sich die Reste der Fliege von der Sohle. Dem toten Eingeborenen machte das auch nichts mehr.

Doch in jener Nacht war das Tapp-tapp-tapp in McKennas Träume zurückgekehrt, und dieses Mal hatte er nichts dagegen tun können. Ausgestreckt lag er an Pflöcke gebunden auf dem sengenden Wüstensand, die Sonne blendete ihn, und er konnte sie auf seinem ganzen Körper fühlen. Die Fliegen.

Schweißgebadet schreckte er schließlich aus seinem Traum hoch, das Herz schmerzte ihm in der Brust. Deak Jones saß neben ihm, die Knie unters Kinn gezogen. Er starrte McKenna ins Gesicht. Als er sah, daß McKenna wach war, sagte er: »Ich wollte dich schon fragen, wie du es fertigbringst, zu schlafen.«

Nach ihrer Rückkehr in die Zivilisation hatte Jones um Versetzung gebeten, und McKenna hatte nie wieder etwas von ihm gehört. Was man von dem Tapp-tapp-tapp nicht sagen konnte.

Tausende von Meilen entfernt und dreizehn Jahre später traf die Erinnerung McKenna jetzt wie eine tonnenschwere Ramme. Mit zwei schnellen Schritten hatte er den Raum durchquert, Daumen und Zeigefinger schossen wie eine Zange vor und quetschten die Fliege gegen die dreckverschmierte Scheibe.

»Als ob man sich einen Pickel ausdrückt«, murmelte er und ging in eine der beiden Kabinen. Er schloß die Tür, legte den Riegel um, setzte sich und legte sich die Brieftasche in den Schoß.

Eine Zeitlang rührte er sich nicht. Dann schüttelte er sich eine Zigarette aus der Packung, zündete sie an, sog den Rauch tief in die Lungen hinunter und stieß ihn zischend wieder aus. Es klang wie ein Seufzer. Der Resignation vielleicht?

Mit einer heftigen Bewegung ließ McKenna die Kupferschließen der Brieftasche aufspringen. Er öffnete das Lederfach. Benommen hielt er den Atem an. Die Zigarette hing ihm gefährlich lose zwischen den Lippen, der Rauch stieg an seinen Augen vorbei.

»Herr im Himmel!« Es war ein rauhes Flüstern. Als folgten sie ihrem eigenen Rhythmus, begannen seine Hände das Bündel Geldnoten durchzublättern. Es waren dreitausend US-Dollars. Er zählte die Scheine noch einmal und kam zu demselben Ergebnis.

Erst jetzt sah er die Nachricht. Sie war gegen die Innenseite des Lederfachs geklebt worden. Er öffnete sie. ›Für geleistete Dienste‹, las er. ›Sollte eine solche Wochengratifikation für Sie von Interesse sein, dann kommen Sie heute nacht um 2 Uhr 30 bitte zum Hair Pin Beach. Am zweiten Lichtmast drei Kilometer nordöstlich von Stanley gehen Sie geradewegs zum Strand hinunter, bis ans Wasser.‹

Die Mitteilung, auf einer Schreibmaschine getippt und natürlich ohne weitere verwertbare Spuren, war nicht unterschrieben.

Wie ein Magnet zog der Inhalt der Brieftasche McKennas Blick wieder auf sich. Ein Schauer lief ihm über den Rücken wie eine Vorahnung.

Als Rodger Donovan in sein neues Büro gezogen war – es hatte bis zu dessen Ermordung dem ehemaligen Direktor der *Pyramide* Anthony Beridien gehört –, hatte er sich auch ein kleines Gemälde von Georges Seurat an seinen Arbeitsplatz mitgebracht.

Donovan schätzte es als ganz außergewöhnliches Bild. Er hatte es übrigens einmal als Geschenk erhalten. Zweimal am Tag – im ersten Morgenlicht und zur Abenddämmerung –, wenn das Licht ideal ins Zimmer fiel, verwandelten sich die scheinbar disparaten Farben in einem unerklärlichen Wirbel für das Auge zu einem einheitlichen Farb- und wunderbarerweise auch Formgefüge.

Genau das war es, so dachte Donovan, was die Bilder Seurats für ihn so anziehend machte. Dies waren Wunder, die nur ein Künstler schaffen konnte. Denn Donovan war sich absolut sicher, daß es im grauen Alltag keine Wunder gab. Nur Seurat hatte die Macht, Donovan in eine andere Wirklichkeit zu entführen.

Noch immer schlug ein heftiger Regenguß gegen die Fenster, als er sich schließlich von dem Wunder abwandte. Wieder ertönte der Summer, und Donovan rief: »Ja, bitte.«

Die schwere Tür öffnete sich. Zwischen die zwei sieben Zentimeter dicken Holzblätter aus Mahagoni war eine knapp drei Zentimeter starke Stahlplatte eingelassen, um ihn vor der unwahrscheinlichen Möglichkeit eines Anschlags zu schützen. Unwahrscheinlich deshalb, weil er nach dem Tod von Henry Wunderman ein sechsfach abgesichertes Schutzsystem installiert hatte.

Im Türrahmen erschien eine große, schlaksige Gestalt in Tweedpullover, brauner Wollhose und bequemen Schuhen gleicher Farbe. Das lange krause Haar und die hohe Stirn ließen den Mann allenfalls wie neunzehn oder zwanzig aussehen, tatsächlich war er jedoch schon einunddreißig Jahre alt. Er hatte blasse Augen, einen makellosen Teint, und seine Wangen zeigten vom Skilaufen im Winter und dem Surfen im Sommer eine gesunde Farbe.

Donovan zeigte auf einen Thonet-Stuhl. »Nimm Platz, Tony.«

Mit langen Schritten durchmaß Tony Simbal den Raum. Die Leichtigkeit seiner Bewegungen erinnerte sofort an Cary Grant, und entsprechend war auch sein Erfolg bei Frauen. Er setzte sich auf den Stuhl und faltete seine langen, schmalen Hände auf den übereinandergeschlagenen Knien.

»Wie war's in New York?« fragte Donovan.

Simbal ließ ein leises Stöhnen hören. »Dreckig. Und dann ist da heutzutage ein derartiger Verkehr, daß du unbedingt die U-Bahn benutzen mußt, wenn du auch nur halbwegs pünktlich irgendwo ankommen willst.« Er grinste. »Da unten ist dann das wichtigste zum Überleben eine Magnum.«

»Aber dir ist nichts Unangenehmes passiert, denke ich.«

»Nein. Ich habe meine Zähne gefletscht, und das hat mir die Zulus vom Leib gehalten.«

Zulus. Donovan konnte ein leises Lachen nicht unterdrücken, was seine ernste Miene sekundenlang wegwischte. Das Wort weckte Erinnerungen. Tony Simbal war noch ziemlich neu bei der *Pyramide*, dennoch gehörte er bereits zu den engsten Vertrauten des neuen Direktors. Donovan hatte ihn bei der Drogenfahndung abgeworben.

Gemeinsam mit Simbal hatte er Standford besucht. Wo sie nur konnten, hatten sie sich Konkurrenz gemacht, waren dabei verschworen gewesen wie Brüder und die besten Freunde. Sie waren als Nachbarkinder aufgewachsen, die beiden Väter im ewigen Wettstreit um sämtliche Schachtitel, die es an der Pazifikküste zu ergattern gab.

Für die Reorganisation der *Pyramide*, nach dem Tod von Beridien und Wunderman, hatte sich Donovan bei allen Personalentscheidungen ein oberstes Auswahlkriterium gesetzt: absolutes Vertrauen. Deshalb hatte er Tony Simbal angeheuert. Auf der High-School waren sie beide sogar hinter demselben Mädchen hergewesen, was der Angebeteten natürlich schmeichelte. Und da sie zugleich auch noch ziemlich unkonventionell war, verteilte sie ihre Samstagabende abwechselnd auf beide Verehrer. Bis sie von Donovan und Simbal eines Tages vor die Wahl gestellt wurde, sich für einen zu entscheiden. Das sei unmöglich, hatte sie ihnen erklärt, denn jeder von ihnen hätte bestimmte Vorzüge, die sie schätzte und nicht missen wollte. Dieses Urteil hatte ihre Freundschaft für immer besiegelt. Zwar setzten sie ihren Wettkampf gegeneinander auch danach fort – zumeist auf akademischem Feld –, doch führte keiner von ihnen wirklich Buch über Siege und Niederlagen. Vielmehr schienen sie Höhen und Tiefen eher gemeinsam zu durchleben, im Kopf stets die Worte ihrer ehemaligen Freundin von der High-School. Und jetzt, nachdem sie den Namen des Mädchens längst vergessen hatten, mußten sie beide wieder an jene Zeit denken, die plötzlich eine magische Aura zu besitzen schien, wie einst jener Moment, in dem König Arthur das Schwert Excalibur aus dem Stein zog.

»Also keine Zulus in Chinatown«, sagte Donovan. Zulus hatten sie immer die Schwarzen genannt, die mit dem Gesetz auf Kriegsfuß standen.

»Nein«, erwiderte Simbal. »Nur ein mausetoter Weißer.«

»Wie sah er aus?«

Simbal verzog das Gesicht. Er stand auf und ging zu dem Seurat hinüber. »Wie ein Kotelett, das auf dem Grill vergessen worden ist. Er hatte absolut keinen Fetzen Fleisch mehr im Gesicht. Ich weiß nicht, ob du dir das vorstellen kannst, aber Alan Thune ist von einem Drachen geröstet worden.«

»Wie bitte?«

Noch immer sah Simbal sich den Seurat an. »Beim chinesischen Neujahrsfest. Thune sollte das Geld für eine Dreivierteltonne Opium der Qualität 4 abkassieren. Der reine Mohnsaft. Statt dessen ist ihm ein Drache über den Weg gelaufen. Der hat das Maul aufgerissen und Thune geröstet.«

Donovan sah ihn fragend an, und Simbal lächelte.

»Drachen gehören traditionell zu diesem Neujahrsfest. Ein Kopf aus Pappmaché, dahinter ein paar verkleidete Leute. Nur steckte in dem Kopf dieses Drachens leider auch noch ein Flammenwerfer.«

»Dann wird nicht viel von ihm übriggeblieben sein«, sagte Donovan.

»Sehr richtig. Aber unsere Leute haben sein Gebiß untersucht. Sämtliche Kronen saßen an der richtigen Stelle. Es war Alan Thune, ganz sicher.«

»Dieser Dreckskerl.« Donovan ließ sich gegen die Lehne seines Ledersessels sinken. »Nur schade, daß ich ihn nicht selbst erledigen konnte.«

Durch die schmalen Schlitze der balinesischen Holzjalousien konnte Simbal das Weiße Haus erkennen und einen Teil seines penibel gepflegten Rosengartens. Doch der strömende Regen ließ das Bild immer wieder verschwimmen. Er fragte sich, warum Donovan der Tod von Thune derart unter die Haut gefahren war. In Standford, erinnerte er sich, hatte absolut nichts der schönen glatten Fassade, die Donovan nach außen zur Schau stellte, etwas anhaben können: nicht die schwierigste Prüfung, nicht einmal die Trennung von einer Freundin. Nicht, daß Donovan keine Gefühle gehabt hätte, Simbal wußte, daß das Gegenteil der Fall war, er zeigte sie nur nicht in der Öffentlichkeit. Wie er es eben getan hatte.

»Du hast doch zwei Jahre in Südostasien zugebracht«, fuhr Donovan schließlich fort. »Und die ganze Zeit über hast du die *diqui* beobachtet.« *Diqui* – in Mandarin war das die Bezeichnung für den Planeten Erde – schien wirklich der passende Name für eine Organisation von solcher Macht und solchem Einfluß zu sein. »Kannst du dir vorstellen, was da los ist?«

Simbal studierte immer noch den Seurat. »Ist der echt?«

»Nein«, antwortete Donovan, »nur eine Kopie. Ich wünschte, ich hätte das Original. Aber das hängt in Paris.«

Simbal drehte sich um. Allmählich verlor das Licht im Zimmer seine Kraft. »Warum jemand ausgerechnet von einem Drachen geröstet wird, ist nicht gerade leicht zu erklären. Aber eines ist sicher: Mehr Öffentlichkeit hätte man sich für die Hinrichtung eines Mannes nicht wünschen können, und *das* sollte uns einiges sagen.«

»Eine Warnung?«

Simbal nickte. »Ohne Zweifel. Aber wovor? Thune war der Topkurier der *diqui*-Leute in Amerika. Hat er sie vielleicht um Geld betrogen? Oder wollte jemand die *diquis* selbst treffen? Oder war es vielleicht nur ein persönlicher Racheakt? Oder hatten die *diquis* irgend etwas anderes gegen Thune in der Hand?« Er zuckte die Schultern. »Im Moment ist eine Antwort darauf unmöglich.«

Donovans graue Augen musterten den Freund eine Zeitlang. Auf einer Anrichte aus Chrom und Rosenholz an der hinteren Wand des Raumes tickte eine antike französische Uhr. Draußen auf der Straße zerrte der Wind immer heftiger an den Schirmen der wenigen Fußgänger. Und die Regentropfen trommelten gegen die Scheiben, als würde das Haus von irgendwelchen Demonstranten mit Steinen bombardiert.

»Das Wort *unmöglich* kenne ich nicht. Du wirst doch eine Vermutung haben?«

Simbal ging zurück zu seinem Stuhl und setzte sich wieder. Eine Zeitlang blieb er stumm. Das Ticken der französischen Uhr schien sein Schweigen zu messen. »Ich habe mein gesamtes Material durch den Computer gejagt.« Simbals Stimme ließ keinen Zweifel an seiner Autorität. »Doch du weißt, Rodger, was ich von Computern halte. Sie spucken doch nur aus, was andere in sie hineinprogrammiert haben. Und das tun bei sämtlichen öffentlichen Behörden in der Mehrzahl eben Schwachköpfe, die es gewohnt sind, in Budgets zu denken und daran, wie es bisher immer gewesen ist. Denen fehlt jede Fantasie, und folglich hat das von ihnen gesammelte Datenmaterial dieselben Schwächen.«

Donovan legte die Hände aufeinander und ließ die Kuppen seiner Finger gegeneinandertrommeln. »Erzähl mir doch nicht, daß du in deinem Kopf nicht schon längst alle möglichen Antworten durchgespielt hast.«

Simbal lächelte dünn. »Meine Nase sagt mir, daß die *diquis* nichts mit der Sache zu tun haben. Ich bin Thune schon ziemlich lange auf den Fersen gewesen, und wenn er nicht irgend etwas Gravierendes angestellt hatte, was mir dann entgangen sein müßte, dann kann ich nur sagen, daß seine Stellung in der *diqui* nicht gefährdet war. Im Gegenteil, ich hatte eher den Eindruck, daß er demnächst die Treppe hinauffallen würde. Irgend jemand schien ihn für etwas Größeres auserkoren zu haben als für den Laufburschenjob.«

»Wer zum Beispiel?«

Simbal schüttelte den Kopf. »Tut mir leid, so weit bin ich noch nicht gekommen.«

»Dann geh die Sache noch mal an.« Simbal ließ Donovans Kopf nicht aus den Augen. Er schien ihn nur mit größter Anstrengung stillhalten zu können. Wieder fragte sich Simbal, was Donovan unter die Haut gefahren sein mochte. »Bleib an der Geschichte unter allen Umständen dran.«

Simbals Augen weiteten sich. »Das wird Schiffer aber überhaupt nicht gefallen.« Er sprach von seinem Vorgesetzten. »Er konnte es schon nicht leiden, daß ich nach New York geflogen bin, ohne ihn vorher zu informieren. Gleich heute morgen hat er mir deswegen in den Ohren gelegen.«

»Das ist vorbei«, erwiderte Donovan.

»Und das heißt?«

»Von jetzt an bist du mir, und zwar nur noch mir verantwortlich. Klar?«

Simbals Augen schienen bleich wie das Licht der Wintersonne auf einer Eiswüste. »Damals in Burma habe ich eine Frau kennengelernt. Ein Mädchen eigentlich noch. Sie war eine Shan. Sie war von dieser geradezu polynesischen Schönheit, wie die Burmesinnen sie besitzen.

Vom Standpunkt eines Westlers betrachtet, war sie ungebildet, aber sie konnte besser schießen als drei Viertel der Spezialisten von der Drogenfahndung einschließlich mir selbst. Ihr Vater war unvorstellbar reich. Er besaß Unmengen von Rohdiamanten, und wenn ich mich recht erinnere, handelte er auch noch mit Rohopium.

In den Shan-Staaten, lieber Rodger, gibt es nämlich so etwas wie Zivilisation nicht. Dort gibt es nur Leben und Tod. Nur Liebe und Haß. Damals hat mich diese Erkenntnis zutiefst getroffen. Denn plötzlich begriff ich, daß ich genau deshalb dorthin gegangen war, daß ich deshalb meinen Traumjob bei Cray Computers aufgegeben hatte, einen Job, für den andere jeden Mord begangen hätten.

Ich bin, glaube ich, im Grunde kein zivilisierter Mensch.« Simbal beugte sich vor, und Donovan erkannte, welche Kraft seine Hände hatten. »Ich kann die Vorschriften und Regeln, die mir die Zivilisation aufzwingt, nicht ertragen. Deshalb war Cray nichts für mich. Und auch die Drogenfahndung nicht, wo du nicht einmal auf die Toilette gehen konntest, ohne vorher ein entsprechendes Antragsformular auszufüllen. Und ich hasse Formulare.«

»Und es hat dir nicht gefallen, Schiffer unterstellt zu sein«, sagte Donovan. »Das weiß ich schon lange.« Er musterte Simbal. »Zu Zeiten meiner Vorgänger hatte es die *Pyramide* in erster Linie mit den Ränken zu tun, die Moskau sich einfallen ließ. Das mußte damals vielleicht sogar so sein. Anthony Beridien hat diese Organisation unter der Herrschaft von John Fitzgerald Kennedy gegründet.«

Simbal ließ ein verächtliches Knurren hören. »Herrschaft? Ist das nicht ein bißchen zu hoch gegriffen, um die Amtsführung eines amerikanischen Präsidenten zu beschreiben?«

»Nicht im Falle Kennedys. Beridien hat mir stundenlang von jener Zeit erzählt. Das Reich Camelots. Erinnere dich, daß die Presse in diesem Ton über Kennedys Regierung geschrieben hat. Die goldenen hundert Tage.« Auch Donovans Stimme hatte einen angeekelten Unterton bekommen. »In Amerika reduziert sich am Ende doch alles auf einen Werbeslogan. Werbung, Tony, das ist es, was in Amerika noch wahrgenommen wird. Ansonsten haben doch die Leute genug damit zu tun, sich einen neuen Toyota oder Subaru zu kaufen. Aber wenigstens wir beide wissen, was Werbung im Grunde ist: der letzte Dreck.«

Simbal musterte interessiert diesen typisch amerikanischen blondhaarigen Wunderknaben, zu dem sein langjähriger Freund sich gemausert hatte. Wer hätte so etwas von ihm erwartet? ging es ihm durch den Kopf. Damals in Stanford waren wir nichts weiter als zwei sexhungrige junge Geniusse. Und daraus sind jetzt diese zwei einsamen Wölfe geworden. »Also müssen wir beide da raus.«

»Da raus?«

»Aus der Zivilisation, Rodger. Sie stinkt zum Himmel. Hab' ich dir doch gesagt. Und jetzt mußt du eben auch sehen, wie du da rauskommst. Auf deine Weise natürlich.«

Donovan schien einen Moment lang zu überlegen. »Ich hatte gerade von Beridien gesprochen.«

»Und von Kennedy.«

»Kennedy gab der *Pyramide* den ersten Auftrag. Sie war Beridiens Idee, aber erst Kennedy hat sie zum Leben erweckt. Die *Pyramide*, Tony, war das Kind reinster Paranoia. Damals in den Sechzigern schrumpfte die Welt auf geradezu dramatische Weise zusammen. Die Russen schienen bereits an die Tür zu klopfen. Die Raketenkrise um Kuba war ein erschreckender Beweis dafür.

Egal, jedenfalls klebten Kennedy und Beridien zusammen wie zwei Brüder. Der Präsident wußte sehr genau, wann er es mit einer starken Persönlichkeit zu tun hatte, also ließ er Beridien seine Meinung. Aber die Sache hatte einen Haken. Jeder neue Präsident konnte die *Pyramide* im ersten Monat seiner Amtszeit ohne weitere Erklärung auflösen. Und zwar aus einem ganz besonderen Grund.

Die *Pyramide* ist ausschließlich dem Präsidenten unterstellt, Punkt. Hier schnüffeln keine neugierigen Senatoren herum, und wegen unseres Etats müssen wir auch nicht auf dem Capitol Hill betteln gehen. Niemand kennt uns wirklich oder weiß, was wir tun. Wir sind ein Rudel einsamer Wölfe... und mit Sicherheit das Letzte in der amerikanischen Regierungsgeschichte. Das solltest du nie vergessen.«

Donovan legte seine Hände flach auf den Tisch. »Beridien mag von dem Wahn besessen gewesen sein, sich ausschließlich um die Russen kümmern zu müssen. Ich bin es nicht. Heutzutage haben wir uns um andere, dringlichere Probleme zu sorgen. Weshalb ich dich ja auch von der Drogenfahndung abgeworben habe. Du hast dich dort um die *diqui* gekümmert, und genau solche Erfahrungen brauchen wir hier in der *Pyramide*.«

»Aber dem internationalen Rauschgifthandel gilt ja wohl nicht gerade das erste Interesse der *Pyramide*«, erwiderte Simbal. »Außerdem hat die Drogenfahndung die Sache ziemlich fest im Griff, und ich muß dir nicht sagen, wie scharf mein alter Boß Max Threnody seinen Kompetenzbereich bewacht. Der gerät schon aus dem Häuschen, wenn irgendeine andere Behörde auch nur Datenmaterial von der DEA anfordert.«

»Kein Problem für mich«, sagte Donovan. »Threnody soll sich doch um soviel Kokain- und Opiumgeschäfte kümmern, wie seine Leute bewältigen können. Denn du hast recht, Rauschgift ist nicht unser erstes Interesse. Aber Kam Sang. Seit anderthalb Jahren versuche ich jetzt, Genaueres über dieses streng geheime chinesische Projekt herauszubekommen. Das war übrigens auch der Hauptgrund, weshalb ich vor ein paar Monaten Jake Maroc wieder anheuern wollte. Ich hab' einen Hinweis bekommen, daß er wissen müßte, was es mit Kam Sang auf sich hat. Sein Vater soll unmittelbar mit Kam Sang zu tun haben. Und was der alte Herr weiß, wird auch Jake wissen, denke ich.«

»Und warum fragst du ihn dann nicht einfach?«

»Sehr witzig. Jake war dem alten *Pyramide*-Regime treu ergeben. Dann haben sie ihn gefeuert. Der würde mir nicht mal die Uhrzeit sagen, wenn es ihm nicht in den eigenen Kram paßt.«

Simbal ging zum Schreibtisch hinüber. »Und was hat Kam Sang mit Alan Thunes Hinrichtung zu tun?«

»Das weiß ich auch nicht«, gestand Donovan. »Vielleicht gar nichts. Aber urplötzlich erhalten wir aus dem Fernen Osten immer mehr Zeichen dafür, daß die *diqui* sich für Kam Sang interessiert. Warum? Deren erstes Interesse dürfte es doch auch nicht sein.«

»Sind schon irgendwelche Leute mit der Sache beschäftigt?« wollte Simbal wissen.

»Ja, Powers und Choi.«

»Sollte ich dann nicht erst einmal mit ihnen reden?«

»Dazu bräuchtest du ein gutes Medium«, erwiderte Donovan. »Sie ruhen an einem sicheren Ort.«

»Tot?«

»Schuß ins Auge, bei beiden.«

»Die Handschrift der *diquis*.« Simbal überlegte, ob das am Ende der Grund für Donovans Nervosität war.

Donovan stand auf. »Ich habe so ein Gefühl, Tony, daß da irgend etwas, das vielleicht ganz harmlos angefangen hat, vollkommen außer Kontrolle geraten ist. Vielleicht war Alan Thunes Tod nur der Anfang von einem internationalen Blutbad.«

Simbal beobachtete Donovans Gesicht. »Noch mal zu Threnody«, sagte er, »was soll ich ihm erzählen?«

»Herr im Himmel, benutz deine Fantasie«, erwiderte Donovan. »Es ist ganz egal, was du ihm sagst. Solange es nicht die Wahrheit ist.«

Sawyer Place, die einzige Straße in Hongkong, die nach einem Amerikaner benannt worden war, erstreckt sich östlich von Connaught Road

Central. Das Sawyer Building bildet das Mittelstück der beiden Blocks, an denen die schmale Durchgangsstraße entlangläuft. Ein Prachtbau aus weißem Stein und blauem Granit, der Mitte der dreißiger Jahre errichtet worden war, als man so etwas noch bezahlen konnte. Inzwischen mußte selbst die Bank of China ihre Baumaterialien aus Kanada beziehen, um die Kosten noch einigermaßen im Griff behalten zu können.

Unzählige Firmen hatten hier ihren Stammsitz. Das Haus lag zwischen dem Connaught Tower und einem nicht weniger imposanten Gebäude, das bis vor kurzem noch Mattias, King & Company beherbergt hatte, eines der ältesten und berühmtesten Handelshäuser in ganz Asien.

Doch der neue Tai pan von Mattias, King & Company, ein geborener Engländer aus London, hatte es für richtig befunden, vielleicht sogar aufgrund einer Intervention der Queen persönlich, den Hauptsitz des ehrwürdigen Hauses auf die Bermudas zu verlegen. Offensichtlich sollte das der Firma auch für die Zukunft einen Platz in einem steuerfreien Paradies sichern, aber die anderen Tai pans der Kronkolonie wußten, daß der treibende Grund für diesen Schritt die panische Angst der Engländer vor den Rotchinesen gewesen war, denen sie unterstellten, sie wollten den freien Markt in Hongkong zerstören.

So war die Bank of China, während sie auf die Fertigstellung ihres gigantischen neuen Bürohochhauses wartete – der berühmte I. M. Pei hatte es entworfen –, in das Mattias-King-Gebäude gezogen. Ein Zeichen, wie Andrew Sawyer sagte, für die sich ändernden Zeiten.

Der alte Tai pan, das schneeweiße Haar auf dem fleckigen Schädel hatte sich deutlich gelichtet, verließ seinen Aussichtsplatz. Die drei Meter hohen Fenster seiner Büroflucht auf der Spitze des Sawyer Building gaben den Blick frei über ganz Kowloon, den Victoria Harbor bis hin zu der nebelverhangenen Küstenlinie Asiens.

Sawyer & Sons gehörte seit vielen Jahren zu der Handvoll äußerst erfolgreicher westlicher Handelshäuser in Hongkong. Bereits in Shanghai, wo Andrew Sawyers Vater das Unternehmen gegründet hatte, war Zilin Barton Sawyers stiller Teilhaber geworden. Aber die Shis waren nicht nur Partner von Sawyer & Son, Andrew Sawyer war Zilin darüber hinaus auch noch persönlich verpflichtet, durch eine Schuld, die er niemals würde bezahlen können. Denn ohne Zilins Intervention wäre Andrew Sawyer, damals noch jung und unerfahren, niemals Tai pan des Handelshauses geworden. Chen Ju, Barton Sawyers chinesischer Vertrauter und seine rechte Hand, hatte diese Position für sich selbst vorgesehen gehabt.

»Mit der Enttarnung von Peter Ng als sowjetischem Spion«, Andrew Sawyer sprach gerade von seinem eigenen ehemaligen chinesischen Spitzenmann, »hat der ganze Ärger für uns angefangen. Unsere sämtlichen Sicherheitsmaßnahmen sind damit aus den Angeln gehoben, und am liebsten würde ich Sir John Bluestone dafür an den Daumen aufhängen.«

»Das wäre, glaube ich, nicht unbedingt das klügste«, Jake, er saß auf einem Ledersofa an einer Seitenwand des riesigen Büros, antwortete ihm mit ruhiger Stimme.

In dem Raum hatte sich eine lastende Spannung aufgebaut und das hatte bereits begonnen, noch bevor dieses außergewöhnliche Treffen der obersten Köpfe des *yuhn-hyun* – Jake, Sawyer, Three Oaths Tsun und T. Y. Chung – überhaupt angefangen hatte. Sawyer, in dessen Händen die Tagesarbeit der Organisation lag, hatte die Notsitzung einberufen. Eine heikle Sache, da die geschäftlichen Streitereien zwischen Three Oaths und T. Y. Chung noch immer ein öffentliches Thema waren und sie also nicht zusammen gesehen werden durften. Zilin hatte das Gerücht dieses Streits listenreich in die Welt gesetzt, damit seine beiden Brüder noch bessere Geschäfte machen konnten, und zwar mit Partnern, die sich sonst niemals mit ihnen zusammengetan hätten. Nur ein extremer Notfall konnte also der Grund dafür sein, daß Andrew Sawyer die Männer am hellichten Tag zusammengeholt hatte. Und nach seiner Meinung war ihm keine andere Wahl geblieben.

»Es war Bluestone, der meinen Spitzenmann umgedreht hat; Bluestone ist der Spitzenagent der Sowjets in Asien«, erklärte Sawyer wütend. Er klopfte auf einen schweren Umschlag. »Hier haben wir genug Beweise, um ihn ans Messer liefern zu können. Außerdem war ich schon immer dafür, ihn auszuschalten. Sag mir einer einen guten Grund, warum wir ihn jetzt nicht endlich von den Behörden einsammeln lassen sollen.«

»Erstens, weil wir jetzt unseren Feind kennen«, antwortete Jake nachdenklich. »Du verlangst, daß ich einen riesigen Vorteil aus der Hand gebe, und genau das werde ich nicht tun. Wir haben jetzt die Möglichkeit, den wichtigsten Agenten der Sowjets auf dem Kontinent, Sir John Bluestone, auf Schritt und Tritt zu überwachen. Wenn er dagegen aus dem Verkehr gezogen wird, wer wird dann Daniella Vorkutas Ersatz für ihn sein? Wir werden es nicht wissen, bis es vielleicht zu spät ist. Außerdem würde mit ihm selbst auch Bluestones Informantennetz, in das wir gerade eindringen, zerstört werden. Mit Sicherheit würde sein Führungsoffizier in Moskau, Daniella Vorkuta, dafür sorgen. Lieber fängt sie noch einmal ganz von vorn an. Und wir werden wieder im dunkeln herumtasten. Willst du das wirklich?«

Sawyer setzte sich auf die Armlehne des Sofas, auf dem Jake saß, und fuhr sich nervös mit der Hand durchs Haar. »Natürlich nicht.« Seine blauen Augen blitzten. »Aber ich verlange Gerechtigkeit für das, was Bluestone mir angetan hat.«

»Du wirst sie bekommen«, erwiderte Jake ruhig. »Zur rechten Zeit. Es ist noch nicht Ernte, Andrew.«

»Und inzwischen fällt alles um uns herum in Trümmer. Bluestone versucht, über Strohmänner die Kontrolle über unsere Unternehmungen zu bekommen – und dazu zählt auch unsere Tochtergesellschaft Pak, über die unsere Verbindung nach Kam Sang läuft. Deshalb ist es lebenswichtig für uns, die Mehrheitsbeteiligung an den Gesellschaften zu behalten. Habe ich nicht recht, Ehrenwerter Tsun?«

»Ich habe diese Gesellschaften gegründet«, erwiderte Tsun, »und ich würde sagen, ja. Mit unserer Tochter Pak würden wir fast zweihundert Millionen US-Dollars verlieren.«

»Und daß die *yuhn-hyuns* die Kontrolle über Kam Sang behalten, ist für uns von absoluter Wichtigkeit«, erklärte Jake. »Darüber kann es überhaupt keine Diskussion geben.«

»Aber unser Kampf um die Mehrheit bei Pak und dazu noch die gestiegenen Investitionen in Kam Sang haben unsere Liquidität stark eingeschränkt«, beharrte Sawyer.

»Wissen Sie überhaupt, was das bedeutet«, mischte sich T. Y. Chung ein. »Noch nie in meinem Leben habe ich miterlebt, daß auf einen Schlag derart viel Geld investiert wurde, wie wir in die InterAsia Trading gesteckt haben. Wir sind drei der reichsten *Tai pans* in ganz Asien, und wegen der außergewöhnlichen Richtlinien, die Shi Zilin uns verordnet hat, haben wir unsere sämtlichen Rücklagen dem *Zhuan* zur Verfügung gestellt. Ich weiß ja nicht einmal genau, wohin mein ganzes Kapital verschwunden ist.«

»Ein klassischer Fall von viel zu schnellem Wachstum«, erklärte Three Oaths. »Es tut mir leid, das sagen zu müssen, aber vielleicht hat sich der Jian diesmal geirrt.« Er wandte sich zu Jake um. »Ich verstehe immer noch nicht, warum wir die InterAsia Trading überhaupt gründen mußten. Zu einer Zeit, in der wir, wie der Ehrenwerte Chung bereits ausgeführt hat, unser ganzes Geld brauchen, um Kam Sang abzusichern, scheint es mir ein großer Fehler gewesen zu sein, ein vollkommen neues Unternehmen starten zu wollen. Noch dazu eines, das unser gesamtes Privatvermögen verschlingt. Herr im Himmel, unser gesamtes Geld steckt jetzt in der InterAsia Trading, das wird auch unseren Gegnern inzwischen kein Geheimnis mehr sein. Das weißt du ganz genau, *Zhuan*. Und die InterAsia wird die Haie wie ein Magnet anziehen. Dieser Dreckskerl Bluestone wird doch jeden Preis zahlen, um die Kontrolle bei der InterAsia übernehmen zu können.«

»Aber bitte bedenkt doch auch einmal die andere Seite«, erwiderte Jake ruhig. »Dank der Taktik meines Vaters besitzen wir jetzt ein Unternehmen ohne Bindungen an die Vergangenheit und ohne jeden festgelegten Geschäftszweck. Schon bald können wir die InterAsia für jeden nur erdenklichen Zweck einsetzen, und das, ohne die Geschäftswelt oder bei der Regierung auch nur die leiseste Frage aufkommen zu lassen. Diese Freiheit hätte uns keine unserer bereits bestehenden Unternehmungen bieten können, auch nicht unsere Hausbank, die SouthAsia Bancorp. Das wäre mit jedem anderen unserer Unternehmen unmöglich gewesen, ob sie nun auf Schiffsfracht spezialisiert sind, auf Warenhandel oder den mit Immobilien. Die InterAsia ist eine Gesellschaft für die Zukunft, eine Gesellschaft, die wir ganz nach unseren Bedürfnissen formen können. Und irgendwann wird sie das Dach für unser Engagement in neuen Geschäftszweigen werden.«

»Aber für welche Geschäfte genau soll die InterAsia denn nun genutzt werden?« fragte T. Y. Chung. »Wir anderen sind doch immer noch vollkommen im unklaren darüber, wofür wir unseren gesamten Besitz eigentlich aufs Spiel gesetzt haben.«

»Die InterAsia ist nicht das Thema dieser Sitzung«, unterbrach Andrew Sawyer ihn. »Entschuldige bitte, *Zhuan*, aber ich habe das Wichtigste für heute vielleicht zu lange zurückgehalten.« Er wischte sich mit einem Leinentaschentuch den Schweiß von der Stirn und fuhr dann fort: »Ich muß die Anwesenden leider davon in Kenntnis setzen, daß unsere Rechnungsprüfer heute nacht endgültig zu dem Schluß gekommen sind, daß der Leiter der SouthAsia Bancorp über fünfundzwanzig Millionen Dollars systematisch in private Holdings außerhalb der Kronkolonie geschleust hat.«

Jake blieb stumm, aber in seinem Kopf war nur ein Gedanke: Wenn das die Presse erfährt, sind wir ruiniert.

»Daß diese wurmstichigen Bänker doch alle der Teufel holt!« explodierte Three Oaths. »Von diesen Bankinstituten ist doch nie etwas Gutes gekommen. Da verstecke ich meine Goldbarren lieber unter meinem Bett und habe von diesen Scheißkerlen nichts zu befürchten!«

Jake wartete geduldig, bis die Tirade verklungen war. »Und du bist sicher, daß es Teck Yau war?«

»Absolut sicher«, antwortete Sawyer. »Wir wissen inzwischen, daß er sich mit einem Flug der Air India nach Delhi abgesetzt hat. Zweifellos sitzt er längst in der Schweiz oder in Liechtenstein und amüsiert sich königlich darüber, wieviel er uns unbemerkt abknöpfen konnte.«

»Und wir haben die Katastrophe am Hals.« Jakes Finger trommelten nervös auf der Sofalehne. »Als erstes müssen wir dafür sorgen, daß es keinen Skandal gibt. Die leiseste Andeutung von der Geschichte in der Presse könnte das Vertrauen der Einleger in die SouthAsia Bancorp ein für allemal zerstören.« Er mußte nicht hinzufügen, daß die meisten Chinesen wie Three Oathes dachten, ihr Vertrauen in westliche Institutionen wie Banken war nicht gerade besonders groß. Ein Skandal dieser Größenordnung konnte einen derartigen Run auf die SouthAsia auslösen, daß sie innerhalb einer Woche am Ende sein mußte. Und da der größte Teil des verfügbaren Geldes des *Yuhn-hyun* ebenfalls von der SouthAsia verwaltet wurde, konnte sich die Angelegenheit schnell zu einer gigantischen Finanzkatastrophe für sie auswachsen. Eine, von der sich der innere Kreis nicht wieder erholen würde, fürchtete Jake.

Aber das hatte mein Vater natürlich nicht voraussehen können, ging es ihm durch den Kopf. Vielleicht hat mein Onkel sogar recht. Vielleicht habe ich wirklich mit zu hohem Einsatz gespielt. Wieder mußte er an Bluestones Wochenendparty auf dem Boot denken; was war da ausgekocht worden?

Es war undenkbar für ihn, jetzt erst einmal seinen Vater um Rat zu fragen. Er war der *Zhuan*. Er mußte die Sache in die Hand nehmen, und zwar sofort.

»Ich möchte sofort sämtliche Unterlagen über unsere Verluste haben, Andrew.« Dann wandte er sich an Three Oaths. »Und dich, lieber Onkel, möchte ich bitten, sofort mit den Triaden, die zum *Yuhn-hyun* gehören, Kontakt aufzunehmen. Sie sollen alles, was in ihrer Macht steht, tun, um den Vorfall geheimzuhalten. Wenn die Presse davon erfährt, sind wir so gut wie tot.«

»Selbst die Triaden werden nicht sämtliche Zungen für immer im Zaum halten können, *Zhuan*«, erwiderte Three Oaths. »Du weißt selbst, wie schnell sich in dieser Stadt ein Gerücht ausbreitet.«

»Das ist sicher richtig«, sagte Jake und stand auf. »Aber wir brauchen zumindest für eine Woche Ruhe. Bis dahin wird mir irgendein Weg eingefallen sein, neues Geld in die SouthAsia zu schleusen.«

Three Oaths nickte. »Ich werde tun, was du verlangst. Und die Führer der Triaden werden dem nicht nachstehen. Ich werde mich persönlich um die Sache kümmern.«

»Sehr gut«, bedankte sich Jake. Wir stehen bereits am Rande des Abgrunds, ging es ihm durch den Kopf, nur noch ein kleiner Windstoß, und wir stürzen hinein.

Er mußte daran denken, was er vor vielen Jahren gelernt hatte. *Wenn man sich einer starken feindlichen Macht gegenübersieht, muß man versuchen, sie an ihren Rändern zu treffen*, hatte Fo Saan, sein Lehrer, dieser außergewöhnliche Mann, den Zilin ihm gegeben hatte, erklärt. *Wenn du einen Gegner, der offensichtlich stärker ist als du, direkt angreifst, wird sein Wille dich überwältigen und niederstrecken. Versuche, ihn mit schnellen Attacken am Rande seiner Macht zu beunruhigen. Das wird seinen Willen allmählich schwächen, und dann wirst du vielleicht einen Weg finden, ihn ins Herz zu treffen.*

Einen Augenblick später hatte er seine Entscheidung getroffen. Für ihn war klar, daß die Person, die am meisten von der Krise bei der SouthAsia profitierte, Daniella Vorkuta war. War es Bluestone vielleicht noch einmal gelungen, den inneren Kreis zu infiltrieren? Einmal hatte er es schon geschafft, woran Andrew zu Beginn ihres Gespräches sehr nachdrücklich erinnert hatte. Warum sollte es ihm also nicht ein zweites Mal gelungen sein?

Jake sah die anderen Männer der Reihe nach an. »Ich möchte euch jetzt nicht länger aufhalten.«

Er konnte sich kaum noch erinnern, wie er in den Fahrstuhl und anschließend in seinen Wagen gekommen war. In dem Moment, in dem er aus Sawyers Büro getreten war, hatte er die Krise bei der SouthAsia in seinem Kopf auch schon ganz nach hinten geschoben. Er konnte ohnehin erst etwas unternehmen, wenn Sawyer ihm umfassendere Informationen geliefert hatte.

Jake konzentrierte sich ganz auf die neuen Berichte aus Tokio und Osaka. Bliss hatte ihn unter der Dusche herausgerufen und, noch tropfend, starrte er jetzt auf die Fernsehbilder von dem, wie der Sprecher es nannte, ›blutigsten Zustammenstoß in der Geschichte des Krieges zwischen den rivalisierenden Yakuza-Clans der Kisan und der Komoto‹. Sein bester Freund, Mikio Komoto, war der *Oyabun*, der Führer des Komoto-Clans. Jake machte sich die größten Sorgen um Mikio.

›Szenen von Tod und Zerstörung‹ – drei verkrümmt daliegende Körper, enthauptet und blutüberströmt; ein ausgebranntes Haus in Osaka; dann Bilder eines brennenden Gebäudes in der Innenstadt von Tokio, eine unglaubliche Explosion, die viele augenscheinlich für den Ausbruch eines Erdbebens hielten – ›sind der vorläufige Höhepunkt einer Schlacht um Gebietsansprüche, die zu Beginn dieses Monats mit einer Serie kaum beachteter Scharmützel begann.‹

Wieder Schüsse, Menschen in Panik, angstverzerrte Gesichter, noch mehr Blut, schwarz gefärbt und verschmiert von den technischen Schwächen der Satellitenübertragung. ›Damit ist tatsächlich das Gemetzel ausgebrochen, das von einigen Offiziellen der Tokioter Sonderabteilung für die Bekämpfung der Yakuza seit langem vorausgesagt worden war. – Zu fragen bleibt nur noch, wie es ausgehen wird.‹

Jake hatte nach dem Telefonhörer gegriffen und die Nummer seines Freundes gewählt. Mikio Komoto sei nicht zu Hause, wurde ihm erklärt. Ja, seine Nachricht würde weitergegeben werden: wenn Jake irgendwie helfen könne, sei er jederzeit dazu bereit.

An diesem Morgen hatte Jake, nachdem er die Zeitungsberichte gelesen hatte, noch einmal versucht, Mikio Komoto zu erreichen. Ohne Erfolg. Auf seinem Weg zu Sawyer hatte er dessen Sekretärin, Sei An, gebeten, es noch einmal unter Mikio Komotos Privatnummer zu versuchen. Und wieder war das Ergebnis negativ.

Wo ist Mikio? fragte Jake sich. Was ist mit ihm passiert?

Als Tony Simbal in Max Threnodys Haus in Georgetown eintraf, war die Party bereits in vollem Gange. Threnody war ein großgewachsener Bostoner mit etwas steifem Auftreten, als hätte er den Campus von Oxford gerade erst verlassen und seine akademische Robe noch gar nicht richtig in den Schrank gehängt.

Dieser äußere Eindruck war schuld daran, daß niemand auf den ersten Blick vermutete, Threnody könnte einer der Spitzenleute der Drogenfahndung sein. Doch er war nicht nur das, sondern sogar Simbals direkter Vorgesetzter bei der Behörde gewesen. Und Threnody hatte auch die Idee gehabt, Simbal in die Shan-Staaten zu schicken. Denn in diesen Shan-Staaten, gelegen mitten im Goldenen Dreieck, wurde weit mehr Opium gewonnen und zu Heroin weiterverarbeitet als in sämtlichen übrigen Anbaugebieten auf der Welt. Weshalb sie für die Drogenfahndung eines der wichtigsten Operationsgebiete waren.

Die Shan-Staaten, eine Bergregion im Norden Burmas, die sich bis zur Grenze nach China hinzog, wurden von einer unbekannten Zahl von Stammesführern regiert, deren Armeen sich in einer Art Dauerkrieg mit den burmesischen und den chinesischen Regierungen befanden. Beide Länder hatten ein gemeinsames Ziel: den Opiumhandel zu vernichten.

Threnodys Haus lag in der R-Street in einem Stadtteil weit außerhalb des Zentrums von Georgetown. Vom Küchenfester aus hatte man einen guten Blick auf Dumbarton Oaks, vom Schlafzimmer im ersten Stock aus war durch die Zweige der Bäume hindurch Lovers Lane zu sehen.

Die Party war hauptsächlich von Angehörigen der Drogenfahndung besucht, doch bei seinem Rundgang durch die Parterreräume entdeckte Simbal auch ein paar Kongreßmitglieder und Kollegen von der CIA. Da die Party nichts Offizielles hatte, waren alle hier Versammelten sozusagen auf gutem Fuß mit der Drogenfahndung. Mit anderen Worten, es war ein Fest im Freundeskreis.

Das Haus war einladend gemütlich, möbliert im französischen Landhausstil. Die Farben hatten etwas Erdnahes, und alles schien nur darauf ausgerichtet zu sein, den Gemälden an den Wänden einen passenden Hintergrund zu liefern. Wann immer Threnody etwas Geld hatte investieren können, war es in die Anschaffung von Gemälden gewandert, die, neben der Arbeit, seine einzige Leidenschaft waren. Er liebte die Impressionisten, besonders Degas, Monet und Manet und die ihrem Stil verwandten Maler Pissaro und Cézanne, deren Arbeiten ihn für Stunden gefangennehmen konnten. Was ihn berührte, waren die unerklärlichen Lichtschöpfungen, und so überraschte es nicht, daß sich unter seine Sammlung auch der eine kleine Picasso und der andere kleine Braque gemischt hatten. Auf Simbal hatte das Interieur des Hauses immer auf eine unerklärliche Weise beruhigend gewirkt.

Er nahm sich ein Bier und machte sich auf die Suche nach dem Gastgeber. Threnody war in der Küche und gerade damit beschäftigt, irgendeine Bowle zusammenzuschütten.

Als ein paar junge Typen von der Drogenfahndung auf der Suche nach Eiswürfeln lachend hereinstürmten, mußte Simbal den Eingang räumen. Nicht weniger gutgelaunt erklärte Threnody ihnen, wo das Gesuchte zu finden war.

Plötzlich berührte Simbal jemand im Rücken, und er drehte sich um. Er blickte in zwei anemonenfarbene Augen, die ihm nicht unbekannt waren. »Hallo, Monica«, sagte er.

»Bis später, Tony«, hörte er Threnodys Stimme hinter sich. Und dann mit einem Lachen: »Wenn du's einrichten kannst.«

»Lange nicht gesehen.« Monica Starrs Stimme war kaum mehr als ein heiseres Flüstern. Das mitternachtschwarze Haar fiel ihr in langen Strähnen auf die Schultern. Der Anblick war atemberaubend. Als Simbal sie das letzte Mal gesehen hatte, war ihr Haar noch kurz gewesen; auch das Kindliche von damals war verschwunden. Schließlich war sie damals auch noch jünger gewesen, versuchte er sich die Veränderungen zu erklären.

Es dauerte einige Zeit, bis Simbal begriff, daß sie ihn ins Schlepptau genommen hatte und ihn, von dem Gedränge in der Küche fort, durch die Trauben aufgekratzter Partygäste dirigierte.

Sie fanden ein abgelegenes dunkles Zimmer im hinteren Teil des Hauses. Auf einem Bett türmten sich Mäntel, Hüte, Schals und Handtaschen. Durch das Fenster fiel das Licht einer Straßenlaterne herein, die auf alles einen unwirklichen Schimmer warf.

Die Schatten hatten Monica fast verschlungen. Sie hatte nur wenig Make-up aufgelegt und trug zwei kleine Diamanten in den Ohren. Wie eine Primaballerina, dachte er. An ihrem Handgelenk entdeckte er eine zierliche Uhr, aber keinen weiteren Schmuck.

»Monica«, sagte er.

Sie lächelte ihn an und schlug ihm im nächsten Moment hart ins Gesicht. »Das dafür, daß du mich sitzengelassen hast.«

Simbal rührte sich nicht. »Ich hatte einen Auftrag zu erledigen, ich war unterwegs, Monica. Herr im Himmel, was hast du anderes erwartet?«

»Daß du dich nach deiner Rückkehr meldest. So mußte ich erst zu Max gehen und ihn fragen, ob du überhaupt schon wieder hier bist.« Je heftiger sie sich erregte, um so mehr schien ihr das die Kehle zuzuschnüren. Ihre Gefühle waren drauf und dran, die bewußt zur Schau gestellte eiserne Miene zu zerstören. »Kannst du dir überhaupt vorstellen, was mich das gekostet hat? Max Threnody ist ohnehin felsenfest davon überzeugt, daß Außeneinsätze für Frauen zu gefährlich sind. Wir seien zu unberechenbar – das waren, glaube ich, seine Worte – für solche Aufträge; zu emotional.

Bis zu dem Moment, als ich in seinem Büro losgeheult habe – *losgeheult wegen dir, du Mistkerl* –, bin ich bestens mit ihm ausgekommen. Ich hatte ihn sogar fast schon so weit, mir doch irgendeinen Auftrag zu übertragen.

Und dann hat er mit eigenen Augen sehen dürfen, was du aus mir gemacht hast, und das war mein Ende. Verstehst du, was das heißt? Ich habe alles getan für diesen Job, und noch nicht einmal jetzt weiß ich, was ich anderes tun könnte.«

Simbal glaubte, ein Glitzern in ihren Augen zu sehen, die ersten Spuren von Tränen, von denen sie sich vielleicht geschworen hatte, daß er sie niemals zu sehen bekommen sollte.

»Selbst einen Hund behandelt man nicht so, wie du mich behandelt hast.«

»Es tut mir leid, Monica.« Er griff nach ihren Schultern, aber sie schüttelte seine Hände ab.

»Dadurch wird es auch nicht besser. Das weißt du selbst am besten.« Er fühlte sehr genau, wieviel Kraft es sie kostete, nicht die Haltung zu verlieren. »Max hat mir erklärt, es sei der reine Wahnsinn von mir, auch nur irgend etwas für dich zu empfinden. Und er hat recht gehabt damit, nicht wahr?«

Ein fremdes Lachen platzte in ihr Schweigen. Jemand trat ins Zimmer – sie sahen beide nicht, wer – und schloß mit einem erschrockenen »Oh!« hastig wieder die Tür.

»Antworte mir gefälligst.« Sie hatte die Stimme nicht erhoben, nur ihre Tonlage hatte sich verändert. Es klang wie das warnende Knurren einer Wildkatze.

Simbal mußte an seine Unterredung mit Rodger Donovan denken. Wie sollte er dieser Frau erklären, wie er über die Zivilisation dachte? Sie war in Philadelphia zur Welt gekommen, war an den besten Schulen erzogen worden und schließlich auf eines der berühmtesten Colleges für höhere Töchter, aufs Smith geschickt worden. Was konnte so jemand schon von den primitiveren Seiten des Lebens wissen? Was ahnte sie schon von den höchsten Verlockungen, die die Zivilisation mit aller Macht zu verwischen trachtete: Leben und Tod, Liebe und Haß. Ohne irgendwelchen Flitter daran, nicht in psychologisierendes Gewäsch verpackt oder in modernen Jargon. Wenn einem hoch oben in den Bergen der Shan-Staaten jemand in die Quere kam, dann sagte man nicht: »Verschwinde, du Scheißkerl!«, dann tötete man ihn. *Finis.* Denn da oben galten die Gesetze der Wildnis. In den Mohnfeldern lauerte die Gefahr, das Geheimnis, der Hinterhalt. In den Shan-Staaten überlebten die Starken, weil sie die Schwachen fraßen.

Er hätte sie jetzt am liebsten angelogen, doch noch bevor er das erste Wort gesagt hatte, biß er sich auf die Lippe. Warum sollte er denn lügen? Genau das wäre doch wieder typisch zivilisiert gewesen, und er hatte die Zivilisation einfach satt.

»Ich habe damals etwas an dir gesehen«, begann er, »von dem ich annahm, daß ich es nie wieder sehen würde.«

»Was denn?« Sie warf ihren Kopf zurück. »Was meinst du damit?«

»Es war in der Nacht, bevor ich gehen mußte. Als wir das letzte Mal miteinander geschlafen haben. Ich habe dir dabei ins Gesicht gesehen, es hatte einen ganz bestimmten Ausdruck. Ich wünschte mir, daß er für immer in deinem Gesicht bleiben möge. Aber natürlich wußte ich, was für ein wohlerzogenes Mädchen du bist, und daß ich wahrscheinlich nur noch auf diesen besonderen Ausdruck in deinem Gesicht warten würde, ohne eine Chance, ihn jemals wiederzusehen.«

Monica bewegte sich, und plötzlich traf sie das Licht der Straßenlaterne. Streifen von Schatten lagen auf ihrem Körper, und Simbal mußte an eine andere Frau hoch oben in den Shan-Bergen denken, auf deren Körper das dichte Dschungellaub ein ähnliches Lichtmuster gemalt hatte. Er erinnerte sich wieder an den Muskatgeruch ihrer Haut, an den animalischen Dunst des Dschungels, an den Geruch von schwerem Parfüm im Haus ihres Vaters, der den Kästen entströmte, in denen die ungeschliffenen Diamanten verwahrt wurden.

»Du bist für mich an die Zivilisation verloren, Monica.« Es war heraus, bevor er sich ein zweites Mal auf die Lippen beißen konnte. Herrgott, dachte er, jetzt ist es passiert.

Monica warf den Kopf zurück und lachte, es klang hart und bitter. Er sah ihren Nacken, dessen Sonnenbräune von dem Straßenlicht in Blässe verwandelt wurde. Der Anblick ihres gebogenen Halses schnürte ihm die Brust ein.

»Das ist es also?« In ihre Tränen mischte sich immer wieder verzweifeltes Lachen. »Was bist du doch für ein Dummkopf, Tony. Du hast recht, ich bin aufs Smith-College gegangen. Zweieinhalb Jahre lang. Dann hab' ich's aufgegeben. Es war nicht der Druck, den ich nicht mehr ausgehalten habe. Ich habe ihn nie empfunden. Es war etwas ganz anderes. Etwas, das ich lange Zeit weder meinen Lehrern noch meinen Eltern noch mir selbst erklären konnte.

Ich habe dann ein Jahr lang in einer Eisdiele auf der Upper West Side von Manhattan gejobt. Während der Zeit ist der Laden mindestens ein dutzendmal überfallen worden, einmal wurde ein Mädchen direkt neben mir erschossen. Es kamen Kerle rein, die nichts Besseres zu tun hatten, als uns unseren blankpolierten Verkaufstresen vollzukotzen; andere hatten es nicht auf das Geld abgesehen, sondern auf uns. Und sie wollten unseren Hintern ganz bestimmt nicht nur mal nett streicheln.

Aber du mußt deshalb kein Mitleid mit mir haben. Ich hatte es ja so gewünscht. Ich verdiente mir mein eigenes Geld, weil ich das von meinem Vater nicht wollte. Auch das gehörte zu dem Gefühl, für das ich keine Worte fand.

Nach meinem Jahr in der Hölle hab' ich dann auch das aufgegeben. Ich bin einfach abgehauen, aus New York, aus den Staaten, aus der Welt, wie ich sie kannte. Ich ging nach Tahiti und sah als erstes ein McDonald's-Schild, was mir fast den Magen umgedreht hätte. Also zog ich weiter, ließ auch noch Bora-Bora hinter mir, bis ich an einen Strand kam, der vollkommen unberührt war. Wo die Häuser der nächsten Siedlung aus Bambus und riesigen getrockneten Blättern gebaut waren, wo niemand mich stören konnte.

Achtzehn Monate blieb ich allein mit dem blaugrünen Meer und dem sonnengoldenen Himmel. Ich beobachtete die Vögel, und sie, glaube ich, beobachteten mich. Aber es interessierte sie nicht, wie ich aussah oder wie ich mich fühlte, und das war gut so.«

»Warum bist du dann zurückgekehrt?« fragte Simbal leise. Nie hat ihr Gesicht, ging es ihm durch den Kopf, mehr dem einer Wildkatze geglichen, nie hat es mehr Energie ausgestrahlt als in diesem Moment.

»Weil ich herausfand, daß man – oder besser gesagt, daß *ich* – nicht leben kann ohne Kontakt zu anderen Menschen. Zu Menschen aus meinem Kulturkreis.«

»Aber wenn man das alles schon hinter sich gelassen hat...«, begann Simbal.

»Dann ist die Rückkehr um so faszinierender.«

»Es tut mir leid«, sagte er wieder.

Monicas Augen verdüsterten sich wie immer, wenn sie etwas verwirrte. »Diesmal meinst du es, glaube ich, sogar ernst.«

»Ich denke, vorhin war es wirklich nicht ernstgemeint«, gab er zu. »Nicht wirklich jedenfalls.«

»Du bist ein arroganter Kerl, Tony.« Ihre leise Stimme ging ihm durch und durch wie ein Stilett. »Du warst dir so sicher, mich ganz genau zu kennen...«

»Die wohlbehütete Tochter reicher Eltern. Die beste Erziehung, die besten Schulen, was kann sich eine Familie mehr von ihrem Kind erträumen? Du mußt deiner Mutter das Herz gebrochen haben.«

»Meinem Vater auch.« Ihre Lippen hatten ihre weiche Fülle zurückgewonnen, und auch die verschlossene Miene war verschwunden. Ihr Zorn war verraucht. »Ich habe den Collegeabschluß nie nachgeholt. Meine Eltern wissen nicht einmal genau, was ich heute tue. ›Sie arbeitet für die Regierung‹, erzählt mein Vater seinen Freunden. Und das klingt dann, als würde er ein Rattengift beschreiben. Für ihn bin ich etwas Unbegreifliches: eine bürokratische Beamtenseele.«

Tony mußte lachen. »Vielleicht solltest du Max einmal mit zu deinen Eltern nehmen. Das würde ihr Vorurteil endgültig besiegeln.«

»Ganz im Gegenteil«, widersprach sie ihm. »*Dich* sollten meine Eltern einmal kennenlernen.«

Im ersten Moment hielt er ihre Antwort für einen Scherz, doch ein Blick in ihre Augen zeigte ihm, daß sie es ernst meinte.

»Dann würde meinem Vater wenigstens mal die Luft wegbleiben«, sagte sie.

Erst jetzt merkte Simbal, wie nah sie ihm plötzlich war. Ein Hauch von Jasmin hüllte ihn ein. Wieder griff er nach ihren Schultern, und diesmal wies sie ihn nicht ab. Simbal fühlte, wie sein Herzschlag sich beschleunigte. Deshalb war er nicht zu dieser Party gekommen. Er hatte ein paar Dinge herausfinden wollen, und dies war der richtige Ort gewesen, mit der Suche zu beginnen. Der einzige Ort.

Ein paar Tage lang hatte er ziellos herumgestöbert und die bekannten

Mittagstreffpunkte der Drogenfahnder in Georgetown und im Nordwesten Washingtons aufgesucht. Er hatte es jedesmal wie puren Zufall aussehen lassen, ein Bier getrunken und mit einem ›Lange nicht gesehen‹ ein unverbindliches Gespräch begonnen.

So hatte er von dieser Party erfahren. Und ihm war sofort klar gewesen, daß er auch Peter Curran hier finden würde, wenn er gerade in der Stadt war. Wenn nicht, konnte er jedenfalls herausbekommen, was Curran gerade so trieb. Simbal wußte, daß Curran der Mann war, den er unbedingt sprechen mußte. Denn Curran hatte bei der DEA Simbals Rolle übernommen: Er war der wichtigste *diqui*-Jäger geworden. Was bedeutete, daß er in Südostasien gewesen sein mußte oder die Operationen dort zumindest genau beobachtet hatte, während Simbal eine frustrierende, wenn auch notwendige lange Zeit in Washington festgenagelt gewesen war, um sich mit der Arbeit der *Pyramide* vertraut zu machen und auf einer abgelegenen Farm in Virgina ein Sondertraining zu absolvieren.

Dies waren die einzigen Gründe gewesen, auf diese Party zu gehen. Das hatte er sich jedenfalls eingeredet. Wie sehr er sich damit selbst etwas vorgemacht hatte, begriff er erst in diesem vor Spannung knisternden Moment.

»Aber die Zeit am College war nicht vollkommen vertan«, sagte Monica im nächsten Augenblick. »Ich zeig dir mal etwas Interessantes, was ich dort gelernt habe.«

Simbal fühlte, wie sein Gürtel geöffnet wurde, dann seine Hose, und schon hielt sie ihn fest.

Ihre Stimme war nur noch ein Flüstern. »Solche schmalen Slips hast du früher nie getragen. Wer kauft denn inzwischen deine Unterwäsche?«

»Bist du wahnsinnig?« Allmählich gewann Simbal seine Fassung zurück. »Wenn jetzt jemand reinkommt!« Aber ihre Berührung zeigte bereits Wirkung, und im nächsten Augenblick hatte sie ihm auch noch den Slip heruntergezogen. Monica drehte sich mit dem Rücken zur Tür. Schatten tanzten durch den Raum, als hätten sich auf der Party auch Geister versammelt.

»Wenn jemand hereinkommt«, erwiderte Monica leise, »dann werde ich ihm einen Grund geben, sofort wieder zu verschwinden.«

Sie stellte ihren linken Fuß auf die niedrige Fensterbank und hob sich mit der freien Hand den Rock hoch. Dann zog sie Simbal näher. Er stöhnte, sie lächelte als Antwort. Unter ihrem Rock trug sie nur einen Strumpfgürtel. Er fühlte ihr Schamhaar über die Spitze seines Glieds streichen.

»Wir wollen dich ein bißchen in Stimmung bringen«, sagte sie und zog ihn noch näher heran.

»Monica...«

»Was ist? Was hast du denn?« Doch er hatte bereits die Augen geschlossen. Und es bereitete ihr eine tiefe Lust, das Spiel der Gefühle auf seinem Gesicht zu verfolgen. Die Sehnsucht nach ihr hatte alles Bekannte dort ausgelöscht.

Das Licht der Straßenlaterne fiel auf ihre Brust, die sich immer heftiger hob und senkte. Ihr flacher Bauch lag im Schatten, und darunter verbarg ihr Rock ihr lustvolles Spiel.

Nur wenig war er in sie eingedrungen, und Monica bewegte ihre Hüften in sanften Kreisen. Ihre vollen Lippen waren halb geöffnet.

Simbal fühlte sich wie von einem geheimnisvollen Gift gebannt. Ein seidiges Kreisen, das ihn an seiner empfindlichsten Stelle umspielte. Er hielt sie an den Schultern und versuchte, sie näher an sich heranzuziehen. Das ganze Haus war viel zu stark beheizt worden; jemand mußte vor ihrem Eintreten das Fenster aufgekippt haben. Ein paar Gäste waren anscheinend nach draußen in den Garten gegangen. Sie unterhielten sich flüsternd, die Satzfetzen zogen wie Nebelschwaden zum Himmel hinauf.

In Simbals Kopf verbanden sich diese Satzfetzen mit Monicas Liebkosungen zu einem erotischen Gift, einem Netz aus Tönen und Gefühlen. Ein Zittern durchlief seinen Körper. Er wollte tiefer in sie eindringen, doch ihre Hand, die ihn hielt, verhinderte die Bewegung.

»Monica«, flüsterte er.

»Küß mich«, antwortete sie.

Sein Mund legte sich auf ihren, und als ihre Zungen sich berührten, ließ sie ihn los und gab ihm den Weg frei. Sein Stöhnen ließ ihre Lippen erzittern. Monicas Hüften begannen sich heftiger zu bewegen und seinen Rhythmus zu unterstützen.

Seine Hände glitten über ihren Pullover, schoben ihn hoch und legten sich auf ihre Brüste. Sie waren warm, ihre Brustwarzen hart und so empfindlich, daß sie unter seiner Berührung aufstöhnte.

»Laß mich kommen, Tony«, keuchte sie in sein Ohr. »Ich sterbe vor Sehnsucht.«

Ich sterbe vor Sehnsucht. Die Worte hallten in seinem Kopf wider. War das aus dem Garten durch das Fenster zu ihm gedrungen? *Ich sterbe vor Sehnsucht.*

Immer deutlicher fühlte er ihre Hitze. Er fühlte, daß die Muskeln in seinen Hüften und seinen Beinen zu zittern begannen. Er fühlte ihren Körper auf seinem. Er fühlte, er fühlte, er fühlte...

Ich sterbe vor Sehnsucht.

»O Monica!« stöhnte er.

»Ja?« War es ihr Flüstern gewesen? Oder das des Pärchens im Garten?

Simbal drang, so tief er konnte, in sie ein. Sein rasender Puls schnürte ihm die Kehle zu und raubte ihm die Luft. Dann fühlte er seinen Orgasmus kommen.

»Oh!« Monicas Augen flogen auf, und sie preßte ihren Kopf an seine Schulter. Sein heißer Strom brachte auch sie zum Höhepunkt. Das Blut schoß ihr ins Gesicht, und von dem Punkt ihrer innigsten Berührung fluteten die Wellen durch ihren ganzen Körper. Immer heftiger schob sie sich ihm entgegen, bis sie schließlich die Kontrolle über sich verlor.

Sie klammerte sich so heftig an ihn, daß sie beide den Halt verloren und nach hinten zwischen die Hüte und Mäntel auf das Bett fielen. Dann fingen beide an zu lachen.

Simbal, der von ihrem Rock fast zugedeckt worden war, sah ihr in die dunklen Augen. »Wie konnte ich mich nur so in dir täuschen?«

»Wie ich gesagt habe, du bist ein Dummkopf.« Ihre rechte Hand fuhr suchend unter ihren Rock. Sie fand ihn, noch immer erregt. »Und was für einer.«

Das Pärchen draußen im Garten war verstummt.

Der schwarzglänzende Chaika stand mit laufendem Motor direkt neben der Landebahn des Domodedovo Airport. Der Schnee war neben dem breiten Asphaltstreifen zu blaß glitzernden Haufen zusammengeschoben worden. Die noch immer anhaltende klirrende Kälte verwandelte die Auspuffgase in dicke weiße Wolken.

Fünfzehn Kilometer nordwestlich strahlten die Lichter von Moskau in den Nachthimmel hinauf und vertrieben die Finsternis.

Auf dem Rücksitz der Limousine hatte sich Daniella Vorkuta gegen die lederne Rückenlehne sinken lassen. Ihr schwerer Zobelmantel war nach beiden Seiten wie ein Bettüberwurf auseinandergefallen. Das luxuriöse Fell bildete einen scharfen Kontrast zu der Strenge und Farbe ihrer Generalsuniform. Es war eine Ausgehuniform, die sie zu Yuri Lantins Beisetzung getragen hatte; die Falten messerscharf gebügelt. Die drei Ordensreihen auf ihrer linken Brust schimmerten matt in der kühlen blauen Flughafenbeleuchtung.

Ihre Gedanken hatten sich weit von Moskau und dem Mann, den sie erwartete, entfernt. In ihrem Kopf ging sie noch einmal die letzten Berichte von Mitre durch, ihrem besten Mann in Hongkong. Hongkong! Fast alle Gedanken Daniellas hatten in letzter Zeit diesem überschäumend lebendigen Hafen gehört. Die riesigen Summen Geldes, die durch die Kronkolonie flossen, zogen sie an wie ein Magnet.

Nicht daß Daniella Vorkuta etwa geldgierig gewesen wäre. Nein, sie gehörte zu den wenigen, die über die strahlende Verlockung des Geldes hinaussehen konnten. Geld bedeutete für sie Macht. Und das ganz besonders in Hongkong. Sie wußte, daß Hongkong der Schlüssel zu China war, vielleicht zu ganz Asien.

Daß dies auch Shi Zilin so sah, wußte sie ebenfalls. Shi Zilin! Der Meisterstratege, dessen Pläne für China sie jetzt schon seit drei Jahren auszuspionieren versuchte. Und obwohl ihre beste Informationsquelle, Shi Zilins Assistent Zhang Hua, versiegt war – ein Herzanfall hatte sein Leben beendet –, hatte sie inzwischen vielleicht etwas noch

Besseres gefunden: eine Verbindung, die bis in Shi Zilins geheimen Kreis von Verbündeten, den *Yuhn-hyun* hineinreichte.

Und jetzt konnte sie wahrscheinlich sogar ihre vielen gescheiterten Versuche, hinter Shi Zilins zweites Geheimnis, das Kam-Sang-Projekt zu kommen, vergessen. Auch dafür hatte ihr Mitre einen neuen Weg gewiesen.

Hongkong kontrollieren zu können, das war Daniella Vorkutas größter Wunsch. Denn mit der Kontrolle über Hongkong, das wußte sie, hatte sie die Kontrolle über ganz China. Hongkong war und würde es immer bleiben – Chinas Tor zum Westen. Ohne Hongkong als Bindeglied zum Westen mußte China wieder zur Bedeutungslosigkeit herabsinken. Ja, ohne Hongkong hatte China keine Zukunft, würde es niemals ein ernstzunehmender Konkurrent in der modernen Welt werden. Deshalb war Hongkong für China von größter Bedeutung – und unersetzlich.

Und jetzt hatte sie einen Weg gefunden, wie sie Hongkong beherrschen konnte: Sie mußte die Macht, die den *Yuhn-hyun* beherrschte, an sich reißen und ihn zu ihrem eigenen Instrument machen.

Aus genau diesem Grund war es für sie auch unumgänglich geworden, Anatoly Karpov, ihren Vorgänger als Leiter des Ersten Direktoriums, und seinen noch einflußreicheren Verbündeten Yuri Lantin zu vernichten. Die beiden hatten sich unter dem Codenamen Mondstein einen Plan ausgedacht, der darauf hinauslief, China militärisch einzukreisen und dann die Nordvietnamesen einen Stellvertreterkrieg führen zu lassen.

Ihre Vorgänger hatten China vernichten wollen. Was für einfältige Männer! Ihr Plan hatte die Sowjetunion an den Rand eines Weltkriegs gebracht, der im Ernstfall den gesamten Planeten hätte zerstören können.

Daniella hatte für China ein ganz anderes Schicksal vorgesehen: die Unterjochung. Sämtliches Geld würde dann in sowjetischen Tresoren landen. Das war die Rolle Hongkongs in ihrer Strategie. Hongkong würde ihr einen ungeahnten Reichtum einbringen – und mit dem Reichtum eine ebensolche Macht, einen strahlenden Sieg. Nur sie, die Meisterspielerin des *Wei gi*, war eine gleichwertige Gegnerin für Shi Zilin. Er war der Jian, der größte aller Meister des alten Brettspiels. Wer die Strategie des *Wei gi* nicht verstand, hatte auch keine Chance, Shi Zilins schwache Stelle zu finden und sie für sich zu nutzen. Aber sie beherrschte das *Wei gi*.

Endlich sah sie sich in der Lage, Shi Zilins Züge zu durchschauen. Sie würde einen großartigen Sieg erringen. Abermillionen Rubel würden in den Kreml fließen. Und auch in ihre Taschen. Eine bisher nicht gekannte Macht über Asien würde ihr zufallen – die endgültige sowjetische Vorherrschaft, von der die russischen Patrioten träumten, seit jener falsche Kommunist Mao Tse-tung die Bühne der Geschichte betreten hatte. Und wenn sie das erst einmal erreicht hatte, welche Position konnte ihr dann noch verschlossen bleiben?

Es fiel ihr schwer, dieses strahlende Juwel aus ihren Gedanken zu vertreiben. »Er verspätet sich«, sagte sie.

Der Fahrer, ein KGB-Offizier, der ihr fest zugeteilt war, erwiderte: »Der Sturm ist schuld. Vielleicht sind sie ihm ausgewichen. Aber es kann nicht mehr lange dauern, sonst wäre ich informiert worden.«

Daniella wandte den Kopf in seine Richtung. Ihr volles blondes Haar fiel ihr ins Gesicht, und sie strich es mit einer Handbewegung wieder nach hinten. Sein Ton mißfiel ihr, das ›Ich‹ in seiner Antwort. Alexei war nicht gar so selbstlos, wie sie es vielleicht gern gehabt hätte.

»Lyosha«, begann sie, »bitte sei so klug, den Mund zu halten, wenn er eingestiegen ist.«

»Darüber brauchst du dir keine Sorgen zu machen«, antwortete er und sah sie dabei im Rückspiegel an.

Daniella beugte sich zu ihm vor. »Nicht den leisesten Ton.« Ihre Stimme war messerscharf geworden. Er deutete ein Nicken an und starrte geradeaus.

»Jawohl, Genosse General«, antwortete er schließlich in bestem Deutsch.

Daniella lachte und fuhr ihm durch sein volles schwarzes Haar. Von ihrem Platz auf der Rückbank konnte sie zwar seine scharfgeschnittenen serbischen Züge nicht sehen, doch es fiel ihr leicht, sich seinen schlanken athletischen Körper in Erinnerung zu rufen, seinen harten muskulösen Unterleib, den sie schon so oft mit ihrem Schweiß bedeckt hatte.

Sie warf einen Blick durch die getönten Scheiben der Limousine. Mehr als ein Dutzend Männer in schweren blauen Mänteln und mit Fellmützen auf den Köpfen liefen auf dem Flugfeld herum. Polizei, dachte sie. Nicht die *Sluzhba*. Unter diesem Namen war unter Eingeweihten das *Komitet Gosudarstvennoi Bezopasnosti* bekannt, der KGB. Daniella leitete sein Erstes Direktorium, die größte und einflußreichste Unterabteilung von Rußlands meistgefürchtetem *Apparat*.

»Die Maschine ist gelandet, Genosse General«, sagte Alexei.

Daniella gab sich einen Ruck. Die Polizisten gerieten in Bewegung. Jetzt sah sie auch, daß es noch mehr waren, als sie angenommen hatte. Das blaue Licht ließ ihre Maschinenpistolen aufblitzen. Welcher Wahnsinnige hat denn diese Bewaffnung angeordnet, ging es Daniella durch den Kopf.

Er trat aus der Dunkelheit, das Gesicht von dem blendenden Licht der Maschine und der Flughafenbeleuchtung unkenntlich. Doch auch wenn Daniella seine Züge nicht sehen konnte, so genügte ihr schon sein Gang, um ihn zu erkennen. Es war der Schritt eines gefährlichen Mannes, schnell, energisch und voller Kraft. Nichts an ihm erinnerte an die schwerfällige Bedachtsamkeit, die im allgemeinen mit den Mächtigen im Kreml verbunden war.

Sechs KGB-Leute in Zivil hatten ihn in die Mitte genommen. Männer, die Daniella unterstellt waren. Trotz der Kälte hatte sie darauf bestanden, daß keine schweren Jacken getragen wurden. »Wenn wirklich etwas passiert, nützen euch eure Waffen gar nichts, wenn ihr sie erst unter drei Lagen Stoff hervorkramen müßt«, hatte sie ihnen bei der Lagebesprechung am Nachmittag erklärt.

Als er näher kam, teilte sich der Pulk von Polizisten wie das Rote Meer. »Die Route weißt du ja«, sagte Daniella. Alexei, die Hände auf dem Steuer, bemerkte die Anspannung in ihrer Stimme.

»Jawohl, Genosse General«, antwortete er förmlich.

Die Gruppe war stehengeblieben. Einer von Daniellas Männern beugte sich vor und öffnete die Wagentür auf der anderen Seite. Dann stieg Oleg Maluta ein.

»Guten Tag, Genosse General.« Der Ton seiner Stimme glich dem Schmirgeln von Sandpapier auf Zement.

»Willkommen, Genosse.« Sofort hatte Daniella den schweren Geruch von Tabak und Schweiß in der Nase. Es war Arbeitsschweiß, der Geruch von jemandem, der den ganzen Tag schwierige Verhandlungen geführt hatte.

Alexei ließ den Wagen anrollen.

»Jetzt brauch ich einen Drink«, erklärte Maluta.

Er hat nicht die mindesten Umgangsformen, dachte Daniella, während sie nach dem Weinbrand aus Aserbeidschan griff. Während sie sein Glas füllte, mußte sie daran denken, daß Yuri Lantins Lieblingsgetränk Starka gewesen war, alter Wodka. Um ihn aus dem Weg zu schaffen, hatte sie ihm eine Überdosis seiner eigenen Schlaftabletten in seinen Nachttrunk geschmuggelt. Anschließend hatte sie ihn in die Küche geschleppt und seinen Kopf in die Backröhre des Gasherdes geschoben, damit es wie Selbstmord aussah. Dadurch hatte sie ihren Einfluß, nachdem sie bereits Anatoly Karpovs Platz im Ersten Direktorium übernommen hatte, noch weiter ausbauen können, weil sie jetzt auch noch Lantins Platz im Politbüro einnahm. Noch keine Frau vor ihr war so hoch in der Sowjethierarchie aufgestiegen.

Und Oleg Maluta besaß die Macht, das alles mit einer einzigen Handbewegung wieder zu zerstören.

Er hatte ein ovales Gesicht. Aber es war nicht das eines Moskowiters. Viel eher erinnerten seine merkwürdigen, fast mandelförmigen Augen und die flachen Wangen an die Züge eines Mongolen. Sein meliertes Haar war an den Seiten kurzgeschoren, und die kahle Stelle auf seinem Hinterkopf verlieh ihm in den Augen derer, die ihn nicht näher kannten, fast etwas Ehrwürdiges. So konnte ihn ein Fremder auf den ersten Blick leicht für einen Schachgroßmeister halten, der seinen scharfen Verstand nur für die Züge auf dem Spielbrett benutzte.

Nichts lag der Wahrheit ferner.

Maluta nahm mit einem Kopfnicken das Glas aus Daniellas Hand und stürzte den Inhalt auf einen Zug hinunter. Weil er den Kopf weit in den Nacken gelegt hatte, konnte sie seinen ausgeprägten Adamsapfel bei jedem Schluck arbeiten sehen. Er gab ihr das leere Glas zurück und strich sich mit einem nikotingelben Zeigefinger über die Lippen. Dann blickte er zum Seitenfenster hinaus, als wäre das Panorama extra für ihn angelegt worden.

Alexei verließ die Hauptstraße, wie Daniella angeordnet hatte, und nahm eine Route parallel zur Moskwa. So sehr wie diesen Fluß liebte Maluta, jedenfalls fürchtete Daniella das, nur noch das Ballett. Sein Apartment lag über dem Fluß, und auch von seinem Büro in einem der stickig engen Kreml-Türme aus konnte er den Blick auf die Moskwa genießen.

»Das Mondlicht sieht wunderschön aus auf dem Wasser«, sagte er, während er sich eine filterlose Camel aus der Packung schüttelte. Ihr bot er keine an, wofür sie ihm nur dankbar war. Lantin hatte immer darauf bestanden, daß sie mitrauchte, und sie hatte ihn dafür gehaßt.

»Das liegt an der dünnen Eisschicht, die noch auf dem Wasser schwimmt«, erwiderte sie.

Die bizarren Schatten der kahlen Baumkronen spiegelten sich wie die knochigen Finger alter Männer in dem Fluß.

Die Luft in der Limousine war inzwischen blau von Zigarettenrauch. Daniella öffnete das Fenster auf ihrer Seite einen Spaltbreit.

»Und wie war es in Leningrad?« fragte sie schließlich und schluckte ein paarmal, um den scharfen Rauch wieder aus der Kehle zu bekommen.

»Anstrengend«, antwortete Maluta knapp und starrte weiter hinaus auf seine geliebte Moskwa.

»Darf ich vielleicht fragen, Genosse ...«

Aber seine Hand schnitt ihr das Wort ab. »Ich habe Hunger.« Es war eine kalte Abfuhr. Weil ich eine Frau bin, überlegte Daniella, oder ist da noch etwas anderes, von dem ich nichts weiß? »Während ich mein Abendbrot genieße«, fuhr er schließlich fort, »kannst du ja meine Antworten genießen.«

So neben Oleg Maluta sitzen zu müssen, kam es Daniella in den Sinn, konnte nicht schlimmer sein, als draußen im All auf ein Schwarzes Loch zu stoßen. Das Gefühl, einer negativen Energie ausgesetzt zu sein, war kaum zu ertragen. Sie waren noch keine zehn Minuten gefahren, da fühlte sie sich schon leer und ausgelaugt. Doch Daniella kämpfte gegen dieses Gefühl an, denn sie wußte, daß sie ihren scharfen Verstand an diesem Abend noch bitter nötig haben würde.

Sie hatte Alexei angewiesen, eine Reservierung im Rossia zu buchen. Zu dem Hotel gehörten neun Restaurants. Sie ging am liebsten in das im Parterre, weil dort das beste Tanzorchester spielte. An diesem

Abend jedoch fuhren sie in den einundzwanzigsten Stock hinauf. Der Gästeraum bot den spektakulärsten Blick auf den Kreml und den Fluß. Sie hatte gehofft, daß Maluta ihre Wahl gefallen würde, und wurde auch nicht enttäuscht.

»Wie schön Moskau doch ist«, sagte er, nachdem sie am besten Fenstertisch Platz genommen hatten. Er bestellte Wodka und *Zakusi* – zwei Sorten kaspischen Kaviar, kalten Stör in Aspik und eine Patù. Was sie gerne gehabt hätte, fragte er nicht.

Daniella schloß die Augen; sie dachte an ihr *Wei gi*-Brett. Wann immer sie Gelegenheit dazu hatte, spielte sie dieses alte chinesische Spiel, das die Japaner unter dem Namen *Go* kannten. Man sagte, daß die Strategie eines Spielers beim *Wei gi* seine persönliche Lebensphilosophie widerspiegelte.

Dann überlegte sie, was der Grund für Malutas Schroffheit sein konnte. Daß sie eine Frau war, spielte sicherlich eine Rolle, denn er schien alle Frauen zu hassen. Und besonders deshalb ärgerte ihn bestimmt auch ihr Aufstieg ins Allerheiligste der Männer: das Politbüro.

Der Wodka wurde umgehend serviert, ein Beweis dafür, daß man auch hier um Oleg Malutas Bedeutung wußte. Er hatte eine Flasche *Pertskova* ausgewählt, im Winter auch Daniellas Lieblingsgetränk, weil der beigemischte Pfeffer dem Wodka zusätzliche wärmende Kraft verlieh.

Maluta wartete, bis die Platte mit den Vorspeisen serviert worden war. Doch dann rührte er, trotz seines angeblichen Hungers, keine Hand.

»Wir müssen dringend herausbekommen, was es mit diesem Kam Sang auf sich hat«, sagte er plötzlich.

Auf Daniella wirkte der Satz, so ohne jede Einleitung, wie ein Schock. Kam Sang, das Projekt in der chinesischen Provinz Guangdong. Seit fast einem Jahr versuchte sie nun, Genaueres über dieses Projekt herauszubekommen – ohne jeden Erfolg. Nur zwei Männer kannten sein Geheimnis: Shi Zilin und sein Sohn Jake Maroc. Aber wieso interessierte sich plötzlich auch Oleg Maluta für Kam Sang? Daniella setzte nicht das geringste Vertrauen in ihn. Wenn er das Geheimnis von Kam Sang so dringend geklärt haben mußte, dann konnte man sicher sein, daß er sie längst kaltgestellt haben würde, wenn am Ende die Orden verteilt wurden. Die Wahrheit über Kam Sang konnte jedem ungeahnte Macht in die Hand spielen, Daniella oder Maluta. Aber nicht beiden.

»Das wird sehr schwierig werden«, antwortete Daniella vorsichtig.

»Du mußt es schaffen, Genosse General.« Seine Augen loderten wie Höllenfeuer. »Schließlich will ich Nachfolger von Fyodor Leninin werden.« Er sprach von Fyodor Leninin Genachev, dem obersten Sowjetführer und ersten Vorsitzenden der kommunistischen Partei.

»Ohne die Macht, die mir das Geheimnis von Kam Sang in die Hand geben kann, wird das kaum möglich sein. Mit Leuten wie Reztsov und Carelin im Politbüro kann man ja nicht einmal unter der eigenen Bettdecke etwas tun, das nicht schon im nächsten Moment Genachev ins Ohr geflüstert wird.«

Carelin. Hatte Maluta noch einen anderen Grund, den Namen ins Spiel zu bringen?

Sie versuchte ruhig zu atmen. Was für einen verrückten Plan strickte er sich gerade zurecht? Was immer er vorhaben mochte, er wollte sie in die Sache hineinziehen. In ihrem Kopf jagten sich die Gedanken. Sie durfte sich jetzt nicht aus der Ruhe bringen lassen.

»Du hättest dabeisein sollen, Genosse General. In Leningrad, meine ich. Du hättest Genachev sehen sollen. Er schritt durch die Menschenmassen, im Gesicht ein Lächeln. ›Ich bin einer von euch!‹ rief er immer wieder. ›Ich bin hier, um euch zu helfen. Um mir eure Probleme anzuhören. Um sie für euch zu lösen. Ich bin hier, um ein neues Kapitel in der Geschichte der Sowjetunion aufzuschlagen!‹« Maluta holte tief Luft. Sein Gesicht hatte sich zu einer Grimasse verzogen, als hätte ihm jemand fauliges Fleisch auf den Teller gelegt.

»In meiner Jugend habe ich einmal Nikita Chruschtschow gesehen. Er zeigte sich im ganzen Land. Die Bewunderung der Massen war die reinste Droge für ihn. Er ging sogar nach Amerika, nach Disneyland. Ich hielt ihn damals für einen Helden. Verstehst du? Einen Mann mit einer Vision, der weit über die Grenzen der Sowjetunion hinausblickte.

Dann habe ich eines Tages zufällig ein Gespräch meines Vaters mit seinem besten Freund mitgehört. Er zog nach Strich und Faden über Chruschtschow her. ›Dieser Personenkult, dem sich Chruschtschow immer mehr hingibt, ist eine ernste Gefahr für uns‹, sagte er. ›Chruschtschow verschwendet zuviel Zeit mit Gedanken an Chruschtschow. In seinem ganzen Auftreten versucht er nur den amerikanischen Präsidenten Kennedy nachzumachen. Sie führen keinen ideologischen Krieg miteinander, sondern einen der Egos.‹«

Maluta schob sich ein Häppchen von seinem Teller in den Mund, weil man in Rußland keinen Wodka trank, ohne auch etwas zu essen. Alles andere galt als ein Zeichen von Alkoholismus. »Zwei Tage lang habe ich mich damals in mein Zimmer eingeschlossen. Ich habe nichts gegessen und wollte auch niemanden sehen. Die ganze Zeit mußte ich an Chruschtschow denken und an das, was mein Vater über ihn gesagt hatte. Und schließlich habe ich begriffen, daß mein Vater recht hatte. Chruschtschow wurde nur noch von seinem Ego angetrieben – und das ist gefährlich für jemanden, der der Führer aller Russen sein soll.«

Daniella atmete tief durch. »Hältst du es wirklich für richtig, so zu reden, Genosse?«

Malutas Blick flog hastig einmal durch das Restaurant. Wie der Blick eines Falken, der unter sich ein ahnungsloses Opfer ausgemacht hatte.

Daniella fühlte sich von seinen unheimlichen Medusenaugen wie festgenagelt. Schweiß lief ihr in einer dünnen Linie das Rückgrat hinunter. Ich habe Angst vor diesem Mann, ging es ihr durch den Kopf. Sie versuchte den Gedanken niederzukämpfen, denn sie wußte, daß genau diese Furcht ihren Tod besiegeln konnte.

»Willst du damit mein Urteil in Frage stellen, *Genosse General*?« Die nachdrückliche Betonung ihres Dienstranges machte überdeutlich, daß er nicht den geringsten Respekt vor ihr hatte. Weil ich eine Frau bin? dachte sie wieder.

»Das nicht, Genosse.« Sie tat alles, um ihrer Stimme einen festen und sicheren Ton zu geben. »Ich denke nur an die Umstände unserer Unterhaltung. Hier in aller Öffentlichkeit...«

»Hier ist soviel Lärm, daß kein Mikrophon unser Gespräch aufzeichnen könnte.« Sein starrer Blick ließ sie nicht los. »Bist du sicher, daß das der einzige Grund für deine Verunsicherung ist?«

Sie hielt ihren Kopf mit größter Anstrengung gerade. »Was meinst du damit?«

Wieder schob sich Maluta einen Happen in den Mund und zuckte die Schultern. »Das Volk liebt ihn. Genachev ist erst fünfundfünfzig, nach den Maßstäben des Kreml ist das kein Alter. Er zeigt sich den Menschen voller Energie, und das begeistert sie. Er verkündet, daß er die Landwirtschaft gründlich reformieren wird. Die Ökonomie – die Ökonomie. Über nichts hört er sich lieber reden. Er verspricht dem Volk vier Prozent mehr Wachstum, ohne daß dafür Einschränkungen im Militärhaushalt nötig würden. Dem Volk, Genosse General. Dann schleppt er seine Frau und seine Tochter zu sämtlichen Paraden und offiziellen Anlässen mit. Im Theater in Moskau setzen sich die drei mitten ins Publikum und nicht in die Ehrenloge, wie es Tradition ist.«

Er griff in die Brusttasche seines Anzugs und zog ein paar Seiten aus einer Illustrierten hervor. »Und hast du das schon gesehen?«

Im nächsten Moment hielt Daniella den Titel und drei, vier Seiten der neuesten Ausgabe der *Time* in Händen. Ein Farbfoto der Genachevs war der Aufmacher des Titelblatts, alle drei glücklich lächelnd bei irgendeinem offiziellen Anlaß, im Hintergrund eine begeisterte Menschenmenge. ›First Family, Soviet Style‹, stand in großen Lettern darüber. Sie gab Maluta die Blätter zurück, ohne sie gelesen zu haben.

»Da bleibt einem nur noch wenig Spielraum«, sagte er und steckte die Seiten wieder weg, wobei er sie anfaßte, als seien sie radioaktiv verseucht. »Jeden Tag trägt unserem geliebten Führer dieser neue Stil mehr Macht ein. Jeden Tag wächst sein Personenkult. Genachev wirft sich auf die Innenpolitik, ohne auch nur die leiseste Ahnung davon zu haben, wie dieses Land wieder in Bewegung zu bringen wäre. Herbeireden können wird er die vier Prozent Wachstum jedenfalls nicht.

Aber darüber hat er die Außenpolitik völlig aus den Augen verloren. Er ignoriert die chinesische Gefahr und den Krieg in Afghanistan. In

Afrika ist unser Einfluß entscheidend, und ich fürchte unumkehrbar, zurückgegangen, und das, nachdem wir zehn Jahre lang nur Fortschritte zu verzeichnen gehabt hatten. Wir haben die Kontrolle über Südamerika verloren, und unsere sämtlichen Anstrengungen, Südostasien in den Griff zu bekommen, waren ebenfalls umsonst.

Aber womit verbringt Genachev seine Zeit? Damit, dem Volk näherzukommen, sich die Sorgen der Bauern anzuhören und ihnen zu versichern, daß ihre Leidenszeit nun ein Ende hat.«

Malutas rechte Hand ballte sich zur Faust. »Damit muß Schluß sein! Wenn du mir das Geheimnis von Kam Sang lieferst, werde ich dem gesamten Politbüro beweisen können, wie recht ich gehabt habe. Es ist höchste Zeit, daß wir die Kontrolle über Afrika, über Süd- und Mittelamerika zurückgewinnen. Es ist höchste Zeit, daß die Sowjetmacht auf dem Globus weiter voranschreitet. Es ist höchste Zeit, daß wir eine aggressivere Außenpolitik betreiben und nicht unsere Zeit damit vertun, rückständige Landwirtschaftskollektive wieder hochzupäppeln.

Aber solange Genachev die Macht in Händen hält, wird keine andere Stimme im Politbüro gehört werden.«

Um ihn wenigstens eine Zeitlang von seinem Thema abzulenken, unterbrach Daniella seinen Redeschwall mit einer einladenden Geste. »Wollen wir nicht erst einmal essen, Genosse? Ich komme um vor Hunger.«

Sie aßen in tiefes Schweigen versunken, aber Daniella bemerkte sehr wohl, daß ihn das erlesene Mahl nicht im geringsten interessierte.

»Natürlich«, begann sie, nachdem die Reste des *Zakuski* abgeräumt worden waren, »natürlich bleibt dir immer noch eine zweite Möglichkeit. Du könntest dich mit Genachev verbünden, ihn vielleicht sogar davon überzeugen, dich zu seinem außenpolitischen Berater zu machen.«

Maluta schwieg, aber seine Miene verriet ihr, daß er ihre Worte abzuwägen schien. Endlich breitete er die Arme aus und zuckte die Schultern. »Genosse Genachev könnte es sich doch gar nicht leisten, von mir einen Rat anzunehmen. Sein Guru heißt schließlich Mikhail Carelin. Carelin: der Mann ohne Gesicht. Wird er nicht so genannt?«

»In gewissen Kreisen schon«, erwiderte sie. Und dachte an eine *Wei gi*-Strategie. Sie mußte Oleg Maluta eine Falle stellen. Ihn vielleicht in ein Komplott zur Ermordung Genachevs verwickeln und dabei soviel Beweise gegen ihn sammeln, daß seine sofortige Hinrichtung sicher war.

»Carelin soll völlig selbstlos sein, heißt es. Zufrieden damit, im Hintergrund bleiben zu können und Genachevs Ohr zu haben. Vielleicht sind Genachevs Idiotien in Wirklichkeit sogar die Carelins. Verstehst du? Bei den beiden weiß doch inzwischen niemand mehr, was auf wessen Mist gewachsen ist.«

Langsam, langsam, dachte sie, und dabei schlug ihr Herz wie wild. »Wenn aber nun Carelin selbst dich als Berater Genachevs vorschlagen würde?«

Maluta ließ seinen rechten Zeigefinger auf seinen roten Lippen trommeln. Dann schüttelte er sich eine Camel aus der Packung und zündete sie an. Daniella bemühte sich, ihren Ekel zu verbergen.

»Ein interessanter Gedanke, Genosse General.« Ein ganz bestimmter Ausdruck lag auf seinem Gesicht, und je mehr sie ihn verstand, um so größer wurde ihr Schrecken. Es war eine Art Lächeln, nein, eher ein Zucken, als hätte er für einen Moment die Kontrolle über seine Gesichtsmuskeln verloren. »Aber natürlich ist das nicht mehr als ein Scherz. Denn warum sollte Carelin auch nur den kleinsten Teil seiner Macht an mich abtreten?«

»Weil ich ihn darum bitten werde.«

»Oho, und ich soll jetzt also glauben, daß er dir diese Bitte auch umgehend erfüllen wird?«

Daniella setzte ihre Teetasse ab. »Es ist vielleicht sechs Wochen her, da hat Mikhail Carelin mich angerufen. Er lud mich zum Essen ein, und ich dachte, es wäre wegen irgendeiner Sache im Politbüro. Da ich das jüngste Mitglied war, konnte es doch sein, daß er glaubte, mich von bestimmten Dingen besonders leicht überzeugen zu können.

Er fuhr mit mir ins Russkaya Izba, was mich überraschte, weil es schließlich nicht gerade um die Ecke liegt – sondern etwa vierzig Minuten von Moskau entfernt. Dafür war es aber auch entsprechend romantisch. Die zweite Überraschung war, daß er nicht ein einziges Wort über dienstliche Angelegenheiten verlor. Statt dessen redeten wir über uns selbst: über unsere Kindheit, wie wir aufgewachsen waren, und so weiter. Und so lernten wir uns langsam kennen.«

»Carelin hat dich zu einem Rendezvous eingeladen?«

»Ein Rendezvous, genau«, bestätigte Daniella. »Genau das war es. Und er möchte mich gern wiedersehen.«

Maluta mußte an Carelins Frau denken. Ein kleine, plumpe Person mit zwei Töchtern, die genauso aussahen wie sie selbst. Er knurrte verächtlich. »Wie heißt es doch: Stille Wasser sind tief, oder?«

»Das wird wohl stimmen.«

»Und was hast du unserem lieben Carelin geantwortet?«

»Weder ja noch nein.«

»Frauen«, sagte Maluta, als ob das eine Wort alles erklärte. Er schwieg, bis die Bedienung sich wieder entfernt hatte. »Aber vielleicht war uns deine weibliche Unentschlossenheit in diesem Fall sogar zu Diensten.«

Er beließ es erst einmal bei diesen Andeutungen und machte sich mit Appetit über sein *Pelmeni* her. Irgendwann während ihrer Unterredung mußte sein Hunger sich wieder gemeldet haben. Erst als er den Teller geleert und das letzte Fleisch auf eine dicke Scheibe Schwarzbrot geschoben hatte, nahm er den Faden wieder auf.

»Ich möchte, daß du meine Speerspitze bei Carelin wirst«, sagte er zwischen zwei Bissen.

»Und ihn dazu bringe, seinen Einfluß bei Genachev für uns auszunutzen.« Jetzt habe ich ihn, dachte Daniella.

Maluta nickte, während er einen Schluck Wodka, bevor er ihn hinunterschluckte, durch den Mund spülen ließ. »Das wäre genau, was ich mir vorstelle.« Er setzte wieder dieses merkwürdige Lächeln auf, das einem das Blut in den Adern gefrieren ließ.

Ihr Triumph weitete Daniella das Herz. Die Gefahren eines solchen Doppelspiels waren nicht zu übersehen, aber das Risiko ließ sich, bedachte man die Umstände, kalkulieren. Außerdem hatte sie noch etwas sehr Wichtiges über Oleg Maluta herausgefunden: Er ließ sie nicht überwachen. Sonst hätte er wissen müssen, daß ihr Verhältnis mit Mikhail Carelin längst intimer geworden war.

»Ich denke, das ist zu machen«, erklärte sie und fühlte sich dabei zum erstenmal an diesem Abend wirklich entspannt.

»Ein direkter Draht zu Genachev.« Er war tief in Gedanken versunken.

Sie nickte. »Ja, das ist möglich.«

»Sehr gut. Dann geh die Sache an.«

Ich werde seine Speerspitze sein, dachte Daniella später auf dem Weg zur Garderobe, ich werde für ihn spionieren, ja. Wenn ich ihn dadurch eines Tages ausschalten kann, ist es das wert. Selbst für solch ein Monster.

Gegen Ende der Party fanden Simbal und Monica sich wieder in der Küche ein. Simbal hatte aus den Resten, die in Max Threnodys Kühlschrank noch zu finden waren, riesige Sandwiches gezaubert, über die sie sich jetzt, Schulter an Schulter, mit wahrem Heißhunger hermachten. Aus dem Wohnzimmer war die Stimme von Threnody zu hören, der die letzten Gäste verabschiedete. Wer bei der Drogenfahndung war, hatte einen enormen Druck auszuhalten, also wurde jede Gelegenheit zur Entspannung auch dazu genutzt, einmal gehörig Dampf abzulassen. Nicht zuletzt war das auch der Grund, warum Max Threnody regelmäßig seine berühmten Partys veranstaltete. Denn wenn man sich schon einmal Luft verschaffen mußte, dann geschah das besser in privatem Kreis als in der Öffentlichkeit.

Trotz der vielen unverhofften Dinge, die geschehen waren, hatte Simbal nicht vergessen, warum er eigentlich hierhergekommen war. Er setzte sein Glas Bier auf dem Küchentisch ab und sah Monica fragend an. »Ich habe Peter Curran den ganzen Abend nicht gesehen. War er gar nicht hier?« Seine Worte schienen ihr das Blut aus dem Gesicht zu treiben.

Als sei ihr sämtlicher Appetit vergangen, legte sie ihr halbes Sandwich aus der Hand. »Warum mußtest du das tun?« fragte sie mit leiser Stimme.

»Was denn?«

»Peter erwähnen.«

Er zuckte die Schultern, plötzlich wieder hellwach. Seine Augen ließen sie nicht los. Am liebsten hätte er sie aufgefordert, ihm ins Gesicht zu sehen, um ihre Gefühle genau beobachten zu können.

»Ich habe mich mit Peter ein bißchen angefreundet, als ich das letztemal hier war, das ist alles.« Er wartete eine Sekunde. »Was ist denn los, Monica?« Der besorgte Freund mußte er sein, nichts mehr. Sie mußte denken, daß er nichts Besonderes von Peter Curran wollte.

»Daß du mit Peter befreundet warst, habe ich nicht gewußt«, antwortete sie, ohne ihn anzuschauen.

»Also so eng befreundet waren wir nun auch wieder nicht. Wenn ich mich richtig erinnere, war es gar nicht so leicht, überhaupt an Peter heranzukommen. Aber wir waren sechs Wochen zusammen in Burma, bevor er zurückgerufen wurde.« Achtung jetzt!

»Ja, ich erinnere mich.« Sie nahm ihr Sandwich wieder in die Hand und leckte sich gedankenverloren das heruntergelaufene Dressing von den Fingern. Die kurze Unterhaltung schien sie regelrecht erschöpft und ermüdet zu haben. »Aber ich habe gar nicht gewußt, daß du zu der Zeit auch da unten warst.«

»Damals haben wir uns, glaube ich, auch noch nicht gekannt«, sagte er eilig. »Das erstemal sind wir uns, wenn ich mich richtig erinnere, nach meiner Rückkehr begegnet. Es war sogar hier, glaube ich.«

Sie lächelte ihn an. »Du erinnerst dich also noch daran.« Aber ihre Gedanken waren offensichtlich ganz woanders, bei Peter Curran.

»Also war er heute abend nicht hier?«

Monica zuckte zusammen, als hätte er ihr mit einer Messerspitze die Haut geritzt. Was geht hier vor? überlegte er.

»Nein«, erwiderte sie so leise, daß er sich zu ihr hinunterbeugen mußte, um sie verstehen zu können. »Er war nicht hier.«

Simbals Blick fiel auf ihre Hände. Vor Anspannung hatte sie ihre Daumen tief in das weiche Sandwich hineingedrückt. Das übersehe ich am besten, dachte Simbal.

»Also ist er wegen irgendeiner Sache unterwegs.«

»Können wir nicht über was anderes reden?« Ihr Kopf flog herum. Wie blaß sie geworden war.

»Natürlich. Entschuldigung.« Er griff nach ihren Schultern. »Monica, willst du mir nicht sagen...«

»Bitte bring mich nach Hause, Tony.« Ihr Gesicht blieb vollkommen ausdruckslos. Sie wischte sich die Hände mit einem Küchenpapier ab. »Bring mich einfach nach Hause. Und bitte kein einziges Wort mehr, okay? *Okay?*«

Es war nicht okay, aber er war entschlossen, sie das nicht merken zu lassen.

In der Limousine roch es immer noch nach kaltem Rauch, obwohl Alexei alles getan hatte, den Fahrgastraum zu lüften, während Daniella und Maluta beim Essen gewesen waren.

»Es ist kalt hier drin«, sagte Maluta. »Stell die Heizung höher.«

Der Wagen fuhr an, und Maluta ließ sich in den Rücksitz zurücksinken. Sein altmodischer Anzug roch nach Zigarettenasche.

»Ich soll dir Grüße von deinem Onkel Vadim ausrichten.« Er sprach von Vadim Dubas, dem Ersten Sekretär der kommunistischen Partei in Leningrad und Bruder von Daniellas verstorbenem Vater.

»Was für einen Eindruck hat er auf dich gemacht?«

»Alt und einfältig – wie immer«, erwiderte Maluta knapp. »Er scheint sich nie zu ändern.« Wieder schüttelte er sich eine Camel aus der Packung. Dann beugte er sich plötzlich vor und tippte Alexei auf die Schulter. »Ich möchte zum Denkmal. Du weißt doch zu welchem, Genosse Leutnant?«

»Jawohl, Genosse Minister.«

Es lag in einem Vorort von Moskau, ein Granitsockel und darüber Stahlträger kreuzweise aufeinandergeschweißt, fast wie bei einer modernen Skulptur. Nur daß der Stahl einmal einem anderen Zweck gedient hatte. Es war ein kleiner Teil der über dreihundert Kilometer langen Panzersperre, die von den zurückgebliebenen Bewohnern der ›heldenhaften Stadt‹, wie Stalin sie getauft hatte, errichtet worden war, um den Vormarsch der 75. Division von Hitlers Armee zu stoppen.

Alexei ließ den Wagen am Straßenrand ausrollen. Es war spät, schon nach elf, und die Straßen lagen verlassen. Wie überall in der Sowjetunion gab es auch hier so gut wie kein Nachtleben.

Maluta rührte sich nicht, bis Alexei ihm den Wagenschlag geöffnet hatte. Alexei reichte ihm eine Taschenlampe, Maluta nahm sie tonlos entgegen und schaltete sie ein. Dann ging er zu dem Denkmal hinüber. Bei jedem Schritt sanken seine Schuhe knirschend in den harschen Schnee.

Daniella, die an seiner Seite ging, war überrascht, Tränen in seinen Augen zu sehen.

»Soviel Blut ist hier geflossen«, sagte Maluta mit erstickter Stimme. »Soviel Heldenmut hat es hier gegeben. Damals strahlte der revolutionäre Geist noch wie ein Leuchtfeuer.«

Eine Zeitlang schwieg er. Der Strahl der Taschenlampe brach sich an den scharfen Kanten der Stahlträger wie ein Feuerwerk.

»Der Schnee«, fuhr Maluta in die Dunkelheit hinein schließlich fort. »Ich liebe den Schnee, Genosse General. Er ist weiß und rein wie der Geist Lenins, der uns immer noch lenkt.« Mit der Schuhspitze kratzte er ein Loch in die Schneedecke, bis die schwarze Erde darunter sichtbar wurde. »Aber der bedeckt auch eine Unzahl Sünden.« Der Lichtstrahl tanzte noch immer über das Stahlmonument, doch Malutas Blick war starr auf Daniella gerichtet. »Wir leben immer noch in einer Zeit der Finsternis, Genosse General, genau wie in den vierziger Jahren. Wir kämpfen noch immer ums nackte Überleben. Es herrscht noch immer Krieg.«

Daniella rührte sich nicht. Ihr Puls schlug heftig in ihren Schläfen. Sie wußte, daß sie einem gefährlichen Mann gegenüberstand – aber er war nicht nur gefährlich für sie, sondern für das ganze Land.

»Ich will dir etwas sagen, Genosse General«, sagte er. Seine Stimme war scharf wie eine Klinge. »In diesem Krieg bist du entweder für mich oder gegen mich. Begreifst du mich?«

Daniella nickte nur, sie traute ihrer Stimme nicht mehr.

»Worte«, fuhr Maluta fort. »Zwanzig Stunden am Tag habe ich es mit Worten zu tun. Und je länger die Leute reden und reden, um so mehr bin ich davon überzeugt, daß die Lüge zur Gewohnheit geworden ist und daß wir die Wahrheit längst aus den Augen verloren haben.« Er zündete sich eine neue Camel an und wandte sich von ihr ab. Nachdenklich blickte er auf das Denkmal. Die Stahlträger schienen im Licht der Taschenlampe zu schwanken.

Der Mond war hinter den Wolken verschwunden, die Kälte noch bissiger geworden. In der Luft hing ein Geruch von Schnee. Der Sturm, der Malutas Ankunft verzögert hatte, fiel jetzt über die Stadt her. Daniella zog sich den Zobel enger an den Körper. Ein Windstoß verfing sich in ihrem vollen Haar und warf ihr ein paar Strähnen ins Gesicht. Doch sie kümmerte sich nicht darum.

»Das Problem mit dir, Genosse General«, fuhr Maluta nach längerem Schweigen endlich fort, »das Problem mit dir ist, daß du so schön bist.« Er stieß den Rauch seiner Zigarette aus und biß sich einen Tabakkrümel von den Lippen. »Weil du so schön bist, glaubst du, daß du von den Männern in deiner Umgebung alles bekommen kannst. Du öffnest deine Schenkel für Anatoly Karpov, und schon wirst du die Nummer eins der KVR.« Maluta sprach von der Geheimsektion des Ersten Direktoriums, die gemeinhin als Abteilung K bekannt war, wenn man sie überhaupt kannte. Die KVR war verantwortlich für Anschläge im Ausland. »Dasselbe hast du mit meinem gerade noch betrauerten Kollegen Yuri Lantin angestellt. Und wenn ich daran denke, wie unerwartet sein Tod war, muß ich zugeben, daß du erfolgreich warst.«

Noch immer sah er sie nicht an. Er rauchte entspannt seine Zigarette, als seien sie zwei gute Freunde, die nichts Besseres zu tun hatten, als ihre Urlaubspläne zu besprechen. »Auf der anderen Seite bewundere ich deinen tückischen Verstand. Ich halte dich für eine geradezu geniale Frau.«

Er warf den Zigarettenstummel weg. Die Glut zersprang in tausend Funken, bevor sie im Schnee verlosch. »Natürlich bin ich mir auch bewußt, welch ehrgeizige Ziele du hast. Sehr bewußt sogar. Und deshalb mußt du begreifen, daß du mit mir nicht tun kannst, was du mit Karpov und Lantin und wahrscheinlich auch noch mit ein paar anderen vor ihnen getan hast. Ich bin immun gegen deine Schönheit. Ich träume nicht nächtelang von deiner Möse.«

Sein letzter Satz hatte genau die von ihm kalkulierte Wirkung. Er traf sie wie ein Schlag.

»Und jetzt«, fuhr Maluta fort, »jetzt mußt du dich entscheiden: Entweder bist du gegen mich oder für mich. Eine andere Wahl hast du nicht, das kannst du mir ruhig glauben. Hast du wirklich nur einen Moment gedacht, daß ich dir die großartige Idee, die du mir vorhin beim Essen unterbreitet hast, abkaufen würde? Daß ich, neben Carelin und Reztsov, Genachevs Ratgeber werden könnte, nur weil du das Carelin einflüsterst?« Da war es wieder, das zuckende Lächeln. Diese furchteinflößende Grimasse. »O nein, nein, Genosse General. Selbst wenn deine liebliche Möse mich dazu überredet hätte, solchen Unsinn zu glauben, so weiß ich doch, daß du Carelin niemals einen solchen Vorschlag machen würdest. Denn er würde dir zur Antwort einfach nur ins Gesicht lachen.«

Daniella zitterte am ganzen Körper. Sie war sich jetzt sicher, Maluta total unterschätzt zu haben, und wahrscheinlich hatte sie auch viel zu schnell Yuri Lantins Position an sich gerissen. Die Folgen für sie im Kreml waren leicht vorauszusehen.

Ihr war klar, daß sie sich jetzt auf der Stelle entscheiden mußte. »Ich bin für dich.« Daniella hatte zweimal zu der Antwort ansetzen müssen, denn als sie das erstemal den Mund öffnete, war nicht mehr als ein heiseres Krächzen zu hören gewesen.

Maluta nickte. »Sehr gut. Dann muß Alexei dich jetzt auch nicht mit einem Genickschuß erledigen.«

»Was?« Wieder hatte er sie aus der Fassung bringen wollen, und wieder war es ihm gelungen.

»Hast du denn nicht gewußt, daß Alexei mir regelmäßig Bericht erstattet? Über alles, was du tust, Genosse General? Ich weiß *alles* von dir.«

Jetzt wußte Daniella, daß er log. Wenn das die Wahrheit gewesen wäre, hätte Maluta auch wissen müssen, daß sie längst ein Verhältnis mit Mikhail Carelin hatte. Aber sie wollte dieses Spiel jetzt trotzdem zu seinen Bedingungen weiterspielen.

Maluta hatte sie starr angesehen. Ihre dunklen Augen blitzten zornig. »Ich sehe, daß du mir nicht glaubst. Das ist verständlich.« Er griff in seine Manteltasche, holte ein kleines Päckchen hervor und gab es ihr.

Daniella starrte auf ihre Hände, als hielten sie Gift. Ihr Pulsschlag beschleunigte sich wieder, das Hämmern in ihren Schläfen setzte erneut ein.

Langsam wickelte sie das Päckchen aus. Heilige Mutter Gottes, schoß es ihr durch den Kopf, als sie schließlich den Inhalt sah.

Merkwürdig, dachte Daniella, von einer sonderbaren hysterischen Ruhe überwältigt, wie komisch doch zwei Menschen aussehen können, wenn sie sich lieben. Noch dazu, wenn man selbst einer der beiden ist.

Foto um Foto zeigte Daniella und Carelin, in heftigen Umarmungen verschlungen, die Körper gezeichnet von der Ekstase ihrer Gefühle.

Maluta nahm ihr die Fotos aus den zitternden Fingern. Dann schob er sie zusammen wie ein Kartenspiel, um schließlich eines wieder herauszuziehen. »Das hier ist, glaube ich, das beste.« Er blätterte weiter. »Oder vielleicht auch dieses.«

»Hör auf.«

Auf diesen Satz hatte er nur gewartet, und gehorsam ließ er den Stapel wieder verschwinden. »Und jetzt möchte ich, daß du mir einen Gefallen tust. Er wird ein festeres Band zwischen uns knüpfen, als es dein kleines Verhältnis mit Carelin je sein könnte.« Seine Stimme war sanft geworden, fast zärtlich. »Ich muß dich um diesen Gefallen bitten, Genosse General, weil du mich belogen hast. Ich gehe zwar davon aus, daß das nur im Falle von Carelin der Fall war, aber« – er zuckte die Schultern – »wer weiß schon, was in der Vergangenheit noch alles gewesen ist.

Doch die Vergangenheit interessiert mich nicht. Mich interessiert nur die Zukunft.« Plötzlich war sie da, ohne daß sie gesehen hätte, woher er sie hatte. »Ich möchte, daß dir dies eine Lehre ist, Genosse General. Und jetzt zieh bitte die Handschuhe aus.«

Vollkommen betäubt tat sie, was er verlangte. Wie konnte ich ihn nur so unterschätzen, ging es ihr durch den Kopf. Dabei war ich mir absolut sicher, ihn fest im Griff zu haben.

Dann legte er sie in ihre kalten Hände: die Pistole. Auf ihren Lauf war ein Schalldämpfer geschraubt. Daniella sah, daß es ein deutsches, kein russisches Modell war. Eine Pistole aus seinem Privatbesitz, was strengstens verboten war.

»Und jetzt möchte ich, daß du Alexei erschießt.« Sie hörte Malutas Stimme wie im Traum. »Mach es genau so, wie du es gelernt hast, töte ihn mit einem Genickschuß. Erinnere dich – genau so hätte er dich töten sollen.«

Das ist nur ein Alptraum, schoß es Daniella durch den Kopf. Panik und Angst brannten in ihr wie ein Buschfeuer. Sie konnte nicht mehr denken. Als wäre ihr Verstand eingeschlafen. Wach endlich auf! dachte sie verzweifelt. Was soll ich bloß tun?

»Es sollte dir nicht allzu schwerfallen«, hörte sie Maluta sagen. Er rauchte wieder, und der Wind trieb ihr den Zigarettenqualm ins Gesicht. »Schließlich hast du ein gutes Motiv. Er hat dein Vertrauen dazu mißbraucht, dich auszuspionieren. Ist es nicht nur gerecht, so ein schweres Vergehen drastisch zu bestrafen?«

Ich habe mich mit einem Monster eingelassen, dachte Daniella. Ihr Magen hatte sich verkrampft, er war hart wie Stein, und sie fühlte die Übelkeit in sich hochsteigen. Doch sie konnte sich nicht rühren. Ich kann nicht tun, was er verlangt, sagte sie sich. Ich kann nicht.

»Warum zögerst du, Genosse General?« Malutas Stimme war wieder rauh und hart geworden. »Diese Unentschlossenheit ist für ein Mitglied des Politbüros ein Zeichen der Schwäche. Ich werde das berichten müssen. Eine ernste Verfehlung. Ein Mann würde niemals solche Schwäche zeigen.« Er sog an seiner Zigarette. »Vielleicht rufe ich doch besser Alexei her, damit er dich erschießt.«

Mit glühenden Augen kam Maluta auf sie zu und beugte sich zu ihrem Ohr herab. Der Zigarettengeruch, der seinem Mund entströmte, war unerträglich und wurde nicht einmal von der eisigen Kälte gemildert. »Tu es jetzt, Genosse General. Tu es jetzt, oder du hast dein Leben verwirkt.«

Daniella wollte es nicht glauben, doch im nächsten Moment ging sie hinüber zu der Limousine. Sie begriff nicht, was sie das tun ließ; ihr eigener Wille war es nicht.

Sie stieg ein und sah Alexeis Augen im Rückspiegel.

»Was ist passiert?« flüsterte er. »Du bist weiß wie ein Gespenst.«

Daniella fühlte, daß sie sich nach vorn beugte, daß sich ihr rechter Arm langsam hob. Sie öffnete den Mund, um Alexei zu antworten. Und kurz bevor der Schalldämpfer seinen Nacken berührte, drückte sie ab.

Würgend sprang sie aus dem Wagen, der Geruch des Todes klebte in ihrer Nase.

Mit ein paar schnellen Schritten war Maluta bei ihr. Er zog ein sauberes weißes Taschentuch hervor und nahm ihr damit die Waffe aus der Hand.

»Ich brauche deine Fingerabdrücke«, erklärte er, wickelte die Pistole in das Tuch und ließ sie in seiner Manteltasche verschwinden. »Du sollst wissen, daß ich dich damit jederzeit wegen Mordes vor Gericht bringen kann. Mit Lügnern habe ich kein Nachsehen. Ich hätte dich längst töten lassen, wenn ich nicht deinen scharfen Verstand noch brauchen könnte.«

Daniella drehte sich zur Seite und übergab sich. Maluta rührte sich nicht von der Stelle, statt dessen ließ er den Strahl der Taschenlampe über ihren Zobel tanzen. Das teure Fell glänzte wie Platin.

»Und wofür brauchst du mich?« Der Geschmack in ihrem Mund war so bitter, daß nicht einmal Wasser ihn hätte wegspülen können.

»Um in Shi Zilins Gedanken eindringen zu können. Wenn ich mich schon über etwas informiere, dann tue ich das für gewöhnlich sehr gründlich. Ich weiß, daß der Schlüssel zu dem Geheimnis von Kam Sang in dem Kopf des alten Mannes verborgen liegt. Und du wirst ihm das Geheimnis entreißen.«

Daniella hatte das Gefühl, von einem Hammerschlag getroffen zu werden. »Das ist unmöglich«, brachte sie mühsam hervor.

Maluta zog die Augenbrauen hoch. »Ist es das? In dem Fall, Genosse General, erteile ich dir den Befehl, Shi Zilin zu töten.«

»Shi Zilin und Jake Maroc sind unzerstörbar miteinander verbunden«, erwiderte Daniella mit trockenem Mund.

»Also schön«, sagte Maluta, »ich bin ja ein einsichtiger Mensch.« Bei jedem seiner Schritte knirschte der Schnee, als hätte ihn eine Zauberkraft zum Leben erweckt. »Dann töte sie eben beide.«

Daniella fühlte die Angst in sich wie einen Eiszapfen. »Du weißt nicht, was du da von mir verlangst.«

Malutas Zähne schlugen mit einem lauten Geräusch aufeinander. »Kam Sang, Shi Zilin, Jake Maroc. Eins, zwei, drei. Was ist daran so schwierig?«

Daniella blieb stumm. Das Blut rauschte in ihren Ohren wie ein reißender Fluß zur Zeit der Schneeschmelze. Jetzt wußte sie, was er plante, und wußte, daß ein Verhör in den übelriechenden Kellern der Lubjanka für sie nicht hätte schlimmer ausgehen können.

»Ich bin für die Operationen in China verantwortlich«, erwiderte sie. »Wir haben dort langfristige Pläne. Deshalb kannst du nicht von mir verlangen...«

»Und ob ich das kann, Genosse General.« Maluta sog an seiner Zigarette. Er war sich seiner Sache jetzt ganz sicher. »Wenn jemand über irgend etwas die alleinige Verantwortung hat, kommt es sehr leicht dazu, daß er bei seinen Entscheidungen zu sehr an den persönlichen Nutzen denkt.« Er beugte sich zu ihr hinunter und blies ihr den Rauch seiner Zigarette ins Gesicht. »Aber die *persönlichen* Interessen, Genosse General, stehen zumeist denen des Staates unversöhnlich gegenüber.«

Wieder schlugen seine Zähne laut aufeinander. »Deine Macht liegt in der Person von Schimäre, Genosse General«, fuhr Maluta fort. »Und ich weiß, daß du von der Machtübernahme in China wie besessen bist. Aber deshalb verlange ich doch nicht zuviel von dir, oder?« Seine Stimme war süß geworden wie Sirup. »Schließlich könnte ich auch von dir verlangen, mir Schimäres Identität offenzulegen. Ich könnte ihn sogar aus deinem Befehlsbereich abziehen.« Er grinste. »Was würde dann aus dir werden? In diesem Licht betrachtet, verlange ich doch wirklich nicht viel von dir. Nur, daß du das Geheimnis von Kam Sang aufdeckst. Und uns Shi Zilin und Jake Maroc vom Hals schaffst.«

Daniella lief ein Schauer über den Rücken. Jahrelang hatte Schimäre ihr einen raschen Aufstieg in der Hierarchie garantiert. Denn ohne die wertvollen Informationen, die Schimäre ihr zugespielt hatte, wäre sie niemals soweit gekommen, schon gar nicht in einer Männerwelt.

Maluta hatte den Nagel auf den Kopf getroffen. Denn Schimäre saß noch immer im Zentrum der *Pyramide*, auch wenn Jake Maroc davon überzeugt war, Schimäre vor neun Monaten getötet zu haben. Doch Henry Wunderman, Jake Marocs väterlicher Lehrer, war nicht Schimäre gewesen. Daniella hatte Schimäre perfekt getarnt und mit ihrer Ablenkungstaktik alle hinters Licht führen können. Sogar Shi Zilin.

Ihre Situation war verzweifelt. Sie ließ sich von Malutas Worten nicht täuschen. Wenn sie nicht einen Weg fand, ihn auszuschalten, würde er die Kontrolle über sämtliche Operationen in China an sich reißen. Seine Anordnungen verfolgten genau dieses Ziel. Waren Shi Zilin und Jake Maroc erst einmal aus dem Weg geräumt und das Geheimnis von Kam Sang in seinen Händen, dann war Maluta nicht mehr aufzuhalten. Selbst Carelin und Reztsov würden den Sturz von Genachev dann nicht mehr verhindern können, und die Sowjetunion war diesem Wahnsinnigen ausgeliefert. Maluta war schon jetzt so mächtig, daß er nur noch das Geheimnis von Kam Sang kennen mußte, um die anderen Mitglieder des Politbüros davon überzeugen zu können, daß der Sturz Genachevs nur im Interesse der Sowjetunion sei. Und was wird dann aus mir? überlegte Daniella. Ich werde für immer von ihm abhängig sein. Und wenn Maluta jemals das Gefühl bekommen sollte, mich nicht mehr unter Kontrolle zu haben, dann wird er mich ebenfalls vernichten.

Daniella hatte sehr genau begriffen, daß Maluta mit den ›Interessen des Staates‹ nur seine eigenen meinte. »Willst du damit sagen, daß ich nicht geeignet bin, unsere Operationen in China zu leiten?«

»Vielleicht.« Maluta nickte und warf den glühenden Zigarettenstummel in die Nacht.

Die kochende Wut in ihr suchte nach einem Ventil, und ohne an die möglichen Folgen zu denken, ließ sie ihrem Zorn freien Lauf. »Du sprichst vom Staat und denkst doch nicht im mindesten an ihn, Genosse. Das alles dient doch nur deinen persönlichen Interessen. Du willst einen Machtkampf erzwingen, und ich soll dir dazu als Werkzeug dienen.« Sie fühlte die Tränen in ihren Augen brennen und schloß sie, damit er ihre Schwäche nicht sah. Schweigend betete sie um Kraft und Stärke. »Ich soll dir die Silberkugel liefern, mit der du Genachev niederstrecken willst. Und wenn dabei irgend etwas schiefgeht, willst du mich als alleinige Schuldige ans Messer liefern können.«

»Aber, aber, Genosse General.« Maluta lächelte gnädig auf sie herab. »Du hast mir heute nacht in so vieler Hinsicht gefallen. Doch deine Vermutung stimmt.« Er zuckte die Schultern. »Dennoch wirst du tun, was ich von dir verlangt habe, nicht wahr?«

Daniella nickte stumm. Welche andere Wahl blieb ihr denn? Zumindest würde er ihr jetzt nicht mehr nachspionieren.

In gespielter Freundschaft griff er nach ihrem Arm, während sie zu der Limousine zurückgingen. »Außerdem«, erklärte er in ruhigem Ton, »ist es auf lange Sicht ohnehin das beste, wenn wir die Shis loswerden. Ich habe nicht das geringste Interesse an dem Machtzentrum, das sie gerade in Hongkong aufbauen.« Es hatte zu schneien begonnen. Zurück am Wagen schleppten sie gemeinsam Alexeis Leiche in den Kofferraum.

Maluta sah in sein starres weißes Gesicht. »Irgendwie scheint er überrascht gewesen zu sein.« Er warf den Kofferraumdeckel zu. »Was mich nun wieder nicht im geringsten überrascht. Er war dir nämlich treu ergeben, Genosse General.«

Daniella hatte das Gefühl, der Boden würde unter ihr wanken. Ihre Hände suchten Halt am Kotflügel des Wagens, rutschten ab, und sie sank auf die Knie.

Maluta machte nicht die geringsten Anstalten, ihr wieder auf die Beine zu helfen. Er stand seelenruhig über ihr und beobachtete sie mit der Neugier eines Wissenschaftlers für ein Labortier.

»Hast du wirklich geglaubt, ich wäre dumm genug gewesen, dir zu erlauben, einen Vertrauten von mir zu erschießen? Wenn Alexei wirklich getan hätte, was ich dir eingeredet habe, wäre es doch nur schade gewesen, sein Leben auf diese Weise zu vergeuden.

Nein, meine liebe Daniella. Ich habe dich schlicht angelogen. Und was seine Treue zu dir angeht, die war so unschuldig rein wie der neue Schnee. Aber jetzt weißt du wenigstens, wie man sich fühlt, wenn man hintergangen wird.« Mit wachsendem Interesse beobachtete er die Tränen, die sich in ihren Augen sammelten und in den Schnee fielen. Wo sie auftrafen, hinterließen sie dunkle Flecke.

»Schon bald werde ich Fotos von dir haben, die dich mit Tränen in den Augen zeigen.« Die keuchend ausgestoßenen weißen Atemwölkchen verrieten seine Erregung.

»Übermorgen hast du Geburtstag«, sagte Three Oaths Tsung. »Und wohin möchtest du dann zum Essen gehen?«

»Zu Gaddis«, antwortete Neon Chow ohne zu zögern.

Three Oaths stand auf dem frisch gewaschenen Deck seiner Dschunke, die in der schwimmenden Hakka-Stadt von Aberdeen Harbor vertäut lag. Seine Augen ruhten voller Wohlgefallen auf seiner Mätresse. *Oh ko*, dachte er, natürlich zu Gaddis. Und warum sollte sie an ihrem vierundzwanzigsten Geburtstag auch nicht in das beste und teuerste Restaurant Hongkongs ausgeführt werden.

»Gaddis!« explodierte er. »Beim Ehrwürdigen Blauen Drachen, du willst mich in den Ruin treiben!« Das heißt aber noch lange nicht, daß man sich nicht etwas zögerlich zeigen sollte, setzte Three Oaths seinen Gedanken fort. In den einundsiebzig Jahren seines Lebens hatte er die Frauen vollkommen zu durchschauen gelernt – jedenfalls glaubte er das.

»Das will ich ganz und gar nicht«, erwiderte Neon Chow mit wundervollem Schmollmündchen. »Aber ich werde doch nur einmal vierundzwanzig. Soll ich denn an meinem Festtag nicht glücklich sein?« Ihre Finger spielten mit dem Smaragdhalsband, das er ihr erst vor kurzem geschenkt hatte. »Bin ich es nicht wert, zu Gaddis ausgeführt zu werden?« Ihr Schmollmund wurde noch größer. »Ich weiß, was du denkst. Daß du mit mir in einem so feinen Restaurant nur unangenehm auffallen wirst.«

Nichts liegt der Wahrheit ferner als das, dachte Three Oaths. Wann immer er mit ihr ein Lokal betrat, sofort drehten sich sämtliche Köpfe in ihre Richtung – und zwar die der Männer und der Frauen. Neon Chow, die stundenweise für den Gouverneur der Kronkolonie arbeitete, hätte ebensogut ein Plattenstar oder ein Filmsternchen sein können. Das einzige, was ihre Karriere hätte verhindern können, glaubte er, war ihre unvorstellbare Bequemlichkeit, um nicht zu sagen Faulheit. Neon Chow hatte nicht eine Stunde in ihrem Leben wirklich schwer gearbeitet, und genauso, da war er sich sicher, liebte sie ihr Leben.

»Es ist wahr, ein *Tai pan* von deiner Bedeutung kann es sich nicht leisten, in der Öffentlichkeit unangenehm aufzufallen«, fuhr sie schmollend fort. »Also werde ich meinen Wunsch zurückziehen. Gehen wir doch in dieses gräßliche Fischlokal in Causeway Bay, das du so schätzt. Vielleicht verdiene ich wirklich nichts Besseres.«

Three Oaths tat alles, um nicht lächeln zu müssen. In Wirklichkeit konnte sie alles von ihm verlangen. Aber es war für sie beide nur gut, wenn sie das nicht so genau wußte. Wieviel Macht sie über ihn hatte, das sollte er besser für sich behalten, dachte er. Keine Frau, die er je gekannt hatte – und er hatte in seinem langen Leben viele kennengelernt –, hatte je einen solchen Einfluß auf ihn gehabt wie Neon Chow. Und wenn sie sich liebten, dann war er wieder dreißig Jahre alt. Er brauchte sie nur anzusehen, und schon spürte er in seinen Lenden die Erregung.

»Aber du hast wieder einmal Glück gehabt«, sagte er jetzt. »Ich habe das Restaurant in Causeway Bay schon angerufen, aber dort ist wegen einer Privatgesellschaft an deinem Geburtstag geschlossen.« Das war eine schamlose Lüge, denn natürlich hätte er sie niemals irgendwo anders hingeführt als in das Restaurant ihrer Wahl. »Also wird es wohl doch Gaddis werden müssen.«

»*Eeeee!*« Neon Chow schrie vor Glück auf und schloß ihn in die Arme. Ihre Hüften preßten sich gegen seine Lenden, ihre Brust gegen seine. »Das ist wundervoll!«

Ja, das ist es, dachte Three Oaths.

»Sie sind angekommen, Ehrenwerter Vater.«

Three Oaths drehte sich um, als er die Stimme seines ersten Sohnes hörte. Während er noch über das Deck hinkte, kamen Jake und Bliss schon an Bord. Meine Tochter ist schöner als je zuvor, dachte Three Oaths. Ihre Haut ist von der strahlenden Durchsichtigkeit des Alabasters. Als hätte sie ihr Leben lang nur darauf gewartet, daß Jake Maroc Shi zu ihr zurückkehrt – zu ihr und zu ihrer Liebe.

»Willkommen, *Zhuan*«, sagte er und wandte sich zu Bliss. »Tochter.« Seine Miene war ernst und zeigte nicht das leiseste Gefühl.

»Darf Bliss unter Deck gehen?« fragte Jake. »Mein Vater hat um die Dienste ihrer heilkräftigen Hände gebeten.«

»Selbstverständlich«, antwortete Three Oaths und ging voraus. Seit seiner Rückkehr aus Beijing in den Schoß der Familie lebte Shi Zilin an Bord der Dschunke. Er hatte es so gewollt, weil, wie er erklärte, ihn das an die alten Zeiten erinnerte, als er noch für die fremden Teufel in Shanghai Opium transportieren mußte.

Jake und Three Oaths sahen Bliss hinterher, wie sie den Aufgang hinunterstieg. Dabei war sich Jake durchaus bewußt, daß Neon Chow ihn die ganze Zeit über anstarrte. Doch er ließ sich nichts anmerken und erwiderte den Blick auch nicht. Er zog es vor, von ihr genausoviel Notiz zu nehmen wie von einer der Kisten und Körbe, die überall an Deck herumstanden.

Nicht einen Gedanken schenkte er Neon Chow. Sein Onkel war für sie verantwortlich. Aber zur Familie rechnete er sie deshalb bestimmt nicht. Nach seinem Gefühl war sie auch mehr an dem Geld von Three Oaths interessiert als an ihm selbst. Er hatte schon viele Schönheiten wie sie gesehen, die im Leben nichts anderes einzusetzen hatten als ihren Körper. Aber das gehörte nun einmal zu Asien. *Joss.*

Unter Deck hatte sich Bliss zu Shi Zilin gesetzt und nach seiner Hand gegriffen. Liebevoll streichelte sie über den Handrücken. Dann küßte sie ihn auf beide Wangen.

»Wo spürst du denn heute besonders großen Schmerz, *A-yeh*?« fragte sie leise und hörte geduldig auf seine Antwort. »Dann werden wir mit dem Leber-Meridian beginnen.« Sie ging ans Fußende des Mattenlagers und zog ihm die Schuhe aus. »Der Energiepunkt ist hier« – sie hob seinen rechten Fuß hoch – »direkt unter dem mittleren Zeh. Und wenn ich diesen Punkt jetzt massiere, dann mußt du dir vorstellen, wie die Energie am anderen Ende des Meridians zu fließen beginnt. Vom Endpunkt am Schlüsselbein beginnend durch den Brustkorb hindurch hinunter in den Unterleib. Dann durch den rechten Schenkel ins Knie, und weiter die Innenseite des Schienbeines hinunter, bis sie schließlich an dem Punkt ankommt, den ich massiere. Und jetzt schließe die Augen, *A-yeh*.«

Oben an Deck sah Three Oaths mit zufriedener Miene Neon Chow hinterher, bis sie verschwunden war. Dann hob er seinen Blick zu dem silberfarbenen Himmel und spuckte schließlich über die Bordwand ins Wasser. »Keine Sonne und kein Regen. Das ist überhaupt kein Wetter. Schlecht zum Fischen und schlecht für die Liebe, *heya*?«

Jakes Augen waren hinaus auf die See gerichtet. Tanker, schwarz und tief im Wasser liegend, schoben sich den Horizont entlang. Ohne Zweifel waren sie durch die Straße von Malakka gekommen, eine der schmalsten und strategisch wichtigsten Meerengen in dieser vom Öl abhängigen Welt.

Genau dort, in der Straße von Malakka und auf dem chinesischen Festland, planten die Sowjets ihren Angriff, hatte Zilin ihm erklärt.

Jake hatte seinen Onkel und Neon Chow längst vergessen und mußte wieder an das Gespräch mit seinem Vater denken, das sie am Morgen geführt hatten. Der alte Mann schien von seinem alten Gegner, dem KGB, noch immer besessen zu sein. Und besonders von zwei hochrangigen Funktionären.

»Während der letzten drei Jahre«, hatte der Jian ihm erklärt, »hat die sowjetische Armee, mit tatkräftiger Unterstützung von Anatoly Karpov und Yuri Lantin, ihre achtundfünfzig Grenzdivisionen ständig weiter aufgerüstet. Neun von ihnen stehen jetzt voll unter Waffen. Und alle sind sie an Chinas Nordgrenze versammelt.

Und in Ostsibirien, so sagen die letzten Berichte, haben die Sowjets einhundert Bomber vom Typ TU-22 und einhundertfünfzig mobile Raketen mit atomaren Sprengköpfen vom Typ SS-20 stationiert.«

»Die TU-22, sind das die berüchtigten Backfire-Bomber?« hatte Jake gefragt. Und als sein Vater bestätigend genickt hatte, waren ihm auch die technischen Daten wieder eingefallen: fünftausend Meilen Reichweite, nukleare Sprengköpfe entweder auf Bomben gesetzt oder auf Boden-Luft-Raketen.

»Sie haben uns eingekreist, Jake«, war Zilin fortgefahren. »Aber das sind nur Waffen, deren Einsatz gelenkt werden muß. Von menschlichem Verstand. Und damit beginnen unsere Probleme. Wir haben einen neuen, zu allem entschlossenen Feind im Kreml: Oleg Maluta. Er ist noch gefährlicher als Karpov und Lantin, weil seine Machtbasis unangreifbar ist. Und wenn er je die Erfolgsleiter noch weiter hinaufklettern sollte, dann kann uns nur noch Buddha schützen. Seine militärische Abenteuerlust ist reichlich dokumentiert. Auch Afghanistan und Pakistan hat er sich ausgedacht.

Die Frage, die wir uns jetzt stellen müssen, lautet: Wohin wird diese Schlange ihren Kopf wenden? Wird er die Backfire-Bomber aufsteigen lassen?«

Zilins strahlend schwarze Augen waren alterslos und ohne ein Zeichen von Müdigkeit. Wenn seine Leiden auch täglich weiter voranschritten, der allmähliche Muskelschwund ihm täglich größere Schmerzen bereitete, so konnte das seiner inneren Kraft und der Schärfe seines Verstandes nichts anhaben.

»Wie bist du überhaupt auf Oleg Maluta aufmerksam geworden?« hatte Jake gefragt.

»Durch Daniella Vorkuta«, hatte der alte Mann erwidert. »Immer wieder ist es Daniella Vorkuta. Sie läßt China nicht aus den Augen, Jake. Vergiß das niemals. Sie ist die einzige im Kreml, die begriffen hat, welche Rolle Hongkong in Zukunft für China spielen wird und wie wichtig es deshalb ist, die Kontrolle über Hongkong zu besitzen. Falls die Russen je die Herrschaft über die Handelshäuser hier bekommen sollten, dann können sie im nächsten Moment sämtlichen Geldverkehr mit dem chinesischen Festland unterbrechen. Selbst Neugründungen von chinesischen Unternehmen in der Stadt würden dann zu einem finanziellen Fiasko werden. Die Machtbasis, die sich Daniella Vorkuta hier bereits geschaffen hat, muß ein für allemal zerschlagen werden, oder China wird niemals zu einer wirklichen Weltmacht aufsteigen.

Maluta mag gefährlich sein wegen der militärischen Abenteuer, die er plant, aber Daniella Vorkuta kann uns wirklich vernichten: finanziell und ökonomisch, und das endgültig.

Außerdem spielt General Vorkuta *Wei gi;* sie kennt also die Strategien. Über Sir John Bluestone hat sie sich einen ersten Zugriff auf die Kronkolonie geschaffen, und wenn wir jetzt auch jeden seiner Schritte überwachen, so sollten wir doch nicht Daniella Vorkutas scharfen Verstand unterschätzen.«

»Und wieviel weiß Daniella Vorkuta von Kam Sang?« hatte Jake gefragt.

Zilin hatte darauf mit einem tiefen Seufzer geantwortet: »Schon zweimal hat sie versucht, einen ihrer Leute in das Projekt einzuschleusen. Aber bisher konnten wir ihre Agenten immer noch rechtzeitig aus dem Verkehr ziehen, ohne daß sie größeren Schaden anrichten konnten. Doch das wird sie nicht entmutigen, es immer wieder zu versuchen.«

»Schon das könnte ein neues Problem für uns heraufbeschwören«, hatte Jake nachdenklich eingeworfen. »Allein die strengen Sicherheitsmaßnahmen um Kam Sang müssen sie doch alarmieren. Sie wird klug genug sein zu wissen, daß derartige Schutzvorrichtungen nur einem militärischen Geheimnis dienen können.«

Zilin hatte seinen Sohn eine Zeitlang schweigend angesehen. »Du hast recht«, hatte er schließlich gesagt. »Und wenn sie erst einmal alarmiert ist, dann wird es bald auch Oleg Maluta sein. Und dann wird Maluta die Backfire-Bomber aufsteigen lassen.«

»Fühlst du dich jetzt entspannt, Jian?« fragte Bliss.

Zilin öffnete die Augen. Befreit vom Schmerz flossen seine Gedanken wieder frei. Er war tief in *Da-hei* gewesen, in der großen Dunkelheit, wo, wie er gelernt hatte, alles immaterielle Sein ruhte, als Bliss ihn in die Gegenwart zurückgerufen hatte.

»Ja«, antwortete er mit müder Stimme. »Deine Hände haben an meinem alten Körper wieder Wunder gewirkt, *Bou-sehk.* Kostbarer Juwel, wie dein Vater dich nennt.« Er richtete sich langsam auf. »Ich danke dir.«

»Ich habe dir nur den Schmerz genommen«, erwiderte sie überwältigt, weil er ihren Kosenamen gebraucht hatte. »Das ist doch nichts Besonderes.«

»Ganz im Gegenteil.« Seine strahlenden Augen suchten ihre. »Du hast mir einen Teil von dir selbst gegeben. Höre mir zu, *Bou-sehk*. Dein Körper ist doch nur ein Teil dessen, was du anderen geben kannst, vielleicht sogar der unbedeutendste. Es stimmt schon, der Körper kann viel Freude spenden und empfangen. Aber diese Freude ist vergänglich. Dein Geist aber nährt sich von deiner Aura, von deinem *Qi*, und das macht dich einzigartig. Das ist es, woran die Seele eines anderen sich erinnert.«

Bliss kniete sich neben das Mattenlager und legte die Hände in den Schoß.

»Sag mir«, fuhr Zilin fort, »was du von *Da-hei* weißt.«

»Nichts, mein Pate.«

»Dann lege jetzt deine Fingerspitzen gegen meine.« Seine Stimme war nur noch ein schwaches Flüstern, das in sanften Wellen gegen ihr Ohr schlug wie das Meer gegen die Dschunke. »Sieh mir in die Augen. Sieh mir in die Augen.«

»Und was soll ich dort sehen?«

»Nichts«, antwortete er. Doch ihr war, als hätte er überhaupt nicht den Mund geöffnet. »Nichts.«

Dunkelheit senkte sich über das Zimmer, die nicht Dämmerung war und nicht Schatten. Für Bliss war es die Quelle eines Lichts, obwohl sie sich nicht vorstellen konnte, wie Dunkelheit die Quelle von Licht sein konnte.

In der Tiefe von Zilins Augen blitzte eine Farbe, die sie nicht benennen konnte. Lange starrte sie auf den Farbton, um sein Geheimnis lüften zu können. Doch die Dunkelheit hüllte sie immer mehr ein und ließ auch noch das letzte Licht verlöschen. Dann hatte sich auch das Zimmer in Nichts aufgelöst.

Und Bliss hörte den Ruf der Welt.

»Ich halte zehntausend Fäden in Händen, die ich alle zu einem festen Netz verweben muß«, sagte Jake oben an Deck.

»Das ist die Aufgabe des *Zhuan*«, erwiderte Three Oaths.

Obwohl die Stimme seines Onkels bewußt neutral geklungen hatte, war Jake der leise Unterton nicht entgangen, und sofort schrillten in seinem Kopf die Alarmglocken. »Du mißbilligst die Wahl meines Vaters für seinen Nachfolger, nicht wahr, Onkel?«

»O nein, nein. Nichts liegt der Wahrheit ferner. Ich kann mir nur nicht vorstellen, wie der *Yuhn-hyun* ohne den Jian überleben soll. Das heißt nicht, daß ich dich nicht respektiere, Neffe. Ich liebe dich wie meinen eigenen Sohn. Aber der Jian hat mehr als achtzig Jahre Erfahrung. Und er hat den *Yuhn-hyun* geschaffen – mehr als fünfzig Jahre lang hat er ihn in seinen Gedanken heranreifen lassen. Und die

Vorstellung, den Jian ausgerechnet jetzt, in dieser schwierigen Zeit zu verlieren, erfüllt mich mit Schrecken.«

Der Tag neigte sich dem Ende, doch noch rührte sich kein Lüftchen. Weiter vorn an Deck sah Jake Neon Chow, sie war in ein Gespräch mit der zweiten Tochter von Three Oaths vertieft.

»Wirst du zum Essen bleiben, *Zhuan*?«

»Es tut mir leid«, erwiderte Jake, »aber ich habe noch zu tun.« Er versuchte zu lächeln, aber er hatte das Gefühl, daß sein Gesicht starr blieb wie eine Holzmaske. Zu vieles passierte zu schnell. Verzweifelt wünschte sich Jake, mit irgend jemandem über seine Strategie diskutieren zu können – mit Three Oaths oder mit Bliss. Doch gleichzeitig wußte er, daß das unmöglich war. Er war allein. Er mußte es sein. Das gehörte zur Rolle des *Zhuan*. In dieser Situation konnte er niemandem trauen. Und dennoch fühlte er einen Schmerz in seiner Brust. Welchen Preis hatte er dafür zu zahlen, wenn er Bliss jetzt beiseite schob. Ein Teil von ihm wollte sie ins Vertrauen ziehen. Weil er sie liebte. Aber der andere Teil – der *Zhuan* – wußte, daß sein Wissen für jeden anderen eine viel zu große Gefahr bedeuten konnte. Der Feind war zu nahe, zu gut getarnt im inneren Kreis, um das Risiko eingehen zu können. Doch noch immer schreckte ihn das, was er jetzt tun mußte. Bliss gehörte doch zu ihm. Und er konnte sich ein Leben ohne sie nicht vorstellen.

Eine Dschunke, ihr riesiges Segel strahlte rot in der Abenddämmerung, lief von Osten kommend in den Hafen ein.

Jake stützte seine Ellbogen auf der Bordwand auf. Die Hemdsärmel hatte er hochgekrempelt; der Blick von Three Oaths lag auf Jakes kräftigen Handgelenken und Fingern. Die verhornte Haut auf seinen Handkanten war gelb wie altes Elfenbein.

»Onkel«, fragte er, »glaubst du wirklich, daß wir Bluestone unsere Probleme bei der SouthAsia Bancorp zu verdanken haben?«

»Aber sicher«, erwiderte Three Oaths entschieden. »Der elende Hund, der das Geld gestohlen hat, hatte doch viel zuwenig Hirn im Kopf, um sich so einen Plan auszudenken. Er hätte sich längst selbst verraten. Nein, so ein Plan braucht einen Kopf, einen wie Bluestone ihn hat.«

Während die einlaufende Dschunke den sicheren Hafen erreichte, bemerkte Jake, daß der kleine, dunkle Fleck am Horizont sich vergrößert hatte. Es kam Wind auf. »Vielleicht«, sagte Three Oaths nachdenklich, »vielleicht ist Bluestone schon tiefer in den *Yuhn-hyun* eingedrungen, als wir ahnen.«

Jake schwieg und beobachtete mit ausdrucksloser Miene weiter den Horizont.

»Schimäre – der sowjetische Spion in der *Pyramide*, dein früherer Lehrer Henry Wunderman – wußte von dem alten Jadesiegel der Macht, von dem *Fu*, dessen Teile mein Bruder dir, deinem Halbbruder

Nichiren, Bliss und Andrew Sawyer übergeben hatte. Woher hatte er sein Wissen?«

Jake holte tief Luft. »Bluestone ist ein Nichts, Onkel. Er ist nichts weiter als ein Strohmann. Daniella Vorkuta steckt hinter dem Anschlag auf die SouthAsia. Daniella Vorkuta ist in den *Yuhn-hyun* eingedrungen. Ihr Plan steckt hinter dem Ganzen. Daniella Vorkuta steckt hinter Bluestone. Und auch hinter Schimäre.«

»Hinter Schimäre?« wiederholte Three Oaths ungläubig. »Was soll das heißen? Ich denke, Schimäre ist tot. Du hast ihn doch mit deinen eigenen Händen umgebracht.«

»Ich habe Henry Wunderman getötet, Onkel.« Die Trauer in seiner Stimme war nicht mehr zu überhören. »Aber er war – nicht Schimäre.«

»*Was?*«

Jake bewegte sich immer noch nicht. Er steht fest wie ein Fels, ging es Three Oaths durch den Kopf – wie der Tod. »Etwa vor einer Woche hat ein Agent der *Pyramide* Kontakt zu mir aufgenommen. Frag nicht, wer es war. Sein Deckname war Apollo. Beridien und Donovan, vielleicht auch noch ein paar andere in der Zentrale, wußten von der Existenz von Apollo. Aber niemand außer Henry Wunderman kannte seine wahre Identität. Als Apollo aus hohen diplomatischen Kreisen von Wundermans Tod hörte, und warum er umgebracht worden war, begann er nachzudenken. Er wußte – wußte *sicher*, Onkel –, daß Wunderman kein Doppelagent gewesen sein konnte. Außerdem fand er heraus, daß Schimäre noch immer für die Gegenseite arbeitete. Während der letzten Monate hat Apollo weitergeforscht. Mit dem Ergebnis, daß er General Vorkutas Agenten in der *Pyramide* enttarnen konnte: Es ist Rodger Donovan.«

Jake drehte sich zu seinem Onkel um. »Donovans Name ist der einzige, der Sinn macht. Die List, mit der Daniella Vorkuta uns alle davon überzeugt hat, daß Wunderman Schimäre ist, war kühn und sorgfältigst ausgearbeitet. Mit gefälschtem Geheimmaterial hat sie mich getäuscht, und auf dieselbe Weise hat sie Henry davon überzeugt, daß ich der Mörder von Beridien sein müßte.

Der Plan war für Schimäre äußerst gefährlich, denn Wunderman oder ich hätten jeden Moment über die Wahrheit, wer Schimäre wirklich war, stolpern können. Sie müssen sich viel ausgerechnet haben, wenn sie das Risiko eingegangen sind.«

»Wenn Daniella Vorkutas Agent jetzt die *Pyramide* kontrolliert, haben sie doch auch viel erreicht«, erwiderte Three Oaths.

»Da hast du recht«, sagte Jake mürrisch.

Three Oaths starrte auf die ölfleckigen Wellen, die gegen den Schiffsrumpf schlugen. Draußen im Hafen wurden in einem riesigen schwimmenden Restaurant plötzlich die Lichter eingeschaltet. Rot, grün und blau tanzten sie auf dem Wasser.

»Und du bist dir sicher, daß das nicht auch nur wieder eine List von Daniella Vorkuta ist?«

Jake nickte. »Ja, und zwar aus zwei Gründen. Erstens hätte sie nicht den leisesten Grund, bei mir auch nur den geringsten Zweifel aufkommen zu lassen – das Ganze sollte mich doch nur in der Sicherheit wiegen, daß Schimäre tot sei. Und zweitens hat Apollo mir gesagt, welchen Auftrag er zuletzt von Wunderman bekommen hatte: Er sollte Daniella Vorkuta töten. Ich habe das überprüft, es stimmt.«

»Sie soll hundert Tode sterben für das, was sie dir angetan hat, Neffe!« sagte Three Oaths und spie ins Wasser.

»Einer reicht schon, Onkel«, erwiderte Jake finster. »General Vorkuta hat mich dazu gebracht, einen meiner ältesten Freunde zu töten.« Er schien seinen Blick auf irgend etwas in weiter Ferne zu konzentrieren. Vielleicht war es nicht einmal von dieser Welt. »Sie hat uns aufeinander gehetzt, und keiner von uns, weder ich noch Henry, hat begriffen, was da passiert. Sie hat es geschafft, alles zu zerstören, was uns einmal verbunden hatte: Freundschaft, Liebe, Vertrauen. Wie ein Zauberkünstler hat sie alles in Betrug, Verrat und Angst verwandelt. Sie hat es geschafft, sich zwischen uns zu stellen und uns damit geschlagen. Schlimmer noch, sie hat es geschafft, daß wir uns gegenseitig fertiggemacht haben. Ihre Annahme, unsere gegenseitige Liebe in Haß verwandeln zu können, erwies sich als richtig, und damit machte sie uns blind gegen ihre Täuschungsmanöver.

O Buddha, wie muß sie triumphiert haben, als ich Henry tötete. Und zu ihrem Mordwerkzeug wurde.«

»Ahhh.« Es war ein tiefer Seufzer des Mitgefühls. »Dieser General Vorkuta ist wirklich ein Teufel, *Zhuan*. Und hat nur ein Ziel, uns zu vernichten. Wie soll man nur glauben, daß ein so teuflischer Verstand in einem Frauenkopf sitzt.«

Der Wind sang in den Wanten ein unheimliches Lied. Über ihren Köpfen schrie eine Seeschwalbe. Das letzte Licht war plötzlich bleifarben geworden. Doch Jake blieb noch lange stumm auf die Bordwand gestützt stehen. Als er sich schließlich umdrehte, genügte Three Oaths ein einziger Blick in seine Augen, um zu wissen, daß es besser war zu schweigen.

»Siehst du, Onkel?« Jakes ausgestreckter Arm wies auf die heranziehenden schwarzen Wolken über dem offenen Meer. »Da kommt dein Regen.«

Ian McKenna zog sich fröstelnd den Hemdkragen hoch. Nach dem kurzen Regenschauer war die Luft noch immer kühl und feucht. Die Tropfen hatten im Sand ein Muster hinterlassen, als wäre der Strand von einem Maler gepunktet worden. McKenna ließ den Strahl seiner

Taschenlampe mal hierhin, mal dorthin wandern. Es war finsterste Nacht und so still, daß McKenna die Sirenen der Schiffe weit draußen auf dem Wasser hören konnte.

»Machen Sie das bitte aus.«

McKenna rührte sich nicht. Die Stimme eines Chinesen. Instinktiv griff McKenna nach seinem Dienstrevolver. Ruhe, hämmerte er sich ein. Du kriegst noch einen Herzanfall, wenn du dich weiter so aufregst. Er schaltete die Taschenlampe aus, und sofort hatte die Finsternis ihn eingehüllt. Nur noch spärliches Licht – das von dem nahen Stanley gerade noch bis hierher reichte – tanzte auf den Wellen und brach sich in abstrakten Mustern.

McKenna hatte das sichere Gefühl, daß sich ihm jemand von hinten näherte. Dann hörte er rechts neben sich wieder die Stimme. »Guten Abend, Mr. McKenna.«

Er wandte den Kopf leicht zur Seite und sah ein blickloses weißes Auge, das ihn anstarrte, in einem runden Mondgesicht mit flacher Knopfnase. Das typische Gesicht eines Südchinesen, nur daß dieser von einer häßlichen Narbe, die am linken Auge begann und die ganze Wange hinunterlief, entstellt war. Das sichtbar schlechte *Joss* des Mannes ließ McKenna erschauern.

»Mein Name ist White-Eye Kao.«

»Ist mir vollkommen egal«, knurrte McKenna. »Und ob Sie nun aus Shanghai oder Kanton sind, Gauner seid ihr doch alle.«

Eine Zeitlang schwieg White-Eye Kao, dann öffneten sich seine Lippen zu einem Lächeln. »Was Sie nicht daran gehindert hat, mein Geld anzunehmen.«

»Bei Geld interessiert mich der Absender nicht im geringsten«, erwiderte McKenna.

»War der Betrag denn ausreichend?« fragte White-Eye Kao.

Himmel, dachte McKenna, vielleicht habe ich einen Goldesel gefunden. »Fürs erste schon«, antwortete er mit gleichgültiger Stimme. »Aber endgültig kann ich das erst sagen, wenn ich weiß, was Sie von mir wollen.«

»Ach, Mr. McKenna, wirklich nichts Besonderes.« White-Eye Kao legte die Hände auf den Rücken. Obwohl er aufs Meer hinaussah, schien sein blindes Auge weiter McKenna anzustarren. Das blasse Licht tauchte es in einen unheimlichen Schimmer, wie das Auge eines Toten – gegen das, tapp-tapp-tapp, immer wieder eine Fliege prallte. Schluß! schrie McKenna sich selbst stumm an. Er versuchte, seinen Magen zu beruhigen, aber die Bilder von lodernden Feuern in der australischen Wüste, von Funken, die in den totschwarzen Nachthimmel aufstiegen, ließen sich nie ganz unterdrücken. Der Gesang...

»... in Ordnung?«

»Was?« McKenna riß sich aus den erschreckenden Erinnerungen heraus. »Ich habe Sie nicht verstanden.«

»Ich habe Sie gefragt, ob mit Ihnen alles in Ordnung ist, Mr. McKenna. Weil Ihr Gesicht plötzlich so blaß geworden ist.«

McKenna wischte sich mit seiner zitternden Rechten über das Gesicht. Es war feucht. »Ich ... es ist schon alles in Ordnung. Ich schlage mich nur mit einer Magenverstimmung herum, das ist alles.«

»Dann sollten Sie besser auf sich aufpassen, Mr. McKenna.« White-Eye Kao zündete sich eine Zigarette an und atmete den Rauch tief ein. »Von Ihnen hängt jetzt sehr viel ab.«

»Zurück zum Geschäft. Was wollen Sie von mir?«

White-Eye Kao hatte genug von den schlechten Manieren dieses weißen Teufels. »Ich frage mich manchmal, was Ihre Vorgesetzten wohl sagen würden, wenn sie von dem jungen Mann in Ihrem Haus erführen, Mr. McKenna.«

McKennas Gesicht wurde rot vor Zorn. »Was zum Teufel wollen Sie damit sagen?«

White-Eye Kao schnalzte mit der Zunge. »Formidable Sung, der Kopf der größten Triade in Hongkong, kennt Ihr kleines Geheimnis doch auch, Mr. McKenna. Oder täusche ich mich da? Und von Zeit zu Zeit erinnert er Sie sogar daran, damit Sie ihn über die geplanten Razzien informieren, nicht wahr?«

»Das ist vollkommener Unsinn!«

»Wirklich, Mr. McKenna?« White-Eye Kao lächelte. »Wie alt ist er denn, Ihr Hausfreund, Mr. McKenna? Achtzehn? Nein, so alt natürlich nicht. Vielleicht sechzehn?« Der Chinese lachte laut.

Er weiß es, überlegte McKenna. Der Scheißkerl weiß alles! Plötzlich schäumte die Wut in ihm über. Die Vorstellung, nach der Pfeife dieses schlitzäugigen Hurensohnes tanzen zu müssen, war zuviel für ihn. Er griff nach seiner Waffe.

Aber White-Eye Kao hatte die Bewegung erwartet, und mit einer schnellen Drehung stand er vor McKenna. Im nächsten Moment spürte McKenna die Klinge eines Messers an seiner Kehle.

»Das war nicht klug von Ihnen, Mr. McKenna.« Die Worte kamen wie das Zischen einer Schlange aus White-Eye Kaos Mund. Nur sein strikter Auftrag hielt ihn noch davon ab, diesem fremden Teufel die Kehle durchzuschneiden. »Sie mögen in Ihrem Revier ein mächtiger Mann sein, Mr. McKenna, aber hier draußen sind Sie nichts weiter als ein stinkendes Stück Fleisch, das ich liebend gern den Ratten zum Fraß vorwerfen würde. Und Sie würden ein großartiges Mahl abgeben, Mr. McKenna. Vergessen Sie das nie.«

Die kaum zu bändigende Wut in ihm ließ McKenna zittern. Doch gleichzeitig fühlte er die scharfe Klinge auf seinem Adamsapfel. Du bist es, der so gut wie tot ist, dachte er, das ist sicher, du Scheißkerl. Er bleckte die Zähne wie eine Raubkatze. Niemand behandelt mich ungestraft so. Niemand.

Im nächsten Moment war die Klinge wieder verschwunden. Als wäre nichts geschehen. »Als erstes können Sie für mich ein Gerücht überprüfen«, sagte White-Eye Kao mit vollkommen gleichmütiger Stimme. »Mir ist zu Ohren gekommen, daß die SouthAsia Bancorp irgendwelche Schwierigkeiten haben soll. – Ich habe dort mein Geld liegen und bin deshalb in Sorge. Verstehen Sie?«

McKenna lachte. »Ja, ich verstehe.« Im Kopf nur einen Gedanken: Dieses Schlitzauge hat mir vielleicht eine Trumpfkarte gegen Formidable Sung in die Hände gespielt. Der Kerl hat mich lange genug erpreßt. Und Sung ist Teilhaber bei der SouthAsia. Wenn die Bank tatsächlich in Schwierigkeiten steckt, werde ich ihm das mit dem größten Vergnügen ins Gesicht sagen. »In Ordnung«, antwortete McKenna und bemühte sich, so gut es ging, die Wut aus seiner Stimme zu verbannen. Die Vorstellung, was Formidable Sung für ein Gesicht machen würde, half ihm dabei. »Ich will sehen, was ich herausfinden kann.«

»Aber tun Sie es schnell«, sagte White-Eye Kao. »Tun Sie es sehr schnell, Mr. McKenna. Und jetzt gehen Sie nach Hause. Nehmen Sie Ihren kleinen Hausfreund in die Arme und legen Sie sich schlafen. Und wenn Sie zu meiner Zufriedenheit arbeiten, dann werde ich Ihnen eines Tages vielleicht etwas in die Hand geben, womit Sie sich Formidable Sung vom Hals schaffen können.«

Finsternis. Und in der Finsternis, wie ein Wirbel, das Licht. Wie war das möglich? Weil es kein leuchtendes Licht war.

Das Licht war Schmerz.

Schmerz, so rein, so durchdringend, so handgreiflich, daß er Gestalt annahm. Er hing – besser ließ es sich nicht ausdrücken – wie eine kreisende Sense über ihrem Sein. Er schnitt ihr in die Nervenenden, bis sie sich blutend öffneten. Ein Schmerz, sie war sich sicher, der nie wieder enden würde.

Und dann war er doch verschwunden.

Weil Colonel Hu Xujing es befohlen hatte.

Qi lin hörte seine Stimme klar durch den vieltönenden Lärm hindurch, der ein Teil ihrer Schmerzen war. Die Folterhaft hatte ihr jede Orientierung geraubt. Wie lange dieser Schmerz schon anhielt, wie lange dieses Licht sie eingehüllt hatte, konnte sie nicht mehr sagen: einen Tag, eine Woche, einen Monat, ein Jahrhundert lang, für sie hatte das jede Bedeutung verloren. Vorher – bevor der Schmerz gekommen war – hatte sie, daran erinnerte sie sich noch, ein sehr gutes Zeitgefühl gehabt. Nie hatte sie morgens einen Wecker gebraucht, nie hatte sie sich auf ihre Armbanduhr verlassen müssen, um pünktlich zu einer Verabredung zu kommen. Weil sie ein sicheres Gefühl für die Zeit gehabt hatte.

Zeit. Der Schmerz fraß die Zeit, schlang sie in seinen lichtgrellen Magen hinunter und würgte wieder hoch, was übrig blieb: nicht Zeit und nicht Leere, denn das hätte den Schmerz verschwinden lassen.

Und der Schmerz war immer da, ein Licht in der Höllenfinsternis. Ihr einziges Licht. Und deshalb war es, mit der Zeit, ihre Oase geworden, ihr einziger Freund.

Bis Colonel Hu kam.

Colonel Hu ließ den Schmerz verschwinden. Qi lin hatte ihn anfangs dafür gehaßt – daß er ihr das einzige Licht genommen hatte. Jetzt gab es für sie nur noch die Finsternis. Leere hüllte sie ein, eine entsetzliche Stille, Einsamkeit. Einst, erinnerte sie sich dunkel, hatte sie ihren Schmerz näher bei sich halten können. Das hatte ihr das sichere Gefühl gegeben, daß sie noch atmete, daß ihr Herz noch arbeitete, daß sie noch lebte.

Nachdem der Schmerz verschwunden war, war sie sich dessen nicht mehr sicher. Eine Zeitlang glaubte sie, gestorben zu sein. Sie konnte nichts fühlen, nichts sehen, nichts riechen, nichts hören, nichts schmecken. Welches *Karma* hatte sie an diesen unbekannten, schreckenerregenden Ort gebracht? Welcher Sünden hatte sie sich schuldig gemacht, daß sie sich hier wiederfand?

Dann hatte Colonel Hu sie aus dem Nichts herausgeführt. Später glaubte Qi lin fest, daß sie in diesem Moment wiedergeboren worden war. Wiedergeboren im wörtlichen Sinn. Worte reichten nicht aus, ihre Dankbarkeit zu fassen.

Colonel Hu zeigte ihr das Licht – richtiges Licht mit wechselnden Farbtönen –, und vor übersprudelnder Freude hatte sie danach gegriffen, um es näher bei sich zu haben.

Er ließ sie das Flüstern des Windes in den Bäumen hören und das Rufen der Vögel. Ein Befehl von ihm genügte, und es begann zu regnen. Das leise, weiche Geräusch der fallenden Tropfen hatte sie vor Glück weinen lassen.

Colonel Hu hatte ihr erklärt, daß die Tropfen die Tränen eines reinen Herzens und Geistes seien. Dies waren in ihrer Erinnerung die ersten Worte, die er an sie gerichtet hatte. Sie griff nach seiner Hand und hatte zitternd seine verhornte Haut an den Fingerspitzen gefühlt.

Der erste Becher Wasser, den er ihr einflößen wollte, war ihr das Kinn hinuntergelaufen. Sie hatte sich geschämt, doch dann spürte sie, wie er ihr das Gesicht mit einem weichen Tuch abtupfte. Schließlich gab er ihr einen sanften Kuß auf die Wange. Wärme strömte durch ihren Körper. Sie schlief ein.

Mit einem Heißhunger wachte sie wieder auf. Colonel Hu wartete schon, um sie zu füttern. Sie wollte sich nicht helfen lassen, doch hatte sie vollkommen vergessen, wie sie die Stäbchen halten mußte. Sie begann mit den Händen zu essen, aber das hatte Colonel Hu nicht zugelassen.

Statt dessen fütterte er sie langsam und geduldig wie ein Lehrer mit den Stäbchen, bis sie sie, unter seinem wachsamen Blick, wieder selbst führen konnte.

Während der ganzen Zeit hatte sie nicht ein einziges Wort gesprochen. Doch hatte sie keine Schwierigkeiten, die einfachen Dinge, die Colonel Hu sagte, zu verstehen. Ähnlich wie das Wissen um den richtigen Gebrauch der Stäbchen schien sie auch die Sprache verloren zu haben.

Aber auch die lehrte Colonel Hu sie wieder mit der unendlichen Geduld eines freundlichen Lehrers. Qi lin konnte sich keinen geduldigeren Menschen als ihn vorstellen, was ihre Liebe zu ihm nur noch wachsen ließ.

Manchmal aber blitzte in ihr die Erinnerung auf. Dann erinnerte sie sich mit einer Klarheit, die ihr den Atem nahm, an ihr ›anderes‹ Leben – an ein Leben, das vor der Zeit lag, als sie durch den blendenden Schmerz wiedergeboren worden war. In solchen Momenten lehnte sie sich gegen Colonel Hu auf und erklärte ihm, daß sie die Bedeutung, die wahre Bedeutung, von diesem oder jenem schon kennen würde, und fragte, warum er sie belüge.

Jedesmal kehrte dann die alles verschlingende Finsternis zurück, und ihr blieb nicht einmal mehr der Schmerz, ihre Oase. Sie wurde zurückgeworfen in das Nichts, aus dem sie wiedergeboren worden war.

Als das zum ersten Mal passierte, hatte sie verwundert eingewandt: »Das kann nicht sein, ich bin doch schon wiedergeboren worden.« Und dann war sie an dem Speichel, den die Angst ihr in den Mund trieb, fast erstickt.

Schmerz konnte ihr schon lange nichts mehr anhaben. Instinktiv wußte sie, daß sie jede Qual ertragen konnte, weil sie das Geheimnis kannte, die Schmerzen zu verwandeln. Wie ein Alchimist konnte sie Qualen in Licht verwandeln, und dieses Licht hielt sie am Leben.

Später lernte sie, sich zu beherrschen. Das rettete sie vielleicht vor dem Ersticken, doch half es nicht gegen die Angst. Nichts war schrecklicher, so glaubte sie, als zurückgestoßen zu werden in das Nichts. Es war, als wäre das Leben für alle Ewigkeit erstorben. Nein, schlimmer noch, man war nicht gestorben …, aber man lebte auch nicht mehr.

So lernte sie, diese Ausbrüche ihrer ›farbigen Erinnerung‹, wie sie es nannte, vor ihrer Umgebung geheimzuhalten; besonders vor Colonel Hu, der auf diese ›Phasen der Regression‹, wie er sie nannte, nur zu warten schien. Und schließlich wurden die Momente der Erinnerung immer seltener.

Als Colonel Hu sie am Ende mit ihrem Auftrag vertraut machte, konnte sich Qi lin an ihr ›anderes‹ Leben fast nicht mehr erinnern. Für sie zählte nur noch das neue, hier, in einem Vorort von Beijing.

Er schwebte über einem wie lackiert glänzenden Ozean. Befreit von den Schmerzen, konnte sich sein *Qi* über das ganze Südchinesische Meer dehnen. Warmes, lebenspendendes Sonnenlicht strahlte auf ihn nieder und wärmte ihm den Körper. Er beobachtete das Spiel der Delphine, die durch die schäumenden Bugwellen der Tanker tollten, und nahm zugleich den Gesang der Herde Blauwale wahr. Durch Schichten von dunkelndem Blau tauchten sie hinunter in die Finsternis. In der Tiefe schossen sie voran, die Kühe lenkten mit sanften Nasenstübern ihre Jungen vorwärts, eine Spur von Luftblasen, die zurück zur Oberfläche kräuselten, hinter sich herziehend.

»Fühlst du dich entspannt, *A-yeh*?« fragte Bliss. Inzwischen hatte sich draußen die Sonne fast bis zum Horizont gesenkt. Seit mehr als zwei Stunden massierte sie den Jian schon.

»Sehr entspannt. Der Schmerz von gestern ist verflogen, und heute ist es ohnehin nicht so schlimm. Deine Hände wirken wahre Wunder an diesem alten Leib.«

Wärme durchflutete ihn und verdrängte für einen Moment das Leiden. Sie ist die einzige, überlegte Zilin, die mich Großvater nennt. Für die anderen bin ich nur der Jian. Sogar für meinen Sohn. Auch wenn sie nur sein Patenkind war, so liebte er es doch, wenn sie ihn *A-yeh* nannte. Jakes Tochter Lan hätte ihn bestimmt auch Großvater genannt. Lan. Er ließ sie Besitz von seinen Gedanken nehmen.

Die Hände von Bliss auf seinem Körper spürte er nicht mehr. Sein *Qi* dehnte sich weiter, er sah und fühlte anderes, Dinge von größerer Tragweite, als sie die Schmerzen in seinem Körper je haben konnten.

Schließlich jedoch näherten sich seine Gedanken wieder der Wirklichkeit. Ich bin der Jian, dachte er noch halb im Traum. Mein ganzes Leben habe ich dafür in die Waagschale geworfen. Darum darf ich jetzt auch nicht mit meinem Schicksal hadern.

Und doch tue ich es! Weil mir deshalb die Freuden und Sorgen eines normalen Lebens versagt geblieben sind. Auf mich wartet keine Frau, und keine Familie sammelt sich um meinen Tisch. Ich habe die Tradition von Jahrhunderten geopfert – Traditionen, die uns zu einem einzigartigen Kulturvolk gemacht haben –, um einen sicheren Weg zu finden, der uns die Zukunft öffnet.

Wenn wir überleben und unsere Heimat weiter aufblühen soll, müssen wir neue Traditionen erlernen, doch kenne ich sie nicht und werde sie Jake deshalb auch nicht vererben können. Weil ich aus einer anderen Welt komme. Aus der Welt der alten Kaiserreiche, deren antiquierten Aberglauben ich bewußt aus meinen Gedanken verbannt habe. Der erste Jian, der Meister des kunstvollen Gartens in Suzhou, wo ich geboren wurde, lehrte mich die Kunst, eine neue Welt zu schaffen. In der Schule in Shanghai galt ich als Sonderling, als Rebell, dessen Gedanken nicht zu begreifen waren. Niemals werde ich vergessen, was ich dem Jian zu verdanken habe. Und um so mehr danke ich Buddha für jeden Tag, an dem Bliss, seine Urenkelin, hier bei mir in Hongkong ist.

Noch heute konnte sich Zilin an den Tag erinnern, an dem ihre Mutter zu ihm gekommen war. Noch immer war er ein Rebell, ein

Revolutionär, der sich mit Mao in den Bergen von Hunan verstecken mußte, weil Chiang Kai-shek nichts unversucht ließ, die Armee der Kommunisten zu vernichten. Er hatte damals, in den finsteren Zeiten, für sie getan, was er tun konnte: ihr zu essen gegeben und sie, nachdem sie sich erholt hatte, mit Hilfe seiner Beziehungen zu den Führern der Shan-Stämme in Burma zu seinem Bruder Three Oaths Tsun nach Hongkong gebracht.

Immer weiter dehnte sich sein *Qi*. Zilin war selbst überrascht, wieviel Energie noch in ihm war. Seit Jahren peinigte ihn nun die Krankheit, doch hatte sie nur seinen Körper treffen können. Immer mehr hatte er sich auf die Stärke seines *Qi* verlassen müssen, um den Höllenschmerzen nicht zu erliegen. Daß dieses geheimnisvolle Kraftreservoir anscheinend nicht zu erschöpfen war, beruhigte ihn. So gesehen fühlte er in seinem Körper heute nicht weniger Energie, als er sie vielleicht mit zwanzig gehabt hatte. Nein, überlegte er, sogar noch mehr, denn mit den Jahren ist die Weisheit hinzugekommen, die Kraft des *Qi* auch richtig zu nutzen.

Dennoch war ihm zugleich bewußt, daß sein geschwächter Körper inzwischen einen Anstoß brauchte, wenn sich sein *Qi* wirklich frei entfalten sollte. Weil die Schmerzen die Nerven blockierten, war es schwer geworden, die Energieströme in seinem Körper zum Fließen zu bringen, was die Kraft des *Qi* erst freisetzte. Doch Bliss verstand es wie ein Zauberer, die Kraftpunkte an seinen Füßen zu massieren und damit die Schmerzblockaden von seinen Nervenbahnen zu nehmen.

»Bliss«, sagte er.

»Ja, Großvater.«

»Das machst du sehr gut. Du gibst mir das Gefühl, wieder jung zu sein.«

»Vielen Dank, Großvater«, erwiderte sie mit gebeugtem Kopf. »Aber dein Körper ist ohnehin, wie alle sagen, aus Granit. Du wirst niemals sterben.«

»Ah, mein Juwel, wir alle müssen einmal sterben. So will es Buddha. Das zu leugnen, wäre nur ein Zeichen von übergroßer Lebensgier.« Er seufzte tief. »Und weißt du denn nicht, was mit dem gierigen Mann geschehen ist?«

»Nein.«

»Er hatte schließlich den letzten Hügel erklommen – den letzten von vielen seiner Lebensreise – und sah vor sich ein so großes Tal liegen, daß er seine Grenzen nicht mit dem Auge fassen konnte. Und dieses Tal war übersät mit all den Dingen, die er in seinem Leben hatte besitzen wollen. Alles lag ihm plötzlich zu Füßen. Tag um Tag verbrachte er damit, hierhin und dorthin zu laufen, dieses und jenes prüfend in die Hand zu nehmen. Er fühlte ein Glück, das kein Maß kannte.

Die übergroße Freude ließ ihn zu Anfang auch keinen Gedanken an Essen und Trinken verschwenden. Doch mit der Zeit ließen der nagende Hunger und der Durst den strahlenden Glanz seines riesigen Besitzes verblassen.

Der Mann stolperte durch das Tal, doch hatte er keine Augen mehr für seinen Reichtum. Der Hunger quälte ihn, der Durst trübte ihm die Sinne.«

Zilin schwieg, aber Bliss drängte ihn, weiterzuerzählen. »Und was geschah dann?«

»Der Mann konnte Hunger und Durst nicht länger ertragen. Aber es gab keine Hilfe für ihn. Denn das Tal war wirklich grenzenlos, und nirgendwo fand sich etwas zu essen oder zu trinken. Sein ganzes Leben lang hatte sich der Mann nach allen nur erdenklichen Besitztümern gesehnt, und nun hatte er sie gefunden. Doch weil seine Gier so allumfassend gewesen war, war selbst in dem grenzenlosen Tal kein Platz mehr für etwas Eßbares, eine Quelle oder einen anderen Menschen geblieben.«

Bliss lief ein Schauer über den Rücken. »Ein grausames Schicksal.«

»Grausamkeit zeugt wieder Grausamkeit«, erwiderte Zilin leise. Ausgedehnt über dem Ozean, nahm er plötzlich eine Veränderung wahr. Als sammelte sich fern am Horizont ein Sturm. Er streckte sein *Qi* bis an die Grenzen des Möglichen, um die Quelle zu finden.

»Für heute sind wir fertig«, sagte Bliss. »Wie fühlst du dich?«

»Wunderbar«, antwortete Zilin. Er fühlte sein *Qi* zurückfließen, als würde es vor der heraufziehenden Nacht zurückweichen. »Und das habe ich nur dir zu verdanken.« Noch immer den Gedanken an den sich ankündigenden Sturm im Kopf fragte er sie: »Möchtest du noch einmal zum *Da-hei* reisen?« Er sprach von der großen Finsternis, die die Quelle aller geistigen Energie war.

Bliss nickte. »Aber ich verstehe sie nicht.«

»Eine Katze versteht nicht, warum sie auf den Füßen landet, wenn sie aus der Höhe in die Tiefe stürzt. Ein Vogel versteht nicht, warum er fliegen kann. Er vertraut sich einfach den Lüften an und wird eins mit ihnen.« Zilin streckte ihr seine Hand entgegen. »Genauso solltest du es machen. Glaubst du denn wirklich, daß jemals irgend jemand das *Da-hei* verstehen wird?« Er lächelte. »Und jetzt gib mir deine Hand und sieh mir in die Augen. Fürchtest du dich?«

»Nein.«

»Nicht vor dem *Da-hei*, das kann ich fühlen. Aber vielleicht vor dem, was du dir nicht erklären kannst?«

»Ich habe gelernt, mich nicht davor zu fürchten.«

»Und dennoch tust du es.«

Bliss ließ den Kopf auf die Brust sinken und flüsterte: »Ja.«

»Dann will ich dir verraten, warum du dich fürchtest.« Zilin wartete, bis sie den Kopf wieder gehoben hatte und ihm in die Augen sah. »Weil das, was sich nicht erklären läßt, auch keine Grenzen hat.«

»Wie die Verantwortung.« Als sie gemeinsam mit ihm ins *Da-hei* eintrat, füllte sich der kleine Raum mit den Schwingungen ihrer Erregung und ihrer Angst.

Jake träumte von seiner Tochter Lan. Er tat das oft, aber es waren keine angenehmen Träume. Immer sah er sich am Ufer des Sumchun. Das schmutzige Wasser floß über seine Füße, und er konnte sie weder sehen noch fühlen.

Seine Tochter kam auf ihn zugelaufen. Sie hatte den Körper ihrer Mutter; sie war sehr schön. Sie trug ein leichtes Sommerkleid – nicht die zerlumpte Uniform der Triade, die sie in Wirklichkeit an jenem Tage angehabt hatte.

Sie rannte ins Wasser. Sie sank nicht ein, sondern rannte weiter, als hätte sie festen Grund unter den Füßen. Jake bekam Angst um sie und öffnete den Mund.

»Lan!« rief er. »Lan!«

Aber es kam kein Laut von seinen Lippen. Die Stimme versagte, obwohl er alle seine Kräfte anstrengte. In diesem Augenblick erschien neben ihm Mariana, seine zweite Frau. Sie lachte so sehr, daß ihr die Tränen über das Gesicht rannen. »Was machst du denn da?« Sie konnte kaum die Worte herausbringen vor Lachen. »Weißt du denn nicht, daß du ohne Stimmbänder geboren bist?« Während ihr Gelächter fast in Schreien überging, verschwand sie plötzlich wieder und ließ Jake allein mit Lan zurück. Mit ungeheurer Schnelligkeit überquerte Lan den Sumchun. Sie sah Jake jetzt und lächelte. Ihre Arme öffneten sich weit. Da schoß das Blut wie ein Springquell aus ihren Schußwunden und floß in einer schrägen Linie über ihren Körper. Ihr Gesicht verzerrte sich vor Entsetzen, sie glitt aus und versank im Fluß.

Jake schrie und versuchte sich aufzurichten. Aber der Fluß hielt seine Füße fest. Seine Beine endeten an den Knöcheln in eitrigen, vernarbten Stümpfen. Er konnte nicht einmal mehr humpeln.

Mit übermenschlicher Anstrengung warf er sich in den Fluß. Immer tiefer sank er in das zähflüssige Wasser. Da er keine Füße mehr hatte, um sich im Wasser zu bewegen, war er wie ein Stein. Arme und Hände nützten ihm nichts mehr.

In der Nähe des schlammigen Grundes fand er sie. Sie hing in den Schlingpflanzen und schwang in der ewigen Strömung hin und her. Ihre Haut hatte sich blauweiß verfärbt. Ein Strudel wirbelte ihr das schwarze Haar über das Gesicht, daher mußte er es wegstreifen, als er sie erreicht hatte. Das Haar war widerspenstig wie etwas Lebendiges. Aber es erschien ihm ungeheuer wichtig, ihr das Gesicht freizumachen. So machte er sich an die Arbeit. Er mußte seine ganze Kraft aufwenden.

Als es ihm endlich gelang, stieß er einen Schrei aus vor blankem Entsetzen.

Es war sein Gesicht, das träge vor ihm hin und her schwang. *Sein* Gesicht. *Sein* Gesicht.

Mit einem Ruck wachte er auf. Seine Brust hob und senkte sich wie ein außer Kontrolle geratener Blasebalg, seine Haut war naß von kaltem Schweiß. Der Klang einer Stimme erfüllte den Raum.

»Jake.«

Noch einmal kam der Schrei. Er erstarrte.

»Jake, hör auf!«

Wieder und wieder hörte er den Schrei. Immer stärker begann er zu zittern, Schweiß lief ihm über den Körper.

Bliss versuchte, ihre Arme um ihn zu legen, aber er wehrte sich, schlug sie, ohne es zu merken, ohne sie überhaupt wahrzunehmen.

Das Schreien ging ihm durch Mark und Bein. Es erinnerte an einen Körper, hatte soviel Gestalt wie ein Schatten. Er verband eine Farbe damit, ein tiefglänzendes Nußbraun, in verschiedenen Tönen schimmernd. Wie die Haut eines Menschen ... voll karmesinroten Blutes ... explodierende Mahagonibäume, die sich in den Himmel bohrten wie Speere, von Riesen geschleudert.

»Jake. Jake.«

Sie kämpften, während um sie herum dieses gellende Schreien war.

Vom anderen Ufer des Sumchun her rief ihn seine Tochter: *»Bah-Ba. Bah-ba. Bah-ba!«* Die Kugeln bohrten sich in ihren Körper, sie stolperte, brach in den trägen Strudeln in die Knie. Noch einmal kam sie auf die Füße, wendete sich und stürzte im nächsten Moment wieder. Die Mahagonibäume explodierten über ihnen in einer großen flammenden Detonation, Fontänen von Blut und Felssplitter stiegen auf.

Vor dreieinhalb Jahren, als Jake noch für die *Pyramide* arbeitete, war er auf einer Mission im Grenzgebiet zwischen China und den New Territories gewesen. Sie arbeiteten zusammen mit einer geheimen Splittergruppe der Triaden, mit Taugenichtsen und Verrückten, die die nördliche Grenze der New Territories kontrollierten und Kommunisten zur Flucht in die Kronkolonie verhalfen.

Jake und seine Gruppe – seine *dantai* – hatten den Auftrag, die Durchreise von drei hochrangigen chinesischen Wissenschaftlern zu sichern. Dafür brauchte er die Unterstützung der Splittergruppe. Aber etwas war schiefgegangen. Einer der Gruppe war gefangengenommen und wahrscheinlich zum Reden gebracht worden. Ein vernichtender Gegenangriff hatte ihre Operation zerschlagen. Die Taktik des Gegners war perfekt gewesen, und Jake hatte die Hand eines *Wei qi*-Meisters an der Spitze der Feinde gesehen: Nichiren, den Mörder, den er jagte, den Mann, der seine Tochter Lan erschossen hatte.

... Lan sank in seine Arme, die schon blutbedeckt waren. Ihre Haut war nußbraun wie die ihrer Mutter, aber bereits kalt. Ihre Augen wirkten abwesend und dunkel. Ihr langes Haar hing wirr in den reißenden Wassern des Flusses. Lan starb in seinen Armen, und ihr

Mörder, Jakes Halbbruder Nichiren, leitete am fernen Ufer den Gegenangriff. Der *Wei qi*-Meister. Jake war ihm über den Fluß hinüber in den Dschungel gefolgt. Ohne Erfolg war er zurückgekehrt und hatte nur noch die Leichen seiner getöteten Leute gefunden. Die Überlebenden hatten die Verwundeten mitgenommen und waren zwischen den brennenden Bäumen verschwunden.

Von diesem Moment an hatten die Triaden jeden Kontakt zu Jake abgebrochen, da sie glaubten, daß ein Mitglied der *Pyramide* sie verraten hätte. Für Jake war das in vieler Hinsicht eine Katastrophe, und er hatte jahrelang teuer dafür bezahlt.

»Lan!« schrie er jetzt und stieß Bliss nach hinten gegen die Wand. »Lan!«

»Jake!« rief sie atemlos. »Jake! Es ist nur ein Traum. Ein Traum!« Sie drückte seine Fäuste zur Seite. »Du bist jetzt aufgewacht!« Sie wehrte seine panischen Schläge ab. »Hör doch! Du bist wach! Lan ist tot! Hörst du mich nicht? Tot!«

Jakes Augen waren weit geöffnet, er wußte, wo er war, aber er sah nur den Sumchun, die explodierenden Bäume und den schwankenden Körper seiner Tochter, die er vor so langer Zeit verloren hatte.

Ba-mahk, dachte er verzweifelt. *Ba-mahk* war der Weg, um Kraft, Ruhe und innere Ordnung zu finden. So konnte man die Taktik der anderen erkennen und Schlachten, sogar Kriege gewinnen. *Ba-mahk* bedeutete: Fühle deinen Puls. Dies war die erste Regel, die ihn Fo Saan gelehrt hatte.

Er versuchte sich zu konzentrieren.

Fühle deinen Puls.

Und zum ersten Mal fühlte Jake nichts. *Ba-mahk.* Es war verschwunden, seine Macht war ihm verschlossen.

Eine unendliche Trauer erfüllte ihn. Lan. Lan. Lan.

Ohne es zu merken, vergrub er das Gesicht in Bliss' Schulter und weinte.

»Alles in Ordung«, flüsterte sie, »alles in Ordnung.«

Sie streichelte ihn immer wieder, wischte den Schweiß ab, strich ihm das Haar, das ihm über die Stirn gefallen war, zurück. Sie drückte ihre Hände gegen seine Brust und massierte ihn, damit sich seine Muskeln entspannten, die Spitzen ihrer nackten Brüste preßten sich gegen seinen Körper. Sie tat alles was ihr einfiel, um die Wärme in einen Körper, der kalt wie Eis war, zurückzubringen.

Es war, als ob er sterben würde – zumindest ein Teil von ihm schien in diesen Minuten zu sterben. Sein Leib erkaltete, er wurde bleich, sein Puls ging schnell und unregelmäßig, sein Atem war beunruhigend flach, wenn er hastig und keuchend Luft holte.

Sie rieb ihre Brüste an ihm und flößte ihm ihren warmen Atem durch seine geöffneten Lippen ein. Sie zog ihn zu sich, als sie merkte, daß er zurückwich; sie hatte Angst, daß er einmal mit solcher Entschiedenheit zurückweichen würde, daß es ihm nicht mehr möglich wäre, zu ihr zurückzufinden. Sie hatte das Gefühl, ein Gefühl, von dem sie niemandem etwas verriet, daß diese Anfälle immer schlimmer wurden. Früher hatte er vielleicht einmal im Monat von Lan geträumt. Jetzt geschah es mehrere Male in der Woche, und die Heftigkeit seiner Wahnvorstellungen hatte beunruhigend zugenommen.

Sie fuhr mit einer Hand über seinen Körper nach unten, streichelte seinen Bauch und die Innenseite der Schenkel, fuhr mit den Fingernägeln über die empfindliche Haut, bis sie fühlte, daß sein Körper heiß wurde und daß sie sein anschwellendes Glied zum Eingang ihres Jade-Tempels lenken konnte.

Dann überließ sie alles den Bewegungen ihrer Körper, die langsam und mit sanftem Schmerz aufeinander zuglitten, so daß sich ihr Geschlecht ihm von selbst öffnete, was ihn noch mehr erregte.

Sie stöhnte auf, als er in sie eindrang, warf den Kopf zurück, und ihre Brüste drängten sich an seine Brust. Seine Lippen berührten ihren Hals und saugten, bis sie lustvoll stöhnte.

Ohne Unterbrechung strichen ihre geübten Hände über seinen Körper, sie ließ nicht zu, daß er ermattete; sie ließ ihre Hüften kreisen und stürzte sich mit aller Kraft diesem heißen, pulsierenden Schwert entgegen.

Langsame Bewegungen, dann schnelle, kurze Stöße, immer schneller, bis jede Bewegung von Ekstase durchdrungen war, wunderbar und zärtlich.

Sie liebten einander auf eine ganz neue Weise, und ihr *Qi* versuchte ihn von den Erinnerungen an den Alptraum zu reinigen.

Jeder glühend heiße Augenblick brachte sie einander näher, verschmolz in Zeit und Raum, bis Jake es nicht länger hinauszögern konnte und mit einem jähen Pulsieren kam.

Bliss, die wie ein Blatt im Wind zitterte, spürte seinen Orgasmus und wie er sie warm durchströmte. In diesem Augenblick fühlte sie die Wolken, spürte sie den Regen und überließ sie sich dem Innersten seines Wesens.

Sie war in diesem Moment so verwundbar und offen wie nie zuvor und gelangte zum ersten Mal in ihrem Leben selbst zum *Da-hei*, und anstatt die funkelnden Farben von Jakes außergewöhnlichem *Qi* wahrzunehmen, begegnete ihr etwas ganz anderes. *Da-hei*, die große Dunkelheit, in der alles Immaterielle, Geistige wohnt, enthüllte ihr alles, was sie wissen wollte. Ihre dunklen Augen weiteten sich und sie schaute in das Gesicht ihres Geliebten, der sie zärtlich in den Armen hielt und jetzt entspannt in Schlaf fiel.

Ich werde nicht weinen, sagte sich Bliss. Aber sie konnte nicht anders.

McKenna suchte Big Oysters Pok. Der Gedanke, daß die SouthAsia

Bancorp in finanziellen Schwierigkeiten sein könnte, elektrisierte ihn förmlich. Wenn dieses Gerücht wahr ist, dachte er, dann sitzt Formidable Sung wirklich in der Klemme. Wenn es bei SouthAsia wirklich zu Unterschlagungen gekommen ist, muß ich das verdammt noch mal herausbekommen.

McKenna suchte ihn in den Nachtclubs von Wan chai. Er ging von einem Amüsierschuppen zum nächsten. Eine Welt von rotierenden roten und grünen Lichtern, verwässerten Drinks und sentimentalen Huren, mit zwölf opiumsüchtig, mit fünfzehn alte Frauen, die sich meisterhaft auf jeden Trick und jede Betrügerei verstanden.

Er hatte Big Oysters immer nur in solchen Etablissements gesehen. McKenna glaubte, daß der Chinese in dieser Welt zu Hause sei. Die Chinesen glaubten, daß Big Oysters alles wußte, was in der Kronkolonie vor sich ging. Tatsächlich machte der Gedanke an Big Oysters McKenna nervös. Dieser Mann paßte in keine der Schubladen, die McKennas Weltbild ausmachten, und deshalb war Big Oysters eine Bedrohung für ihn. Normalerweise blieb McKenna gegenüber solchen Bedrohungen nicht untätig, aber bei Big Oysters war das etwas anderes. McKenna brauchte ihn, darum ließ er ihn in Ruhe.

Er fand ihn in der ›Weißen Teetasse‹ – ein alberner Name für ein Etablissement, das Gesöff und Tripper mit derselben Gleichgültigkeit unter die Leute brachte.

Big Oysters saß im Hintergrund, wo, wie McKenna rasch bemerkte, die roten und blauen Lichter gedämpfter waren, die Musik wenig ohrenbetäubend und die Drinks unverdünnt.

McKenna bahnte sich einen Weg zwischen den Matrosen hindurch – mit jener angeberischen Wichtigtuerei, der er seinen Spitznamen verdankte: Die Chinesen nannten ihn das ›Große Pißgesicht‹.

Bei Big Oysters war eine Frau, und es war keines von den hiesigen Mädchen. Diese Frau hatte Klasse. Ihre Aufmachung war umwerfend. McKenna genoß einen kurzen Blick auf ihre Brüste und Schenkel, die das pompöse und teure Kleid geradezu zur Schau stellte.

Als Big Oysters McKenna sah, drückte er den Ellbogen der Frau, sie stand auf und verschwand in den Rauchschwaden des Nachtclubs.

Nichts an Big Oysters Gesicht verriet seine Gefühle gegenüber diesem großgewachsenen Mann, der ihm gegenüber Platz nahm. Die Wahrheit war, daß McKennas Hünenhaftigkeit dem Chinesen Angst einjagte. Die Größe und Massivität dieser Gestalt hatten etwas Einschüchterndes. Big Oysters war wütend über seine Gefühle, aber er konnte nichts dagegen tun. *Joss.*

»Sie stören mich«, sagte er und nippte an seinem Courvoisier.

»Kann ich einen Drink haben?«

»Ihr Problem«, erwiderte Big Oysters.

»Erzählen Sie mir nicht, daß Sie solche Kneipen nur zum Abendessen besuchen«, spottete McKenna.

»Ich bin geschäftlich hier«, erklärte Big Oysters. »Ich esse im Star House an der Causeway Bay.«

»Klar, weiß ich«, nickte McKenna. Er schaute durch das Glas auf sein Gegenüber. »Ich brauche ein paar Informationen über die SouthAsia Bancorp.«

Big Oysters zuckte innerlich zusammen. Dieser fremde Teufel hatte keine Spur von Manieren! Ein gebildeter Mensch hätte sich gesetzt und wenigstens erst einmal eine Runde mit dem Gastgeber getrunken; er hätte sich nach der Familie und nach dem Stand der Geschäfte erkundigt. Er hätte vielleicht eine kleine Wette abgeschlossen, wann es das nächste Mal regnen würde. Wenn man sich mit einer Kröte an den Tisch setzt, dachte Big Oysters resigniert, muß man damit rechnen, daß man mit Schlamm bespritzt wird.

»Was ist mit der SouthAsia?«

»Ich habe gehofft, daß Sie mir das erzählen könnten.«

Big Oysters betrachtete die fürchterlichen blaßblauen Augen, die ihn anstarrten, als hätten sie etwas gesehen, was sie nichts anging. »Und was bekomme ich dafür?« fragte er.

»Eine Warnung, die Ihnen vierundzwanzig Stunden Zeit läßt. Die Polizei wird in Ihrem Gebiet eine Razzia machen.«

»Ich will, daß diese Razzien aufhören. Und zwar alle.«

O Gott, dachte McKenna. »Nicht einmal ich habe die Macht dazu. Und selbst wenn ich sie hätte – es würde zuviel Gerede bei der Regierung geben. Zweifellos müßte auch London davon hören, es würde nur Aufregung geben – und eine umfassende Untersuchung. Dann wäre es mit allem aus – mit Ihrem Schutz, mit unserer Abmachung – mit allem.«

Big Oysters wandte seinen Kopf zur Seite und spuckte aus. »Soviel also zu den englischen Teufeln. Ihre Tage hier sind gezählt.«

»Und wenn es so wäre – für Typen wie Sie wäre das doch gar keine erfreuliche Situation«, erwiderte McKenna grob. »Die Kommunisten würden kommen und Ihnen in den Hintern treten.«

Big Oysters lachte, um zu überspielen, wie sehr ihn dieser Barbar anwiderte. »Ich mache mir keine Sorgen um die Kommunisten«, sagte er. »Wir haben ein paar Überraschungen für sie.«

»Kommen wir zur SouthAsia Bancorp zurück«, forderte McKenna. Er hatte keine Lust zu politischen Diskussionen mit einem ungebildeten Chinesen.

»Warum sind Sie zu mir gekommen?«

McKenna trank sein Glas aus. »Ich habe aus einer sicheren Quelle gehört, daß dort wahrscheinlich eine Menge Geld unterschlagen worden ist.«

Big Oysters dachte über den Satz des ›Großen Pißgesichts‹ nach. »Ich habe nichts dergleichen gehört«, erwiderte er dann. »Nichts. Und das ist höchst interessant. Entweder ist Ihre Information falsch oder...«

»Oder was?« hakte McKenna nach.

»Oder«, fuhr Big Oysters fort, »die Unterschlagungen sind derartig groß, daß es keine Informationen darüber gibt.«

»Dann verschwende ich meine Zeit mit Ihnen.«

»Im Gegenteil.« Wie mich dieser ausländische Teufel anekelt, dachte Big Oysters. Aber ich brauche ihn für meine Geschäfte. Ich benutze ihn, wie seine Leute *uns* jahrelang benutzt haben.

»Seien Sie morgen um die gleiche Zeit wieder hier. Sie werden Ihre Antwort bekommen – so oder so.«

»Sehr gut«, sagte McKenna und stand auf.

»Und noch etwas.«

»Ja?«

»Diese Razzien«, sagte Big Oysters und erschauerte innerlich vor der fürchterlichen Körpergröße dieses Mannes. »Sie werden mich sechs Monate lang informieren – ohne Gegenleistung.«

»Unmöglich!« explodierte McKenna.

»Nichts ist unmöglich für einen Mann in Ihrer Position«, entgegnete Big Oysters ruhig. »Morgen um die gleiche Zeit also.«

McKenna würgte seinen Ärger herunter und nickte. Dann wandte er sich schnell ab und stolzierte hinaus. Der Lärm war zu groß, als daß er Big Oysters Lachen hätte hören können.

An jedem Arbeitstag ging Jake zu Sawyer & Sons. Er erledigte seine Geschäfte als *Zhuan* in seinem Büro, das Andrew Sawyer für ihn eingerichtet hatte und das neben seinem eigenen auf dem Dach des Hochhauses lag. An den Wochenenden arbeitete Jake entweder zu Hause oder auf der Dschunke von Three Oaths.

Es gab viel zu tun. Verbindungen ins kommunistische China, nach Singapur, Bangkok, Manila, Jakarta, Tokio und Osaka mußten aufrechterhalten werden. An jedem Tag wurden neue Kontakte geknüpft, die den Einflußbereich des *Yuhn-hyun* weiter vergrößerten. Seine Firmen fällten Zedern in Indonesien, bauten Maschinen in Singapur, erfanden neuartige Computerchips in Tokio. Alle diese Unternehmen waren durch ein weitverzweigtes Handelsnetz miteinander verbunden.

Alles das mußte der *Zhuan* koordinieren. In den Morgen- und Abendstunden wurden über Telefon und Telex Absprachen mit zahlreichen Firmendirektoren und leitendem Personal getroffen. In der Zwischenzeit war Jake damit beschäftigt, die Ausdrucke der Firmencomputer durchzugehen, die die neuesten Daten übermittelten: über Warenbestände, Produktionsbilanzen, lang- und kurzfristige Verschuldungen, Marktanteile und – bei Handelspartnern – Informationen über ihre Situation auf den nationalen Märkten.

Die Tage waren lang, und es gab überall Probleme. Aber die Suche nach Lösungen ähnelte Überlegungen vor den Zügen auf einem *Wei-qi*-Spielbrett. Probleme zu lösen war ihm zur zweiten Natur geworden –

wie der Jian gewußt hatte – eben wegen seines *Wei-qi*-Trainings. Jake begeisterten die geschickten Kunstgriffe und Strategien.

Gegen Abend absolvierte er seinen letzten Anruf, warf sein Jackett über die Schultern und ging hinunter in den Privataufzug, den nur er und Andrew Sawyer benutzten. Draußen auf der Straße war die Luft schwer von Feuchtigkeit. Der Himmel über ihm war klar, am Horizont überzogen vom gelbroten, ins Amethystfarbene gehenden Schein des Sonnenuntergangs. Aber im Westen kamen schon Wolken auf, und er konnte bereits den Regen riechen.

Im selben Moment, als er sich in seinen Jaguar setzte, spürte Jake die Gegenwart eines anderen Menschen. Sein Wagen war unmittelbar vor dem Sawyer-Gebäude geparkt. Eine Zecke im hohen Gras, dachte er, und sein Gehirn begann zu arbeiten. Pausenlos gingen ihm zwei Gedanken durch den Kopf: Warum werde ich verfolgt? Wer steckt hinter dieser Aktion?

Und noch andere Fragen beschäftigten ihn, während er die Qeens Road hinunterfuhr.

Warum wurde er gerade *jetzt* beschattet? War das ein Zufall, oder steckte etwas Ernsteres dahinter? Jake hatte die Erfahrung gemacht, daß es gefährlich war, wenn man begann, in zufällige Begegnungen etwas hineinzugeheimnissen.

Er sah in den Rückspiegel, und sein Blick fiel auf einen blitzenden silbergrauen Alfa Romeo Spider Veloce. Der Fahrer ließ zu, daß ein Mercedes 500 SEL und dann ein Mitsubishi-Lastwagen ihn überholten. In dem dichten Verkehr ließ er seinen Wagen immer wieder zurückfallen. Ein cleverer Fahrer. Vielleicht hätte Jake ihn gar nicht bemerkt, wenn der andere sich nicht im Timing verschätzt gehabt hätte: Jake hatte, unmittelbar nachdem er selbst gestartet war, den Alfa Romeo anfahren hören. Wenn sein Fenster nicht offen gewesen wäre, hätte er dieses auffällige Zusammentreffen der Geräusche wahrscheinlich gar nicht wahrgenommen. *Joss.* Pech für die Zecke, Glück für ihn.

Erst als Jake seinen Jaguar im Central District geparkt hatte, erfuhr er mehr. Die Zecke war eine Frau. Sie hatte nicht das typische Gesicht einer Frau aus Kanton oder Shanghai. Trotzdem paßte sie sehr gut in dieses Milieu. Sie war sogar sehr chic angezogen, trug eines jener japanischen Blousons in Übergröße, blaugrau gestreift, mit Fledermausärmeln und einem riesigen Kapuzenkragen, der wie eine Kette um ihren Hals hing. Dazu hatte sie mahagonifarbene Hosen und knöchelhohe Wildlederstiefel an.

Sie war ziemlich gewandt, wie Jake erkannte. Er hatte sie nicht direkt gesehen, sondern nur ihr Spiegelbild in Schaufensterscheiben und Glastüren entdeckt.

Er mußte sich ein Bild von ihrem Können machen, bevor er versuchte, ihr zu entkommen. Daran würde er erkennen, wie gefährlich die Gegenseite war, und auf diese Weise Anhaltspunkte über die Identität des Auftraggebers erhalten. Außerdem würde er dann genauer wissen, mit welchen Tricks er ihr am besten entwischen konnte.

In einer Viertelstunde sollte Jake auf Three Oaths Dschunke sein. Er wollte sich dort unter vier Augen mit seinem Vater besprechen. Fünfzehn Minuten, das würde er kaum schaffen. Er fand sich damit ab. Zunächst einmal mußte er jetzt seine Richtung ändern. Solche Zecken interessierten sich oft ebensosehr dafür, wohin ihr Opfer ging, wie für das Opfer selbst.

Daher ging Jake in der entgegengesetzten Richtung weiter. Er mußte die Zecke in die Irre führen. Und zu Fuß gab es unzählige Möglichkeiten, Haken zu schlagen und kreuz und quer zu laufen. Er hatte gelernt, daß man seinen Feind zuerst kennenlernen mußte.

Diese Situation hatte er wahrscheinlich Bluestone zu verdanken. Er wußte, daß Ausweichmanöver in einem Moment der Gefahr reine Zeitverschwendung waren. *Ausweichmanöver,* hatte ihm Fo Saan eingeschärft, *sind bestenfalls eine Verzögerungsstrategie. Also eine schwache Strategie, mit der man nur in den seltensten Fällen Erfolg haben kann. Wenn es aber um Leben oder Tod geht, dann sind Ausweichmanöver zwecklos.*

Andererseits arbeitete die Zeit gegen ihn. Aber um jemanden abzuhängen, brauchte man Zeit. Hatte man sie, gab es hierfür sehr trickreiche, sogar elegante Lösungen. Doch für Jake war das Treffen mit seinem Vater äußerst wichtig. Zilin wollte Jake Informationen über die ›feindlichen Schatten‹, so nannte er sie, geben. Daher tat Jake das einzige, was ihm in dieser Situation übrigblieb: er verließ die offene Straße.

Drei Stufen auf einmal nehmend, rannte er eine Treppe hinauf, die zu dem Netzwerk überdachter Gehwege gehörte, das die riesigen Bürosilos des Central District miteinander verband.

Jake schob die Menschen beiseite und wandte sich zur Inselseite des Connaught Road Central. Er bog um eine Ecke und sah auf der reflektierenden Fläche einer Reklametafel, daß seine Verfolgerin unmittelbar hinter ihm war.

In Boutiquen konnte man schlecht verschwinden, sie waren zu klein und hatten keine Hinterausgänge. Restaurants boten bessere Möglichkeiten. Er lief in ein Lokal und rannte an der Schlange von Leuten vorbei, die für einen Tisch anstanden. Aber es klappte nicht, sie blieb dicht hinter ihm. Er verließ das Restaurant wieder.

Die Treppen waren eine Falle, erkannte er, und kehrte, als sich die erste Gelegenheit bot, auf die Straße zurück. Die Zecke hatte es in sich. Sie war zu Fuß fast so geschickt wie mit ihrem Alfa. Jetzt war er doppelt froh, daß er sie mit einigen Täuschungsmanövern auf die Probe gestellt hatte. Er wußte nun, daß es nicht leicht sein würde, sie zu überlisten, gleichzeitig aber war ihm klar, daß er sie abschütteln *mußte,* bevor er zu seinem Vater ging. Sie durfte ihm auf keinen Fall dorthin folgen.

Er ging die Ice House Street hinunter, bis er zum Des Voeux Road

Central kam. Dort lungerte er eine Weile herum, als überlegte er, welche Bahn er nehmen solle. Im allerletzten Moment sprang er in die nach Westen fahrende Straßenbahn und sah, wie die Frau rannte, um den offenen Hintereinstieg zu erreichen. Sie hätte es nicht geschafft, aber ein zuvorkommender Tourist lehnte sich heraus und hob sie mit seinen starken, sonnengebräunten Armen in den Wagen.

Der Fremde redete lachend auf sie ein, während Jake sich zwischen den Fahrgästen hindurch in den vorderen Teil der Straßenbahn drängte.

Als sie in die Tung Street einbogen, sprang Jake ab, ohne sich darum zu kümmern, ob die Zecke es bemerkte oder nicht. Sie waren jetzt im rein chinesischen Western District, und hier gab es eine Unmenge von Lagerhäusern, Transportfirmen, Schlangenläden, Fischmärkten und Apotheken.

Sie sprang ebenfalls von der Bahn ab und folgte ihm in die Jervois Street. Das hatte er erwartet. Während der Straßenbahnfahrt hatte Jake sich überlegt, wie er am besten mit ihr umgehen sollte. Er wollte sie gar nicht mehr abschütteln. Im Moment jedenfalls noch nicht.

Er ging an zwei Häuserblocks vorbei, bog dann plötzlich nach rechts ab und lief eine enge Gasse hinauf, in der es nach Fisch und gedörrtem Rochen roch. Es war nicht mehr besonders hell. Die blasse Wintersonne versank langsam im Meer, ihre letzten dünnen Strahlen lagen auf den Dächern der mittelhohen Häuser, die sich wie Bambushaine an den steilen Hängen des Victoria Peak erhoben.

Überall waren Schatten. Sie breiteten sich auf den zerbröckelnden Pflastersteinen aus, die das Fischblut dunkel gefärbt hatte. Ihr Anblick erinnerte Jake an Mikio Komoto. Er hatte heute zweimal versucht, ihn zu erreichen, aber selbst Kachikachi, Mikios treuer Berater, hatte ihm nicht sagen können, wo er zu erreichen war. Ein schlechtes Zeichen. Der Yakuza-Krieg, der immer weiter um sich griff, hatte Mikio aus seinem Gebiet in Tokio vertrieben. Vielleicht war er verletzt worden und lag in einem abgelegenen Krankenhaus, umgeben von den Mitgliedern seines Clans, die ihn vor Mordanschlägen schützten? War seine Macht in der japanischen Unterwelt gebrochen? Jake wußte keine Antwort auf diese Fragen. Verzweifelt hatte er um die Mittagszeit versucht, seinen Informanten in Tokio anzurufen, aber auch den hatte er nicht erreicht. Das war ungewöhnlich. Normalerweise telefonierten sie immer um diese Zeit miteinander. Wenn Jake nicht derart mit der Krise bei der SouthAsia Bancorp beschäftigt gewesen wäre, hätte er das nächste Flugzeug von Kai Tak nach Tokio genommen. Aber so...

Er ging die Ladder Street hinauf. Der Weg war eng und steil, daher hatte die Straße ihren Namen. Rechts und links lagen türlose Läden, kleine Räume, in denen es sogar in der Mittagszeit dunkel war. In diesen Läden stapelten sich viereckige Käfige. Jake ging in einen der Läden und entschloß sich zu einem Kauf. Er beeilte sich damit. Der

Preis war zwar wegen der Jahreszeit außergewöhnlich hoch, aber er hatte keine Zeit, sich auf ein längeres Feilschen einzulassen. Mit dem Rücken zur Straße steckte er seinen Kauf weg und folgte der Straße weiter. Alles war sehr schnell gegangen, und das Licht war jetzt so schlecht, daß die Zecke wohl nicht gesehen hatte, was er gemacht hatte. Um so besser.

Am oberen Ende der Ladder Street zog sich eine Gasse ohne Namen hin. Er betrat sie und bewegte sich jetzt ganz im Schatten. An den Hauswänden entlang ging er einige Meter weit in den stinkenden Tunnel hinein. Dann blieb er stehen und horchte. Jetzt kam die Entscheidung. Entweder würde sie ihm in die Gasse folgen, oder sie würde stehenbleiben und warten, daß er wieder herauskäme. Auf beide Fälle war er vorbereitet.

Er wartete. Um diese Zeit waren im Western District nur wenige Menschen unterwegs, da hier die Läden zwischen fünf und sechs schlossen. Ein Hund bellte und trottete schnüffelnd weiter. Irgendwo über Jakes Kopf begann ein Baby zu schreien. Er hörte das Trällern einer weiblichen Stimme, die ein Lied im Kanton-Dialekt sang. Bald darauf wurde das Baby still.

Nun war alles ruhig, und Jake überraschte sich dabei, daß er schon wieder an Mikio Komoto dachte. Vielleicht verbarg auch Mikio sich irgendwo in der Dunkelheit und erwartete einen Anschlag? Ob er eine moderne Waffe oder eine traditionelle trug? Gewehr oder Pfeil und Bogen? Blut färbte die Flüsse von Tokio und Osaka rot. Wie viele Männer hatte Mikio verloren? Und Kisans Clan? Der Kampf um dieses Gebiet. Und die Ehre. Nie durfte man die Ehre der Yakuzas vergessen, sie verteidigten sie erbittert.

Giri. Jake fühlte sie jetzt. Seine Verpflichtung gegenüber dem Freund. Eigentlich lastete die Verantwortung, die er als *Zhuan* trug, schon schwer genug auf seinen Schultern. Aber *Giri* hatte nichts mit einer bewußten Entscheidung zu tun. Man fühlte es oder fühlte es nicht, so einfach war das. Und er fühlte die Verpflichtung, seinem Freund zu helfen.

Die ganze Zeit über horchte er in die Stille hinein, aber kein verdächtiges Geräusch war zu hören. Schließlich warf er einen flüchtigen Blick auf die Uhr. Fünfzehn Minuten waren vergangen. Sie wagte sich also nicht näher heran. Das war aufschlußreich.

Jake lächelte und glitt noch weiter in die Gasse hinein. Er hatte sie ganz bewußt gewählt, weil sie, wie viele der benachbarten Gäßchen, wie eine Sackgasse aussah. Durch Zufall hatte er vor einiger Zeit entdeckt, daß am Ende dieser Gasse jedoch, zwischen zwei Kaufläden, eine Lücke war, gerade breit genug, daß ein Mensch hindurchschlüpfen konnte.

Jenseits des grauen Spalts war schon die Tak Ching Road zu sehen. Jake blickte sich ein letztes Mal um. Schatten krochen die Mauern entlang wie unterwürfige Hunde. Aber kein Laut, nichts, was auf seine Verfolgerin hindeutete. Laß sie ihren Eingang nur gut bewachen, dachte er, als er durch den engen Spalt hindurchglitt. Sie wird niemanden finden.

Er war jetzt draußen – erschreckt von den grellen Lichtern der Tak Ching Road und der Mündung einer Pistole, die sich gegen sein Gesicht preßte.

Der Kapuzenkragen ihres Blousons warf einen Schatten auf ihr Gesicht.

Zur gleichen Zeit, als Jake das Sawyer Building verlassen hatte, waren drei japanische Ehepaare von Bord der Maschine aus Tokio gegangen.

Im Flughafen Kai Tak von Hongkong passierten sie ohne Zwischenfälle die Einwanderungs- und Zollbehörde. Sie waren jung, alle im gleichen Alter, Anfang Zwanzig. Man hätte sie vielleicht für reiche junge Leute in den Flitterwochen halten können, die zu einem teuren Einkaufsbummel nach Hongkong gekommen waren. Bei reichen Japanern war das üblich, und so erregten sie wenig Aufmerksamkeit am belebten Flughafen. Sie nahmen ihr Louis-Vuitton-Gepäck entgegen, und ein uniformierter Chauffeur begrüßte sie. Dann bestiegen sie einen blitzblanken Rolls-Royce, die Männer zuerst, während die Damen mit großen Augen in ihren Albert-Nipon- und Gianni-Versace-Kostümen herumstanden und kicherten.

Sie logierten im supermodernen Regent-Hotel, weil es nahe am Meer lag und eine atemberaubende Aussicht auf den Hafen bot. Aber jetzt gingen sie über die Straße ins Peninsula-Hotel, dem luxuriösesten Bau aus der britischen Kolonialzeit. Das prachtvoll ausgestattete Foyer war ein Ort zum Sehen und Gesehenwerden, während man Tee oder Drinks zu sich nahm.

Dort hielten sie sich ungefähr eine Stunde auf, und während dieser Zeit zogen die hochmütigen Japaner die Aufmerksamkeit des gesamten Personals auf sich. Bald war man sich einig, daß Japaner vollkommen unzivilisiert waren.

Ein aufmerksamer Beobachter hätte vielleicht bemerkt, daß nur die Frauen über Dinge plapperten, die mit dem aufregenden Aufenthalt in Hongkong zu tun hatten. Die Männer dagegen schwiegen, rauchten eine Zigarette nach der anderen und gossen fast mechanisch Suntory Scotch in sich hinein.

Einige Zeit später saßen nur noch die Frauen im Foyer. Die drei Männer waren die Marmortreppen hinuntergeschlendert und durch den halbrunden Hof gegangen, in dem zahlreiche Rolls-Royces und Mercedes parkten.

Sie gingen nicht zurück ins Regent, sondern winkten sich ein Taxi heran und fuhren nach Kai Tak. Am Flughafen teilte sich die Gruppe. Einer der Männer ging durch die große Halle zu einer Bank mit

Schließfächern. Er zog einen Schlüssel hervor, öffnete eines der Fächer und zog drei dunkelblaue Vinylflugtaschen heraus, die mit dem weißen Emblem einer Fluggesellschaft bedruckt waren. Er nahm sie mit in die Männertoilette.

Drinnen warteten bereits die anderen zwei auf ihn. Jeder nahm sich eine Tasche und verschwand in einer Kabine.

Zehn Minuten später kamen alle drei wieder heraus. Nur an den dunkelblauen Flugtaschen mit dem weißen Emblem waren sie noch als die reichen jungen Japaner zu erkennen, die vor dreißig Minuten hier gelandet waren. Sie ließen die Taschen in verschiedenen Abfallkörben zurück und verließen den Flughafen.

Zwei der Männer stiegen in verschiedene Busse ein, der dritte nahm ein Taxi. Doch sie hatten alle dasselbe Ziel: Aberdeen Harbor.

Three Oaths nahm Neon Chows Hand. Selten zeigte er seine Gefühle so offen, aber in diesem Augenblick konnte er nicht anders. Sie war so bezaubernd, er fühlte sich durch ihre Gegenwart wie berauscht.

Es war der Abend ihres Geburtstags, und sie waren auf ihren Wunsch hin ins elegante Gaddi's gegangen, eines der besten Restaurants in Asien. Für ihn trug sie ihr Lieblingskleid, das das Smaragdhalsband, ein Geschenk von ihm, voll zur Geltung brachte. Anderen Schmuck trug sie nicht, denn es gab nichts, was sich mit diesem Halsband hätte messen können.

Three Oaths fühlte sich so gut wie noch nie in den letzten dreißig Jahren. Die Männer an den anderen Tischen schauten immer wieder zu Neon Chow herüber: Männer, die viel jünger waren als er. Es mußte ein Feuer geben, das auch im Alter nicht erlosch, ging es ihm durch den Kopf. Er war so glücklich, daß sogar der Gedanke daran, *Loh Faan* essen zu müssen, ihm nicht die Stimmung verderben konnte. Ein Essen, bei dem alles in seine Bestandteile zerlegt und derart kleingehackt worden war, daß nichts mehr seinen Ursprung verriet, würde ihn nicht umbringen. Er würde danach vielleicht eine Magenverstimmung haben, aber Neon Chow wußte ein gutes Mittel dagegen. Er lächelte bei diesem Gedanken, und sein Glied schwoll an.

»Aaah!« rief Neon Chow aus, als der Kellner eine Flasche Dom Perignon brachte. »Meine Lieblingsmarke!« Sie hatte durch ihren Job beim Gouverneur einen ausgeprägten Geschmack für guten Champagner entwickelt. Three Oaths dagegen fand, daß Champagner eigentlich wie Katzenpisse schmeckte. Aber, dachte er, diese Nacht gehört ihr, und sie soll alles bekommen, was sie sich wünscht.

Er schaute zu, wie sie sich mit Foie gras und Kaviar vollstopfte und dann zum Wild überging, das, weiß Buddha woher, eingeflogen worden war und mit soviel Sauce und Sahne serviert wurde, daß ihm schon beim Geruch die Galle hochkam. Aber was machte das schon, solange sie glücklich war?

Neon Chows Vergnügen war ihm in diesem Augenblick sehr viel wert. Wenn sie glücklich war, machte sie ihn glücklich, und wenn er an die enormen geschäftlichen Probleme dachte, mit denen er sich herumzuschlagen hatte, empfand er ihre überschäumende Lebensfreude wie eine Blume, die von strahlender Sonne beschienen wurde.

Die letzten Abrechnungen der SouthAsia waren gerade hereingekommen, als er bei Andrew Sawyer im Büro gewesen war. Wie immer hatten er und Sawyer die monatlichen Gewinnabführungen der Tankerflotte durchgesehen, die zum inneren Kreis und damit zu Three Oaths Bereich gehörte. Als sie sich nach dem ersten Schrecken wieder gefaßt hatten, versuchten sie, Jake zu erreichen. Aber es war schon zu spät, Jake hatte das Büro bereits verlassen.

Three Oaths hatte seine Tochter angerufen. Bliss war schon auf dem Weg nach Aberdeen, um den Jian wieder einmal, an Bord der Dschunke von Three Oaths, mit ihren Akupunkturnadeln zu behandeln. Sie wußte auch nicht, wo Jake war, sagte aber, daß er an diesem Abend pünktlich auf der Dschunke sein würde, um seinen Vater zu treffen.

Normalerweise hätten ihnen ein paar Stunden mehr oder weniger Warterei nichts ausgemacht, aber die Ergebnisse der Rechnungsprüfung waren niederschmetternd. Nicht 25 Millionen, sondern beinahe 55 Millionen US-Dollar waren unterschlagen worden. Das war eine Summe, die einem in der Tat die Sinne rauben konnte. Soweit Three Oaths und Andrew Sawyer die Situation überblickten, bedeutete dies den Todesstoß für die SouthAsia.

Wie konnte eine so riesige Summe Geld unterschlagen werden, ohne daß es von irgend jemand bemerkt worden war, hatte Three Oaths gerätselt. Aber Sawyer hatte auf das weitverzweigte Netz der internationalen Unternehmen hingewiesen, die die SouthAsia umgaben. Die Bank befand sich mitten in ihrem Nervenzentrum. Ein Rechnungsführer mit genügend Scharfsinn und Mut konnte es durchaus schaffen, im Verlauf einer gewissen Zeit derart viel Geld beiseite zu schaffen. Das Problem dabei sei nur, hatte Sawyer erklärt, daß er niemandem zutraue, ein solches Risiko mit den absehbaren Folgen einzugehen.

»Tatsache ist, daß der *Yuhn-hyun* 55 Millionen Dollar verloren hat. Und wir haben nicht genügend Reserven, um die Unterschlagungen auszugleichen. Wir haben somit das gesamte Geld unserer Aktionäre verloren. Wenn auch nur ein einziges Wort darüber in der Kolonie bekannt wird, bricht die SouthAsia zusammen.«

Zum Dessert gab es einen großen Schokoladenkuchen mit feinster Buttercreme. Three Oaths zog sich der Magen zusammen, aber er aß trotzdem sein Stück und hoffte, daß der duftende Oolong-Tee ihn wieder besänftigen würde.

Natürlich konnten sie ihren Kampf gegen die Übernahme von Pak jetzt aufgeben. Dann hätten sie wieder genügend Bargeld, aber zu welchem Preis? Das war undenkbar. Pak Han Min war für den inneren Kreis der Schlüssel zu Kam Sang. Three Oaths wußte nicht, warum Kam Sang so lebenswichtig für den *Yuhn-hyun* war, obwohl er selbst jenes Labyrinth von untereinander verbundenen Gesellschaften gegründet hatte, die als Pak Han Min bekannt waren. Sein älterer Bruder Zilin hatte es so gewollt. Warum nur?

Alle Unternehmen, die zu Pak gehörten, machten riesige Gewinne. Dies war zum Großteil auf Three Oaths hochentwickelten Geschäftssinn zurückzuführen. Aber dieser Gewinn wurde auf eine komplizierte und geheimnisvolle Weise direkt nach Kam Sang geschleust. Warum?

Soviel er wußte, war nur der Jian in diese mysteriöse Sache eingeweiht. Pak Han Min durfte auf keinen Fall verlorengehen. Hieß das, daß sie die SouthAsia Bancorp opfern mußten? Was würde dann vom *Yuhn-hyun* übrigbleiben?

»Was ist mit dir, *Si ji*?« Da es im Kantonesischen kein bestimmtes Wort für ›Schatz‹ oder ›Liebling‹ gab, benutzte Neon Chow andere Kosenamen. *Si ji* hieß Löwe.

»Was?« Sie hatte ihn aus seinen Gedanken aufgeschreckt.

»Ich habe gesehen, wie du gefröstelt hast. Bist du erkältet? Ist das der Grund, warum du mir den ganzen Abend nur halb zugehört hast? Bist du krank?«

»Ich bin nicht krank«, erwiderte Three Oaths schroff. Er mochte es nicht, wenn sie ihn wie ein Kind behandelte; das erinnerte ihn an sein Alter. »Und wenn ich nicht aufmerksam genug gewesen bin, war das keine Absicht.«

»Aber dieses Frösteln«, beharrte Neon Chow und tat besorgt.

»Das war nur die Klimaanlage«, log er. »Ich hätte nach einem anderen Tisch fragen sollen.«

Anscheinend beruhigt, plapperte sie: »Ich weiß, du mußtest dich in letzter Zeit mit vielen Dingen herumschlagen. Seit du so oft bei Sawyer bist, sehe ich neue Falten im Gesicht meines wunderschönen Löwen. Ich mag das nicht.«

»Ich bin *Tai pan*. Du weißt das.«

»Irgendwie war es einmal einfacher... Ich glaube, bevor Jake Maroc *Zhuan* wurde, warst du glücklicher.«

»Ihr zwei kommt nur nicht miteinander aus.«

»Was bedeutet er für dich?« fragte Neon Chow. »Er ist doch nur dein Neffe.«

»Er ist der Sohn des Jian«, erklärte Three Oaths.

»Und er ist *Zhuan*. Warum hat man nicht einen von deinen Söhnen ausgesucht? Dein ältester Sohn ist doch sehr begabt. Er hätte es verdient.«

»Vielleicht«, sagte Three Oaths. »Aber das war nicht meine Entscheidung.«

»Bist du nicht ein großer *Tai pan*?« beharrte Neon Chow.

Three Oaths entgegnete: »Warum denkst du über so etwas nach?«

»Weil Jake mir nichts sagt. Wenn er stumm wäre, wüßte ich genausoviel von ihm. Ich traue ihm nicht.«

»Du hast eben keine Ahnung. Das gehört einfach zu einem *Zhuan*«, sagte Three Oaths. »Es ist nicht einfach, sich gegen alle Störungen von außen abzuschotten. Er muß seine ganze Kraft darauf konzentrieren, den *Yuhn-hyun* zu leiten.«

»Mit welchem Ziel?« fragte Neon Chow. »Glaubst du nicht, daß wir das wissen sollten?«

»China«, sagte Three Oaths, und seine Augen leuchteten. »Das war jahrzehntelang der Traum des Jian. Und auch meiner. Ein vereinigtes China, stark, an der Spitze des Welthandels im 21. Jahrhundert. Ein modernes China, das Asien zu einer neuen Blüte verhilft.«

»Um das zu erreichen«, erklärte Neon Chow schlau, »müßte sich Peking fast ganz vom Kommunismus lossagen, müßte es sich mit dem kapitalistischen Westen verbünden.«

»Ja, das ist allerdings richtig.«

Einige Zeit später entschuldigte sich Neon Chow für einen Moment. Sie ging auf die Damentoilette. In dem winzigen Vorraum war ein Münzfernsprecher.

Sie wählte eine Nummer und wartete.

»Waaaaaay?«

»Peony«, sagte sie. Es war ihr Kennwort.

»Ich brauche einen Termin mit Mitre. Sobald wie möglich.«

»Ich werde sehen, was ich tun kann«, sagte die Stimme tonlos. »Bitte bleib am Apparat.«

Neon Chow begann in der winzigen stickigen Zelle zu schwitzen. Los, dachte sie. Wieso dauert das so lange?

»In zweiundsiebzig Stunden.«

Diese mistfressenden Bürokraten, dachte sie. Die haben keine Ahnung, was eine Notlage ist.

»Dew neh loh moh dafür!« schrie sie ins Telefon. »Hier ist Peony!!!«

»O. k.... o. k.«, sagte die Stimme. »48 Stunden! Aber das ist das Äußerste.«

Bei allen Göttern der Hölle, sie kochte vor Wut. Wenn ich ein Mann wäre, würde mich Mitre nicht so behandeln. Verdammt seien alle Männer.

Sie ging auf die Damentoilette und versuchte sich zu beruhigen. Sie starrte in ihr Gesicht im Spiegel, als ob sie es noch nie gesehen hätte. Falten und Zeichen des Alters zeigten sich immer deutlicher. Sie spürte mit einem plötzlichen Anflug von Ekel, daß sie ihr Gesicht haßte.

Großer Buddha! überlegte sie. Das kommunistische China, verbündet mit dem Westen! Was für eine wahnwitzige Idee!

Sie wußte, daß sie in diesem erregten Zustand nicht an den Tisch zurückkehren konnte. Three Oaths würde sie sofort darauf ansprechen.

Vor allem durfte sie ihm keinen Grund zur Beunruhigung geben. Wenn er den geringsten Verdacht schöpfte, war alles verloren.

Sie rief sich ihr Training ins Gedächtnis und atmete langsam und tief ein. So befreite sie sich von jedem negativen Gefühl. Als sie sich wieder in der Hand hatte, ging sie zum Tisch zurück. Three Oaths hatte eine weitere Kanne Tee bestellt.

»Setz dich, bitte«, sagte er und füllte ihre Tasse, »ich muß dich etwas fragen.«

Sie erschrak, und einen Augenblick lang war ihr so schwindlig, daß sie das Gefühl hatte, die Beine versagten ihr den Dienst. Beruhige dich doch, hämmerte sie sich ein. Willst du so jung sterben?

Sie saß ihm gegenüber und tat, was erwartet wurde, sie nippte an ihrem Tee. Ein Gedanke ging ihr nicht mehr aus dem Kopf: Wir müssen so schnell wie möglich auf die Dschunke zurück. Aber wie?

»Was ist denn?« fragte sie, als sie die Sprache wiedergefunden hatte. »Wieso machst du so ein ernstes Gesicht? Immerhin ist heute mein Geburtstag. Alle ernsten Themen sind heute tabu.«

»Ich habe so lange gewartet, wie es ging«, sagte er entschuldigend. »Aber bestimmte Geschäfts... äh... probleme machen es notwendig, daß diese Tradition diesmal durchbrochen werden muß.«

»In Ordnung, *Si ji*«, sagte sie mit ihrer Kleinmädchenstimme, »es soll so sein, wie du wünschst.« Bei allen Göttern, was war geschehen bei den *Tai pans* oben in Sawyers Büro?

»Nicht wie ich es wünsche. Überhaupt nicht. *Joss* will es so.«

»Dann akzeptiere ich mein *Joss*.« Sie setzte ein Lächeln auf, das so falsch war wie ihre Worte.

Er nickte. »Ich wußte, daß du das tust. Ich möchte, daß du versuchst, während deiner Arbeit im Gouverneursbüro ein Treffen mit Sir John Bluestone zu arrangieren.«

Neon Chow hatte den Atem angehalten. Sie glaubte, alle Farbe sei aus ihrem Gesicht gewichen. In ihrem Kopf hämmerte es: Alle Götter sind Zeugen! Er weiß Bescheid!

»Ich möchte, daß du so nett wie möglich bist, sogar mit ihm flirtest. Kurz gesagt, ich will, daß du ihn verführst. Überzeuge ihn, daß du genug von mir hast. Ich bin schließlich ein alter Mann. Vielleicht ist meine Potenz auch nicht mehr das, was...«

»Aber *Si ji*...«

»Das klingt doch logisch; das würde dir Mr. Bluestone sicherlich glauben, meine ich. Ich denke, daß es ihn nur reizen muß, mir Hörner aufzusetzen. Besonders, wenn du ihm sagst, daß du für ihn sogar mich ausspionieren würdest.«

»*Si ji!*«

»Nun, ich möchte, daß er das glaubt. In Wirklichkeit sollst du natürlich ihn ausspionieren... für mich.«

»Oh!« rief sie und klatschte in ihre Hände, »du bist so klug!«

»Die *Yuhn-hyun* brauchen dringend Informationen über Bluestones nächsten Schachzug. Wirst du es machen?«

Sie lachte in sich hinein. Er weiß es doch nicht, er hatte nicht einmal den leisesten Verdacht! Vor Erleichterung wäre sie fast in Tränen ausgebrochen. »Natürlich werde ich es tun«, antwortete sie und lehnte sich über den Tisch. Eine Hand war verschwunden.

Three Oaths spürte ihre flinken Finger zwischen seinen Schenkeln. Sogar durch die Hose hindurch konnte sie ihn in zitternde Erregung versetzen.

»Komm«, flüsterte sie heiser. »Laß uns so schnell wie möglich heimgehen. Feiern wir meinen Geburtstag... und unsere geschäftliche Absprache.«

Die Schlange, die aus Jakes Hemd hervorstieß, zischte bereits. Er hatte sie in dem Laden in Ladder Street gekauft. Um diese Jahreszeit schieden die Schlangen in der Winterstarre ein Sekret aus, das nach Ansicht der Chinesen die Gesundheit und die sexuelle Potenz stimulierte. Die Wärme von Jakes Hand hatte die Schlange wiederbelebt, und jetzt erkundete sie ihre Umgebung. Jake schleuderte sie auf die Zecke.

Die Frau warf die Arme hoch, da die Schlange in dem Kapuzenkragen ihres Pullovers gelandet war. Die Pistole fiel zu Boden. Jake schaute gebannt zu, wie sie sich wehrte. Das war ein Fehler.

Blitzschnell schlug die Zecke zweimal zu. Das erste Mal verfehlte sie ihn, der zweite Schlag traf. Jake blieb die Luft weg, er krümmte sich nach vorne.

Die Schlange fiel zu Boden, ihre Schuppen leuchteten matt. Sie zischte. Die Frau riß das linke Knie hoch und traf Jakes Wange. Alles verschwamm vor seinen Augen, und er fiel auf das Pflaster.

Sie bückte sich und streifte einen ihrer hochhackigen Schuhe ab. Er warf den Kopf herum und sah, wie sie den Schuh am vorderen Ende nahm. Der Absatz war auf ihn gerichtet, die Spitze reflektierte das Licht der Straßenbeleuchtung. Sie war stahlverkleidet.

Die Waffe schoß herunter, und Jake rollte im letzten Moment zur Seite. Er hörte den scharfen Aufprall, als der Stahl auf den Stein schlug. Funken sprühten. Aufs neue schwang die Zecke ihre Waffe.

Jake schlang mit *Sumi otashi* seine Finger um den Unterarm der Frau und bog ihn im selben Augenblick nach links, zog sie so mit sich und zwang ihr seine eigene Drehbewegung auf.

Sie stolperte und schlug mit einem Knie auf dem harten Straßenpflaster auf. Jake packte ihr Handgelenk, und der Schuh schlitterte in den Schatten.

Er konnte ihr Keuchen hören und wußte, daß er jetzt eine Chance hatte. Sie standen sich wieder unter den gleichen Bedingungen wie zu Anfang gegenüber.

Jetzt griff sie ihn mit einer Drehung und dem doppelten Handwechsel an. Damit durchkreuzte sie seine Strategie: Darauf war er nicht gefaßt gewesen. Wütend über sich selbst und unter wahnsinnigen Schmerzen stürzte er zu Boden. Er hatte die Ratschläge Fo Saans und Lao Tzus außer acht gelassen. Sie hatten ihm eingeschärft: Im Kampf höre nie mit deinen Ohren, die nur gewöhnliche Dinge wahrnehmen, höre nie mit deinem Herzen, das nur dem Verstand gehorcht. Höre mit deinem Atem, dann nimmst du die winzigen Zeichen wahr, die auf große Ereignisse hindeuten, und du weißt, was dich erwartet.

Er hatte mit seinem Herzen gehört, hatte auf die Frau mit dem Verstand reagiert, ohne auf seine neue Erfahrung zu achten, und angenommen, daß die Zecke nicht so gefährlich sein konnte wie ein männlicher Gegner. Er war nicht vorurteilslos auf sie zugegangen und hatte so seine Niederlage besiegelt.

Der Schmerz war so stark, daß ihm die Ohren klangen und alle Kraft aus Armen und Schultern schwand. Sie hatte einen Schlag aus *Pa-kua* angewandt, einer von Chinas ältesten und ursprünglichsten Kriegskünsten, auch *Wu-shu* genannt: mit Kreisbewegungen bei Angriff und Verteidigung, ähnlich wie bei *Ikido*, das Jakes Hauptwaffe war.

Nun war er schutzlos und konnte sich nicht verteidigen. Ihre Augen folgten dem Weg ihrer Handflächen. Sie bewegte sich zunächst mit der Taille, dem unteren Zentrum der Schwerkraft, und übertrug dann die so gewonnene Energie auf ihre Arme. Mit unerhörter Geschwindigkeit versetzte sie ihm vier oder fünf Schläge, bevor er sich genügend erholt hatte, um die nächsten beiden abzuwehren.

Das überraschte sie und gab ihm Zeit, Atem zu schöpfen. Aber wieder ging er von rationalen Überlegungen aus: Er war sicher, daß sie den Angriff mit *Pa-kua* fortsetzen würde. Statt dessen streifte sie sich ihre Goldkette über den Kopf und ließ sie in einem *Kasumi*wurf nach vorne schnellen, gerade so, als ob es die stählerne *Manrikigusari*, die schwere japanische Kette wäre.

Sie traf ihn am Arm, und im nächsten Moment hatte sie die Kette um seinen Hals geschlungen. Sie zog an beiden Enden und preßte ihr Knie gegen seinen Brustkorb.

Er warf die Hände hoch, schlug die Handgelenke gegen die Innenseite ihres Armes, zog sie so nach rechts, ergriff ihr rechtes Handgelenk, wie sie es bei ihm gemacht hatte, und zog es scharf hinunter; gleichzeitig rammte er den Handballen seiner linken Hand gegen ihren rechten Ellbogen.

Er hörte ein Krachen und einen kurzen Schrei der Überraschung und des Schmerzes, als er sie gewaltsam nach vorn zog und ihr so völlig das Gleichgewicht raubte.

Sie war jetzt ganz nahe bei ihm, und er hatte vor, einen *Atemi* anzuwenden, einen harten, wuchtigen Schlag. Er wollte sie nur verblüffen. Aber gerade noch rechtzeitig sah er die Spitze des Messers und wußte, daß ihm keine Zeit mehr blieb: Sie standen zu eng beieinander.

Er hatte keine andere Wahl: Er mußte den *Jut-hara* anwenden, einen der tödlichen *Atemi,* bei dem die Spitzen der fünften und sechsten Rippe gebrochen werden und die Wucht des Schlages sie hinauf ins Herz rammt.

Sechs Minuten später hatte er einen roten Doppeldeckerbus Richtung Osten bestiegen. Er ging sofort auf das Oberdeck, so daß er die Umgebung gut überblicken konnte. Der Bus fuhr an, und er beobachtete die Straße hinter sich, bis er absolut sicher war, daß er nicht mehr verfolgt wurde.

An der nächsten Haltestelle stieg er aus und ging an vier Wohnblökken vorbei. Sie dienten ihm als Deckung: eine weitere Vorsichtsmaßnahme. Dann nahm er einen Bus in die entgegengesetzte Richtung zum Central.

Geschäftiges Nachtleben umgab ihn. Der rote Bus reflektierte alle Farben. Die Gesichter der Fußgänger wirkten blau im Neonlicht. Die Zecke hatte keinen Ausweis bei sich gehabt. Es hätte Jake auch überrascht, wenn es anders gewesen wäre. In den Taschen hatte sie etwas Geld, ansonsten fand er nur einen winzigen eingewickelten Gegenstand, der im Saum des Futters eingenäht war. Er packte ihn aus: Es war ein ungeschliffener Opal von außergewöhnlichem Feuer.

An seiner Haltestelle stieg Jake erst im letzten Moment aus. Die letzte Wegstrecke zu seinem Rendezvous legte er verständlicherweise mit äußerster Vorsicht zurück. Wenn es eine Zecke gab, konnte es auch eine zweite geben.

Zuletzt fühlte er sich sicher genug, zu seinem Jaguar zurückzugehen. Mit kreischenden Reifen fuhr er an, um über den Peak in Richtung Aberdeen endlich zum Jian zu gelangen.

Bliss las dem Jian gerade eine Geschichte vor. Es war eine seiner Lieblingsgeschichten: die von dem Hasen und den Schwestersternen, die zum Königreich der Lüfte in Gestalt menschlicher Wesen zurückkehren. Sie hatte herausgefunden, daß der Jian solche Geschichten am liebsten mochte, in denen es um Verwandlungen ging. Der Grund war, so vermutete sie, weil er glaubte, daß so etwas auch ihm einmal passiert war.

Ihm vorzulesen bereitete Bliss große Freude. Meistens jedoch erzählte er ihr Geschichten von ihrem Urgroßvater, von dem ersten Jian, und dem legendären Garten, in dem Zilins eigene Weltanschauung geformt worden war.

Bliss fühlte sich, trotz all der Liebe und Erziehung, die Three Oaths und seine Familie ihr hatten angedeihen lassen, ziemlich entwurzelt. Sie erinnerte sich kaum an ihre Mutter und an die Zeit, die sie bei den Bergstämmen in den Shan-Staaten verbracht hatte – obwohl Three

Oaths viele Jahre später darauf bestanden hatte, daß sie ins Hochland nach Burma zurückkehren sollte, um zu erfahren, ob sie dort noch irgendein Heimatgefühl für sich würde entdecken können. Von ihrem Vater wußte sie nicht einmal den Namen. Er war gestorben, während ihre Mutter noch mit ihr schwanger war.

Doch bei dem Jian fühlte sie sich völlig geborgen. Die Wärme seiner Zuneigung hatte in ihr Gefühle geweckt, die sich mit ihrem Ursprung verbanden. Es war, als wäre sie im Märchengarten ihres Urgroßvaters angekommen, den Zilin in seinen ausdrucksvollen, bildhaften Erzählungen beschrieben hatte.

Sie entdeckte, daß sie ihn heftig und mit einer Hingabe liebte, die sie vorher für unmöglich gehalten hätte. Es war nicht die Art von Liebe, die sie für Jake empfand oder auch für Three Oaths. Dies war ein übersinnliches Gefühl, und sie glaubte dabei zu spüren, daß sie tatsächlich ein Teil der Erde, des Meeres und des Himmels war. Sie war nie praktizierende Buddhistin gewesen, aber die Liebe, die sie für den Jian verspürte, erweckte in ihr eine Sehnsucht danach.

Sie schätzte ihn mehr als alle anderen Männer, aber sie war sich völlig klar darüber, daß er trotz alledem ein Mann war. Der Jian glaubte, daß er einer der Himmelswächter Chinas sei. Folglich wurde sein *ren* ins Leben gerufen und von ihm im Laufe von fünfzig Jahren gestaltet und geformt. Diese Ernte seines Lebens nahm die Form des *Yuhn-hyun* in Hongkong an.

Es war wahrhaftig ein gewaltiges Unterfangen, für die Zukunft eines ganzen Landes zu sorgen. Ein einzelner Mann schien damit überfordert zu sein. Doch wußte Bliss, daß der Jian nicht allein war. Er gebot in Asien über ein weit gespanntes Netzwerk – das vielleicht noch über den Kontinent hinaus reichte; wer kannte schon wirklich die Ausdehnung des *ren*? Sie vermutete, nicht einmal Jake war sich der wirklichen Größe des Werkes bewußt, das Zilin geschaffen hatte. Es war ein Wesensmerkmal des Jian, seine Geheimnisse für sich zu bewahren. Dies war für ihn so viele Jahre lang so notwendig gewesen, daß es nun unmöglich für ihn war, anders zu handeln.

Heute hatte er Bliss geduldig die Bedeutung des Begriffes Jian gelehrt. Jake war kein Jian, sondern ein *Zhuan* – Jian bedeutete Schöpfer; Zhuan bedeutete Verwalter –, und der Unterschied war beträchtlich. Im tiefsten Innern ihres Herzens fragte sich Bliss, ob Jake eines Tages den Titel des Jian erwerben würde.

Sie hatte die Geschichte fertig erzählt. Der Hase hatte heldenhaft seine Rolle als Retter der Schwesternsterne erfüllt, die nun an ihren Platz im Reich der himmlischen Mächte zurückgekehrt waren. Die Welt war wieder gänzlich in Ordnung.

Bliss betrachtete die vor ihr ruhende Gestalt.

Das altehrwürdige Gesicht lag teilweise im Schatten; sie war sich nicht sicher, ob der Jian wach war oder schlief. Alles, was sie um sich herum hörte, war das sanfte Ächzen der schwankenden Dschunke. Es war sehr still. Von den Wachen hörte man keinen Ton. Sonst war niemand an Bord. Bliss vermutete, daß ihr Vater, wenn er noch einmal geheiratet hätte, statt sich eine Geliebte wie Neon Chow zu nehmen, seine Kinder gezwungen hätte, die Abende an Bord zu verbringen. Sie war sich nicht sicher, ob sie dies gutgeheißen oder abgelehnt hätte. Three Oaths hatte hier seine festgefügten Ansichten: Die Kinder von heute sind nicht mehr das, was sie früher einmal waren. Sie haben die Achtung vor ihren Vorfahren verloren, die Tradition verraten. Er bekämpfte diesen Verlust jeglichen Traditionsbewußtseins. Aber daß es keine Lösung war, die Kinder auf der Dschunke einzusperren, das wußte er auch. Außerdem war er selbst oft bis spät in die Nacht mit Neon Chow an Land.

Sie erhob sich, da sie sich jetzt sicher war, daß der Jian eingeschlafen war.

»Gehst du weg, Bliss?«

»Nein, *A-yeh*.« Sie setzte sich wieder. »Ich dachte, du wärst eingeschlafen.«

»Beinahe wäre ich das auch«, seine Stimme klang so zerbrechlich wie Reispapier. »Der Schmerz weckte mich. Er hält mich immerzu gefangen.«

Bliss sah ihn an, und er sagte: »Was hast du, *Bou-sehk*?«

»Nichts. Nur ich... ich weiß nicht, warum du solche Schmerzen aushalten mußt«, erwiderte sie.

Zilin schaute angestrengt in ihr Gesicht, das im Schatten lag.

»Wenn ich den Schmerz nicht fühlen würde, wäre ich nicht mehr sicher, ob ich überhaupt noch lebe. Lebe ich jetzt, in diesem Augenblick, heya? So mußt du das sehen.«

Er versuchte sich aufzurichten, und sie beugte sich zu ihm herab, um ihm zu helfen. Als sie sich berührten, sprang sie auf.

»Was hast du gespürt?« wollte er wissen.

»Einen Strom... einen elektrischen Schlag. Aber das ist doch unmöglich.«

Er dachte an Senlin und antwortete: »Nichts ist unmöglich. Das weißt du ganz genau.«

»Ja. Aber einige Dinge...«

Zilin unterbrach das lastende Schweigen. »Es gibt keine Grenzen. Was auch immer in der Zukunft passieren mag, es ist unerläßlich, daß du diesen Gedanken nicht vergißt.«

Plötzlich hatte er sie ergriffen und an sich gezogen. Ihre Gesichter waren sich sehr nah. Er sah das weiche Licht wie einen Mantel über ihre goldene Haut fallen, und er dachte an ihre Mutter und wie er ihr geholfen hatte, als sie ihn brauchte. »Du hast mir in der Vergangenheit treu und ergeben gedient, *Bou-sehk*. Du hast meinen Sohn selbst in den größten Gefahren beschützt. Glaube nicht, daß ich diesen Dienst je vergessen habe.« Er streichelte sie zart. »Nun weiß ich, daß du mir einiges zu erzählen hast, und das mußt du jetzt tun.«

»Du hast so vieles andere ...«

»Tu, was ich dir sage, Kind!«

Ihr Blick war unverwandt auf ihn gerichtet. Das ganze Universum spiegelt sich in seinen Augen wider, dachte sie. »Ich will ja, *A-yeh*. Ich will ja so gerne.«

»Aber du hast Angst«, sagte er intuitiv.

Sie nickte wortlos.

»Du bist nicht nur einfach erschrocken, *Bou-sehk*. Dies weiß ich bereits. *Da-hei* hat dich erschreckt. Und sonst?«

»Nur *Da-hei*«, flüsterte sie, »nur dies.«

»Was ist geschehen, *Bou-sehk*?«

»Ich nutzte«, sie holte tief Atem, »ich nutzte es aus. Jake und ich, wir schliefen zusammen. Wir waren ...«

Zilin nickte: »Ich verstehe. Weiter.«

»Am Ende, gerade vor ... vor den Wolken und dem Regen, da war ich vollkommen offen; ich weiß nicht, ich war ein leeres Gefäß, das darauf wartete, gefüllt zu werden. Gefüllt mit Jakes Liebe. Ich streckte mich aus mit meinem *Qi*, versuchte, seines zu umarmen. Und ich fand ...«

Sie brach ab. Sie war bleich, ihre Augen waren geschlossen.

»Du fandest was?« bohrte er weiter.

Sie erschauderte und er konnte das bebende Gefühl, das durch ihren ganzen Körper ging, spüren. »Nichts.« Ein Hauch wie Nebel in der Dämmerung. »Überhaupt nichts. Es war, als ob ich einen Schacht hinuntergestürzt sei und, anstatt auf dem Boden aufzuschlagen, nur immer tiefer fallen würde.«

Nun war es heraus, das abscheuliche Geheimnis war gelüftet. Bliss suchte die Augen des Jian. »Was ist mit Jake geschehen, *A-yeh*? Was ist es, das ich entdeckt habe?«

Für lange Zeit gab es kein Geräusch, außer dem Knarren der Dschunke an ihrem Ankerseil. Immer wieder klatschte das Wasser gegen den Rumpf.

Schließlich sagte Zilin: »Erinnerst du dich an die Geschichte von der Maus, die fragte: ›Was ist das?‹«

»Ich glaube nicht, daß ich sie jemals gehört habe.«

»Nein?« Der Jian schien überrascht. »Nun, dann ist es höchste Zeit, daß du sie erfährst.« Er nahm eine bequemere Stellung ein. »Es war der Geburtstag ihrer Freundin, der Ratte, und am Rattenloch wartete ein Geschenk. Es hat einen köstlichen Geruch, dachte die Maus. Was ist das? fragte sie sich. Vorsichtig öffnete sie die Verpackung. Es ist nicht mein Geschenk, dachte sie, aber schließlich ist die Ratte meine beste Freundin. Wie könnte sie etwas dagegen haben, wenn ich einen kurzen Blick auf ihr Geschenk werfe?

Es war ein Stück Käse, ein Käse, den die Maus nicht kannte. Er hatte den köstlichsten Geruch, der jetzt, da die Verpackung geöffnet, noch verführerischer war. Gut, überlegte die Maus, die Ratte ist meine beste Freundin, und ich liebe sie wie eine Schwester. Würde sie mich denn nicht einladen, ihr Geschenk mit mir zu teilen, wenn sie hier wäre? Selbstverständlich würde sie das, entschied die Maus, ihre eigene Frage beantwortend.

Sie begann, am Käse zu knabbern, dessen Geschmack sie, obwohl er ihr völlig unbekannt war, als ganz herrlich empfand. So aß die Maus, ohne daß sie es recht bemerkte, das Geschenk ihrer Freundin auf.

Als die Ratte irgendwann in der Nacht von ihrer nächtlichen Futtersuche zurückkehrte, fand sie ihre Freundin, die Maus, steif und kalt vor ihrem Loch. Die Ratte wurde vorsichtig und beschnupperte die Umgebung. Als sie näher an die tote Maus herankroch, witterte ihre scharfe Nase das Rattengift, das ihr sehr vertraut, der Maus aber völlig unbekannt gewesen war.«

Zilin schwieg einige Zeit. Vom Oberdeck konnte Bliss das dumpfe Tuckern eines *Walla-walla* hören, das dicht vorbeifuhr.

»Willst du damit sagen, daß ich nicht danach fragen sollte, was ich gefunden habe?« sagte sie schließlich.

Die Augen des Jian waren bereits geschlossen. Sie hörte seinen lauten Atem. Sie hatte eine Frage gestellt, und er hatte ihr diese Geschichte erzählt. Warum? In der Geschichte ging es um Gefahr... und Tod. Traf das auch jetzt zu? War Jake in Gefahr, oder sie?

Dann kam ihr noch ein wichtigerer Gedanke: Zilin war nicht überrascht, als sie ihm von dem Schacht ohne Boden erzählt hatte. Warum nicht?

Plötzlich überschattete diese Frage alle anderen.

Die drei Japaner trafen sich bei den Docks von Aberdeen Harbor. Immer wieder sahen sie sich um, um absolut sicherzugehen, daß niemand sie verfolgte, obgleich keiner von ihnen annahm, daß dies der Fall sein könnte.

Jetzt waren sie wie Tanka-Segler gekleidet, und in der einsetzenden Abenddämmerung wäre es selbst aus der Nähe schwierig gewesen, ihre wahre ethnische Herkunft zu bestimmen.

Außergewöhnlich diszipliniert begannen sie ihr Unternehmen. Sie kannten den Weg hinunter zum Kai, als ob sie hier zu Hause gewesen wären und nicht im japanischen Hochland. Sie arbeiteten als Team. In Japan waren sie bekannt als *Dantai*, die bei weitem gefährlichsten aller Gewalttäter. Denn die *Dantai* entwickelten eine ganz besondere Gruppenidentität: »*Wir* denken, deshalb bin *ich*.« Tatsächlich existierten die einzelnen nicht als Individuen. Sie dachten wie ein Mann und handelten auch so. Das war Teamarbeit in höchster Perfektion.

Ein *Walla-walla* wartete auf sie am Fuße einer schmalen Steintreppe, die den Kai hinunterführte. Es war unbewacht und dennoch fertig zum Auslaufen, was ungewöhnlich war in Aberdeen Harbor.

Ein Mann kletterte hinein, um den Außenborder zu kontrollieren, während ein zweiter das kleine Boot loszutäuen begann. Der dritte stand am Fuß des winzigen Piers und zog gelegentlich an seiner Zigarette. Seine geübten Augen teilten die unmittelbare Umgebung in genau berechnete Sektoren ein.

Als alles fertig war, hörte er ein leises Pfeifen und drehte sich um. Er warf seine Zigarette ins Wasser und sprang ins Boot. Das *Walla-walla* tuckerte los.

Der Mann am Außenborder hatte keine Seekarte bei sich. Er hatte die Route im Kopf. Obwohl er niemals zuvor in Hongkong gewesen war, kannte er das Labyrinth der Wasserwege und Dschunken von Hakka und Tanka, das diese schwimmende Stadt durchwob, fast so gut wie dessen ältesten Einwohner.

Während er steuerte, machten sich die zwei anderen in der Mitte des Schiffes zu schaffen. Sie holten die Gions 30-09 aus den Ölzeugtaschen. Es waren Miniatur-Maschinenpistolen mit der Feuerkraft einer 357er Magnum-Handfeuerwaffe. Und während das Boot durch die in Schatten getauchten Wasserwege, vorbei an hochaufragenden Dschunken, manövrierte, nahmen sie die Gions vollständig auseinander, kontrollierten die Teile und ölten sie. Als sie mit ihren Waffen fertig waren, gab ihnen der Steuermann seine, und sie führten die gleiche gewissenhafte Kontrolle noch einmal durch. Danach waren sie schon fast am Bestimmungsort.

»Ich fühle den Sturm, *Bou-sehk.*« Seine Stimme, nein, das, was er sagte, ließ Bliss hochfahren.

»Was für einen Sturm, *A-yeh*? Das verstehe ich nicht. Es ist den ganzen Abend klar gewesen.« Ihr Herz hämmerte mit solcher Wucht gegen den Brustkorb, daß sie selbst fühlte, wie sie zitterte.

»Ich spreche von einer anderen Art Sturm«, erwiderte er mit dünner Stimme. »Ein Sturm, viel gewaltiger als jeder, den die Natur schaffen kann.« Er war aufgewühlt. »Kannst du es jetzt fühlen, *Bou-sehk*? Fühlst du das Unheil?«

Sie konnte nichts sagen, sie wußte nur, daß der Jian seinen *Qi* weit hinaus in die samtene Nacht gespannt hatte und in Verbindung getreten war mit einem Element, das sie noch nicht spürte.

»Mein *Qi* sagt mir, daß meine letzte Stunde geschlagen hat, *Bou-sehk.*«

»Nein!« schrie sie auf und warf sich über ihn, als könnte sie ihn auf diese Weise vor allem Unheil bewahren. »*A-yeh, A-yeh*«, jammerte sie. »Sag nicht so etwas Schreckliches.«

»Es ist die Wahrheit, *Bou-sehk.*«

»Aber warum? Warum?«

»Mein *Qi* ist nach wie vor stark, mein Kind. Mein zweites Gesicht war siebzig Jahre lang mein Schild und Schwert. Denkst du, daß es mich nun täuschen würde?«

»Aber ich liebe dich. Ich werde dich hier wegbringen.«

»Es ist zu spät«, flüsterte Zilin, »hör mir zu.« Die winzigen Nackenhaare von Bliss sträubten sich. Das sanfte Put-put-put-put eines *Walla-walla* drang durch die Wände der Kabine. Es war sehr nahe und schien im selben Moment zu ersterben. Bliss wurde immer stiller, bis sie selbst das Gefühl hatte, nicht mehr zu atmen. Nur noch schwach fühlte sie ihre Stimme.

»Wer?« Ihr Flüstern ahmte seines nach. »Oh, *A-yeh*!« Sie umklammerte ihn so fest wie eine Mutter ihr Kind.

»*Bou-sehk*, hör mir zu.« Seine Stimme war der einzige Laut in der Kabine. Sie durchdrang den ganzen Raum. »Mein Tod ist bedeutungslos. *Joss*. Der eine lebt, der andere muß sterben. Es kann gar nicht anders sein.« Sie konnte das Rascheln seiner Kleider hören, als er sich unter ihr bewegte. »Es ist die Art meines Todes, um die ich mich sorge. Ich wünsche nicht, durch die Gewehrkugel irgendeines Mörders zu sterben.« Er lag nun mit dem Gesicht nach oben, und seine dünnen, knochigen Finger umfaßten ihre Arme. »Verstehst du, *Bou-sehk*?«

Zuerst verstand sie nicht. Ein kaltes Grauen ergriff sie. Es war, als wäre seine körperliche Lähmung in ihr Hirn eingesickert und betäubte es.

»Ich kann nicht...«

»Bliss!« Seine Augen waren schwarz und in ihnen glühte ein grünes Feuer, das sie niemals zuvor gesehen hatte. Als wäre er die Inkarnation eines Gottes aus uralten Zeiten: Vishnu oder Buddha. Und später einmal war sie sogar davon überzeugt, daß sie tatsächlich gesehen hatte, wie eine zarte Aura ihn einhüllte und die Dunkelheit in der Kabine vertrieb. »Wir haben keine Zeit mehr. Du mußt handeln, wie ich dir gesagt habe. Nimm das Kopfkissen, auf dem mein Kopf ruht.«

»Oh, mein Buddha?!« Wachsendes Entsetzen packte sie. Sie konnte nicht mehr atmen. Ihre Sinne brannten. Dennoch sah sie einen Augenblick später, wie ihre Hände das Kopfkissen ergriffen, ohne daß sie je gewußt hätte, ob das himmlische grüne Feuer in seinen Augen oder der Klang der knarrenden Planken über ihrem Kopf sie so handeln ließen, wie er es ihr aufgetragen hatte.

Sie fühlte die Anwesenheit fremder Menschen an Bord der Dschunke – hatten die Wachen von Three Oaths sie verraten? Eindringlinge? – und sie fragte sich, ob es dies war, was sie so fest mit dem Jian verband. Bis zu diesem Moment hatte sie nie wirklich den Einfluß seines *Qi* verstanden, selbst wenn er es ihr beschrieben hatte. Nun erlebte sie es unvorstellbar tief. Mit einem Atemzug spürte sie die drei Männer, die über das Oberdeck der Dschunke krochen; sie fühlte die Kaltblütigkeit ihres Vorhabens, ihre erbarmungslose Entschlossenheit. Das erste Mal in ihrem Leben erfuhr sie die wahre Bedeutung von Unheil. Es war ein übler Geschmack, der in ihrer Kehle würgte und sie verstummen ließ.

»Jetzt, liebes Kind, es muß jetzt sein. Sie sind zu nahe, um noch zu zögern.« Sie hörte seine Stimme wie aus dem Nebel einer unbekannten Leere, und sie wußte, daß er recht hatte. Sie konnte fühlen, wie die Fremden lautlos die Kajütentreppe hinabstiegen.

Sie weinte hemmungslos: »*Jou-tau, A-yeh.* Gute Nacht.« Sie brachte es nicht über sich, die Worte ›Auf Wiedersehen‹ auszusprechen.

Im nächsten Moment erschütterte ein ohrenbetäubender Lärm die Kabine, als die drei japanischen Killer mit ihren Gions 30-09 wild um sich feuerten.

»Es ist schlicht und ergreifend eine Frage der Ökonomie.« Jin Kanzhe war zu sehr erregt, um ruhig sitzen zu bleiben.

Er ging in seinem Büro nervös auf und ab. Durch die Glastüren der Villa fiel sein Blick auf die ausgedehnte geflieste Veranda. Aber schließlich war jeder Raum in diesem prachtvollen Haus ausladend. Man glaubte gar nicht, daß man hier in China war – zumindest nicht in dem China nach 1949. Dieses Haus schien dem Aufenthalt eines Kaisers würdig zu sein. Die Möbel, kostbare Antiquitäten und sorgfältig ausgewählt unter den besten Arbeiten der geschicktesten Künstler der verschiedenen Dynastien. Aber sie symbolisierten nicht nur die Geschichte Chinas, sondern auch die anderer südostasiatischer Kulturen. Da gab es tibetanische Gebetsmühlen, Buddhas aus patiniertem Holz, die aus Thailand kamen, schwarzgefärbte Bronze-Buddhas aus Japan. Es gab eine Reihe von aus Stein gemeißelten Apsarases, heilige Tänzer aus Kambodschas reichstem und kostbarstem archäologischem Fund, aus Angkor Wat. Mandalay-Miniaturtempel, aus Gold geschmiedet und mit wertvollen Edelsteinen verziert, so kunstvoll, daß es Jin Kanzhe bei ihrem Anblick ganz schwindlig wurde. Selbst der kleine Teil der Kostbarkeiten in dieser Villa, den er gesehen hatte, war viel wertvoller als die gesamten Bestände des historischen Museums in Peking.

»Ich weiß nicht, wie wir es schaffen sollten, das zu finanzieren.« Er schnaubte, aber sprach nicht aus, was er dachte: Deine fixe Idee wird uns am Ende noch zugrunde richten.

»Ich nehme an, du bist jetzt fertig«, sagte eine Stimme aus dem Schatten heraus. »Oder bist du lediglich einen Moment außer Atem?«

Jin Kanzhe drehte sich abrupt um. Seine Miene sagte deutlicher als jedes Wort, wie ernst ihm die Angelegenheit war.

Eine welke Hand hob und senkte sich wie ein sterbender Schmetterling. »Komm, setz dich hin, Jin *tong zhi*. Trink einen Chrysanthementee. Er wird dich wieder beruhigen.«

»Dafür kann ich mir auch nichts kaufen.« Dennoch ging er hinüber und setzte sich neben den im Schatten stehenden Stuhl auf das Ende eines Rattan-Sofas. Er nahm eine dünne Porzellantasse und trank den Tee, ohne ihn genießen zu können.

»Ich denke«, sagte die Stimme aus dem Schatten, »daß du deine eigene Besessenheit zügeln solltest, Jin *tong zhi*.«

»Was soll das heißen?«

»Deine Tiraden häufen sich, und du wirst immer sarkastischer.«

»Ich mache mir Sorgen um die Finanzen.«

»Ich auch, Jin *tong zhi*. Bitte sei nicht so unhöflich und unterstelle mir, daß ich schlecht informiert bin.«

»Huaishan *tong zhi*, die Zukunft ist nicht vorhersehbar. Man kann sich nicht auf alle Eventualitäten einstellen. Selbst du nicht.«

»Selbstverständlich nicht. Aber der kluge Krieger kann aus dem Feld, auf dem er sich befindet, alle etwaigen Schwierigkeiten herauslesen.«

Eine Zeitlang herrschte Schweigen. Der große Hund, der an der Seite der im Schatten sitzenden Gestalt schlief, bewegte sich, knurrte im Schlaf, träumte vielleicht von einer Jagdbeute. Jin Kanzhe bewegte sich ebenfalls. Er mochte keine Hunde, vor allem nicht solche, die darauf dressiert waren, auf Kommando zuzubeißen.

»Überlaß das Geldsammeln mir«, sagte Huaishan Han. »Ich habe viele Freunde und immer noch viele politische Verbindungen.«

»Aber sogar die, Genosse, müssen eines Tages auf dem Grund ihrer Taschen angelangt sein. Ich fürchte, daß dieser Tag gekommen ist.«

»Merkst du das Ausmaß deiner Besessenheit, Jin *tong zhi*? Ich sagte dir, Geld ist kein Problem. Es fließt durch meine Hände wie ein endloser Strom. Ich befasse mich nicht mehr mit Geld.« Die Augen des alten Mannes funkelten, sein Atem erfüllte den Raum mit seinem umspannenden *Qi*. »Ich hingegen denke an unsere *lizi*. An unser Pfläumchen, das unsere tödliche Waffe sein wird. Welche Ironie – und wie passend –, daß sie es sein soll, die Jake für uns aufspüren wird. Und zur passenden Zeit, zu der Zeit, die ich bestimme« – an dieser Stelle begann der alte Mann zu lachen – »wird er losstürmen, um sie zu sehen. Wir werden ihn aus seinem eigenen Gebiet herauslocken. Und er wird Hals über Kopf seinem Verhängnis entgegenrennen.«

Huaishan Hans Kopf zitterte vor Erregung. »Ich muß dir nicht sagen, wie groß unser *Joss* war, daß wir sie entdeckt haben. Colonel Hu wird mit seiner Magie ihren Verstand verzaubern. Er kann die Nacht zum Tag machen. Ich habe es selbst mit eigenen Augen gesehen.

Oh, wird meine Rache süß sein. Was so lange gärt, wird um so süßer.« Was waren das für dunkle, schreckensvolle Andeutungen, überlegte Jin Kanzhe. Was war das für ein gespenstisches Licht hinter den Augen Huaishan Hans? »Wieviel Leid soll meine Rache verursachen, Jin *tong zhi*! Du weißt es nicht, aber, oh, wie ich es weiß. Leiden genug! Mehr als irgendein Mensch ertragen kann.«

Die Atmosphäre der Villa schien aufgeladen mit der Kraft von Huaishan Hans Haß. »Jake Maroc – oder soll ich Shi Jake sagen – er ist meine letzte Zielscheibe. Und werden wir an ihm nicht den perfekten Mord exerzieren?« Seine Stimme, die sonst so zart war, schien durch die mit Schätzen gefüllten Räume zu gellen. »Denk daran, Jin *tong zhi*. Seine eigene Tochter wird ihn für uns töten.«

Jake sah Neon Chow und Three Oaths mehrere hundert Meter vor sich den Kai hinunterschlendern. Er wollte ihnen gerade etwas zurufen, als das schrille Bellen der Maschinenpistolen anhob. Und als er zu laufen begann, wußte er es: Das waren Gions 30-09!

Sein Herz gefror, und seine Seele schien zu verdorren, während er die Menschen aus seinem Weg fegte. Die Nacht explodierte in zehntausend weißglühende Fetzen. Er bekam keine Luft mehr. Ein Feuer brannte in ihm. Er mußte an die Frau denken, die ihm gefolgt war. Um wieviel eher wäre er hier gewesen, wenn sie ihn nicht aufgehalten hätte.

Bilder aus der Vergangenheit kamen ihm in den Sinn: Lan fiel blutüberströmt in den Fluß, schrie: »Bah-ba, *Bah-ba*«; Traum und Wirklichkeit stürzten ineinander. Er hatte das Gefühl, eine Granitplatte würde jäh auf seinen Brustkasten prallen.

»Jake... Jake... *Dew neh loh moh*, Jake!«

Neon Chow lief an seiner Seite. Ihre Angst war geradezu greifbar, als er an Bord des *Walla-walla* sprang. »Ruf die Polizei!« schrie er, stieß sie zurück und löste das Boot vom Kai.

Er warf den Motor an und glitt in den engen Fahrrinnen des Hafens zwischen den hohen Dschunken und den schmalen Booten hindurch. Die Lichter der Umgebung funkelten wie Edelsteine, während die Nacht von grauenerregenden Explosionen zerrissen wurde, und die Luft sich mit stinkendem Pulverdampf füllte. Der Tod stöhnte seine Litanei, eine Runenweise aus grauer Vorzeit.

Was ist bloß geschehen? schoß es ihm durch den Kopf. Was ist bloß geschehen?

Angespannt auf die Navigation des Bootes achtend, fuhr er durch die schwimmende Stadt, bis er endlich die Dschunke von Three Oaths erreichte.

Er entdeckte das an der Dschunke vertäute *Walla-walla* und stellte den Motor ab, um geräuschlos heranfahren zu können. Seine Augen durchdrangen das Dunkel, jeden Zentimeter der auftauchenden Umgebung, alle seine Sinne waren hochgradig angespannt. Das *Walla-walla* kam längsseits, es stieß an, und schon war Jake gesprungen. Während er an dem seitlich herabhängenden Seil die Bordwand hochkletterte, brauste sein Atem in seinen Ohren und übertönte das Pochen seines Herzens.

Das Deck lag im Schatten. Die Lichter eines Jumbos waren weit entfernt, ihr glitzerndes Funkeln war zu schwach, um die Kälte der Nacht durchdringen zu können.

Der stinkende Pulverrauch verbreitete sich wie eine Giftschwade. Er schmerzte im Hals und verursachte Übelkeit. Von unten drangen leise Töne nach oben, als ob Ratten sich über die Küchenvorräte hermachten. Das Unterdeck hatte zwei Ausgänge. Jake griff einen schweren Korb und stellte ihn auf die verschlossene Vorderluke. Dann kroch er über das Deck nach hinten.

Die Nacht war stockfinster. Es begann zu nieseln, Jake fröstelte. Plötzlich hielt er inne, dann duckte er sich, streckte eine Hand aus und fühlte eine warme, klebrige Flüssigkeit. Er wußte, was es war, noch bevor seine Augen die schwarzen Körper auf den Planken ausgemacht hatten. Die Wachen von Three Oaths: eine, zwei, drei; drei Hälse, mit Drahtschlingen fast durchschnitten.

Jake kroch um die Leichen herum, starrte hinab in das Schwarze der offenen Ladeluke. Dunkel wie der Eingang zur Hölle, dachte er, und irgend etwas schnürte ihm die Kehle zu. Oh, Buddha, schütze meinen Vater. Aber es war plötzlich so ruhig, und wieder erfaßte ihn ein Schauer. Das leichte rhythmische Plätschern der Wellen gegen den Rumpf der Dschunke schien ihm in diesem Moment wie ein Gleichnis für das Aufbegehren der Elemente gegen die Schöpfung.

Der Gestank des Pulvers wurde noch stärker. Ein leichter Nebel stieg mit geisterhafter Trägheit vom Unterdeck auf. Er hatte keine Zeit, einen klaren Gedanken zu fassen oder sich eine Taktik zu überlegen, denn er wußte, daß sein Vater da unten war und daß die Eindringlinge, die mit Gion-Maschinenpistolen bewaffnet waren, ihr Feuer bereits eingestellt hatten.

Wir haben viele Feinde in vielen Ländern.

Wer war da unten bei seinem Vater? Was für ein unheilvoller Wind hatte die Feinde hierhergetrieben? Wenn Zilin tot war, dann würden die Chinesen *Joss* sagen und weiterleben, als wäre nichts geschehen. Aber Jake konnte das nicht. Vielleicht weil er Halbchinese war, rebellierte in ihm das westliche Denken gegen diese Welt voller Grausamkeiten. Seine Frau, seine Tochter, seine Freunde ... und nun sein Vater? Waren sie alle tot? Was war das doch für ein unheilvolles *Joss*! Er war nicht der *Zhuan*, er war der unglücklichste Mann auf Erden.

Wenn du nicht erbarmungslos sein kannst, Jake, dann wird mein ren völlig umsonst gewesen sein.

Jake fühlte sich, als wäre er gerade laut schreiend aufgewacht, der Traum von Lan lähmte seinen Geist. Und wenn Bliss in diesem Moment neben ihm gewesen wäre, sie hätte ihn nicht erkannt, sie hätte statt seines Gesichts die gräßliche Maske eines mythologischen Wesens gesehen, ungeheuerlich durch Haß, Wut und Angst verzerrt.

Schmerz quälte ihn, als er durch die Ladeluke hinunterstieg. Er nahm den steilen Aufgang wie ein Nachttier, geschmeidig und behend, wobei er sich kaum festhielt, um seinen Abstieg noch zu beschleunigen. In der Tiefe der Dschunke streifte ihn der Hauch des Todes wie ein Nachtwind von den Bergen, wie eine Raubkatze auf wilder Beutejagd.

Und die Schatten verwandelten sich in einen wirbelnden Orkan.

Jake täuschte eine Bewegung nach links vor, schwang sich dann aber nach rechts. Grelle Blitze und dröhnender Donner waren die Antwort. Holzsplitter schwirrten durch die Gegend. Jake war gezwungen, seine Augen zu schützen.

Er schlug mit dem Fuß zu. Stöhnen und Keuchen war zu hören. Wieder bewegte er sich nach links. Diesmal traf seine Faust, ein Kopf zuckte zurück, ein kurzes Blitzen aus weit geöffneten Augen, ein Kinn flog hoch, und nach einem weiteren Schlag splitterten Knochen.

Er war voller Blut, heiß und klebrig, das seine Hände in dem Halbdunkel schwarz färbte. Ein grimmiger Chirurg tat seine Arbeit, er schnitt mit erschreckender Präzision.

Eine Gion begann zu rattern, nahe, sehr nahe. Jake holte tief Luft, riß seinen Mund auf und stieß einen *Kiai*, den markerschütternden Schrei der Krieger aus, der den Feind verwirren und zugleich schrecken sollte.

Es wirkte. Jake kämpfte sich weiter vorwärts und konnte jetzt die lebenden Schatten von den toten unterscheiden. Er hörte ein Röcheln und wäre fast in einer Blutlache ausgerutscht, die sich zu seinen Füßen gebildet hatte.

Sie hatten kein einziges Wort gesagt, und das beunruhigte ihn. Er wußte nicht, wie viele es waren, nur, daß seine Feinde die Überzahl hatten. Er fühlte das Schweigen der Berufskiller und noch etwas, etwas, das ihm zutiefst vertraut war:

Dantai?

War das möglich? Er hatte keine Zeit zum Überlegen, da sie ihn alle zugleich angriffen – der Verwundete auch? Unmöglich!

Eine Serie von Schlägen auf seinen Brustkorb und Rücken nahm ihm die Luft. Er sog ihren Atem ein, ihren Schweiß, den Geruch von Raubtieren auf Beutejagd: Ein Rudel *Dantai*?

Der Kolben einer Maschinenpistole krachte auf seinen Schädel, und er sah nur noch Sterne vor den Augen. Mehrere Herzschläge lang war er regelrecht blind, und sofort nutzten seine Gegner ihren Vorteil aus. Sie bearbeiteten wieder seinen Brustkorb und seinen Rücken, und wieder schafften sie es, daß ihm der Atem ausging.

Er bekam einen Tritt verpaßt und stöhnte leise. Noch ein solcher Schlag, und seine Rippen würden genauso splittern wie vorher der Kiefer seines Gegners. Innere Blutungen würden einsetzen. Das Ende.

Aus seiner ungünstigen Lage setzte er zu einem Schlag an und traf ins Leere. Er hatte es schon vorher geahnt. Jetzt mußte er selbst erkennen, was Bliss bereits wahrgenommen hatte. Er war ohne *Bamahk*. Blitzartig wurde ihm klar, daß er es für immer verloren hatte. Die Fähigkeit, in seiner Umgebung zu versinken und die Quelle der ihn umgebenden *Qi*-Energie finden zu können, war erloschen, für immer! Er fühlte sich wie ein Mann, der beim Aufwachen feststellt, daß er auf unerklärliche Weise sein Augenlicht verloren hat.

Es war *Ba-mahk*, was Fo Saan ihn gelehrt hatte. Damit gewann er beim *Wei qi*. Damit plante er seine Strategien im Leben. Damit sah er in der Dunkelheit. Damit konnte er die Absichten der anderen durchschauen. Damit errang er in jedem Kampf die Oberhand.

Nun war alles in ihm ausgelöscht. Statt dessen klaffte eine offene Wunde, ein Abgrund, schwärzer als die Dunkelheit, die ihn umgab. Er war jetzt ein x-beliebiger Mann, nichts mehr unterschied ihn von den anderen. Er fühlte sich hilflos.

Wieder traf ihn der Kolben der Gion. Er stöhnte auf und streckte blind tastend seine Finger aus. Der Zufall war auf seiner Seite. Er bekam den Kolben der Gion zu fassen, und sofort setzte Jake einen *Aikido*-Wurf an. Dabei machte er sich das Gewicht des anderen zunutze; sein eigener Körper war der Angelpunkt, um den Gegner in seinen Aktionsradius zu zwingen.

Auf dem Höhepunkt, als ihm der Atem des anderen keuchend ins Gesicht schlug, konnte er die Kante seiner freien Hand in einem Winkel ansetzen, der die Unmöglichkeit, einen Hebelwurf auszuführen, hätte wettmachen können.

Aber aus seiner ungünstigen Position heraus konnte er nicht die notwendige Kraft hinter den Schlag setzen. Der Halswirbel des Angreifers brach nicht. Er merkte, wie der Feind seine Kräfte sammelte und wälzte sich zur Seite. Das war sein Glück, denn der Kolben der Gion fuhr erneut nieder, und diesmal hätte er ihm den Schädel zerschmettert. Sein linker Arm war eingeklemmt. Verzweifelt versuchte Jake, ihn freizubekommen, aber er befand sich direkt dem Schott gegenüber, er konnte sich nicht rühren. Dann spürte er eine Bewegung über sich, eine tödliche Gefahr, und so stieß er seine freie Hand mit ausgestreckten Fingern, die so hart und scharf wie eine Klinge aus Stahl waren, nach oben. Ohne einen klaren Gedanken fassen zu können, rammte er seine Waffe unter das Brustbeinende des Gegners. Der Stoß durchbohrte Haut, Muskeln und Sehnen und drang vor bis zum Herz.

Der Mann war sofort tot. Jake hatte jedoch mit diesem einen Gegner zuviel Zeit vertan, die anderen – waren es noch zwei oder drei? – stürzten sich auf ihn. Sie hatten den Tod ihres Mitkämpfers gewittert; waren es wirklich *Dantai*, dann mußten sie den nahenden Tod sogar gefühlt haben.

Eine Gion ratterte los. Jake machte sich auf den Ansturm eines weiteren Gegners gefaßt. Er trat um sich, weil er dachte, sie würden sich in erster Linie auf ihre Waffen verlassen. Falsch. Er mußte grausam für seinen Irrtum bezahlen. Diesmal hatte er das Gefühl, daß ihm tatsächlich eine Rippe gebrochen worden war, und er ahnte, daß dies der Ort war, an dem er sterben sollte – in diesem engen, schwarzen Durchgang mit dem Gestank aus Pulver und Blut. Er fühlte, wie Angst in ihm hochkroch. Weil er ohne *Ba-mahk* war, blieb ihm die Strategie seiner Feinde undurchsichtig; alles um ihn herum hatte sich in Einzelheiten aufgelöst, nichts war mehr Teil eines Ganzen, aus dem er eine Strategie für den Sieg hätte herauslösen können.

Zwei Männer griffen ihn gleichzeitig an, und es blieb ihm keine Möglichkeit, sich auf nur einen Gegner zu konzentrieren. Denn dann wäre die jeweils andere Flanke ohne Deckung gewesen. Sein Bewußtsein schwand. Das Funkeln in seinen Augen wurde unregelmäßiger, unterbrochen von immer längeren Perioden der absoluten Dunkelheit, aus der er dann wieder hochschreckte, betroffen von seiner Schwäche.

Und wie ein Mann, der sich im eisigen Wasser das Leben nehmen will, packte auch ihn die Verzweiflung. Er verlor die Kontrolle. Jedes bewußte Denken erlosch. Vielleicht hatte er sogar den Wunsch, hier zusammen mit seinem Vater zu sterben, weil ihm dieses verfluchte Leben ohnehin sinnlos schien. Doch da meldete sich sein Unterbewußtsein, genauer gesagt, jener Teil des Geistes, der zwischen Bewußtsein und Unterbewußtsein liegt und die Intuition leitet, und rettete ihn.

In dieser engen Umgebung waren normale *Atemi*-Griffe oder Schläge nutzlos, aber seine Intuition fand einen Weg, diesen Mangel an Raum in einen Vorteil zu verwandeln.

Jake schlug zu und brachte einen weiteren Feind ins Taumeln. Aber da war noch der dritte – Jake hatte inzwischen ihre Anzahl herausgefunden –, der ebenfalls zum Angriff übergegangen war. So nahe bei ihm erkannte Jake intuitiv, daß es derjenige mit dem gebrochenen Kiefer war. Er nutzte den Vorteil, traf seinen Gegner, dafür reichte die letzte Kraft gerade noch, zweimal mit der Handkante im Gesicht und wurde mit einem tiefen Grunzen belohnt. Nicht einmal jetzt schreit er auf, blitzte es Jake durch den Kopf.

Sofort packte er seinen Gegner am Hals, um ihm den Kehlkopf zu brechen. Dazu benutzte er beide Daumen. Nur noch ein sanftes Säuseln war zu hören.

Jake schüttelte benommen den Kopf. Dann stand er auf. Seine Augen suchten in der Dunkelheit bereits den letzten Feind. Sobald er das Mündungsfeuer der Gion aufblitzen sah, arbeitete er sich vor. Brennende Wut hatte ihn gepackt, und in seinen Augen schienen Sterne zu explodieren. Sein Gehirn arbeitete nur noch schwerfällig, als er sich in Richtung der Gion warf. Er faßte nach der Waffe mit dem erstarrten Griff eines toten Mannes.

Bliss hörte das Hämmern der Gions, einmal, zweimal, dreimal. Die Ruhe danach dauerte so unendlich lange und schien so unnatürlich, daß sie versucht war, ihr Versteck im Innern eines großen, verschließbaren Kleiderschrankes zu verlassen. Aber sie wußte, daß das ein Fehler gewesen wäre, und beherrschte sich.

Hab' Geduld, dachte sie, Geduld. Nach der dritten Salve aus der Maschinenpistole sprang sie hoch. Sie hörte nichts mehr, außer dem sanften Schlagen des Wassers. Langsam und vorsichtig kroch sie aus ihrem Versteck hervor. Dann blieb sie wie versteinert stehen.

Ihre Augen, die in die Dunkelheit unter Deck starrten, machten eine Bewegung aus.

Sie konnte den Schatten einer Gestalt erkennen, aber nicht mehr.

Jake, sagte sie leise zu sich selbst. Wo bist du nur?

Die Gestalt kroch den Korridor entlang, ein dunkler Schatten, der mit dem unheimlichen Zwielicht unter Deck verwuchs. Irgendwo leuchtete eine Lampe, die wie wild hin und her schaukelte, einmal Licht, einmal Schatten werfend.

Die Gestalt verschwand. Plötzlich erschien sie wieder neben ihr und hob den Kopf. Als sich ihre Blicke begegneten, schrie Bliss auf.

Mit ein paar schnellen Schritten war der Mann bei ihr. – Die Gion, ein Metallklotz, tauchte über ihr auf und schlug ihr quer über die Brust, so daß sie zurückfiel. Ihr Fuß verfing sich in einem Seil, das durch den Nieselregen feucht und glatt geworden war, und sie fiel hart auf ihre Hüfte. Bliss fühlte das Gewicht des Mannes auf sich und versuchte, sich herauszuwinden, indem sie einen *Atemi* schlug. Aber der Winkel war viel zu schlecht, und der Mann wehrte ihren schwächlichen Versuch ohne Mühe ab. Ihr Körper war jetzt eine einzige offene Angriffsfläche, und der Mann traf sie mit voller Kraft aus spitzem Winkel.

Schmerz flutete durch ihren Körper, und der Mann konnte sie noch weiter in die Enge treiben, weil aufgrund ihrer ungünstigen Position keine Kraft hinter ihren Schlägen lag.

Ihre Augen waren vor Furcht und Schrecken weit geöffnet. Da sie jetzt näher an dem wie verrückt schwingenden Licht war, konnte sie ihr Ziel ausmachen. Sie riß den Kopf hoch und biß sofort mit aller Kraft zu. Ihre Zähne schlugen sich in seinem Hals fest. Unerbittlich durchtrennte sie Muskeln und Sehnen, bis sie seinen Kopf wie in einem Reflex zurückschnappen sah.

Seine Hand ließ die Gion los, um nach ihr greifen und sie zurückstoßen zu können. Dadurch gewann Bliss Bewegungsspielraum, und genau darauf hatte sie alle ihre Hoffnungen gesetzt. Er zerrte an ihr und sie zerrte an ihm, ohne daß sie ihren blutigen Biß lockerte.

Sein Daumen fand ihre Kehle, und er begann zuzudrücken. Doch konnte er keinen richtigen Griff ansetzen, sein verzweifelter Versuch war hastig und ungenau. Sie röchelte, gegen das Erbrechen ankämpfend, und wand sich, bis sein Daumen abrutschte.

Sofort drückte er wieder zu, mit Überlegung diesmal. Wenn er diesen Griff durchhielt, dann mußte sie sterben. Der Druck seines Daumens war kaum noch auszuhalten, er verstärkte ihn noch, sie rang nach Luft.

Plötzlich veränderte sie die Stellung ihrer Beine, mit einer schnellen, kraftvollen Bewegung rammte sie ihr Knie in seinen Unterleib. Sie hörte ihn stöhnen. Die Kraft verließ ihn, sein Daumen glitt von ihrer Kehle ab. Er mußte husten, und Bliss biß erneut zu. Jetzt habe ich eine Chance, dachte sie.

Er schlug zu und traf sie unterhalb ihrer linken Brust. Sie fühlte ein schmerzhaftes Herzstechen. Benommen hatte sie nur einen Gedanken: Ich habe ihn unterschätzt. Übelkeit überkam sie, und so mußte sie ihren Biß lockern.

Er schlug Bliss wieder an die gleiche Stelle. Ihre Kiefermuskeln erlahmten. Sie stöhnte auf und mußte würgen.

Er sank wankend auf die Knie und tastete mit einer Hand nach der klaffenden Wunde, die ihm ihre Zähne zugefügt hatten. Von seiner Schulter hing sein zerrissenes Hemd herab. Er fletschte die Zähne und schlug sie wieder. Bliss erbrach sich.

Er stand wieder auf und trat nach ihr, vor Anstrengung und Schmerz stöhnend; immer wieder trat er auf sie ein, völlig in Raserei verfallen. Er war wütend auf sich selbst, weil ihm eine Frau so erfolgreich Widerstand geleistet hatte.

Plötzlich rutschte er auf dem glitschigen Boden aus. Mit letzter Anstrengung holte Bliss aus und klammerte sich an den Arm seiner verwundeten Seite. Er stieß einen unterdrückten Schrei aus und schlug mit dem anderen Arm auf sie ein. Bliss hielt verbissen an ihm fest, doch er schlug wieder auf sie ein, dieses Mal härter, und ihr Griff glitt ab, ihre Faust riß an dem Ärmel seines Hemdes und entblößte ihn von der Schulter bis zum Handgelenk.

Einen Moment lang starrten ihre weit geöffneten Augen wie gebannt auf seinen Arm. Dann hatte er sich wieder aufgerichtet, und nach einem kurzen Taumeln trat er erneut mit aller Kraft auf sie ein. Nichts bot ihr mehr Halt in der totalen Dunkelheit, die sie plötzlich überwältigte.

Nur der Gedanke in ihrem Unterbewußtsein: Ich bin die Welt.

Bliss, die mit dem Jian durch die Erfüllung seines Wunsches nach einem gnädigen Tod – falls es so etwas überhaupt gab und von Buddha gebilligt wurde – in Verbindung stand, war Teil des vom Jian ausströmenden *Qi* geworden.

Es hatte einen Moment gegeben, da war ihrer beider heißer Atem vereint gewesen, da waren ihre Wesen durch das Kissen hindurch miteinander verschmolzen.

Angsterfüllt hatte Bliss plötzlich bemerkt, daß sich etwas unter ihr bewegte. Sie hatte die Augen aufgeschlagen und nur seine zerbrechliche Gestalt unter sich liegen sehen, starr wie eine Statue. Vielleicht war er schon tot. Sie hatte vermutet, daß es keine große Anstrengung kosten würde, ihn zu töten.

Aber als sie die Augen wieder schloß, fühlte sie die Bewegung. Sie konnte nicht sagen, ob sie aus ihrem Innern oder von woanders her kam.

Das Schauspiel, das in ihrem Kopf ablief, war voll verwirrender Bilder, es war, als träumte sie oder als hätte sie Opium geraucht.

Sie schwebte über der Bucht des Südchinesischen Meeres. Es war Nacht, der Himmel war regenverhangen und der Wind blies. Aber sie konnte immer noch sehen, wie die Delphine im Gefolge einer leuchtenden, Fontänen sprühenden Herde von Walen durch die bleierne Schwärze des Ozeans zogen. Sie tauchten und schnellten über die Wasseroberfläche, verständigten sich mit schrillen, kurzen Pfeiftönen, die sich abhoben von den tiefen, langgezogenen Dialogen der Wale – eine Symphonie vom Meeresgrund herauf, die sie weinen machte.

Sie weinte – wegen des Lebens, das sie bisher geführt hatte; es war, als ob sie ihr ganzes Leben lang blind und taub gewesen wäre, bis zu diesem Moment der Offenbarung.

Ihr *Qi* war auf einmal überall, und alles, was es berührte, umarmte es so ungestüm, wie nur wahre Liebe es vermag. Von woher können solch reine Gefühle nur hervorbrechen, dachte sie. Niemals zuvor hatte sie solche Gefühle empfunden.

Dann merkte sie, daß es überhaupt nicht ihr *Qi*, sondern das *Qi* eines anderen war, auf dem sie schwebte. Das war zweifellos so, und sie staunte, daß sie jemals angenommen hatte, es sei ihr eigenes.

Aber du bist doch tot, dachte sie. Du hast mich angefleht, dich auf diese menschenwürdige Weise zu töten, damit dein *Qi* nicht durch die Kugeln eines Mörders zerfetzt wird. Bedeutet dies, daß es mir nicht gelungen ist?

Aber im Innern ihres Herzens wußte sie die Antwort. Der Jian war tot.

Was war dann mit ihr geschehen?

Sie drehte sich herum, angezogen von der unaussprechlichen Schönheit der Musik, die aus den Tiefen des Südchinesischen Meeres heraufklang.

Sie tauchte hinab in die Tiefen, auf den Schwingen dieses mächtigen *Qi*, bis sie eingefangen wurde von diesen geschmeidigen Lebewesen, die, wie auch alle anderen, Geschöpfe des allmächtigen Buddha waren.

Jake kam zu sich und spie Blut. Er mußte würgen, dann kehrte sein Bewußtsein endgültig zurück. Er erhob sich auf die Knie und lehnte sich gegen das Schott. Schmerz durchzuckte seinen Körper, entzündete seine Nerven und machte es ihm schwer, sich zu bewegen oder einen klaren Gedanken zu fassen.

Der dritte Mann. Jake fiel sein Fehler wieder ein, sich dem Toten genähert zu haben, weil er die Gion gesehen hatte. In diesem Moment war der dritte Mann von hinten gekommen. Wie hilflos ich doch bin ohne *Ba-mahk*, dachte er.

Er richtete sich auf, und fast hätte er dabei geschrien. Meine Rippen, dachte er und betastete, sich vor Schmerz krümmend, vorsichtig seinen Brustkorb. Aber es sah nicht so aus, als hätte er sich etwas gebrochen.

Er ergriff die Gion, wobei er jeden Finger der Leiche einzeln lösen mußte. Indem er sich gegen das Schott stützte, gelang es ihm, auf die Beine zu kommen. Behutsam stieg er über den Toten und ging den Korridor entlang zur Kabine seines Vaters.

Er spürte den starken Nachtwind bereits, bevor er den offenen Eingang erreichte. Vorsichtig streckte er den Kopf vor und fuhr zusammen: O Buddha, nein! Das Schott, die Wandtäfelung, das Deck waren übersät mit Löchern und Rissen. Lose Deckenbretter schwangen im Wind.

Er trat ein, traumwandlerisch, als gehörten ihm die eigenen Beine nicht. Er fühlte überhaupt nichts. Er ließ das Mündungsfeuer der Gion aufblitzen, und der dritte Mann wurde nach vorn gerissen. Die Füße lagen über Kreuz, ein Arm bedeckte sein Gesicht, entweder war er durch den Sturz oder durch die Gewalt der Kugelsalve hochgerissen worden. Jake warf die Gion weg und lief zu seinem Vater, um ihn in die Arme zu nehmen.

Der Jian war so leicht, als bestünde er nur aus Luft. Vielleicht hatte sogar das schmutzige Kissen an seiner Seite mehr Gewicht.

Ihn nach so vielen Jahren wiederzufinden, nur um ihn wieder zu verlieren... und auf diese Weise! Wie grausam und rücksichtslos war doch das Leben! *Joss*. Was war denn *Joss* nach all dem anderes, als ein leerer Begriff. Konnte denn irgend jemand ein so ungeheuerliches Schicksal akzeptieren? Das wäre unmenschlich.

Sein Wehklagen hallte in dem Gedanken wider: Wie ich dieses Leben hasse. Vielleicht lauerte um ihn herum noch Gefahr, aber in diesem Moment kümmerte ihn das nicht. Das einzige, was in diesem Augenblick zählte, war das Gefühl der Leere über diesen schmerzlichen Verlust. Eine Liebe, die in ihm entflammt und größer geworden war, als er sich das jemals hatte vorstellen können, wurde, vergleichbar der Entweihung einer kostbaren Orchidee, abgeschnitten, noch bevor sie zu blühen beginnen konnte.

Trauer überwältigte ihn und ein unerträglicher Schmerz. Sein ganzes Leben hatte er auskommen müssen ohne das Zutrauen, den Schutz und den Trost, wie sie nur von einem Vater gegeben werden können. Als sein wirklicher Vater dann in sein Leben getreten war, war das deshalb eine psychische Erleichterung von ungeheurer Bedeutung gewesen. Zilins Gegenwart war tief in ihn eingedrungen, sie berührte sein innerstes Wesen.

Und jetzt...

Bliss!

Plötzlich fuhr es ihm durch den Kopf, und sein Herz schlug schneller. War sie nicht auch hier gewesen? War sie auch während des Angriffs hier gewesen? Jake erinnerte sich, daß Bliss die Schmerzen seines Vaters hatte lindern wollen.

Sanft ließ er den toten Körper seines Vaters niedergleiten, dann machte er sich den Korridor hinunter auf die Suche. Am Fuß des vorderen Aufgangs angelangt, hielt er inne und hob den Kopf. Er lauschte, konnte allerdings nichts hören außer dem Ächzen der Dschunke.

Langsam ging er denselben Weg wieder zurück. Dann, ein Blick über die Schulter, und er sah die zwei in sich zusammengefallenen Schatten. Er machte kehrt.

Eigentlich hätte er schon längst auf sie aufmerksam werden müssen. *Ba-mahk* hätte ihm ihre Anwesenheit verraten.

Er sah sie und kniete nieder. »Bliss«, sagte er, jetzt an ihrer Seite liegend. Etwas rann über das Deck, etwas Schwarzes in der Dunkelheit. Blut. »Bliss!«

Er drehte sie zu sich und wiegte sie in den Armen. Dann strich er ihr eine schwarze, blutverklebte Strähne aus dem bleichen Gesicht: »Bliss!« Er küßte ihre trockenen Lippen, und wie im Märchen schlug sie die Augen auf.

»Jake.« Ihre Stimme war kaum vernehmbar. Und er dachte: Dank Buddha, daß sie noch lebt. »Sprich nicht, Bliss. Ist alles in Ordnung?« Sorgsam untersuchte er, indem er sie mit den Fingerspitzen abtastete, wie schlimm sie verletzt war. »Halt jetzt ganz still.« Als sie wieder angestrengt zu sprechen versuchte, zuckten ihre Lippen im Krampf, und ihre Zunge glitt ihr kraftlos aus dem Mund. »Still«, sagte er.

»Jake.« Es lag etwas in ihren Augen, dem er nicht widersprechen konnte. Deshalb nickte er. »Jake.« Er sah, daß sich ihre Augen mit Tränen füllten. »Er war ein Yakuza.«

Zuerst glaubte er, sie falsch verstanden zu haben. »Was? Er war was?«

»Yakuza, Jake, Yakuza!«

»Unmöglich, Bliss. Du mußt dich geirrt haben. Wir werden noch darüber sprechen...«

»Die Tätowierungen.« Völlig bewegungslos lauschte er ihren Worten. »Tätowierungen eines Phönix und einer Spinne.« *Irezumi* – die traditionellen japanischen Tätowierungen, die nur von den Clans der japanischen Unterwelt getragen werden. »Es war ein Yakuza«, flüsterte sie.

»Bliss, was...« Aber ihre Augen schlossen sich, ihr Atem wurde tiefer und länger, und Jake wußte: Ich muß sie in ein Krankenhaus bringen.

Behutsam trug er sie in seinen Armen den Aufgang hinauf. Oben angelangt, stieß er die verschlossene Luke auf und erreichte das Deck. Vorsichtig streckte er seinen Kopf vor. Es regnete jetzt stärker, und er konnte das Meer riechen. Die Luft war frisch und klar und hatte einen scharfen Beigeschmack von Phosphor und Salz.

Er hob seinen Kopf. Vater, ich brauche dich. Warum hast du mich verlassen, wenn ich dich doch so nötig brauche? Aber er bekam keine Antwort.

Alles war in Bewegung geraten, und jetzt waren die Würfel gefallen. Wahrhaftig, es gab kein Zurück mehr. Und was war, wenn er die Strategie der Feinde falsch eingeschätzt hatte? Was dann? Wer würde ihn retten? Wer sollte dann den *Yuhn-hyun* schützen? Jake, der *Zhuan*? In diesem Moment hatte er das Gefühl, nicht einmal das Leben eines Insekts schützen zu können, geschweige denn dieses fünfzigjährige Werk, das eines Tages das Gesicht Asiens erneuern sollte.

Die See schlug wie immer an den Rumpf der Dschunke, die Sterne hörten nicht auf, durch die Regenwolken zu funkeln, kalte, geheimnisvolle Zeichen. Das Universum, gewöhnt an menschliches Leiden, bestand weiter, als wäre nichts passiert.

Jake fröstelte. Das Warten in der Dunkelheit ließ ihn frieren. Der Regen prasselte auf ihn nieder, trommelte auf das Deck. Und wenn er auch hier an Bord der Dschunke seines Onkels in Aberdeen Harbor war, zugleich war er doch ebenso auf jenem legendären Berg, von dem Zilin gesprochen hatte.

Vater! O Vater! Wir hatten nur so wenig Zeit!

Seine Tränen vermischten sich mit dem kalten Regen. Er beugte sich über den empfindungslosen Körper von Bliss, wiegte sie in den Armen, gleichsam sich selbst tröstend.

Shan, dachte er. Schwarz und gebieterisch erwuchs das Bild in ihm.

Der Berg.

SOMMER 1945 – WINTER 1949

Chunking/Yenan/Peking

Es gab eine Zeit, in der alles möglich war.

In China gab es ein Zeitalter, so berichtet eine auf unheimliche Weise verwobene fernöstliche König-Arthur-Sage, in dem riesige Drachen die Bergwälder durchstreiften, das Firmament vom Donner zersprengt wurde und die Flüsse vom Blut rot gefärbt waren. Es war eine Zeit für Helden und Schurken.

In einer solchen Zeit wurde Zilin wieder zum Leben erweckt – und gleichzeitig wurde hier sein Tod vorgezeichnet. Und die Ursache des Ganzen war ein Mädchen.

Das alles klingt unwahrscheinlich. Und doch, obwohl es in unseren Tagen geschah, war es eine Zeit, in der nicht nur Heroen, sondern auch eine längstvergangene Form von Magie wieder zu wirken begannen – vielleicht auf Geheiß von Chinas himmlischen Wächtern.

Chongqing, am Zusammenfluß von Yangtse und Jialing gelegen, ist heute eine moderne, geschäftige Stadt mit ausladenden Straßen und mittelmäßigem Stadtbild. Das felsige Vorgebirge, auf das die Stadt gebaut wurde, fällt steil zum Fluß hin ab, auf dem sich Sampans und warenbeladene Dschunken drängen.

In jenen Tagen der Drachen und der Urgewalten, als die Stadt noch Chungking hieß, war sie auf Holzpfeilern errichtet, die unscheinbare, gelbliche Häuser mit schiefergrau gedeckten Dächern trugen. Krummgebeugte Frauen mit Strohhüten schleppten Holzbündel oder offene Körbe mit ungegerbtem Tee die engen Gassen hinauf.

Damals waren die Sommermonate in Chungking schon ebenso stickig und erdrückend wie heute, und die Menschen, die ein solches Klima nicht gewöhnt waren, flüchteten zu den Ausläufern des schattenspendenden Jinyun Shan.

Eines Tages, im späten August 1945, trafen Mao Tse-tung und sein Beraterkreis im Haus Nr. 50 Zengjiayan ein. Sie hatten diese Reise unternommen – Mao hatte zum ersten Mal ein Flugzeug bestiegen –, um sich mit Generalissimo Chiang Kai-shek und dem Botschafter Präsident Roosevelts, Generalmajor Patrick J. Hurley, zu treffen. Das Treffen sollte dazu dienen, einen Kompromiß zwischen den beiden chinesischen Fraktionen zu erzwingen.

Roosevelt hatte sich gegen eine Wiederaufnahme des Bürgerkrieges ausgesprochen, der nur durch eine globale militärische Auseinandersetzung hätte beendet werden können. Insgeheim aber hatte Roosevelt Furcht vor Mao und der Ideologie, für die Mao eintrat.

Auch Mao neigte zu einem Kompromiß mit Chiang. Er wußte genau, wie sehr der Krieg China seiner natürlichen Ressourcen beraubt hatte. Er war sich bewußt, daß China dringend industrialisiert werden mußte, wenn es nach dem Krieg auf internationaler Ebene wettbewerbsfähig sein wollte. Ihm war klar, daß China dazu ausländisches Kapital benötigte.

Aber der mit allen Wassern gewaschene Chiang war auf diesem Feld Mao schon zuvorgekommen. Nur einige Tage vorher hatte er den Chinesisch-sowjetischen Vertrag über Freundschaft und Zusammenarbeit unterzeichnet. Die wohlbekannte Kommunismus-Hysterie der Amerikaner geschickt ausnutzend, hatte er darüber hinaus mit den Vereinigten Staaten ebenfalls ein Bündnis geschlossen.

Zilins Meinung nach hatte Chiang zumindest einen gravierenden Fehler begangen. »Seine Füße laufen gleichzeitig auf zwei verschiedenen Wegen«, hatte Zilin auf dem Flug nach Süden zu Mao gesagt, »und dies könnte sich für China als verheerend herausstellen, sollte er weiterhin der oberste Repräsentant des Landes bleiben.«

»In einer Koalition, wie ich sie mir vorstelle«, sagte Mao, »könnte man ihn zumindest unter Kontrolle halten.«

»Ich habe daran ernsthafte Zweifel, Mao *tong zhi*. Derjenige, der die Armee kontrolliert, hat Chiang häufig gesagt, herrscht über das Land. Solange er daran glaubt, wird er widerspenstig bleiben. – Amerikanische Militärberater hängen am Arm von Chiang, flüstern ihm ihre Ratschläge ins Ohr. Am anderen Arm halten ihn Stalin und Molotow fest. Die Russen machen sich schon in der Mandschurei breit. Sicher, sie vernichten unseren gemeinsamen Feind, den Japaner, aber haben sie nicht noch einen anderen hinterhältigen Grund für ihre Invasion in der Mandschurei? Sie wollen dieses Gebiet für sich haben, Mao *tong zhi*.«

Mao hatte lange Zeit geschwiegen. Seit den Ereignissen in den Bergen von Yunnan vor zwei Jahren, als dank Zilins militärischer Strategie der eine Flügel der Nationalarmee, den Chiang geschickt hatte, um den damaligen Rebellenführer und seine anwachsende Armee von Bauern niederzuwerfen, besiegt werden konnte, hatte Mao Zilin im Auge behalten, diesen überaus bemerkenswerten Mann.

Es war Mao, der die Befehle erteilte; folglich wurde die siegreiche Strategie Mao zugeschrieben, ebenso der Sieg, und so verbreitete sich Maos Ruf durch die Südprovinzen wie ein Buschfeuer. Nicht einmal Mao hätte sagen können, wie viele Männer sich wegen dieses Sieges für die Armee hatten rekrutieren lassen. Er wußte nur, daß im Jahre 1936 die Zahl seiner Soldaten bei etwa achtzigtausend lag. Danach zählte die reguläre Armee nahezu eine Million Mann, und die Miliz hatte mehr als die doppelte Stärke.

Zilin hatte nie verlangt, als der Entscheidungsfinder anerkannt zu werden; er hatte niemals eine Belohnung irgendwelcher Art gefordert.

Tatsache war, daß Zilin abgelehnt hatte, als Mao ihn in den Rang eines Ministers erheben wollte.

»Ich danke dir, Mao *tong zhi*«, hatte Zilin gesagt, »aber die Demut, die ein niederer Rang verlangt, ist nützlich. Sie dient dazu, mich an unsere Stellung in der Welt zu erinnern.« Er neigte den Kopf. »Wenn es sich fügt, daß das Ergebnis unseres gemeinsamen Diskutierens und Denkens von Erfolg begleitet wird, so ist dies Lohn genug.« Er lächelte, und Mao konnte für einen Augenblick in das Wesen dieses Mannes sehen.

»Außerdem wirst du mir zustimmen, wenn ich sage, daß du mehr öffentliche Ratgeber hast als nötig. Ich glaube, ich kann dir und der Sache besser dienen, wenn ich im Hintergrund bleibe, unbekannt und ohne Namen.«

Mao seufzte und ließ seinen Blick über die Landschaft seines geliebten Chinas schweifen.

»Wir sind in einer unhaltbaren Position«, sagte er zu Zilin. »Wir brauchen Hilfe von außen. Die Sowjets fürchten uns. Wie du weißt, haben Stalin und auch Molotow uns als ›Margarine‹-Kommunisten bezeichnet, weil ich nicht strikt den Moskauer Anweisungen gefolgt bin. Außerdem, so argumentieren sie, entsteht eine wirkliche kommunistische Revolution nur aus dem Proletariat heraus, und nicht aus der Bauernschaft.«

Er gab einen tiefen, kehligen Laut von sich. »Unsere einzige Hoffnung sind die USA. Die Amerikaner sind bereits hier; sie stecken ihre Nase liebend gerne in die inneren Angelegenheiten anderer Länder. Aber ich glaube, daß unsere Industrialisierung nach dem Krieg aus dem freien Unternehmertum heraus zustande kommen sollte. Die Amerikaner mögen das. Sie haben Geld, viel mehr als die Sowjets..., wenn wir taktisch geschickt mit ihnen umgehen, bekommen wir unser Kapital von ihnen. Deshalb möchte ich, daß du einige Zeit mit diesem Botschaftsadjutanten Ross Davies verbringst. Er war früher im Rang eines Majors, und wie man hört, war er nicht schlecht. Erzähl ihm von Sun Tzu. Auch wenn er ein fremdländischer Teufel ist, entdeckt er über die Kunst der Kriegführung vielleicht doch einen gleichgesinnten Geist. – Ich weiß, daß Botschafter Hurley ihm alles erzählt. Ich will wissen, was Präsident Roosevelt denkt. Ich will wissen, ob er uns unterstützen wird.«

Zilin teilte diese Hoffnung auf amerikanische Hilfe nicht. Er wußte, daß die Amerikaner auf sehr raffinierte Weise Chiang als ihr Werkzeug benutzten, einfach weil sie ihn unter Kontrolle halten konnten. Über Mao machten sie sich keine solchen Illusionen. »Und was«, sagte Zilin, während er diesen Gedanken weiterspann, »wird er tun, wenn in China ein Feuer ausbricht?«

»Sorgen wir dafür«, sagte Mao, »daß kein Feuer ausbricht.«

Aber sogar wenn Mao keine spezifische Mission für Zilin gehabt hätte, wäre er nicht am Verhandlungstisch, beim Treffen mit Chiang, dabei gewesen. Denn Zilins erste Frau, Mai, war die Assistentin von Sun

Zhongshan gewesen – Dr. Sun Yat-sen. Als im Jahre 1925 Generalissimo Chiang mit Suns Kuomintang brach, waren seine Kampftruppen nach Shanghai, dem damaligen Hauptquartier der Kuomintang, zurückgekehrt und hatten alles zerstört.

Chiangs Männer waren in der Nacht bei Mai eingedrungen und hatten sie verschleppt. Voller Angst um Mais Leben hatten Zilin und Hu Hanmin sich auf die Suche nach ihr gemacht. Nachdem er ihre Entführer ausfindig gemacht hatte, erschoß Zilin sie. Zuvor war Mai aber schon getötet worden.

Vielleicht hatte Chiang nach so langer Zeit diesen Vorfall und die Menschenjagd, die sich daran anschloß, vergessen. Mao wußte es nicht. Aber ihm war klar, daß er nicht das Risiko eingehen konnte, die beiden einander gegenübertreten zu lassen. Tatsächlich hatte er überlegt, ob er Zilin überhaupt mitnehmen sollte. Aber schließlich hatte der Wunsch, den jüngeren Mann bei sich zu haben, die mögliche Gefahr überwogen.

Zilins erstes Treffen mit Ross Davies ergab sich eines Morgens in aller Frühe. Zilin war inmitten des *Tai chi chuan*. Kein Wind regte sich. Obwohl die Sonne noch nicht die Dächer der Häuser erreicht hatte, war die Luft bereits schwer von der Feuchtigkeit des Tages. Unten blinkte der Fluß in blau-weißem Licht. Die Sampans fuhren bereits auf dem Strom. Irgendwo krähte ein Hahn.

Davies war schweißgebadet aufgewacht. Aufgerichtet im Bett sitzend, versuchte er Sauerstoff in die Lungen zu bekommen. Er blickte umher. Es dämmerte, aber keine Spur von Kühle. Obwohl er schon seit einiger Zeit in China lebte, hatte er sich nicht an das Klima gewöhnen können. Das schlimmste für ihn war der Sommer; sogar noch am späten Abend schwitzte er durch die Kleidung hindurch.

Er stand auf und ging, nachdem er sich rasch angezogen hatte, nach draußen. Sein winziges Zimmer schien ihn erdrücken zu wollen. Als er sich den Schweiß aus dem Gesicht wischte, hörte er den Hahn krähen, und plötzlich bemerkte er Zilin bei seinen Übungen.

Davies hatte das Buch über die Kriegskunst der Römer mitgenommen; die Lektüre im Schatten eines Baumes sollte ihm Kühlung verschaffen. Jetzt stand er in den Sprenkeln des Sonnenlichts und beobachtete Zilin bei dessen morgendlichem Ritual.

Davies wohnte nicht zum ersten Mal einer *Tai chi*-Übung bei, aber es war das erste Mal, daß er sie in einer solchen dahinfließenden, fast schwerelosen Grazie ausgeführt sah.

Dieser Mann war der einzige aus Maos Gefolge, über den Hurley kein militärisches Dossier hatte beschaffen können. Um genau zu sein, es war fast nichts über diesen Mann bekannt. Sogar seine Funktion innerhalb der kommunistischen Hierarchie und seine Beziehung zu Mao waren unklar.

Obwohl es hier im Halbschatten vergleichsweise kühl war, schwitzte Davies. Er war großgewachsen und hatte einen athletischen Körper, der nicht wie bei vielen Zeitgenossen in den mittleren Lebensjahren Fett angesetzt hatte, und zwar deshalb nicht, weil Davies das einfach nicht zuließ. Zweimal am Tag machte er eine Dreiviertelstunde lang gymnastische Übungen, nur während des chinesischen Sommers nicht, weil er es dann für zu anstrengend hielt, überhaupt etwas zu tun.

Der Anblick von Zilin versetzte ihn in Erstaunen. Ihm war, als hätte er diese langsamen, ritualisierten Bewegungen noch nie zuvor gesehen. Der Mann hatte keine Mühe mit dem Atmen, obwohl er in direktem Sonnenlicht stand. Davies konnte nicht einen einzigen Tropfen Schweiß auf dem Körper des Chinesen entdecken.

Nach einiger Zeit beendete Zilin seine Übungen. Die letzte Position hielt er so lange, daß es Davies wie eine Ewigkeit erschien. Eine Brise, die durch den Hof strich, wirbelte etwas Staub zwischen Zilins Beinen auf. Das war die einzige Bewegung im ganzen Umkreis.

Ein Hund bellte, und Zilin erwachte aus seinem tranceähnlichen Zustand. Er sah Davies auf der Türschwelle stehen, das Buch in der Hand, und lächelte.

»Guten Morgen«, sagte Zilin.

Davies nickte, ein wenig verlegen. Er überlegte, ob er vielleicht gegen ein ungeschriebenes Gesetz verstoßen hatte. Zweieinhalb Jahre in China und noch immer unsicher über die Gebräuche und Sitten. »Ich war gefesselt von Ihren Morgenübungen. Hoffentlich habe ich Sie nicht belästigt.«

»Überhaupt nicht.« Zilin ging über den Hof auf Davies zu. »Ich habe nichts gegen Gesellschaft.« Er lächelte so, wie er es von den fremden Teufeln gelernt hatte. Es nahm ihnen irgendwie die Schüchternheit, wie bestimmte Signale in der Tierwelt. Zilin hatte einen Bericht über die Gewohnheiten der afrikanischen Berggorillas gelesen. Man mußte sich ihnen mit niedergeschlagenen Augen und neutralem Gesichtsausdruck nähern, um zu zeigen, daß keine aggressiven Absichten im Spiel waren. Ging man hingegen mit entblößten Zähnen auf sie zu, konnte man sicher sein, sofort angegriffen zu werden.

Faan gwai loh, dachte Zilin, fremde Teufel – sie waren den Gorillas sehr ähnlich: mächtig, gefährlich und primitiv, und wenn man mit ihnen zu tun hatte, mußte man ihre Verhaltensweise genau kennen.

»Sie sprechen sehr gut Englisch«, sagte Davies, ohne sich seines herablassenden Tones bewußt zu sein.

Er hält *mich* für einen Affen, dachte Zilin. Ach ja, der zivilisierte Mensch muß sich mit allen Arten der Dummheit und Grobschlächtigkeit herumschlagen, um sein Ziel bei den Barbaren zu erreichen.

»Ich habe es vor vielen Jahren in Shanghai gelernt«, antwortete Zilin, als sei nichts gewesen. »Ein Freund aus Virginia machte sich die Mühe, mein geduldiger Lehrer zu sein.« Eine faustdicke Lüge, aber eine unter diesen Umständen entschuldbare.

Davies Augen wurden größer. »Ich komme auch aus Virginia«,

erklärte er. Zilin wußte das sehr wohl. »Meine Familie besitzt eine Farm nicht weit von Roanoke. Mein Vater züchtet Pferde. Rennpferde. Wie heißt Ihr Freund?«

»Sawyer«, sagte Zilin. »Barton Sawyer. Auch seine Familie besaß eine Farm, obwohl ich nicht glaube, daß sie irgend etwas mit Pferden zu tun hatten.«

»Der Name sagt mir nichts«, erwiderte Davies, offensichtlich enttäuscht. »Aber Virginia ist ein großer Staat, und ich war schon lange nicht mehr zu Hause. Genaugenommen, seit ich ein Junge war.«

Zilin, der beobachtete, wie sich Davies Miene entspannte, dachte, nun gut, wenigstens einige Dinge sind universell. »Sie vermissen Virginia sicherlich genauso sehr, wie ich Suzhou vermisse.«

Davies lächelte wehmütig, und sein Gesicht nahm einen jungenhaften Zug an. Er hatte einen breiten, beweglichen Mund, hellblaue Augen und eine gerade Patriziernase, wie man sie in Asien nicht kannte. Die krausen Locken seines fülligen, rotblonden Haares reichten ihm, in durchaus unmilitärischer Weise, bis in den Nacken. »Ich glaube schon.« Er zog ein ziseliertes Silberetui hervor und fingerte eine Zigarette heraus. Dann bot er Zilin eine an, der höflich ablehnte. Davies riß ein Streichholz an. »Ich war früher ein ganz passabler Zureiter – ich meine, ich habe die Pferde eingeritten.«

Zilin unterdrückte den Drang, zu grunzen und wie ein Affe zu kreischen. Wenn er meint, mein englischer Wortschatz sei derart begrenzt, will ich ihn auch nicht aus diesem Irrtum entlassen. Früher oder später kann mir das vielleicht einmal von Nutzen sein.

»Pferde sind etwas sehr Seltenes in China«, erwiderte Zilin. »Ich glaube nicht, daß es hier viele Möglichkeiten gibt, zu reiten.«

Davies lachte und blies den Rauch aus. »Nicht eine einzige.«

»Nun, vielleicht gibt es hier in der Nähe einen Bauernhof, wo wir für Sie« – er verbiß sich das Wort *Pferd* – »ein edles Roß finden könnten.«

»Meinen Sie?« Davies kam die Stufen herunter und gab seinen erhöhten Platz auf. »Das wäre schön. Ganz fantastisch, wirklich.« Während er die Asche seiner Zigarette abstreifte, dachte er einen Moment lang nach. »Hören Sie zu, Shi *tong zhi*, wie würde es Ihnen gefallen, reiten zu lernen?«

Nicht für alles in der Welt, dachte Zilin. Mit inwendigem Schauder stellte er sich auf dem Rücken dieses riesigen Tieres vor. »Das wäre sehr interessant, Mr. Davies, das würde mir gefallen.«

In Davies' blaue Augen trat ein scharfsinniger Zug – oder, wie Zilin dachte, etwas, das wie Scharfsinn aussah. »Wie wäre es, wenn Sie mich *Tai chi chuan* lehrten und ich Ihnen dafür Reitstunden gäbe?«

Deinen Gäulen wünsche ich alle nur erdenklichen Seuchen an den Hals, dachte Zilin. »Eine ganz fabelhafte Idee, Mr. Davies. Ich freue mich sehr, Ihnen bei einer solch wertvollen Erfahrung behilflich sein zu können. Sagen wir mogen, um halb sechs?«

Davies schluckte. »Morgens?«
Zilin verneigte sich leicht. »Sie lernen schnell, Sir.«
Davies streckte seine riesige Hand aus. »Das Geschäft gilt.« Er grinste wie ein Groilla.

Es stellte sich heraus, daß Ross Davies tatsächlich außergewöhnlich schnell lernte. Auch wenn es beim *Tai chi* keine schnelle Bewegung gibt, so war der Amerikaner doch schnell bereit, sich auf die geistigen Grundlagen dieser Disziplin einzulassen. Das versetzte Zilin einigermaßen in Erstaunen, nachdem er bis dahin nur die Erfahrung gemacht hatte, daß die meisten der fremden Teufel unfähig waren, das philosophische Wesen des *Tai chi* zu verstehen und es abfällig zur Domäne alter Männer erklärten, während sie selbst sich nur mit ›richtigen‹ Sportarten beschäftigten, die Schnelligkeit, Kraft und Ausdauer verlangten.
Tatsache war, daß das *Tai chi* ein hohes Maß an Kraft und Ausdauer erforderte, weil für die langsame Ausführung der Übungen weit mehr Selbstkontrolle und Beweglichkeit notwendig war als etwa bei rein mechanischen Laufübungen. Was die Schnelligkeit betraf, so mußte man sich ihrer stets bewußt sein, um sie ständig unter Kontrolle halten zu können, wie es beim *Tai chi* geschieht. Hier mußte der Kopf mitmachen, was das *Tai chi* grundsätzlich von den gymnastischen Übungen beim Militär unterschied.
Auf eben diesen Aspekt sprach Davies am Beginn der zweiten Woche ihrer morgendlichen Treffen Zilin an. »Wenn ich meine Sprungübungen mache«, sagte er, »bin ich innerhalb von ein, zwei Minuten schweißgebadet. *Tai chi* können wir über eine Stunde trainieren, ohne daß ich mich irgendwie unwohl fühle. Dabei spüre ich meinen Körper so, als hätte er die gleiche Leistung erbracht wie bei einem vollständigen gymnastischen Training.«
»Ich weiß nicht viel über das, was Sie gymnastisches Training nennen«, erwiderte Zilin. »Aber ich weiß sehr wohl, daß Körper und Geist eins werden müssen. Das eine ohne das andere zu üben, macht wenig Sinn.«
Sie saßen auf einer Bank im Hof und nippten an ihrem Tee.
»Ich schlafe besser, seit ich mit dem *Tai chi* begonnen habe. Ich rauche auch weniger«, sagte Davies. »Und hier, sehen Sie« – er stürzte seinen Tee hinunter – »ich kann im Sommer heißen Tee trinken, ohne in Schweiß auszubrechen. Was sagen Sie dazu, Shi *tong zhi*?«
Zilin lachte. »Daß Sie noch ein Chinese werden.«
Er hatte ein paar Nachforschungen angestellt und schließlich einen Bauernhof gefunden. Er lag in den Ausläufern des Jinyun Shan, des Seidenberges, wo der für die Gegend berühmte Jinyun-Tee geerntet wurde. Zilin vermutete, daß dies der Grund war, daß das Pferd nicht geschlachtet und gegessen worden war. Wegen der schweren Teeballen mußten es die Bauern für die Ernte unbedingt am Leben erhalten.

Wirklich, es sei ein prächtiges Tier, meinte Davies bei ihrem ersten Besuch, zu Zilin gewandt. Das Pferd fraß ebensoviel, wenn nicht mehr, wie die ganze Bauernfamilie zusammen.

Alle jungen Männer – es waren fünf Brüder – waren im Krieg. Ihr Vater, der etwa Zilins Alter hatte, war zurückgeblieben, ebenso die Mutter und die drei Töchter. Ja, wirklich, dieses Pferd war wichtig, es war ihre einzige Hoffnung, die rauhen Kriegsjahre zu überstehen. Hier oben in den fruchtbaren Ausläufern des *Shan*, wo unzählige subtropische Pflanzen in schwelgerischem Überfluß wuchsen, gab es keinen Wechsel der Jahreszeiten. Der sorgsam gepflegte Tee gedieh kräftig und in Fülle, und in China gab es immer leere Teeschalen, die gefüllt werden wollten.

Bei ihrem ersten Besuch brachte Zilin Fisch und Eiernudeln mit. Für einen *Faan gwai loh* wie Davies war das natürlich nichts Besonderes, für die Familie Pu hingegen himmlisches Manna.

»Warum geben Sie ihnen nicht einfach etwas Geld?« fragte Davies. Womit er Zilin zu verstehen gab, ganz gleich, wie es gemeint war, daß es unnütz war zu glauben, Affen könnten jemals denken lernen.

Davies schienen die vielen Verbeugungen und Palaver vollkommen überflüssig, schließlich waren diese Leute nur Bauern. Aber er tat, worum Zilin ihn gebeten hatte. Es sind zwar nur Bauern, sagte er zu sich, während er hinkniete und sich verbeugte, aber sie haben ein Pferd.

»Das ist wirklich ein Roß«, erklärte Davies einige Zeit später in dem baufälligen Verschlag, der als Scheune diente. Er fuhr mit der flachen Hand über die Fesseln des Tieres und fühlte, wie sich die langen, strähnigen Muskeln unter seiner Handfläche bewegten. »Erstaunlich, daß sie es so gut gepflegt haben.«

»Haben Sie jemals versucht, auf ihrem Rücken eine halbe Tonne Teeblätter den Berghang hinunterzuschleppen, Mr. Davies?«

Ohne die Begutachtung des Hengstes zu unterbrechen erwiderte Davies: »Hab' schon verstanden.«

»Eben deshalb müssen wir mit dem Tier äußerst vorsichtig umgehen.« Zilin gab acht, daß er ausreichend weit von diesem Monster entfernt stand. Er verspürte kein Verlangen danach, von diesem hirnlosen Geschöpf gegen den Schädel getreten zu werden. »Ohne das Tier müßten die Pus mit Sicherheit verhungern oder sich zu Tode schuften.«

»Keine Sorge«, meinte Davies und schwang sich mit einer flinken Bewegung auf den Rücken des Hengstes. Man hörte ein leises Wiehern und ein nervöses Stampfen, das den Chinesen in Panik versetzte. Wäre Davies aufmerksamer gewesen, so hätte er es gesehen. Zilin klammerte sich an einen Balken, als hätte er den Sparren eines Schiffes gepackt, der im Sturm zerschellt war.

Davies hatte sich über den gesenkten Nacken des Hengstes gebeugt.

Er streichelte das Tier und flüsterte ihm zugleich mit weicher Stimme einen beruhigenden Singsang ins Ohr.

Einen Augenblick später wurde das Pferd ruhig. Dann trieb Davies das Tier vorwärts, aber wie er das eigentlich machte, blieb für Zilin unklar.

Er folgte Davies und dem Pferd vorsichtig nach draußen. Es war fast Mittag, die Zeit, in der die Familie sich gewöhnlich von der Arbeit und der drückenden Hitze erholte. Es war kein Zufall, daß Zilin diese Zeit ausgesucht hatte, um Davies hierher zu bringen. Nie wäre es ihm eingefallen, den Tagesablauf der Familie zu unterbrechen, und das auch noch wegen einer solch unverständlichen Bitte, ihnen ihr wertvolles Pferd zu leihen, weil ein Fremder seinen Lieblingssport betreiben wollte.

Die Mädchen kamen aus dem Haus, um den entsetzlich großgewachsenen *Faan gwai loh* in Augenschein zu nehmen. Sie starrten ihn an und kicherten. Ein anderes Mädchen fragte Zilin, warum das Haar des Barbaren in Flammen stehe und doch nicht abbrenne.

Zilin sah fasziniert zu, wie Davies sich vorbeugte, wie das Pferd losjagte, die Hänge hinaufgaloppierte und dabei zwischen den Bäumen immer wieder verschwand. Schwärme von Vögeln kreischten auf und wurden von Pferd und Reiter auseinandergetrieben. Zilin sah den weißen Schwanz eines Hasen, der in panischem Zickzacklauf die Flucht ergriff.

Dann hörte er plötzlich einen merkwürdigen Laut. Die Pu-Töchter vernahmen ihn ebenfalls, denn sie waren auf einmal verstummt. Und da begriff Zilin, was los war. Buddha beschütze mich, dachte er, der Barbar lacht. Und eine ganze Weile noch hallte das Echo des ausgelassenen Lachens von Ross Davies von den Hängen des Jinyun Shan wider, die solche Laute noch nie zu hören bekommen hatten.

Nach einiger Zeit kehrte Davies zurück. Er hatte eine ruhigere Gangart eingeschlagen, was, wie er später Zilin erklärte, wichtig sei, damit der beim Galoppieren entstandene Schweiß trocknen könne.

Davies, mit roten Wangen, grinste von einem Ohr bis zum anderen, schwang sich vom Hengst herunter und sagte: »Jetzt sind Sie dran.«

Zilin erstarrte zur Salzsäule. »Was?«

Davies legte den Kopf in den Nacken. »Sie glauben doch wohl nicht, daß ich es vergessen hätte, Shi *tong zhi?* Ich habe Ihnen versprochen: wenn Sie mir *Tai chi* beibringen, dann zeige ich Ihnen, wie man reitet.«

Ist das der Lohn für einen unbescholtenen Mann? dachte Zilin. »Es ist schon ziemlich spät«, erklärte er laut, »vielleicht ein andermal.«

»Unsinn!« Davies tätschelte dem Pferd den Rücken. »Es ist ganz einfach. Kommen Sie, Sie sind nicht so groß wie ich, ich helfe Ihnen hinauf.« Er verschränkte die Finger ineinander und beugte sich vor. »Steigen Sie in meine Hände«, sagte er. »Kommen Sie schon. Sie wissen gar nicht, wieviel Spaß das macht.«

»Ich weiß nicht, Mr. Davies. In Chungking hat mir die Landschaft irgendwie besser gefallen.«

»Ich versteh schon«, sagte Davies, dem man förmlich ansah, wie ihm ein Licht aufging. Er schwang sich wieder auf den Rücken des Hengstes und beugte sich herunter. Bevor Zilin begreifen konnte, wie ihm geschah, wurde er schon in die Höhe gezogen, und im nächsten Moment saß er hinter dem Amerikaner.

»Legen Sie die Arme um meine Taille, Shi *tong zhi!*« rief Davies und stieß die Fersen seiner Stiefel in die Flanken des Pferdes.

O Buddha, das wird nicht gutgehen! dachte Zilin. Ein solcher körperlicher Kontakt in aller Öffentlichkeit war für ihn, wie für alle Chinesen, etwas, an das man nicht einmal zu denken wagte.

Als das Pferd losgaloppierte, wäre er fast hinuntergefallen, weil er auf dem schweißnassen Pferderücken ständig nach hinten rutschte, und so streckte er verzweifelt seine Hände nach vorn, weil er sah, wie tief er im Falle des Falles stürzen würde. Aus Angst vor dem drohenden Sturz legte er vorsichtig seine Arme um den Barbar, schloß die Augen und sprach ein Stoßgebet, daß keiner seiner Ahnen ihn jetzt in seiner Erniedrigung sehen möge.

Im Haar und im Gesicht spürte er den Wind. Er hörte das Donnern der Hufe und fühlte das komplizierte Zusammenspiel von Muskeln, Knochen und Sehnen, das dieses riesige Tier, auf dessen Rücken er saß, vollführte.

Dann schlug er die Augen wieder auf und wurde fast ohnmächtig, als ihn das erste Schwindelgefühl ergriff. Die Landschaft huschte in einem Schleier aus Braun, Grün und Rot an ihm vorbei.

Das Gefühl, ohne schützende Wände und ohne sicheren Boden unter den Füßen vorwärtsbewegt zu werden, versetzte Zilins Magen in Aufruhr. Als Kind war er einmal mit hohem Fieber und Schüttelfrost darniedergelegen und hatte die warme Fischsuppe, die ihm die Mutter zubereitet hatte, erbrochen. Er war damals alt genug gewesen, um noch durch den Hitzeschleier seiner Krankheit hindurch zu erkennen, daß damit auf unnütze Weise die Nahrung, die sich die übrigen Mitglieder seiner Familie vom Munde abgespart hatten, verschwendet worden war.

Als er jetzt tief unten im Magen die Übelkeit wachsen fühlte, bekam er Angst, als erwachsener Mann das noch einmal tun zu müssen, was er sich als Kind geschworen hatte, nie wieder zu tun. Sein Gesichtsverlust wäre unbeschreiblich gewesen... und das auch noch in Gegenwart eines Barbaren. Unvorstellbar!

So schloß er wieder die Augen und betete zu Buddha, daß seine Eingeweide sich beruhigen möchten. Und zu diesem Zweck begann er auch, sich auf die Kraft seiner mentalen Übungen zu besinnen. Er konzentrierte sich auf sein Innerstes und suchte nach der Stelle, wo das *Qi* ruhte.

Zilin war zu jener Zeit noch nicht so gut mit der Energie seines *Qi* vertraut, wie er es später einmal sein sollte. Es war für ihn noch eine kaum bekannte Kraftquelle, zu der er bislang nur selten und in beschränktem Maß Zugang gefunden hatte.

Jetzt versuchte er, den Weg zu dem geistigen Ruhepunkt *Shujing ban de xiao-lu* zu finden, dem kristallenen Pfad. Es war ein Ruhepunkt zwischen dem Bewußten und dem Unbewußten, ein Ort, von dem aus die innerliche Versenkung – bei entsprechender Erfahrung und Übung – hinüberführte zu Tatbereitschaft und positivem Denken. Es war ein leuchtender Punkt, den zu erreichen einem ein unvergleichliches Gefühl der Überlegenheit über die gewöhnlichen Dinge der Welt verlieh. Vom Grund des Herzens aus konnte man die Absichten seines Feindes erkennen und seine eigene Strategie entwickeln, indem man den gesamten Zusammenhang und nicht länger nur voneinander unabhängige Teile wahrnahm. Eingewoben in die Aura des *Shuijing ban de xiao-lu* erkannte man, wie alles mit allem zusammenhing; die Verbindungslinien waren strahlende Bahnen, die von einem inneren Licht erleuchtet wurden. Das war *Qi*, die innerste Energie, und es war mehr als das.

Ohne genau zu wissen, wie, war Zilin auf den kristallenen Pfad gelangt. Jetzt war alle Furcht verflogen. Er war nun mit dem mächtigen Tier, auf dem er saß, verbunden; er konnte es als das wahrnehmen, was es war: ein Komplex aus Kraft und Energie.

Mit all seinen Sinnen fühlte er nun den herrlichen Bewegungsablauf dieses Tieres, und dessen Kraft wurde seine eigene. Zilin öffnete die Augen, und im Herzen fühlte er sich so beschwingt, als durcheile er unbeschwert die ganze Welt.

Hoch oben auf dem galoppierenden Hengst hätte Zilin am liebsten das rauschende Blattwerk umarmt, das über ihm vorüberflog. Ihm war, als flöge er mit den Kiebitzen und Lerchen, die über den Baumwipfeln, zwischen den flockigen, vom Wind gejagten Wolken ihre Bahnen zogen. Er jagte über Waldpfade, ein Raubtier auf Beutefang. Er war eins mit dem Universum.

Später am Nachmittag machten sie auf einer Lichtung bei einem wild dahinschießenden Bach Rast. Wasserspinnen webten an ihren Netzen, und Frösche äugten träge aus dem Schatten der überhängenden Farne hervor. Das Geräusch der umherschwirrenden Insekten verschmolz mit dem honigfarbenen Sonnenlicht und verlieh ihm etwas Fließendes.

In ihrem Rücken erhob sich über steil abfallenden Felsgraten der Jinyun Shan mit seinem Haarkleid aus Flechten. Und in der Luft hing der eigenartige Geruch von Teepflanzen, von jungen grünen Schößlingen, die noch nicht erntereif waren.

Das Pferd war längst wieder zu der alltäglichen elenden Plackerei für die Familie Pu zurückgebracht. Doch hatten sie noch den Geruch des

Tieres in ihren Kleidern, ein intensiver Moschusduft, der sie einhüllte wie die Duftwolke eines Jasminstrauches.

Ross Davies holte sein Silberetui heraus und zündete sich eine Zigarette an. Mit zusammengekniffenen Augen sah er in das tiefgoldene Licht, das auf den Hängen des Berges wie ein Teppich lag. »Eines schönen Tages«, sagte er, »muß ich wirklich damit aufhören.« Er sog den Rauch gierig ein, man sah, daß er es genoß. Zilin wußte, daß er niemals damit aufhören würde.

»Warum«, sagte Davies, »stellen Sie nie irgendwelche Fragen? Ich frage die ganze Zeit; das hat man mir so beigebracht. Dieses Zigarettenetui hat mir mein Vater geschenkt. Er war der erste, der mir beibrachte, Fragen zu stellen. Wie können Sie je etwas lernen, wenn Sie niemals fragen?«

»Vielleicht«, antwortete Zilin höflich, »gibt es noch andere Wege, etwas zu lernen.« Er beobachtete, wie eine Ameise sich auf den beschwerlichen Weg zu ihnen hinüber machte. »Ich lerne, indem ich beobachte.«

»Genau das leuchtet mir nicht ein. In China habe ich mich überall umgesehen und bin deswegen auch nicht klüger geworden. Es gibt immer noch so viele Dinge, die ich nicht begreife.«

»Das kommt vielleicht daher, daß Sie zwar die Augen offenhalten, aber nicht beobachten. Schauen und beobachten ist nicht dasselbe.«

Davies richtete sich auf. »Wie meinen Sie das?«

Zilin deutete auf die Ameise. »Nehmen Sie dieses Tier, zum Beispiel. Was sehen Sie?«

Davies zuckte mit den Schultern und sah zu, wie die Ameise sich seinen ausgestreckten Beinen näherte. Sie begann auf seine Hose zu klettern, und er wischte sie mit einer Handbewegung weg. »Alles, was ich sehe, ist ein langweiliges Insekt.«

»Sie müssen es beobachten, Mr. Davies. Benutzen Sie Ihr Herz und nicht Ihre Augen.«

»Ich habe nicht die leiseste Vorstellung, was Sie damit meinen.«

»Wenn wir jetzt in unserem Hof im Haus Nr. 50 Zengjiayan wären und *Tai chi* übten, würden Sie das nicht sagen.«

»Geistiges Training ist eine Sache...«

»Entschuldigen Sie, daß ich Sie unterbreche, Mr. Davies«, sagte Zilin, »aber mentales Training ist nicht nur gut für eine bestimmte Zeit im Leben eines Menschen. Man kann es nicht an- und abdrehen wie einen Wasserhahn. Mentales Training muß allezeit geübt werden, wenn man das Leben bewußt führen will.«

»Aber was hat das mit einer Ameise zu tun?«

»Sehen Sie, wie sie sich von ihrem schrecklichen Schlag erholt hat?« Davies nickte, und Zilin fuhr fort: »Nun läuft sie wieder genau auf die Stelle zu, von wo sie vorher vertrieben wurde. Was macht sie?«

»Sie klettert hoch.«

»Ja, Mr. Davies. Und ohne zu zögern. Für die Ameise sind Sie *Shan*, der Berg. Stellen Sie sich vor, Sie stiegen auf den Jinyun Shan, Mr. Davies. Stellen Sie sich vor, Sie erreichten eine bestimmte Stelle, und plötzlich zwingt ein Sturm von gewaltiger Stärke Sie wieder den Berg hinab. Was werden Sie tun? Aufgeben oder weitermachen?«

»Ich bin ein Mensch, kein Insekt, Shi *tong zhi*«, erwiderte Davies. »Ich besitze die Fähigkeit zu denken. Dieses Tier weiß nur, daß es vorwärtsgehen muß, selbst wenn das bedeuten sollte, von unbekannten Mächten getötet zu werden.« Bei diesen Worten griff er nach der Ameise, nahm sie zwischen Daumen und Zeigefinger und zerquetschte sie.

»Aber Mr. Davies!« Zilin schüttelte den Kopf. »Erklären Sie mir, wie Sie sich mit solcher Liebe und Leidenschaft dem Hengst widmen können, den Sie eben geritten haben, und doch nichts für diese Ameise übrig haben?«

»Wie kann eine Ameise mir nützlich sein?« fragte Davies zurück.

»Ich verstehe. Das ist Ihr Kriterium für Tod und Leben.« Zilin faßte den Amerikaner hart ins Auge. »Sagen Sie mir noch eines, Mr. Davies: Würden Sie mich töten, wenn Sie merken sollten, daß ich Ihnen nicht nützlich sein kann?«

»Machen Sie sich nicht lächerlich!«

Zilin stand auf. »Nicht ich bin es, der sich hier lächerlich macht, Mr. Davies.« Er machte Anstalten, zu gehen.

Davies sprang auf und kam hinter ihm her. »Ich habe Sie gekränkt, Shi *tong zhi*«, sagte er. »Bitte verzeihen Sie mir, obwohl ich gestehen muß, daß ich nicht im geringsten weiß, was ich falsch gemacht habe.«

»Genau das ist der Kern der Sache.« Zilin blieb stehen und sah Davies prüfend an. »Was mich betrifft, geht es mir darum herauszufinden, ob Sie fähig sind zu lernen oder nicht.«

Davies hielt sich sichtbar zurück. »Zu lernen wie ein Tier?«

»Oder, wenn Sie das offene Wort erlauben, wie ein stumpfsinniger Barbar. Sehr richtig, Mr. Davies.«

Davies' große blaue Augen blitzten auf. »Jetzt sollte ich wohl beleidigt sein.«

»Keine Sorge. Die meisten meiner Landsleute glauben, daß der *Faan gwai loh* unfähig ist zu lernen..., und niemals zivilisiert werden kann.«

»Ich verstehe.«

»Nein, Mr. Davies. Ich bedauere, sagen zu müssen, daß Sie eben nicht verstehen.« Zilin seufzte. »Sie sprechen, ohne vorher überlegt zu haben; Sie blicken in die Welt, ohne etwas zu erkennen. Um es kurz zu machen – Sie gehen durch die Welt, als sei sie Ihr privater Spielplatz. Sie nehmen sich, was Ihnen beliebt, mal dieses und mal jenes, immer zu Ihrem eigenen Vergnügen, als ob dies überhaupt keine Folgen hätte.

Sie leben hier, aber dies ist nicht Ihr Land. Sie sind ein Fremder, und Sie sind unerwünscht. Sie werden gefürchtet, gehaßt, manchmal gerade noch toleriert. Ich sollte Sie daran nicht erinnern müssen. Es ist für uns beide erniedrigend.«

Davies blickte drein wie ein kleiner Junge, seine Wangen waren leuchtend rot, und in seinen Augen konnte man Schmerz und Verletzung lesen. »Zum Teufel mit Ihnen«, sagte er. Er zitterte vor Zorn. »Sie sind wirklich ein Hurensohn.«

Zilin schwieg. Er hörte das Zwitschern der Vögel, das Summen der Insekten und den Wind in den Wipfeln der Bäume. Nach einer Weile fuhr er fort: »Ich meinte es, wie ich es vorhin gesagt habe. Ich glaube, daß Sie lernfähig sind. Ich denke, Mr. Davies, daß Sie die Fähigkeit dazu haben, Ihren Aufenthalt in China sinnvoll zu gestalten. Das ist, glaube ich, außerordentlich selten bei einem Menschen aus dem Westen, und ich an Ihrer Stelle würde soviel mentale Kraft wie möglich dafür einsetzen.«

»Sie sind aber nicht an meiner Stelle, Shi.« Voller Wut preßte Davies die Worte hervor. Aus einer Tasche zog er plötzlich eine Pistole. Sie war nicht sonderlich groß, aber Zilin schätzte, daß eine Kugel daraus dennoch tödlich sein würde. »Sie werden nie erfahren, wie es ist, ein Weißer zu sein wie ich. Sie haben gelbe Haut, Schlitzaugen, und Sie quatschen Unsinn – gefährlichen Unsinn, wenn man danach geht, was mächtige und einflußreiche Männer bei uns zu Hause sagen.«

Er spannte den Hahn der Pistole. »Ich könnte Sie jetzt ebenso leicht töten, wie ich die Ameise getötet habe. Wie gefällt Ihnen diese Macht, die ich habe?«

Zilin schüttelte den Kopf. »Was Sie mir zeigen, ist nicht Macht, Mr. Davies. Es ist Gewalt. Das wird oft verwechselt und meistens dann, wenn getötet wird.«

»Dummes Gerede!«

»Glauben Sie? Wenn Sie mich töten, Mr. Davies, sind Sie besiegt. Und warum? Weil Sie mich verloren haben.«

»Ganz im Gegenteil, Shi. Ich werde Sie umgebracht, Ihnen Ihr Leben genommen haben. Ich werde in äußerster Weise meine Macht über Sie ausgeübt haben.«

»Nein, Sie werden nur das gleiche getan haben wie mit der Ameise vorhin. Eine sinnlose – weit schlimmer, eine gedankenlose Tat. Sie werden nur dann Macht über mich bekommen, wenn Sie mich beschützen, mich am Leben lassen und mein Freund werden. Dann nämlich haben Sie mich für Ihre Ziele gewonnen, oder zumindest bei Konflikten einen Verbündeten an Ihrer Seite. Sie hätten in diesem Fall mit Überlegung und Mut gehandelt. Dies wäre eine vernünftige Vorgehensweise.«

Lange Zeit standen sich die beiden gegenüber und blickten einander schweigend in die Augen.

Zwischen ihnen der schimmernde Lauf der Pistole, der gespannte Hahn war bereit zuzuschnappen wie eine Natter. Sie waren versunken in der Lautlosigkeit des Kosmos. Jahre danach wird Ross Davies beschwören, er habe auf dieser Lichtung in den üppig bewachsenen Hängen des Jinyun Shan nichts als eine allumfassende Gegenwart verspürt. Er sei, so wird er seinen Freunden einmal erzählen, vor Zorn und Demütigung aus der Fassung geraten. Er wird später einräumen, daß Zilins Worte ihn im innersten Kern seines Selbstwertgefühls verletzt hatten. Jetzt aber, hier auf der Lichtung, fühlte er, daß er klein und unbedeutend war. Die ganze Wut, die sich angestaut hatte, weil er begriff, daß er in den nachgiebigen Bau dieses seltsamen und faszinierenden Landes nicht eindringen konnte, war, ausgelöst durch Zilins Belehrungen, hervorgebrochen.

Es war überaus merkwürdig, wird Davies in späteren Jahren denken, wie nahe ich daran gewesen war, den Abzug zu drücken. Als Soldat wußte er um die Lust zu töten nur zu gut, und er fühlte diesen Drang jetzt so heftig, als würde ein Feuer in ihm brennen. Doch der Rauch, den er zu riechen vermeinte, war der Geruch seines eigenen Egos, das verbrannte.

Genau in diesem Moment senkte sich diese merkwürdige Stille über ihn. Es war, als wäre der Herzschlag der Erde, auf der er stand, aufgestiegen und auf unerklärliche Weise in seinen Körper und seine Blutgefäße hineingeströmt.

Er dachte an *Tai chi*, an den Fluß der silbernen Gedanken, die wie Schnüre in der Hand eines Marionettenspielers Arme und Beine, Leib und Kopf in Bewegung versetzten und ihn in den Rhythmus des Tages aufnahmen.

Er blinzelte. Er starrte auf die Waffe in seiner Hand und ließ sie, plötzlich entsetzt über das, was sie ankündigte, in das dichte Gras fallen.

»Was ist geschehen?«

Die Nacht war hereingebrochen. Die Dunkelheit kroch an den Hängen des Jinyun Shan hinauf, wie Stunden zuvor das Sonnenlicht vor dem Blau der länger werdenden Schatten geflohen war.

Jene Tochter der Familie Pu, die sich über das Feuer im Haar des *Faan gwai loh* gewundert hatte, brachte ihnen Essen: einen Teil der Geschenke, die Zilin der Familie überreicht hatte.

Sie aßen schweigend, konzentrierten sich auf den Geschmack der Mahlzeit. Erst nachdem sie ihre Schalen und die Stäbchen beiseite gelegt hatten, wollte Davies etwas sagen.

»Es gibt einige Fragen«, kam ihm Zilin zuvor, »auf die keine Antworten notwendig sind.«

»Aber...«

»Sie müssen lernen, das Unerklärliche zu akzeptieren, Mr. Davies. Häufig genug verweigert uns das Leben die Antwort auf seine Rätsel.«

Er blickte zum Himmel hinauf. Durch die bläulich-schwarzen Blätter schimmerten in blauweißem Glanz die Sterne. Es war schon lange her, kam ihm in den Sinn, daß er einen solchen Blick genossen hatte. Viel zu lange war das Funkeln der Sterne vom Dunst des Krieges überdeckt worden.

»Ich möchte Ihnen ein Geheimnis verraten, Mr. Davies – für mich war dieser Nachmittag sehr vergnüglich.«

»Hat Ihnen der Ausritt wirklich gefallen?«

»Ja, er hat mir Spaß gemacht.«

Das Zirpen der Zikaden hallte von den riesigen Bergwänden wider.

«Man hält Sie für den Teufel in Person.« Davies' Stimme klang in der Nacht so nah, als hätte er Zilin die Worte unmittelbar ins Ohr geflüstert. »Im biblischen Buch der Offenbarung ist die Rede von einem Ungeheuer. Nach Meinung von Allan Dulles sind Sie dieses Ungeheuer. Sie und Mao und alle übrigen Kommunisten.«

»Ist dies nur die Meinung von Mr. Dulles?«

»Herr im Himmel, nein. Eine große Anzahl wohlhabender und einflußreicher Leute teilen seine Meinung. Henry Luce, Bill Donovan, Henry Ford, eine ganze Menge dieser Leute ... Sagen Ihnen die Namen etwas?«

»Ich glaube schon, ja.« Zilin überlegte, ob er ihm die Frage stellen sollte. Er fühlte noch das Donnern der Hufe unter sich, seine Verbundenheit mit dem Pferd. Die körperliche Nähe zu Ross Davies. Und natürlich dachte er an die Stille, die sich an diesem Nachmittag über sie beide gesenkt hatte.

»Und ist auch Präsident Roosevelt mit diesen einflußreichen Leuten einer Meinung?«

»Um ehrlich zu sein, ich glaube nicht, daß sich irgend jemand etwas darum schert, was Mr. Roosevelt denkt.«

Zilin dachte über die Antwort nach. Er hatte immer angenommen, der amerikanische Präsident hasse und fürchte Mao. »Der Präsident regiert doch das Land, oder nicht?«

»Ja, schon«, erwiderte Davies, »aber nur in einem bestimmten Sinn. Abgesehen davon, daß in unserem verfassungsmäßigen Regierungssystem überall Kontrollen und Sicherungen eingebaut sind, ist der Präsident in einem sehr unmittelbaren Sinn der Zielpunkt eines Drucks von außen.«

In der Dunkelheit konnte Davies nicht sehen, wie Zilin nickte. »Und natürlich lautet das allgemeine Gesetz, daß derjenige, der am meisten besitzt, den stärksten Druck ausüben kann.«

Ross Davies erhob sich. »Das stimmt. Ja. Sie haben die Sache auf den Punkt gebracht.«

Zu ihrem nächsten Treffen an den Hängen des Jinyun Shan kam Davies nicht alleine. Zilin erkannte einen Offizier aus Chiangs Führungsstab an seiner Seite. Er sagte nichts, um abzuwarten, was der Amerikaner im Schilde führte.

»Shi *tong zhi*«, begann Davies schließlich, »dies ist Huaishan Han, Oberstleutnant der Nationalarmee.«

»Und Vertrauter des Generalissimo Chiang«, ergänzte Zilin. »Ich habe von Ihnen gehört.« Er machte eine kleine, steife Verbeugung, auf die in gleicher Weise geantwortet wurde.

»Was meinen Sie«, sagte Davies, sich die Hände reibend, »sollen wir zu Mittag essen? Ich habe von unserem Koch etwas vorbereiten lassen!« Seine klaren blauen Augen sprangen von dem einen Mann zum anderen, als hoffte er auf den ersten großen Funken, der das Feuer zum Brennen bringt. Er stellte einen großen Weidenkorb in den Schatten eines Baumes. Der Tag war ungewöhnlich stickig, der Nachmittagshimmel einschläfernd und ohne jeden Lufthauch.

Davies machte sich daran, Sandwiches, Salate und eine Flasche Weißwein herauszuholen.

»Hat einer von Ihnen beiden Hunger?« fragte er hoffnungsvoll. »Ich möchte diese Sachen nicht verderben lassen.«

Huaishan Han warf einen Blick auf das fremdländische Essen. Er war dünn wie eine Gerte und hatte jenes tief herabhängende Kinn, wie man es bei den Menschen in der Mandschurei und bei den Völkern hoch oben an der Nordgrenze findet. Seine Ohren waren klein und eng anliegend. Durch die Borsten seines Kurzhaarschnitts hindurch sah man den schwarzgesprenkelten Rand eines violetten Muttermals, das sich über seine Kopfhaut zog. Nase und Augen schienen, vielleicht wegen des beherrschenden Eindrucks der Kinnpartie, in der oberen Hälfte des Gesichts zusammengedrängt zu sein.

Nachdem er das Essen ausgebreitet hatte, fragte Davies mit Blick in die Runde: »Mögen Sie davon denn gar nichts?«

»Doch, Sandwiches«, sagte Zilin.

»Und Tee gibt es nicht?« fragte Huaishan.

Wolken verdunkelten für eine Weile die Sonne. Die Lichtung schien kleiner zu werden, etwas von ihrer Ruhe war die Hänge hinab entschwunden. Nicht weit entfernt konnten die Männer Mr. Pu sehen, der seinem Hengst Bündel für Bündel der abgeernteten Teepflanzen, die ihm seine Tochter reichte, auflud.

»Ist der Wein nicht recht?« Davies zog den Korken heraus und holte aus dem Weidenkorb Kristallkelche hervor.

»Ich habe nichts gegen Wein«, sagte Huaishan Han und ließ sich neben dem Amerikaner nieder, »aber ich bezweifle, daß unser *Genosse* hier ebensowenig abgeneigt sein wird.« Er wandte den Kopf, als Davies ihm das Glas reichte, nippte daran und brachte einen spöttischen Toast aus: »Dieser Wein ist nichts für dich, Genosse, du würdest an diesem elitären Getränk doch nur ersticken.« Er nickte, und das auswuchernde Muttermal auf seinem Kopf erschien in voller Größe.

»Es gibt einen kleinen Bach unten am Weg. Und einem Kommunisten steht es besser an, die Flüssigkeit, die die Erde spendet, zu trinken.«

Zilin setzte sich auf der anderen Seite von Davies nieder. Er überlegte, warum der Amerikaner ein Mitglied aus Chiangs Stab mitgebracht hatte. Sehr schnell erkannte er, daß es für ihn nichts anderes zu tun gab, als zu beobachten. Das Verhalten der Männer würde des Rätsels Lösung ergeben.

Davies stellte ein Glas vor Zilin hin, sehr darauf bedacht, es ihm nicht in die Hand zu geben.

Huaishan Han beugte sich vor. Seine schmalen Lippen waren feucht vom Wein. »Der Wein ist sehr gut, Genosse«, sagte er zu Zilin, mit einem Anflug von Spott in der Stimme. »Warum probierst du ihn nicht trotzdem? Er hat doch auch seinen Ursprung in der Erde.« Er lächelte und zeigte dabei ein wenig seine Zähne, die wie mit Patina überzogenes Elfenbein aussahen. »Mach dir einfach nichts daraus, daß es das Lieblingsgetränk kapitalistischer Industriekapitäne ist.« Er ließ einen grunzenden Laut hören. »Oh, Verzeihung. Ich vergaß, daß *Industrie* ein Wort ist, mit dem ihr Kommunisten herzlich wenig anfangen könnt. Mich schaudert bei dem Gedanken, was aus diesem Land werden würde, wenn Mao an die Macht kommen sollte.«

Ohne jede hinterhältige Absicht antwortete Zilin: »Ohne den Kommunismus ist China auf ewig dazu verdammt, immer wieder Krieg zu führen. Der Kommunismus ist der einzig wirkliche Sammelpunkt für die Millionen von Bauern, die das Gros unserer Bevölkerung ausmachen. Ohne die Einheit, die der Kommunismus schafft, wird China schwach bleiben, in einzelne Teile zerrissen, von denen sich der *Faan gwai loh* weiterhin wie ein Aasgeier die besten Stücke herauspicken wird.«

Huaishan Han gab einen Ton des Abscheus von sich.

»Die *Faan gwai loh*«, fuhr Zilin fort, »sind wirklich Aasgeier. Sie haben keinen Sinn für Kultur und für das, was wichtig ist, keinen Sinn für die Einheit der Natur. Wenn wir nicht vom Bollwerk des Kommunismus beschützt werden, weiden sie uns aus bis auf die Knochen. Sie werden aus China alles, was wertvoll und nützlich ist, fortschleppen. Erst dann werden sie sich zurückziehen und ein verwüstetes Land hinterlassen.«

Huaishan Han erwiderte: »Du kannst mit den Worten ebensogut umgehen wie Mao, dein Gott.«

»Mein Gott ist Buddha«, erklärte Zilin. »Ich hätte gedacht, das versteht sich von selbst.« Er hatte einige dünne Bambusschößlinge aufgehoben. Jetzt holte er ein Taschenmesser heraus und begann da und dort Kerben hineinzuschneiden und die geschmeidigen Schößlinge nach einem bestimmten Muster zusammenzuflechten.

Davies, der gerade ein Sandwich aß, fragte: »Was machen Sie da?«

»Ich habe Hunger«, antwortete Zilin. »Und jetzt tue ich etwas dagegen.« Er stand auf, griff nach oben in das Geäst des Baumes und holte sich einige lianenartige Ranken. Dann ging er plötzlich weg und verschwand im Unterholz.

Einige Minuten später kehrte er zurück und ließ sich dort nieder, wo er zuvor gesessen hatte. »Ich glaube«, sagte er, »daß ich jetzt etwas von dem Wein probieren möchte.« Er trank ihn bedächtig in kleinen Schlückchen und ließ den Geschmack auf der Zunge zergehen. »Man findet in China nicht oft einen solch ausgezeichneten Wein.«

»Hört euch das an!« rief Huaishan Han. »Spricht so ein Kommunist?«

»Die Politik wird bestimmt durch die Kraft der Überzeugung«, sagte Zilin. »Diejenigen, die engstirnig und dogmatisch durchs Leben gehen, werden meistens versagen.«

»Die Überzeugung ist ihrer Natur nach unbeugsam«, versuchte Huaishan Han ihn zu belehren.

»Ich spreche von der Überzeugung, das richtige Ziel zu haben«, sagte Zilin. »Wenn man das Wohl des Volkes zum Ziel hat, muß man in seinen Mitteln beweglich sein. Wenn wir nur dogmatisch wären, würden wir sicher scheitern in unserem Ziel, das Volk vor Armut, Krankheit und fremdländischer Unterdrückung zu schützen.«

Huaishan Han leerte sein Glas und verlangte nach einem weiteren. »Mein Magen meldet sich immer heftiger«, brummte er.

»Wenigstens in diesem Punkt«, sagte Zilin, »sind ein Nationalist und ein Kommunist einer Meinung.« Er erhob sich und verschwand. Als er aus dem Unterholz zurückkehrte, hielt er einen Feldhasen in der Hand, den er in seiner selbstgemachten Falle gefangen hatte. »Es ist Essenszeit«, verkündete er, und während er sich daran machte, das Tier zu schlachten und abzuziehen, sagte er zu Davies: »Sehen Sie, das Land muß sein Volk ernähren. Dies ist ein allgemeines Gesetz.«

Davies wischte sich einige Krümel vom Schoß. »Predigt Buddha nicht, daß das Töten – jedes Töten – eine Sünde ist?« Er öffnete sein Silberetui und nahm eine Zigarette heraus. Huaishan Han nahm ebenfalls eine. Davies zündete für sich und ihn ein Streichholz an. »Ich habe gehört, daß Priester nicht einmal einen Spaten in die Erde stechen aus Angst, dadurch einen Wurm oder ein Insekt zu töten«, fuhr er fort, während er den Rauch einsog. »Stimmt das, Shi *tong zhi?*«

»Das ist richtig«, erwiderte Zilin, während er den Hasen ausweidete, »aber ich bin kein Priester. Wir alle haben unterschiedliche Aufgaben auf dieser Erde, Mr. Davies. Vielleicht bin ich einem Fuchs ähnlicher, als mir selbst lieb ist. Aber Sie werden herausfinden, daß unsere Welt die beste aller unvollkommenen Welten ist. Man muß lernen zu akzeptieren, wer man ist. Sehen Sie das nicht so?«

Ohne darum gebeten zu werden, entzündete Huaishan Han ein Feuer, nachdem er auf dem Boden eine Stelle freigeräumt hatte. Kurze Zeit danach brieten die beiden Chinesen den Hasen auf einem grob zugeschnittenen Stecken. Das Fett knisterte und zischte, als es ins Feuer tropfte, und das Aroma des gerösteten Tieres durchzog die Luft.

Davies konnte dem Braten nichts abgewinnen. Er sah nur den Kopf mit den dumpfen, glasigen Augen, die ihn direkt anstarrten. Er zog es vor zu rauchen.

Zilin und Huaishan Han teilten sich das trockene Fleisch und schienen völlig in die Beschäftigung des Essens versunken zu sein. Niemand sagte etwas, bis sie ihr Mahl beendet hatten. Davies staunte, als er sah, daß nicht der kleinste Rest übriggeblieben war. Sogar die Innereien, zusammengerollt und in der Asche gebraten, während das Fleisch gegessen wurde, waren am Schluß der Mahlzeit verspeist worden.

»Vielleicht haben Sie sich gefragt, warum ich heute Huaishan Han eingeladen habe?« fragte Ross Davies.

Zilin antwortete nicht. Er hatte gelernt, daß unverlangtes Antworten töricht war.

»Was wir – das heißt er und ich – herausfinden möchten, ist, ob Sie sich vorstellen könnten« – Davies räusperte sich, er schien auf seine glänzenden Stiefelspitzen zu starren – »überzuwechseln auf, äh, unsere Seite.«

Ein anderer Mann wäre vielleicht beleidigt aufgesprungen, ein Ideologe, ein engstirniger Mann. Zilin sah die beiden Männer nur an und überlegte, was an dieser Situation falsch war. Es gab hier einen inneren Widerspruch, er spürte, daß das, was hier zur Sprache gebracht wurde, in sich ungereimt war.

»Mit ›unsere Seite‹«, sagte Zilin vorsichtig, »meinen Sie wohl die Sache der Nationalisten.«

»Es ist auch die Sache der Amerikaner«, erklärte Davies.

Zilin nickte. »Ja, Mr. Davies, wir haben mit Ihrer Form des Patriotismus bereits in überreichlichem Maße Bekanntschaft machen dürfen.«

Davies sah ihn mit gespielter Naivität an. »Und das war so aufschlußreich, ja?«

»Das war so aufschlußreich wie ein Leuchtfeuer in der dunkelsten Nacht«, erwiderte Zilin nicht ohne Humor in der Stimme. »Aber in Ihrer Offenherzigkeit liegt etwas sehr Erfrischendes. Ich hoffe nur, daß Sie Ihnen über den Krieg und alle Zeiten hinweg erhalten bleibt.«

»Diese Neckereien sind ja ganz amüsant«, sagte Huaishan Han, »aber du hast unsere Frage nicht beantwortet, Genosse.«

Zilin blickte Huaishan Han direkt in seine dunklen Augen. »Weil ich sie nicht für eine ernstgemeinte Frage gehalten habe. Außerdem habe ich keinen Augenblick lang geglaubt, daß dies überhaupt ›unsere‹ Frage ist. Mr. Davies müßte es besser wissen, als mir ein solch albernes Angebot zu machen.« Zilin bemerkte, wie sich Huaishan Hans Haltung spannte, und er dachte: Was habe ich hier eigentlich noch verloren?

»Das war kein Scherz, Genosse«, sagte der andere Chinese in der

Sprache der Mandarins. »Es ist für uns sehr wichtig, eine aufrichtige Antwort von dir zu bekommen.«

»Aber mein hochgeehrter Herr«, erwiderte Zilin im selben Dialekt, »Sie haben sie bereits bekommen. Ich habe ebensowenig vor, mich den nationalistischen Kräften anzuschließen, wie ich vorhabe, mir das Leben zu nehmen. Alles in China liegt in der Schwebe. Die Zukunft und das Wohlergehen des Landes sind für mich von äußerster Wichtigkeit. Wollen Sie, daß ich nicht nur Mao *tong zhi* betrüge, sondern auch China?«

Huaishan Han, der während dieser Worte Zilin nicht aus den Augen gelassen hatte, nickte schnell und entschieden mit dem Kopf. Aber seltsamerweise galt dieses Nicken Ross Davies.

»Nun«, sagte Davies und sammelte die Reste ihrer Mahlzeit ein, »ich glaube, es ist Zeit, daß wir nach Chungking zurückkehren.«

Tief in der Nacht hatte Zilin einen Traum. Die Geister jener Chinesen, die durch die Hand des *Faan gwai loh* ums Leben gekommen waren, begannen zu wehklagen und sprachen zu ihm in Sprachen, die schon lange untergegangen waren. Es war wie ein rhythmisches Trommeln.

Der Regen schlug gegen sein Zimmerfenster. Es war der gleiche zerfetzende Ton wie der der bleichen Gespenster in seinem Traum. Die Fensterläden aus Bambus klapperten. Ein Schatten tauchte neben dem Fenster auf. Ein langer, eckiger Schatten, der an der Schwelle zur geschlossenen Tür größer wurde. Ein Schatten, der eigentlich nicht hierher gehörte.

Zilin begann mit Atemübungen, sog die Luft tief ein, versuchte zurückzukehren auf den kristallenen Pfad, den *Shujing ban de xiao-lu*, um die gespensterhaften Schemen in seinem Zimmer zum Verschwinden zu bringen.

Plötzlich konnte er das schwere Atmen hören, sein eigenes und das eines anderen, das selbst noch das Geräusch des Sturms übertönte. Ein kurzes Aufblitzen, und schon hörte man das heftige Krachen des Donners.

Er hatte im richtigen Augenblick die Augen auf die richtige Stelle gerichtet. Der kristallene Pfad hatte ihm den Blick gelenkt. Huaishan Han war in seinem Zimmer!

Zilin erinnerte sich daran, welche Anspannung er am Nachmittag in den Augen des Nationalisten gesehen hatte. *Das war kein Scherz, Genosse. Es ist für uns sehr wichtig, eine aufrichtige Antwort von dir zu bekommen.* Und er erinnerte sich auch daran, daß Davies, der Bundesgenosse dieses Mannes, einmal seine Pistole auf ihn gerichtet hatte.

Kampfbereit sprang er mit einem Satz aus dem Bett. Er hatte nicht die Absicht, anzugreifen, aber er würde sich bis zum letzten Atemzug verteidigen.

»Shi *tong zhi.*«

Der Regen hämmerte gegen die Scheiben.

»Shi *tong zhi!*«

Die Fensterläden schlugen heftig gegen die Mauer.

»Ich bin hier.« Nachdem er geantwortet hatte, wechselte er schnell seinen Standort im Zimmer, aber nichts deutete darauf hin, daß der Nationalist ihn angreifen wollte.

»Ich muß mit dir sprechen.«

»Du hast dir dafür eine befremdliche Zeit ausgesucht.«

»Nicht befremdlicher als der Krieg, in dem wir beide uns befinden.«

»Wie wahr«, stimmte Zilin zu. »Sag, was du von mir willst. Ich mache uns Licht.«

»Nein!«

Der scharfe Ton in Huaishan Hans Stimme ließ Zilin innehalten.

»Ich bitte dich, kein Licht zu machen. Niemand darf von meinem Besuch etwas bemerken.«

»Huaishan Han«, erwiderte Zilin vorsichtig, »du mußt meinen Argwohn verzeihen, aber du bist ein überzeugter Nationalist. Das hast du am Nachmittag klargestellt. Darüber hinaus hast du versucht, mich abzuwerben, aus mir einen Verräter an dem zu machen, für das ich alles im Leben geopfert habe. Du bist also mein Feind. Sag mir deshalb doch bitte, warum ich nicht auf der Stelle meinen und deinen Vorgesetzten von deinem Eindringen hier informieren soll.«

»Weil«, flüsterte Huaishan Han aufgeregt, »weil meine Vorgesetzten dich auf die Todesliste gesetzt haben.«

In dem langen Schweigen, das auf die Antwort folgte, war nur das nahe Rollen des Donners zu hören.

»Erklär mir, was du von mir willst.«

»Ich versuche es, so gut es geht«, sagte Huaishan Han. »Aber du mußt versprechen, nicht das Licht anzumachen.«

»Also gut.«

»Irgendwie hat Chiang ein Auge auf dich geworfen.«

Zilins Herz begann wie wild zu schlagen, sein Puls hämmerte.

»Er hat nicht vergessen, daß ein Mann, der mit Sun Zhong-shans Assistentin verheiratet war, Leute von ihm umgebracht hat. Er hat die Jagd nach diesem Mörder nicht vergessen. Und hat auch das erfolglose Ende dieser Jagd nicht vergessen. Jetzt hat er dich hier aufgespürt. Er will dich umbringen lassen.«

»Unsinn«, erwiderte Zilin, der seine Selbstsicherheit wiedergefunden hatte. »Dies sind politische Angelegenheiten. Ganz China steht auf dem Spiel. Wenn Chiang und Mao sich einigen können, wird die Koalition ...«

»Es wird keine Koalition geben«, warf Huaishan Han dazwischen. »Das kann ich dir garantieren.«

»Was ist dann der Grund für dieses Gipfeltreffen?«

»Aus der Sicht des Generals dient es nur dazu, die Amerikaner und die Russen zu besänftigen, die ihn gedrängt haben, sich an den Verhandlungstisch zu setzen. Auch dem chinesischen Volk will er damit seine Versöhnungsbereitschaft demonstrieren. Die Chinesen sind den Krieg leid. Aber ich garantiere dir, Shi *tong zhi,* daß Chiang das Ergebnis der Verhandlungen schon gekannt hat, bevor eure Delegation überhaupt in Chungking eingetroffen war. Für ihn ist es ein großer Sieg, daß der ›große Mao‹ demütig in das Herrschaftsgebiet des Feindes kommen und um Frieden bitten mußte.« Huaishan Han schüttelte den Kopf. »Aber nichts liegt ferner als eine Koalition. Chiang hat vor, die Verhandlungen so lange wie möglich zu verzögern und dann die Schuld für den Abbruch der Verhandlungen den Kommunisten in die Schuhe zu schieben, mit dem Argument, sie wollten gar nicht verhandeln. Dann will er seine Armee rufen und euch vernichten.«

Zilin war verblüfft, denn er hatte die ganze Zeit schon vermutet, daß Chiang genau dies im Schilde führte. Mao wußte davon, aber er weigerte sich, es zu glauben. Zilin hatte nie an diese mythische Koalition geglaubt, und Chiang, wie man jetzt annehmen konnte, ebensowenig. Vorausgesetzt, Huaishan Han sagte die Wahrheit.

»Es gibt keinen Grund, warum ich das glauben sollte«, erklärte Zilin. »Du bist, nach allem, was passiert ist, mein Feind.«

»Genau das ist der Punkt«, entgegnete der Nationalist. »Dir ist gar nicht bewußt geworden, was bei diesem Essen tatsächlich passierte. Ich hatte nicht vor, dich abzuwerben, Shi *tong zhi,* ich wollte zu deinem Herzen vordringen – deine Überzeugung herausfinden. Ich wollte sicherstellen, mit wem ich es zu tun habe. Davies hatte mir gesagt, daß ich dir vertrauen könnte, aber ich glaubte ihm nicht völlig. Er ist trotz allem ein *Faan gwai loh.* Und was wissen die Barbaren schon von den Chinesen?«

»Deshalb hast du beschlossen, es selbst herauszufinden.« Die Teile des Puzzles begannen sich allmählich zusammenzufügen.

»Genauso war es«, sagte Huaishan Han. »Deshalb habe ich dich provoziert, deshalb habe ich versucht, dich abzuwerben. Jetzt weiß ich, daß dein Herz rein ist. Jetzt bin ich mir sicher, daß ich dir vertrauen kann.«

»Mir vertrauen? Zu welchem Zweck?«

»Ich bin es, der abgeworben werden will, Shi *tong zhi.* Ich kann Chiang und seine militaristischen Ideen nicht mehr ertragen. Er denkt nur an den Kriegsruhm – an den möglichen Kriegsruhm. Seine ganze Welt ist die Armee. Sie ist für ihn der Anfang und das Ende aller Dinge. Das Volk ist ihm völlig gleichgültig.«

»Du willst Kommunist werden?«

»Ich will, daß es meinem Land in Zukunft besser geht. Und ich weiß, daß dies mit Chiang nicht erreicht werden kann.«

»Natürlich hast du das alles auch Ross Davies erzählt, als du ihn gebeten hast, dein Mittelsmann zu sein.«

»Kein Wort davon«, erwiderte Huaishan Han entrüstet. »Hältst du mich für einen Narren? Ich habe ihm nur erzählt, daß ich auf informellem Wege die Aussichten für eine Koalition erkunden wolle. ›Vielleicht‹, habe ich zu ihm gesagt, ›gelingt es uns, den Prozeß zu beschleunigen, wenn ich mit einem von Maos Ratgebern auf untergeordneter Ebene in Verhandlungen trete.‹«

»Und das hat er dir geglaubt?«

»Warum nicht? Du kennst Davies so gut wie ich. Eine solche Idee hat großen Reiz für ihn. Er mußte da einfach einwilligen, wie man sieht. Es war für ihn ein Dienst für das Vaterland.«

Zilin lachte. »Ja, ja. Ein Dienst fürs Vaterland.«

»Die höchste Tugend des edlen Wilden«, sagte Huaishan Han.

»Er ist nicht von der schlechtesten Sorte, dieser Davies«, entgegnete Zilin. »Zumindest nicht für einen *Faan gwai loh.*«

Huaishan Han kam jetzt ganz ins Zimmer herein. »Ich werde dir beim Packen helfen«, sagte er. »Wir fliehen zusammen nach Norden, außer Reichweite des Generals.«

»Nein«, antwortete Zilin. »Damit schaffen wir das Problem nicht aus der Welt. Und dein Verschwinden wird Mao in eine schwierige Situation bringen. Wir müssen nach einer besseren Lösung suchen.«

»Lösung?« wiederholte Huaishan Han. »Wie kannst du nur damit Zeit verschwenden, wo man dich jeden Augenblick töten kann!«

»Beruhige dich, Genosse«, sagte Zilin. »Chiang beauftragt niemanden, nachts in mein Zimmer zu schleichen und mir die Kehle durchzuschneiden. Er könnte sich einen solchen Skandal kaum leisten. Wenn das wahr ist, was du mir eben erzählt hast, muß er um jeden Preis mit sauberen Händen aus dem Spiel herauskommen. Zumindest werden die Amerikaner darauf bestehen. Und ohne die Amerikaner ist Chiang verloren. Deshalb wird Chiang nichts unternehmen. Er weiß, solange Mao hier ist, gehe ich nirgendwo anders hin. Es muß wie ein Unfall aussehen. Das Lager der Nationalisten muß dabei über jeden Verdacht erhaben bleiben.«

»Ja, ja, das verstehe ich schon«, sagte Huaishan Han. »Aber noch ...«

»Geduld, mein neuer Genosse, Geduld. Wir werden einen Weg finden.«

Am nächsten Morgen fühlte sich Zilin nicht mehr ganz so zuversichtlich. Ein Grund dafür war, daß Ross Davies sich nicht zu seiner *Tai chi*-Übung hatte blicken lassen. Es war das erste Mal, seit er und Zilin ihr Abkommen getroffen hatten, und das war möglicherweise ein verhängnisvolles Vorzeichen. Zilin neigte nicht dazu, voreilige Schlußfolgerungen zu ziehen, aber es war ja kein Geheimnis, daß er jeden Morgen zur gleichen Zeit an diesem Ort seine Übungen machte. Darüber hinaus hatte Chiang, wenn er wirklich vorhatte, Zilin ermorden zu lassen, bestimmt keinen Amerikaner als Zeugen haben wollen.

Und ein Vorwand, den Amerikaner vom Tatort fernzuhalten, ließ sich leicht finden.

Was Zilins Befürchtungen noch größer werden ließ war, daß er nach dem Aufstehen hatte feststellen müssen, daß Mao und seine Verhandlungsdelegation bereits zu ihrer täglichen Sitzung abgefahren waren, obwohl es noch nicht einmal sechs Uhr war. Zilin hatte die Informationen, die ihm Huaishan Han gegeben hatte, noch nicht einmal weiterleiten können. Nach Zilins Vorschlag sollte Han weitermachen wie bisher, bis er ein entsprechendes Zeichen erhalten würde. Zilin hatte Han klargemacht, daß er im Augenblick für Mao von größerem Nutzen war, wenn er in Chiangs Stabsquartier blieb.

Stille lag über dem anbrechenden Tag. Der Boden des Hofes war naß von der Feuchtigkeit der Nacht. Kein Hahn krähte, kein Hund bellte. Am Himmel war eine dunkle, unbewegliche Schicht bleifarbener Wolken aufgezogen.

Zu Beginn seiner Übungen hatte Zilin den Kopf nicht ganz bei der Sache. Seine Sinne waren nach außen gerichtet, sie suchten nach fremden Geräuschen jenseits der Hofmauer. Mit halbem Auge beobachtete er den Torbogen, der zur Straße führte.

Während der Übungen merkte er, wie sich ihm plötzlich die Nackenhaare sträubten. Seine Haut war wie elektrisch aufgeladen. Er spürte geradezu, wie sich der Lauf eines Gewehres in seine Richtung bewegte, wie sein Hinterkopf ins Visier genommen wurde. Das stahlummantelte Geschoß schießt auf ihn zu, sein schriller Ton schwillt an zu einem Kreischen, kurz bevor die Kugel die Haut zerfetzt.

Laß dir nichts anmerken!

Es kostete Zilin alle Kraft, sich in diesem Moment nicht umzuwenden. Er setzte seine Übungen fort und tat alles, um seine aufgepeitschten Nerven wieder unter Kontrolle zu bringen.

Seine Augen versuchten herauszufinden, ob die Bewegung, die er inmitten seiner Vision wahrgenommen hatte, Wirklichkeit gewesen war oder nur Einbildung, ob sie eine tatsächliche Bedrohung signalisiert hatte oder ob es wirklich nur ein Vogel auf einem Zweig gewesen war.

Ja, es hatte sich etwas bewegt!

Das Tor!

Nach einem kurzen Moment des Zögerns begann es sich langsam zu öffnen. Geräuschlos rannte Zilin vom Mittelpunkt des Hofes, wo er gestanden hatte, zu einer Stelle direkt hinter dem Eingang.

Alles blieb still, als wollte derjenige, der auf der anderen Seite des Tores stand, erst einmal einen langen Blick in den Hof werfen, um die Lage zu erkunden. Zilin hatte seinen Atem unter Kontrolle, aber der Schweiß brach ihm aus allen Poren; Davies Worte fielen ihm wieder ein: *Tai chi können wir über eine Stunde trainieren, ohne daß ich mich irgendwie unwohl fühle.*

Der Schweiß troff an Zilin herunter; er merkte, daß er Angst hatte. Er wollte nicht sterben. Der Selbsterhaltungstrieb wuchs in ihm, und er fand den Zorn, der ihm das Leben retten würde – den Zorn auf den, der versuchen wollte, ihn zu töten. Ohne diesen Zorn, das wußte Zilin, wäre es ihm unmöglich gewesen, einen Menschen umzubringen.

Das Tor, von dem er nur einige Zentimeter entfernt war, begann leicht zu schwingen, dann öffnete es sich sehr langsam. Bei dem Gedanken, daß Chiang ihn aufgespürt hatte und nun ermorden wollte, lief Zilin ein Schauer über den Rücken.

Jetzt konnte er erkennen, daß auf der anderen Seite des Tores jemand stand. Wer auch immer hereinkommen sollte, Zilin wußte, daß er jetzt handeln mußte. Es ging nur noch darum, zu töten oder getötet zu werden. Schon früher einmal hatte er getötet, Chiangs Männer, um seiner Frau Mai das Leben zu retten. Ihm war keine andere Wahl mehr geblieben.

Wie auch jetzt wieder, aber er dachte an Buddha und an dessen Lehre. In diesem Punkt zumindest hatte Davies sich nicht geirrt.

Plötzlich bewegte sich etwas; jetzt war es höchste Zeit. Die Gedanken erloschen, der Körper wollte nur noch sich selbst schützen, und zwar um jeden Preis.

Der Schatten einer Person, die in den Hof stürzte. Er sprang aus seinem Versteck hervor, beide Fäuste hoch erhoben, in der Absicht, sie mit aller Wucht auf seinen Gegner heruntersausen zu lassen. Sein rechter Arm wollte schon den tödlichen *Atemi* ausführen, als er gerade noch rechtzeitig wahrnahm, wen er vor sich hatte.

Der Arm sank herab, und die Anspannung, die keinen Zielpunkt gefunden hatte, ließ seinen Körper erbeben. Der Zorn war verflogen.

»Was machst du hier?«

Sie meinte, er sei wütend auf sie und begann zu weinen. Es war Pus Tochter, diejenige, die das Feuer in Davies Haar entdeckt hatte.

Zilin sah sofort, daß hier jede Hilfe zu spät kam.

Das Pferd war gestürzt. Vielleicht war die Ladung zu schwer gewesen oder ein Huf hatte sich in einer Wurzel oder in einem Bodenloch verfangen. Das war unwichtig.

Nicht unwichtig war, daß ein Gewicht von einigen tausend Pfund auf ihren Vater gestürzt war. Natürlich hatte sich das Pferd beim Sturz das Bein gebrochen. Der Vater hatte wohl innere Verletzungen erlitten. Er war verblutet.

Das Pferd litt immer noch Qualen. Mit seinem gebrochenen Bein hatte es für die Pus keinen Wert mehr, außer vielleicht als Fleischlieferant. Aber Zilin mußte etwas gegen das Leiden des Tieres unternehmen.

Er dachte an Ross Davies, wie er wild und frohlockend geschrien hatte, als er mit der Hand über die schweißnasse Flanke des Pferdes gefahren war. Er dachte an sein eigenes wildes Freiheitsgefühl, das er, auf dem Rücken des Pferdes sitzend, verspürt hatte. Er tastete mit den Fingern nach dem Nervenzentrum des Tieres, führte einen kurzen, harten Stoß, und in den wild rollenden Augen des Tieres erlosch für immer das Licht.

Die Mädchen weinten heftig, aber die Miene ihrer Mutter blieb steinhart. Ihre Unerschütterlichkeit erinnerte Zilin an die Gesichter zahlloser Gefallener, die er im Krieg gesehen hatte, leere Augen und leere Herzen. Er hätte gern gewußt, ob die Frau in diesen harten Zeiten mehr den Verlust ihres Mannes oder den Verlust ihres Pferdes betrauerte. Ohne den Mann würden sie weitermachen können, zumindest überleben. Aber der Tod des Pferdes veränderte ihre Situation vollkommen.

»Wir haben nicht einmal Geld für ein richtiges Begräbnis«, sagte Frau Pu später mit schwacher Stimme.

Zilin und die Mädchen hatten damit begonnen, das Tier zu zerteilen. Der alte Mann lag immer noch dort, wo er gestürzt war, bedeckt von schwarzem, geronnenem Blut und Teeblättern.

»Was wird aus seinem Geist, wenn er nicht dem Ritual entsprechend in das nächste Leben hinübergeführt wird?«

Sie sprach nicht zu einer bestimmten Person gewandt, obwohl Zilin und ihre Töchter neben ihr saßen, sondern schien ihre Worte ziellos in die Leere des Raumes zu richten. Als meinte sie, der Geist ihres verstorbenen Mannes würde den Dielen und Holzbalken innewohnen, als erwartete sie, von dort eine Antwort zu erhalten.

Zilin war eine Idee gekommen, während er Schulter an Schulter gemeinsam mit den Mädchen das Pferd zerteilte. Er hatte noch nichts gesagt, sondern die Idee im Kopf hin und her gedreht wie ein seltenes und faszinierendes Juwel, das man aus allen Blickwinkeln betrachten muß.

Es war eine waghalsige Idee – nein, mehr noch, sie war verrückt. Aber dies sind ja auch verrückte Zeiten, sagte er sich. Und natürlich lag in dieser Idee auch eine Art buddhistischer Symmetrie, eine Balance zwischen Verlust und Gewinn, die besonders den Teil seines Wesens ansprach, der eine genaue Unterscheidung zwischen Gut und Böse verlangte.

Er sah ein fahles Licht über Frau Pus Gesicht hinweghuschen, fühlte mit ihr die Angst, die sie quälte, und dachte noch einmal darüber nach, worum er sie bitten wollte. Sollte er es wagen? Die Frage mußte eher lauten: Konnte er die Chance ungenutzt lassen?

Strenggenommen war das, worum er die Frau bitten wollte, nach der buddhistischen Lehre verwerflich. Aber in China war Krieg; oberstes Ziel war, zu überleben, zumindest bis zu dem Zeitpunkt, da die Verhältnisse sich wieder bessern würden. Und die Chance, zu überleben, war genau das, was Zilin der Familie Pu anbieten würde. Die Chance, zu überleben, im Austausch für...

»Verehrte Frau«, sagte er und beugte sich vor, um weiterhin leise sprechen zu können. Die Mädchen durften keinesfalls eingeweiht werden. »Ich weiß vielleicht eine Möglichkeit, wie der Geist Ihres Mannes den Ritualen gemäß in sein nächstes Leben hinübergeführt werden kann.«

Sie hob den Kopf und strich sich die Strähnen des vorzeitig ergrauten Haars aus dem Gesicht. Leise hatte sie vor sich hin geweint, mit abgewandtem Gesicht, damit ihre Töchter es nicht sahen. In ihren Augen jedoch konnte man keine Spur von Müdigkeit erkennen. Sie sah Zilin mit fiebrigem Blick an. Das Leben hatte ihr viel abverlangt. Aber damit hatte sie sich schon lange abgefunden. Sie hatte ihr *Joss* akzeptiert, mit dem gleichen unbedingten Glauben, den schon ihre Vorfahren gehabt hatten. Dies war ihr Weg, ihr einziger Weg.

»Wir haben einen großen Verlust erlitten, Shi *tong zhi*«, sagte sie. »Aber Sie haben schon mehr für uns getan, als ich von Ihnen erbitten oder erwarten durfte. Ich darf von Ihnen nicht noch mehr verlangen.«

»Im Gegenteil, verehrte Frau«, entgegnete er vorsichtig. »Ich bin es, der Sie jetzt um etwas Schreckliches bitten muß. Ich habe die Möglichkeit, Ihnen Ihre Wünsche zu erfüllen. Ich kann für ein richtiges Begräbnis für Ihren verstorbenen Mann sorgen. Ich kann weiterhin dafür sorgen, daß Ihre Familie wieder ein Pferd erhält.«

Frau Pu sagte nichts, obwohl sie aufgehört hatte zu weinen. Ihre weisen Augen suchten nach etwas in seinem Gesicht. Schließlich sagte sie: »Das Leid, das der Krieg verursacht, müssen alle teilen, *neh?*«

Als Zeichen seiner Zustimmung senkte Zilin den Kopf.

»Wir müssen überleben, Shi *tong zhi*«, sagte sie nun schon mit etwas stärkerer Stimme. »Ganz gleich, was es kostet. Wenn Sie dafür sorgen können, dann sind ich und meine Töchter für immer in Ihrer Schuld, das verspreche ich Ihnen.«

Zilin wußte, daß er es sein würde, der in ihrer Schuld wäre, aber er war klug genug, darüber nicht zu diskutieren. »Bevor Sie Ihr Einverständnis geben, sollen Sie erst meine Bitte hören.«

Auf einmal wurden ihre Augen schmal. »Sie wollen mir doch nicht meine Töchter wegnehmen?«

»Nein, nein, verehrte Frau.«

»Das hätte ich auch nicht geglaubt.« Sie setzte sich beruhigt nieder. »Ich kenne Sie, Shi *tong zhi*. Ich habe in Ihr Herz gesehen. So etwas wäre nicht Ihre Art. Tun Sie also, was Sie möchten. Wir wollen weiterleben. Wir lassen uns von dem tragischen Ereignis nicht brechen, wir werden uns biegen wie der geschmeidige Bambus.«

»Ich werde Sie jetzt einweihen.«

Sie zuckte mit der Schulter. »*Joss.*«

Zilin nickte. »*Joss.*«

»Du bist verrückt«, sagte Huaishan Han, »völlig verrückt.«

»Warum?« erwiderte Zilin. »Weil ich sterben will?«

Huaishan Han schnaubte. »Du wirst damit nicht durchkommen.«

»Mit deiner Hilfe schon.«

»Unmöglich!«

Zilin hatte eines der Mädchen mit einer Botschaft für Huaishan Han nach Chungking geschickt. Han kam erst lange nach Einbruch der Dämmerung. Sein Gesicht war bleich und tief zerfurcht. »Buddha«, sagte er, noch etwas außer Atem, »als du aus der Stadt verschwunden warst, habe ich schon das Schlimmste befürchtet. Was ist eigentlich geschehen?«

Zilin erzählte es ihm. Dann begann er seinen Plan zu erläutern. »Und jetzt«, sagte er und führte Huaishan Han aus dem Bauernhaus hinaus, »werde ich dir zeigen, warum es nicht unmöglich ist.«

Er hatte mehrere kleine Feuer um den Platz herum entzündet, wo der tote Herr Pu lag, denn er hatte verboten, den Leichnam wegzubringen. Die Flammen und der Rauch sollten aber die Insekten fernhalten.

»Schau«, sagte Zilin und führte Han in den Kreis innerhalb der Feuerstellen. »Wir haben ungefähr das gleiche Alter. In Größe und Gewicht unterscheiden wir uns zwar ein wenig, aber bestimmt nicht so sehr, daß das jemandem auffallen würde.«

»Aber ihr seht euch nicht ähnlich«, warf Huaishan Han widerwillig ein.

»Das ist wahr«, sagte Zilin. »Aber wenn wir es hinter uns haben, wird das keine Rolle mehr spielen.«

Huaishan Han starrte Zilin an. »Du bist verrückt.«

»Im Gegenteil. Ich habe die Lösung gefunden, wie ich mich aus der schwierigen Lage befreien kann, in die Chiang mich gebracht hat. Es ist wirklich ganz einfach. Mein Tod wird dem Ganzen ein Ende machen. Chiangs Blutrache wird sich in Nichts auflösen wie eine Rauchwolke.«

»Und wie bist du überhaupt darauf gekommen?«

»Dieser Mann ist tot«, sagte Zilin. »Das habe ich nicht gewünscht, aber es ist eben so. Seine Familie hat alles verloren. Niemand weiß, was aus ihnen wird, ohne Pferd. Dafür, daß sie mir diese sterbliche Hülle leihen, aus der der Geist schon entflohen ist, gebe ich ihnen all das, was sie brauchen, um weiterleben zu können.«

»Sag mir einmal ganz ehrlich, Genosse«, fragte Huaishan Han mit einem schneidenden Ton in der Stimme, »was hättest du gemacht, wenn Frau Pu nein gesagt hätte? Hättest du dann zugelassen, daß die Familie verhungert wäre?«

»Ich hätte genau das gleiche gemacht, was ich jetzt auch tue. Ich hätte dafür gesorgt, daß Herr Pu ein anständiges Begräbnis erhält. Und ich hätte ein neues Pferd für sie aufgetrieben. Es gibt keine andere Möglichkeit.«

Huaishan Han sah ihn eine Zeitlang stumm an. Das knisternde Feuer erhellte die Nacht, der Geruch des verbrennenden Holzes überdeckte den süßlich-schweren Geruch des Todes.

»Ich glaube, Frau Pu ahnte, was ich vorhatte«, fuhr Zilin schließlich fort. »Aber ihr unverbrüchliches Vertrauen in mich hinderte sie daran, es mir abzuschlagen. Solange sie sicher sein konnte, daß ich ihr nicht die Töchter wegnehmen wollte, war sie mit allem einverstanden. Dieses Geschäft auf Gegenseitigkeit befreit sie von der Verpflichtung, die sie mir gegenüber fühlt.«

Huaishan Han betrachtete den Leichnam. Er beugte sich hinab und hob einen der steif gewordenen Arme hoch. Er drehte die Hand herum, so daß man die Handfläche sehen konnte. »Das Gesicht läßt sich entstellen«, sagte er. »Aber was ist damit?« Er wies auf die Hand, die überzogen war von gelben Schwielen.

Zilin lachte und zeigte seine eigene Hand her. Ihre dicken Schwielen schimmerten wie Elfenbein. »Du hast vergessen, Genosse, daß ich ein wirklicher Revolutionär bin. Ich habe lange Jahre mit den Bauern auf dem Feld gearbeitet. Ich bin einer von ihnen, wie alle Kommunisten es sein sollten. – Wenn wir die Kleider austauschen, wenn wir ihm meinen Ring an den Finger stecken, wenn wir den Unfall gut inszenieren und wenn du es bist, der den Toten findet, dann werde ich für tot erklärt werden. Dessen bin ich sicher.«

Und es geschah, wie Zilin gesagt hatte. Es gab, auf Maos Bitte hin, keine große Untersuchung. Der Leichnam Zilins, der an den Hängen des Jinyun Shan, am Fuße eines tiefen Abgrundes neben der Straße gefunden worden war, gab keinen Anlaß zu irgendwelchen Spekulationen. Es war für jedermann einleuchtend, daß Zilin nachts spazierengegangen und dann entweder von einem Fahrzeug oder von einem großen Tier in den Abgrund geschleudert worden war. Das war, natürlich, bedauerlich, aber nichts daran ließ einem Verdacht Platz. *Joss.*

Auf Maos ausdrücklichen Wunsch hin blieb Huaishan Han im inneren Zirkel des Generals Chiang. Und dank der Informationen, die er Mao zukommen ließ, stand es um die Sache der Kommunisten immer besser.

Mao blieb bis etwa Mitte Oktober 1945 in Chungking. Obwohl er von Zilin erfahren hatte, daß Chiang nicht beabsichtigte, ein verbindliches Koalitionsabkommen abzuschließen, sagten ihm sein Pflichtgefühl und – wie Zilin vermutete – sein Eigensinn, daß er bleiben müsse.

Im Herbst reiste Mao ab und ließ Chou En-lai zurück mit dem Auftrag, die fruchtlosen Verhandlungen weiterzuführen, obwohl dies nur noch zur Beruhigung für den hartnäckigen, aber zunehmend entnervt wirkenden Botschafter Hurley gedacht war.

Nach Yunnan zurückgekehrt, rief Mao seinen Kriegsrat zusammen.

Auch die Russen hatten zu guter Letzt noch Japan den Krieg erklärt, Stalin witterte Beute. Einige Divisionen der Roten Armee waren nach Süden in die Mandschurei vorgedrungen und vertrieben dort die Streitkräfte der Japaner.

Dies war für Mao von höchster Bedeutung, da er im Augenblick nichts mehr fürchtete, als daß die Amerikaner Chiangs Nationalarmee erlauben würden, die sogenannten befreiten Zonen, aus denen die japanischen Divisionen vertrieben worden waren, zu übernehmen. Es gab in diesen Zonen, das wußte Mao sehr gut, eine stattliche Zahl an Kriegsgerät und an kriegswichtigen Einrichtungen, die für seine schlecht ausgerüstete Armee von unschätzbarer Hilfe sein konnten. Und ihn schauderte bei dem Gedanken, was passieren würde, wenn dies alles den Nationalisten in die Hände fiel und sie es gegen seine Truppen einsetzten.

Seine Befürchtungen teilte er Zilin mit, zu dem er als einzigem seiner Berater vollkommen offen war. »Chiang ist uns zahlenmäßig überlegen«, sagte Mao einmal an einem bedrückenden, regenschweren Tag gegen Jahresende. »Er hat sowohl von den Amerikanern als auch von den Russen Rückendeckung. Seine Regierung ist weltweit anerkannt. Ich fürchte, er hat jetzt die Macht, uns vollständig zu vernichten.«

Zilin, der sich gegen die Wand des Kellers gelehnt hatte, in dem sich ihr Hauptquartier befand, erwiderte: »Daß Chiangs Truppen den unsrigen zahlenmäßig überlegen sind, wird in den bevorstehenden Kämpfen keine Rolle spielen.«

Mao, der mit verschränkten Beinen auf einer Decke am Boden saß, sah seinen vertrauenswürdigsten Berater erstaunt an. »Bitte fahre fort, Genosse.«

Zilin schloß die Augen und lehnte sich mit dem Kopf gegen den kühlen Stein. Draußen lag der Regen wie ein graugrünes Laken über dem Land und verdunkelte den Tag.

»Sun Tzu hat einmal gesagt, der Feind mag von seiner Zahl her so groß sein wie die Sterne am Himmel – wenn er deine militärische Lage nicht kennt, weiß er nicht, wie er sich auf deinen Angriff vorbereiten soll. Wir müssen unsere Strategie ändern. Wir können Chiang verwirren, denn bis jetzt glaubt er, unsere Absichten durchschaut zu haben. Das weiß ich von Han. Wenn man seine klassische Kriegsstrategie mit überfallartigen Vorstößen in sein Territorium hinein durcheinanderbringt, wird seine Verwirrung zunehmen. Wenn du dann eine geheime Strategie entwirfst – eine Strategie, die nicht einmal die Generäle unserer Armee kennen, sondern nur wir selbst –, dann wirst du später einmal zu Recht sagen können, daß du der Schöpfer des wichtigsten kommunistischen Sieges gewesen bist.«

Lange Zeit sagte Mao nichts. Er erhob sich und schritt im Keller auf und ab. »Die Mandschurei ist der Schlüssel«, sagte er schließlich. »Das fühle ich. Die Mandschurei ist der Schlüssel zu Chiangs Sieg. Deshalb war er während der Verhandlungen so sehr auf dieses Gebiet bedacht. Wenn wir ihn dort in eine Falle locken können, wird der Sieg unser sein.«

Zilin hielt die Augen noch immer geschlossen. »Deshalb, Mao *tong zhi*, wollen wir uns ganz auf die Mandschurei konzentrieren.«

»Ja.«

»Locken wir Chiang nach Norden in die Mandschurei. Sorgen wir dafür, daß wir in der Mandschurei eine denkwürdige Niederlage erleiden.«

»Was?« Mao stand stocksteif.

»Ja«, sagte Zilin. »Ja. Legen wir vor Chiang unsere Strategie offen. Wir werden bei einer Stadt, die von entscheidender Bedeutung ist für die Eroberung der Mandschurei, eine Armee zusammenziehen. Bei welcher?«

Mao, der ebenso fasziniert war wie überrascht, erwiderte: »Ssuping wäre der richtige Ort.«

»Dann nehmen wir Ssuping«, sagte Zilin und nickte. Er schlug die Augen auf. »Ich fürchte, es wird vielen das Leben kosten. Aber von dieser Niederlage an wird Chiang glauben, er könne voraussehen, was wir vorhaben. Diese falsche Überzeugung wird ihn schließlich zu Fall bringen.« Zilin erläuterte seinen Plan.

Im Mai 1946 erlitt die kommunistische Armee schwere Verluste durch ihre Niederlage bei Ssuping. Zwei Monate später erklärte Mao, daß seine Streitkräfte von nun an den Namen Volksbefreiungsarmee tragen sollten.

Dann gab Mao den Befehl, daß seine Armee alle Städte in der Mandschurei aufgeben sollte, die nicht mit einem Minimum an Stärke gehalten werden könnten. Der Hauptteil der Volksbefreiungsarmee begann ein neues Leben als Guerillatruppe mit hochbeweglichen Kampfeinheiten.

Chiang, in Hochstimmung versetzt durch das, war er für einen entscheidenden Sieg bei Ssuping hielt, verbuchte den Strategiewechsel der Kommunisten als weiteren Sieg des nationalen Lagers. Gemäß dieser Auffassung beorderte er eine große Zahl von Divisionen in die Städte der Mandschurei, die von den – seiner Meinung nach – fliehenden Kommunisten aufgegeben worden waren.

Darüber hinaus eröffnete Chiang im Frühling 1947, emporgetragen von seinen Erfolgen in der Mandschurei, einen Großangriff auf die kommunistischen Truppen. Als Maos Armeen sich aufsplitterten und Mao und seine Berater sich in die Berge von Yunnan zurückzogen, war Chiang mehr und mehr davon überzeugt, er sei auf dem Weg zu einem glänzenden, alles entscheidenden Sieg. Um dies abzusichern, ließ er in den riesigen Weiten der Mandschurei immer mehr Städte einnehmen und besetzen. Schließlich waren, wie Zilin vorausgesagt hatte, seine Truppen in alle Winde zerstreut.

Informiert von Han, begann Maos Volksbefreiungsarmee nun mit ihren ersten schweren Gegenangriffen. Nach langen Monaten stellten sich die ersten Erfolge ein. Peng Tehuai, der kommandierende General der Befreiungstruppen, schlug die Nationalarmee bei Sian. Das hatte zur Folge, daß Chiangs Rückzugslinie nach Yunnan zerschnitten war. Nun marschierten die kommunistischen Streitkräfte von zwei Seiten heran, um zum tödlichen Schlag auszuholen.

Die Amerikaner stellten der nationalistischen Seite in immer größerem Umfang Militärberater und Geldmittel zur Verfügung. Je schlimmer die Lage wurde, um so aufgeregter wurden sie und um so tiefer griffen sie in die Tasche.

Monate zuvor schon hatte Generalmajor David Barr Chiang angefleht, er möge doch seine Stellungen in der Mandschurei räumen. Mao hatte in der Mandschurei nur wenige Truppen zurückgelassen, doch die rekrutierten auf seinen Befehl hin die Reste – immerhin dreihunderttausend Mann – der mandschuranischen ›Marionetten-Armee‹, Chinesen, die von den Japanern benutzt und nach deren Niederlage und dem darauf folgenden Rückzug der Russen übriggeblieben waren. Jetzt war die revolutionäre Armee auch im Norden stark, ohne dafür Divisionen aus dem Süden opfern zu müssen.

Aber Chiang, ermutigt von einigen seiner Ratgeber – darunter auch Han –, weigerte sich, eine so lebenswichtige Region zu räumen. General Barr war, trotz allem, ein *Faan gwai loh.* Man konnte von ihm nicht erwarten, daß er die historische Bedeutung begriff, die damit verbunden war, die Mandschurei zu kontrollieren.

Im November 1948 begann die kommunistische Armee unter dem Oberbefehl von Chen Yi in den zentralen Ostprovinzen mit einer Offensive von ungeheurem Ausmaß. Nahezu eine halbe Million National-Soldaten wurde in nur drei kurzen Monaten ausgelöscht.

Nun war Chiang bereit, um Frieden zu bitten. Aber der Marsch der Befreiung hatte begonnen, und weder der General noch die jammernden Amerikaner noch die streitsüchtigen Sowjets konnten den Mächten Einhalt gebieten, die aus den Jahren der Okkupation, des bitteren Hasses und der Verzweiflung erwachsen waren.

Im April hatten Maos Truppen Nanking eingenommen. Bis zum Herbst hatten sie auf der ganzen Linie gesiegt. Am 1. Oktober 1949 wurde in Peking die Volksrepubik China ausgerufen.

Mao – der Vorsitzende Mao –, wie wurde er an diesem Tag gefeiert! Nur wenige jedoch kannten das Gesicht, und niemand kannte den Namen des Mannes, der ganz am Ende des Triumphzuges, im Schatten verborgen, vorbeimarschierte.

Zweiter Teil

SAMVARTASIDDHA
Leere

WINTER – FRÜHLING

New York/Hongkong/Washington/Moskau/ Beijing/Tokio

Als er das Maschinengewehrfeuer gehört und Neon Chow von der Stelle zurücklaufen gesehen hatte, an der Jake in das *Walla-walla* gesprungen war, war Three Oaths den Kai hinaufgestürzt, um die Polizei zu rufen. Längst war ihm klar, daß das Gewehrfeuer von seiner Dschunke gekommen war. Er machte sich auf das Schlimmste gefaßt.

Sein dritter Cousin hatte Nachtdienst auf dem Revier in Aberdeen, und so war auf den Hilferuf von Three Oaths sofort reagiert worden. Three Oaths begleitete die vier Polizeibeamten auf dem Polizeimotorboot, als sie sich zwischen den Booten der schwimmenden Stadt hindurchschlängelten.

Unruhig stand Three Oaths in der Nähe des Schiffsbugs, während die Polizisten hinter ihm ihre Waffen in derselben routinierten Weise überprüften, wie es auch die drei Japaner, die *Dantai*, kurz zuvor getan hatten. Der Regen prasselte auf das dunkle Wasser und trommelte gegen die Rümpfe der Dschunken und Motorboote. Three Oaths wischte sich die Tränen aus den Augen. Als sie anlegten, sah er Jake, der sich über eine Gestalt, die im Schatten verhüllt lag, beugte.

»Bleiben Sie hier«, zischte einer der Beamten, als Three Oaths Jake erkannte; er hatte den Polizisten bereits die drei Familienmitglieder beschrieben, von denen er wußte, daß sie sich an Bord befinden mußten: Jake, Bliss und Zilin.

»Bliss!« Three Oaths fiel auf die Knie, als er den hingestreckten Schatten erkannte, den Jake ihm in die Arme legte. »Oh! Mein *Bousehk!*« Er streckte seine zitternden Hände aus, um ihr das glatte Haar aus dem Gesicht zu streichen. Danach klebte an seinen Fingern Blut.

»Jake«, flüsterte er, »Jake!«

»Sie muß in ein Krankenhaus, Onkel.« Jakes Gesicht war bleich. Seine kupferbraunen Augen, in denen normalerweise ein inneres Feuer glühte, waren fast farblos.

»Ist mit dir alles in Ordnung, Neffe?«

»Ja.« Es war nur ein Flüstern.

»Und der Jian?«

Jake kniff die Augen zusammen. »Mein Vater...«, begann er und starrte Three Oaths an. »Mein Vater ist tot.«

»Oh, böse Götter, die diesen Tag vorausgesehen haben!« Three Oaths streckte von neuem die Hände nach seiner Adoptivtochter aus.

Es war eine instinktive Geste, aber deshalb nicht weniger bedeutsam. Die Familie war kleiner geworden; nun war ihm jedes Mitglied noch wertvoller geworden. »Hast du sie gesehen, Jake? Die Mörder?«

Jake nickte. »Ich habe sie unter Deck gefunden. Es waren drei. Mit Gion-30-09-Maschinenpistolen bewaffnet.« Er schüttelte den Kopf. »Sie waren sehr gut. Sehr professionell. *Dantais*, vermute ich.«

Wie sollte er seinem Onkel den Verlust seines *Ba-mahk* erklären? Wie sollte er das Unerklärliche erklären? Welche Worte sollte er für die Bürde der Schuld finden, die ihn niederdrückte? Er glaubte, daß sein *Ba-mahk* ihn vor dem Anschlag rechtzeitig gewarnt hätte. Es hätte ihm zumindest ermöglicht, die drei Mörder auszuschalten, bevor sie eine Chance gehabt hätten, Bliss zu verletzen. Er nahm sie fester in die Arme.

»Ein Krankenhaus, Onkel«, sagte er. »Wir müssen sie in ein Krankenhaus bringen.«

»Das Polizeiboot ist hier. Sie werden sie so schnell wie möglich hinbringen.« Er hob seinen Kopf, als die Beamten aus der Luke der Dschunke auftauchten.

»Drei Männer sind tot«, sagte einer von ihnen. Ein anderer schrieb geschäftig in seinem Notizbuch. »Viel Blut da unten. Alles ganz schön zertrümmert. Es sieht aus, als wären die Maschinenpistolen im ganzen Unterdeck abgefeuert worden. Wie nach einem Hurrikan.«

»Drei Männer?« wiederholte Three Oaths. »Wer?« Die Polizisten starrten ihn an, und er wandte seinen Kopf zu Jake. »Wer waren sie?«

»Wir müssen abwarten«, sagte ein Beamter. »Wir haben an ihren Leichen nichts gefunden, was eine Identifizierung erlauben würde.«

Bei allen großen und kleinen Göttern, dachte Three Oaths. Was stehe ich hier herum und rede mit diesen korrupten Söhnen von einfältigen Meerschnecken? Sie wissen nichts, und selbst wenn sie etwas wüßten, würden sie mir nichts sagen. Er stand da und versuchte verzweifelt, seine Gefühle unter Kontrolle zu halten. »Meine Tochter braucht unbedingt ärztliche Hilfe«, erklärte er dann in geschäftsmäßigem Ton. »Würden Sie so gut sein und sie in ein Krankenhaus bringen?«

»Was wissen Sie über das Ereignis hier, Sir?« fragte der Polizist mit dem Schreibblock.

»Nichts«, antwortete Three Oaths. »Was könnte ich darüber wissen? Absolut gar nichts. Warum stellen Sie mir eine so dumme Frage?«

»Reine Formsache, Sir«, sagte einer der Polizisten. »Wir müssen mit Ihrem Neffen sprechen. Und mit Ihrer Tochter.«

»Bitte«, sagte Three Oaths, »das kann alles morgen geschehen. Meine Tochter ist bewußtlos. Ich habe keine Ahnung, wie schwer sie verletzt ist. Mein Neffe hat einen Schock erlitten. Sie haben mein Wort, daß jeder, der in die Sache verwickelt ist, alles sagen wird, was er weiß. Aber jetzt...«

Der diensthabende Lieutenant sah von Jake zu Bliss und nickte.

»Gut.« Und mit einer Geste: »Hebt sie auf, Jungs. Das geht schon klar. Vorsichtig jetzt, vorsichtig. Paßt auf ihren Kopf auf.« Er sah zu, wie sie Bliss ins Boot trugen, dann trat er zu Three Oaths. »Ich muß Sie darauf hinweisen, daß Sie nichts an Bord durcheinanderbringen oder berühren dürfen, bis die Leute von der Spurensicherung kommen. Lassen Sie sie ohne Umstände an Bord.«

»Ja, natürlich.«

Der Offizier sah weg. Der Scheinwerfer des Motorboots versilberte sein breites chinesisches Gesicht. »Mein Beileid. Das ist schlimm. Wirklich sehr schlimm.«

Er atmete tief. Der Qualm des Motors stieg nach oben und hing übelriechend in der schweren Nachtluft. »Muß Ihr Neffe auch ärztlich versorgt werden?«

»Ich werde mich selbst um ihn kümmern«, sagte Three Oaths. »Bitte sehen Sie nach meiner Tochter.«

Der Offizier faßte an seine Mütze; er wartete, bis Three Oaths und sein Neffe unter Deck gingen. Dann schwang er sich ins Boot, die Maschine dröhnte, als sie ablegten, und sie verschwanden in der schwarzen Nacht.

»Das erinnert mich wirklich an früher. Es gab eine Zeit, in der ich mir keines davon hätte leisten können.«

Tony Simbal sah auf die Gemälde, die in Goldrahmen ausgestellt waren.

»Das ist es.«

Es war ein besonders aggressiv leuchtender Cezanne, der Spachtel des Künstlers hatte dicke Farbstreifen aufgetragen, die dem Bild ein übernatürliches, geradezu körperliches Aussehen verliehen. Simbal verstand es weder, noch mochte er es.

»Was mich bei Cezanne am meisten anzieht«, erklärte Max Threnody, »ist seine Nähe zur Anarchie. Ein ganzes Universum zu schaffen, das so chaotisch und doch wiederum so wohlgeordnet ist, ist außergewöhnlich, findest du nicht?«

Threnody schrieb ein paar Notizen in das Büchlein, das man ihm gegeben hatte, als er sich am Eingang des Auktionshauses in der Wisconsin Avenue in die Besucherliste eingetragen hatte. »Auf der Party gestern abend habe ich nicht viel von dir gesehen.«

»Monika und ich haben von alten Zeiten geredet.«

Threnody schlug das Notizbuch zu und grinste. »War deshalb meine Garderobe für eine Stunde oder so geschlossen?«

»Kann sein.«

»Suchen wir uns einen Platz, wie?« Sie gingen in den Auktionssaal, in dem Reihen von metallenen Klappstühlen aufgestellt waren. Der Raum war zu etwa einem Viertel voll.

»Das ging nicht gut aus, wette ich.«

»Es ging überhaupt nicht aus.« Der Saal wurde schnell voll. Threnody hatte recht gehabt, sich einen Stuhl zu sichern.

»Ich vermute, daß Monika dir erzählt hat, daß ich nach Peter Curran gefragt habe«, sagte Simbal.

Threnody öffnete sein Büchlein und machte noch einige Notizen.

»Warum glaubst du, daß Monika mir irgend etwas erzählen würde?« fragte Threnody. »Aber da du die Rede darauf gebracht hast, in deiner ungeschickten Art – ich glaube, wir haben da ein Problem.«

Später, nachdem er den Cezanne nicht hatte kaufen können, da unerwartet hoch geboten wurde, gingen sie in westlicher Richtung hinunter zum Wasser. Der Nachmittag war für einen späten Wintertag sehr bewölkt. Keinerlei Frühlingsvorboten schienen in Sicht. Der Wind am Potomac war so schneidend wie im Januar, als die Stadt weiß von Schnee gewesen war und die Leute auf dem Eis ausrutschten.

Threnody, der einen alten Lodenmantel trug, der einem Studenten der nahen George-Washington-Universität besser angestanden hätte, zog seinen Kopf wie eine Schildkröte ein. »Woher dieses plötzliche Interesse an Peter Curran?« fragte er.

»Du hast vorher gesagt, wir hätten ein Problem. Was für ein Problem? Geht es um Curran?«

»Ich wünschte, wir könnten mit diesen Spiegelfechtereien aufhören«, sagte Max Threnody.

»Ich arbeite nicht mehr für dich, Max. Die DEA kontrolliert mich nicht mehr.«

»Und doch sind wir hier wieder zusammen. Was ist der Grund?«

Simbal verlangsamte seinen Schritt. »Ich brauche eine Information.«

Sie hatten die Virginia Avenue erreicht und gingen in Richtung Nordwesten weiter.

»Wenn du mir gegenüber nicht offen bist«, sagte Threnody, »sehe ich nicht, wie ich dir helfen kann. Du weißt, daß du aus mir keine Informationen herausholen kannst. Und ohne Zugang zum DEA-Computer kannst du nicht ...«

Er brach abrupt ab. »Monika. Die Party.« Er schüttelte seinen schmalen Kopf. »Ich habe dir die perfekte Eröffnung geliefert. Ich werde wohl alt.«

»Der Gedanke, daß Monika mich zum DEA-Computer zurückbringen könnte, ist mir auch gekommen. Aber es hat nicht geklappt«, sagte Simbal.

»Ich glaube an das Mädchen. Sie ist bei Gott nicht dumm. Aber ihr Herz sehnt sich nach dir, Tony. Gott weiß, warum, wo du so ein Frauenheld bist. Allerdings glaube ich, daß sie dich nicht so gut kennt wie ich.«

»Du schläfst auch nicht mit mir.«

Threnodys Augen öffneten sich weit. »Mein Gott, bedeutet das, daß sie deswegen mit dem wirklichen Tony Simbal mehr in Einklang ist?« Seine Stimme war sarkastisch.

Sie hatten das südliche Ende des Rock Creek Park erreicht. Von ihrem günstigen Standort aus konnten sie das Wehr sehen. Hinter ihnen stand das Watergate-Gebäude, mit seiner kitschigen und inzwischen berüchtigten Fassade.

Simbal schwieg eine Zeitlang. Er sah auf das träge Wasser, das grau war wie ein Walrücken, und fragte sich, warum ihm keine scharfe Entgegnung einfiel.

»Willst du mir helfen oder nicht, Max?«

Es gab etwas, das Simbal herausbekommen mußte, etwas ging da vor, das er nicht verstand. Seit sie sich in der Auktion hingesetzt hatten, war er sich dessen vage bewußt. Was konnte es sein?

»Vielleicht ist es an der Zeit, daß wir versuchen, Freunde zu werden«, sagte Simbal.

»Ich habe dir vertraut, und dann, als du aus Burma zurückgekommen bist, hast du die Drogenfahndung verlassen, weil dein Zimmerkollege aus Universitätszeiten nach dir rief. Wer sagte doch, daß die Engländer das Monopol auf alte Jungenfreundschaft haben?«

Schweigend blieben sie stehen und starrten sich an, jeder dachte über das nach, was der andere gesagt hatte.

Ein Schleppkahn, unsichtbar in der Flußkrümmung, tutete, und Simbal fuhr zusammen. »Himmel«, sagte er, »das klingt ja wie eine Ehescheidung.«

»Vielleicht ist es so.«

Simbal atmete tief ein. »Können wir diese Feindschaft nicht beenden, Max? Ich würde es wirklich gern.«

Threnody sah auf den Fluß, als erwartete er, den Kahn zu sehen. Schließlich nickte er. »Das kommt mir entgegen.« Er legte seine Hände zusammen. Die Handrücken waren rauh und rot. »Ich habe dich immer bewundert, Tony. Du warst mein bester Mann. Es hat mich verletzt, dich zu verlieren.«

»Ich war rastlos, Max.« Simbal holte von neuem tief Luft. »Das ist alles.«

»Sicher.« Threnody nickte zustimmend. »Wir müssen alle sehen, daß wir weiterkommen. Das gehört zum Leben.«

Eine Zeitlang gingen sie schweigend weiter. Zwei Männer in Sweatshirts, wahrscheinlich Geschäftsfreunde, joggten an ihnen vorbei. »Gott, wie fühle ich mich alt bei dem Anblick«, sagte Threnody.

»Peter Curran ist dein neuer *Diqui*-Experte, nicht wahr?« fragte Simbal. »Alan Thune ist letzte Woche in New York ermordet worden, als er zu einem Routinetreffen mit seinem Kontaktmann ging. Ich denke, daß Curran mehr als ich über die aktuellen *Diqui*-Aktivitäten weiß.«

»Ich kann mir dein Interesse nicht erklären.« Threnodys ingwerfarbene Augen tränten wie immer im Wind. Er tupfte sie mit seinem Taschentuch ab. »Verbessere mich, wenn ich unrecht habe, aber solltest du die *Diqui* nicht uns und den SNITs überlassen?« Er sprach vom strategischen Rauschgiftdezernat der CIA.

»Die *Diquis* gehören zu dem Bereich, den Donovan mir zugewiesen hat. Südostasien. Er will alles wissen, und wenn sich etwas tut, dann warum, wie und wo. Kannst du ein Treffen zwischen mir und Curran arrangieren?«

»Das ist kaum mehr möglich«, erwiderte Threnody und sah Simbal streng an. »Peter Curran wurde ermordet.«

In diesem warmen Licht war ihre Haut so lohfarben wie die einer Katze. Mit ihrem dichten blonden Haar und ihren kühlen grauen Augen hätte sie eine Zauberin sein können. Lorelei, oder vielleicht eher Circe, denn für Mikhail Carelin hatte Daniellas Schönheit etwas, das von den alten Griechen herzurühren schien.

Carelin, ein eifriger Leser von Geschichtsbüchern, wurde von ihrem Aussehen her an die Völker Hinterasiens erinnert – an die Mesopotamier, Assyrer und Babylonier. Sie hatte kein modernes Gesicht. Ihre feingeschnittenen Züge kamen direkt aus der Antike; er zog sie oft damit auf, daß sie die Reinkarnation einer antiken Göttin sei.

»Ich bin Russin«, antwortete sie jedesmal darauf. »Ich weiß nichts von Babylon oder den Assyrern.«

Einmal hatte er ihr bei der Gelegenheit ein Buch gereicht.

»Was soll das?« fragte sie. »Ich habe keine Zeit zum Lesen.«

»Es ist eine Geschichte der militärischen Karriere Alexanders des Großen«, sagte er. »Ich glaube, du solltest dir Zeit nehmen, es zu lesen.«

»Warum?«

»Weil er versuchte, die ganze zivilisierte Welt zu erobern«, sagte er. »Und er war verdammt nahe daran, es zu schaffen.« Carelin glaubte, daß Daniella ebenfalls die gesamte zivilisierte Welt erobern wollte. »Heute braucht man dafür mehr Hilfe als Alexander zu seiner Zeit hatte«, fuhr er fort. Er glaubte, daß sie übermäßig ehrgeizig sei und daß sich in diesem Zug – der sie, nach Daniellas Meinung, stark in einer Männerwelt machte – auch ihre Hybris zeigte. »Hybris kommt aus dem Griechischen«, erklärte Carelin ihr, »es bedeutet Arroganz. Das Lexikon definiert Hybris als übertriebenen Stolz...«

»Was ist daran falsch?« hatte sie eingeworfen.

»... der oft bestraft wird.«

Daraufhin war sie verstummt und hatte an Oleg Maluta gedacht. Durch ihren Onkel Vadim hatte sie Oleg Maluta überhaupt erst kennengelernt. Onkel Vadim hatte gewollt, daß sie Ende Dezember nach Leningrad käme. Die anderen Familienmitglieder glaubten, es sei deshalb, weil dies für Daniella die beste Zeit im Jahr wäre.

Nur sie und Onkel Vadim kannten den wahren Grund. Daniellas Mutter war Mitglied der orthodoxen russischen Kirche gewesen, was sie Daniellas Vater ein Leben lang verheimlicht hatte. Auch Onkel Vadim gehörte der Kirche an und wollte, daß Daniella Weihnachten bei ihm sei.

In Leningrad hatte Daniella Oleg Maluta das erste Mal getroffen. Sie war gerade ins Politbüro aufgenommen worden, in dem Maluta schon langjähriges Mitglied war. Onkel Vadim hatte das Essen im Del'Fin arrangiert, einem der meistbesuchten Restaurants gegenüber dem Marineamt. Natürlich war die Neva zu dieser Jahreszeit fest zugefroren. Obwohl die Neva einer der kürzesten Flüsse der Welt ist, ist ihre Strömung so stark, daß der Salzgehalt nahe der Stadt und an ihrer Mündung ins Meer sehr gering ist. Deshalb war sie gewöhnlich den ganzen Winter über zugefroren, von Anfang Dezember bis Mai.

»Dieser Mann kann dir helfen, Danuschka«, hatte Onkel Vadim auf dem Weg ins Del'fin gesagt, wie sie sich erinnerte. »Wenn er Zuneigung zu dir faßt, werden sich viele Türen für dich öffnen, und die schwerste Zeit für dich – die nächsten sechs Monate – wird viel leichter sein. Oleg Sergejevitsch weiß, wo die Besen versteckt sind.«

Keine Besen, dachte Daniella jetzt. Knochen. Dein Oleg Sergejevitsch weiß, wo sie vergraben liegen, Onkel, und wem sie gehören.

Es lag eine gewisse Ironie darin, daß sie auf eine der mächtigsten Positionen in ganz Rußland berufen worden war und jetzt, durch die Arglist ines einzigen Mannes, wie ein Fuchs in der Falle gefangen saß. Sie wagte es nicht, offen gegen Maluta vorzugehen, weil sie ihre eigene Macht noch nicht genügend abgesichert hatte. Sie war neu im Politbüro, und es würde einige Zeit brauchen, bis sie ihren Weg in diesem bisher streng männlichen Territorium gefunden hatte.

Sie konnte nicht einmal ihre eigenen Verbindungen benutzen, um ihn heimlich zu bekämpfen. Denn er hatte ihr klargemacht, daß sie ständig überwacht würde. Und das war gar nicht so einfach bei dem Leiter des Ersten Direktoriums; schließlich war sie keine gewöhnliche Bürgerin.

Das Erste Direktorium war ein großes Amt, und sie kannte bei weitem nicht alle Chefs der einzelnen Abteilungen persönlich. Und viele saßen schon seit der Zeit Anatoly Karpovs auf ihrem Posten. Maluta mußte einen von ihnen bestochen haben. Es war der einzige Weg, Daniella im Auge zu behalten, ohne das geringste Aufsehen zu erregen.

Als sie jetzt in dem großen Bett mit den bequemen, dicken Daunendecken nebeneinander lagen, fragte sie sich, ob sie Carelin von Malutas Erpressungen erzählen sollte. Was würde er tun, wenn er wüßte, daß Maluta heimlich Fotos von ihm und Daniella gemacht hatte, während sie sich leidenschaftlich liebten? Mörderische Wut überkam Daniella, sie setzte sich zornig auf.

»Was ist los, *Koshka?*« Carelin nannte sie gerne so: Kätzchen.

»Ich friere nur«, sagte sie. Tränen in der verschneiten Nacht; Maluta, der ihre Trauer und ihre Gewissensbisse wie ein Vampir in sich hineintrank, während jemand Fotos schoß, obszöne Bilder der Schwäche, Tränen in ihren Augen. »Nichts weiter.«

Carelin setzte sich ebenfalls auf und legte die Arme um sie.

Sein Gesicht war irgendwie nicht zu beschreiben. Weder konnte man sagen, daß er schön war, noch war er häßlich. Er hatte ein Gesicht, das man in einer Menschenmenge nie bemerken würde. Die Beobachter des Kremls in England und Amerika, die alles eifrig überwachten, übersahen ihn von Zeit zu Zeit über den Genachevs, Reztsovs und Kulagins, Männern mit Charisma, die sich um Macht stritten. Was konnte ein Mann wie Mikhail Carelin ihnen dagegen bieten?

Für Daniella, die sich selbst im Katechismus der Macht geschult hatte, war Carelin jedoch ein Mann, der unendlich mehr Anziehungskraft als die anderen, bekannteren Machthaber im Kreml hatte. Er besaß etwas viel Wertvolleres, vor allem weil er nicht das internationale Rampenlicht suchte: eine außergewöhnliche innere Stärke.

Deshalb auch kam Genachev zu ihm und fragte ihn um Rat. Carelin war kein Mann, der unablässig seinen Machtbereich zu erweitern suchte. Er besaß ein Selbstvertrauen, das Daniella bewunderte. Er bewegte sich im Schatten, in den Korridoren der Macht, flüsterte in die richtigen Ohren und machte Politik, während er den tödlichen Säuberungen auswich, die zu jedem hochideologischen System gehören. Maluta hatte ihn als unegoistisch bezeichnet; in Wahrheit hatte Carelin sein Ich der Strategie untergeordnet, und das war wirklich selten auf der Welt.

Daniella schien es, als sei Mikhail Carelin von einem wundervollen, unaussprechlichen Frieden erfüllt. Und diesen Frieden zu teilen, erfüllte sie mit großer Freude.

Freude im Gegensatz zu Vergnügen. Daniella hatte bei vielen Männern Vergnügen gesucht und gefunden. Sie hatte herausgefunden, daß die männlichen Wesen der menschlichen Gattung dazu gebracht werden konnten, einem äußerst großes Vergnügen zu bereiten. Mit der Freude und dem Glück war es anders. Freude war eine innere Eigenschaft. Sie konnte nicht erlernt werden. Im Gegenteil, sie war eine so elementare Eigenschaft, daß sie einfach da war. Aber sie war selten – wirklich sehr selten, wie Daniella erfahren hatte. Mikhail Carelin erfüllte sie mit Freude, und deshalb war er ihr wertvoller, als es ihr jeder andere Mann vorher gewesen war.

Das war auch für Daniella selbst eine beständige Quelle des Staunens. Sie war darin geübt – hatte durch die Umstände Übung darin bekommen –, Männer zu manipulieren, um sich gegen ihre Manipulationen ihr gegenüber zu verteidigen. Als sie von ihrer defensiven zu einer offensiven Strategie übergegangen war – wie bei Karpov und

Lantin, in dessen Bett sie jetzt saßen –, hatte ihre Karriere wie eine Rakete gezündet.

Carelin war anders. Vielleicht hatte es genauso begonnen? Hatte sie ihn verführt? Das Gedächtnis – und natürlich die Gefühle – neigten dazu, bestimmte Tatsachen zu verhüllen, und nun lagen ihre romantischen Anfänge in einem Nebel, als wären sie ein Stoff aus Carelins Legenden, anstatt einfach nur ihr Leben. Die Sage von Daniella und Mikhail. Dieser Gedanke brachte sie manchmal zum Lachen. Manchmal veranlaßte er sie auch, seinen mageren, starken Körper an sich zu drücken.

In diesen Momenten begriff Daniella, daß sie Angst hatte, er könnte sie verlassen. Es war sicherlich eine irrationale Angst. Sie zweifelte nicht an Carelin. Er liebte sie heftig und ganz, aber nicht mit der sklavischen Unterordnung, die sie an vielen ihrer Liebhaber abgestoßen hatte.

Sie erkannte den Unterschied. Bei ihnen hatte sie ihre Liebe künstlich produziert, und so war sie am Ende durch ihre Künstlichkeit fade geworden. Bei Carelin hatte sie nichts tun müssen. Er liebte sie. So einfach war das.

»Komm, *Koshka*«, flüsterte er. »Leg dich wieder hin.«

Und Daniella hörte auf ihn, wie Genachev untertags auf ihn hörte. Ihr Körper entspannte sich, umgeben von seiner Wärme. Mit geschlossenen Augen wurde sie immer weicher. Sie seufzte tief.

Im Schlaf sprach sie Malutas Namen aus, und Carelin, der sie im Arm hielt und auf die schwachen Lichtreflexe an der Schlafzimmerdecke sah, hörte es.

Maluta, dachte er.

Als sie kurz darauf wieder aufwachte, sagte er: »Erzähl mir von Oleg Maluta.«

Daniella war auf der Hut und erwiderte: »Ich verstehe nicht.«

»Sag mir, *Koshka*, warum du Angst vor ihm hast«, beharrte er.

»Warum sagst du das?«

»Weil er sich in deine Träume einschleicht.« Carelin drehte sich zu ihr. »Sogar im Schlaf sprichst du seinen Namen voll Haß und Angst aus.«

Sie streckte die Hand aus und berührte seine Wange. »Warum hast du nicht geschlafen, *Lyubimi*?«

Carelin lächelte. »Ich habe der Nacht zugehört. Ich habe nachgedacht. Und ich habe dich seinen Namen sagen hören. ›Maluta‹ hast du gesagt.«

»Was noch?«

»Nur Maluta.«

Jetzt stand Daniella vor der Entscheidung. Es war eine Ewigkeit her, daß sie einem Mann etwas anvertraut hatte. Sie wollte Carelin Vertrauen schenken, und genau deshalb zögerte sie. Es war gefährlich. In der

Liebe wurde man immer betrogen. Das hatte sie durch harte Erfahrungen gelernt. Aber ein liebendes Herz will sich mitteilen, weil dies eine zusätzliche Nähe bringt. Diese Nähe, die Vergnügen in Freude verwandelt.

»Ich will es dir erzählen ...« Mitten im Satz brach sie ab. Sie erinnerte sich: *In diesem Krieg bist du entweder für mich oder gegen mich,* hatte Maluta gesagt. Der Schnee, die Stille der Nacht, Oleg Malutas rauhe Stimme, die ihr ins Herz schnitt. Der Aschegeschmack in ihrem Mund, als sie Alexeis Augen verlöschen sah, ihr zitternder Finger am Abzug, ihre Ohren, in denen das Echo des Knalls widerhallte, ihr Würgen vom Pulvergeruch.

Und Maluta, der ihr die Pistole aus der Hand nahm, so daß nur ihre Fingerabdrücke darauf waren. Eine Waffe, die versteckt wurde, die nie wieder abgefeuert werden sollte, aber bereitlag, um gegen sie verwendet zu werden. *»Ich will, daß du begreifst, daß ich dich jederzeit unter Mordanklage stellen kann.«*

»Koshka«, sagte Carelin.

»Schlaf mit mir.«

»Koshka, der Schmerz, den ich in deinen Augen sehe ...«

»Tu, was ich will, *Lyubimi«*, ihre Hände streichelten seinen Körper. »Bitte.«

Carelin nahm sie in die Arme, seine Hände liebkosten ihre festen Brüste. Mit den Daumen rieb er ihre Warzen, sie stöhnte und barg ihren Kopf an seiner Schulter. Eine dicke Haarsträhne, die nach Lavendel und Zitrone duftete, fiel ihm ins Gesicht.

Seine Hand strich ihren Bauch entlang und zwischen ihre Schenkel. Er fühlte, daß sie schon bereit war. Er drehte sich um, hob sie auf sich und sie öffnete sich ihm wie eine Blüte.

Er drang in sie ein und biß sie gleichzeitig in ihr nach Zimt schmeckendes Fleisch. Daniella glaubte, in eine Ohnmacht zu versinken. Ihr Hintern drückte sich gegen seinen muskulösen Körper. Sie fühlte sein Herzklopfen und seinen schnellen Pulsschlag, als er immer weiter in sie drang. Ihr Kopf fiel zurück und ihre Lider flatterten.

Sie fühlte ihn in sich wie einen zweiten Herzschlag. Die Lust, als er sich in ihr bewegte, war ein Trommeln, das ihr in den Kopf stieg. In ihrem Innern loderte ein Feuer.

Seine Hände kneteten zart ihre Brüste, rieben ihre Warzen, ließen sie erschauern und vor Lust stöhnen. *»Lyubimi«*, flüsterte sie, *»Lyubimi.«*

Sie begann, ihre Hüften kreisen zu lassen und bewegte sich mit ihm. Bald hörte sie sein Stöhnen und fühlte seinen heißen Atem an ihrem Ohr. Er schien zu sprechen, aber in einer Sprache, die nur ihre Seele erfaßte. Als wären sie innerlich miteinander verbunden und die Welt um sie herum ausgeschlossen.

Mit den Fingerspitzen erregte sie ihn noch mehr und gleichzeitig sich selbst.

»*Koshka!*«

Sie fühlte ihn in sich aufgerichtet, hart wie ein Fels. Er breitete sich in ihr aus. Er war so tief in ihr.

Daniellas Augen öffneten sich weit. Sie war atemlos und zitterte, hielt ihn fest und drückte ihn noch weiter, als er sich bereits in ihr verströmte.

Als er seinen Höhepunkt hatte, stieß er hart in sie hinein, und sie schrie auf. Auch sie drückte ihre Hüften an ihn und war von einer unendlichen Hitze erfüllt. Dann legte sie ihre Hände auf seine und führte sie auf ihre empfindlichen Brüste.

Sie hörte nicht auf, sich zu bewegen, bis er sich plötzlich von ihr löste. Dann legte sie sich wieder neben ihn und flüsterte: »Halt mich fest, Liebling. Halt mich ganz fest.« Zum erstenmal fühlte sie, wie wichtig auch dies war.

Im kühlen blauen Licht des Morgengrauens sagte sie: »Ich will dir von Maluta erzählen.« *In diesem Krieg bist du entweder für mich oder gegen mich.* Ihre Angst vor ihm wehte wie ein kalter Wind um ihr Herz. »Ich will dir alles erzählen.« Weil Maluta sie zum Weinen gebracht hatte, weil sie Tränen vergossen hatte, die auf ihren Wangen und in dem Schnee um sie herum brannten. Die Tränen, die er erzwungen hatte und die ihr Herz seinem gierigen Blick offen enthüllt hatten. Ihm war gelungen, was kein Mann außer Daniellas Vater hatte tun können. Er hatte ihr das Gefühl aufgezwungen, ein kleines Mädchen zu sein. Er hatte sie ihr erwachsenes Gesicht verlieren lassen. Er hatte sie in einer schrecklichen Weise, die unauslöschlich in ihre Gedanken eingebrannt war, nackt vor sich ausgezogen. Körperliche Nacktheit war nichts gegen die Nacktheit der Seele.

»Wie eine gute Katholikin will ich beichten.«

Carelin, der ein Bein über ihre Schenkel gelegt hatte, sagte nichts. Er fühlte ihr dichtes Haar an seiner Wange, die Süße ihres Atems. Er sah die kühlen grauen Augen und dachte an das sturmdurchtoste Schwarze Meer.

Draußen war der Wind stärker geworden. Trockener Schnee stob gegen die Fensterscheiben und ließ sie leise klirren, hier und da hörte man das Geräusch eines Fahrzeugs, das mit knirschenden Ketten vorbeifuhr.

»Wie hat er dir weh getan, *Koshka?*«

»Ich arbeite jetzt für ihn.« Ihre Stimme war leise. Wenn sie nicht so nahe beieinander gelegen wären, hätte Carelin nicht geglaubt, sie gehört zu haben.

»Dieser Dreckskerl«, sagte er ruhig und geradeheraus.

Der Klang dieser zwei Worte von ihm löste die Spannung in Daniella auf. Bei ihm bin ich in Sicherheit, dachte sie.

»Er hat mich gezwungen, Alexei zu ermorden«, sagte sie mit erstikkender Stimme. »Er hat mir erzählt, daß er Alexei als Spion auf mich angesetzt hätte. Und nachdem ich die Pistole – seine, Malutas Pistole – auf Alexeis Kopf gerichtet und ihn erschossen hatte, hat Maluta mir die Wahrheit gesagt. Und daß ein Mann Fotos von mir machte. – Bestimmt ist er jetzt auch hier, ich bin ganz sicher.«

»Hast du ihn jemals gesehen? Weißt du, wie er aussieht?«

»Nein.«

Carelin dachte einen Augenblick nach. »Was passierte mit der Tatwaffe?«

Daniella saß reglos da. Ihre Augen waren trocken, sie schien nicht mehr zu atmen. »Maluta hat sie an sich genommen. Meine Fingerabdrücke sind darauf. Maluta kann nichts nachgewiesen werden. Außerdem hat er die Fotos.«

»Von dem Mord?«

Nun kam die Katastrophe. »Auch von anderen Sachen«, flüsterte sie. Zuerst war sie unnatürlich ruhig gewesen, jetzt erfaßte sie eine hektische Erregung. Sie hatte am ganzen Körper zu zittern begonnen. Was war, wenn Mikhail sie deshalb verlassen würde? Der Gedanke spannte ihre Nerven bis zum Zerreißen. Sie glaubte, daß sie Maluta nie mehr wieder gegenübertreten könne, sie wußte, daß sie völlig allein war.

»Was für andere Sachen?«

Daniella, die fiebrig heiß war, blieb stumm. Ihre Zunge berührte ihren harten Gaumen. Sie fühlte einen unnatürlichen Druck auf ihren Stimmbändern lasten.

»*Koshka*«, sagte er sanft. »Du mußt jetzt zu Ende bringen, was du angefangen hast.« Er nahm ihre Hand, als wären sie verliebte Teenager, die schüchtern die ersten körperlichen Vertraulichkeiten wagten, drückte seine Finger zwischen die ihren und hielt sie fest, um ihr seinen Mut zu übertragen. »Was kann denn so schrecklich daran sein?«

Daniella schloß die Augen. Sie fühlte sich, als sollte sie von einem Boot aus in metertiefes Wasser springen.

»Was würde deine Frau tun, Mikhail, wenn sie die Geschichte zwischen uns herausfände?«

Er lachte auf und erschreckte sie damit. »Warum machst du dir darüber Sorgen, *Koshka?* Die einzige, von der sie es erfahren könnte, bist du, und du wirst es ihr nicht erzählen, oder?«

Dann sah er den qualvollen Ausdruck ihres Gesichts.

»Maluta?« Seine Stimme klang wie eine Glocke in dem stillen Raum. »Maluta hat Fotos von uns?«

Daniella nickte. Sie wagte nicht, es auszusprechen.

Carelin lehnte seinen Kopf gegen die Wand. »Oh, *Koshka*«, sagte er nach langer Zeit, »ich glaube, damit sitzen wir in der Falle.«

»Du siehst also«, sagte Threnody, »daß es höchst unwahrscheinlich ist, daß irgend jemand noch einmal Gelegenheit haben wird, mit Peter Curran zu sprechen.«

Jetzt verstand Simbal Monikas Reaktion, als er die Rede auf Peter Curran gebracht hatte. Er und Max gingen weiter, als hätten sie sich einen unausgesprochenen Wink gegeben.

»Was ist passiert?«

»Sein Auto wurde von einer Plastikbombe in einen Feuerball verwandelt.«

»Oh.« Simbal blieb abrupt stehen. Sie waren schon eine Weile gegangen und ihm wurde kalt. »Ist er eindeutig identifiziert worden?«

»Wir hatten nur noch das Skelett, um es zu untersuchen. Eine Identifizierung über die Zähne war nicht möglich, da bei Curran keinerlei Zahnreparaturen ausgeführt worden waren. Aber er trug immer einen besonderen Siegelring.« Threnody nahm ihn aus seiner Tasche. »Er gehörte irgendeinem Collegeclub, ›Höllenfeuer‹ genannt, in Yale an. Auf jeden Fall haben wir den Ring im Auto gefunden. Wir mußten eine ganze Menge verbrannter Haut von ihm entfernen, um ihn zu identifizieren.«

»Und damit ist die Sache wohl klar.«

Threnody blies in seine Hände. »Es hätte nicht passieren dürfen.«

Jetzt wußte Simbal Bescheid. Dieser merkwürdige Ton, der schon, seit sie sich am Nachmittag getroffen hatten, in jeder Antwort von Max angeklungen war. Das war also der Grund gewesen.

»Und jetzt willst du, daß ich Peter Currans Platz einnehme und die *Diqui* infiltriere«, sagte Simbal mit erkennbarem Staunen in der Stimme. »Das ist es, was du von Anfang an gewollt hast.«

»Ja und nein.« Threnody hob die Hände. »Bevor dein irisches Blut in Wallung gerät, hör mich erst zu Ende an. Wenn du dann noch nein sagen willst, gehst du einfach weg, und die Sache ist erledigt.

Die Wahrheit ist, daß ich jemanden brauche, der diese Untersuchung außerhalb der Abteilung fortführt. Ich will also nicht, daß du Peters Stelle übernimmst. Er war hinter einer sehr ungewöhnlichen Sache her. Genau dafür brauche ich dich.

Nachdem Peter seinen letzten Auftrag übernommen hatte, kam heraus, daß gewisse, äh, brisante Dokumente in unseren Akten fehlten.«

»Curran hat wichtige Akten verschwinden lassen?«

Der Wind war stärker geworden und heftige Böen wehten vom Wasser her. Threnody schlug den Mantelkragen hoch. »Es scheint so, ja.«

»Kannst du mir sagen, was er mitgenommen hat?«

»Namen, Daten, Orte, Einsatzpläne.«

»Lieber Himmel.«

»Genau, Tony. Unsere Freunde im Capitol würden uns liebend gern wegen solch einer Sache auseinandernehmen. Die Unterausschüsse im Kongreß leben von Fehlern wie diesem.«

Simbal sah ihn erstaunt an. »So nennst du das, einen Fehler?«

»Welchen Namen du der Geschichte auch geben willst«, erwiderte Threnody, »sie muß in Ordnung gebracht werden. Und zwar mit der größtmöglichen Diskretion. Es wäre äußerst schädlich, wenn die Geschichte die Runde machen würde, selbst wenn es in den einzelnen Abteilungen bliebe.«

Simbal begriff, daß Threnody damit vor allem Donovans Abteilung meinte.

Hinter ihnen heulte eine Sirene auf. Als die Ambulanz vorbeigefahren war und der Straßenverkehr wieder normal dahinfloß, sagte Simbal: »Ich brauche vollen Zugang zum DEA-Computer.«

Threnody nickte. »Du wirst alles bekommen, was du brauchst, Tony.« Er streckte seine Hand aus, und als Tony einschlug, hielt er seine Hand fest.

Die letzten Regentropfen liefen an der Fensterscheibe herab. Im Zimmer war es so still, daß das regelmäßige Geräusch des Atemgeräts laut und unheimlich wirkte.

Three Oaths spielte mit den Schnüren der Jalousie und verdunkelte oder erhellte das trübe Licht in Minutenabständen. Dann starrte er durch die Zwischenräume der Jalousie, als säße er im Gefängnis.

»Die Götter sollen unsere Feinde vernichten!« rief er schließlich aus. Das Geräusch von Bliss' tiefem Atem, das einzige Lebenszeichen während sie im Schlaf der Beruhigungsmittel lag, stach ihm wie ein Messer ins Herz. Jeder Seufzer von ihr überschwemmte ihn mit einer neuen Welle der Angst.

»Diese verdammten Ärzte wissen nichts!« rief er verzweifelt. »Sie sind hilflos, sie sagen nichts. Sie wollen ihre Unwissenheit nicht einmal zugeben. Bliss kann jeden Augenblick sterben, und sie wären nicht in der Lage, irgend etwas zu tun oder uns wenigstens zu sagen, was passiert ist.«

»Beruhige dich, Onkel«, sagte Jake. »Der Arzt hat uns doch erklärt, daß die Röntgenaufnahme negativ war. Auch das EEG hat keinen Hinweis auf innere Verletzungen gegeben.«

»Warum wollen sie dann noch mehr Tests machen? Und meine Tochter mit ihren *Gwai loh*-Maschinen untersuchen?«

»Der Arzt hat gesagt wegen gewisser Anomalien der Gehirnströme.«

»Das verstehe ich nicht«, sagte Three Oaths.

»Und die Ärzte auch nicht, glaube ich.«

»Da siehst du!« schrie Three Oaths. »Es ist genau so, wie ich gesagt habe!«

»Nur eine Routinesache, Onkel. Diese Anomalien sind nicht lebensgefährlich. Sie geben nur etwas zu denken.«

»Ah, Buddha!« Three Oaths fiel auf einen Stuhl neben dem hohen Bett. »Was für ein böses *Joss* hat uns befallen, Jake? Was für schlimme Taten haben wir in einem früheren Leben begangen, um uns so heftige und mächtige Feinde zu machen?«

»Zuerst müssen wir einmal herausfinden, wer unsere Feinde sind«, erwiderte Jake.

Three Oaths sah seinen Neffen an. »Du hast gesagt, Bliss habe ihre Tätowierungen gesehen.«

»*Irezumi*«, erklärte Jake. »Sie sagte, es seien Yakuza gewesen.«

»Das verstehe ich nicht«, sagte Three Oaths. »Wir haben keine Feinde in Japan.«

»Wenn sie sich wieder erholt hat, werden wir es wissen.« Jake stand auf und ging zum Fenster. Das Neonlicht verwandelte die Decke in derselben unheimlichen Weise, wie die speziellen Tätowierungen die Yakuza-Krieger kennzeichneten. »In Japan findet ein Krieg statt«, sagte er in die Leere der neonerleuchteten Nacht. »Ein Yakuza-Krieg. Mein Freund Mikio Komoto wird belagert.«

»Und du glaubst« – Three Oaths gestikulierte heftig –, »daß dies etwas mit dieser Freundschaft zu tun hatte?«

Jake zuckte die Achseln. »Warum nicht? Vielleicht haben sie mich gesucht. Vielleicht haben sie meinen Vater aus Enttäuschung darüber, daß sie mich nicht finden konnten, getötet.«

Three Oaths war nicht überzeugt. »Das waren Berufskiller. Sie waren sehr gut. Ich benutze jetzt deine Worte, Neffe. Du hast sie *Dantais* genannt. Du hast selbst zwei solche *Dantai* ausgebildet, als du für die Pyramide gearbeitet hast. Ich liege nicht falsch, wenn ich denke, daß die Eigenschaften eines *Dantai* außergewöhnlichen Mut und Disziplin einschließen. Deshalb frage ich dich zwei Dinge. Erstens: Wäre ein *Dantai* nicht fähig, deinen genauen Aufenthaltsort herauszubekommen? Und zweitens: Würde ein *Dantai* zu irgendeiner Verzweiflungstat Zuflucht nehmen und aus Enttäuschung zu vollkommen sinnlosen Zerstörungen fähig sein?«

Jake schwieg und starrte weiter in die bewegte Dunkelheit hinaus. Er dachte an die Frau, die ihm gefolgt war, die ihn beschäftigt gehalten hatte, damit er lange genug von der Dschunke weg blieb...

Wenn er nur sein *Ba-mahk* hätte gebrauchen können, wäre ihm die weitreichendere Strategie sicherlich nicht verborgen geblieben. Es hätte die Ereignisse zu ihrer aller Gunsten wenden können. *Ba-mahk* hätte das Leben seines Vaters retten können...

Dummkopf! dachte er wütend. Das ist dein westliches Halbdenken. Benutze deinen chinesischen Geist. Was geschehen ist, ist geschehen. *Joss*. Tu das, was jetzt getan werden muß.

»Auf jeden Fall muß ich jetzt nach Japan«, sagte er in die Stille.

»Und Bliss und dieses verdammte Durcheinander bei der SouthAsia Bancorp einfach zurücklassen?«

»Bliss wird nicht schneller gesund, wenn ich hier bin«, erwiderte Jake. »Und was die SouthAsia anbelangt, so habe ich den ganzen *Yuhn-hyun*, der darüber nachdenken kann.«

»Es geht auch um die Bestattung deines Vaters.« Three Oaths Stimme war hart geworden. Er erinnerte sich daran, was Neon Chow im Gaddi's darüber gesagt hatte, wie geeignet sein erster Sohn sei, *Zhuan* zu werden. »Es ist die Pflicht eines Sohnes...«

»Erzähl mir nicht, was meine Pflicht ist und was nicht.« Jake drehte sich um und sah seinen Onkel an. »Ich bin der *Zhuan*. Ich kenne meine Verpflichtungen. Der Körper wird heute nacht verbrannt. Du, ich und T. Y. Chung werden morgen bei Tagesanbruch einen Gottesdienst besuchen. Die Asche meines Vaters wird im Südchinesischen Meer verstreut, wie er es gewünscht hat. Aber was das Geschäft betrifft, es muß etwas getan werden, während ich weg bin.«

Er reichte seinem Onkel ein kleines Päckchen.

»Bestimme einen von deinen Söhnen – die Entscheidung überlasse ich dir. Er soll soviel wie möglich darüber herausfinden.«

Three Oaths öffnete das Päckchen. In schmutziges Zeitungspapier eingewickelt entdeckte er einen ungeschliffenen Opal. Sein vorwiegend rotes Feuer blitzte und glitzerte, als er ihn in seiner Hand hin und her drehte.

»Woher hast du den Stein?«

»Aus der Tasche von jemandem, der verrückt genug war, mich zu verfolgen«, antwortete Jake.

»Wann war das?«

»Sieh zu, daß getan wird, was ich dir gesagt habe«, sagte Jake kurz angebunden. Diesen Augenblick zur Sprache zu bringen hieß, ihn an seinen Verlust zu erinnern. *Ba-mahk*... der Weg der Strategie. Jake konzentrierte sich und versuchte, das Pulsieren zu fühlen. Nichts. Und er konnte Three Oaths kein Wort davon sagen. »Wenn ich zurückkomme, will ich wissen, wo der Stein gekauft wurde, wann und vor allem von wem.«

Three Oaths wickelte das Päckchen wieder ein und steckte es in seine Tasche. »Wird erledigt«, sagte er. Seine Augen wanderten zu dem blassen Gesicht seiner Tochter. »Sie ist genauso ein Teil von mir wie die Kinder meiner eigenen Lenden. Und sie ist noch mehr. Sie ist ein Stück von Shi Zilin. Mein *Bou-sehk*.«

Als er seinen Kopf wieder hob, war sein Ton vollkommen verändert. »Jetzt will ich, daß du hinuntergehst, damit der Arzt einen Blick auf dich werfen kann. Wenn du soviel vorhast, will ich sicher sein, daß du gesund bist. Im Interesse des *Yuhn-hyun*, du verstehst mich.«

»Ja, natürlich.« Die Spannung zwischen ihnen blieb. Das alles hat mein Vater sicher nicht erwartet gehabt, dachte Jake. O Buddha, ich kann nicht glauben, daß er tot ist. Gib mir die Kraft, meine

Strategie auszuführen. »Ich zähle auf dich, daß du die Situation hier im Auge behältst.«

»Du bist wirklich ein harter Bursche, Neffe.« Three Oaths saß sehr still da. Obwohl er eine Zeitlang nichts sagte, hatte sein Ton doch verraten, daß noch etwas folgen würde. »Vielleicht hatte mein älterer Bruder doch recht, als er dich zum *Zhuan* bestimmte. Man muß in der Tat kalt und sorglos sein, um das Gewicht einer solchen Organisation, wie es der *Yuhn-hyun* ist, auf seinen Schultern zu tragen. Ich glaube, ich selbst würde es nicht können.«

Die Worte seines Onkels verletzten ihn, stachen ihm ins Herz und bestimmten seinen nächsten Entschluß. Er nahm einen Umschlag aus der Tasche. »Onkel«, sagte er mit belegter Stimme. »Ich weiß nicht, wo ich in den nächsten Tagen sein werde. Oder was passieren wird. *Joss.* Aber ich habe einige Vorkehrungen getroffen.« Er hielt den Umschlag hoch. »Darin wirst du den Namen von Apollo, unserem geheimen Verbindungsmann in der Sowjetunion, finden. Während ich weg bin, mußt du den Funkkontakt mit ihm aufrechterhalten. Er muß fühlen, daß die Verbindungslinie zu uns absolut sicher ist. Ich kann in keiner Weise riskieren, daß er seine Anweisungen nicht befolgt. Verstehst du?«

Three Oaths sah seinen Neffen an. Sein Herz schwoll an vor Stolz. »Absolut, *Zhuan.*« Also hatte Neon Chow doch nicht recht, dachte er. Tief im Innern hatte er es gewußt. Es tat gut, diesen greifbaren Beweis der Wertschätzung zu erhalten.

»Achtundvierzig Stunden, nachdem ich weg bin«, sagte Jake, »mußt du den Umschlag öffnen und den Instruktionen folgen, um mit Apollo Kontakt aufzunehmen. Danach wirst du bis zu meiner Rückkehr einen Achtundvierzig-Stunden-Rhythmus einhalten.«

»Und wann wirst du zurückkommen, Neffe?«

»Das weiß nur Buddha.«

Jake reichte ihm den Umschlag.

Zur verabredeten Zeit kehrte McKenna in das rauchige Labyrinth des White Teacup zurück. Der Polizeibericht über den Vorfall in Aberdeen war – weil man ihn an das Sonderdezernat weitergeleitet hatte – über seinen Schreibtisch gewandert, und er hatte den Bericht der diensthabenden Beamten mit mehr als beiläufigem Interesse gelesen. Three Oaths Tsun war Teilhaber der SouthAsia Bancorp, und McKenna fragte sich, ob dieser Überfall auf die Dschunke etwas mit den Gerüchten zu tun hatte, von denen White Eye Kao ihm erzählt hatte.

Er bahnte sich seinen Weg durch die Seeleute und leichten Mädchen und sah Big Oysters Pok, an seinem üblichen Tisch. Ich werde die Antworten schon bald kennen, dachte er. Big Oysters Pok saß allein am Tisch und winkte McKenna zu, als er ihn kommen sah. »Setzen Sie sich«, sagte er. »Und nehmen Sie sich einen Drink.« Er lachte. »Oder sind Sie im Dienst?« McKenna gelang es mit Mühe, die Anspielung zu überhören. Er schenkte sich ein Glas Johnnie Walker Black ein und trank es in einem Zug leer, als dächte er, den Chinesen damit beeindrucken zu können – was im Moment aber nur eine sehr kurze Hilfe war, wie er fühlte. Er scherte sich nicht um Big Oysters Poks Benehmen, denn er war kaum in der Position, darüber Bemerkungen zu machen. Wenigstens nicht, bis er bekommen hatte, was er von dem Schlitzauge wollte. McKenna bleckte die Zähne. Bald werde ich ihm eine Lektion erteilen, dachte er. Ich werde ihn lehren, einen Vertreter des Gesetzes zu respektieren.

»Was haben Sie für mich?« fragte McKenna.

»Lieutenant«, sagte Big Oysters Pok, »Sie erinnern mich an den Hasen, der es nicht erwarten konnte, den Highway zu überqueren.« Langsam streckte er die Hand aus und schenkte sich selbst einen Whisky ein. Er hob das Glas, schwenkte die umbrafarbene Flüssigkeit und starrte in ihre klare Tiefe. »Er lief einfach los. Gerade rechtzeitig, um von einem Lastwagen erfaßt zu werden. Die Zwillingsreifen haben ihn auf dem Asphalt zerquetscht.« Er trank genüßlich einen Schluck. »Man muß eben die Kunst der Geduld lernen.«

»Geduld«, wiederholte McKenna verächtlich. Er fühlte sich wie in einem Schraubstock – wie in einem doppelten Schraubstock. Als würde er zwischen Formidable Sung und White Eye Kao zusammengequetscht, als hätte er jegliche Initiative verloren. Er fühlte sich in den Urwald zurückversetzt, sah die Feuer brennen, die in langen Garben wie eine Spektralschrift an den tintenblauen Himmel sprühten. Als wäre ganz nahe wieder der Singsang zu hören und sein Echo im Dickicht der Wildnis.

»Ich will eine Antwort!« Er schrie und ließ seine fleischige Faust auf den Tisch fallen; die Flaschen und Gläser klirrten wie die Knochenketten, die die Eingeborenen getragen hatten. McKenna bebte vor Zorn. »Eine Antwort!« Er wischte sich den Schweiß aus dem Gesicht.

Big Oysters Pok lehnte sich zurück und sah den großen *Gwai loh* an, wie man im Zoo ein seltsames und nicht sehr vertrauenerweckendes Tier anstarrt. Diesem Mann kann man nicht trauen, dachte er. Ich muß aufpassen.

»Ich habe die gewünschte Antwort«, erwiderte er schließlich.

»Gut«, sagte McKenna, »sehr gut.« Er schenkte sich einen neuen Drink ein und stürzte ihn ebenso schnell hinunter wie den ersten. »Raus damit. Ich habe nicht die ganze Nacht Zeit.«

Big Oysters Pok, der sich fühlte, als sei er mit einem gefährlichen Bären in einem übelriechenden Keller eingeschlossen, fuhr fort: »Es gibt Probleme bei der SouthAsia Bancorp.«

»Was für Probleme?«

»Der Leiter der Bank ist verschwunden.«

»Gefeuert?«

»Mir hat man erzählt, daß er abgehauen ist.«

McKennas Augen leuchteten hell. »Dann muß Geld im Spiel sein.« Big Oysters Pok nickte. »Zweifellos. Das einzige Geheimnis ist, wieviel.«

McKenna rollte sein Glas in den Händen. »Wie groß die Probleme sind, hängt doch allein davon ab, wieviel er unterschlagen hat, glauben Sie nicht?«

»Fragen Sie mich nach meiner Meinung?« fragte Big Oysters Pok.

McKenna sah auf. »Was? O ja, natürlich.«

»Interessant würde es dann werden, wenn es ihm gelungen wäre, so viel Geld aus der Bank abzuziehen, daß sie unmöglich einen großen Ansturm auf die Konten abdecken könnte.«

»Das ist richtig«, stimmte McKenna zu. »Der geringste Hinweis auf Unterschlagungen, der den Einlegern der SouthAsia zu Ohren kommen würde, hätte dann verheerende Folgen.«

»Nur unter der Voraussetzung, die ich gerade genannt habe.«

»Die Sache wird unter Verschluß gehalten«, sinnierte McKenna. »Das könnte bezeichnend sein. Wenn sie wirklich knapp bei Kasse sind, würde das Geringste, das sie zugeben müßten, einen Ansturm auf die Konten auslösen.«

»Warum ist es für Sie von Bedeutung, in welcher finanziellen Situation sich die SouthAsia befindet?« fragte Big Oysters Pok und dachte, ich weiß, wieviel unterschlagen worden ist, aber warum soll ich es dir erzählen?

»Das geht dich einen Dreck an«, erwiderte McKenna scharf. »Aber ich sage dir, was du tun sollst. Finde heraus, wieviel fehlt. Und zwar schnell.«

»Bin ich jetzt etwa Ihr Laufbursche?« Big Oysters Poks Gesicht war kreidebleich geworden.

McKenna lehnte sich über den Tisch. Sein Gesicht war glutrot, und in seinen Augen schienen sich die Flammen der Feuer in der australischen Wildnis zu spiegeln.

»Hör zu. Seit der Minute unserer kleinen Abmachung habe ich dich in der Hand. Ich kann dich fertigmachen, wie ich nur will, ich kann dir ein halbes Dutzend Klagen an den Hals hängen, inklusive des Bestechungsversuchs eines Offiziers der Friedensmacht Ihrer Majestät.«

»Sie würden sich damit nur selbst in Schwierigkeiten bringen«, erwiderte Big Oysters Pok kühl.

McKenna lachte auf. »Und wer, glaubst du, würde dir mehr als mir glauben? Kein Richter in Hongkong, das ist sicher. Gebrauche dein Hirn. Sei ein braves Hündchen und tu, was man dir sagt. Dann ist alles in Ordnung, okay?«

»Ich habe getan, was Sie verlangt haben«, erklärte Big Oysters Pok. »Wir hatten eine feste Absprache. Und weiter kann ich nicht gehen. Immerhin riskiere ich etwas dabei.«

»Du kleines Schlitzauge, du hast schon zuviel riskiert, und zwar bei mir, verstehst du? Ich bin derjenige, den du fürchten mußt, und mach ja keinen Fehler.« Fliegen stießen an den undurchdringlichen Film des starrenden Auges. »Ich bin weiß. *Ich* habe die Macht.«

Eine Zeitlang schwieg Big Oysters Pok. Dann nickte er kurz und stand auf. »Gute Nacht, Lieutenant.« Er warf einige Münzen auf den Tisch. »Und auf Wiedersehen.«

Daniella und Oleg Maluta im Ballett. Sie sahen ›Dornröschen‹, hörten die Herrlichkeit der anschwellenden Musik, sahen die ›Pas de deux‹, die schwingenden, elegischen Bewegungen des ersten Tänzers.

Daniellas Sinne nahmen die überreichen Farben der Kostüme, die Rokokokulisse und die melodramatische Musik auf. Sie fühlte sich wie ein Nachtschwärmer am Ende einer langen Nacht.

Müde fragte sie sich, warum Maluta darauf bestanden hatte, daß sie mit ihm ins Ballett ging. Vier Jahre waren er und seine Frau Dauergäste in dieser teuren Loge im Bolschoi-Theater gewesen. Dann hatte der plötzliche und rätselhafte Tod seiner Frau seinen geliebten Ballettbesuchen ein Ende gemacht.

Das war jetzt viele Jahre her. Heute hätte Maluta viele Leute mit ins Bolschoi nehmen und daraus auch noch politische Vorteilen ziehen können. So nahe neben ihm, mußte Daniella an die Gewalt seiner Wutausbrüche denken.

Manchmal schien Maluta ein Hund im ersten Stadium der Tollwut zu sein: Er schrie, er kreischte unsinnig, er wurde handgreiflich. Manchmal aber blieb er auch absolut ruhig. Und wenn er ruhig blieb, war er am gefährlichsten.

Daniella hatte selbstverständlich kein Verlangen danach gehabt, Maluta irgendwohin zu begleiten. Sie hätte es bei weitem vorgezogen, mit Mikhail Carelin zusammen zu sein. Seine späte Sitzung mit Genachev mußte inzwischen vorüber sein.

Aber sie konnte Maluta nichts abschlagen. Sie dachte an das Zimmer, in dem er, sorgfältig verschlossen, die Fotos von ihr und Carelin aufbewahrte, ebenso wie die Pistole, mit der sie Alexei erschossen hatte. Und die mit Sicherheit gestochen scharfen Fotos von ihr, denn bestimmt war ein hoch auflösender Film benutzt worden, als sie weinend neben dem Auto stand, in dem Alexeis Körper, immer noch warm, über dem Steuerrad lag. Mehr als alles andere wollte sie diese Fotos haben. Bis sie die Fotos, die Negative und den Mann, der sie geschossen hatte, nicht vernichtet hatte, würde sie sich unsäglich beschmutzt fühlen. Maluta besaß nicht nur die Mittel, sie politisch auszuschalten, sondern hatte auch einen Blick in ihr Innerstes getan. Daß er die Macht hatte, sie zum Weinen zu bringen, ließ sie ihn mit einer Intensität hassen, die sie im ganzen Körper spürte.

Und das schlimmste war, daß sie ihm gegenüber absolut hilflos war. Obwohl ihr Schreibtisch mit Berichten und Studien aus mehreren

Schlüsselbereichen übersät war, hatte sie den größten Teil des Tages damit verbracht, tiefer und tiefer in den Computer des Direktoriums einzudringen, um den kleinsten Hinweis auf eine empfindliche Stelle in Malutas Panzer zu finden. Doch ohne jeden Erfolg. Seine Schulakte zeigte, daß er mit fünfzehn fast schon genial war. Er war ein eifriger Marxist, wie seine Eltern es gewesen waren. Malutas Vater, ein Ingenieur, hatte sein Leben lang im Dienste von Mütterchen Rußland gearbeitet.

Malutas eigener Aufstieg in der sowjetischen Hierarchie war schnell und ohne Umwege vonstatten gegangen. Wenn er sich Feinde gemacht hatte, so waren sie nicht mehr an der Macht. Die einzige Tragödie in seinem Leben war der Tod seiner Frau vor zwölf Jahren gewesen. Sie war in einem Feuer umgekommen, das in ihrer Datscha auf dem dicht bewaldeten Hügel in der Nähe von Zvenigorod, das viele Künstler schätzten, ausgebrochen war.

Nach seinem Dossier hatte Maluta danach um einen längeren Urlaub gebeten und ihn auch erhalten. Dann hatte er, größtenteils allein, die Datscha auf der Asche der ersten wieder aufgebaut. Das war seine Art zu trauern. Er mußte sie sehr geliebt haben, da er seitdem nicht wieder geheiratet hatte. In seiner Akte gab es keinen Hinweis auf irgendein Verhältnis.

Hat er die ganze Zeit wie ein Mönch gelebt? hatte Daniella sich gefragt, oder war er nur zu schlau gewesen für die Beobachter, die jede mächtige Person in Rußland überwachten?

Als die Musik von Tschaikowsky zu einem neuen Crescendo ansetzte, zwang Daniella sich, sich zu entspannen. Das war das schwierigste in Malutas Gegenwart. Nie schien sie fähig, sich zu entspannen. Sie erinnerte sich, daß Onkel Vadim einmal gesagt hatte: »Der Mann ist das überlegene Geschlecht, weil er glaubt, es zu sein.« Daniella dachte, daß dieser Satz sehr gut auf Oleg Maluta zutraf.

Der Sverdlov-Platz war hell erleuchtet, als sie aus dem Glanz des Bolschoi traten. Es schneite noch immer, und das Geräusch der Ketten an den Reifen der Autos und Lastwagen hallte wie ein rhythmischer Puls von den Mauern der Gebäude zurück.

In Malutas Chaika fuhren sie in die von Schnee erhellte Nacht hinein, die tiefhängenden Wolken reflektierten die Lichter Moskaus.

Zwischen dem Rücksitz und dem Platz des Chauffeurs war eine Trennscheibe eingebaut. Maluta lehnte sich vor und klopfte gegen das dicke Panzerglas. Der Fahrer schien das Geräusch nicht zu hören.

»Du siehst, wir sind unter uns«, sagte Maluta und sank in die Polster zurück. Er hatte sich ihr halb zugewandt. Daniella sah aus dem Fenster. Es schien, daß sie zur Moskwa hinunterfuhren und nicht direkt zu ihrer Wohnung. Sie fühlte eine leichte Übelkeit in der Magengrube. Jetzt würde sie erfahren, warum er ihr befohlen hatte, heute abend zu kommen.

»Was macht die große Liebe, mein Kiebitz?«

Sie mochte diesen Ton nicht. »Wenn Sie mich heute abend allein gelassen hätten, hätte ich herausgefunden, worüber Carelin und Genachev bei ihrem Treffen gesprochen haben.«

»Oh, du wirst früh genug zu Hause sein, um ihn mit dem Pelzchen zwischen deinen Beinen zu erfreuen.« Maluta lachte auf. »Ich genieße die neidischen Blicke, wenn ich mit dir ausgehe. Meine Kollegen gehen nicht nur ins Bolschoi, um Kunst zu sehen, sondern auch, um zu wissen, wer mit wem geht.« Obwohl sie beide Mitglieder des Politbüros waren, hatte Maluta ›meine Kollegen‹ gesagt. »Du hast ein pessimistisches Herz, Genosse General.« Maluta sog an seiner Zigarette. »Vielleicht weil du eine Frau bist. Würdest du in Ohnmacht fallen, wenn dir eine Maus über die Füße liefe, frage ich mich?« Er lachte wieder und ballte die Hand zur Faust. »Ich glaube nicht. Ich habe dich mit einer Pistole umgehen sehen. Du bist ein ausgezeichneter Schütze. Aber was passiert, wenn du einmal in dem Feuer eines Kampfes auf Leben oder Tod stehst? Wirst du dann hart wie Kristall werden? Oder in tausend Stücke zerspringen? Das ist es, was ich gern wüßte.«

Der Wagen verließ die Hauptstraße und fuhr auf einen Parkplatz. Maluta stieg aus und hielt ihr die Tür auf.

Zusammen gingen sie einen gepflasterten Weg hinunter. An seinem Ende war der Schiefer zu Geröll zerbrochen. Die anschließende Uferböschung war sehr steil, und im Schnee fand man nur schwer einen sicheren Stand. Die Lichter moderner Hochhäuser glitzerten auf der Eisdecke, die von diesem letzten Schnee bereits angefangen hatte zu brechen. Die Moskwa sah grau und träge aus wie Blei. Nichts bewegte sich an ihren Ufern.

»Dies ist einer meiner Lieblingsplätze«, sagte Maluta. Aber damit sie das nicht als Vertraulichkeit mißverstand, fuhr er fort: »Hierher komme ich zu geheimen Unterredungen. Hier kann ich sicher sein, daß niemand mich abhört oder daß ein Gespräch auf Band aufgezeichnet wird.« Er breitete die Arme aus. »Hier kann man sich nirgends verstecken. Selbst eine zusammengekauerte Gestalt würde ich sofort sehen.«

Im Schein der Lichter der Stadt leuchtete der Schnee fast rosa. In der windstillen Nacht fielen die Flocken senkrecht vom Himmel. Maluta blieb kurz vor der Uferkante stehen. »Hier wäre ich einmal fast ums Leben gekommen.« Die Spitze seiner Zigarette glühte wie ein böses, allwissendes drittes Auge. »Ich war damals fünfzehn und noch tollkühn.« Er schnippte die Asche seiner Zigarette in die Dunkelheit. »Es war Frühling. Etwa dieselbe Jahreszeit wie jetzt, glaube ich. Das Eis war dünn, meine Mutter warnte mich. Aber ich habe nie auf sie gehört.«

Maluta nahm einen tiefen Zug und stieß den Rauch langsam aus. Er hatte seinen Kopf leicht geneigt, als horchte er auf das leise Knacken des brechenden Eises. Er sah arrogant aus, und der Ton seiner Stimme verärgerte sie noch mehr.

Aber so war Oleg Maluta: geheimnisumwittert, eigensinnig, messerscharf, äußerst arrogant und ebenso brillant.

Wieder hatte sie Onkel Vadims Satz im Ohr: *»Der Mann ist das überlegene Geschlecht, weil er glaubt, es zu sein.«*

Daniella versuchte verzweifelt, sich von diesem sonderbaren Mann nicht einschüchtern zu lassen. Aber sie spürte: je mehr sie sich darum bemühte, um so weniger gelang es ihr, sich von der Angst vor ihm zu befreien.

»Ich ging zum Schlittschuhlaufen an diesem Tag«, erzählte Maluta weiter. »Ich glaube, daß es um eine Wette ging, und entweder war ich zu mutig, oder es lag an meinem Dickschädel, daß ich nicht gekniffen habe. Ich fuhr hinaus aufs Eis. Meine Erfahrung sagte mir, daß ich mich da auf etwas Gefährliches einließ, und ich fühlte mich nicht wohl dabei. Die dunklen Flecken waren ein schlechtes Zeichen. Gutes, dickes Eis ist milchig weiß.

Ich brach ein.« Sein Arm hob sich, und das glimmende Ende seiner Zigarette beschrieb einen kurzen Bogen. »Genau an der Stelle. Ich hörte es krachen und dachte, daß jemand am Ufer einen Schuß abgefeuert hätte. Dann stürzte ich ins Wasser. Es war sehr kalt und finster.« Er rauchte zu Ende und warf den Zigarettenstummel fort. »Jetzt komme ich mit Leuten hierher, deren Nützlichkeit für mich ausgeschöpft ist. Eine Art endgültiger Kündigung.«

Es war bezeichnend, daß er die Geschichte nicht fertig erzählt hatte, und Daniella wußte, daß er das auch nicht tun würde. Seiner Meinung nach reichte das, um den Zuhörer die Lektion lernen zu lassen. Es war offensichtlich, daß nicht er in der Moskwa ertrunken war.

Maluta lachte. »Aber sei beruhigt, meine liebe Daniella Alexandrowa, du stehst noch nicht auf meiner Kündigungsliste. Du bist ein ganz besonderes Geschöpf, dich behandelt man besser sehr sorgsam.«

»Und man zeigt mich in der Öffentlichkeit vor.« Sie beobachtete ihn. »Genau *das* hast du mit mir heute abend getan.«

»Im Bolschoi? Ja, natürlich. Das gehört zu unserem Spiel.«

»Was für ein Spiel?«

Schatten brachen in Malutas hagerem Gesicht auf, als hätten seine kantigen Züge die Macht, das Licht zu zerteilen. »Du warst intelligent genug, dich ins Politbüro hinaufzuarbeiten. Alles ging so, wie du es wolltest. Sie sind dir in die Falle gegangen, erfolgreiche, ja sogar hervorragende Männer, meine ich, weil du eine Schwäche ausnutzen konntest, die sie alle haben.

Weil sie dich besitzen wollten. Weil du clever genug warst, diesen Wunsch in ihnen zu schüren, ließen sie dir alles zukommen, was du brauchtest, um in der Hierarchie der *Sluzbha* nach oben zu kommen. Das muß man sich vorstellen! Die wären bis ans Ende der Welt für dich gegangen. Sie haben dir ihre Seelen verkauft, verneigten sich vor dir und haben dir alles das, was ihre Macht sicherte, ausgeliefert. Für das«, seine Hand preßte sich fest gegen ihre Brüste, »und das«, sie fanden den Hügel über ihren Schenkeln.

Daniella wurde übel davon, sich diesen Erguß von Männlichkeitswahn, diese Litanei von Verdrehungen und Unwahrheiten anhören zu müssen. Anscheinend glaubte Maluta, daß sie nur ihre Schenkel für Karpov und Lantin hatte öffnen müssen, um sie in naive Kinder zu verwandeln.

Eine rasende Wut überfiel sie, und sie konnte geradezu fühlen, wie in ihrem Kopf jeder klare Gedanke erlosch, so wie man auch die Kälte in die Gliedmaßen steigen fühlt, wenn man von Melancholie befallen wird.

Sie überlegte. Du darfst jetzt nicht das werden, was er dir vorwirft – nicht ein rein emotionales Wesen, ohne Verstand und ohne Plan und Ziel. Er hat gesagt, daß du einen scharfen Verstand hast. Das mußt du ihm beweisen!

Malutas Augen leuchteten wie die Lichter der Stadt auf dem Eis der Moskwa hinter ihm, es war das Glimmen der Augen eines Nachttieres. Der Fluß schien mit ihnen zu atmen, in ruhigem Rhythmus, wie leise seufzend.

»Das waren keine Männer«, fuhr er unbarmherzig fort, »zumindest nicht nach meinen Maßstäben. Du glaubst, du wärst am Ziel, glaubst, daß du einen gewissen Respekt verdienen würdest, mir gleich wärst. Aber da täuschst du dich! Erst jetzt wird dir dein Platz zugewiesen werden, erst jetzt wirst du wirklich erfahren, wie unwürdig deine Stellung ist... und dein Geschlecht.

Du hast viel riskiert, als du dich dort oben bei uns eingeschlichen hast. Doch deinen Wagemut, soll ich den vielleicht wie ein Narr bewundern? Wagemut wird nur bei großen Männern bewundert! Bei Frauen nicht.«

Sie wußte, daß er sie quälen wollte, aber sie schien sich dem nicht entziehen zu können.

»Bestimmt nicht.« Er zündete sich eine neue Zigarette an. Im Schein des Feuerzeuges konnte Daniella den Haß in seinen Augen glühen sehen. »Wenn es nach mir gegangen wäre, wärst du niemals ins Politbüro aufgestiegen. Ich habe gegen deine Nominierung gekämpft. Aber die Erkenntnisse, die du für die *Sluzbha* gewonnen hattest, wogen schwerer. Soviel zu meiner Meinung, mit der ich in der Minderheit war. Ich bin auf meinen Pragmatismus sehr stolz. Aber da du nun einmal hier bist, werde ich mich bemühen, deine Talente so effizient wie möglich einzusetzen.«

»Daß du glaubst, ich hätte welche, freut mich.«

»Wenn du die Beine breitmachst, hören die Männer eben auf dich.« Er spuckte einen Tabakkrümel aus und vielleicht noch etwas anderes,

Unsichtbares. »Du bist nun mal eine Hure. Und eben deshalb kann ich dich brauchen.«

Daniella mußte sich zurückhalten, um ihm nicht an die Kehle zu springen. Die Wut, die sie durchströmte, war so heiß, daß sie merkte, wie ihr der Schweiß ausbrach.

Maluta schenkte ihr ein fahles Lächeln. »Du würdest mich gerne umbringen, nicht wahr, Daniella Alexandrowa? Zugegeben, auch das kannst du gut. Sex und Tod, dein Metier, ha!« Wieder lachte er.

»Aber ich werde dich an meiner Seite haben, selbst wenn ich Parteichef werden sollte. Du bist für mich ein so wertvoller Vorteil, daß man ihn nicht einfach vergeuden sollte. Jedenfalls brauche ich dich, und wie ich schon gesagt habe, ich bin ein sehr pragmatischer Mensch. Weshalb ich heute abend auch ein bißchen von dir enttäuscht bin. Es stimmt schon, das war sehr raffiniert, wie du Shi Zilin ausgeschaltet hast. Aber wie du versucht hast, Jake Maroc aus dem Weg zu räumen, das war eine Katastrophe. Das gefällt mir gar nicht. Und haben wir etwa irgendwelche Fortschritte gemacht, an Kam Sang heranzukommen? Vielleicht sollte ich dich dafür bestrafen. Ich habe darüber während des Balletts nachgedacht; Tschaikowskys Musik bringt einen geradezu von selbst auf solche Gedanken.«

Daniella antwortete nicht, und Maluta trat einen Schritt näher an sie heran. Sie roch sein Rasierwasser, den Geruch von Tabak und Schweiß, der sich den ganzen Tag über in seinen Kleidern gesammelt hatte, und der sie wie eine ansteckende Krankheit zu bedrohen schien. »Du überraschst mich, Daniella Alexandrowa. Ich dachte, du würdest etwas zu deiner Verteidigung sagen.« Er legte seinen Kopf zur Seite. »Nein? Nun gut. Es hätte ohnehin keinen Sinn.« Er zuckte die Schultern. »Und wer weiß, vielleicht bist du auch schon selbst zu diesem Ergebnis gekommen?«

Sie hatte sich wieder etwas erholt. »Was ist eigentlich mit Carelin und Reztsov? Glaubst du, sie würden stumm zusehen, wie du immer mächtiger wirst? Wenn Genachev sterben sollte, wird einer von ihnen den Parteivorsitz übernehmen.«

»Ja?« fragte Maluta. Gerade das hatte er von ihr hören wollen. Sie ist so leicht auszurechnen, dachte er. »Jemanden auszulöschen ist nicht die einzige Möglichkeit, sich ein Hindernis aus dem Weg zu räumen.«

»Was soll das heißen?«

Als die Angst, auf die er gewartet hatte, sich in ihrem Gesicht spiegelte, griff er nach ihr und packte sie an ihrem Mantel. Mit einer Kraft, die sie vollkommen überraschte, zog er sie erst an sich und schleuderte sie dann gegen einen Baumstamm.

»Sieh dich an! Du bist wehrlos, Genosse General. Du, die Chefin des Ersten Direktoriums der *Sluzbha*. Du weißt, daß ich dasselbe mit Mikhail Carelin tun kann. Und glaubst du etwa, daß Reztsov außerhalb meiner Reichweite ist?« Auf einmal verfinsterte sich sein Gesichtsausdruck. »Denk daran, du gehörst jetzt zu mir! Wenn du so dumm sein solltest, mir nicht zu gehorchen, dann wirst du schnell erledigt sein – Anklage wegen vorsätzlichen Mordes. Du würdest im Lubjanka verschwinden oder im Gulag, lebenslänglich.«

Mit einem Laut, der seine Abscheu verriet, ließ er sie wieder los. »Ich warte noch immer auf Jake Marocs Kopf. Und was die Informationen über Kam Sang anbelangt, wenn du die nicht innerhalb von zehn Tagen beschaffst, dann bin ich leider gezwungen, andere Saiten aufzuziehen.«

»Du verlangst zuviel«, sagte Daniella verzweifelt. »Das ...«

»... wird erledigt, Genosse General! Andernfalls bin ich gezwungen, Kam Sang sofort auszulöschen.«

»Was?« Ihr Herz schlug wild. Das bedeutete die Zerstörung einer militärischen Einrichtung innerhalb der Grenzen Chinas! War er verrückt geworden?

»Ach«, fuhr Maluta fort, »solche Dinge lassen sich leicht arrangieren. Der Irrtum eines Piloten, ein unglücklicher Fehler, und so weiter. Es gibt nichts, was wir nicht schon erfolgreich ausprobiert hätten.« Er grinste sie an. »Und, Genosse General, es *wird* getan werden, glaube mir das. So oder so, Kam Sang wird den Chinesen nur nutzlos überlassen.«

Einen Moment später konnte sie den harschen Schnee unter seinen Stiefeln knirschen hören, als er wieder zur Straße hinaufstieg. Der Fluß lag breit und schimmernd da, und die schwere Strömung nahm das reflektierte Licht, dort, wo das Eis gebrochen war, mit hinunter in die dunklen Tiefen der Moskwa.

Von seinem Platz im Restaurant aus konnte Huaishan Han den Hügel des langen Lebens über dem Wasser ansteigen sehen. Er hatte den besten Tisch des ›Ting Le Guan‹ am Nordufer des Sees, an dem der Sommerpalast gelegen war, erhalten.

Das Restaurant, das auf frischen Fisch aus dem See spezialisiert war, lag im Bereich des Sommerpalastes und etwa fünfundvierzig Minuten von der Innenstadt Beijings entfernt.

Huaishan Hans alte Augen folgten der Silhouette des Berges, in dessen Schatten er nun saß. Fast ist es eine Ironie, dachte er, aber dann auch wieder passend, daß dieser Berg von Menschenhand geschaffen sein soll. Nichts überdauert für ewig, aber in seiner egoistischen Art bemüht sich der Mensch ohne Unterlaß, daß zumindest ein Teil seines Aufenthalts auf Erden den Verfall seines Körpers überlebt. Haben die Baumeister, die den Hügel des langen Lebens planten, dachte Huaishan Han, dies überlegt, als sie mit ihrem Projekt begannen?

Die Pavillons, in denen auch das ›Ting Le Guan‹ untergebracht war, waren vor kurzem restauriert worden. Die glasierten Dachziegel, die verzierten Säulen und die bemalten Innenwände ließen einen Schimmer von dem ehemaligen Glanz der Hauptstadt wiederaufleben; zumindest erschien es Huaishan Han so. Deshalb aß er öfters hier im Pavillon, um die Vögel singen zu hören. Deshalb, weil er hier dem Hügel des langen Lebens so nahe war und über dessen Bedeutung für sich nachdenken konnte. Denn obwohl sein Haus nicht weit entfernt lag, hatte er von dort keine Aussicht auf den Berg.

Das ›Ting Le Guan‹ war zwar für seine gute Küche weit bekannt, aber das war nicht der Grund, weshalb er immer wieder hierherkam. Seit vielen Jahren schon konnte er nichts mehr schmecken, weshalb er sich die Speisen nach den Farben aussuchte. Was seinem Auge gefiel, bestellte er und genoß es auch.

Die Vögel hatten sich noch nicht wieder zwischen den Uferbäumen niedergelassen, dafür war es noch zu früh in diesem Jahr. Aber Huaishan Han fiel das nicht weiter auf. Die Stille des Sees, die Geborgenheit in der Anlage des Sommerpalastes und all die Erinnerungen, die hier in ihm erweckt wurden, ließen ihm die Zeit, die er hier verbrachte, als außergewöhnlich erscheinen. Und immer war da der Hügel.

Er glaubte, daß Shi Zilin, wenn er noch am Leben gewesen wäre, Berge von Menschenhand gemocht hätte. Andererseits hatte Shi Zilin eine Vorliebe für die *Yuan* gehabt, für die kunstvoll angelegten Gärten von Suzhou. Wohl weil er in Suzhou geboren worden war und deshalb die Gärten eine besondere Anziehung auf ihn ausübten, glaubte Huaishan Han. Er selbst empfand die Gärten als zu künstlich, zu kultiviert.

Plötzlich begriff er, daß das alles keine Rolle mehr spielte. Dieses Selbstgespräch über *Yuan; Yuan* war ebenso tot wie Shi Zilin selbst. Der Gedanke machte Han sehr zufrieden.

»Huaishan *tong zhi*?«

»Ja.«

»Wollen wir bestellen?«

Huaishan Han riß seinen Blick von der magnetischen Kraft des Berges los und blickte in das längliche, hagere Gesicht von Jin Kanzhe.

»Dein Magen knurrt schon, oder?« Seine Stimme war kaum mehr als ein Murmeln. »Ich bin nicht mehr hungrig, genauso wie ich auch das Bedürfnis nach Schlaf nicht mehr verspüre. Ich bin längst über die Jahre hinaus, wo ich täglich drei Mahlzeiten und acht Stunden Schlaf brauchte. Wenn ich jetzt meine Augen schließe, dann schlafe ich nicht. Dann träume ich von Schlachtfeldern und von Blut, den politischen Veränderungen und den Anforderungen, die der Kommunismus an uns stellt. An der Schwelle zum Schlaf ruft mich das chinesische Volk zurück. Heute genügt mir ein kurzer Augenblick, und ich bin ausgeruht. Daran ist das Alter schuld, oder vielleicht ist es auch nur Gewöhnung, ich weiß es nicht.« Mit seiner dünnen, knochigen Hand machte er eine einladende Bewegung. »Aber, bitte! Ich möchte dich mit meiner Rede nicht daran hindern, die Bedürfnisse deines Magens zu befriedigen. Für mich heute keine Krabben, nein. Nur ein paar *Jiao Zhi*, das ist alles.«

Jin Kanzhe tat, worum er gebeten worden war. Er bestellte die Klößchen für den alten Mann, für sich einen ganzen Fisch und dazu *Mao Tai*, einen weißlichen Likör, für beide. Der Likör wurde sofort serviert, dann wurden sie allein gelassen. Jin Kanzhe hätte gerne noch weitere Gänge bestellt, aber mit Rücksicht auf den alten Mann hielt er sich zurück. Er dachte an Hans Gebrechen. Es wäre respektlos gewesen.

»Sage mir, Jin *tongh zhi*«, begann Huaishan Han, »hattest du einen Traum letzte Nacht?«

»Ja«, antwortete Jin Kanzhe, der sich schon an die eigentümlichen Fragen des alten Mannes gewöhnt hatte. »Ich träumte von Karpfen, die in einem klaren Bach schwammen. Sie waren ganz golden, und wie das Licht auf ihre Schuppen fiel, sahen sie aus wie lauter kleine Sonnen.«

»Hmmmh«, sagte Huaishan Han nachdenklich. »Das ist ein gutes Omen.« Die Haut auf seinem Gesicht schien übereinandergefaltet zu sein, wie endlose Lagen von feinem durchschimmerndem Gewebe. Seine Hände und seine Wangen waren von Leberflecken übersät, seine Haut sah aus wie Reispapier.

»Die Karpfen bedeuten China«, sagte Huaishan Han. »Oder, genauer, das chinesische Volk. Das goldene Volk!« Jetzt nickte er, sein Kopf auf dem stieldünnen Hals ging auf und ab. Eine einfache Geste, die aber durch eine erzwungene Körperhaltung irgendwie bizarr wirkte. Seine eine Schulter war mißgebildet und etwas höher als die andere. Jin Kanzhe hatte einmal gehört, daß Huaishan Han sich vor vielen Jahren das Rückgrat gebrochen hatte. »Das ist gut.« Huaishan Han war einen Moment abwesend. Seine Augen bekamen einen trüben Schimmer, wie immer, wenn er tief in Gedanken versunken war. »Sag mir«, fragte er dann mit seiner merkwürdig schwankenden Stimme, »hast du Kinder?«

Jin Kanzhe seufzte innerlich. Der alte Mann wußte nicht nur, daß er in der Tat Kinder hatte, er wußte auch wie viele, kannte ihre Namen und wußte auch, wie alt sie waren. Han hatte sie schon mehrere Male gesehen. Trotzdem wiederholte Jin Kanzhe, indem er sie herunterbetete wie eine *Sutra*, die Liste der Namen und wie alt seine Kinder waren. Huaishan Han nickte dazu, als hörte er all das zum ersten Mal. Dann sagte er, wie er das immer tat: »Es ist ein Segen, Jin Kanzhe, wenn man Kinder hat.« Das war das erste Mal, daß er ihn mit vollem Namen ansprach. »Kinder sind das Wichtigste im Leben. Ich wollte sogar dann noch welche haben, nachdem meine erste Frau bei einer Fehlgeburt gestorben war. Also nahm ich mir drei weitere Frauen, und einmal hatte ich eine Geliebte, die besaß eine durchsichtige Haut. Ich habe sie alle überlebt, aber von ihnen blieb nichts, denn keine schenkte mir ein

Kind. – Die Ärzte, ich wünsche allen Ärzten die Pest!« schrie er und wirkte dabei lebendiger als bisher den ganzen Abend über. »Keiner der Ärzte konnte mir irgend etwas sagen. Meine Frauen waren fruchtbar. Ich war zeugungsfähig. Potent, so sagten sie mir, bis zu meinem achtzigsten Lebensjahr. Trotzdem habe ich keine Kinder.

Du weißt nicht, was das bedeutet, Jin Kanzhe. Du kannst es nicht wissen. Auf dir lastet nicht so ein Fluch wie auf mir.«

Waren das Tränen, die da in seinen Augenwinkeln zu glänzen begannen? überlegte Jin Kanzhe. Aber das war unmöglich. Huaishan Han war von dem Thema Kinder wie besessen. Jeder andere Mensch wäre jetzt zufrieden gewesen und hätte ausgeruht mit dem Wissen, daß sein Feind tot war.

Aber nicht Huaishan Han. Er wollte mehr. Er wollte auch Shi Zilins Sohn umbringen. Das Kind seines Feindes.

»Ich denke nicht viel über Kinder nach«, begann Jin Kanzhe vorsichtig. »Meine Qualitäten liegen auf anderem Gebiet, in Hongkong zum Beispiel.«

Huaishan Han murmelte in sich hinein. »Hongkong. Auch so ein Fluch! Diese abstoßende Höhle der kapitalistischen Habgier wird noch der Untergang Chinas. Dafür, daß er dort eingedrungen ist, sei Shi Zilin zehntausendmal ins Fegefeuer verflucht! Welcher Teufel mag von ihm Besitz ergriffen haben, zu glauben, daß von solch einem Ort die Rettung für unser Land ausgehen könnte.« Traurig schüttelte er den Kopf. »Wie kann es nur sein, daß man sich so fehlleiten läßt..., daß bedeutende Menschen sich so verirren. Leute, auf die andere hören und sich verlassen. – Shi Zilin glaubte von sich, er sei der Himmlische Wächter Chinas.« Er lachte säuerlich. »Was für ein idiotischer Glaube! Was das alles für ein Unsinn ist, dieses mystische Gewäsch. Himmlischer Wächter, ja! Seine Familie schickte er nach Hongkong, und er wollte ihr Macht verleihen, ihr seine große Macht übertragen. Außerhalb von China. Was immer in Zukunft geschehen mag, eines ist völlig klar: nämlich daß Hongkong immer Hongkong bleiben wird. Jetzt und für alle Zeiten wird es das bleiben, wozu es die fremden Teufel gemacht haben. Die Korruption sitzt einfach zu fest. Wir würden nur unsere Zeit vergeuden, wollten wir das ändern. Es ist weitaus besser, wenn wir uns einfach von Hongkong trennen, wenn wir vergessen, daß es überhaupt existiert.«

Ihre Teller waren schon vor einigen Minuten serviert worden, aber Huaishan Han schien das übersehen zu haben. Jin Kanzhe wollte eigentlich längst anfangen zu essen, aber das ging ohne den Älteren nicht, und es wäre unverzeihlich gewesen, den alten Mann auf etwas hinzuweisen, was so offensichtlich war. Deshalb hielt er sich zurück und hörte nur zu. Und er verhielt sich richtig. Er war in der Gegenwart eines Mannes, dessen Macht so groß war, daß man sie förmlich spüren konnte.

»Warum ist Jake Shi immer noch am Leben?« fragte Huaishan Han fordernd. »Warum wird die Rache, wie ich sie mir vorstelle, nicht in die Tat umgesetzt?«

»Colonel Hu braucht einfach mehr Zeit«, erwiderte Jin Kanzhe. »Es ist nicht leicht, sagt er, unser Pfläumchen richtig reifen zu lassen.« Er beobachtete Han genau. »Und schon gleich am Anfang hat er deutlich gesagt, daß es, wenn es darum geht, das Denken eines Menschen zu verändern, unmöglich ist, einen derart rigiden Zeitplan einzuhalten. Sie sagten ...«

»Ich habe lange genug gewartet!« fuhr Huaishan Han dazwischen. »Sag das Colonel Hu!«

Mehr und mehr verlor Huaishan Han das Gefühl für Ort und Zeit. Jin Kanzhe kam es vor, als lebte er schon in einer anderen Welt. Mehr und mehr kreisten die Gedanken des alten Mannes nur noch um ihn selbst und seine Erinnerungen. Aber wenn dem so war, wieso hatte er dann diese unbeschreibliche Macht? Und er besaß Reichtümer, von denen sich kein Chinese, den Jin Kanzhe kannte, eine Vorstellung machen konnte. Woher hatte er sie? Das war das große Geheimnis, das den Alten wie eine Aura umgab. Und Jin Kanzhe wollte es lösen.

»Unser *Lizi* ist äußerst kostbar. Ich vertraue darauf, daß wir da einer Meinung sind.«

Jetzt lächelte Huaishan Han. »O ja, unser gefährliches kleines Früchtchen. Das kostbare.« Er sah Jin Kanzhe scharf an. »Aber wieso gibt es in diesem fortgeschrittenen Stadium noch Fragen zu ihrer Verfassung? Es ist doch schon alles arrangiert.«

Jin Kanzhe verbarg seine Verbitterung. Irgend etwas stimmte wirklich nicht mit Huaishan Han. Vielleicht war es ja nur das Alter. Die Alzheimersche Krankheit war in so hohen Jahren nichts Ungewöhnliches, oder es war irgendeine andere Schwäche des Gehirns. Was würde aus den Plänen des alten Mannes, so dachte er, wenn er sich nicht darum kümmern würde, daß sie in die Tat umgesetzt wurden. Und was war der Dank dafür, daß er alles so reibungslos am Laufen hielt? Huaishan Han behandelte ihn, als wäre er sein Buchhalter. Er wollte – *er verdiente* – seinen Anteil am Reichtum des alten Mannes.

»Es ist alles vorbereitet, Huaishan *tong zhi*«, sagt er in beruhigendem Ton. »Es wird so ausgeführt werden. Ist etwa Shi Zilin nicht auch schon tot?«

»Was meinst du damit?« fragte Huaishan Han. »Lebt denn Shi Zilin etwa nicht mehr?« Und Jin Kanzhe dachte, jetzt ist es soweit, der alte Mann hat vollkommen den Verstand verloren. »Lebt denn Shi Zilin nicht weiter in seinem Sohn, Shi Jake?« Huaishan Hans ergrautes Haupt zitterte. Seine Hand fuhr über den Tisch und suchte nach etwas Greifbarem, vielleicht um es zu zerquetschen.

Jin Kanzhe machte keinerlei Bemerkung, es war auch keine angebracht.

Huaishan Han blickte seinen Gesprächspartner finster an. »Ich habe sehr lange im Schatten warten müssen, Jin *tong zhi*. Zu lange. Ich konnte nicht nach Beijing zurückkehren, weil Shi Zilins Macht das nicht zuließ. Aber er konnte nicht verhindern, daß ich über die Minister, die ich an die Macht gebracht hatte, immer wieder in die Politik eingegriffen habe. Manchmal habe ich dies unter meinem richtigen Namen getan, ein andermal unter einem falschen. Es war mir alles egal, nur Shi Zilin durfte nichts davon erfahren. Obwohl ich von dir und anderen Minister genannt werde, bin ich doch nicht dergleichen. Ich bin eher so etwas wie eine natürliche Quelle, aus der China schöpft. Meine Macht ist immer noch eine außerhalb der Regierung. Und der Grund dafür ist Shi Zilin. Sein überaus langes Leben hat es bewirkt, daß ich nur wenig von der kostbaren Zeit nutzen konnte, um wirklich zu arbeiten.

Aber jetzt ist meine Zeit gekommen, Jin *tong zhi*. Jetzt steigt *mein* Stern auf. Alle meine Vorbereitungen dienten nur einem Zweck, und jetzt habe ich alles in der Hand. Nachdem Shi Zilin vor neun Monaten Beijing verlassen hatte, wurde ich hier von meinen Freunden empfangen, die ich wohlweislich über Jahre hinweg unterstützt hatte. Meine Privatarmee hat sich formiert, sie erwartet nur noch die letzten Befehle.

Und jetzt, wo ich die Mittel habe, Shi Zilins gesamte Nachkommenschaft auszulöschen, und wenn er dann wirklich tot sein wird, werde ich endlich in der Lage sein, diese Befehle zu erteilen.«

Langsam, als löste er sich von einem Traum, wurde Huaishan Han gewahr, daß das Essen vor ihnen stand. Er schien überrascht zu sein, als hätte er vergessen, daß sie in einem Restaurant waren oder wozu dieses Haus eigentlich diente.

»Ich habe Hunger«, sagte er. Und mit dieser Ankündigung begann er, die Klößchen hinunterzuschlingen, aber erst nachdem er sie ausgiebig mit Soy und Chilisaucen übergossen hatte.

Bis zum Ende des Mahls fiel kein Wort mehr. Huaishan Han war jedoch schnell fertig. Er legte seine Stäbchen beiseite und blickte versonnen ins Ungefähre. Als wäre sein Gesprächspartner plötzlich verschwunden oder nie dagewesen.

In dem Moment jedoch, als auch Jin Kanzhe sein Mahl beendet hatte und der Tee gebracht wurde, fragte Huaishan Han plötzlich: »Wo hast du eigentlich deinen Militärdienst abgeleistet, Jin *tong zhi*?«

»In Kambodscha hauptsächlich«, antwortete Jin Kanzhe. »Wie Colonel Hu.«

»Ach, Hu«, sagte Huaishan Han, »der hat einige üble Tricks bei den Roten Khmer gelernt, wie?« Sein Lachen war furchterregend. »Er hat so ein düsteres Wesen, als hätte ihn etwas in seinem Innersten sehr schmerzhaft getroffen.«

»Das ist auch so«, erwiderte Jin nachdenklich. »Colonel Hu wurde zweimal verwundet. Das erste Mal war es nicht schlimm, aber das zweite Mal hatte er nicht soviel Glück. Es erwischte ihn am Bauch,

Leuchtspurmunition. Er hatte eine große Wunde und mußte lange operiert werden. Sie nahmen ihm fast einen halben Meter Darm heraus. Die Schmerzen werden wohl niemals ganz verschwinden.« Jin zuckte mit den Schultern. »Ich glaube, daß er deswegen so verbittert ist über unsere Offensive in Kambodscha. Sein Schmerz hat ihm die Sicht auf Chinas große politische Aufgabe verdeckt. – Die Russen haben die Nordvietnamesen unterstützt, während die Amerikaner die Position der Franzosen einnahmen und Prinz Sihanouk mit ihrem Sirenengesang lockten. Chinas Entscheidung war, so meine ich, grundlegend richtig: nämlich die Aufständischen zu unterstützen, die Roten Khmer. Daß sie sich so barbarisch verhalten haben, war unter den Umständen gerechtfertigt, oder was denkst du? Sie hatten die Aufgabe übernommen, die politisch und moralisch korrupte Vergangenheit einer gesamten Nation den Flammen zu übergeben. Und statt dessen eine neue Regierung, eine neue Politik und eine neue Gesellschaft zu schaffen.«

Huaishan Hans Augen musterten sein Gegenüber. »Erzähle doch, Jin *tong zhi*, wie war das in Kambodscha?«

Jin Kanzhe schob seinen Teller weg. Er hatte von dem Fisch nichts übriggelassen, nicht einmal die Gräten. »Bist du jemals in der Hölle gewesen?« war seine Antwort.

Zum erstenmal, seit er ihn kannte, zeigte sich in Huaishans Hans Gesichtsausdruck etwas anderes als sein tiefsitzender Schmerz und der alles bestimmende Durst nach Rache – trotz seiner gegenteiligen Beteuerungen und seiner angeblichen Sorgen um die Zukunft Chinas – die als letzte seinem Leben noch Sinn zu geben schienen.

»Die Hölle«, erwiderte der alte Mann, »die ist dort, wo ich die letzten achtunddreißig Jahre verbracht habe.«

»Er ist fort? Wohin?« fragte Bliss.

»Nach Japan.«

»Wohin? Wo in Japan?«

»Das ist seine Sache, *Bou-sehk*«, antwortete Three Oaths. »Es steht uns nicht zu, nach den genauen Wegen des *Zhuan* zu fragen.«

Bliss bemerkte, daß etwas in seiner Stimme anders klang, aber sie war zu sehr abgelenkt, um dem nachzugehen. »Warum ist er nicht hier?«

Sie war gerade vom Krankenhaus zurückgekommen, wo man jeden nur erdenklichen Test mit ihr gemacht hatte. Die Ärzte konnten nichts Schlüssiges finden und hatten sie deshalb gebeten, noch einige Tage zu bleiben, um weitere Tests durchführen zu können. Aber sie hatte sich geweigert.

»Was fehlt mir?« hatte sie gefragt.

»Wir wissen es nicht«, war die Antwort gewesen. »Nichts.« Sie hatten die Computerausdrucke, auf denen die Ausschläge ihrer Gehirnströme aufgezeichnet waren, vor sich. »Wir schlagen Ihnen vor, noch länger hierzubleiben.«

»Warum?«

»Um es herauszufinden.«

»Was herauszufinden?«

»Warum wir bei allen unseren Tests kein Ergebnis haben.«

»Also fehlt mir doch etwas?« hatte sie gefragt.

»Wir können nichts finden«, antworteten die Ärzte. »Zumindest bis jetzt nicht.«

»Und das EEG?« Immer wieder kamen sie auf das EEG zurück, an dem sich die Bedenken der Ärzte festzuhalten schienen.

»Sehen Sie diese spitzen Ausschläge?« sagten sie. »Ein oder zwei weichen von der Norm ab.«

»Dann ist da Ihrer Meinung nach doch etwas.«

»Bis jetzt wissen wir nichts. Wenn Sie sich zu weiteren Tests...«

Sie ging. Sie hatte diese rätselhaften Antworten satt. Die waren wie alte griechische Orakel: Sie bedeuteten etwas, aber sagten einem nichts. Sie überließen einen nur der eigenen selbstgestrickten Angst.

Drei Reparaturmannschaften arbeiteten eifrig an der Dschunke ihres Vaters. Three Oaths hatte ein zweites Schiff aus seiner riesigen Flotte kommen und neben seinem ersten im Hafen von Aberdeen festmachen lassen. Dann war er mit seiner Familie auf dieses neue Schiff umgezogen. Und hierher hatte er Bliss gebracht, nachdem er sie vom Krankenhaus abgeholt hatte.

Bis sie an Bord gewesen waren, hatte er nichts von Jake und seiner Abreise gesagt. Sie hatte ihn zwar mehrmals im Krankenhaus nach Jake gefragt, aber immer wieder hatte er einer genauen Antwort ausweichen können. Sie hatte ohnehin schon genug Sorgen.

»Wo in Japan ist er?« wiederholte sie ihre Frage.

»Das weiß ich wirklich nicht, *Bou-sehk*.« Er zuckte die Schultern. »Tokio, wahrscheinlich. Dort lebt doch auch sein Yakuza-Freund, *oder*?«

»Mikio Komoto? Ja.«

»Yakuza haben auch den Jian getötet. Dann ist er dorthin, um herauszufinden, wer es getan hat.«

Bliss spürte die außergewöhnliche Spannung, die von ihrem Vater ausging. Aber das ist normal, dachte sie. Shi Zilin hat ihm alles bedeutet.

Wenn sie im Krankenhaus bei Bewußtsein gewesen war, hatte sie dagegen angekämpft, an den Jian denken zu müssen. Die meiste Zeit dort hatte sie ohnehin geschlafen, betäubt von den Schlafmitteln und vollkommen gefühllos. Dann wieder schien es ihr, als würde sie durch Wolken getrieben, Wolken von Träumen, so dicht, daß sie ihre Hand ausstrecken wollte, um sie anzufassen, sie zu fühlen. Sie träumte von Licht und anderen sonderbaren Dingen. Sie sah sich dahintreiben, sie sah sich fliegen. Sie träumte von Sphären, die unendlich weit waren. Sphären, die sich erstreckten in der Tiefe eines mit funkelnden Sternen übersäten Dunkel, das unfaßbar fern und weit war.

Oft erwachte sie in der Gewißheit, daß eine dieser Sphären, jene, die ihr am nächsten schien, etwas verwirrend Vertrautes hatte. Und dann, sie erschauderte, war es zum Greifen nahe, wurde plötzlich ganz deutlich: das Gesicht von Shi Zilin, kurz bevor sie das Kissen darüber deckte.

Wie unter Zwang lief sie dann vor diesem Bild davon, suchte die Ärzte oder ihren Vater, wenn er da war, um mit ihnen über irgend etwas zu reden und sich damit dieses Bild vom Leib zu halten.

Aber einmal hatte sie den Traum nicht abschütteln können. Und plötzlich sah sie das Gesicht des Jian, obwohl es, wie von einer weißen Wolke, mit dem Kissen bedeckt war. Seine Augen waren geschlossen, sie war sich dessen ganz sicher. Und dennoch wußte sie, daß er sie ansah. Wie war das möglich?

Sie dachte an das *Da-hei,* das große Dunkel, in dem alle geistige Kraft des Menschen wohnt.

Sie fragte sich, ob Buddha ihr jemals vergeben würde, was sie getan hatte. Aber Shi Zilin hatte sie doch gebeten, es zu tun. Sie hatte ihn vor den Kugeln der Mörder bewahrt.

Jetzt, zum erstenmal nach diesem Vorfall, überlegte sie auch, wie der Jian hatte wissen können, daß sie kommen würden. Und er wußte es bereits, bevor das *Walla-walla* gegen den Rumpf der Dschunke gestoßen war. Aber wenn er es gewußt hat, so überlegte sie weiter, warum hat er sich dann nicht selbst in Sicherheit gebracht? Es wäre Zeit genug für uns beide geblieben, von Bord zu gehen.

»Bou-sehk?«

Sie hörte Three Oaths Stimme aus weiter Ferne.

»Du hast meine Frage nicht beantwortet.«

Ich habe sie nicht gehört, dachte sie.

»Stimmt etwas nicht mit dir?«

Sie öffnete ihren Mund, um zu antworten, aber sie wußte wirklich keine Antwort. Etwas hatte sie überwältigt. Dieses eigenartige Gefühl, das sich wie eine Schlange im Frühling nach ihrem Winterschlaf entrollte und mit ganzer Kraft streckte und dehnte, hatte sie fest im Griff.

Noch einmal lag sie ausgestreckt über dem wogenden Südchinesischen Meer, wie damals, als sie sich über den sterbenden Körper von Shi Zilin gebeugt hatte.

Sie sah die großen, massigen Tanker, voll mit flammendem dunklem Öl, die durch die Straße von Malakka hereingekommen waren. Sie hörte die Seeadler rufen und sah, wie ihre großen, scheckigen Körper über ihr kreisten und sich von den Lüften in die Höhe tragen ließen. Unter sich vernahm sie eine tiefdröhnende Symphonie, die von der

Meeresströmung zu ihr hinaufgetragen wurde. Und über viele Kilometer hinweg konnte sie hören, wie sich ein Schwarm von Walen mit einem geheimnisvollen Lied unterhielt. Sie schöpfte elementare Kraft aus dieser Unterhaltung, als sei sie ein leeres Gefäß über dem Meer.

Und das Rufen kam ihr einen Augenblick bekannt vor, einen kurzen, glühendheißen Augenblick nur, der wie eine Offenbarung war und sie bis ins Mark erzittern ließ. Ihr Bewußtsein war plötzlich wie gelähmt, obwohl es in ihrem Innersten brodelte. Jetzt konnte sie die Quelle dieses eigenartigen Gefühls erkennen und verspüren. Sie fühlte sich mit ihrem *Qi* verschmolzen und dachte, Allmächtiger Buddha, das kann nicht sein! Ich verliere den Verstand!

»... siehst du aus?«

A mi tuo fo!

»... ein Gespenst gesehen.«

Sie hatte das Gefühl, hin und her geworfen zu werden, bis ihr Blick zuletzt auf das besorgte Gesicht ihres Vaters fiel. »Beim Himmlischen Blauen Drachen!« rief er. »Du bist weiß wie Milch! Bist du krank?«

Buddha! dachte sie. Buddha, schütze mich vor diesem Irrsinn! »Nein.« Sie legte sich die Hand auf die Stirn. »Aber ich fühle mich wirklich nicht ganz wohl.« Ihre Beine waren ohne Kraft.

»Entschuldige mich bitte!«

Sie hielt sich an der Reling fest und beugte den Körper vornüber. Sie wollte sich übergeben, aber es ging nicht.

»Bou-sehk!«

Sie konnte das nicht mehr ertragen, an zwei Orten gleichzeitig zu sein. Das Südchinesische Meer lockte mit all seinen betäubenden animalischen Klängen. Was geschieht mit mir? fuhr es ihr durch den Sinn. Sie faßte sich an den Kopf, und ihr *Qi* stürzte hinab in die Tiefen des Wassers. Es lauschte dieser atonalen Symphonie. Es lauschte...

»Die Kunst ist die Wahrheit«, sagte Fo Saan zu Jake. »Die Kunst benötigt nichts. Nimm ein weißes Blatt Papier, ein Stück Leinwand, und du kannst daraus etwas Anrührendes machen. Kunst kann man nur danach beurteilen, wie sie auf ihren Betrachter wirkt. Sie ist nicht voreingenommen, kämpft nicht verbissen. Wie die großen Meere, wie die Flüsse ist sie groß und mächtig. Und deshalb zählt sie auch zu den Göttern der Bergschluchten. Ihre Kraft schöpft sie aus ihrer Ruhe.«

Fo Saan unterwies Jake in der Kunst, den Geist und den Körper zu beherrschen. Fo Saan war dazu, was Jake nicht wußte, von Shi Zilin beauftragt worden, und zwar schon, als Jake erst sieben Jahre alt gewesen war. Fo Saan war auf seine Art auch Mitglied des inneren Kreises des *Yuhn-hyun*. Auch für die Erziehung von Jakes Spielgefährtin Bliss war er verantwortlich gewesen.

Fo Saan hatte Jake das *Cham hai*, das In-sich-Versenken, gelehrt, und auch die höchste Stufe davon, *Ba-mahk*.

»Es wird eine Zeit kommen«, hatte Fo Saan zu seinem jungen Schüler gesagt, »wo du gegen Schatten kämpfen wirst. Mag sein, daß du deinen Feind kennen wirst, vielleicht aber auch nicht. Jedenfalls werden dir seine Absichten verborgen bleiben. Du wirst hierhin schlagen und dorthin! Aber du wirst ihn nicht treffen. Nur die Schatten.

Dann mußt du dich meiner Worte erinnern und versuchen, mit dem Gott der Bergschluchten eins zu werden. Auch mußt du dich zur Ruhe zwingen.«

Jake hatte daran gedacht, als er Three Oaths erzählte, daß er nach Japan gehen würde. Natürlich war seine Angst um die Sicherheit von Mikio Komoto der wichtigste Grund dafür. Aber Jake war ebenso klar, daß der *Yuhn-hyun* angegriffen wurde. Er wußte zwar nicht, wer der Feind und was das Ziel seines Angriffs war. Doch deutlich war nun der Zeitpunkt gekommen, den Fo Saan vorausgesehen hatte, und indem er sich selbst aus Hongkong, dem Zentrum der Auseinandersetzungen, entfernt hatte, hatte er auch wieder Ruhe gefunden. Er hoffte nur, daß er jetzt auch wieder die Kraft des Gottes der Bergschluchten in sich sammeln konnte.

Fo Saans leuchtende Augen beherrschten Jakes Traum, als er nach dem Start vom Flughafen Kai Tak einschlief. Seit Wochen schon hatte er nur noch unruhig schlafen können, seit dem Tod seines Vaters aber überhaupt nicht mehr. Dabei hatte sein Kampf mit den *Dantai* ihn eine Menge körperliche und geistige Kraft gekostet. Der Gedanke, daß die Mörder seines Vaters vielleicht zu einem Yakuza-Clan gehören könnten, schien ihm anfangs keinen Sinn zu machen. Dann jedoch lief es ihm eiskalt den Rücken hinunter. Seine Verbindungen mit der japanischen Unterwelt liefen direkt über Mikio. Hatte der Überfall eine ernsthafte Wende im Yakuza-Krieg signalisiert? War Mikio vielleicht schon nicht mehr am Leben, war vielleicht schon das Opfer des *Katana* eines Rivalen geworden?

Fo Saan:

»Du bist kein Kind mehr, du lebst nicht länger in unschuldiger Sicherheit.« Er nimmt Jake an der Hand und führt ihn in die dunkle Nacht. Der Himmel ist klar, und die Sterne scheinen wie Funken auf die Erde niederzuregnen. Das Firmament ist hell erleuchtet und in Bewegung.

»Wo sind wir?« fragt Jake.

»Auf dem Berg.«

»Und wo gehen wir hin?«

»Weiter hinauf.«

Sie sind sehr lange unterwegs. Über ihren Köpfen kreisen die flammenden Sterne auf ihrer vorgezeichneten Bahn. Eine Eule schreit, schlägt mit ihren mächtigen Schwingen, erhebt sich in die Lüfte. Ihre riesigen orangefarbenen Augen, die ihren urzeitlich anmutenden Kopf fast ganz ausfüllen, suchen die Dunkelheit ab, bevor sie sich hinunter zur Erde stürzt.

Der Mann und der Junge vernehmen das scharfe Knacken von zarten Knochen, die mit einem beinahe übernatürlich klaren Geräusch zerbrechen.

»*Shan*«, sagt Fo Saan. »Und von *Shan* zu den *Dieh loong*, den Erddrachen, den größten aller Arten. Hole dir ihre Macht!«

»Von diesem Berg?« fragte Jake. »Egal von welchem Berg?«

»Frage die Winde und das Wasser«, antwortet Fo Saan.

»*Feng shui.*«

»*Feng shui*, ja! Die Kunst der Erdwahrsagung. Die Kunst, die magischen Zeichen von Erde, Luft, Feuer, Wasser und Eisen zu lesen: die fünf Urelemente.« Fo Saan, den Rücken vor der Steigung gebeugt, scheint rastlos, obwohl der Weg lang, zeitweise sehr steil ist. »Es ist *Qi* in der Erde«, sagt er, »genauso wie ihr *Qi* auch in uns ist. *Qi* ist ein großer Spiralnebel. Manchmal atmet ihn die Erde tief ein, bis zu ihrem Mittelpunkt; ein andermal wird er ausgeatmet, hinaus in die Täler, die Flüsse und großen Ströme..., und zu *Shan*, auf die Berge. An diesen Orten sucht der Mensch das Leben.«

Es ist nicht mehr lange bis zur Morgendämmerung, als sie den Gipfel erreichen. Die Sterne sind sichtbar näher gekommen, aber im Osten beginnen sie schon zu verblassen. Über ihnen herrscht noch das nächtliche Firmament.

»Lege dich nieder«, sagt Fo Saan. Jake tut, wie ihm geheißen.

»Schließe deine Augen!« Er tut es.

»Damit du den Tod von dir fernhalten kannst«, fährt Fo Saan fort, »mußt du genügend Kraft aus dir hervorbringen, daß du das, was du erlernt hast, auch ausführen kannst. Die Übung ist eine Sache, das Schlachtfeld eine andere. Schnelligkeit, Gewandtheit, körperliche und geistige Beweglichkeit sind notwendig, wenn du den ersten wirklichen Kampf auf dem Schlachtfeld überleben willst. Gewalt, Energie und Kraft. *Qi.*« Jake spürt mehr die Bewegung, als daß er sie hört. »Du bist kein Kind mehr, kein Baby mehr.« Liegt in Fo Saans Wiederholungen irgendeine Bedeutung? Jake weiß es nicht. »Du mußt nun ganz von vorn anfangen. Du mußt die einfachen Weisheiten des Lebens erlernen, wenn du dein Leben auch künftig weiterleben willst.«

Jetzt keucht Jake, aber er schreit nicht auf. Auf seiner Brust lastet ein Gewicht von solcher Schwere, daß er sich sicher ist, daß es ihn zerquetschen wird. Seine Augenlider zucken und Fo Saan sagt: »Öffne deine Augen nicht!« Jake gehorcht.

»Ich kann nicht mehr atmen«, keucht Jake mit angestrengter Stimme. »Ich werde sterben.«

»Ein Stein liegt auf deiner Brust«, sagt Fo Saan. »Ein großer, schwerer Stein. Vielleicht ist es ein Teil von *Dieh loong*, das sich am Ende des Winters gelöst hat.«

»Ich kann nicht mehr atmen!«

»Dann mußt du von neuem lernen zu atmen«, sagt Fo Saan, und Jake versteht plötzlich die Bedeutung der Worte, die sein Lehrmeister wiederholt. *Du bist kein Kind mehr, kein Baby mehr.* Kein bißchen Sauerstoff ist mehr in ihm. Das Gewicht drückt auf ihn herab, als ob es *Shan* selbst sei, der auf seiner Brust liegt. *Du mußt nun ganz von vorn anfangen.*

»Du wirst dich fragen«, sagt Fo Saan, »warum ich dich den Neuanfang beim Atmen nicht in einer ruhigeren Umgebung lehre; mit einer angenehmen Brise Luft, die um die Wangen streicht, und mit unbegrenzt viel Zeit, damit du es besser erlernen kannst.« Die Stimme war Jakes Ohr jetzt näher, als summte ein Insekt neben seinem Ohr.

»Meine Antwort ist die, daß dies eine andere Form des Lernens ist. Hier geht es um die Instinkte. Wenn du angegriffen wirst, befiehlt dir dein Instinkt, den Atem anzuhalten, und deine Muskeln spannen sich. Dein *Qi* hört auf zu fließen, und du stirbst.

Statt dessen mußt du lernen, trotz des Angriffs zu atmen, deine Muskeln locker zu halten, dein *Qi* am Fließen. Du wirst jetzt angegriffen. Du mußt jetzt atmen.«

Die Stimme verliert sich in der Nacht. Um Jakes Augenlider ist ein roter Rand. Er sieht diesen roten Bogen und fragt sich, woher er kommen könne. In seiner Brust hämmert sein Herz. Sein Brustkasten senkt sich unter dem riesigen Gewicht. Der Puls donnert in seinen Ohren. Ich möchte sterben, denkt er.

Plötzlich bewegt sich sein Körper – oder sein Geist, er kann es nicht unterscheiden. Er findet sich an einem hell erleuchteten Ort wieder. An einem Platz in einer anderen Welt. Hier fühlt er keinen Schmerz mehr, statt dessen das gleichmäßige Rieseln eines glänzenden Flusses. Ist das das *Qi*, von dem Fo Saan gesprochen hat?

Jake konzentriert sich auf diesen einen Punkt, einen Flecken, an dem das silberne Mondlicht inmitten eines dichten und dampfenden Waldes herabfließt. Er tritt in das Glänzende ein. Er bewegt sich nach oben.

Und in diesem Moment sammelt sich in ihm Kraft. Seine Muskeln spannen und lösen sich, wie galvanisiert von einem plötzlichen Stoß innerer Energie. Er stößt nach oben. Das Gewicht fällt von ihm. Er hört den dumpfen Aufschlag des Steines am Boden. Er atmet.

Und zugleich hört er die flüsternde Stimme Fo Saans. »*Jeuih-jahp lihkleung.* Du hast die Kraft gewonnen. Du hast neu atmen gelernt!«

Jake öffnet seine Augen. Das Dämmerlicht schimmert am Horizont und erleuchtet den Berg, auf dessen Gipfel er so gelitten hat.

Tony Simbal saß am DEA-Computer und ließ sich die Daten von Encarnacion, einer Stadt im Südosten von Paraguay, auswerfen. Dort hatte es Peter Curran erwischt, wie Threnody ihm erzählt hatte. Simbal erhielt nicht die üblichen Zahlen – etwa zu Bevölkerungsstatistik, Landwirtschaft oder Klima. Die hätte er auch der *Encyclopedia Britannica* entnehmen können.

Dafür waren die Datenbänke der DEA voll von Informationen über diesen Teil der Welt, besonders über die Zeit nach 1947. Und das aus gutem Grund. Denn mit Beginn dieses Jahres wandelte sich die Entwicklung bestimmter südamerikanischer Länder, Paraguay eingeschlossen. Einige der politischen Führer wurden plötzlich mächtiger, ihre Privatarmeen größer und besser ausgerüstet. Enorme Mengen von Geld waren innerhalb einer erstaunlich kurzen Zeit in diese Länder gepumpt worden. Und innerhalb von nur fünf Jahren wuchsen neue Produktionszweige heran und begannen zu blühen. Die Geschäfte dieser Firmen wurden allerdings im Untergrund abgewickelt und waren, zumindest in den meisten Ländern der Welt, illegal.

Die cleversten und mächtigsten Nazis, die es geschafft hatten, aus Deutschland und Europa zu entfliehen und dem brennenden Berlin und den Nürnberger Prozessen zu entgehen, kamen hierher, um im tief smaragdgrünen Dschungel Südamerikas zu leben.

Paraguay stand auf dem DEA-Computerausdruck jener Länder, die den geflohenen Kriminellen Unterstützung und Aufnahme gewährten, ganz oben. Was natürlich seinen Preis hatte. Ein Preis, der so bemessen war, daß er die Sicherheit dieser Leute inmitten einer von Armut, Krankheit und Unwissenheit geplagten Bevölkerung garantierte.

Encarnacion war, so erfuhr Simbal, bis zu dem Zeitpunkt, als die Nazis kamen, nicht mehr als eine rückständige Stadt gewesen. Dann hatten die Nazis nahezu einen ganzen Kontinent verwandelt. Und jetzt griff dort die *Diqui* nach der Macht. Warum? Niemand wußte das. Offensichtlich hatte Curran an der Sache gearbeitet.

»Wer war, außer Peter Curran, noch in Encarnacion?« fragte Simbal.

»Ich weiß nicht«, erwiderte Monika leise. Sie stand hinter ihm und sah ihm über die Schulter. Der Bildschirm des Terminals war hell erleuchtet und flimmerte von den vielen Daten.

»Jemand von der DEA?«

»Nicht daß ich wüßte.«

»Dann laß es uns überprüfen. Wie lautet das Paßwort?«

»Reiseprospekt.«

Simbal fand die Daten und verglich sie mit den Terminen, an denen Curran in Paraguay gewesen war. – Fehlanzeige!

»Also nichts«, sagte sie. »Und was jetzt?«

Er roch den Zitrusduft ihrer Seife, vermischt mit einem Hauch des Parfüms, das sie benutzte. Eine Strähne ihres Haars strich über seine Wange. Und er spürte ihre Wärme.

»Die Urlaubsliste«, sagte Simbal, und sie gab ihm das Paßwort. Er gab es ein und ging die Liste durch. Es waren sechs Namen. Keiner der Urlauber paßte so richtig zu ihren Daten, und außerdem hatten alle sechs in Threnodys Büro hinterlassen müssen, wo sie unter welcher Telefonnummer zu erreichen waren.

Monika rief die Nummern ab. Drei von ihnen hatte man während der Urlaubszeit telefonisch erreichen können, denn sie waren tatsächlich am angegebenen Ort. Die drei anderen waren noch unterwegs und bisher noch nicht kontaktet worden. Keiner von ihnen war jemals auch nur in der Nähe von Südamerika gewesen, geschweige denn in Paraguay. Aber Simbal erwartete auch nicht, daß irgend jemand das gleich herausposaunt hätte.

»Weißt du eigentlich, was du suchst?« fragte Monika ihn.

»Ich folge einfach meiner Nase«, erwiderte Simbal und wählte die erste Nummer. Er ließ Monika reden, und sie erfand eine Geschichte, warum sie anrief. Es war schon spät, und alle waren bereits zu Bett gegangen. Und natürlich war jeder genau dort zu erreichen, wo er laut Dateneintrag sein sollte.

»Soweit die Urlauber«, sagte Monika. »Zufrieden?«

»Was kann dieses kleine Ding da eigentlich?« Simbal tätschelte den Monitor.

»Eine ganze Menge, warum?«

»Ist es vernetzt?«

»Sicher. Aber es hängt von der jeweiligen Behörde ab, ob du an das Datenmaterial herankommst. Und von der Klassifizierung des Materials.«

»Wie sieht es mit dem FBI, der CIA und der SNIT aus?«

Monika legte ihre flache Hand auf die Tastatur. »Nein«, sagte sie. »Bevor ich mich selbst und diesen Verein hier in eine kriminelle Sache verwickeln lasse, mußt du mir schon genauer sagen, was du eigentlich vorhast.«

»Das kann ich nicht.«

»Dann kann ich dir auch nicht weiterhelfen.« Sie beugte sich vor, um das Terminal abzuschließen. Simbal griff nach ihrer Hand.

»Monika.«

»Nein, jetzt bitte keine süßen Worte! Das wird mir zu kritisch. Ich habe dich hier schon hereingelassen, was strikt gegen die Regeln des Hauses ist.«

»Max weiß Bescheid.«

»Wirklich? Davon hat er mir nichts erzählt.«

»Willst du herausfinden, wer Peter Curran umgebracht hat?«

Monika lief ein Schauer über den Rücken. »Das weiß ich bereits. Die *Diqui*.«

»Möglich.«

»Was soll das heißen?«

»Daß ich wissen will, was zum Teufel die *Diquis* in Encarnacion zu suchen haben... an einem Ort, wo sie kein Recht haben, sich aufzuhalten.«

»Wegen der Nazis?«

»Wegen der Nazis.«

Für einen Augenblick herrschte Schweigen. Die Büros um sie herum lagen im Dämmerlicht. Die Klimaanlage war bereits ausgeschaltet und die Luft deshalb stickig.

»Was, glaubst du, ist Peter passiert?« fragte Monika nach einer Weile.

»Er ist auf irgend jemanden hereingefallen«, sagte Simbal. »Aber ich bin mir nicht sicher, ob es ein *Diqui* gewesen ist.«

»Wer dann?«

»Wenn du mich das bitte herausfinden lassen würdest?«

Monika zögerte nur einen Augenblick. Dann fragte sie: »Welche Agentur brauchst du?«

FBI und CIA waren beides Fehlanzeigen. Aber das *Strategic Narcotics Team* der CIA, die Sonderabteilung zur Drogenbekämpfung, die Simbal SNIT genannt hatte, besaß ein eigenes Datennetz.

»Ich glaube, das mache jetzt besser ich«, sagte Monika und löste ihn an der Konsole ab. »Die Datenbanken der SNIT sind wie Minenfelder. Die haben dort einen solchen Sicherheitswahn, daß der Abruf bestimmter Daten einen internen Alarm auslösen kann.«

»Kann man das irgendwie umgehen?«

»Was wollen wir denn suchen?«

»Dasselbe wie eben«, erklärte Simbal. »Auslandsaufenthalte und Urlaub.«

Monikas Finger flogen über die Tasten, Listen von Daten erschienen auf dem Bildschirm und verschwanden wieder. »Nichts, das paßt weder in die eine noch in die andere Kategorie.«

»Dann eben nicht«, sagte Simbal verdrossen.

Sie wollte gerade endgültig aus der Datenbank des SNIT herausgehen, als auf dem Bildschirm ein Stern aufflimmerte.

»Was bedeutet das?«

»Ich weiß nicht«, sagte sie. »Gehen wir der Sache nach.« Kurze Zeit später liefen die Daten über den Schirm.

»Eine Abwesenheitsmeldung«, sagte Simbal. »Herr im Himmel!«

»Die Daten stimmen«, sagte Monika. »Die Abmeldung erfolgte zwei Tage, nachdem Peter nach Paraguay geflogen war.«

»Und er ist immer noch nicht zurück. Kennst du den Namen Edward Martin Bennett?«

»Nein.«

»Dann ruf die Personalakte auf!«

Monika tippte sofort den Befehl ein und ließ die Daten durchlaufen. »Achtung«, rief sie plötzlich, »die ist vermint! Da muß ich irgendwie herumkommen.« Und es gelang ihr innerhalb von zwölf Minuten.

»Okay«, kündigte sie an, »hier sind die sensationellen Meldungen über Mr. Bennett!« Auf dem Bildschirm erschien das Listenbild.

BENNETT, EDWARD MARTIN, GEB. 13/3/36, DULUTH, MINNESOTA. ELTERN...

»Überspring das«, drängte Simbal.

AUSBILDUNG SINDON GRUNDSCHULE, FITZSIMMONS HIGH SCHOOL. DANN VARLEY PREP IN VALLEY FORGE, PENNSYLVANIA 4/1/50. YALE UNIVERSITÄT MAGISTERPRÜFUNG 1956, MITGLIED VON SCHWIMM-, LACROSSE-, RUGBY-MANNSCHAFTEN. PHI BETA KAPPA. KAPITÄN UNI RUGBYMANNSCHAFT 1956. MITGLIED HELLFIRE CLUB...

»Halt!« rief Simbal. Er fühlte die Spannung in sich wachsen. »Dieser Kerl war mit Peter zusammen an der Uni in Yale.«

»Ein Zufall?«

»Auch im Hellfire Club.«

»Ist das was Besonderes?«

»Ja«, sagte Simbal. Er erinnerte sich an den Siegelring, der, wie Threnody erzählt hatte, bei Peter gefunden worden war. »Könnte sein.«

Monika wechselte von den SNIT-Daten zu den Flugplänen.

»Fange zwei Tage nach Peters Abreise an.« Monika ließ ihren Blick über die Passagierlisten laufen.

»Das kann etwas dauern.«

»Nein!« rief er. »Hier ist er!«

PANAM FLUG 107, ABFLUG 11 A.M. JFK, ANKUNFT 7 P.M. BENNETT, EDWARD MARTIN.

»Mexico City«, sagte Simbal.

Monikas Finger arbeiteten weiter auf der Tastatur. »Es gibt keinen Anschlußflug nach Paraguay, aber *da* ist einer nach Buenos Aires.« Sie summte vor sich hin. »Sein Name steht nicht auf der Passagierliste.«

»Das überrascht mich nicht. Ich würde eine solche Reise auch nicht groß ankündigen.«

»Aber ich habe seinen Namen noch woanders gefunden«, sagte Monika.

Simbals gespannte Erregung steckte sie an. »Hier ist seine Route: Mexico City – eine Woche, nachdem wir von Peters Tod erfahren hatten, reiste er dort ab. Dann flog er nach San Francisco, nach einem Tag Aufenthalt weiter nach Miami.«

»Ist er immer noch dort?«

Monikas Finger wanderten über die Tastatur. »Nein«, antwortete sie, »er ist noch nicht abgeflogen.«

Sie schaltete den Computer aus, und zusammen verließen sie das Büro.

»Schade, daß du heute abend nicht mit zu mir kommen kannst«, sagte Monika. Er half ihr in den Mantel.

»Deine Familie geht vor«, erwiderte er. In Wahrheit waren seine Gedanken längst woanders. Zum Beispiel bei Edward Martin Bennett in Miami. »Du hast doch deine Cousine schon über ein Jahr nicht mehr gesehen, oder?«

»Ja, etwa ein Jahr nicht.« An der Tür zögerte Monika. Ihre Augen leuchteten wissend, als sie ihm ins Gesicht blickte. »Du willst nach Miami, wie?«

Er antwortete nicht. Sie folgte ihm nach draußen und schloß die Tür ab. Die Nacht war ungewöhnlich warm für die Jahreszeit. Sie konnten das Washington-Denkmal sehen. Es war angestrahlt; kühl, weiß und majestätisch.

»Lüg mich nicht an, Tony, nicht schon wieder!«

Er nickte. »Ja, du hast recht.«

»War es Bennett?«

»Bevor ich nicht dort gewesen bin, kann ich das nicht sagen.«

»Warum läßt du es diesmal nicht jemand anderen machen?« Simbal antwortete wieder nicht, und sie nickte. Dann drehte sie sich schnell um, ging die Marmortreppe hinunter und stieg in ihren Mazda. Im nächsten Moment fuhr der Wagen an.

Simbal sah ihr nicht ohne Bedauern hinterher. Die letzte Nacht in Washington hätte er gern eingehüllt in ihre Wärme verbracht. Dann fiel ihm ein, daß sie vergessen hatte, ihm den neuen Eingangscode für den DEA-Computer zu geben. Er brauchte ihn, wenn er später vielleicht weitere Informationen über Edward Martin Bennett haben mußte.

Eilig lief er die Treppe hinunter und rief ihr hinterher. Aber sie hörte ihn nicht mehr. Kurzentschlossen sprang er in seinen Saab, drehte den Zündschlüssel und folgte ihr.

Sie fuhren durch das nächtliche Washington, eine glitzernde Welt voller Denkmäler, öffentlicher Parks, Swimmingpools, Teiche und Springbrunnen.

Dann bog sie nach Georgetown ab, und auf einmal lief es Simbal kalt den Rücken hinunter. Monika wohnte in Alexandria, und das lag in der entgegengesetzten Richtung. Dabei hatte sie ausdrücklich betont, daß ihre Cousine Jill heute mit dem Flugzeug aus San Diego kommen und einige Tage bei ihr bleiben würde. Jetzt bog sie in die R-Street ein. Simbal löschte die Scheinwerfer seines Wagens und überlegte, was das zu bedeuten hatte.

Er stoppte seinen Saab am Ende des Häuserblocks auf der gegenüberliegenden Straßenseite. Mit wachsendem Unbehagen sah er sie eine Treppe hinaufsteigen und läuten. Sein alter Freund Max Threnody öffnete die Tür und bat sie herein.

Tony Simbal saß im Dunkeln, das Gebläse des Saab kühlte summend den Turbomotor des Wagens. Ein seltsames Gefühl kroch in ihm hoch, er ahnte, daß er betrogen worden war. Und daß er hier nicht länger in Sicherheit war.

Bluestone war ein hochgewachsener, knochiger Mann mit geröteten Wangen, einer prägnanten römischen Nase und breiten, buschigen Brauen, unter denen, voller Neugier, zwei strahlendblaue Augen hervorsahen.

Er trug Anzüge von Savile Row, die sogar den Ehrgeiz der besten Schneider Hongkongs anspornten. Seine Hemden waren von Turnbill & Asser maßgeschneidert. Seine Schuhe wurden von Hand bei Church of England gefertigt. Denn Sir John war der Meinung, daß man nicht genug Geld ausgeben könne, um ansprechend und, das war das Entscheidende, korrekt gekleidet zu sein.

»Und wie geht's meiner kleinen Blume?«

»Ich habe etwas für dich.«

»Ich weiß«, antwortete er und lächelte. »Deshalb habe ich ja ein solches Vergnügen daran, mit dir zu Mittag zu essen.«

»Das Mittagessen war meine Idee«, korrigierte sie ihn.

Er runzelte die Stirn. »Und eine merkwürdige obendrein, wenn ich das hinzufügen darf.« Er breitete seine Hände aus. »Wir sitzen hier in aller Öffentlichkeit.« Sie saßen in Princess Garden, einem Innenstadtbezirk, hoch über der Chater Road, die man von hier überblicken konnte.

»O ja«, sagte sie, »in aller Öffentlichkeit.«

»Dann gibt es dafür, nehme ich an, einen guten Grund.« Sie sah umwerfend aus, jeder Zentimeter ein Modell oder ein Fernsehstar. Wenn sie in ein Restaurant kam, drehten sich alle nach ihr um – egal ob Männer oder Frauen. Sie trug eine schwarze Shantung-Seidenbluse und ein Jackett. Das perlmuttfarbene Spitzenunterhemd mit delikatem Ausschnitt konnte man gerade noch ahnen. Ihr einziges Schmuckstück war ein massiver Smaragdring. Er wußte, von wem sie ihn hatte. Sie hatte das Talent, mit westlichem Make-up die Exotik ihres östlichen Gesichts noch zu unterstreichen. Viele Frauen, die er kannte, wären bereit gewesen, für diese Gabe alles zu geben.

»Prost«, sagte er und hob sein Glas.

»Doswidanja«, erwiderte sie mit gespieltem russischem Akzent.

Er blickte finster. »Werde nicht albern!«

»Albern?« fragte Neon Chow. »Ich bin nicht albern! Three Oaths Tsun weiß Bescheid, und alle anderen wissen auch, wer du bist. Jake, Sawyer, alle.«

Bluestone setzte vorsichtig sein Glas ab. »Was meinst du damit: Sie wissen, wer ich bin?«

»Daß du der Topagent des KGB in Asien bist«, erwiderte Neon Chow. Sie genoß seine Verwirrung. »Schau nicht so säuerlich«, sagte sie und nippte an ihrem Drink. »Sie wollen, daß ich dich ausspioniere. Deshalb habe ich dich auch um dieses Essen gebeten, als du gestern im Gouverneursbüro vorbeigekommen bist.«

Bluestone blickte ihr starr ins Gesicht, sein Hirn arbeitete wie wild. Aber schon einen Augenblick später hatte er einen Entschluß gefaßt. Vielleicht war das gar nicht so eine Katastrophe, wie er im ersten Moment geglaubt hatte.

»Ach«, sagte er, »Three Oaths will, daß du mich überwachst?«

Der Kellner kam, und sie bestellten. Als er wieder gegangen war, fuhr Bluestone fort: »Das kann alles sogar noch besser machen. Anscheinend wollen sie, daß ich hierbleibe. Ein bekannter Feind ist allemal angenehmer als ein unbekannter. Und was meinen Plan mit der SouthAsia anbelangt, da habe ich sie ohnehin getäuscht.«

»O ja«, fiel Neon Chow ein. »Wie ich dir ja schon erzählt habe, glauben sie, daß du hinter Teck Yaus Unterschlagungen steckst.«

»Und das ist gut so.« Er arbeitete noch an den Feinheiten seines Plans. Und wegen dieses Verdachts, sagte er sich selbstzufrieden, glauben sie wahrscheinlich auch, daß die Unterschlagungen bei der SouthAsia mein einziger Trumpf sind, um sie ganz auszuschalten. Er überlegte eine Zeitlang. »Hör zu! Ich weiß, wie wir die Entdeckung meiner Identität noch besser ausnutzen können. Wenn ich sie dadurch täuschen kann, daß ich wiederum dich gegen sie einsetze, habe ich alles in der Hand, um die InterAsia Trading und alle, die ihr Geld in sie investiert haben, zu erledigen.«

»Aber es geht um mehr«, sagte Neon Chow. »Hast du herausgefunden, wer hinter dem Mord an Shi Zilin steckt?«

»Das kannst du vergessen«, antwortete er schnell. »Der alte Mann wurde von einer Yakuza-Bande umgebracht. Rivalen von Jakes Yakuza-Freund; seinen Namen habe ich vergessen.«

Sie stellte ihr leeres Glas beiseite. »Viel wichtiger ist, was ich dir noch erzählen wollte. Als Three Oaths an meinem Geburtstag mit mir unterwegs war, habe ich ihn dazu gebracht, mit mir über den *Yuhnhyun* zu reden. Sein Zweck ist anscheinend der, so eine Art Verbindungsglied zwischen bestimmten *Tai pans* und den Interessen des chinesischen Mutterlands zu sein.«

Bluestone schien das zu erstaunen. »Was sagst du da? Hongkong und Peking sollten auf irgendeine Art unter einer Decke stecken?«

»Genau.«

»Unmöglich! Selbst wenn im Jahre 2047 China längst die Kontrolle über Hongkong hat, wird die Geschäftswelt hier den Wandel zum Kommunismus bis zum letzten Atemzug bekämpfen.«

»Meinen Informationen zufolge«, warf Neon Chow ein, »wird es aber keinen Wechsel zum Kommunismus geben. Statt dessen wird es *ein* China geben. Ein politisches System. Ein Wirtschaftssystem. Und dieses System wird mit größter Sicherheit nicht der Kommunismus sein.«

Bluestone kannte das schon. Aber das sicherste war immer, die Informationen aus einer Quelle durch eine andere zu überprüfen. Das hatte er von Daniella Vorkuta gelernt, und es hatte sich schon mehr als einmal als richtig erwiesen, so zu verfahren.

Spionage, dachte Bluestone und sah dabei Neon Chow an, ist kein Spiel für Amateure. In dem Geschäft überleben nur Profis.

Losgelöst von Raum und Zeit schwebte Qi lin. Oberst Hu hatte sein Handwerk gelernt.

Er war von Jin Kanzhe gewarnt worden, daß diese Frau einen starken Geist und einen festen Willen hätte. Und kein Zweifel, ihr *Qi* war außergewöhnlich. Bei einer derart komplizierten Sache wie einer Gehirnwäsche mußte man sehr genau über das *Qi* des betreffenden Objekts Bescheid wissen, bevor man eine der Techniken anwenden konnte. Das *Qi* konnte alles verändern.

Colonel Hu hatte das während seiner Zeit in Kambodscha beobachten können. Die Roten Khmer waren bei der Anwendung von Techniken zur Gehirnwäsche nicht zimperlich gewesen. Mit ihnen war nicht einfach umzugehen, und Colonel Hu hatte es schon früh aufgegeben, ihnen gute Ratschläge zu erteilen.

Mit Fanatikern ließ sich nicht diskutieren, man konnte nur an sie hinreden. Entweder hörten sie dann auf das, was man sagte, oder eben nicht.

Während seiner Zeit in Kambodscha hatte Colonel Hu die Roten Khmer verachten gelernt. Dabei konnte man von ihnen durchaus etwas lernen, denn im großen und ganzen waren ihre Techniken effektiv. Aber jede Minute in diesem blutgetränkten Land hatte er gehaßt.

In Wahrheit hatten ihn die Roten Khmer zu Tode geängstigt. Doch dachte er über die ekligen Vorkommnisse nur dann nach, wenn er nachts allein war und trank. Sie hatten genausowenig eigenständig denken können wie Roboter. Sie waren genauso erfolgreich programmiert worden wie ihre erbarmungswürdigen Opfer. Und Colonel Hu hatte in seinem Leben genug Fanatiker kennengelernt; China selbst war für seinen ideologischen Fanatismus bekannt.

Aber mit dem, was er in Kambodscha erlebt hatte, war das nicht zu vergleichen.

In seinen Erinnerungen verband sich die tierische Barbarei der Roten Khmer für alle Zeiten mit dem beißenden Gestank von brennendem Fleisch und versengtem Haar. Nicht eine Stunde, die er in Kambodscha verbracht hatte, wo seine Nasenlöcher nicht von diesem Gestank verstopft gewesen waren. Aber nach einer gewissen Zeit hatte er gelernt, damit zu leben; wie er auch lernte, unter diesen blutrünstigen Wilden zu leben.

Es stimmte auch, daß Oberst Hu trank, um die Gefühle, die dieses fürchterliche Volk in ihm erweckt hatte, zu verjagen.

Als er schließlich von seinem Einsatz in Kambodscha zurückkehrte, hatte er sich in einem unbeobachteten Moment niedergekniet und liebevoll seine Lippen auf den Boden seines Geburtslandes China gepreßt.

Er trank, um zu vergessen, aber er konnte nicht vergessen. Der Terror nahm von ihm Besitz, auch wenn er noch so betrunken war. Nur wenn er in der Dämmerung endlich in Schlaf fiel, war sein Gedächtnis für einige Stunden wie reingewaschen. Aber wenn er dann erwachte, fielen die Erinnerungen wieder über ihn her wie heulende Dämone, bis er sich am liebsten das Hirn mit eigener Hand aus dem Kopf gerissen hätte.

Aber er härtete sich dagegen ab und machte sich wieder an die Arbeit. Und jetzt war seine Arbeit, bei Qi lin eine Gehirnwäsche durchzuführen.

Es war keine leichte Aufgabe. Ja, sie stellte ihn vor eine Reihe neuer, auf den ersten Blick überraschender Probleme. Aber das störte Colonel Hu nicht. Je schwieriger das Objekt, um so lieber war es ihm, denn um so tiefer konnte man dessen Geist in Besitz nehmen. Und die Arbeit hielt zumindest die Dämonen in seinem Kopf in Zaum.

Die Nächte fürchtete Colonel Hu am meisten.

Seine Männer waren längst schlafen gegangen und Huaishan Han, der den ganzen Tag mit ihm und seinem Opfer verbracht hatte, war auch wieder fort. Hu war allein, und im Angesicht der einsamen Nacht fröstelte es ihn. Die Nachttiere scharrten, der Wind säuselte in den Bäumen wie ferne Stimmen... wie die Stimmen der Sterbenden, der Verdammten. Das war der Moment, in dem Colonel Hu zur Flasche griff.

In dieser Nacht lag er im Halbschlaf. Immer wieder wurde er wachgerüttelt von den heftigen Windstößen, die den Sand aus der Wüste Gobi gegen sein Fenster warfen. Wegen des buckligen Huaishan Han hatte er sich nicht getraut, auch nur einen Tropfen anzurühren. Aber Huaishan Han war längst fort, und die Nacht wurde ihm immer länger. Colonel Hu trank. Seine Hand griff unsicher nach dem Hals einer fast leeren Flasche mit der Verzweiflung, die man sonst nur bei einem Ertrinkenden sieht.

Kleine Schweißperlen glänzten wie verlorene Diamanten in seinem Bürstenhaarschnitt. An seinen Augen konnte man ablesen, daß eine endlose Parade toter Geister mit festem Schritt durch seinen Schädel marschierte. Der Kragen seines Uniformhemds war weit geöffnet, und unter seinen Achseln zeigten sich Schweißflecke. Das gestärkte Hemd klebte durchnäßt an seiner bebenden Brust.

Er war barfuß, und seine Füße schienen wieder diesen ekligen Brei von Schmutz, Blut und Abfall des aufgewühlten Kambodscha zu fühlen. Oft war es ihm vorgekommen, als hätte es in ganz Kambodscha keinen festen Boden unter den Füßen gegeben. Die faulige Masse schien sich über Täler, Felder und Seeufer zu ergießen wie die Lava eines mächtigen Vulkans.

Colonel Hu erhob sich und schauderte. Er sagte etwas, das ihm selbst unverständlich blieb.

Dann blickte er auf. Qi lin stand in der Tür. Hinter ihr war nur noch Dunkelheit, und sie schien von diesem Dunkel aus der Unterwelt fast erdrückt zu werden. Ja, sie glich einem Kind von der Straße, dünn und schlecht ernährt, zum Dahinvegetieren verurteilt.

»Ist Huaishan Han schon fort?«

»Was machst du hier?« fragte Colonel Hu mit unsicherer Stimme.

»Mein Schlaf, er war voller...«

»Voller was?«

»Voller Leben. Bebendem Leben.«

Colonel Hu dachte an seinen eigenen Schlaf, wie der war, wenn der Alkohol ihm nicht half zu vergessen. Ihm schauderte wieder und er schluckte.

Er hob seine Hand, entdeckte die Flasche in ihr und winkte sie damit zu sich. »Komm herein.« Rings um das Lager waren überall Wachen postiert, nur nicht an ihrer Tür. Psychologisch wäre das nicht klug gewesen. »Setz dich.«

Qi lin gehorchte und setzte sich auf ein mit Stoff bespanntes Bambussofa. Sie saß da wie ein zerbrechlicher Vogel und blickte ihn mit ihren großen rätselhaften Augen an. Es waren seltsame Augen; sie waren Colonel Hu von Anfang an aufgefallen. Sie waren intelligent und strahlten – sie glänzten auf eine elementare Art, die er nicht näher beschreiben konnte. Es waren chinesische Augen, sicher, aber doch auch irgendwie anders. Sie hatten auch etwas Westliches, als wäre das genetische Erbe nicht komplett oder verändert worden. Colonel Hu kannte den Grund dafür.

Ihre Augen hielten ihn in Bann. Die Intensität ihres Blicks durchbohrte die betäubende Wirkung des Alkohols, wie die heiße Sonne den Morgennebel durchdringt.

»Erzähl mir von deinen Träumen«, sagte er schnell.

»Ich war in einer Stadt«, erwiderte Qi lin gehorsam, »die war sehr groß; groß, und es herrschte ein Gewimmel wie in einem Bienenkorb. Sie war auf einen Hügel... auf mehrere Hügel gebaut, so daß die Straßen nie eben verliefen. Nie, nie. Sie stiegen an und gingen bergab, wie die Gezeiten des Meeres. Das war sehr seltsam.«

»Warum war das seltsam?«

»Ich fühlte mich dort wie zu Hause.« Qi lin sagte das mit leichter Verwunderung in der Stimme. »Ich kann mir das nicht erklären. Ich kenne den Dschungel. Dort fühle ich mich zu Hause, denn von dort komme ich doch. Das haben Sie mir immer und immer wieder gesagt.«

»Es stimmt.«

»Dann ist die Stadt...«

»Die Stadt ist ein Traum.«

»Aber es kam mir alles so wirklich vor. In meinem Traum stimmte alles so genau ... die Straßen, die Häuser und die Geschäfte. Sogar die Leute.«

»Welche Leute?« Colonel Hu setzte sich auf. Er fuhr sich mit der Hand durch das Haar und wischte die Nässe an seinem Hosenbein ab.

»Ich weiß nicht.«

»Aber du sagst doch, daß du in deinem Traum alles so genau gesehen hast.«

»Ja, das stimmt.«

»Dann beschreibe mir die Leute.«

»Ich kann es nicht.«

»Du lügst!«

Qi lin holte tief Luft, und ihre Augen füllten sich mit Angst. Schade, dachte Colonel Hu, denn sie hatten ihren Glanz verloren. Ein dunkler Schleier legte sich über sie, und sie wurden ganz normale Augen, Augen wie jeder sie hatte, ohne etwas Besonderes.

»Nein!«

»Sag es mir!«

»Ich kann nicht!«

»Sag es mir! *Sag es mir!*« Colonel Hu bemerkte, daß er schrie.

Er hatte sie gepackt und schüttelte sie heftig. Etwas in seiner Kehle zog sich zusammen. Wut stieg in ihm auf. Der Chor der Verdammten sang in seinen Ohren ein Begräbnislied.

Qi lin schluchzte. Ein leichtes Zittern erfaßte sie, wie vor einem gewaltigen Sturm. »O Buddha!« rief sie plötzlich. »Buddha, steh mir bei!«

Colonel Hus Wut wurde nur noch größer und wie besessen schleuderte er sie hin und her.

»Warum nennst du hier den Namen Buddhas? Das ist verboten! Das ist strengstens verboten!«

Seine Wut prasselte wie ein grausamer Schauer über ihr nieder. Sie war wie blind, wie gelähmt, und rang nach Luft. Sie fühlte sich von Kräften gepackt, die außerhalb ihres Willens lagen, die drohten, die Nabelschnur zu diesem Leben, das ihr vertraut geworden war, abzuschneiden. Und das würde die Rückkehr zu dem Schmerz bedeuten – diesem furchtbaren, durchdringenden, widerhallenden Schmerz, hinter dem das Nichts lauerte, das sie bis ins Mark erschauern ließ.

Also kämpfte sie. Sie warf sich gegen ihn, so daß ihre Tränen seine

Wangen trafen, in seine Augen liefen, als Salztropfen zitternd an seinen Lippen hingen, bis er sie herunterschluckte.

Colonel Hu spürte sie an seinem Körper, und er spürte Wärme. Er fühlte ihr Zittern, und es war, als wollte ihre Seele zerspringen. Und ohne lange nachzudenken, nahm er sie in sich auf.

Wie es zwei Tiere in der Wildnis tun – selbst wenn sie Feinde sind –, wenn sie sich gegenseitig suchen und ihre Körperwärme teilen, um die bittere Kälte der grausamsten Monate in der Natur zu überleben, so verhielt sich instinktiv Colonel Hu. Das war für beide überlebenswichtig, auch wenn er in diesem Moment weit davon entfernt war, das zu verstehen.

Alles, was er erkennen konnte, war das Leid.

»Kleine«, flüsterte er. »Kleine.« Er hörte ihr leises Schluchzen, und darin konnte er die Schreie der unzähligen Menschen hören, deren Persönlichkeit verändert worden war im Namen einer nihilistischen Ideologie ohne Herz und Seele. Die Schreie jener unzähligen Menschen, über die er hinweggetrampelt war, bis ihm der Brei aus Blut und Morast in die Stiefel drang und zwischen den Zehen klebte.

Er spürte, wie sie bei ihm Schutz suchte. Ihr Schluchzen ließ nach, ihre Tränen trockneten, und mit ihnen schwand auch die Furcht in ihrer Seele.

Wärme stieg in ihm auf, und er wunderte sich, denn es war eine Wärme, die von einer Quelle außerhalb seiner selbst kommen mußte. Colonel Hu lebte nicht nach dem Gesetz der Keuschheit. Er vergnügte sich im Gegenteil sogar mit einer Reihe von Frauen. Aber sie alle hatten Schenkel wie Alabaster – kühl und unbefriedigend. Ihre edlen Pforten waren wie Marmor, glatt. Sie saugten aus ihm seinen heißen Samen, mehr nicht.

Jetzt schien es ihm, als hätte er in seinem Schoß die Sonne, und nicht diese kleine zerbrechliche Frau, die ihm in dieser Nacht wie ein kleines Mädchen vorgekommen war. Und langsam merkte er, daß die Hitze eine bestimmte Quelle in ihm angerührt hatte. Seine Lenden loderten gleichsam auf. Er war hart wie ein Stück Holz.

Qi lin bewegte sich, und er stöhnte.

Ungewollt und unvorstellbar. Dennoch richtete sich Oberst Hus heiliges Glied auf, und es war ein wohliges Gefühl, als es die Wärme zwischen Qi lins Schenkeln spürte.

Colonel Hu wollte diese Erregung nicht, aber gleichzeitig wollte er auch nicht, daß diese lebenspendende Wärme aufhörte. Deshalb umarmte er Qi lin und zog sie weiter zu sich, wie sie ihn an sich preßte. Er schloß sie in seine Arme und war damit selbst eingeschlossen.

Er sagte sich, daß er sich nicht nach ihr sehnte, weil das nicht sein durfte. Ihre heilige Pforte war für ihn genauso verboten, wie es ihr untersagt war, den Namen Buddhas auszusprechen. Er war sehr deutlich gewarnt worden. In Qianmen hatte Jin Kanzhe zu ihm gesagt:

»Zheige lizi hai mei·shu ne.« Die Frucht ist noch nicht reif. Aber das heißt nicht, daß sie nicht gefährlich wäre. Im Gegenteil.«

Doch eine solche Wärme kann niemals dem Tod entspringen, entschied Hu jetzt. In seinem Kopf gab es, neben dem Chorgesang der Verdammten, nur noch einen Gedanken: Er wollte sie festhalten. Andere Teile seines Verstandes schienen anders zu reagieren. Er kämpfte noch mit sich selbst. Und hätte nicht Qi lin die Initiative ergriffen, wäre er nicht sicher gewesen, wie dieser Kampf ausgegangen wäre.

Aber das alles waren fruchtlose Gedanken, denn sie griff nach unten und berührte vorsichtig das Haupt seines heiligen Gliedes. Diese Berührung war einen Augenblick so elektrisierend, daß Colonel Hu der Atem stockte. Dann gab sein Wille nach, und er überließ sich ihr.

In diesem Moment hörte er den einsetzenden Regen heftig wie den Schwanz eines wütenden Drachen gegen die Fenster schlagen.

Colonel Hu fühlte, wie ein Knopf seiner Hose nach dem anderen geöffnet wurde. Und jeder Knopf brachte ihn der Wärme näher. Er streckte seine Hände aus und begann Qi lins Bluse zu öffnen. Sie war aus grober Baumwolle, ebenso wie die gestreifte Hose, doch war es keine Gefängniskleidung – denn auch das hätte auf mangelndes psychologisches Geschick gedeutet.

Er entblößte ihre festen Brüste zur gleichen Zeit, wie sie ihre Hand um seine Nacktheit legte. Er schauderte und hob ihre Brüste an seinen Mund. Seine Lippen öffneten sich, um zuerst die eine Spitze zu finden, dann die andere.

Qi lin leckte sich die Handflächen feucht, um die Wirkung des Spiels ihrer Hände noch zu steigern. Eine Sturmbö traf Oberst Hu, und draußen bog der Sturm die hohen Bäume, fegte über den Boden und durch das Lager.

Colonel Hu sehnte sich so heftig danach, ihre bloßen Schenkel zu berühren, daß seine Finger bei dem Versuch, den Verschluß ihrer Hose zu entknoten, zitterten. Am Ende war Qi lin gezwungen, ihm zu helfen.

Sie schlüpfte aus der Hose, ohne daß ihre Füße den Boden berührten. Doch noch war sie nicht ganz nackt, denn ihre Bluse war zwar aufgeknöpft, sie hatte sie aber immer noch an, was Colonel Hu noch mehr erregte. Sein heiliges Glied zitterte nun genauso wie seine Hände.

Er liebkoste ihre Schenkel. Sie waren warm, nicht kalt wie Alabaster. Das Fleisch unter seinen schwieligen Händen war glatt und weich. Sein Handrücken strich zum erstenmal über dichtes Haar, und sein Atem ging schneller.

Qi lin, die ihre Handfläche kreisförmig hin und her bewegte, führte ihn zu ihrer heiligen Pforte. Dort ließ sie ihn.

Colonel Hu stöhnte vor Erwartung. Er fühlte die unbeschreibliche Weichheit, mit der sie über das empfindliche Fleisch strich, und es bereitete ihm beinahe Schmerzen, als er weiter vorstieß.

Er fühlte, wie ihre schlanken Arme sich über seine Schultern legten und seine haarlose Haut liebkosten. Ihre feuchten Lippen gruben sich in die Seite seines Halses, und er verspürte kleine elektrische Schläge. Ihre Finger spielten in seinen Ohren, er hielt es nicht mehr länger aus! Mit einem tiefen, langgezogenen Stöhnen hob er seine Hüften und schlüpfte durch das bebende Portal.

In diesem Augenblick wurde Qi lins Griff schmerzvoll. Auf beiden Seiten seines Kopfes hatte sie eine Hand liegen, ihr linker Ellbogen drückte auf sein Gesicht. Mit dem Druck ihrer rechten Hand und ihrem Ellbogen als Widerstand drehte sie seinen Kopf mit einem Ruck gewaltsam auf die Seite.

Die Bewegung hätte ausreichen müssen, um Colonel Hu das Genick zu brechen. Sie wandte den Griff perfekt an, genauso wie sie es im *Gong lou-fu* gelernt hatte. Doch Colonel Hus Liebesstoß hatte den Ablauf durcheinandergebracht.

Sie hörte ein scharfes Knacken, das war sicher, aber dann fühlte sie auch schon seinen warmen Strom in sich.

Colonel Hu spürte ein Singen in den Ohren. Das Bild vor seinen Augen verschwamm, und seine ganzen Nervenstränge begannen zu schmerzen. Er befand sich im Schock, aber nicht nur deshalb reagierte sein Körper nur träge, denn zugleich hatte sich sein Blut unten in Bauch und Lenden gesammelt.

Doch sein Verstand erfaßte sofort, was passiert war. Die Worte Jin Kanzhes hallten wie ein Echo in ihm nach: *Sie ist gefährlich wie der Tod.*

Seine Hände wurden von ihren Schenkeln festgehalten. Er versuchte, sie zu befreien. Ein wilder Schmerz packte ihn, sein Kopf fiel zur Seite. Der Chor der Verdammten blökte wie Schafe, die zur Schlachtbank geführt werden, in seinen Ohren. Sein Kopf füllte sich mit dem giftiggelben Himmel von Kambodscha, napalmverseucht und zerrissen von Bomben und Artilleriefeuer.

Sie hatte ihn schwer verletzt. Zweimal während seines Dienstes in Kambodscha wäre er fast getötet worden, doch er hatte überlebt. Der Tempel der Vorsehung meinte es gut mit ihm. Und auch jetzt wollte er nicht sterben. Mit letzter Kraft befreite er eine Hand und schlug ihr gegen die Brust. Qi lin schrie auf, doch sein Arm war schwer und unbeweglich wie ein Sack Zement. Er konnte schon etwas klarer sehen, aber immer noch waren da diese verschwommenen Flecken, die ihn immer wieder schwindlig machten.

Es war verrückt, aber er war immer noch in ihr, während er schon nach ihr schlug. Der Schmerz hatte seine Erregung nicht geschwächt, was er nicht verstand. Er schlug ihr in den Magen, aber seine Schläge hatten so nahe keine Kraft.

Dann befreite er seine zweite Hand und schlug ihr wieder brutal gegen die Brust. Er spürte, wie ihre Arme sich um seinen Kopf legten, und er wußte sofort, daß sie es von neuem versuchen wollte. Mit aller verbliebenen Kraft setzte er sich zur Wehr. Doch konnte er in seiner sitzenden Position seine überlegene Kraft nicht zur Geltung bringen. Und zudem hatte sie mit ihrem ersten Angriff eine Reihe von Nervensträngen zerstört.

Sein Daumen grub sich in das weiche Fleisch unter ihrem Schlüsselbein. Er wollte ihre Schlagader erreichen, aber sie drehte sich weg, als sie seine Absicht durchschaute. Jetzt hatte sie seinen Kopf fest im Griff und begann zu drücken.

Er schnappte nach Luft und schluckte, wobei er sich fast die Zunge abbiß. Hustend schmeckte er sein eigenes salzig-süßes Blut.

Er drückte den Daumen tiefer und spürte, wie ein Knochen brach. Qi lin schrie auf und schlug ihm ihren Ellbogen ins Auge. Benommen hob Colonel Hu dennoch wieder seine Hand. Er fühlte ihren Hals, und dann stieg Genugtuung in ihm auf. Die Schlagader! Er schlug mit seinem Daumen mit aller Kraft zu, und der Druck gegen seinen Kopf ließ für einen Moment nach.

Dann traf ihn ein blindwütiger Schmerz zwischen den Schenkeln, ein Schmerz, der nach oben in den Magen schoß und ihn umzustülpen schien und schließlich sein Herz umklammerte wie eine eiserne Faust.

Der Druck seines Daumens ließ nach, und Qi lin befand sich plötzlich in der richtigen Stellung, um die Kante ihrer rechten Hand gegen seinen Schädel schmettern zu können.

Ein krachender Schlag, und Colonel Hu wurde nach oben gerissen, als hätte ihn ein Blitz getroffen. Qi lin ließ ab von ihm und kroch davon. Doch behielt sie ihn fest im Blick, während sie ihre Hose nahm und zur Tür hin zurückglitt. Sie zog sich an und knöpfte ihre Bluse zu. Der Schmerz, den der kleine gebrochene Knochen ihr verursachte, ließ sie zusammenzucken.

Draußen in der Nacht glitzerte der Regen silbern im Licht. Sie wußte, wo Colonel Hu seine Pistole versteckt hatte. Sie nahm die Waffe und prüfte, ob sie geladen war. Dann steckte sie die Pistole in ihren Hosenbund, nahm seine Militärjacke und warf sie sich über die Schultern. So ging sie hinaus in die unruhige Nacht.

Colonel Hu, wieder allein, fiel aus seiner unbeholfenen Stellung zur Seite. Der Fall belebte ihn wieder etwas. Sein Kopf war unnatürlich abgewinkelt. Er hörte ein Geräusch wie einen voll aufgedrehten Wasserhahn und überlegte, was das sein könnte.

Er konnte weder stehen noch sitzen, und deshalb schob er sich kriechend weiter. Es dauerte lange, bis er die offene Tür erreicht hatte. Nur ab und zu konnte er etwas erkennen. Dazwischen sah er in einer Landschaft, die kurz von einem Blitz erhellt wird, das Lager der Roten Khmer, das zwei Jahre lang sein Zuhause gewesen war. Er hörte Stimmen rufen, schrill und hart, und das Heulen hungriger Wölfe. Er hörte das Zerbersten der Bomben, sah die rosa Fetzen Fleisch und die Gedärme...

Er sah die gebeugten Rücken und Hälse, so widerwärtig unterwürfig und verletzlich, der Opfer des Angka, jener mysteriösen Organisation der Roten Khmer, über die für immer das Leichentuch der Schatten gedeckt schien. Die Pistolenschüsse, rhythmisch und schnell hintereinander, wenn jene Opfer, die es angeblich gewagt hatten, sich aufzulehnen, kaltblütig erschossen wurden. Ein gnadenvoller Tod, wie ihm ein affenartig grinsender Leutnant erklärte. »Früher«, sagte er lachend, »als wir noch um die Macht kämpften und eure wohlwollende Unterstützung noch nicht genossen, konnten wir es uns nicht leisten, auch nur eine Kugel zu verschwenden. Damals haben wir sie mit den Gewehrkolben erschlagen.« Er hatte ausgespuckt. »Das waren bessere Zeiten, denke ich. Denn das erzog die Soldaten zur Tapferkeit.«

Draußen im Sturm lag Colonel Hu im Sterben. Seine Umgebung nahm er nur dumpf wahr. Sein Bewußtsein kam und verließ ihn wieder in grellen, schmerzerfüllten Ausbrüchen. Während einer dieser Momente, die schnell wie die Schüsse eines Maschinengewehrs aufeinander folgten, merkte er, daß dieses Geräusch eines rauschenden Wasserhahns, das ihn verfolgte, in ihm selbst war. Er spürte, daß seine Lungen zum Bersten voll waren. Jeder Atemzug fiel ihm entsetzlich schwer.

Er krümmte sich auf dem Boden zusammen. Der Regen schlug auf ihn nieder, und der Schlamm kroch ihm zwischen die Zehen.

Und endlich verschwand auch der wehklagende Chor der Verdammten wie eine Erinnerung im Nebel. Sein verfluchtes Leben erlosch.

Jake brauchte vom Narita-Flughafen bis ins Zentrum Tokios fast drei Stunden. Aber das war im modernen Japan durchaus nichts Besonderes. Auf den breiten Highways fuhren die Wagen Stoßstange an Stoßstange, und als er schließlich am Okura-Hotel abgesetzt wurde, war er genauso erschöpft, als wäre er noch mal in eine andere Zeitzone geflogen.

Während der Träger sein Gepäck abstellte, warf Jake alle Zeitungen, die er am Flughafen gekauft hatte, auf das Bett. Es gab keine einzige, deren Titelseite nicht mit Nachrichten über den Yakuza-Krieg gefüllt war.

Die Polizei arbeitete rund um die Uhr, aber sie hatte nur geringe Erfolge vorzuweisen, wie das in einem Land, in dem Gewaltverbrechen im großen und ganzen nicht an der Tagesordnung waren, auch nicht anders zu erwarten war.

Die Yakuza-Abwehreinheit war erst auf direktes Drängen des Premierministers Nakasone aufgestellt worden. Einige Verhaftungen waren vorgenommen worden – die letzte noch an diesem Morgen –, aber die Razzia hatte nur kleine Fische ins Netz gehen lassen. Die Yakuza

Oyabun blieb weitgehend bestehen, und zumindest in der *Asahi Shimbun* stand ein glühender Leitartikel, der auf die Unfähigkeit der Polizei abzielte.

Mikio Komoto wurde jedoch nicht ein einziges Mal erwähnt, obwohl sein Clan in den detaillierten Berichten über den Krieg häufig genannt wurde. War das eine gute oder eine schlechte Nachricht? Jake konnte das Vorzeichen nicht deuten.

Endlich allein in seinem Zimmer, dachte er an Bliss. Ihre Stimme war nur einen Anruf entfernt, und doch griff er nicht zum Telefonhörer. Er wollte jetzt nicht mit ihr sprechen, wollte nicht, daß irgendein zärtliches Gefühl in ihm aufkam. Zärtlichkeit oder mangelnde Konzentration konnten ihn hier das Leben kosten.

Er starrte an die Zimmerdecke. Die Stimme seines Vaters fiel ihm ein. Seine Gegenwart. Seine Nähe hatte eine Aura ausgestrahlt, die nur ihm eigen gewesen war: Wärme und Trost. Jake erinnerte sich an den Strand von Shek-O, wo sie stundenlang in der Sonne gesessen und die Wellen des Südchinesischen Meeres ihre Füße sanft umspielt hatten. Sie hatten über vieles gesprochen ... und manchmal über gar nichts. Sie genossen die gegenseitige Nähe und Vertrautheit, die verlorene Jahrzehnte neu, einmalig und noch stärker hatten werden lassen.

Vorbei. Alles vorbei.

Wir haben viele Feinde in vielen Ländern. Und sie haben nur ein Ziel: den Yuhn-hyun zu vernichten.

Ein Feind in Japan unter den Yakuza? Wo war die Verbindung zum *Yuhn-hyun*?

Er stützte seine Ellbogen auf die Knie und legte seinen müden Kopf in die Hände. Sein Körper fühlte sich an, als hätte er gerade 15 Runden mit einem Schwergewichtsmeister hinter sich. In seinem Kopf schwirrten die Gedanken. Müde erhob er sich und ging lustlos durch das im japanischen Stil eingerichtete Zimmer. Seine Schuhe standen vor der Tür. Er nahm eine lange und heiße Dusche und hob seinen Kopf in den Wasserstrahl, um die Müdigkeit, die Schmerzen und die Angst von seinem Körper und aus seinen Gedanken zu waschen. Schließlich wußte er, daß er sich in einer lebensgefährlichen Umgebung befand. Jemand griff den *Yuhn-hyun* an, und wenn er nicht bald herausfand, wer, dann würde sich der ausgesuchte Personenkreis, den sein Vater in mehr als fünfzig Jahren zusammengefügt hatte, wieder auflösen. *Insbesondere die Triade-Drachen werden schnell argwöhnisch werden,* hatte Shi Zilin ihm gesagt, *sie suchen stets einen Vorteil gegenüber ihren Rivalen zu gewinnen. Aber geteilt sind wir verwundbar und können leicht vernichtet werden.*

Wieder wurde Jake von Angst erfüllt. Angst vor dem Versagen. Er befand sich im Dunkeln und in der Kälte. Sein Vater hatte ihn zum *Zhuan* ernannt. Vielleicht war das falsch gewesen, vielleicht hatte die Liebe zu seinem einzigen noch verbliebenen Sohn seine hellseherischen Instinkte geblendet. Vielleicht hatte er nur *gewollt*, daß Jake *Zhuan* würde. Hatte Shi Zilin den Falschen gewählt?

Jake trocknete sich ab und zog einen kobaltblauen Leinenanzug, ein taubengraues Hemd und eine blau auf Blau gepunktete Krawatte an. Während er sein Haar bürstete, betrachtete er sich im Spiegel. Er sah blitzende, kupferfarbene Augen, die tief unter breiten, geraden Augenbrauen lagen. Sein lockiges schwarzes Haar – ein genetisches Erbe seines Großvaters mütterlicherseits – schien nicht zu bändigen zu sein, wie sehr er es auch bearbeitete. Er warf die Bürste hin, und nachdem er ein paar Kleinigkeiten eingesammelt hatte, verließ er das Zimmer.

Es war noch früher Nachmittag, kurz nach Mittag, so daß die Straßen zwar voller Menschen, aber noch nicht überfüllt waren. Er hatte schon im Flugzeug etwas gegessen, aber nichts geschmeckt. Sein Magen war voll, sonst nichts. Der Verkehr war, wie üblich, zum Erliegen gekommen. Aber ihm war ohnehin mehr nach Gehen zumute. Es war ein sonniger und außergewöhnlich klarer Tag. Die Luft war noch ein wenig kalt, aber die ersten Kirschblüten trieben schon Knospen, und auch die Luft roch frischer und sauberer, als zu erwarten gewesen war. Jake schlenderte zum Sotobori-dori hinauf und bog nach links in eine breite Allee ein, die in die Akasaka-Gegend führte. In der Nähe des Mikado-Theaters verließ er die Straße und fuhr mit der Choyoda-Untergrundbahn drei Haltestellen bis Meiji-Jingumae. In Harajuku betrat er wieder die Straße. Nach dem letzten Krieg waren hier die Washington Heights gewesen, wo der Großteil der amerikanischen Besatzungsmacht innerhalb der Bezirke Tokios untergebracht gewesen war.

Jetzt war Harajuku eher der Stadtteil der reichen, jüngeren Schichten. Schicke Boutiquen wetteiferten mit Restaurants, die westliches Essen servierten, um die Gunst des Besuchers. Wenn man eher Lust auf einen Hamburger oder Pommes frites hatte als auf *Sushi* oder *Soba*, dann war man hier an der richtigen Adresse.

Entlang des breiten, mit Bäumen gesäumten Boulevards tanzten an heiteren Sonntagnachmittagen junge Menschen. Sie hatten Lederjakken und spitze Stiefel im Stil der Fünfziger an und gingen in den Yoyogi-Park, in dem sich der gewaltige Meiji-Schrein befand. Zur eindringlichen Musik aus lauten Kofferradios wirbelten und kreisten sie in fast wahnsinniger Verzückung herum.

In Harajuku hatte auch Mikio Komoto seine Firmenbüros. Die Wolkenkratzer von Shinjuku, wo man sie vielleicht zuerst vermutet hätte, waren der wirkliche Nabel der Geschäftswelt von Tokio. Aber aus vielerlei Gründen hatte Mikio beschlossen, sich seinen Hauptsitz weiter südlich einzurichten.

Das hatte sich längst als eine umsichtige Entscheidung erwiesen. Harajukus steigende Popularität veranlaßte immer mehr Firmen, in diese Gegend zu ziehen und zu versuchen, sich von der drückenden Atmosphäre Shinjukus zu befreien.

Mikios Büros lagen innerhalb des Seicho No Ie, genau gegenüber dem Togo-Schrein, mit Blick auf den Südteich des Parks und den bekannten Irisgarten. Die Büros befanden sich neben einem hochmodernen *Kissaten*, einem eleganten Café, wo man für zwei Dollar eine kleine Tasse des begehrten Getränks bekam. Die Summe war auch eine Art Gebühr für den Tisch, an dem man sich niederließ und die Leute beobachtete. Eine relativ neue japanische Sitte, die von einer viel älteren europäischen Sitte entliehen worden war.

Das Café mit dem kuriosen Namen ›Bellender Fisch‹ hatte glänzend grüne Wände, die von dunkelblauen Neonleuchten erhellt wurden, die hinter polierten, von der glitzernden Decke hängenden Holzstäben versteckt waren. An kleinen Marmortischen standen mitternachtsblaue Lackstühle.

Jake ging durch eine Tür aus Rauchglas neben dem *Kissaten* und fuhr mit dem Lift in das oberste Stockwerk des Gebäudes. Am Ende einer Halle aus poliertem Granit und strahlender Bronze ging er durch eine sich automatisch öffnende Glastür, auf der KOMOTO SHOMU KOGYO in Englisch und *Kanji* stand. Übersetzt hieß das ungefähr ›Komoto – gewerbliche Unternehmen‹, ein vager Name, der eigentlich alles und nichts bedeuten konnte.

Jake hatte keine klare Vorstellung davon, womit das Unternehmen nun genau sein Geld verdiente. Mikio hatte mit fast allem zu tun: Elektronik, Fiberoptik, Herstellung von Robotern und so weiter. Wenn auf der Prioritätenliste des MITI – des Ministeriums für Internationalen Handel und Industrie – eine neue vielversprechende Produktionslinie auftauchte, dann hatte Mikio mit Sicherheit längst eine entsprechende Firma gegründet.

Das MITI war eine äußerst mächtige Regierungsbehörde, die seit dem Ende des Krieges die gewerbliche Handelspolitik des privaten Sektors steuerte. Eine ihrer wirksamen Methoden bestand darin, Geschäftsleuten gewisse Anreize zu bieten, um *Kobuns* – Unternehmen – in jenen Gebieten zu gründen, die das MITI für die wirtschaftliche Expansion des Landes für wichtig hielt. Kurz nach dem Krieg hatte die Schwerindustrie, wie zum Beispiel die petrochemische Industrie oder die Stahlindustrie, höchste Priorität. Jetzt lag der Schwerpunkt auf der Leichtindustrie – Elektronik, Roboter, Computer und ähnliches.

Mikios Vorzimmer waren mit dem Holz der *Kyoki* – der japanischen Zypresse – getäfelt. Die eingebauten Schreibtische, Konsolen und Schränke glänzten lackschwarz. Auf dem Boden lag ein maschinell gefertigter Berberteppich, reich an Grau- und Brauntönen. Die Sitzgelegenheiten in diesen Räumen – zumindest für diejenigen, die darauf warteten, empfangen zu werden – bestanden aus einer Reihe fester, mit *Tatami* bedeckter Holzquadrate.

Jake ging hinüber zu einem Plexiglasfenster. Dahinter saß ein junger, elegant gekleideter Empfangschef. Jake nannte seinen Namen, und als ihn der junge Mann nach dem Grund seines Besuchs fragte, erwiderte Jake, daß es sich um eine persönliche Angelegenheit handele.

Während er sich zu dem jungen Mann herunterbeugte, drehte sich eine Frau – die Büroleiterin, wie Jake vermutete – um und sah ihn musternd an. Sie trug ein strenggeschnittenes Kostüm aus dunkler Baumwolle. Ihr glänzendes schwarzes Haar war in scharfen Winkeln geschnitten, wie Jake es seit Mitte der Sechziger hier nicht mehr gesehen hatte. Ihre weitgeöffneten Augen blickten ihn eine Weile an. Dann, als würde eine Falltür zugeworfen, blinzelte sie, drehte sich um und fuhr mit ihrer Arbeit fort.

»Bitte nehmen Sie Platz«, sagte der junge Mann, nachdem er Jakes Geschäftskarte genommen hatte. »Ich werde mich mit Mr. Komotos Sekretärin in Verbindung setzen.« Sein Englisch war klar und deutlich zu verstehen, als hätte er Angst, zu schnell zu sprechen.

»Vielen Dank«, sagte Jake, durchquerte wieder den Raum und setzte sich. Er war nicht der einzige Wartende. Geschäftsleute in dunklen Anzügen versammelten sich hier wie Vögel auf einem Leitungsdraht. Von Zeit zu Zeit wurden einer oder mehrere von einem sich verbeugenden Angestellten aufgerufen, der hinter einer Schranke auftauchte, sie höflich begrüßte und hineingeleitete.

Während die einen noch auf ihren Termin warteten, gingen die anderen schon wieder, und das wiederholte sich regelmäßig. Jake hatte bereits eine knappe Stunde gewartet, als er sich endlich erhob und seinen Kopf wieder durch das Plexiglasfenster steckte.

»Entschuldigen Sie bitte«, sagte er zu dem jungen Mann, »aber ich habe bis jetzt noch nichts gehört.«

»Ich habe Ihre Karte persönlich Mr. Komotos Sekretärin gegeben«, antwortete der junge Mann, als wäre dies eine Entschuldigung.

»Das war vor fünfzig Minuten.«

»Es ist ein arbeitsreicher Tag«, sagte der junge Mann. Sein Haar glänzte. Er hatte einen Bürstenhaarschnitt, der mit einer modischen Pomade in die Höhe gehalten wurde. Die Sprechanlage summte leise. »Entschuldigen Sie.« Er drückte auf einen Knopf und sprach leise in sein Mikrophon. Einen Moment später beendete er das Gespräch.

»Ich bin ein guter Freund von Mr. Komoto«, erklärte Jake. Aus einem Augenwinkel heraus sah er, wie die Büroangestellte ihren Kopf umwandte. Beobachtete sie ihn wieder? »Wann kann ich ihn sprechen?«

»Sobald ich es weiß«, sagte der junge Mann, »lasse ich es Sie wissen.«

»Kann ich dann vielleicht Mr. Komotos Sekretärin sprechen?«

Der junge Mann warf einen Blick auf seine Telefonkonsole. »Es tut mir leid, sie telefoniert gerade. Bitte nehmen Sie doch wieder Platz.«

Ungefähr zwanzig Minuten später stand Jake wieder an dem Plexiglasfenster. Der junge Mann sah auf. Er schien enttäuscht zu sein, als er sah, wer es war.

»Ja?«

»Wo ist die Toilette?«

»Zur Tür hinaus, den Gang nach links, letzte Tür.«

Jake nickte und ging hinaus. Die Herrentoilette war genauso strahlend und modern wie der Rest des Gebäudes. Aber sie war nicht groß. Es gab zwei Urinmuscheln. Als sich die Tür öffnete und ein Mann hereinkam, waren er und Jake eng zusammengedrängt.

Jake sah, daß der andere ein Japaner um die Vierzig war. Er hatte breite Schultern und schwarzes Haar, in dem sich bereits Silberfäden zeigten. Wie jeder andere Geschäftsmann in Tokio hatte auch er einen dunklen Anzug an. Der einzige Unterschied war, daß er sich darin nicht wohl zu fühlen schien. Seine Muskeln spannten den glatten Stoff. Alte Narben leuchteten in seinem Gesicht. Er sah weder nach rechts noch nach links, sondern schien von der blanken Wand vor sich geradezu fasziniert zu sein.

Jake machte gerade seinen Reißverschluß wieder zu, als der Mann plötzlich sagte: »Eine Tasse Kaffee wäre jetzt genau das richtige.« Er hatte es zwar leise, aber doch mit einem gewissen Nachdruck gesagt, jedoch ohne seinen Kopf zu wenden. Als Jake ihn ansah, gab er durch nichts zu verstehen, ob ihm überhaupt bewußt war, daß noch jemand in dem engen Raum stand. Er schloß ebenfalls seinen Reißverschluß, wusch sich die Hände und verschwand wieder.

Einen Augenblick lang stand Jake da und überlegte, ob er den Mann tatsächlich hatte sprechen hören. Dann dachte er nach. Es sah nicht so aus, als würde er in den Büros von Komoto Shomu Kogyo etwas erreichen.

Wieder draußen im Gang, warf er einen Blick in beide Richtungen. Niemand war zu sehen. Jake fuhr mit dem Lift in die Halle hinunter und folgte der Straße nach links. Er ging an einer neuen Kenza-Boutique vorbei, die im neuesten japanischen Stil gehalten war: langweilige graue Wände, schwarze Drahtregale, grauer Teppich, der sich vom Boden auf niedrige Ladentische ergoß, auf denen Berge von Kleidungsstücken lagen.

Er warf einen Blick hinein und ging weiter. Dann blieb er stehen und ging zurück. Im Schaufenster stand eine hochmodisch angezogene Kunststoffpuppe. Sie hatte orangegrünes Haar und ihre Nägel waren topasfarben. Und sie trug das gleiche Kostüm wie die Angestellte in Mikios Büro.

Eine Büroangestellte in Kenzo-Kleidung? Das hätte sie ein Jahresgehalt gekostet. Es sei denn, sie war überhaupt keine Büroangestellte!

Eine Tasse Kaffee wäre jetzt genau das richtige.

Jake ging noch weiter zurück, nämlich bis zum Eingang des Cafés neben Mikios Büros, zum ›Bellenden Fisch‹. Das *Kissaten*. Er trat ein, und es dauerte eine Weile, bis sich seine Augen an den Lichtwechsel gewöhnt hatten. Das grelle Neonlicht wurde von der dunklen Lackfarbe der Wände angenehm gedämpft. Er sah sich um.

Und dann sah er das Kenzo-Kostüm an einem Marmortisch sitzen. Die Büroangestellte saß mit überkreuzten Beinen da und rauchte eine Zigarette. Vor ihr stand eine winzig kleine Tasse Kaffee. Sie lächelte ihn an.

Er ging zu ihr so selbstverständlich, als hätten sie sich hier verabredet, und nahm ihr gegenüber Platz. Er bestellte ebenfalls einen Kaffee, und als sie wieder allein waren, fragte er: »Wer sind Sie?«

Ihre vollen Lippen verzogen sich zu einem spöttischen Lächeln. »Sie sind sehr unhöflich, Mr. Maroc.«

»Dann entschuldigen Sie meine barbarischen Manieren«, sagte er auf japanisch.

»So ist es besser«, erwiderte sie, vom Englischen ins Japanische übergehend. »Ich bin froh, daß Sie den Wink verstanden haben.« Sie zwinkerte amüsiert mit den Augen. »Es war unterhaltsam zu raten, wie lange Ihre Blase aushalten würde.«

Jake fand das weniger unterhaltend. »Wo ist Mikio?« fragte er. »Geht es ihm gut? Ich muß mit ihm sprechen.«

Die strahlenden Augen der Frau musterten ihn sorgfältig. Ihr flaches Gesicht schien nur aus Wangenknochen und Augenbrauen zu bestehen. Sie entsprach zwar nicht Jakes Schönheitsideal, aber ein anderer hätte sie mit Sicherheit als schön empfunden.

»Kennen Sie Tsukiji?« fragte sie.

»Ja.«

»Seien Sie morgen um vier Uhr dreißig dort.«

»Wird Mikio auch da sein?« Das Kenzo-Kostüm stand bereits. Sie sah eine Weile auf ihn herab, bevor sie schwungvoll aus dem Restaurant ging. Nicht ein einziges Mal blickte sie sich um.

Bluestone saß in seinem Arbeitszimmer und beobachtete das Spiel des indirekten Lichts, das sich immer wieder in dem zarten Material der unbezahlbaren Qing-Vase brach und spiegelte. Sie war allein auf einem schwarzlackierten Sockel vor einer Wand plaziert. Ihr fahles, schillerndes Grün war der einzige andere Farbton außer Schwarz und Rot im ganzen Raum.

Die Decke war in einem satten, glänzenden Schwarz gestrichen, die Wände in einem Muster tapeziert, das extra für Bluestone entworfen worden war: Schwarz auf Schwarz, ein Muster aus matten und glänzenden Flächen mit winzigen, darauf verstreuten roten Chrysanthemen.

Die Couch, die an der Wand gegenüber des Qing-Meisterwerks stand, war aus schwarzem Leder; die dazu passenden Sessel waren ebenfalls schwarz. Der schwarze Teppich, der den ganzen Boden bedeckte, war ähnlich mit roten Punkten gemustert. Der antike Schreibtisch im römischen Stil war aus Ebenholz. Massiv und einschüchternd war er in dem Raum der einzige weitere Kunstgegenstand neben der Vase.

Bluestone saß hinter diesem Schreibtisch und beobachtete das Spiel des Lichts auf der Vase, während er gleichzeitig White-Eye Kaos Bericht zuhörte.

»Ich habe ›das große Pißgesicht‹ genau überprüft. Meine Informanten haben bestätigt, daß er bereits eifrig plaudert – für einen angemessenen Betrag *H'young yau.*« Er sprach von der angenehmen Schmiere – von den Bestechungsgeldern, die in gewissen Situationen unumgänglich waren.

»Selbstverständlich«, pflichtete ihm Bluestone bei. »So sind wir jedenfalls vor Überraschungen geschützt.«

Der Chinese, der in einem übergroßen Sessel saß, schien durch dessen Proportionen auf die Maße eines Zwergs geschrumpft zu sein. Bluestone schätzte das. Der Chinese drehte den Kopf, und das Licht ließ sein blindes Auge matt werden.

White-Eye Kao lachte. »Das kann uns bestimmt nicht passieren.«

»Gut«, sagte Bluestone. »Und du hast sichergestellt, daß der ehrenwerte Pok keine Ahnung hat, daß ihm die Informationen über die bedauerliche finanzielle Zwangslage der SouthAsia Bancorp absichtlich zugetragen worden sind?«

»Ja, natürlich«, erwiderte White-Eye Kao. »Seine Quellen mußten um jedes Detail kämpfen.«

»Das wird ja immer besser«, sagte Bluestone und starrte weiter die Qing-Vase an. »Was mich besonders beeindruckt hat, war die Art, in der du Tek Yan, den Bankleiter von Sawyer & Sons, beseitigt hast.«

»Es war mir ein Vernügen«, antwortete White-Eye Kao. »Die pockenverseuchte Meeresschnecke war schon mehr ein fremder Teufel als ein Chinese.« Er lachte. »Mein dritter Cousin – du weißt schon, der in einem Metzgerladen auf der Po-Yan-Straße arbeitet, war überglücklich, daß er mitspielen durfte. Er liebt die *Loh faan* auch nicht besonders.« White-Eye Kao lachte wieder. »Dieser Laden liefert an die großen Hotels, in denen die fremden Teufel wohnen. Ha! Was für ein zartes Mahl werden die *Gwai-loh* in dieser Nacht wohl gegessen haben, *neh*?«

»Paß gefälligst auf, was du sagst«, erwiderte Bluestone scharf. »Schließlich bin ich auch ein fremder Teufel.«

»Nein«, erwiderte White-Eye Kao leidenschaftlich, »du bist Kommunist. Du hast einen Plan für ganz Asien, für die ganze Welt. Ich weiß, daß du all die unglücklichen Menschen unterstützt, die in jedem Land von den *Loh faan* unterdrückt werden. Du bist anders.«

»Ja«, sagte Bluestone. Das Licht in der Qing-Vase hatte sich leicht verändert, er konnte nicht sagen wie. »Das stimmt.«

Der Summer auf seinem Schreibtisch ertönte, er nahm den Hörer ab und hörte einen Moment zu. »Schicken Sie ihn rein.« Er legte den Hörer wieder auf die Gabel.

Bluestone, der sowohl zu Hause als auch in seinem Büro eine Vollzeitsekretärin beschäftigte – denn er liebte es, die verwickeltsten geschäftlichen Probleme außerhalb des Tumults der Five-Stars-Pacific-Büros zu lösen –, wandte sich schließlich von seiner Betrachtung des Lichtzaubers ab.

White-Eye Kao wandte aufmerksam den Kopf, als sich die Tür öffnete und Sir Byron Nolin-Kelly hereinkam. Er war ein stattlicher Schotte mit breiten weißen Koteletten und einem tadellos gepflegten und gewichsten Schnurrbart, dessen Enden nach oben gedreht waren. Sein weißer, dichter Haarschopf war von der breiten Stirn gerade nach hinten gekämmt. Seine rötliche Hautfarbe und seine knollige Nase trugen dazu bei, ihn als jedermanns freundlichen Onkel erscheinen zu lassen.

Tatsächlich jedoch war er der *Tai pan* der Pacific Overland Trading, einer einflußreichen Firma, die fast genauso ehrwürdig war wie Mattias, King & Co., die älteste westliche Handelsgesellschaft in der Kolonie.

Sir Byron war eine Art Tyrann und kontrollierte die Pacific Overland schon seit über fünfzig Jahren, trotz der Versuche seitens anderer Mitglieder seiner Familie, ihm die Macht zu entreißen. Er war schwierig, aber mächtig, und Bluestone hatte viel Zeit darauf verwandt, ihn für sich zu gewinnen.

Was Sir Byron am meisten schätzte, war der Erfolg. Umgekehrt haßte er es zu verlieren ... in jedem Fall. Aber besonders wenn es die Geschäfte seiner Firma betraf. Es war Bluestones Behauptung gewesen, daß das Konsortium der *Tai pans*, die die InterAsia Trading gegründet hatten, scheitern mußte. Die Probleme aufgrund einer Kapitalknappheit bei der SouthAsia Bancorp – die sowohl Sir Byron als auch den anderen *Tai pans*, die an Bord der *Trireme* das Wochenende verbracht hatten, enthüllt worden waren – hatten ihn schließlich überzeugt.

»Einen schönen Nachmittag, *Tai pan*«, wünschte Sir Byron. Bluestone erwiderte den Gruß und wandte sich zu White-Eye Kao. »Das ist Ping Po«, erklärte er beiläufig. »Einer meiner Handelspartner.«

Wie Bluestone erwartet hatte, nickte Sir Byron dem Chinesen flüchtig zu und vergaß dann seine Anwesenheit.

»Ich komme gerade aus Macao«, sagte er und winkte Bluestones Einladung zu einem Drink ab. »Dark Leong Lau und Six-Toe Ping haben die Finanzierung geregelt.«

»Und der Ankauf?« fragte Bluestone und beugte sich gespannt vor.

»Ist angelaufen. Dafür hat Bobby Chan gesorgt. Er hat genügend uneingeweihte Makler angestellt, so daß nur eine gezielte Überprüfung die Käuferkette an den Tag bringen könnte.«

»Dann werden wir beide morgen mit unseren Käufen beginnen.«

Sir Byron nickte. »Wie wir es vereinbart haben.«

Bluestone beobachtete den anderen *Tai pan* aufmerksam und wartete auf einen Hinweis, warum er wirklich gekommen war. Denn alles Bisherige hätte er genausogut am Telefon mitteilen können.

»Möchten Sie wirklich nicht Platz nehmen?« fragte Bluestone, wobei er auf den von White-Eye Kao geräumten Sessel deutete. White-Eye Kao hatte sich diskret in einen anderen Teil des Raumes zurückgezogen und starrte in die lieblichen Tiefen der Qing-Vase.

»Na schön«, erwiderte Sir Byron und ließ sich erweichen. Er saß genauso steif, wie er gestanden hatte. Ein ehemaliger Oberst, der nie seine Erziehung vergaß.

»Bevor wir die Endphase unseres Unternehmens einleiten, würde ich gerne noch ein paar Fragen an Sie richten.«

Bluestone zuckte die Schultern. »Sie hatten dazu doch schon ausreichend Zeit während des Wochenendes auf der Yacht.«

Sir Byrons eisblaue Augen musterten Bluestone. »Nicht vor den Einheimischen, mein Lieber. Das geht nur Sie und mich etwas an.« Und White-Eye Kao, den du für einen Teil der Einrichtung hältst, dachte Bluestone.

»Ich wünsche eine genaue Einschätzung des Faktors Gefahr.«

»Das Risiko«, erwiderte Bluestone, ohne zu zögern, »ist groß. Das kann ich nicht leugnen.« Er wußte auch, daß, wenn er es täte, Sir Byron aufstehen und zur Tür hinausgehen würde. Und das wäre das Ende seiner Beteiligung gewesen. »Wir haben uns auf einen Kampf mit cleveren *Tai pans* eingelassen. Aber ich glaube, daß ihre Macht schwindet. Shi Zilin ist tot. Und sein Sohn, nun ja, er ist verschwunden.«

»Verschwunden?«

»Wo immer er auch sein mag«, sagte Bluestone, »er ist nicht in Hongkong. Aber wer leitet jetzt die InterAsia? Sawyer? Der alte Mann wird langsam senil. Three Oaths Tsun? Sein Gebiet ist das Meer, dort hat er seine Meriten. An Land verläßt er sich auf andere. Und jetzt ist ihnen auch noch das Geld ausgegangen. Wir haben also jede Chance, das Kam-Sang-Projekt unter Kontrolle zu bekommen. Und wenn wir dieses Projekt mit seiner revolutionären Entsalzungsanlage kontrollieren, dann haben wir ganz Hongkong in der Hand. Ich muß wohl nicht wiederholen, daß Hongkong einen ständig wachsenden Bedarf an Wasser hat. Kam Sang wird uns die Kontrolle über den Wasserzufluß ermöglichen. Und am Ende können wir dann unseren eigenen Wasserpreis festsetzen.«

Schweigen herrschte, während Sir Byron die Aussichten überdachte. Schließlich nickte er. »Ich bin zufrieden«, sagte er. »Ich werde meine Empfehlung an die anderen weitergeben.«

»Ausgezeichnet«, erwiderte Bluestone, bereits stehend. Offensichtlich war das Gespräch zu Ende. Die beiden *Tai pans* schüttelten sich die Hände.

Als Nolin-Kelly gegangen war, wandte sich Bluestone an White-Eye Kao. »Denkst du, er hat mir geglaubt?«

»Bei Buddha, ja, natürlich. Es ist genau das, was er glauben möchte. Ebenso wie die anderen. Es ist nur in ihrem eigenen Interesse, dir zu glauben. Woher sollten sie wissen, daß wir Kam Sang nicht nur wegen seiner Entsalzungsanlage kontrollieren wollen?« knurrte White-Eye Kao. »Du hättest nur seine Augen beobachten müssen, um zu sehen, daß ihn die Vorstellung von Geld und Macht, die du ihm vorgespiegelt hast, fast schon blind gemacht hat.«

Bluestone setzte sich wieder und drehte seinen Sessel. Wieder starrte er auf die zarte Hülle der lichtdurchlässigen Qing-Vase. »Ich frage mich«, dachte er laut, »was unser Freund Mr. Nolin-Kelly wohl sagen würde, wenn er wüßte, daß er gerade einen enormen finanziellen Beitrag zur Unterstützung der Sowjetunion in Hongkong geleistet hat?«

In der Dunkelheit des Tunnels verstummten sämtliche Gespräche. Der Geruch des Kohlenstaubs blieb stark, bis der Wagen der Untergrundbahn mit einem fast euphorischen Brausen den Mayakowsky-Platz erreichte, am Hotel Peking vorbeiratterte und dann vor dem Moskauer Planetarium hielt. Mikhail Carelin sagte, daß er diesen Ort besonders mochte, weil auf der anderen Straßenseite ein kleines Haus stand, das von seiner Umgebung erdrückt zu werden schien, das ehemalige Haus Anton *Tschechows*, das jetzt ein Museum war.

Im Innern des Planetariums blitzten Kometen in der Dunkelheit auf, deren erhellte Kondensstreifen in Daniellas dichtem Haar wie Diamantstaub funkelten. Doch sie verzichteten auf einen Diavortrag über das Saljut-Projekt, dessen Glanzzeit, wie sie wußten, schon vorbei war. Der Vortrag war fast ohnehin nur noch für die vielen Touristen gedacht, die sich durch die Türen drängten.

Draußen war es grau, Regen hatte den Schnee abgelöst, was immerhin so etwas wie eine Abwechslung war. Doch hier im Planetarium konnte man fast glauben, ein Teil des schwerelosen, luftleeren, außerirdischen Weltraums zu sein. Man bekam eine Ahnung vom Schweben im Orbit, so weit entfernt und losgelöst, daß man die ganze Erde sah, wie sie sich gelassen drehte, und dies aus einer Entfernung, die groß genug war, alle persönlichen Sorgen geringfügig erscheinen zu lassen.

Daniella machte sich Gedanken über Maluta. Die Zeit lief ihr davon. Soweit dies möglich war, hatte sie alles hinter seinem Rücken abgewickelt. Doch sie hatte Angst davor, daß er irgendwie Wind von ihrer Verbindung mit Sir John Bluestone bekommen und die Sache dann selbst übernehmen würde. Jetzt, da sie endlich die gigantische Bedeutung von Shi Zilins *Yuhn-hyan* kannte, begriff sie auch, warum er sich so bemüht hatte, seine wahren Absichten vor ihr zu verbergen.

Mitre – Bluestone – hatte es schließlich doch geschafft. Und Daniella wußte jetzt, daß die Mächtigen in Hongkong und Peking unter einer Decke steckten. Sie war wie betäubt von der Vorstellung des daraus resultierenden wirtschaftlichen und politischen Kolosses. Und sie wußte ebenso, daß es nicht genügte, sich einen Weg in den *Yuhn-*

hyan gebahnt zu haben, sie mußte ihn entweder völlig beherrschen – oder ihn vernichten.

Daniella war sich sicher, daß Maluta ihr, sollte er je diese Information in seine Hände bekommen, das chinesische Operationsgebiet wegnehmen würde. Das konnte sie nicht zulassen. Aber wie sollte sie einen Mann, der ihr solche Angst einflößte, besiegen? Seine Vergangenheit war scheinbar rein wie frischgefallener Schnee.

»Was ist los?« fragte Carelin und blickte forschend auf die Furchen zwischen ihren Augen. »Maluta?«

Sie nickte. »Ich fürchte, ich habe uns vernichtet, Mikhail. Maluta hat uns beide in der Hand. Du kannst nicht zu Genachev gehen. Das würde deine Karriere zerstören, so wie er über persönliche Prinzipien denkt. Aber was passiert, wenn Maluta droht, uns zu entlarven?«

»Das hat er doch bis jetzt nicht getan, oder?« erwiderte Carelin, unangenehm berührt.

»Nein«, gab Daniella zu. »Aber nur, weil er für mich eine bessere Verwendung hat. Und wer weiß, für dich vielleicht auch noch?«

Ein Komet mit einem grün-roten Feuerschweif fiel in einem Bogen von dem künstlichen Himmel über ihnen und stürzte hinter Daniella in die Tiefe. Einen Augenblick lang wurde ihre Wange von dem unechten Sternenlicht gerötet, dann lag sie wieder im Dunkeln. Carelin spürte, wie sein Herz einen Satz machte. Seine Augen sahen nur sie, sein Körper spannte sich. Jedesmal, wenn er mit ihr zusammen war, spürte er einen lustvollen Druck zwischen seinen Beinen.

»Gibt es etwas, das du mir verschweigst, Danuschka?«

Plötzlich schien die Schwärze des Weltraums einsamer und verlassener zu sein, als es irgendein Ort auf der Erde je sein konnte. »Er hat mich zu seiner Dienstbotin gemacht«, flüsterte sie heiser. »Ich führe seine Anweisungen aus, aber in meinem Namen. Wenn irgend etwas schiefgeht, wird es mir angelastet, und er behält eine reine Weste.«

»Was genau verlangt er denn von dir?«

Es war ein gefährlicher Weg gewesen, den sie den ganzen Nachmittag gegangen war, und jetzt wußte sie nicht, welche Richtung sie wählen sollte. Am einfachsten wäre es gewesen, ihm alles zu sagen und ihn weiterhin als Beichtvater zu benutzen. Sie war das Netz aus Lügen, in das sie sich verstrickt hatte, leid. Jede neue Lüge, auf die sie sich jetzt einließ, würde weiter an ihren Kräften zehren. Sie war wie eine Patientin mit einer degenerativen Erkrankung, die sich immer mehr von der Welt des Normalen und des Lichts abwendet. Sie war krank und ohne Aussicht auf Besserung. Sie entfernte sich einige Schritte von Carelin und trat in das fahle Lavendellicht Jupiters. Seine zarte Aura überflutete ihre Gesichtszüge mit einem Licht, das man sonst nur in einer klaren Sommernacht findet, tief in einem dichtbelaubten Wald. Eine Lichtung. Das Mondlicht fällt langsam durch die Baumwipfel ein, durch die schützenden atmosphärischen Schichten, die sich 485 km in das Weltall hinauf türmen.

Carelin dachte bei ihrem Anblick an Circe und fühlte sich wie immer von dieser außergewöhnlichen Frau angezogen. Von Anfang an hatte er gewußt, daß eine Affäre mit ihr dumm und gefährlich war. Trotzdem gab er die Beziehung nicht auf. Er fühlte sich, als wäre er in zwei Teile gespalten. Ein Teil sträubte sich gegen diese Verbindung, der andere kümmerte sich nicht darum und sah über alle Gefahren hinweg.

Dann, vor sechs Monaten, war die kurze Mitteilung gekommen. SELENE. Der Aktivierungscode. Selene. Göttin des Mondes. Hatte er deshalb an die mondhelle Lichtung gedacht?

»Es ist eine Operation ..., die sich auf Hongkong konzentriert«, log Daniella, und etwas in ihrem Inneren gab einen langen Seufzer von sich. Der Patient starb einen neuen Tod. »Maluta hat mir Mitre, meinen Agenten in Asien, abgenommen.« Die besten Lügen, dachte sie, enthielten immer ein Körnchen Wahrheit – zumindest eine Ahnung davon. »Und er will auch meine Operationen dort übernehmen.« Es war fast die Wahrheit. Und fast hätte sie Kam Sang erwähnt. Was für eine Katastrophe wäre das gewesen! Er wäre geradewegs zu Genachev gegangen und hätte ihm mitgeteilt, was Jake Maroc ihm über Kam Sang sagen könnte, und beide wären sie von diesem Moment an so gut wie tot gewesen.

Maluta hätte die undichte Stelle bestimmt gefunden, und die Beweise für den Mord und ihre ›unmoralische‹ Beziehung wären ans Licht gekommen. *Finis* für beide.

Sie kannte Carelin gut genug. Sein Gerechtigkeitssinn war sehr ausgeprägt, ebenso wie sein Sinn für Loyalität. Tatsächlich war er fanatisch in beidem. Seine erste – und einzige – Reaktion wäre die gewesen, zu Genachev zu gehen. Er hätte nie an die Folgen für sie beide gedacht.

Zeit. Die brauchte Daniella am nötigsten. Zeit, um einen Weg zu finden, Maluta unschädlich zu machen. Aber Maluta wollte Jake Maroc jetzt tot sehen.

Als sie sich des zarten Lichts auf ihrem Gesicht bewußt wurde, wollte sie in den Schatten treten, aber Carelin griff nach ihrem Arm und hielt sie fest.

»Tu das nicht«, sagte er. »Ich möchte dich sehen.«

Maria, Mutter Gottes, laß ihn die Wahrheit nicht herausfinden. Ihre Gedanken überstürzten sich. Sie mußte einen Weg finden, sie beide zu retten.

Er zog sie dicht an sich, so daß er ihren Duft wahrnehmen konnte, und eine Strähne ihres honigfarbenen Haares streifte seine Wange.

Da er sie nicht ins Dunkel lassen wollte, aber das Licht vielleicht enthüllte, was hinter ihren Augen vorging, neigte sie ihren Kopf nach vorn, so daß ihre Stirn gegen seine Brust fiel. »O Mikhail, er nimmt mir meine ganze Kraft. Ich kann nicht zulassen, daß er mir das antut. Er wird mich vernichten.«

»Du hast doch immer noch Schimäre«, sagte er.

Daniella nickte. »Ich hätte nie vermutet, daß er jemals eine solche Bedeutung bekommen würde«, gestand sie. »Aber auch ein Agent wie Schimäre wird mich jetzt nicht mehr retten können, Mikhail. Vielleicht erschieße ich Maluta einfach, dann habe ich es hinter mir.«

»Peng! Peng! In der Art von Mickey Spillanes Krimihelden?«

»Hör auf, dich über mich lustig zu machen!« fuhr sie ihn an.

»Dann hör du auch auf, dich wie ein Kind zu benehmen. Probleme werden nicht durch Schüsse gelöst. Besonders du solltest das wissen.«

Daniella hob ihren Kopf. »Aber Maluta hat eine makellose Vergangenheit, nicht einen einzigen wunden Punkt.« Eine Welle der Verzweiflung überfiel sie. Wozu beschreiben, dachte sie, sich an ihn lehnend, wie lähmend es war, unter Malutas Zugriff zu stehen, seinem prüfenden Blick standhalten zu müssen.

Er legte seine Arme um sie und barg sein Gesicht in ihrer duftenden Mähne. Niemals zuvor hatte er einen Menschen so geliebt wie sie. »Vielleicht finde ich einen Weg, dich mitzunehmen, wenn ich mit Genachev nächsten Monat nach Genf fahre«, sagte er.

»Wie kommst du jetzt auf Genf?«

Carelin zuckte die Schultern. »Ich weiß nicht.« Er sah sich um. »Vielleicht liegt es an diesem Ort. Man fühlt sich nicht so, als wäre man in Moskau. Vielleicht hat mich das an Genf denken lassen, ein fremder Ort, weg von Malutas beutegierigen Augen, seinen verhüllten Drohungen; weg von allen Intrigen.«

Daniella hätte am liebsten geweint über dieses Zeichen der Liebe inmitten dieser riesigen labyrinthischen Intrige Malutas. Doch war sie selbst nicht besser, mußte sie müde zugeben. Auch sie hatte für Carelin nur Lügen gehabt.

»Wie wir hier so in Jupiters Orbit stehen«, fuhr Carelin plötzlich fort, »dachte ich, daß uns Genf vielleicht sogar wie das Ende der Welt vorkommen würde.«

Einen Augenblick lang herrschte Leere in Daniellas Kopf. Wie ein Schläfer, der aus einem tiefen Schlaf erwacht, sich aber an keinen Traum erinnern kann, hörte sie ein Echo in ihrem Kopf. Was war das?

... das Ende der Welt.

Dann hatte sie es: Maluta sagte mit zynischer, überlegener Stimme: *Stell dir vor: sie wären bis ans Ende der Welt für dich gegangen. Sie haben dir ihre Seele verkauft, ihre Köpfe vor dir gebeugt und dir auf Knien alles das ausgeliefert, was sie mächtig sein ließ. Dafür* – seine kalten Hände lagen auf ihrer Brust – *und dafür.* Seine Hände wanderten zwischen ihre Schenkel.

Aber jetzt, in dieser Atmosphäre, die sie irgendwie aus der Wirklichkeit herauslöste, hatten seine Worte seltsamerweise eine andere Bedeutung. *Ihre Köpfe vor dir gebeugt ... dir auf Knien* ... Warum hatte er solche Worte benutzt? Woher hatte er sie hervorgezaubert? Aus seinem Unterbewußtsein?

Daniella fragte sich, ob es im Leben Malutas etwas geben könnte, wofür er bis ans Ende der Welt gehen würde. *Ihre Köpfe vor dir gebeugt ... dir auf Knien* ... Wie vor einer Göttin oder einer Zauberin. Hatte ihr Maluta dann nicht doch schon eine Art Macht übertragen? Fürchtete er sie tatsächlich? Rührten daher seine Verachtung und sein Haß?

Was sah Maluta wirklich in ihr? Welche Macht, eingebildet oder echt, besaß sie für ihn? Und wie konnte sie diese Macht gegen ihn verwenden?

Daniella überdachte das Gespräch noch einmal und gelobte sich, das herauszufinden, auch wenn es bedeutete, daß sie das tun mußte, was sie am meisten fürchtete: eintauchen in den finsteren Stern, der die ganze Macht einsaugte und jegliches Leben verneinte: Oleg Alexejewitsch Maluta.

Der Fisch glotzte ihn aus einem goldfarbenen Auge an. Es war ein Thunfisch, groß und rot, der auf der Seite lag. Genau unter seinem Kopf war ein rechteckiges Papierschild, das Größe und Gewicht angab, auf seine Schuppen geklebt.

Der Thunfisch war einer von vielen auf Tsukiji, Tokios riesigem Fischmarkt am Ufer des Sumida.

Es war 4 Uhr 45 morgens. Eine leichte Brise kam auf, der Himmel war austernfarben. Der größte Teil der schlafenden Stadt lag noch im Dunkeln. In der Ferne reckten sich Shinkus große Wolkenkratzer aus Stahl und Glas gegen den niedrigen Himmel, ihre silbrigen obersten Stockwerke waren teilweise von Wolken umhüllt.

In Tsukiji wurden die Thunfische gerade von den Booten und auch Lastwagen geladen, denn, so seltsam das war, nicht wenige Kisten waren über den Pol aus Montauk auf Long Island eingeflogen worden. Jake konnte sich an eine Woche während eines Sommers erinnern, in der er auf der Pier am östlichsten Punkt von Long Island gestanden hatte und japanischen Händlern zusah, die sich laut um den Thunfisch stritten, als die Boote der Seefischer am späten Nachmittag anlegten.

Junge Männer mit kurzen Landungshaken gingen zwischen den Thunfischen umher und hoben sie, indem sie Haken in die Kiemen schlugen, über die naßglänzenden Fischleiber. Andere Männer folgten ihnen langsam und bespritzten die wachsenden Fischberge mit frischem Wasser.

Die ganze Zeit über waren die Beine der Männer in einen feinen Nebel gehüllt, und die Fontänen aus den Schläuchen, die von den Waagen und den Fischmassen abprallten, ließen in der Luft kleine Regenbogen entstehen.

Um 4 Uhr 55 begannen die Männer große Berge von rosa und weißen Sashimi, die taufrisch glänzten – zusammen mit den anderen großen Fischen –, für die Auktion aufzuschichten.

Der Markt füllte sich: Käufer, schläfrige Touristen und Nachtschwärmer auf ihrer letzten Station von vielen, die sie während der langen Nacht gemacht hatten.

»Maroc-san.«

Jake wandte sich um und sah einen kleinen Japaner hinter einem Berg Tintenfische hervorkommen.

»Kachikachi-san!«

Sie verbeugten sich voreinander und vollzogen das Begrüßungsritual der Yakuza.

»Als ich dich das letzte Mal gesehen habe, warst du gefesselt.«

»Durch deine Hand, Maroc-san.«

»Bitte tausendmal um Entschuldigung. Die Umstände ...«

Kachikachi nickte. »Komoto-san erklärte mir später alles.«

»Frühstücken wir zuerst«, antwortete Kachikachi. Er ging durch ein Rinnsal aus Meereswasser und Fischblut hinüber zu einem kleinen Restaurant, das nur aus einem Ladentisch unter einer gestreiften Markise bestand.

Bei Sashimi und Kirin-Bier fuhr Kachikachi schließlich fort: »Komoto-san läßt dich grüßen.«

Jake schwieg.

»Er entschuldigt sich dafür, wie man dich behandelt hat. Wie schon gesagt, die Umstände ...«

»Der Krieg.«

»Du kommst zu einem denkbar ungünstigen Zeitpunkt«, erklärte Kachikachi und biß in eine dicke Scheibe Abalone, die, man konnte nur staunen, die Form einen Schmetterlings hatte.

»Ich weiß.«

»Es heißt, der Krieg wird sich noch weiter verschärfen.«

Bei Buddha, dachte Jake. Das Blutbad ist doch schon groß genug.

»Die Zeiten sind sehr schwierig, Maroc-san. Ich habe fünfzehn Minuten damit verbracht, sicherzustellen, daß dir niemand gefolgt ist.«

»Wer sollte mir folgen?«

»Heutzutage«, sagte Kachikachi und tauchte einen Tintenfisch in die Sojasauce, »hat man viele Feinde.«

Jake dachte an seine eigene Situation. »Ich hatte schon befürchtet, daß Komoto-san vielleicht tot ist«, erwiderte er. »Seit Tagen habe ich vergeblich versucht, ihn anzurufen.«

»Sicherheitsmaßnahmen, Maroc-san.« Kachikachi bestellte eine weitere Portion Sashimi für sie beide. »Und Komoto-san wünscht nicht, daß du in die äußerst gefährliche Situation hier verwickelt wirst.«

»Dazu ist es zu spät«, entgegnete Jake. »Ich bin nun einmal hier.«

Kachikachis Miene verdunkelte sich. »Ich denke, es wäre das beste, du würdest wieder verschwinden.«

»Verschwinden?«

Kachikachi reichte ihm ein dünnes Päckchen. »Und zwar sofort.«

Jake öffnete es und fand ein Ticket nach Hongkong darin. »Was soll das?«

Kachikachis Augen blickten ihn traurig an. »Es ist der Wunsch meines *Oyabun*.«

Jake legte das Päckchen auf den Tisch zwischen ihnen.

»Das kommt nicht von Komoto-san.«

»Bedauerlicherweise kann ich nur sagen, daß es keine andere Wahl für dich gibt, Maroc-san.« Kachikachi schlug die Augen nieder. »Man sollte nicht auf diese Art mit einem Freund sprechen, aber auch mir wurde keine andere Wahl gelassen.« Er steckte seine Hand in die Tasche und warf ein paar Geldscheine auf den Ladentisch. »Bitte nimm die nächste Maschine.« Er blieb stehen.

»Ich will Komoto-san sehen.«

»Auf Wiedersehen, Maroc-san.«

»Ich werde ihn sehen, Kachikachi-san. Ich muß.«

Aber Kachikachi war bereits im Dunst des Morgens verschwunden. Jake steckte das Ticket ein, verließ das Restaurant und ging vorsichtig über den Markt. Es war kurz nach halb sechs, und die erste Verkaufsaktion hatte begonnen. Die Menschenmengen waren dichter geworden, und er hatte genügend Deckung.

Er entdeckte Kachikachi wieder und bahnte sich einen Weg durch das Gedränge, immer darauf bedacht, häufig die Richtung zu wechseln, da Kachikachi ein sehr feinfühliges Sicherheitsempfinden besaß.

Am Ende des Tsukiji-Gebietes verweilte der Japaner und sah sich um. Sie befanden sich im östlichen Teil von Tokio. Kachikachi bog rechts ab und eilte die Straße hinauf. Jake folgte ihm, überquerte die Straße mehrmals, benutzte Schaufenster und, wo es möglich war, Spiegel, um den anderen im Auge zu behalten. Gleichzeitig hielt er Ausschau nach etwaigen Spitzeln, die vielleicht ihm oder Kachikachi vom Markt aus gefolgt waren. Doch er sah niemanden.

Kachikachi ging nach Asashicho. Er steuerte direkt auf das Jisuka zu, ein bekanntes Restaurant, wo man noch einer *Geisha* zusehen konnte, wie sie das Mittag- oder Abendessen zubereitete, wenn die Dame auch eher auf die Sechzig als auf die Zwanzig zuging. Heutzutage verkauften die jungen Frauen ihre Körper anderswo günstiger.

Das Restaurant glich mit seinen langen, schrägen Ziegeldächern und seiner altertümlichen Erscheinung einem Tempel. Kachikachi verschwand in den Schatten unter den Dachüberhängen.

Jake blieb auf der Straße stehen und sah sich genau um. Mehrere Wagen parkten am Bordstein. Und in einem davon erkannte er Mikios

Mercedes. Es war nicht auszumachen, ob jemand drinnen saß, denn der Wagen hatte getönte Scheiben, aber in der kalten Morgenluft konnte Jake den sanften Abgasstrudel sehen, der aus dem Auspuff kam. Der Motor lief, der Mercedes konnte jeden Moment losfahren.

Während er das Jisuka im Auge behielt, in dem Kachikachi verschwunden war, ging Jake auf die Straße und hielt ein Taxi an. Zu dieser Tageszeit, zu der die Menschen aus dem nahen Tsujiki hereinströmten, war es nicht schwierig, eines zu finden. Die automatische Tür öffnete sich, und Jake steckte seinen Kopf in das Taxi. Er sprach mit dem Fahrer in schnellem Japanisch, wobei er ein paar größere Yen-Scheine sehen ließ.

Der Mann nickte, steckte die Scheine ein, und Jake richtete sich wieder auf. Er wollte gerade zum Restaurant zurückgehen, als er sah, daß sich die Eingangstür öffnete und Kachikachi mit einem großen Yakuza herauskam. Sie standen im Morgendunst und beobachteten die Straße. Jake wandte sich um und lehnte sich in die offene Tür des Taxis.

In der Scheibe des Taxis konnte er sehen, daß noch ein dritter Mann aus der dunklen Türöffnung des Restaurants trat. Jetzt gingen die drei los. Ihr Ziel war mit Sicherheit der Mercedes.

Jake stieg in das Taxi, und die Tür schloß sich ächzend. Im Innern lief ein Minifernseher, den der letzte Fahrgast eingeschaltet hatte. Jake schaltete ihn wieder aus und beobachtete, wie die drei Männer den Bürgersteig hinuntereilten. Jake musterte angestrengt den dritten Mann. Es war schwierig, auch nur einen Teil seines Gesichts zu sehen, weil der massige Körper des großen Yakuza sich ständig in den Blickwinkel schob. Aber Jake erkannte dennoch breite Schultern, schmale Hüfte und dichte Stoppeln von kurzgeschorenem Haar.

Mikio!

Also war er doch in der Nähe gewesen.

Irgend etwas stimmte nicht mit seinem Gang – war er verletzt? Jake wollte gerade wieder das Taxi verlassen, als er hörte, wie stotternd ein Motor angelassen wurde, und zwar auf der anderen Straßenseite. Er wandte den Kopf und sah Rauch aus dem Auspuff eines blauen Nissan steigen.

»Dem Mercedes nach«, befahl Jake dem Fahrer. Der nickte nur.

Mikio und seine Leute saßen bereits im Wagen, und der Mercedes fuhr langsam an.

»Einen Moment«, sagte Jake zu seinem Fahrer. »Lassen Sie den blauen Nissan vorbei.« Er sah den kurzen Blick des Fahrers im Rückspiegel. Und schon im nächsten Moment bahnten sich alle einen Weg durch den dichter werdenden Verkehr Tokios: Mikio, Jake und der unbekannte Gegner, der irgendwie von diesem Treffen erfahren hatte.

In Jakes Gedanken hallten Kachikachis Worte wider. *Es heißt, der Krieg wird sich noch weiter verschärfen.*

Äußerst gemächlich fuhr Tony Simbal mit seinem Saab die lange, gewundene Auffahrt nach Greystoke hinauf. Fenster und Regendach hatte er geöffnet. Goldenes Licht ergoß sich mit ungewohnter Wärme in das veloursgepolsterte Wageninnere. Wenn auch noch eine leichte Brise durch die großen Platanen und Pinien wehte, so war doch nicht mehr die geringste Spur von der beißenden Kälte des Winters zu spüren.

Überall in den Bäumen hüpften zwitschernde Vögel von Ast zu Ast, als freuten sie sich, wieder zu Hause zu sein. Schäfchenwolken hingen am Himmel, die das Sonnenlicht aufglühen ließ, sobald es sie streifte. Und von Zeit zu Zeit sah Simbal einen Hasen oder einen Fasan im Dickicht neben dem Kiesweg verschwinden. Einmal war er sich sogar sicher, noch einen kurzen Blick auf die Hinterläufe eines Rehs ergattert zu haben.

Simbal holte tief Luft und war sich plötzlich bewußt, daß er, vielleicht nur zu seinem Schutz, während des ganzen Winters nicht richtig geatmet hatte. In gewissem Sinn, überlegte er, lebte man im Winter gar nicht. Sicher verpackt in mehrere Kleiderschichten schlich man durch die grauen Tage, die dunkel und kalt, ja sogar farblos waren, während sich die Nase allmählich blau färbte und Arme und Beine langsam abstarben.

Simbal mußte an Burma denken, an die Shan-Staaten und an die mysteriösen Morde an Peter Curran und Alan Thune; und dabei näherte er sich allmählich der herrschaftlichen Villa aus dem 19. Jahrhundert, die der *Pyramide* gehörte und von ihrem Direktor bewohnt wurde. Das mit Giebeln und Türmchen geschmückte Haus lag auf einem Grundstück von ungefähr 50 Morgen mit ausgedehnten grünen Hügeln und einem weiten Tal in Great Falls, Virginia.

Noch immer trug dieser Ort den Stempel von Anthony Beridien, dem ehemaligen Direktor der *Pyramide*, der erst vor kurzem einem Anschlag zum Opfer gefallen war. Andere Gerüchte wollten wissen, daß hinter dem Mord General Daniella Vorkuta und ihr Agent in der *Pyramide*, Schimäre alias Henry Wunderman, steckten.

Beridien war ein eingefleischter Sammler von Antiquitäten gewesen, und die Räume und Hallen von Greystoke waren immer noch gefüllt mit Stücken aus den verschiedensten Epochen, von Chippendale bis Louis XV. und Gott weiß was noch.

Während er den Motor seines Saab abstellte und das tiefe Brummen des Turbos verstummte, entdeckte Simbal Donovan, tief über seine 63er Corvette gebeugt. Der Wagen war ein fast schon manisches Hobby von Donovan. Jede Woche schien er den einen oder anderen Teil des Motors zu bearbeiten und zu verbessern.

Donovan hob seinen Kopf aus dem Motorraum des Wagens, lächelte und winkte mit der rechten Hand, in der er einen Schraubschlüssel hielt. Es war Sonntag, und Donovan war leger in ein Paar alte, ausgebleichte Khakihosen und ein ähnlich gefärbtes Ralph-Lauren-Polohemd gekleidet. Neben ihm standen Werkzeugkasten aus Metall, ein Tablett mit einem Krug Limonade, einem Eiseimer, in den er einige Flaschen Lite-Bier gestellt hatte, und etliche Gläser.

»Bedien dich, Tony«, sagte Donovan und steckte seinen Kopf wieder unter die Motorhaube der Corvette.

Simbal öffnete sich ein Bier, trank einen Schluck und beobachtete die Arbeit des Direktors ohne großes Interesse. Simbal wußte fast alles, was man über die verschiedensten Automotoren wissen konnte. Die lange Zeit im Dienst hatte das zur Notwendigkeit gemacht. Aber eine Vorliebe was es deshalb nicht von ihm. Er hatte genug anderes im Kopf.

Simbal sah sich etwas um. Jemand arbeitete im Rosengarten und stutzte kniend die Büsche zurecht. Bald würden die Sträucher voller Blüte stehen, und die Luft auf dieser Seite der Villa war dann wieder von einem schweren Duft durchzogen.

»So«, sagte Donovan, dessen Kopf und Schultern nicht zu sehen waren. »Was kann ich für dich tun?«

Simbal stellte die leere Flasche weg und lehnte sich gegen den warmen Kotflügel des Wagens. »Erinnerst du dich noch an eine Frau namens Monica Starr?«

»Mhm, der Name kommt mir bekannt vor. Eine Freundin von dir oder eine Kollegin?«

»Beides eigentlich.« Simbal verschränkte die Arme vor der Brust. »Wir hatten eine Affäre, während ich bei DEA war. Ich habe sie neulich abend zufällig wiedergesehen.«

»Tatsächlich? Wo?«

»Auf einer Party.«

»Doch nicht etwa bei Max Threnody?«

»Doch«, sagte Simbal. »Warum?«

»Nur so. Ich weiß eben nur gern, in welche Löcher meine Männer ihre Nasen stecken.«

»Du magst Max nicht, stimmt's, Rodger?«

»Ihn *mögen*? Hmm, diese Möglichkeit habe ich noch nie in Betracht gezogen. Sagen wir, ich schätze die DEA nicht besonders. Für meinen Geschmack ein viel zu bürokratischer Haufen, der zu sehr am Schürzenband des Kongresses hängt. Und ich glaube einfach nicht, daß es jemals irgend jemandem viel gebracht hat, diesen Idioten vom Capitol in den Arsch zu kriechen. Besonders keinem aus unserer Sparte. Die Politiker sollten uns in Ruhe lassen. Selbständigkeit ist das einzig wirksame Mittel, um Geschäfte erledigen zu können. Nur so erreicht man etwas.«

Im Innern der Corvette war ein Rasseln zu hören, und Donovan knurrte ärgerlich. »Ich verstehe sowieso nicht, wie du es dort so lange ausgehalten hast. Im Vergleich zu uns ist das doch ein spießbürgerliches Unternehmen.«

»Vielleicht hast du recht. Aber ihr Computer ist der Schlüssel, den wir gegen *Diqui* brauchen.«

Endlich tauchte Donovan wieder aus seinem Zufluchtsort auf. »Wirklich?« Er wischte sich seine verschmierten Hände an einem Lappen ab und goß sich eine Limonade ein. »Erzähl mal.«

Simbal berichtete Donovan von seinem Gespräch mit Monika und von ihrem Unbehagen, was den Tod von Peter Curran betraf. Als er auf das Verschwinden von Curran zu sprechen kam, ließ Simbal zwar nichts aus, aber merkwürdigerweise – oder kam es ihm nur so vor? – ließ er es eher so klingen, als hätte der DEA-Computer und nicht Max Threnody die entscheidende Information preisgegeben.

»Wie bist du denn an den Computer herangekommen?« fragte Donovan scharf. »Über das Mädchen?«

Simbal nickte.

»Den Weibern nachstellen«, sagte Donovan nachdenklich. »Das haben wir im College oft genug gemacht, wir beide.«

Simbal lächelte. »Wir waren eine regelrechte Plage.«

»Damals hatten wir keine Verantwortung.«

»Und auch keine Macht.«

Donovan sah ihn an. Seine klaren blauen Augen und das gutgeschnittene Gesicht ließen ihn aussehen, als wäre er gerade einer Modewerbung entsprungen. »Wir hatten doch Macht, Tony. Eine ziemlich reale Macht über die Frauen. Erinnere dich – alle wollten sie mit uns zusammensein.«

»Schon.« Simbal zuckte die Schultern. »Aber um die Wahrheit zu sagen, ich bin mir jetzt nicht mehr ganz so sicher, was damals wirklich war und was wir uns nur vorgemacht haben.«

»Was meinst du damit?« fragte Donovan scharf. »Wir hatten sie alle im Bett ... jede, die wir wollten.«

»Außer Leslie.«

Donovan stellte sein Glas hin und deutete auf die Corvette. »Setz dich hinters Lenkrad und laß den Motor an, wenn ich dir ein Zeichen gebe.« Er bastelte ein wenig herum und rief dann: »Okay!«

Simbal drehte den Zündschlüssel, und der Wagen begann wie eine große Katze zu schnurren.

»Ausgezeichnet!« Donovan machte noch ein paar letzte Handgriffe und schloß dann die Motorhaube. »Laß uns eine Spritztour machen.«

Simbal stieg aus, und Donovan nahm den Platz hinter dem Lenkrad ein. Sobald Simbal auf dem Beifahrersitz saß, fuhr Donovan los, wobei ein Strahl Kieselsteine während des Wendemanövers in einem anmutigen Bogen in die Höhe spritzte.

»Wissen die das?« fragte Simbal und betete um sein Leben, während die Corvette die Auffahrt hinunterschoß.

»Wer?«

»Die von der Regierungsabteilung, die uns unsere Versicherung zahlen«, erwiderte Simbal über das lauter werdende Motorengeräusch hinweg. Er warf einen verstohlenen Blick auf den Tachometer und sah, daß die Tachometernadel inzwischen um die 180 tanzte.

Donovan lachte, und Simbal rief: »Wie schnell fährt denn diese Kiste?«

»Das werden wir gleich herausfinden«, sagte Donovan und trat das Gaspedal durch. Der Wagen schoß so schnell in die nächste Kurve, daß Simbal ein unangenehmes Knacken in seinem Hals spürte. Die Straße wurde wieder gerade. Die Tachonadel zeigte zitternd 240 km/h an.

»Na, wie findest du das?« rief Donovan grinsend.

Simbal, der sich in einem behelfsmäßig zusammengesetzten Jeep aus dem Zweiten Weltkrieg oder auf dem Rücken eines Esels, der einen asiatischen Bergpfad hinabtrottete, viel wohler fühlte, antwortete nicht; er konzentrierte sich darauf, seinen Magen zu beruhigen.

Nach einer Ewigkeit, so schien es ihm, verlangsamte Donovan das Tempo auf ein vernünftiges Maß. Auf der Motorhaube brach sich das Sonnenlicht in vielen Farben. Und die Hügel zu beiden Seiten der Straße waren schon saftiggrün, als warteten sie begierig auf den Sommeranfang.

»Warum hast du Leslie erwähnt?« fragte Donovan nach einer Weile.

Simbal zuckte mit den Achseln. »Ich weiß es wirklich nicht. Irgendwie schien es mir zu passen. Wir wurden nostalgisch, nicht wahr? Ich weiß nicht, wie es dir geht, aber ich kann nicht an das College denken, ohne daß mir Leslie in den Sinn kommt. Die unerreichbare Leslie.«

Donovan verringerte das Tempo noch weiter, sie fuhren jetzt genauso langsam wie irgendein Ausflügler auf seiner Nachmittagsspazierfahrt. »Sie war wahrscheinlich lesbisch.«

»Lesbisch? O Jesus!« Simbal lachte. »Wie kommst du denn darauf?«

»Sie hat sich nicht für uns interessiert, nicht wahr? Und sie war die einzige, mein Lieber.«

»Ich habe nicht gesagt, daß sie nicht interessiert war«, entgegnete Simbal in sachlichem Ton. »Ich sagte, sie sei unerreichbar gewesen.«

»Das ist dasselbe«, bemerkte Donovan, »wenn man es genau betrachtet.«

Simbal warf dem Direktor einen schnellen Blick zu: »Ich habe anscheinend vergessen, was für ein empfindliches Ego du hast, wenn es um Frauen geht. Gib's zu, Rodger, nicht alle sind damals auf unsere Sprüche hereingefallen. Überhaupt, alles was wir damals wollten, war vögeln. Denn zur Befriedigung unserer mehr intellektuellen Bedürfnisse reichte uns das Klassenzimmer, wenn ich mich recht erinnere.« Er zuckte die Achseln. »Vielleicht war Leslie deshalb nicht interessiert.«

»Mein Gott, ich habe sie nie vergessen können«, sagte Donovan plötzlich. Und er sagte das mit solcher Heftigkeit, daß Simbal sich genötigt fühlte, zu schweigen. »Sie kommt mir jetzt fast wie ein Traum vor.«

Donovan verringerte das Tempo noch weiter und fuhr an den Straßenrand. Dann hielt er an und stellte den Motor ab. Die plötzliche Stille war wie ein Schock.

»Ich erinnere mich noch an ihr langes blondes Haar, das ihr den Rücken hinabfloß, wenn sie über den Campus ging. Es war wie Honig. Und ihre grauen Augen konnten, so kam es mir oft vor, durch einen hindurchblicken.« Donovan ließ seinen Kopf nach hinten auf den Rand des Ledersitzes fallen. »Ich wollte sie haben.«

»Natürlich wolltest du sie. Weil du gewußt hast, daß du sie nicht haben konntest«, sagte Simbal. »Weil du mit ihr endlich die Tausend geschafft hättest.«

»Nein, du irrst dich«, widersprach Donovan ihm grübelnd. »Ich wollte sie *ihretwegen*. Ich wollte Leslie.« Er starrte mit leerem Blick an den Wagenhimmel. Draußen war das sanfte Vogelgezwitscher im ganzen Tal zu hören.

»Ich habe dir das noch nie erzählt, Tony«, begann Donovan wieder. »Ich habe das überhaupt noch nie jemandem erzählt, aber eines Abends, kurz nach unserer Abschlußprüfung, ging ich zu Leslies Haus. Du weißt, ihre Eltern wohnten ziemlich nahe beim Campus. Ich hab' sie nicht gerufen oder so was. Ich glaube, ich hätte nicht den Mut dazu gehabt. Aber ich kann mich noch gut erinnern, wie das Haus aussah; es lag warm und einladend in der Dämmerung. Ich konnte mir vorstellen, wie sie mit ihren Eltern und ihrer jüngeren Schwester beim Abendessen saß, und ich verspürte ... ich weiß nicht was. Einen Drang vielleicht – mich zu ihnen zu setzen. Ich erinnere mich noch, wie ich schließlich die Treppe hinaufstieg, an der großen Yuccapalme vorbei, die ganz blau und grün war. Sie streifte meine Wange.

Dann habe ich geläutet. In genau dem Moment, als ich die oberste Stufe erreichte. Ich wußte, ich mußte es sofort tun, oder ich hätte es nie getan.

Ich nahm an, ihr Vater oder ihre Mutter würde an die Tür kommen. Für jede Möglichkeit hatte ich so etwas wie eine Rede eingeübt. Auf das, was wirklich passierte, war ich allerdings nicht vorbereitet gewesen. Leslie öffnete die Tür. Leslie selbst. Ein warmer Glanz schien auf ihr Honighaar, das ihre Schultern umschmeichelte. Es war ein zauberhafter Augenblick ... sie war genau wie in meinen Träumen.

Dann hörte ich jemanden fragen: ›Wer ist es?‹ Es war die Stimme eines Mannes, eines jungen Mannes, auf alle Fälle nicht die ihres Vaters. Dann sah ich, daß er hinter sie getreten war. Er legte seinen Arm um ihre Taille und preßte seinen Körper von hinten gegen ihren. ›Wer ist das, Liebling?‹ Dafür hatte ich keine Antwort, keine Erklärung. Also drehte ich mich um und rannte weg. Erst einen Block weiter bin ich stehengeblieben und hab' hinter die Büsche gekotzt.«

Donovan schloß die Augen und stieß soviel Luft aus, daß Simbal ahnte, wie lange er den Atem angehalten hatte.

»Tut mir leid, daß ich sie erwähnt habe, Rodger.«

»Ist schon in Ordnung«, erwiderte Donovan. »Ich denke die ganze Zeit an sie.« Er schüttelte den Kopf, als wollte er unangenehme Gedanken fortjagen. »Leslie hat fast schon die Aura des sagenumworbenen Einhorns oder des Heiligen Grals. Vielleicht gibt es sie gar nicht da draußen. Vielleicht haben wir beide sie uns nur ausgedacht.«

Im nächsten Moment ließ Donovan den Motor wieder an. »Der Nachmittag ist bald vorbei, und wir haben unser Geschäft noch nicht erledigt.« Er wendete den Wagen und fuhr nach Greystoke zurück.

»Was ist mit dieser Frau, Monika noch was?«

»Starr«, antwortete Simbal, »Monika Starr. Was soll mit ihr sein?«

»Hat sie für dich noch etwas übrig?«

»Sie hatte eine Affäre mit Peter Curran.«

»Curran ist tot, hast du mir gesagt«, entgegnete Donovan. »Hat sie ihn geliebt?«

»Ich weiß nicht.«

»Liebt sie dich?«

»Ich halte das für nebensächlich.«

Zum erstenmal an diesem Nachmittag lachte Donovan. »Mein guter, alter Tony. Du liebst die Frauen und verläßt sie doch immer wieder. Nun, in diesem Fall ist es zweifellos das beste. Wer weiß, was Onkel Max noch im Schilde führt? Mir ist es egal, daß du einmal für ihn gearbeitet hast. Und ich glaube auch nicht, daß es ihm viel ausmacht, wenn du auf seinem Territorium herumschnüffelst.«

»Und was hat Monika damit zu tun?«

Donovan mochte diese Frage nicht und zeigte das auch.

»Jeder hat einen wunden Punkt, Tony. Deiner ist Max. Hast du nie daran gedacht, er könnte diese Monika absichtlich auf dich angesetzt haben?«

Das leichte Unwohlsein, das auf seinen Magen drückte, seit er Monika in der letzten Nacht in Max Threnodys Haus hatte gehen sehen, verwandelte sich nun endgültig in eine schwere Übelkeit.

»Was ist los, Tony?« fragte Donovan. »Du siehst nicht besonders gut aus.«

Simbal hielt es für besser, die Sache hinter sich zu bringen. »Ich hätte nie gedacht, daß ich das je sagen würde, aber Max treibt nur seine Spielchen mit mir. Erst schmeichelt er sich so bei mir ein, daß er mir wieder so nahesteht wie der väterliche Freund, für den ich ihn immer gehalten hatte. Dann hetzt er Monika Starr auf mich, und wir verlieben uns ineinander. Dann sagt er, geh, benutz sie, mein Lieber, sie wird dich durch das Fegefeuer sämtlicher Computernetze der Regierung führen.«

»So weit, so gut«, sagte Donovan. »Du hast deinen Wink bekommen. Edward Martin Bennett. Was willst du mehr?«

Simbal erzählte ihm von dem Vorfall, der ihn veranlaßt hatte, Monika bis zum Haus von Max Threnody zu folgen.

»Jetzt siehst du, daß Threnody auch nicht besser ist als der Rest dieser Gespenstergesellschaft«, knurrte Donovan und überholte ein älteres Ehepaar in einem Datsun. »Seit Sonntag hat er dich unter sechsfacher Überwachung, Tony. Ich würde nicht noch einmal den Fehler machen, ihm gegenüber so vertrauensselig zu sein.«

»Ich begreife nur nicht, worauf er hinauswill.«

»Sei nicht so schwer von Begriff, so was ärgert mich«, antwortete Donovan kurz. »Er möchte, daß du dich um Edward Martin Bennett kümmerst. Falls Bennett etwas mit Peter Curran zu tun hatte, weiß er todsicher, wer ihn erledigt hat. Auf jeden Fall ist das ein Mistkerl. Zu viele DEA-Figuren sind schon draufgegangen. Das ist genau der Grund, warum sich dein Freund Max so bemüht hat, dich wieder einzufangen.

Du bist für diesen Zweck bestens geeignet, Tony, siehst du das denn nicht? Ein Ex-DEA-Mann, der klug und erfahren ist. Du kennst die Fallen, doch du bist nicht mehr an die DEA gebunden. Du bist wieder ein unbeschriebenes Blatt und kannst dich deshalb bis in die Höhle des Löwen wagen. Und es kostet Onkel Max nicht einmal ein müdes Lächeln.«

»Aber das ist unsere Operation. Die Operation der *Pyramide*.«

Donovan blickte Simbal kurz an. »Gebrauch deinen Kopf, Tony. Jeder deiner Schritte wird überwacht. Wer, glaubst du, wird auftauchen, wenn du gerade alles aufgeklärt hast? Onkel Max. Um aufzuräumen und den Ruhm einzuheimsen. Und er gewinnt auch noch die Möglichkeit, seine gefallenen Figuren zu rächen.«

Donovan hatte die unangenehme Angewohnheit, die Mitarbeiter der anderen Behörden Figuren zu nennen.

Simbal nickte unglücklich und dachte nach. Ein grauenhafter Nachmittag war das noch geworden.

»Okay«, fuhr Donovan fort. »Nun, da ich dich auf den Turnierplatz vorbereitet habe, geh und hol dir Bennett und jeden anderen, der in die Sache verwickelt ist. Und wenn du Hilfe brauchst, laß es mich wissen.«

»Ich arbeite allein«, sagte Simbal. »Ich bin lieber selbst für mein Leben verantwortlich.«

»Ja, ich weiß.« Donovan beschleunigte wieder. Der letzte Sonnenstrahl brach sich auf der Windschutzscheibe in den Farben eines Regenbogens. Sie hatten Greystoke fast schon erreicht.

»Was soll ich wegen Max tun?« fragte Simbal.

Donovan fuhr an das Tor heran und reichte dem Wächter seinen und Simbals laserkodierten Ausweis. Einen Moment später war der Weg frei, und er fuhr die kurvige Auffahrt hinauf.

»Nichts.« Der Wind rauschte in den Ahornbäumen und den Pappeln. Irgendwo dröhnte ein Elektrorasenmäher. »Soll Threnody doch in sein eigenes Netz gehen. Du weißt jetzt, daß er dich belogen hat, und wirst schon selbst den richtigen Zeitpunkt erkennen, ihn auffliegen zu lassen. – Schließlich hast du ja genügend Erfahrung mit ihm.«

Toshima-ku. Mikio war auf dem Weg zu seinem Haus. Und führte so seine Feinde – mit Sicherheit einen Attentäter – selbst zum Tatort. Kanamecho: ein Unterbezirk innerhalb des Ku.

Jake kannte diese Gegend Tokios gut – genausogut wie Mikios Haus. Jake hatte seinen Grundriß einmal gründlich studiert, weil er in das Haus eingebrochen war, um an geheime Informationen über den Verbleib seines Halbbruders Nichiren heranzukommen.

Die Nebel des frühen Morgens hatten sich verzogen, der Himmel war inzwischen klar und sonnig. Das Sonnenlicht überflutete den altehrwürdigen Buchsbaum und schlanke, soldatische japanische Zedern, die still um Mikios Grundstück Wache hielten.

Jake entdeckte das Eisentor im drei Meter hohen Bambuszaun. Er konnte das Dach von Mikios Haus sehen und das dahinterliegende Baseballfeld der Rikkyo-Universität. Das Training hatte gerade begonnen, und von Zeit zu Zeit konnte Jake den vollen Klang von Schlägern aus Eschenholz hören, die auf Schlagbälle aus Pferdehaut trafen.

Er ließ das Taxi auf einer Anhöhe, von der er Mikios Haus übersehen konnte, anhalten. Der Mercedes glitt durch das offene Eisentor und verschwand. Jake bezahlte den Fahrer und stieg aus. Das Taxi wendete und verschwand. Jake musterte den blauen Nissan. Er war genau an der Stelle stehengeblieben, wo hinter der Mauer, wie Jake wußte, Mikios Arbeitszimmer lag. Der Feind war gut informiert.

Aus seiner Tasche zog er ein Zeiss-Fernglas. Es war klein und zusammenklappbar. Er hielt es an seine Augen und sah sich den Nissan genau an. Das Sonnenlicht brach sich tausendfach in den Fenstern des Wagens. Er konnte deshalb nicht in das Innere sehen. Nach einer kurzen Zeit setzte er das Glas, wie er es gelernt hatte, wieder ab. Man sollte nie zu lange durch ein Fernglas sehen, weil man sonst nur allzu leicht irgendeinen wichtigen Vorfall im restlichen Umfeld übersah. Dies – wie vieles andere auch – hatte Jake durch *Wei qi* gelernt. Denn auch beim Spiel durfte man sich nicht nur auf einen Ausschnitt des Bretts konzentrieren.

Jetzt sah er eine schemenhafte Figur aus einem Seitentor eilen. Sie schlich an dem dunkel verschatteten Bambuszaun entlang und lief schließlich auf den blauen Nissan zu. Der Mann beugte sich vor, und das Seitenfenster wurde heruntergekurbelt. Jake sah durch sein Zeiss-Glas und hielt den Atem an.

Kachikachi!

Mikios rechte Hand beging Verrat, denn in diesem Moment deutete Kachikachi auf den schwächsten Punkt der Grundstücksumzäunung. Dann lief der Yakuza zum Haus zurück – und ließ das Tor unverschlossen.

Kachikachi, ein Verräter! Jake konnte es nicht glauben. Aber die Verflechtungen in einem Krieg – und dann noch in einem so blutigen wie diesem – waren schwer zu entwirren. Vielleicht war Mikio schon verloren, vielleicht wollte Kachikachi zu den Siegern gehören. Auf jeden Fall wußte Jake, wovon er Zeuge gewesen war.

Von Zeit zu Zeit sein Glas benutzend, ging er langsam die Straße hinunter. Je näher er dem Haus kam, um so genauer achtete er darauf, daß er sich in einem sicheren Winkel zu dem noch offenen Fenster des blauen Nissans befand.

Er bemerkte eine Bewegung im Innern des Wagens, stellte das Fernglas scharf und sah einen Mann und den Fahrer. Dann beobachtete er, wie der Mann auf dem Beifahrersitz etwas in seinen Händen bewegte. *Dew neh loh moh* allen Feinden! dachte er. Einen Moment später erkannte er, was es war: eine Riverton Bison, eine Art Miniaturgranatwerfer, mit dem man hochgefährliche Splittergranaten abfeuern konnte. So wollten sie es also machen. Alles würde in einer gigantischen Explosion in die Luft fliegen, und Mikio würde in tausend Stücke zerrissen werden.

Jake wollte gerade eine Bewegung in Richtung auf den Wagen machen, als er sah, wie der Fahrer eine Gion 30-09 nahm und sie entsicherte. Dann begann er, wie nach einem genauen Plan, die Umgebung zu überprüfen. Er war sehr gut: Nichts ließ er aus. Jake zog sich hinter einen Baum zurück und ließ seinen Blick ebenfalls über das Gelände wandern. Sie hatten den Nissan an einer guten Stelle geparkt. Es gab keine Deckung und deshalb auch keine Möglichkeit für Jake, sich dem Wagen unbemerkt zu nähern.

Blieb also nur das Haus übrig. Jake wußte, daß er nur noch wenig Zeit hatte. Er steckte sein Zeiss-Glas in die Tasche und arbeitete sich außerhalb der Sichtweite der beiden Männer im Nissan an den Bambuszaun heran. Dann zog er ein Nylonseil aus der Tasche, an dessen einem Ende eine eiserne Kralle befestigt war. Er schleuderte sie über den Zaun und zog kräftig an dem Seil. Es gab nicht nach.

Geschickt kletterte er den Zaun hinauf. Aus der Höhe ließ er sich mit angezogenen Knien in das Gras fallen, um den Aufprall zu dämpfen. Er hörte Vogelgezwitscher, und irgendwo huschte ein Eichhörnchen oder ein anderes kleines Tier ins Gebüsch. Ansonsten blieb alles ruhig. Der Lärm des Verkehrs war kaum noch zu hören. Wohin in Buddhas Namen waren die Wachen verschwunden? Was war mit Mikios berühmten Sicherheitsmaßnahmen?

Er eilte an der Seite des Hauses entlang, über den langen Pfad, auf dem er und Mikio sich früher im *Kyujutsu* gemessen hatten, in der altehrwürdigen Kunst des Bogenschießens der *Samurai.*

Jake sah auf die Uhr. Er hatte viel Zeit verbraucht, um den Zaun zu überwinden. Schnell ging er die *Engawa* hinauf und versuchte, die *Fusuma* des Raums, der an Mikios Arbeitszimmer grenzte, zu öffnen. Sie war verschlossen. Es blieb keine Zeit mehr, das Schloß mit einem Dietrich zu öffnen. Mit seinen verhornten Handkanten und der Sohle seines rechten Fußes schlug er die Tür ein.

Jetzt gab es für ihn kein Zurück mehr. Er war sich der Gefahr durch den Granatwerfer noch immer bewußt, aber das konnte ihn nicht abschrecken. Er mußte Mikio in Sicherheit bringen.

Über dem Haus lag eine unheimliche, unnatürliche Stille. Eigentlich hätte man jetzt hastende Schritte und Rufe wegen des Lärms, den er verursacht hatte, hören müssen. Nichts.

Jake hastete durch den dunklen Raum, schob die innere *Fusuma* beiseite und trat in den Flur.

Plötzlich sah er aus der entgegengesetzten Richtung Kachikachi herbeieilen. Wenigstens einen Menschen hatte sein Eindringen aufgeschreckt.

»*Amida!* Maroc-san!«

»*Muhon-nin!*« rief Jake. Verräter! Ein kurzer Kampf in dem engen Gang, und Jake schleuderte seinen Gegner zur Seite. Er wandte sich um und öffnete die *Fusuma* zu Mikios Arbeitszimmer.

»Verschwinde!«

Er hörte Kachikachis Schrei, aber da hatte er bereits seinen Freund entdeckt, der auf einem *Tatami* kniend tief in seiner Meditation versunken war.

»Wie bist du hierhergekommen! Du Narr! Geh da nicht rein! Stör ihn nicht!«

Mikio trug seinen Kimono mit dem *Kamon* des Clans, dem Familienwappen, einem großen dreispeichigen Rad, das auf den Rücken des Kimonos gestickt war. Der *Oyabun* drehte langsam seinen Kopf herum.

»Mikio!« schrie Jake. Er packte den Saum des Kimonos und versuchte, seinen Freund hochzuziehen. In diesem Moment zersplitterte mit einem lauten Knall das Fenster. Der Granatwerfer, dachte Jake. Und dann, o Buddha, zu spät. Einen Lidschlag später schien in dem Raum ein Stern zu explodieren. Ein gelblichweißes, grelles Licht dehnte sich nach allen Seiten aus, und unter einem ohrenbetäubenden Schlag stürzte das Zimmer in sich zusammen. Dann loderte Feuer auf, wie ein todbringender Strom breitete es sich aus.

WINTER 1949 – FRÜHLING 1950

Peking

Von Generalissimus Chiang hatte Mao gelernt, daß derjenige, der die Armee kommandiert, am Ende siegreich sein würde. Krieg, so glaubte Chiang, entschied Konflikte aller Art.

Daraus folgernd hatte Mao gesagt: »Die politische Macht wächst aus den Läufen der Gewehre.«

Das beunruhigte die Amerikaner natürlich. Was sie aber am meisten an Mao fürchteten, war, daß seine wahren Strategien ihnen wie auch den Massen verborgen blieben; Außenstehende sahen in dieser Verschlossenheit Maos etwas Gefährliches und Unberechenbares. Sicherlich, die Amerikaner hegten keine Illusionen, daß sie Mao je so benutzen könnten wie Chiang, um ihre eigenen politischen Ziele in China durchzusetzen.

Doch nur Mao, der auf der Spitze der unerreichbaren Pyramide der Macht saß, die er und sein innerer Kreis geschaffen hatten, wußte, daß er dies hauptsächlich zwei Männern zu verdanken hatte. Sun tzu hatte ihm den Weg gezeigt, seine Strategie geheimzuhalten. Und Zilin hatte ihm erklärt: »In der Politik ist es die Bedrohung durch die Gewalt, die diese selbst schließlich beendet.«

Die Wahrheit war, daß Mao, und bis zu einem gewissen Grad auch Zilin, bereit und gewillt waren, die Amerikaner bezüglich einer Regierungskoalition in China nach dem Zweiten Weltkrieg zu Rate zu ziehen. Vor allem Mao glaubte, daß eine amerikanische Unterstützung für die Zukunft des Landes wichtig – wenn nicht sogar entscheidend sein konnte. Dies hauptsächlich deswegen, weil Mao Stalins und Molotows niederträchtige Beschimpfung – sie hatten ihn einen ›Margarine-Kommunisten‹ genannt – bis ins Mark getroffen hatte. Zilin hatte als erster Moskaus Unbehagen bezüglich der Richtung des chinesischen Kommunismus verstanden. Besonders Stalin, der Vorsitzende mit der eisernen Faust, war in der Lage, die Stärke eines Volksführers zu erkennen. Es war Zilins feste Überzeugung, daß Moskau vor Mao Angst hatte. Nicht nur vor dem, wofür Mao stand – eine von Moskau abweichende Form des Kommunismus –, sondern auch vor Mao selbst.

Stalin war ein Genie, dessen war sich Zilin sicher. Seine oft zu gering bewertete Manipulation Roosevelts am Kriegsende war Zeugnis genug, wenn man sich nicht bereits vorher angesichts der Kriegführung Stalins davon überzeugt hatte.

Nach Zilins Theorie hatte Stalin Maos Naturtalent für sich genutzt und – vielleicht – in ihm viele Qualitäten entdeckt, die ihn selbst an die Macht gebracht hatten.

Stalin und Molotow hatten Mao und seine Anhänger ›Margarine-Kommunisten‹ genannt, weil deren Revolution von den Bauern ausging, und nicht, wie es nach den Schriften von Karl Marx sein sollte, vom Proletariat. Mao hatte sich diesen Seitenhieb viel zu sehr zu Herzen genommen, aber Zilin gelang es nicht, die Sache als lächerliche Bosheit abzutun.

»China ist einzigartig«, erklärte Zilin ihm. »Es ist ein Agrarland, dessen innere Verhältnisse so rückständig waren, daß nicht einmal Marx es sich hätte vorstellen können. Geschweige denn, daß er einen Plan für die Zähmung eines solchen Landes gehabt hätte. Doch wir haben genau das gemacht, Mao *tong zhi*. Ist das nicht Beweis genug, daß Stalin sich irrt?«

Mao hatte den Kopf geschüttelt. »Nein, du hast unrecht, Shi *tong zhi*. Es schmerzt mich sehr, es zugeben zu müssen, aber Stalin und Molotow haben recht. Unsere Revolution – die wahre kommunistische Revolution – muß in vollem Umfang durch das Proletariat erfolgen.«

»Moskau will uns doch nur ködern«, erwiderte Zilin darauf. »Das ist alles.«

»Nein. Wir *sind* ein Agrarland, das ist wahr. Aber um die kommenden Jahrzehnte zu überleben, können wir es uns nicht leisten, das auch zu bleiben. Damit unsere zerstörte Wirtschaft wiederbelebt wird und gedeihen kann, müssen wir das Land industrialisieren. Und damit werden wir unser eigenes Proletariat erzeugen. Denkst du nicht, Shi *tong zhi*, daß wir unsere Wirtschaft durch eine kapitalistische Phase führen müssen, um einen gewinnbringenden Standard der industriellen Revolution zu erreichen? Die zwangsläufige Folge ist dann also auch, daß wir die Herausbildung der neuen Klasse fördern. Es sind die Proletarier – nicht unsere dahinschwindende bäuerliche Bevölkerung –, die unsere Sache vorwärtsbringen müssen in die fünfziger Jahre.

Und dabei könnten die Amerikaner eine große Hilfe sein. Nur sie haben das Kapital und das industrielle Wissen, um unser Land in Bewegung zu bringen. Glaubst denn du etwa, daß Moskau nach dem Krieg noch in der finanziellen Lage sein wird, uns die Hilfe zu gewähren, die wir brauchen? Bestimmt nicht!

Nein, Shi *tong zhi*, die Amerikaner sind unsere einzige Hoffnung.«

Dabei hatte Mao völlig recht. Zu dieser Zeit – auf dem Höhepunkt des Krieges – hätte eine gerecht ausbalancierte amerikanische Außenpolitik in China viele Türen geöffnet; sie hätte eine sichere Machtbasis für Amerika schaffen können, und das in einem der wichtigsten Länder Asiens.

Aber die großen Kapitalisten dieser Zeit wollten keine Form eines – wie sie es nannten – ›kommunistischen Handschlags‹ dulden. Andererseits sahen sie in Generalissimus Chiang ein bißchen sich selbst, und sie waren sich absolut sicher, daß Chiang der starke Mann Amerikas sein würde, ein Bollwerk gegen die Ausbreitung des Kommunismus. Sie waren blind gegenüber den politischen und, schlimmer noch, den sozialen Umwälzungen, die China erschütterten. Sie konnten nicht erkennen – wie es Zilin schon früh getan hatte –, daß der Kommunismus die einzige Methode war, um ein Land, so groß und so arm wie China, zu einigen.

Folglich floß die Unterstützung der Amerikaner während des Krieges ausschließlich in die Taschen des Generalissimus Chiang. Auch nach dem Ausbruch des Bürgerkriegs in China, als die Amerikaner noch die Chance gehabt hätten, mit der Siutation vorurteilsfrei umzugehen, stellten sie ihre Hilfe per Luftunterstützung und Seetransport nur den nationalistischen Streitkräften zur Verfügung. Ja, selbst als das amerikanische Embargo für den Transport von Militärmaterial nach China noch in Kraft war, von August 1946 bis Mai 1947, wurden Tausende Tonnen von Munition durch die in China stationierten US-Streitkräfte heimlich in die Garnisonen des Generalissimus weitergegeben.

Die Amerikaner ließen Mao damit keine Wahl. Im Dezember 1949 begab er sich auf eine Reise nach Moskau, wo er und Stalin den chinesisch-sowjetischen Freundschaftsvertrag ausarbeiteten. Damit war das Schicksal des neuen China besiegelt. Von dieser Zeit an war Amerika von der Gestaltung der chinesischen Politik ausgeschlossen und dazu gezwungen, den Fortgang der asiatischen Politik, von Rußland und China geformt und umgeformt, nur noch zu beobachten – ohne eine Möglichkeit, seine eigenen Vorstellungen bei den sprunghaften Veränderungen einbringen zu können. Auf diese Weise hatte Amerika die einzige Möglichkeit einer realen, friedlichen westlichen Einflußnahme auf die Entwicklung in Fernost vertan.

Wegen seiner Rolle, die er in Chunking und danach gespielt hatte, war es vielleicht gar nicht überraschend, daß Zilin zu seinem Treffen mit Lo Jui ch'ing auch Huaishan Han mitnahm. Lo war der Leiter des Ministeriums für öffentliche Sicherheit. Seine Verantwortung und Pflichten erstreckten sich über das ganze Land.

Huaishan Hans Erfahrungen im Sicherheitsbereich – oder in der Spionage, um es genauer zu sagen – waren Zilin und bestimmten Mitgliedern in Maos innerstem Kreis bereits bekannt. Der Zeitpunkt dieses Gesprächs fiel in etwa zusammen mit der Rückkehr Maos aus Moskau, was nicht ohne Bedeutung bleiben sollte.

Obwohl Huaishan Han sogar neben Zilin einquartiert war, sahen die beiden Freunde während der folgenden Monate nur wenig voneinander.

Mao war mit verwirrenden Ergebnissen zurückgekehrt – zumindest kam Zilin das so vor.

»Und genau deswegen«, sagte Mao, »habe ich mich geweigert, dich nach Rußland mitzunehmen. Wenn du gegenüber einer Seite blind bist, mein Freund, dann gegenüber den Sowjets. Ich war das gegenüber den Amerikanern, aber damit ist jetzt Schluß. Du hast in dieser Hinsicht recht gehabt. Aber was die Russen betrifft, nachdem Amerika uns jetzt völlig allein gelassen hat, müssen wir unseren Zufluß von Kapital aus jeder Quelle nehmen, die sich uns bietet.«

Der ›Zufluß von Kapital‹ erwies sich jedoch nicht ganz als das, was Mao sich erhofft hatte. Stalin erklärte sich zwar bereit, Hilfe im Gegenwert von dreihundert Millionen Dollar zur Verfügung zu stellen. Der Haken daran war aber, daß es sich dabei eher um eine Art Kredit mit festen Auflagen handelte, als um die Gewährung eines einfachen Darlehens. Das bedeutete, daß China nun sprichwörtlich an die Sowjetunion gebunden war. Es war nicht frei, seine neue Industrie und seinen Wiederaufbau nach eigenen Plänen zu gestalten, sondern mußte sich völlig in die Abhängigkeit von sowjetischer Technologie begeben.

Das war, so erklärte ein niedergeschlagener Mao seinem Vertrauten Zilin, das Beste, was er hatte herausholen können.

»Stalin mißtraut uns noch immer. Wie viele Male hat er nicht Tito und sein ›Possenspiel‹ – ich benutze Stalins eigene Worte – ›von einem kommunistischen Staat‹ angeführt, auf den er nicht zählen könne. Das hat er heruntergeleiert wie eine kaputte Schallplatte. – Ich hatte keine richtige Basis zum Verhandeln«, erklärte Mao. »Schließlich waren sowohl die Russen wie auch die Amerikaner für eine Regierungskoalition. Und wir haben Moskaus Wünschen direkt entgegen gehandelt, als wir den Bürgerkrieg begonnen haben. ›Wie kannst du nach all dem noch erwarten, daß ich dir vertraue?‹ hat Stalin mich wie ein betrübter älterer Onkel gefragt.«

Zilin war davon nicht so überrascht, wie es Mao anscheinend gewesen war, aber er sagte nichts. Seine antisowjetischen Gefühle würden ihm in dieser Angelegenheit bei Mao ohnehin nicht weiterhelfen. Er wußte ganz genau, daß Stalin, selbst wenn Mao in der Lage gewesen wäre zu beweisen, daß Chiang den Bürgerkrieg begonnen hatte, eine andere Entschuldigung dafür gefunden hätte, nur Kredite anbieten zu können. Das war Moskaus Art, unter einem Deckmantel versteckte Kontrolle zu erhalten über ein Land, das sie als ein eigensinniges – möglicherweise dem Tod geweihtes – Stiefkind ansahen.

Nach einem langen, geruhsamen Abendessen in Maos Residenz, während dem nicht weiter über das Thema gesprochen wurde, führte Mao Zilin hinaus in den Innengarten des Hauses. Es war kalt. Dichter Schnee fiel vom Himmel, der jeden Laut verschluckte. Es ging nicht der Hauch eines Windes. Mao zog sich den Mantel fester um die Schultern. »Während ich in Moskau war, gab es im Norden der Stadt einen Schneesturm. In ein paar Minuten fielen fast vierzig Zentimeter Schnee. Kannst du dir das vorstellen, Shi *tong zhi*?«

Zilin antwortete nicht. Es gab für ihre Anwesenheit hier draußen in der kalten Nacht keinen anderen Grund als die Sicherheit. Sein Herz schlug schnell. Was war es, das Mao niemand außer ihm sagen wollte?

»Es gibt da noch ein weiteres Problem«, begann Mao. Er sah hinaus in die Nacht. Die hintere Mauer des Gartens war mit Efeu überwachsen. Der Dienst an der Revolution hinderte zumindest im Augenblick daran, solchen Luxus gebührend zu pflegen. »Stalin hat mit mir noch über eine andere Sache gesprochen. Über Korea.« Mao wartete einen Augenblick, bevor er fortfuhr. »Mit Moskaus Unterstützung werden die nordkoreanischen Kommunisten im Süden einmarschieren.«

»Wie schnell?«

»Kommenden Juni.«

Zilin wußte, was das hieß. »Das bedeutet Krieg.«

Mao nickte stumm. Sein Gesicht war traurig. »Unser armes Volk. Es hat gerade erst einen Krieg hinter sich, und auch der hat schon viel zu lange gedauert.«

»Dann hat dir Stalin keine Wahl gelassen.«

Mao sah Zilin nachdenklich an. »Nicht die geringste.« Dann ging er wieder ins Haus.

»Ich habe sie gefunden!«

Zilin blickte von den Papieren auf, die er gerade durcharbeitete. Er sah Huaishan Han in Uniform ins Büro hereinstürzen.

»Ich hab' sie gefunden, mein Freund!« Sein hageres Gesicht war belebt und munter.

Zilin entdeckte hinter ihm eine zweite Gestalt, die zögernd durch die Tür trat.

Huaishan Han gestikulierte ungeduldig. »Komm herein, Senlin! *Hao jia huo!* Komm herein!«

Es war eine Frau, die, so schien es Zilin, schon immer schlank gewesen sein mußte. Doch jetzt war sie so dünn, daß es an Auszehrung grenzte. Ihr Gesicht, das noch immer eine gewisse durchsichtige Schönheit aufwies, war hohlwangig und abgehärmt. Ihre Haut war blaß, und sie schien, wenn man das allein nach ihrer Haut beurteilte, von schwacher Gesundheit zu sein. Ihre Augen, groß, leuchtend und weit aufgerissen, waren von Furcht erfüllt. Die Lider zuckten unruhig, vielleicht ein körperliches Anzeichen ihrer großen Angst.

Huaishan Han legte seine Hände auf ihren Rücken und schob sie vorwärts. Zilin sah sie zusammenzucken, was sie sogleich zu verbergen suchte.

»Shi *tong zhi*«, begann Huaishan Han in einer seltsamen Art von Stolz, »dies ist meine Frau, Song Senlin.«

»Deine Frau?« Zilin war dermaßen erstaunt, daß er für einen Augenblick die Fassung verlor und seine Erschütterung offen zeigte. Aber sofort verbarg er das hinter einer leichten Verbeugung. Diese Geste, ungezwungen und zugleich höflich, entfachte in dem vergrämten Gesicht der jungen Frau ein mattes Lächeln.

»Geht es dir gut, Senlin?« fragte er.

»Natürlich geht es ihr gut«, antwortete Huaishan Han ein bißchen zu laut. »Oder zumindest wird es ihr bald wieder gutgehen, wenn ich sie erst ins Krankenhaus gebracht habe. Reine Routine, verstehst du.«

Zilin bot der jungen Frau – sie mußte zwanzig Jahre jünger sein als Huaishan Han, denn sie war noch keine dreißig – seinen Sessel an. Sie setzte sich dankbar. Einige harte Linien der Anspannung, die ihr Gesicht durchfurchten, lösten sich.

Zilin nahm die Teekanne und schenkte ihr ein. Sie ergriff die schmale, henkellose Tasse mit beiden Händen, als wollte sie deren ganze Wärme in sich aufnehmen. Ihr Kopf schwankte, sie murmelte Worte des Dankes und trank gierig, als hätte sie schon seit Monaten keinen anständigen Tee mehr getrunken.

Zilin blickte zu seinem Freund auf. Huaishan Han zuckte die Schultern. »Sie ist von den Kommunisten festgenommen worden.«

»Festgenommen, sagst du?«

»Ihr Anführer kannte mich. Als einen treuen Nationalisten, nicht wahr? Das ist es, was ich für jedermann war, außer für dich und für Mao *tong zhi*.« Huaishan Han gestikulierte heftig. »Also war sie ein Feind. Weil sie meine Frau war; die Frau von Huaishan Han, dem Nationalisten. Deswegen haben sie sie festgenommen – und auch gefoltert, denke ich, obwohl ich sie darüber nicht zum Sprechen bringen kann. Ich kann sie überhaupt nicht zum Sprechen bringen.«

»Ich habe gar nicht gewußt, daß du verheiratet bist.« Zilin war entsetzt von der Barbarei seiner eigenen Leute. Aber eigentlich hätte er nicht überrascht sein sollen. Denn er war Zeuge von vielen Nachwirkungen des blutigen und harten Bürgerkrieges gewesen. Doch selbst wenn dem so war, so rührte ihn dieses traurige Geschöpf, das ohne sein Zutun zwischen die kämpfenden Seiten geraten war, mehr als alles andere.

Vielleicht gerade deswegen, weil die grobe Ungerechtigkeit dieser Situation ihm wie eine mächtige Metapher erschien für den Wahnsinn, der seine Landsleute gegeneinander trieb. Plötzlich wurde ihm klar, wie grauenvoll das Spiel war, in dem er selbst eine bedeutende Rolle übernommen hatte. »Wenn du mir nur davon erzählt hättest«, sagte er schwächlich, »ich hätte ein paar Männer abstellen können, die für ihre Sicherheit gesorgt hätten.«

Huaishan Han wandte sich ab. »Ich hatte nie Zeit, an sie zu denken, Shi *tong zhi*. Ich mußte meine Arbeit machen. Es war gefährlich, dieses Doppelspiel, und ich mußte mich völlig darauf konzentrieren, im Dunkeln einen Fuß vor den anderen zu setzen, um unten in dem

Tunnel, in den ihr, du und Mao *tong zhi*, mich geschickt hattet, voranzukommen.«

Er sah Zilin wieder ins Gesicht. »Wenn ich mir deine eigenen persönlichen Umstände anschaue, dann glaube ich, daß du mich von allen am besten verstehen kannst.«

Das war als Kompliment gedacht gewesen, als ein Ausdruck ihrer Freundschaft, und dennoch schnitt die Äußerung Zilin ins Herz. Es stimmte. Er hatte Athena verlassen und das Baby Jake, wie auch seine Geliebte Sheng Li und deren Kind, das später einmal als Erwachsener den Namen Nichiren tragen sollte. Alles einem China zuliebe, das es zu beschützen galt, dem sie eine bessere Zukunft geben wollten. Dieser Pflicht hatte er alles geopfert.

Zilin schaute seinen Freund an. »Ich kenne diese Uniform gar nicht.«

»Sie ist von den Öffentlichen Sicherheitskräften«, erklärte Huaishan Han, in dessen Stimme der Stolz zurückgekehrt war. »Lo Jui ch'ing hat mir die Leitung des Distriktbüros von Beijing übertragen.«

»Die Geheimpolizei also«, sagte Zilin.

»Nur so habe ich auch Senlin gefunden, mein Freund. Wir haben jetzt ein starkes nationales Sicherheitsnetz. Ich habe meine Leute ausgeschickt, um Senlin zu suchen, und sie haben sie gefunden.« Er wandte sich um und seine Stimme veränderte sich. »Senlin! Wir müssen jetzt gehen.« Zilin beobachtete, wie sie sich erhob. Sie übergab ihm die leere Tasse und verbeugte sich dann formell vor ihm.

Nachdem die beiden gegangen waren, setzte sich Zilin wieder an seine Arbeit. Die Schriftzeichen verschwammen ihm vor den Augen. Er versuchte sich zu konzentrieren, doch er schaffte es nicht. Statt dessen sah er Senlins Hände, wie sie nach der weißen Porzellantasse griffen: ihre langen Handflächen, die schlanken Finger, die so zart und weiß wie Puder waren. Nur ihre Nägel, die aufgerissen und zerbissen waren, hatten ihre anmutige Schönheit beeinträchtigt.

Als er sie das nächste Mal sah, waren ihre Nägel gewachsen. Und sie waren fachkundig gepflegt worden. Sie glänzten von Lack und waren lieblich gebogen wie Schwanenhälse.

»Ich weiß nicht, was ich mit ihr anfangen soll«, sagte Huaishan Han. Sie waren zum Abendessen zu Zilin gekommen. Nachdem sie die Frauen allein gelassen hatten – Zilin hatte eine Bekannte und noch ein anderes Paar eingeladen, um die Zahl vier zu vermeiden, eine Unglückszahl in der chinesischen Zahlenlehre –, nachdem sie also allein waren, machten es sich die beiden Männer im Arbeitszimmer bequem. Das dritte Paar, das einen Säugling zu Hause hatte, war bereits früh gegangen.

»Was ist denn los?«

Huaishan Han rauchte eine dünne russische Zigarette. Er hatte die Gewohnheit sie abzuklopfen, sogar wenn keine Asche an ihr war.

Huaishan Han war, nach Zilins Meinung, ein sehr reizbarer Mensch, der sich durch seine Arbeit von überschüssiger Energie befreite. Wenn er zwischen zwei Reisen seinen stupiden Papierkram erledigen mußte, konnte man es nur schwer längere Zeit in seiner Gegenwart aushalten. So auch jetzt.

Er erhob sich und begann auf dem weinroten Teppich auf und ab zu gehen. »Das Problem ist Senlin. Offen gesagt, sie ist nicht mehr die Frau, die ich damals zurückgelassen habe, als ich in den Krieg zog.«

»Sie hat viel durchgemacht«, überlegte Zilin. »Warum läßt du ihr nicht Zeit?«

»Zeit!« rief Huaishan Han gereizt. »Ich habe keine Zeit. Und ich habe so schon genug zu tun. Ich bin völlig mit meiner Arbeit ausgefüllt. Wichtige Arbeit, verstehst du. Da kann ich nicht auch noch diese dauernden Störungen zu Hause gebrauchen.«

»Und was stört deine Ruhe?«

»Die Ärzte. Die Untersuchungen. Die vielen Gespräche. Buddha allein weiß, was sonst noch.« Huaishan Han stieß es in einem schnellen Stakkato hervor, als hätten ihm Zorn und Enttäuschung die Zunge gelähmt. Und dabei strich er im Zimmer umher wie ein gefangener Tiger.

»Was genau ist denn Senlins Problem?« fragte Zilin.

»Ich weiß es nicht.«

»Nun ja, ist es ein medizinisches Problem, oder hat es mit ihren Gefühlen zu tun?«

Huaishan Han stieß eine Rauchwolke aus. Sein Atem zischte wie der eines riesigen Drachen. »Das weiß niemand. Bei Buddha, die Ärzte können mir nichts sagen. Sie haben es mit Akupunktur versucht, mit Akupressur, mit Kräutern. Man würde die ganze Nacht brauchen, um alles aufzuzählen.«

»Und Senlin?«

»Du hast es heute selbst gesehen. Sie hat überhaupt nichts gegessen. Ist dir das denn nicht merkwürdig vorgekommen?«

»Sie war nicht hungrig.«

Huaishan Han warf die Arme hoch. »Bei Buddha, sie ist nie hungrig. Sie trinkt Tee. Das ist alles, was sie zu sich nimmt.«

»Sie verliert an Gewicht?«

»Was?« Huaishan Han paffte wie eine Lokomotive. »Ja. Natürlich tut sie das. Welches Geschöpf würde das nicht?«

»Sie war schon gefährlich unterernährt, als du sie gefunden hast.«

»Ja.«

»Nach allem, was du mir erzählt hast«, sagte Zilin, »müßte sie längst tot sein.« Sein Freund blieb abrupt stehen und starrte ihn an. »Und trotzdem ist sie es nicht. Vielleicht ist es das, worauf die Ärzte eine Antwort suchen.«

»Wie auch immer«, sagte Huaishan Han und begann wieder auf und ab zu gehen. »Sie haben keine Antwort gefunden. Und die Zeit verrinnt.«

»Wieso?«

»Ich habe von Lo *tong zhi* einen äußerst wichtigen politischen Auftrag bekommen. Er macht es erforderlich, daß ich Beijing verlasse.« Huaishan Han blieb wieder stehen und setzte sich auf die Lehne eines geschnitzten Holzsessels. »Ich gehe in den Süden, mein Freund. Nach Hongkong, und von da vielleicht nach Taiwan. Kuomintang-Agenten vom nationalistischen Exilregime in Taiwan haben sich in unsere Armee eingeschlichen. Aber jetzt sind sie aufgeflogen. Vielleicht sitzen sogar welche – das ist Lo *tong zhi's* Theorie – in unseren politischen Stäben.«

Huaishan Hans Gesicht hatte sich verfinstert. »Es wird vielleicht einmal eine Zeit kommen, wo eine Säuberung der Partei zur politischen Notwendigkeit wird. Dann werden wir die Verräter in unseren Reihen aussondern. Und wenn diese Zeit kommt, so wird es unser Volk sein, das die gemeinen Verräter findet.«

Das war das zweite Mal, dachte Zilin, daß sein Freund das Wort ›unser Volk‹ verwendete. Aber Huaishan Han meinte damit nur die öffentlichen Sicherheitskräfte. Es gibt, überlegte Zilin, keinen glühenderen Ideologen als den bekehrten. Huaishan Han war, nachdem er den Sprung vom Nationalismus zum Kommunismus gemacht hatte, dessen glühendster – und unbeugsamster – Verteidiger geworden.

»Ich kann Senlin nicht alleine zu Hause lassen.«

»Eine Pflegerin kann vielleicht einspringen. Oder eine Freundin.«

Huaishan Han schüttelte den Kopf. »Nichts dergleichen. Ich habe nicht die Absicht, aus meiner Frau einen Invaliden zu machen. Ich will keine Pflegerinnen um sie haben. Und ich kenne auch keine Genossin, der ich die Aufgabe anvertrauen könnte.«

»Aber sie hat doch sicher eine Familie.«

»Natürlich. Aber Senlin ist eine Soong ..., sie stammt von den Soongs ab, hat sie mir erzählt. Es ist kein Soong und auch kein Kung übriggeblieben hier, nicht einmal auf der Insel Taiwan. Sie sind alle mit ihrem gesamten Hab und Gut nach Amerika geflohen.« Er schüttelte den Kopf. »Es gibt keinen einzigen Verwandten mehr.« Er drückte seine Zigarette im Aschenbecher aus. »Deshalb muß ich dich jetzt fragen, mein Freund, ob du dich um Senlin kümmern kannst. Ich weiß, daß du erfahren bist. Wenn irgend jemand herausfinden kann, was ihr fehlt, dann du. Davon bin ich überzeugt.«

Zilin schwieg. Er hatte sich vor diesem Augenblick von dem Moment an gefürchtet, da ihm klargeworden war, daß Huaishan Han diese Frage stellen würde. Der Gedanke, Senlin in seinem Haus zu haben ..., aber es gab nur eine Antwort. Er konnte seinem Freund die Bitte nicht abschlagen. Es wäre unhöflich gewesen, ja, schlimmer noch, ein Schlag ins Gesicht ihrer Freundschaft.

Schließlich nickte Zilin. »In Ordnung«, sagte er.

Huaishan Han stand auf. Er hatte unübersehbar eine militärische Haltung angenommen. Für einen Politiker wie Zilin war das ein beunruhigendes Zeichen. Die Politiker hatten gelernt, die Soldaten zu benutzen, ihnen aber nie zu vertrauen.

»Wie schön es ist, auf diesen See zu blicken«, sagte Mao. Er und Zilin schlenderten am Ufer des Kunming-Sees entlang. Sie waren noch innerhalb des eindrucksvollen Geländes des Yiheyuan, des Sommerpalastes. Die dazugehörigen Gebäude, Tempel, Pavillons, Gärten, Gehwege und aufgeschütteten Inseln, die elf Kilometer nordwestlich von Peking lagen, waren für Generationen chinesischer Herrscher angelegt worden, die das Bedürfnis verspürten, während des Hochsommers der Hitze und der feuchten Luft der Kaiserstadt zu entfliehen.

»Sogar du, Shi *tong zhi*, kannst nicht wissen, wie oft der Kunming schon sein Aussehen und seine Größe verändert hat. Jede Dynastie hatte ihre Landschaftsarchitekten, die nach Lust und Laune diesen See immer wieder umgestaltet haben.« Mao legte seine Hände auf den Rücken. »Doch er liegt noch immer da, sein Wasser ist unverändert. Ich denke, daß man von diesem Flecken Erde etwas lernen kann.« Er atmete tief ein. »Ich komme oft hierher und sehe hinaus auf das Wasser. Ich lasse meinen Geist über den See wandern, als wäre ich auf diese Weise imstande, seine früheren Formen und all seine früheren Leben wahrzunehmen.« Er schüttelte den Kopf. »Und doch widerstrebt es mir, seine Botschaft aufzunehmen. China muß sich verändern, Shi *tong zhi*. Und mache dir keine Illusionen über diese Veränderung. Sie wird schmerzlich sein und blutig.«

»Mir war sie schon blutig genug.«

Mao lächelte vieldeutig, wie man es von ihm kannte. »Na, na! Das ist nicht der Geist eines wahren Revolutionärs, Shi *tong zhi*. Du besitzt ein Herz, das mir undurchdringlich zu sein scheint. Aber der Tod ist Teil der Veränderung. Bei allen Umwälzungen – bei allen wirklichen Revolutionen, Shi *tong zhi* – muß Blut vergossen werden. Die Alten müssen den Jungen Platz machen; es ist das Blut des alten Regimes, das den Boden bereichert, den der Revolutionär bestellt.«

»Aber unsere Revolutionäre führen Gewehre, keine Pflugscharen.«

Mao nickte. »In unserer Zeit muß das so sein. Und vielleicht wird es immer so sein. Unsere Feinde – nicht wir – bestimmen das. China ist schon oft genug durch das Eindringen imperialistischer Barbaren gedemütigt worden. Aber wir werden nie wieder schwach sein und Opfer einer Invasion werden. Den Amerikanern ist es zu verdanken, wenn ich eine eiserne Faust zeige. Sie unterstützen Taiwan. Sie bilden die Kuomintang-Agenten aus, die in unser Land einsickern, um uns zu vernichten. Aber, ich sage dir, sie werden keinen Erfolg haben!«

Zilin hörte interessiert zu, denn plötzlich ergaben sich hier Parallelen zu seinem Gespräch mit Huaishan Han. »Du hast mit Lo Jui ch'ing gesprochen?«

»Ja«, antwortete Mao. »Und mit Huaishan Han.« Sie blieben auf dem Scheitelpunkt der Spiegelbrücke stehen. Über den schimmernden Wassern im Süden des Sees konnten sie den berühmten pagodenartigen Königsdrachentempel sehen. Die Insel, auf der er stand, war mit dem Ufer durch eine siebzehnbogige Brücke verbunden. Die Gebäude, zinnoberrot, türkis, orange und grünspanfarben, erhoben sich majestätisch aus dem ruhigen blauen Wasser. Weiße Reiher und Silberreiher stießen in langem Sturzflug in die Tiefe hinab. Die Vögel durchbrachen die durchsichtige Oberfläche des Sees und schnappten nach den Fischen, die in ihren Schnäbeln silbrig und golden im Sonnenlicht glänzten.

»Da«, sagte Mao. »Siehst du, wie die Vögel ihre Nahrung fangen? So haben die Imperialisten China behandelt. Sie haben unsere natürlichen Ressourcen ausgeplündert. Jahrzehntelang sind sie durch unser Land reich geworden, um die Leiden und die Armut unseres Volkes haben sie sich nicht gekümmert.«

Zilin dachte an die Abfolge dynastischer Herrscher Chinas, die nicht anders gehandelt hatten. Es stand ihm aber nicht zu, so etwas laut zu sagen. Außerdem waren seine Gedanken mit dem beschäftigt, was Mao kurz vorher gesagt hatte.

»Ich bin fest davon überzeugt, daß Huaishan Han seine Anweisungen direkt von Lo *tong zhi* erhalten hat.«

»Das kann für die letzten Monate nicht stimmen«, sagte Mao. »Was ist dieser Mann doch für eine Entdeckung! Ich muß dir wirklich gratulieren. Ich habe immer, seit du ihn ins Ministerium für öffentliche Sicherheit gebracht hast, ein Auge auf ihn geworfen. Der Mann ist furchtlos – das hat er während mehrerer Missionen bewiesen.«

»Davon wußte ich gar nichts.«

»Natürlich nicht.« Mao ging weiter, und Zilin blieb an seiner Seite. »Die nationale Sicherheit ist nicht dein Gebiet. Und daneben weiß ich, daß die feste Hand, die ich zu Hause führen muß, dir mißfällt. Warum sollte ich dich dann mit den Details von solchen, dir eher unwillkommenen Dingen behelligen.«

»Was hat Huaishan Han für dich gemacht?«

»Oh, er ist Teil des Staatsapparats«, sagte Mao leichthin, »und du hast mich ja schon mehr als einmal sagen hören, daß der Staatsapparat ein Instrument der Unterdrückung ist.«

»Das ist es, was mich beunruhigt.«

»Warum?« fragte Mao. »Bist du nicht genauso Teil des Staatsapparats?«

Zilin gab keine Antwort. Er dachte an Huaishan Hans wiederholte Bezugnahme auf ›unser Volk‹. Seit Lo Jui ch'ing die öffentlichen Sicherheitskräfte innerhalb des Ministeriums geschaffen hatte, waren sie an Größe und Macht weit über Zilins Erwartungen hinausgewachsen. Das sagte er jetzt.

»Unsinn«, antwortete Mao. »Unsere Revolution hat – wie alle Revolutionen – radikale Veränderungen gebracht. Natürlich muß es da Schlupfwinkel von solchen Leuten geben, die noch an die alte Gangart glauben. Und natürlich auch Schlupfwinkel von solchen, die nicht an die radikalen Veränderungen glauben, die wir eingeleitet haben und auch fortsetzen werden. Und dann müssen wir auch die Kontrolle über die vom Krieg zerstörte Wirtschaft wiedergewinnen und eine landesweite Verwaltung aufbauen, die auf unsere Wünsche hört. Schließlich gibt es noch die äußere Bedrohung durch die nationalistisch-amerikanische Allianz. Autoritäre Methoden sind da manchmal die einzigen Alternativen. Ohne sie würde ein Land während eines schnellen sozialen und ökonomischen Umschwungs zusammenbrechen. Sag mir doch, Shi *tong zhi*, wie wäre ich sonst in der Lage, ein derart großes Land unter diesen Bedingungen zu stabilisieren?«

Zilin ging still, den Kopf gebeugt, weiter. Die herrlichen Pagoden und Tempel, die schattigen Gehwege und die rauschenden Bäume blieben seinem Blick verborgen. Er sah vor seinem inneren Auge das Band durchtrennt, das das moderne China mit seiner Vergangenheit verband. Er sah auch, was niemand sonst sah: daß diese Trennung unumkehrbar war. China konnte nicht mehr zurück. Vielleicht war es ein Schritt nach vorn – es mußte ein Schritt nach vorn sein, um all das zu rechtfertigen, was nun unwiderruflich verloren war. Die alten Tugenden werden unter dem Banner der Revolution austrocknen und absterben, dachte er.

Als er nach längerer Zeit wieder aufblickte, sah er, daß die prächtigen Kunstwerke um ihn herum von einem Volk geschaffen worden waren, das ihm bereits fremd war. Sein Herz füllte sich mit einer alles überflutenden Trauer.

»In deinen Augen spiegelt sich Trauer«, sagte sie. »Und der Schmerz in deinem Herzen.«

Senlin. Ihr Name bedeutete Großer Wald, und auf eine seltsame Weise war das auch zutreffend, denn er fühlte sich verloren, wenn er in ihrer Nähe war.

Er war ein Mann, der fast sein ganzes Leben damit verbracht hatte, eine eigene Strategie aus dem zu entwickeln, was ihm sein Lehrer aus der Kindheit, der Jian, beigebracht hatte. Der Jian hatte in Suzhou gelebt, einer Stadt mit sehr bekannten und eindrucksvollen Gärten. Diese *Yuan lin*, in Wirklichkeit waren es die Gärten großer Villen, wurden sorgfältig gepflegt und gewissenhaft gestaltet. Der Jian lebte in einem solchen Haus, und allmählich enthüllte er dem jungen Zilin die Geheimnisse des *Yuan*: wie Hügel, Teiche und ähnliches von der Hand des Menschen so geformt werden konnten, daß alles scheinbar mit der

Landschaft zusammengeflossen und wie von der Natur selbst erschaffen wirkte. Diese Kunst der Kreation, entdeckte Zilin schließlich, ließ sich auch auf die Welt außerhalb des *Yuan* übertragen. Man konnte werden, was immer man wollte, solange es einem gelang, den eigenen Plan so in die Wirklichkeit einzufügen, als sei es vorherbestimmt.

Deshalb hatte Zilin sich schließlich der Kommunistischen Partei angeschlossen, um seine Bestimmung als ein Himmlischer Wächter Chinas zu erfüllen. Seine Bindung an den Kommunismus war eine rein pragmatische. Schon sehr früh hatte er erkannt, daß das theoretische Konzept des Kommunismus geeignet war, seine Landsleute, die schon so lange in unzählige Kriege miteinander verstrickt waren, wieder zu vereinigen. Damit aber würde die Kontrolle über China in die Hände seiner eingeborenen Söhne zurückfallen.

Zu diesem Zweck – und die Ausarbeitung seiner Strategie war schon der erste Schritt gewesen – hatte er sein *Qi* so ausdauernd entwickelt. Denn sein *Qi* gestattete es ihm, bis auf den Grund der Herzen der anderen Menschen zu sehen, sich dann den richtigen Weg zu suchen, um zu bekommen, was er sich wünschte

Senlin – der Große Wald – war die einzige Person in seiner Umgebung, deren inneres Rätsel er nicht lösen konnte. Das machte ihm Sorge, aber hatte zugleich auch etwas Anziehendes für ihn. Was ihm alles noch rätselhafter machte, war sein Wissen, daß ihr eigenes *Qi* sehr stark sein mußte. Er konnte fühlen, daß es fast so mächtig war wie sein eigenes. Noch konnte er nicht verstehen, worin sich dieses starke *Qi* äußerte. Es gab doch bestimmt nur wenig Leute, die sie für ›stark‹ gehalten hätten. Ihr Mann gehörte jedenfalls nicht zu ihnen.

Außerdem gab es Momente – und zwar mit steigender Häufigkeit –, in denen sie fähig war, das peinlich genau konstruierte Kunstwerk seiner Strategie zu durchschauen. Weder Athena noch Mai waren dazu je in der Lage gewesen.

Als sie an diesem stillen Abend in seiner Villa saßen, hatte sie es wieder getan. Zilin hatte es aufgegeben, ihre Eingebungen zurückzuweisen. Als er dies das erste Mal gemacht hatte, hatte sie ihn mit ihren weit auseinanderliegenden schwarzen Augen angeblickt und gesagt: »Gibt es einen Grund, warum du mich anlügst?«

Er war erstaunt gewesen. Aber in ihrer Stimme und in ihrem Gesicht war nichts als Ehrlichkeit gewesen. Rein wie ein Kind, noch nicht verfälscht durch die Worte der Jugendlichen und Erwachsenen, hatte sie ihren Mund geöffnet und gesagt, was in ihrem Herzen war. Zilin mußte sich dieses Bild in den folgenden Wochen oft in Erinnerung rufen.

»Es macht mich traurig zu sehen, was aus unserem Land geworden ist«, sagte er jetzt.

»Ich verstehe nicht.« Sie hatte eine äußerst reizende Angewohnheit, nämlich ihren Kopf auf eine bestimmte Art zur Seite zu legen. Ihr dickes schwarzes Haar, das im Lampenlicht glänzte, glitt über ihre Schulter.

»Unterdrückung scheint das einzige Mittel zu sein, mit dem China im Moment funktionsfähig gehalten werden kann. Der Druck von innen und außen ist schon viel zu groß, um ihn noch lange ertragen zu können. Wir haben bereits ausreichend schmerzhafte politische und soziale Umwälzungen durchgemacht. Doch ich glaube, daß der Schrekken noch lange nicht zu Ende ist. Viele werden ihr Leben noch verlieren. Es ist noch nicht genug Blut vergossen worden. Wie kann uns die Zukunft soviel Grausamkeit aufladen, wenn die Gegenwart schon so erschreckend ist?«

Senlin beobachtete Zilin aufmerksam, der gestikulierend in einem weichen Lichtkegel saß.

»Frag Buddha. Bei ihm müssen wir unsere Zuflucht suchen.«

»Leider«, erwiderte Zilin, »hat Buddha keinen Platz in unserer modernen Gesellschaft.«

»Hat das Mao *tong zhi* geschrieben? Dann solltest du dich besser von ihm lossagen. Und auch von meinem Mann.« Unvermittelt wandte sie sich von ihm ab. Schatten fielen über ihre Wangen und ergossen sich abwärts wie ein Fluß bei Nacht. Zilin hätte gern gewußt, was sie veranlaßt hatte, das Thema so überstürzt abzubrechen. War ihr plötzlich bewußt geworden, daß ihre Worte konterrevolutionär waren, oder hatte sie einen anderen Grund? Er war neugierig zu erfahren, was Huaishan Han ihm noch alles verschwiegen hatte.

Sein Freund hatte ihn auch über den Ursprung seines Auftrags angelogen. Er hatte den Namen Los genannt, was er gar nicht hätte tun müssen. Warum? Vielleicht nur aus Sicherheitsgründen. Das wäre zu akzeptieren gewesen. Dieser Gedanke hätte Zilin auch sofort beruhigt, wenn Huaishan Hans Verhalten in letzter Zeit nicht so anders geworden wäre. Er war nicht mehr der Mann, mit dem Zilin an den Hängen des Jinyun Shan Freundschaft geschlossen hatte.

Wie das neue China sich selbst, so härtete auch Huaishan Han sein Herz ab. Er streifte sich die Farben der Revolution über und zog aus mit Maos Gewehr in der Faust – den Kopf voll von Maos Philosophie –, um irgendwelche Aufträge auszuführen, die höchstens Buddha bekannt sein mochten.

Er ist Teil des Staatsapparats. Maos Antwort auf seine Frage, ausweichend aus dem Stegreif gegeben, hatte sich in Zilins Gedanken wie ein Warnlicht eingenistet. Huaishan Han glaubte, daß das, was er tat, China zu einem sichereren Lebensort machen würde. Und vielleicht hatte er sogar recht damit, was nur noch erschreckender war. Denn Zilin befürchtete, daß viele Menschen sterben mußten, wenn Mao seinen Freund ins Land hinausschickte. Leise, geschickt und ohne jedes Aufsehen führte dieses Instrument der Unterdrückung den erteilten Auftrag aus.

Weiß Senlin, was er tut? fragte sich Zilin. Hat sie einen Verdacht, was aus ihm geworden ist?

Er stand auf und ging zum Fenster. Von draußen konnte er den Ruf einer Nachtigall hören. Er atmete tief; es roch nach Regen. Die Wetterfront hatte sie noch nicht erreicht, aber sie kam näher. Er sah, wie ein Blitz die Dunkelheit plötzlich belebte. Als der zweite Blitz aus dem Himmel zuckte, schätzte er die Entfernung ab.

»Der Regen wird nicht lange andauern«, sagte er, als das erste Grollen des Donners in den Hügeln sein Echo warf. »Morgen wird es wieder schön sein. Du könntest spazierengehen.« Wenn sie nicht gerade einen Arzt aufsuchen mußte, verließ Senlin die Villa nicht.

Als sie keine Antwort gab, drehte er sich wieder um und sah sie an. Du kannst dich nicht für immer hier einschließen, das war es, was er hätte sagen sollen; doch er konnte sich nicht dazu aufraffen. Huaishan Han hätte sie wahrscheinlich so gescholten. Aber er, Zilin, würde es nicht tun.

Sie war so zart. In dem weichen Lampenlicht sah ihre Haut zerbrechlich aus wie eine Eierschale. Ihre leuchtenden Augen blickten ihn an, ohne irgendein Gefühl zu verraten, und nicht zum ersten Mal fragte er sich, wie sie es nur schaffte, ihr ganzes Wesen vor ihm und der Macht seines *Qi* verborgen zu halten.

»Huaishan Han hat mir vor seiner Abreise erzählt, daß du nicht mit ihm reden würdest«, sagte Zilin. »Er fürchtete, daß irgend etwas mit dir nicht stimmt.«

Senlin streckte ihm ihre Hände entgegen. Ihre Fingernägel glänzten im Licht. »Das hier ist eine Welt«, sagte sie leise und hob ihre rechte Hand hoch. »Und das hier« – sie hob die linke – »eine andere.«

»Die Ärzte ...«

»Die Ärzte lieben Rätsel«, unterbrach sie ihn. »Wenn sie keines finden, um ihren Verstand zu beschäftigen, so schaffen sie sich eines.«

Zilin ging vom Fenster weg und setzte sich neben sie. »Willst du damit sagen, daß dir nichts fehlt?«

Senlin starrte ihn wortlos an.

»Würdest du dann morgen mit mir spazierengehen?«

»Mich interessiert die Welt da draußen nicht.« Das Spiel der Gefühle in ihr veränderte ihr Gesicht. »Sie ist rauh und häßlich. Sie ist böse. Ich sehne mich zurück nach den Tagen vor dem Krieg.«

»Dahin werden wir nie zurückkehren.«

»Du kannst sehr grausam sein.« In ihren Augenwinkeln zitterten die Tränen.

»Ich sage nur die Wahrheit.«

Ihre riesigen Augen wandten sich von den seinen ab, und als sie sprach, geschah dies in einem zarten Flüstern. »Du hast mich vorher gefragt, warum ich mit dir spreche und mit meinem Mann nicht. Nun hast du selber die Antwort darauf gegeben.«

Zilin dachte darüber einen Moment lang nach. »Er hat dich angelogen.«

Ihr Kopf hob sich. »Nur weil er sich selbst belügt.«

Die Bestätigung seines eigenen Verdachtes traf ihn wie ein Elektroschock. Er bemerkte das zarte Zittern ihrer Schläfen und beschloß, das Thema zu wechseln. »Du kannst nicht für den Rest deines Lebens in diesem Haus bleiben. Das hieße doch lebendig begraben zu sein.«

»Was macht das aus? Ich bin doch schon tot!« Ihre Augen bargen in der Tiefe die grüne Flamme eines Kontinents, den Zilin nicht kannte. Er wußte nicht, was er für sie tun sollte. Doch gleichzeitig wußte er, daß er versuchen mußte, diese seltsame, nach innen gerichtete Folter zu beenden.

Draußen, ganz in der Nähe, hallte der Donner wider. Senlin erschrak, ihr Kopf schnellte herum. – Ihre Augen waren weit offen, als der erste Regen gegen die Fensterscheiben schlug.

»Es ist nichts«, sagte Zilin. »Nur der Regen.«

»Es ist alles.« Aber sie schien nicht mit ihm zu sprechen.

»Senlin.«

Sie schauderte, und ihre Lider schlossen sich zitternd. Er griff nach ihr, und sie glitt ihm entgegen. Er schloß sie in die Arme, um sie zu stützen. Dann zog er sie an sich.

Ihr Gesicht war nur einen Atemzug von seinem entfernt. Er spürte ihre Wärme und, mehr noch, auch ihren Puls. Und plötzlich war ihm, als hätte er in einem langen Zug eine ganze Flasche Whisky ausgetrunken.

Mit benommenem Kopf und unfähig, seinen Atem zu beruhigen, zog er sie näher zu sich.

»Senlin.«

Ihre Lippen waren halb geöffnet, und ihr süßer Atem fiel auf seine Wangen wie ein Frühlingsregen. Die schwere Kaskade ihres Haars breitete sich aus. Es schien ihn zu liebkosen, als wenn es, mit eigenem Leben begabt, Teil eines mythischen Geschöpfes gewesen wäre – ein *Qilin* vielleicht. Dann bemerkte er, daß sie schwankte, daß ihre lang aufgestauten Gefühle die Barriere von kaltem Eisen, die sie errichtet hatte, durchbrachen und daß sie beide, verbunden durch die Wärme ihrer Körper, wie auf einer Welle hochgetragen wurden.

Näher und näher kamen sie sich, bis Zilin das Weiche ihrer Wangen gleich dem Blütenblatt einer Pfingstrose auf den seinen spüren konnte. »Nein!« Mit einem stimmlosen Schrei riß sich Senlin von ihm los und floh mit unsicheren Schritten durch das Arbeitszimmer.

»Senlin!«

»Bitte ...« Wieder rollte der Donner, und der Regen prasselte gegen die Scheiben. »Bitte!«

Er machte einen raschen Schritt auf sie zu, ohne zu ahnen, was sie tun würde oder was dieses herausgepreßte Wort bedeuten sollte. Der

Widerschein des Regens malte sich auf ihrem schmerzverzerrten Gesicht, als sie die Glastür zum Garten aufriß. Das Gewitter schlug herein wie der wild peitschende Schweif eines Tigers.

Die Rolläden knatterten im Wind, ein unheimliches Geräusch, und Senlin lief hinaus in den Regen. Zilin stürzte hinterher, ihren Namen auf den Lippen. Das Unwetter hatte die Nacht pechschwarz wie den Schacht eines Brunnens gefärbt. Die Äste der Bäume bebten wie die Arme eines Geistes im Wind. Der Sturm verfing sich zwischen dem Haus und der hohen Gartenmauer, wurde zum Wirbel und gewann noch an Kraft. Sein Heulen in den Bäumen wehklagte in ihren Ohren.

Zilin hatte sie gerade eingeholt, als ein gewaltiger Blitz sich über ihren Köpfen entzündete. Unter dem Aufflackern seines grellen Lichts sah er, daß sie sich plötzlich herumwarf. Im nächsten Moment flog sie ihm in die Arme. Sie barg ihren Kopf an seiner Schulter und schmiegte ihren Körper an seinen.

Er wollte sie zurück ins Haus bringen, aber sie bewegte sich nicht von der Stelle. Dann hob sie ihr Gesicht mit geöffneten Lippen zu ihm empor. Regentropfen sprangen von ihren Wangen und verflüchtigten sich in ihrem Haar, als wären sie beide Teil des Windes. Zilin fühlte sich wie damals auf dem Rücken des Pferdes, als er mit Ross Davies die Hügel des Seidenberges hinaufgeritten war. Dann sanken sie Arm in Arm auf den aufgeweichten Boden nieder.

Er schob ihre Kleider hoch, während sie hastig die seinen öffnete. Niemals hatte er ein solches Verlangen verspürt, nicht bei seinen Frauen, nicht bei seiner Geliebten oder bei irgendeiner anderen, die ihm in sein Bett gefolgt war. Das Körperliche und seine Gefühle waren in diesem Moment verdrängt. Aber er konnte nicht sagen, wovon.

Sein Fleisch brannte unter ihrer Berührung. Ihre Lippen, als er sie mit den seinen umschloß, dufteten nach dem kostbarsten Nektar. Der Regen, der auf sie heruntertrommelte und Blätter und Zweige auf ihre entblößten Körper drückte, fühlte sich an wie die Ausweitung ihrer eigenen Leidenschaften. Das Grollen des Donners klang in ihren Ohren wie das Fauchen einer großen Wildkatze – zügellos und gierig.

Als er ihre Brüste entblößte, weinte er fast vor Verlangen. Seine Fingerspitzen glitten über ihre Haut, ertranken in der herrlichen Weichheit, die ohne Makel und Falten war. Und seine Lippen folgten ihnen bald nach in die Tiefe.

Im schattigen kleinen Tal zwischen ihren Schenkeln fand er die Glut ihres Körpers. Seine sanfte Berührung ließ sie aufschreien. Ihr zarter Körper bäumte sich auf, sie warf ihren Kopf zurück, öffnete den Mund und trank von dem Regen.

Im nächsten Augenblick hatte sie ihn in ihre Hände genommen und führte ihn durch die Tore, die aufgeblüht waren wie eine Anemone. Er fühlte sich inmitten eines Traumes. – In China deutete man das so: Wenn jemand schlief, so entwich sein *Hun* – sein Geist – durch den

Scheitel seines Kopfes, und zwar an der Stelle, wo sich die Schädeldekke des Säuglings zuletzt verhärtete. Und deshalb waren Träume nicht weniger wirklich als das bewußt Erlebte.

Als Zilin nun in Senlins weiche Pforte eindrang, entwich sein Geist aus seinem Körper und verband sich in diesem wilden Sturm mit ihrem.

In einer endlosen Spirale aus Bewegung, Klang, Farbe und Duft wurden sie in die Höhe getragen. Der süße Duft von nassem Gras, der Gesang eines wunderlichen Regenpfeiferpaares, das in den zitternden Zweigen einer Pinie kauerte, die Farbe des Windes, die sich in dem rasenden Sturm in Malvenfarbe und in das Blau eines Wellenschlags verwandelte.

Bewegung.

Kraft

Qi.

Und er verstand alles.

»Krieg.«

Wie Zilin vorausgesagt hatte, war der folgende Tag sonnendurchflutet. Aber Mao war in so schlechter Stimmung, daß nicht einmal das ausnehmend klare Wetter ihn besänftigen konnte.

»Krieg«, wütete er. »Überall um uns ist Krieg. Unsere Wirtschaft kann sich keinen weiteren Krieg mehr leisten – schon gar nicht einen in einem fremden Land wie Korea. Unser Volk ruft nach Frieden. Es will von uns geführt werden, aber nicht in ein fremdes Land, um noch mehr chinesisches Blut zu vergießen.«

»Vielleicht«, sagte Zilin, »sollten wir nach einem Weg suchen, wie wir den Krieg zu unserem Vorteil nutzen können.«

»Du begreifst nicht«, erwiderte Mao ungeduldig. »Die Amerikaner und die Nationalisten sind wie die hungrigen Haie, die sich in den Tiefen vor der Küste verbergen. Wenn wir in den Krieg ziehen, werden sie abwarten, bis die Militärausgaben uns weiter geschwächt haben. Aber dann werden sie zuschlagen. Bis jetzt sind die Konterrevolutionäre relativ schwach. Ein neuer Krieg hingegen wird ihre Hoffnungen wieder anfachen. Als würde man Kerosin in ein Feuer schütten, wird ihre Sache wieder auflodern und mit Unterstützung von nationalistischen Agenten zu einer ernsthaften Bedrohung für uns werden. Bist du etwa der Meinung, daß ich das zulassen kann?«

»Nicht im geringsten«, erwiderte Zilin.

Mao stand ganz ruhig. Sie waren immer noch in einem ehemaligen Hotel untergebracht, dessen Zimmerfluchten in Büros umgewandelt worden waren. Vor den Fenstern lag der Tienanman-Platz. Der Lärm des nicht endenden Stromes von Radfahrern in den breiten Straßen war durch die Fenster als ununterbrochene Geräuschkulisse zu hören.

»Ich will, daß du das genau verstehst, damit du nicht zu einem späteren Zeitpunkt, wenn du vielleicht deinen Sinn geändert hast, mit einem blutenden Gewissen zu mir kommst und mich bittest, davon abzulassen.«

»Und was willst du mir damit sagen?«

Aus einem anderen Büro konnte Zilin das Klack-klack eines Sperrfeuers veralteter Schreibmaschinen hören, auf denen von einer Schwadron fleißiger Parteigenossen Propagandaflugblätter getippt wurden.

»Nur das eine«, erwiderte Mao. »Der Krieg mit Korea wird eine Katastrophe für unser Land sein, ungeachtet der Vorteile, die du auf der internationalen Tribüne für uns herausschlagen magst. Die Wirtschaft wird wieder zusammenbrechen, und, schlimmer noch, es besteht die Gefahr, daß das ganze Unternehmen unseren eigenen politischen Untergang heraufbeschwören kann.

Um einer solchen Katastrophe zuvorzukommen, sind wir gezwungen, uns mehr und mehr auf das Ministerium für Öffentliche Sicherheit zu verlassen.«

»Also auf die Geheimpolizei.«

»Wenn du es so nennen willst, ja.«

»Ich kann einer Herrschaft des Terrors nicht zustimmen.«

Für einen Moment fürchtete Zilin, daß er vielleicht zu weit gegangen war. Auf Maos Wangen stand eine Farbe, die dem künstlichen Wangenrot einer Frau glich. Doch dann setzte sich Mao. Er schloß die Augen und rieb sich die Lider mit den Daumen. Als er sich wieder beruhigt hatte, fuhr er fort. »Ich glaube nicht, daß irgendeinem von uns eine Wahl bleibt. Du weißt doch selbst, daß der Krieg mit Korea unausweichlich ist.«

»Unausweichlich«, sagte Zilin, »und wünschenswert.«

Von Zeit zu Zeit, wenn die Wagen der Schreibmaschinen an das Ende einer Zeile gelangt waren, hörte man das leise Gebimmel ihrer Glocken. Irgendein Minister kam herein, fragte Mao etwas und wurde schnell wieder entlassen.

Nach einiger Zeit sagte Mao: »Du solltest dich besser klar ausdrükken, Shi *tong zhi*. Ich bin nicht zu Späßen aufgelegt.«

»Und du solltest mich besser kennen, Mao *zhu xi*.«

Als Mao diese förmliche Anrede hörte, drehte er sich um. »Wir wollen diese Spannung zwischen uns wieder loswerden, mein Freund. Sie leistet uns beiden keinen Dienst. Und ich will nicht mit dem Menschen, dem ich am meisten vertraue, im Streit liegen.«

Zilin verbeugte sich, legte die Handflächen aneinander und bewegte sie vor der Brust auf und nieder, um seine Hochachtung zu bezeugen.

Als ob er seinen Wunsch noch unterstreichen wolle, begann Mao Tee zu machen, und bis er damit fertig war, wurde nicht mehr über Politik gesprochen. Mao servierte den Tee auf traditionelle Art, und beide Männer genossen das entspannende Getränk. Sie unterhielten sich über die unterschiedlichsten Themen, darunter manches Persönliche und – mitunter – ganz Alltägliches.

Indem er an eine Pause am Ende dieses harmlosen Zwiegesprächs anknüpfte, sagte Mao: »Bitte, sei so gut und erkläre mir deine Theorie bezüglich des Krieges mit Korea.«

Zilin nickte und schenkte sich Tee nach. »Du hast mir erzählt, daß Stalin unnachgiebig losschlagen will, sollten die Amerikaner den Yalu überqueren und in Nordkorea einmarschieren.«

»Ich habe gesagt, daß er dazu zwei Gedanken hat«, korrigierte Mao ihn. »Er hat sich auf den Standpunkt festgelegt, daß ganz Korea von den Kommunisten beherrscht werden soll. Um dieses Ziel zu erreichen, sieht er keine andere Alternative, als russische Truppen in den Krisenherd zu entsenden.«

»Wenn dann die Amerikaner kommen, um den Südkoreanern zu helfen, könnte das eine Katastrophe für beide Seiten werden, vielleicht sogar für die ganze Welt.« – Zilin schüttelte den Kopf. »Nein, Mao *tong zhi*, es ist China, das den Schlüssel für Stalins Zwickmühle in der Hand hält; und mit dem können wir das Tor zu unserem eigenen Heil öffnen.«

»Aber wie?«

»Wir informieren Stalin, daß, sollte MacArthur über den Yalu vorrükken, *wir* Truppen nach Korea schicken werden. Wir sind in einer viel besseren Position als er, weil wir der gesamten Welt sagen können, daß wir bloß Freiwillige geschickt haben, um einer benachbarten kommunistischen Regierung brüderlich beizustehen. Wird etwa nicht jeder Westler glauben, daß die Koreaner unsere Brüder sind? Auf diese Weise können wir selbst dann in die Kämpfe eingreifen, wenn die Vereinigten Staaten intervenieren sollten. Sie werden genauso Neuland betreten wie wir. Aber sie können es sich nicht leisten, uns direkt anzugreifen. Die Weltmeinung würde gegen sie sein.«

»Ja, das ist richtig«, sagte Mao. »Und Stalin würde dann in unserer Schuld stehen. Ich könnte mehr Unterstützung aus ihm herausholen – vielleicht dann sogar ohne zusätzliche Bedingungen. Bleibt noch die Frage der Truppen, die wir entsenden müßten.«

»Warum schicken wir nicht einfach die Reste der Kuomintang-Armee? Sollen sie ihr Blut für unsere Sache vergießen; sollen sie sich als erste den Koreanern anschließen, um die Amerikaner aus dem Norden hinauszuwerfen.« Zilin stellte seine Tasse ab. »Und wir beide wissen doch, was geschehen wird, Mao *tong zhi*. Weil wir beide General MacArthur genau beobachten. Er *wird* den Yalu überqueren.«

»Das wird also unsere Bestimmung sein«, sagte Mao. »Wir müssen den Sowjets die Hand reichen, um ihr Vertrauen und ihre finanzielle Hilfe zu verdienen.«

»So ist es den Schwachen immer ergangen«, erwiderte Zilin. »Aber die Geschichte kann alles verändern. Wir müssen dafür kämpfen, unsere eigene zu verwirklichen, damit wir eines Tages so stark sind, daß Moskau uns fürchtet.«

Was sie als erstes sahen, war Fazhans Geisterparavent. In seiner Mitte war das Symbol für die Erschaffung der Welt, die, wie jeder Chinese wußte, aus der Vereinigung einer Schildkröte mit einer Schlange entstanden war. Um das Kernsymbol herum waren acht Dreiecke angeordnet. Diese bestanden aus einer Kombinationsfolge fortlaufender und unterbrochener Linien, die das Männliche und das Weibliche symbolisierten. Der möglicherweise mythische Herrscher Fu Hsi behauptete, daß die Dreiecke die Grundlage für die Mathematik seien. Man konnte innerhalb der Dreiecke jede mögliche Kombination und jeden Gegensatz finden, von der Macht bis zur Unterwerfung, von der Darstellung aller wichtigen Tiere der chinesischen Mythologie bis zu den Strichen des Kompasses.

Der Geisterparavent hatte symbolische Bedeutung. In Übereinstimmung mit den Vorschriften des *Feng shui*, einer alten Art der Geomantie, wurden solche Paravents an Orten aufgestellt, die von bösen Geistern bewohnt waren. Um hinter den Paravent zu gelangen, mußten die bösen Geister sich nach rechts drehen, wozu sie, wie jeder Chinese wußte, nicht imstande waren.

In Fazhans Vorhalle fand sich dann ein riesiger Spiegel. Er war auf dieselbe Weise bemalt, wie der Geisterparavent draußen mit Schnitzereien verziert war. Der Spiegel deutete ebenfalls auf die Anwesenheit böser Geister hin, die er ablenken und damit den Ort sicher machen sollte.

Senlin wich zurück, sobald sie den Spiegel sah. Der Geisterparavent und dessen offensichtlichen Symbole hatten sie schon genug verwirrt. Aber der Anblick des Spiegels schien ihre Nerven jetzt endgültig zu überfordern.

Sie wandte sich von ihm ab, und Zilin spürte, daß sie zitterte wie ein Reh.

»Es ist alles in Ordnung«, sagte er, während er ihr Spiegelbild auf den unbemalten Flächen des Glases verfolgte. »Hier gibt es nichts, wovor du dich fürchten müßtest.«

»Warum hast du mich an diesen Ort gebracht?« Ihre Stimme war schwach und zitterte.

»Weil man dir helfen muß«, erwiderte Zilin sanft. »Dein Mann hat in einer Beziehung recht gehabt. Kein Arzt kann deine Krankheit heilen. Deswegen sind wir hier.«

»Aber das ist ein böser Ort.«

»Nein«, sagte er, »es ist nur ein Ort, wo das Böse wohnt. Fazhan, der Diener des *Feng shui*, hat sich diesen Ort deswegen ausgesucht, um die bösen Geister hier zu versammeln und sie auf diese Weise machtlos zu machen.«

»Aber der Geisterparavent und dieser Spiegel. Beides wird sie abstoßen.«

Zilin nickte. »Das Böse ist auch nicht innerhalb dieses Hauses. Aber in Fazhans Garten befindet sich ein Brunnen. Ein Geisterbrunnen. Es ist, sagte er, ein Brunnen ohne Boden. Und in die Tiefen des Geisterbrunnens kann er die bösen Geister einsperren.«

Irgend etwas in seiner Stimme veranlaßte sie, aufzublicken in sein Gesicht. »Du glaubst überhaupt nichts von dem, nicht wahr?«

»Ich glaube, daß sich in Fazhans Garten ein *Xin jing* befindet«, antwortete Zilin langsam. »Aber was sich nun in seiner Tiefe verbirgt, dessen bin ich mir nicht sicher.«

Senlin schauderte und atmete tief ein.

»Aber ich bin es. Ich bin mir ganz sicher.«

Fazhan hatte das grimmige Gesicht eines Mongolen. Seine Haut war an der Stelle, wo sie aus den breiten Falten seiner schwarzen Robe auftauchte, so ausgedörrt und lederartig wie die eines Elefanten. Sein Kopf war lang und schmal; sein Körper ebenso. Und er war von enormer Größe, was auf unerklärliche Weise die Aura der Macht, die ihn umgab, noch verstärkte.

Fazhan war ein Diener des *Feng shui* mit Schwarzem Hut. Von den vielen Arten der Geomantie war diese die älteste und mystischste.

Die Ursprünge des Schwarzhut-*Feng shui* lagen, so hieß es, in Indien, dem Geburtsland Buddhas. Von dort kam die Lehre nordwärts nach Tibet. Als sie schließlich das Land der großen Berge verließ, gelangte sie südwärts nach China. Bis dahin hatte die Lehre in jedem Land und in jeder Kultur, wo sie über die Jahrhunderte praktiziert worden war, Macht und Einfluß erlangt.

Zilin verbeugte sich vor dem *Feng shui*-Diener, und Senlin tat dasselbe. Sie hatte offenbar Angst vor ihm.

»Seid gegrüßt, Großer Löwe«, sagte Fazhan, indem er ein Wortspiel auf Zilins Namen verwandte. »Es ist schön, dich wiederzusehen.« Seine Stimme war ein gedehntes Grollen und schien den Raum auszufüllen wie ein weit entfernter Donner.

»Das Glück ist mit mir, wenn ich hier sein kann, Silberknopf«, erwiderte Zilin. Dabei übergab er ihm einen dünnen roten Umschlag. Er war gerade einen Herzschlag lang zu sehen. Dann war er in den Kleiderfalten des *Feng shui*-Dieners verschwunden.

Senlin beobachtete diesen Wechsel still, aber mit großem Interesse. Keiner von beiden benutzte den modernen Ehrentitel *tong zhi*, das Wort für Genosse. Statt dessen sprachen sie sich mit Spitznamen an, was auf eine tiefe und lange Freundschaft schließen ließ.

Zilin wandte sich um, stellte, leise sprechend, Senlin vor und gab eine gedrängte Zusammenfassung ihrer jüngsten Geschichte. Noch bevor er fertig war, hatte Fazhan schon den ersten Schritt getan. Zilin hatte sich auf die eine Seite des Raumes zurückgezogen und Senlin allein in der Mitte stehen lassen.

Der Blick des *Feng shui*-Dieners, fast einem schwarzen Feuer ähnlich, war ihr unerträglich. Um sich abzulenken, ließ sie ihren Blick durch den Raum wandern. Er war ungefähr neun mal neun Meter groß. Die Decke war völlig weiß gekalkt, aber die Wände waren mit einer Reihe von kalligraphischen Schriftrollen vollgehängt. Obwohl Senlin sie nicht lesen konnte, weil die Sprache dieser Schriften archaisch war, so war sie sich doch sicher, daß es *Sutren* sein mußten, oder vielleicht Auszüge davon. Eine vollständige *Sutra*, so wußte sie, konnte ein ganzes Buch füllen. Es war sonderbar, aber sie fragte sich überhaupt nicht, woher sie eine so geheimnisvolle Sache überhaupt wissen konnte.

Als Zilin am Ende seiner Zusammenfassung von Senlins Geschichte angekommen war, hatte der *Feng shui*-Diener sie bereits dreimal umkreist. »Sie ähnelt dem Phönix. Das ist gut. Der Phönix hat seine Wurzeln im Königstum. Zusammen mit dem Drachen regiert er die Hauptstadt Chinas.« Er wandte sich um und entzündete drei Räucherstäbchen. Dann plazierte er sie, eines nach dem anderen, vor einer kleinen apfelgrünen Figurine, die an der Seite eines vergoldeten Buddha kauerte.

»Sprich bitte zu mir«, sagte Fazhan, und Senlin erbebte vor seiner Stimme. Sie war dunkel wie Holzrauch und schien ihr auch den gleichen Duft zu haben. Nein, sicherlich waren es die Räucherstäbchen, die sie roch. Hatten Stimmen einen Geruch? »Du bist gefoltert worden.« Es war keine Frage.

»Ja«, flüsterte sie.

»Wie bist du gefoltert worden?«

»Silberknopf...«

Aber die hochgehaltene Hand des *Feng shui*-Dieners schnitt Zilin das Wort ab. Senlin starrte in das lange Gesicht des Mongolen und glaubte, jemand anderen zu sehen. Einen Gesichtsausdruck, den sie kannte, und auch wieder nicht.

»Wenn es schmerzhaft ist«, sagte Fazhan, »so denke daran, wie eine Wunde schmerzt, auch wenn sie heilt. Bedenke, daß die Wunde so verfährt, um heilen zu können.«

»Da waren Schatten«, begann sie. »Ich erinnere mich, daß überall Schatten um mich waren. Vielleicht kamen sie von den Männern, die sich hinter dem Feuer bewegten. Es war Feuer rundherum, habe ich das schon gesagt?« Ihre Stimme hatte einen seltsam widerhallenden Klang, als würde sie aus einiger Entfernung zu ihnen sprechen. »Die Männer kamen mir entgegen, die Feuer in ihren Rücken. Ich konnte sie nie sehen... nie ihre Gesichter sehen. Das Fehlen von Licht und Hitze ließ mich ihre Bewegungen nur erahnen, aber immer war das Licht des Feuers in meinen Augen. Es lag ein übermächtiger Gestank in der Luft, der mir den Hals abschnürte und mir übel werden ließ. Überall lagen

Berge von zerschlagenen Knochen herum. Sie waren pechschwarz, als wären sie im Feuer geröstet worden.

Die Schatten erzählten mir, daß es die Knochen von Japanern seien. Und die Knochen von Nationalisten. Einer der Schatten beugte sich nieder, und ich sah, daß der Schatten eine abgeschlagene Hand hochhob. ›Sieh her‹, sagte er. ›Sieh dir an, was wir mit dem nationalistischen Gesindel machen!‹ Und er warf die Hand in die Flammen. Es knisterte und zischte. Und die Finger... die Finger begannen sich zu bewegen. Ich fing an zu schreien, aber die Schatten lachten nur. Ich schrie und schrie und starrte weiter auf die sich krümmenden Finger. Ja, ich sah die Hand schwarz werden und sich krümmen, als hätte sie die stärksten Schmerzen zu erdulden.

Als die Hand endlich verschwunden und nichts übrig geblieben war außer den Knochen, warf sie der Schatten in die Nacht hinaus. Außerhalb des Feuerkreises hörte ich Hunde bellen. Dann ergriff mich der Schatten und band mich los. Er brachte mich zu den Flammen. Jetzt erkannte ich den Ursprung des widerlichen Gestanks. Er stammte von verbranntem Menschenfleisch. Ich sah, wie die Soldaten die Ming-Leichen schändeten... es war abscheulich.«

Senlins Brust hob und senkte sich heftig, und ihre Worte waren hervorgekeucht, als müßte sie sie hervorwürgen. Sie zitterte, als hätte sie Fieber, doch der *Feng shui*-Diener hielt Zilin mit einer befehlenden Geste von ihr zurück.

»Du sagtest gerade Ming-Leichen«, hakte Fazhan nach.

Senlin fuhr hoch, als hätte ihr jemand ein Brandeisen auf das Fleisch gedrückt. »Hab' ich das?« Sie blinzelte verwirrt. »Ich kann mich nicht erinnern. Natürlich habe ich die japanischen Leichen gemeint. Es *waren* die Leichen der Japaner.« In ihren Augen war ein nichtssagender Blick. »Warum sollte ich auch Ming sagen? Die Ming-Dynastie ist vor dreihundert Jahren gestürzt worden.«

Fazhan drehte sich um und zündete drei weitere Räucherstäbchen an. Er stellte sie neben die ersten drei, die bereits halb abgebrannt waren.

»1644, um genau zu sein«, sagte er. »Gegen Ende des fünfzehnten Jahrhunderts war auch das Ende der Ming-Dynastie abzusehen. Wilde Mongolen vom Norden und barbarische Japaner entlang der Ostküste bildeten eine ständige Bedrohung. Die steigende Zahl der großen, von Dienern gepflegten Güter ließ auch die chronische Armut noch wachsen. Tiefer und tiefer mußten sich die Rücken der bemitleidenswerten Bauern beugen, bis diese unmenschlichen Ungerechtigkeiten schließlich eine Welle des Protests und dann auch Streiks bei den Arbeitern in den großen Handelshäusern auslösten.

Obwohl die neu gebildete Geheimpolizei sofort eingriff, wollte der Schrei der Menschen nach Gerechtigkeit nicht verstummen, die Geknechteten verbündeten sich miteinander. Die ganze Zeit über hatte sich die Macht der Ming-Herrscher erschöpft, bis sie schließlich, zu der Zeit, als die Herrschaft des Wanli dieses Jahrhundert beschloß, fast gänzlich in die Hände der Hofeunuchen übergegangen war.

1621, kurz nach Wanlis Tod, überrannten die Gegner der Ming-Herrschaft Peking. Dieser Aufstand war das Zeichen, auf das die Manchus gewartet hatten. Sie fielen vom Norden her in das Land ein, und als sie die Hauptstadt erreichten, kam es dort zu einem riesigen Blutbad. Dann proklamierten die siegreichen Manchus die Qing-Dynastie.«

Der Raum hatte sich mit dem sich kräuselnden Duft der Räucherstäbchen gefüllt, und es war heiß, als wäre irgendwo, ohne daß man es sehen konnte, ein Feuer angezündet worden.

»Aber was haben die Ming und die Manchus mit Senlin zu tun?« fragte Zilin.

»Im *Feng shui* kennt man viele Erscheinungen der Welt«, erwiderte Fazhan. »Einige sind offensichtlich, andere liegen verborgen im Dunkel. Gewöhnlich beschäftigt man sich mit dem *Ru-shr*, das sich noch im Bereich der Erfahrung befindet. In solchen Fällen ist eine Heilung leicht zu erreichen, da die Menschen alle fünf Elemente in sich haben: Erde, Feuer, Wasser, Metall, Holz. Alle Menschen besitzen diese fünf in dem einen oder anderen Grad, gemessen an einer Skala von eins bis zweiundsiebzig. Ungleichgewichte bei einem oder mehreren dieser Elemente sind sehr häufig Ursache für das *Feng shui*-Problem eines Menschen.«

Fazhan nahm drei weitere Räucherstäbchen und entzündete sie. Nun waren neun um die Jade-Figurine und den goldenen Buddha gruppiert. Neun, die harmonische Figur in der Zahlenlehre.

»Gelegentlich aber«, fuhr Fazhan fort, »sehr selten, trifft man auf ein Geschöpf, bei dem das *Ru-shr* versagt. Wenn man alle bekannten Kenntnisse und Quellen ergebnislos ausgeschöpft hat, so ist man gezwungen, die Antwort woanders zu suchen. Im *Chu-shr*, dem Gebiet außerhalb der Erfahrung.«

Zilin konnte durch den Rauch sehen, daß Senlin zitterte. Sie sah ihn bittend an. »Bitte, bring mich zurück in die Villa. Zilin, ich flehe dich an!«

Zilin schaute von ihrem schmerzverzerrten Gesicht zu dem *Feng shui*-Diener, der still wie eine Statue dastand und die Spitzen seiner langen Finger aneinanderdrückte. Zum ersten Mal in seinem Leben wußte er nicht, welcher Weg der richtige war. Sein Verstand riet ihm zu bleiben, aber sein Herz, zerrissen von dem, was seine Augen sahen, drängte ihn, Senlin an der Hand zu nehmen und zu fliehen.

»Zilin, bitte! Hier ist das Böse.« Ihre Augen starrten ihn weit aufgerissen an. »Ich habe Angst, daß mich das Böse verzehren wird.«

»Und das wird es«, sagte Fazhan, »wenn du von hier fliehst.«

»Nein!« Das Wort schien ihr aus der Kehle gerissen zu werden.

Fazhan breitete die Hände aus. »Ich kann dich nicht aufhalten, wenn du gehen willst. Und auch Zilin kann es nicht. Niemand hat das Recht dazu, Senlin. Das mußt zu verstehen. Wenn du nicht aus freiem Willen hier bleibst, so gibt es nichts mehr, was ich tun könnte, um dich zu retten.«

»Sie zu retten?« fragte Zilin. »Wovor?«

»Vor all dem, was sie im Innern verzehrt.«

»Und was ist das?« fragte Zilin.

»*Chu-shr«*, antwortete der *Feng shui*-Diener.

Senlin stöhnte so gequält und verzweifelt auf, daß Zilin sie beim Handgelenk packte und aus dem Zimmer führte.

In dem langen schwarzen Korridor hörte er ein Schluchzen, einen unheimlich widerhallenden Klang, der von weit weg herzukommen schien, ähnlich der Stimme Senlins, als sie von den vergangenen Schrecken erzählt hatte.

Am Eingang kamen sie wieder an dem Geisterspiegel vorbei. Senlin versuchte, in ihn hineinzuschauen. Sie blieb so unvermittelt stehen, daß Zilin für einen Moment das Gleichgewicht verlor.

»Nein«, sagte Senlin plötzlich mit einer vollkommen anderen Stimme. »Ich kann nicht gehen. Noch nicht. Noch nicht. Das Böse...«

Sie erschraken beide, als im nächsten Moment Fazhan erschien. Aus welchem Schatten er getreten war, hätte Zilin nicht sagen können.

»Es ist Zeit«, sagte der *Feng shui*-Diener. »Erde, Feuer, Wasser, Metall, Holz. Keines von den fünf Elementen wird uns die Antwort geben können. *Chu-shr.*« Er führte sie in einer anderen Richtung weiter.

»Wohin gehen wir?« fragte Zilin.

»An den Rand des *Kin jing*.«

Der nächtliche Garten. Er war mit weißen Maulbeerbäumen bepflanzt, wie sie auch die Seidenweber züchteten, um die kostbaren Seidenraupen zu füttern.

Ein merkwürdiger, würziger Geruch, den Zilin nicht kannte, lag in der Luft. Der Flor des Mondes erstrahlte in kaltem Silber. Das sei das Horn des Drachen, hieß es. Hoch stehend, im zunehmenden Zyklus, wie für nächtlich jagende Raubtiere geschaffen.

Sie umrundeten den kleinen Garten neunmal. Neun bedeutete in Mandarin ein langes Leben. Vieles in der chinesischen Zahlenlehre rührt von der Tatsache her, daß Chinesisch eine homonyme Sprache ist, deren Wörter verschiedene Bedeutungen haben können. Zahlen haben oft den Klang von anderen Wörtern und nehmen deshalb auch die Bedeutung des mit ihnen verbundenen Wortes an.

»Die Neun ist heute nacht wichtig«, sagte der *Feng shui*-Diener. »Vielleicht sogar entscheidend. Dieses ist der vierundzwanzigste Tag des vierten Monats. Vierhundertundvierundzwanzig , der ungünstigste Tag des ganzen Kalenders.«

Zilin, der Kantonesisch so gut kannte wie Fazhan, verstand warum. Die Zahl vier klang im Kantonesischen wie das Wort sterben. Auf diese Weise bedeutete vierhundertundvierundzwanzig sterben und wieder sterben, eine Zahl, die unbedingt zu vermeiden war. Warum, wunderte sich Zilin, hatte er sich entschieden, Senlin ausgerechnet in dieser Nacht hierher zu bringen?

»Noch immer bist du hier«, sagte Fazhan, als Echo von Zilins Gedanken, »und das ist in sich selbst schon bedeutsam. Wenn die Vierhundertundvierundzwanzig die angemessene Zahl ist, so sei es so. Das Tao der ewigen Wandlung erzählt uns, daß uns das erste Licht nur auf dem Gipfel der Dunkelheit erscheinen kann.«

Fazhan führte sie schließlich in das Innerste des Gartens. Hier gab es überall Kletterpflanzen und es lag ein köstlicher Rosenduft in der Luft, obwohl es für die Blüten doch noch viel zu früh im Jahr war.

Als die tiefhängenden weißen Maulbeerbäume sie wie eine Laube einschlossen, wies der *Feng shui*-Diener jeden an, sich an einen bestimmten Punkt ruhig hinzustellen. »Senlin«, sagte er, »schaue in diese Richtung, auf die Hänge des schwarzen Schildkrötenberges. Und du, Zilin, mußt hier stehen, neben dem Steinabbild des karmesinroten Phönix. Und ich da, am Maul des grünen Drachen.« Er nickte zufrieden. »Und jetzt wird das *Qi* hochsteigen, brodelnd wie Lava, von jenem Ort, wo es seit ewigen Zeiten im Herzen des Planeten wohnt.«

Senlin bemerkte vor sich eine tiefe Dunkelheit. »Was ist das?« fragte sie, indem sie darauf hindeutete.

»Der Geisterbrunnen«, erwiderte Fazhan.

Es war vollkommen windstill und der Himmel wolkenlos. Der Drachenhornmond stand am Firmament wie ein rätselhaftes Zeichen auf einem leeren Blatt Papier.

Nun begann Fazhan in einer Art rhythmischer Litanei zu sprechen. Seine Worte stammten aus keinem chinesischen Dialekt, den Zilin gekannt hätte. Vielleicht waren sie überhaupt nicht chinesisch, dachte er, sondern einem tibetischen oder indischen Dialekt entnommen.

Und plötzlich schien es, als wäre ihnen die Hitze aus dem Raum mit den *Sutren* nach draußen in den kühlen Frühlingsabend gefolgt. Es war auf einmal wie im Hochsommer. Die knospenden Maulbeerblätter schienen zu welken. Zilin beobachtete Senlin. Ihre Augen starrten wie gebannt in einen unsichtbaren Raum, den er nicht erahnen konnte. Wie in Trance trat sie einen Schritt vor, dann noch einen, bis sie am Rand des Geisterbrunnens stand. Ihre Hände hoben sich, und im kalten Licht des Drachenhornmondes sah er sie nach den Steinen der Brunneneinfassung greifen. Dann beugte sie sich vor, bis ihr Gesicht schwebend über dem riesigen Rachen hing, dessen tintige Schwärze jenseits aller benennbaren Farben lag.

Senlin konnte nicht atmen. Sie versuchte es, aber es war, als hätte sie einen luftleeren Raum betreten, in dem die Lungen ihre Arbeit verweigerten. Sie hörte auch nichts mehr von Fazhans geheimnisvollen Gesängen. Eher fühlte sie sie noch. Seine Worte hüllten sie ein und zogen sie gleichsam aus ihrem Körper heraus. Es war dasselbe wohlige Gefühl wie mit Zilin, als sich ihre Körper im Sturm der vorangegangenen Nacht vereinigt hatten.

Der Scheitel ihres Kopfes schien sich aufzulösen, und etwas – ein Teil von ihr – begann zu entweichen. Dann fühlte sie den Schmerz und wußte – *wußte* –, daß da noch jemand anderer in ihr war.

Das war die Quelle des Bösen, und nicht Fazhans Haus, nicht der Garten oder der *Xin jing*. Es war dieses feindselige Wesen in ihr gewesen, das hier eine Gefahr verspürt hatte – für sich selbst und nicht für Senlin.

Senlins Zähne waren fest aufeinandergepreßt, ihre Augen tränten, und in ihrem Innern wühlte ein Schmerz, der jenseits allen Begreifens lag. Gebogene Krallen scharrten in ihrem Innern, Striemen voll Schmerz sprossen in ihr hoch, und sie versuchte aufzuschreien. Aber sie konnte nichts tun.

Senlin schwankte unsicher in dem luftleeren Raum über der Öffnung des Geisterbrunnens und wäre mit Sicherheit in die bodenlose Tiefe gestürzt, hätte Fazhan nicht ein unsichtbares Netz um sie herumgewoben.

Plötzlich loderte ein blendendes Licht in ihrem Kopf auf, und für einen Moment sah Senlin sich in jene Zeit zurückversetzt, als Peking von den Feinden der Ming-Dynastie ausgeplündert worden war. Sie durchlebte das Leid, das den Überwältigten durch die Eroberer aufgebürdet wurde. Sie war Zeuge vom Tod einer Dynastie, von ihrem blutigen, schreckerfüllten Ende. Sie war die Gemahlin des Herrschers, und sie erkannte das Gesicht von Li Zi cheng, dem General, der einmal ihr Liebhaber und nun ihr Todfeind geworden war.

Li Zi cheng riß sie hoch und schleuderte sie quer durch den Raum. Sie zog einen Dolch aus der Scheide vor ihrer Brust und versuchte, ihn zu töten. Aber er lachte nur und schlug ihr so hart ins Gesicht, daß sie die Waffe fallen ließ. Dann war er über ihr. Er vergewaltigte sie, und als er endlich fertig war, befahl er allen Soldaten im Zimmer, sie zu nehmen. Und einzeln, zu zweien und zu dreien kamen sie dem Befehl begierig nach.

Ihr Sterben dauerte lange. Endlich starb ihr Körper. Aber nicht ihr Geist. Er hatte überlebt, und sogar jetzt noch sehnte er sich nach Vergeltung. Er verlangte nur noch nach Zerstörung. Gab es da überhaupt noch irgend etwas anderes über dieses ursprüngliche Verlangen hinaus?

Zilin erfuhr das alles erst viel später. Aber jetzt sah er Senlin über den Brunnenrand gebeugt. Er sah sie sich krümmen unter schmerzhaften Krämpfen. Er sah ihren Mund sich weiter öffnen, als er das je bei einem Menschen für möglich gehalten hätte.

Und er sah das grell aufblendende Licht, blau-weiß und ätzend, daß es schien, als verbrenne es seine Augen. Schmerzend verschwamm ihm alles vor den Augen, und später war er nicht mehr sicher, ob er wirklich etwas gesehen oder sich alles bloß eingebildet hatte... den Rauch der Jahrhunderte, aufsteigend aus Senlins Mund, der sich kräuselte wie jener von den neun Räucherstäbchen im Raum der *Sutren*. Und mit diesem strömenden Rauch hatte er gleichzeitig einen süßlich schweren Duft in der Nase, wie Senlin ihn beschrieben und Zilin ihn während des Krieges oft genug selbst gerochen hatte. Den Geruch von verbrennendem Fleisch.

Weiter stieg der Rauch auf, und allmählich nahm er dabei bestimmte Konturen an. Die Erscheinung einer jungen Frau ließ sich erkennen. Ihre Augen waren große Kreise, ihre Nase wie die fleischlose Höhle in einem Skelett.

Auch Arme waren zu erkennen und an deren Enden Hände und Finger – oder wenn man die Vorlieben der Mings kannte, waren es vielleicht eher Nägel – von fast einem halben Meter Länge. Nur der Körper blieb schlank und formlos wie der einer Schlange.

Verblüfft beobachtete Zilin, wie das Reptil begann, sich zuerst um Senlins Schultern zu winden und dann auch um ihren Hals und Kopf.

Er schrie auf, aber in diesem Augenblick sprang Fazhan an seine Seite, so daß der *Feng shui*-Diener nicht länger den Felsen verdeckte, den er den Grünen Drachen genannt hatte.

Zilin spürte plötzlich, daß Wind aufkam, und sah sich nach dessen Quelle um, denn die Spitzen der Maulbeerbäume hingen noch immer so ruhig, wie sie es schon getan hatten, als sie den Garten betreten hatten.

Dann erkannte er, daß dieser unnatürliche Wind, er war beißend kalt wie ein Wintersturm, seinen Ursprung in einem der quer verlaufenden Risse hatte, die den Grünen Drachen zerklüfteten.

Die schreckliche Erscheinung, die ein Teil von Senlin geworden war und versuchte, sie zu töten, wandte den Kopf, als sie den ersten Windstoß verspürte.

Dann kam das Wasser. Man hätte es einfach einen Regenschauer nennen können, wenn das Wasser nicht horizontal geflossen wäre!

Das eisige Wasser strömte der Erscheinung ins Gesicht. Rauch wirbelte auf, Wasser spritzte, der heftige Wind schwoll weiter an, und die zitternde, glänzende Luft schien zu brennen.

Ein Aufheulen noch, ein Windstoß, und die Erscheinung war verschwunden und mit ihr die Hitze. Zurück blieb eine Stille von übernatürlicher Tiefe. Der Garten, still und ernst, erstrahlte friedlich im Mondlicht.

Fazhan zog Zilin vom Boden hoch. Zilin schaute dem *Feng shui*-Diener in die Augen. »Was ist geschehen?«

Fazhan lachte und schlug seinen Mantel einen Spaltbreit auf. »Wie du siehst, Großer Löwe, habe ich noch immer die Reihe Silberknöpfe in meine Kleider eingenäht. Nichts hat sich verändert.«

»Was habe ich gesehen ...?«

»Nichts hat sich verändert«, wiederholte Fazhan.

»Und Senlin?«

»Der Garten ist dein. Mache in ihm, was du willst. Der Geisterbrunnen schläft jetzt tief.«

Plötzlich allein in der Laube von Maulbeerbäumen, ging Zilin zu der zitternden Senlin. Sie hielt sich noch immer an den Steinen der Brunneneinfassung fest, aber als sie ihn jetzt bemerkte, wandte sie sich um, und er sah, daß ihre Augen wieder klar waren.

»Sie ist weg.«

Zilin sagte nichts. Er fragte sich, ob das alles vielleicht nur ein Traum gewesen war.

»Die Gemahlin des letzten Ming-Kaisers. Hu chao.«

Zilin wußte, daß das Unsinn war. Natürlich war es nur ein Traum gewesen. Die Anstrengungen der letzten Nacht ließen sie schwanken wie eine Betrunkene. Wahrscheinlich wußte sie nicht einmal, was sie sagte. Er nahm sie in die Arme.

»Ihr Liebhaber wurde zu ihrem Feind«, flüsterte sie mit dünner Stimme. »Es war ein General namens Li Zi cheng.« Ihr Kopf ruhte auf seiner Brust, und er fühlte ihre Worte wie das Grollen eines weit entfernten Donners. Den weitläufigen Weg entlang führte er sie aus dem Garten heraus. Ihre Augenlider waren ihr schwer geworden.

Nachdem sie in die Villa zurückgekehrt waren und er sie zu Bett gebracht hatte, kehrte Zilin in sein Studierzimmer zurück. Aus einer langen Reihe von Büchern griff er ein Geschichtswerk heraus und ging es durch, bis er zu der Zeit des Niedergangs der Ming-Dynastie kam.

1621, während des Aufstandes in Peking, der die Manchus in China an die Macht brachte, war tatsächlich eine Rebellenarmee von einem General namens Li Zi cheng angeführt worden. Und ebenso gab es einen Hinweis auf die Gemahlin des letzten Herrschers, aber da er einen Gutteil seiner Macht bereits an seine Eunuchen verloren hatte, war er vielen chinesischen Gelehrten anscheinend unwichtig erschienen; der Name seiner Frau wurde nicht genannt.

Zilin ging Geschichtsbuch um Geschichtsbuch durch, doch wie detailliert sie auch in anderer Hinsicht waren, so konnte er dennoch keine Spur vom Namen der Gemahlin finden. Aber da ihm die Büchereien von ganz Peking zur Verfügung standen, lieferte ihm schließlich ein verschollen geglaubtes Werk doch noch ihren Namen.

Sie hieß Hu chao.

Dritter Teil

VIVARTA
Entstehung

FRÜHLING, GEGENWART

Jiao/Hongkong/Miami/Kyoto/ Moskau/Beijing/Washington/Karuizawa

Inmitten des Sturms und eingehüllt von Schmerz dachte Qi lin: Ich bin ein Tier. Und endlose Monate lang habe ich wie ein Tier gelebt. Wenn ich jetzt überleben will, muß ich mich wie ein Mensch benehmen.

Das war einfacher gesagt als getan. Qi lin hob eine schmutzige Hand zu dem riesigen, dunkelblauen Bluterguß – der brennende Kuß eines Vampirs –, wo Colonel Hus gewaltiger Daumen sich in ihr Fleisch gegraben und in Verzweiflung ihr Schlüsselbein gebrochen hatte. Der Schmerz hämmerte in ihrem Körper; doch das war sie gewohnt.

Der Schmerz war ihr Freund, ihr einziger beständiger Gefährte gewesen, während Colonel Hu sie zu überzeugen versucht hatte, daß schwarze Farbe weiß und Liebe Haß war, daß Tod Leben war.

Während sie die Bewegungsfähigkeit ihres Arms testete, leitete sie mit Hilfe des *Prana* – des tiefen Atmens – den Schmerz in einen besonderen Bereich ihres Bewußtseins. Der Arm war in Ordnung, solange sie ihn unter Schulterhöhe hielt; darüber jedoch konnte sie die gebrochenen Enden des Schlüsselbeins gegeneinander reiben fühlen. Von der Schulter bis in die Fingerspitzen wurde ihr Arm dann taub, was auf einen beschädigten Nerv hindeutete. Sie wußte selbst am besten, daß sie dringend zu einem Arzt mußte.

Aber das würde nicht das Problem sein. Sorgen machte ihr schon eher der Gedanke, wie sie die Fragen des Arztes abwehren sollte.

Zuerst aber mußte sie aus dem Wald heraus. Sie brauchte Ruhe, doch zugleich fühlte sie sich unsicher, da sie auf der Flucht war. Zu Fuß und bei diesem Wetter konnte sie nur eine geringe Strecke zurücklegen, bevor ihre Schwäche sie überwältigen würde.

Ihre Verfolger wußten das auch und hatten wahrscheinlich schon einen Ring um sie gezogen mit ihrem Gefängnis als Mittelpunkt. Egal, welchen Weg sie auch einschlug, sie mußten sie finden. Der Trick war also, gar nicht erst zu versuchen, ihnen davonzulaufen, sondern sie zu überlisten.

Ihr Blick wanderte in die Höhe, und der Regen prasselte auf ihre flatternden Augenlider. Langsam wurde ihr klar, was sie nun tun mußte. Das verlangte beide Arme und Hände zu benutzen und über den Kopf zu heben. Die Alternative war der Tod.

Sie biß die Zähne zusammen, packte den ersten Ast, den sie erreichen konnte, und zog sich daran hoch. Im nächsten Moment war sie in dem Baum verschwunden. Auf einem breiten Ast, vielleicht

15 Meter über dem Boden, legte sie sich zur Ruhe, hielt sich den schmerzenden Arm und fiel in einen tiefen, traumlosen Schlaf.

Als sie wieder erwachte, war es fast schon Morgen. Sie spürte die frische Luft und kletterte, halb rutschend, den Baum wieder hinunter. Dann hörte sie plötzlich Stimmen und klammerte sich an dem Baumstamm fest, bis sie verschwunden waren. Schließlich hatte sie wieder den Waldboden unter den Füßen und machte sich eilig davon.

Vielleicht zwei Kilometer weiter brach sie in einen Bauernhof ein und stahl sich Bekleidung und etwas zu essen. Sie wußte, daß sie damit den Hunden die beste Fährte legte; aber es blieb ihr keine andere Wahl.

Wenig später tauchte sie in einer Gruppe Frauen unter, die auf einem riesigen Reisfeld arbeiteten. Auch Qi lin arbeitete den ganzen Tag. Nach der Arbeit wurde sie auf einem schaukelnden verrosteten Lastwagen mitgenommen. Sie schloß mit einer der Frauen Freundschaft und wechselte nach dem Essen, währenddessen sie den Namen der Frau erfuhr, auf ein anderes Feld. Sie gab sich als die vierte Cousine der Frau aus, aber niemand war besonders neugierig, und sie brauchte nur wenige Fragen zu beantworten.

Nach Anbruch der Dunkelheit erreichte sie die Stadt, wo trostlose, schlichte Häuser aufgereiht wie Militärbaracken standen. Auf ihrem Weg zurück waren sie an einer Menge großer Fabriken und funkensprühender Werkstätten vorbeigekommen. Sie fand eine Arztpraxis und klopfte an der Tür. Weil es schon so spät war, mußte sie einige Minuten warten. Schließlich öffnete sich ein Fenster im zweiten Stock und jemand schaute heraus. Das Licht der Straßenlaternen spiegelte sich in den drahtgefaßten Brillengläsern des Arztes. Einen Augenblick später winkte sie eine Hand um die Ecke.

Qi lin folgte der Hand und wurde durch den schmalen, in einer dunklen Gasse versteckten Eingang in das Haus eingelassen.

»Junge Frau?«

Der Arzt war ein harmlos aussehender Mann, krummbeinig und spitzbäuchig. Er trug einen altmodischen Mantel und eine Hose, die fast zu einem Schlafanzug gehören konnte. Sein mächtiger Schnurrbart zitterte, wenn er sprach, und seine Stimme war leise wie ein Echo ihrer selbst. Seine Brille blitzte im Licht und warf Spiegelungen an die Wand, die wie aufgeschreckte Motten zitterten.

Sie verbeugte sich altmodisch und hoffte, das würde ihn beeindrukken. »Ehrwürdiger Herr, ich möchte mich tausendmal für mein Kommen entschuldigen. Doch heute früh bin ich am Rand eines Reisfeldes über eine Wurzel gestürzt.« Ihre Fingerspitze berührte behutsam den Bluterguß unterhalb ihres Nackens. »Ich glaube, ich habe mir dabei das Schlüsselbein gebrochen.«

Der krummschultrige Doktor hob seine Stimme. »Sie hätten sofort zu mir kommen müssen!«

Qi lin sah ihn mit großen Augen an. »Oh, ehrwürdiger Herr, ich konnte nicht. Ich kann es mir nicht einmal leisten, auf den Lohn einer Stunde zu verzichten. Sie müssen wissen, daß mein dreijähriger Junge sehr krank ist. Er liegt fern von hier im Krankenhaus. So muß ich fortwährend reisen, um ihn zu sehen, denn er schreit nach seiner Mutter. Ist es denn nicht richtig, daß ich an seiner Seite sein will?« Sie weinte. »Aber ich habe noch andere Kinder zu ernähren, und keinen Mann, der die Familie versorgt.«

»Aber der Staat wird Ihnen doch sicherlich...«

»Der Staat, der Staat!« rief sie aufgeregt. »Ich möchte weder ein Waisenkind des Staates sein noch meine Kinder in ihrem Unglück leiden sehen.«

»Ah«, sagte der Doktor, »Sie wissen gewiß, was Konfuzius über den Stolz sagte!« Doch ihre Worte hatten ihn sichtlich bewegt. »Jetzt lassen sie mich aber sehen, wie schwer Sie sich verletzt haben.«

Qi lin sah zu, wie er ihre Bluse öffnete und seine Arbeit begann. »Wenn Sie Lust haben, ehrwürdiger Herr, erzählen Sie mir bitte, wo ich hier eigentlich genau bin.«

»Sie sind hier kurz hinter dem *Shen dao*, dem Weg des Geistes, dem Heiligen Weg, den die toten Ming-Kaiser während der Begräbnisfeiern auf dem Weg zu ihrem Grabmal zurücklegen mußten.« Seine Griffe waren sanft und flink. Dennoch schrie sie vor Schmerz, als er das Schlüsselbein untersuchte. »Dieser Ort ist bekannt als Jiao zhuang hu. Vielleicht haben Sie schon etwas über ihn gehört; er nimmt einen wichtigen Platz in unserer modernen Geschichte ein. – Während des Krieges legten die Einwohner ein ganzes System von unterirdischen Gängen an, um sich vor den japanischen Eroberern zu verstecken und um sie ausspionieren zu können. Diese Gänge gibt es heute noch, als Beweise für den Einfallsreichtum und den Mut unseres Volkes.«

Nach einer kurzen Unterbrechung bestrich er die Verletzung mit kühlem Alkohol und stach ihr zwei lange Nadeln unter die Haut. Der Schmerz war augenblicklich verschwunden. Qi lin sah ihn an.

»Ich muß den Bruch jetzt richten, wahrscheinlich wollen Sie lieber wegsehen.«

Qi lin mußte innerlich so lachen, daß sie vor Schmerzen fast wieder aufgeschrien hätte. Oh, alter Mann, dachte sie; wenn du nur wüßtest, wieviel Blut ich schon habe fließen sehen. Viel mehr als du, obwohl ich doch viel jünger bin. Aber da es sein Wunsch war, wandte sie den Kopf.

»So«, sagte er kurz darauf. »Es ist geschafft.« Er umwickelte ihre Schulter mit einem Kräuterumschlag und schloß ihn mit einem selbstklebenden Pflaster; eine gekonnte Mischung aus Altem und Neuem. Dann ging er zu einem kleinen Gasofen hinüber und begann Wasser zu erhitzen.

Sie sah ihm zu, wie er große und kleine Flaschen öffnete und aus Krügen und Gläsern zuerst eine Flüssigkeit und dann bestimmte

Pulver in den Topf auf dem Herd gab. Aus einem Behälter holte er etwas Hartes, Festes und zerstieß es im Mörser. Auch das wanderte in den Topf. Während der ganzen Zeit summte er vor sich hin.

Nachdem er sie gezwungen hatte, das übelschmeckende Gebräu zu trinken, ging er zu einem schäbigen Tisch hinüber. Er nahm einen Federhalter und setzte ein offiziell aussehendes Papier auf. »Nun, junge Frau, brauche ich Ihren Namen, Ihre Adresse und Ihre Arbeitsnummer.«

Die ersten beiden Daten waren nicht weiter problematisch; doch die Arbeitsnummer, das wußte Qi lin, würde ihren Schwindel auffliegen lassen. Er würde nach ihren Dokumenten fragen, die sie ihm natürlich nicht vorweisen konnte. Aber neben der Versorgung ihres Schlüsselbeinbruchs war das der zweite Grund gewesen, weshalb sie hierher gekommen war. Jetzt, wo sie wieder in die Zivilisation zurückkehren wollte, brauchte sie eigene Papiere, um sich überall frei bewegen zu können. Im kommunistischen China war das für einen Flüchtling das größte Problem.

»Diese Gänge«, sagte sie, während sie vom Untersuchungstisch herabstieg.

»Wie bitte?«

Sie näherte sich ihm vorsichtig. »Dieses geniale Bauwerk. Ich würde es gerne sehen. Wollen Sie es mir zeigen?«

»Wann? Jetzt?«

»Natürlich jetzt.« Sie legte ihren ganzen Enthusiasmus in die Stimme. »Gibt es eine günstigere Zeit? War es nicht um diese Stunde, daß unsere Vorfahren die Gänge benutzten, um die Japaner auszuspionieren?«

»Ja, aber...«

»Was wäre also der Vorteil, sie bei Tageslicht zu sehen?« Sie lächelte. »Außerdem brauche ich jetzt unbedingt etwas, was mich von meiner Schulter ablenkt.«

Nach kurzem Zögern stimmte er zu. »Gut, kommen Sie mit!« Sie hatte sich alle Türen geöffnet. Colonel Hu hätte es bestimmt gefreut zu wissen, daß ein unerheblicher Teil von ihm in ihr weiterlebte.

Der Doktor ging voraus. Er zündete eine Magnesiumfackel an und führte sie die Kellertreppe hinunter auf eine glatte Wand zu. Dann drückte er gegen etwas – gegen einen Stein, der aus der Wand vorragte – und trat durch den sich öffnenden Spalt.

Im flackernden Halbdunkel der Fackel sagte sie: »Ich möchte, daß Sie mir den Weg nach Beijing zeigen.«

Er blieb stehen. Seine alten, wäßrigen Augen sahen sie an.

»In der Stadt werden Sie aber Papiere brauchen.«

»Dann werden Sie sie für mich besorgen.«

Er zuckte die Schultern. »Ich bin kein Fälscher, junge Frau.«

Sie lächelte. »Ich habe ihr Bild auf dem Schreibtisch gesehen und ihre

Schuhe in einer Ecke des Zimmers.« Ihr Blick war kalt wie Stahl. »Ich spreche von Ihrer Tochter.«

Er hielt die Fackel höher, so daß ihre Schatten an den schweigenden Wänden tanzten.

»Wer sind Sie?«

»Ich bin Chinesin – und auch wieder nicht«, antwortete sie.

Er hörte den Widerstand in ihrer Stimme. »Sie sind nicht aus dieser Gegend?«

»Nein.«

»Auch nicht vom Festland?«

Sie sah ihn prüfend an.

»Taiwan?«

Da lachte sie. »Ich bin nicht der Feind; ich komme nicht von der Kuomintang.«

»Aber Sie würden nicht zögern, mich zu töten.«

»Ehrwürdiger Herr«, erwiderte sie, »Sie wollten bestimmt nicht mein Leben gelebt haben.«

»Der Himmel hilft nicht, hoch zu stehen, und die Erde nicht, groß zu sein. Die Sonne und der Mond helfen nicht, mit Schwierigkeiten fertig zu werden, alle Wesen der Schöpfung können nur leben und wachsen«, sagte er, Laotse zitierend.

»Dann werden Sie mir also die Papiere Ihrer Tochter geben?«

»Es ist sinnlos zu kämpfen.« Der Doktor blickte ihr scharf ins Gesicht. »Ich sehe, daß Sie diese Lektion noch lernen müssen.« Er nickte nachdenklich. »Sie sind älter als ich, junge Frau, ja, dies sehe ich jetzt. Ich ergebe mich Ihren Wünschen.«

Dann brachte er sie zurück in seine Praxis und gab ihr alle Dokumente, die sie benötigte, um sich in der Welt draußen bewegen zu können. Als sie wieder unten im Labyrinth waren, geleitete er sie zum westlichen Ende der Tunnelanlage.

»Hier hinauf«, sagte er und zeigte auf die morsche Treppe. »Durch ein Tannenwäldchen werden Sie auf die Straße kommen. Da sie sehr stark befahren ist, werden Sie ohne Schwierigkeiten an ihr Ziel kommen.«

»Ich könnte Sie jetzt töten«, sagte Qi lin.

»Ja.«

»Sie haben mein Gesicht gesehen, und Sie wissen, in welche Richtung ich will.«

»Ich habe auch das Gesicht des Fuchses vor meinem Fenster gesehen«, erwiderte er. »Und ich weiß, aus welcher Richtung der Wind bläst. Andere suchen hartnäckig nach dem, was ich bereits weiß, aber sie sind längst tot.«

»Warum?«

Sein Blick war durchdringend, und sie fühlte plötzlich, wie ihr ein Schauder den Rücken hinunterlief, denn sie sah, daß es mit diesem

Mann mehr auf sich hatte, als sie geahnt hatte. »Sie folgen nicht dem Tao«, sagte er. »Sie kämpfen, und deshalb kämpfen andere gegen Sie.«

»Wie ich.«

»Sie haben schon einmal getötet, junge Frau. Ich sehe den Tod in Ihren Augen.«

»Ich habe getötet, um zu überleben.«

»Und auf diese Weise auch sich selbst vernichtet«, erwiderte er leise.

Sie lachte, trotz des wachsenden Schmerzes, der ihr Herz ergriff. »Sie wollen mich nur glauben machen, daß Sie mir helfen wollen.«

»Eine solche Macht habe ich nicht, junge Frau.«

»Aber Sie glauben mir nicht«, beharrte sie. »Ich habe nur getötet, weil es notwendig war.«

»Stimmt das?«

Schmerz tobte in ihr, und die Finsternis schien sie überwältigen zu wollen. Es war die Finsternis – oder genauer die Furcht davor –, die sie veranlaßt hatte, Colonel Hu zu töten. »Er war mein Schöpfer.« Ihre Stimme war nur noch ein Flüstern; schwach und geisterhaft. »Und ich habe ihn vernichtet.«

Der alte Mann sah sie mit seinen dunklen Augen scharf an. Sein Gesicht verriet keine Gefühlsregung. Doch ihre inneren Qualen waren nicht zu übersehen.

»Er nahm sich meiner an. Setzte die entscheidenden Steine und – er verwandelte mich.«

»Und jetzt ist er nicht mehr.«

»Jetzt bin ich frei.«

»Sie selber müssen doch den Trugschluß in diesen Worten erkennen«, sagte er.

Qi lin schwieg. Sie wußte, daß es das Beste sein würde, ihn auf der Stelle niederzustrecken – und die Sache wäre erledigt. Ihn am Leben zu lassen bedeutete, das Risiko einzugehen, eine klare Spur im Mondlicht zu legen.

»Vielleicht war es dies, was Ihr Schöpfer vollbracht hat«, sagte der alte Mann. »Daß er Sie in diesen Soldaten verwandelt hat, den ich jetzt vor mir sehe. Muß ich Ihnen erst sagen, daß Soldaten Instrumente des Teufels sind? Das Tao kennt den Weg. Jemand, der andere beherrscht, verfügt über eine große Muskelkraft. Doch die Kraft, die beständig ist, entspringt der Kontrolle des Menschen über sich selbst.«

Sie legte eine Hand gegen ihren schmerzenden Kopf. »Ich kann mich nicht einmal daran erinnern, wofür er mich trainiert hat. Manches kommt und verschwindet wieder, wie ein Schatten an der Mauer...«

Irgend etwas huschte über sein Gesicht. »Was Ihnen angetan wurde, kann vielleicht nicht einmal mehr das Tao ungeschehen machen.«

Schatten jagten Schatten. Der Schmerz in ihrem Kopf! Und nach den Schatten – die Finsternis. Qi lin schrie leise auf und schlug sich die geballte Faust gegen die Stirn. »Sie sind gefährlich«, rief sie. »Durch Sie können sie mich wieder fangen.«

»Dann müssen Sie eben dafür sorgen, daß das nicht geschehen kann.«

Er sagte das mit solcher Offenheit, daß Qi lin einen Augenblick stockte. »Der Tod bedeutet Ihnen also nichts?«

»O doch«, erwiderte er, »er bedeutet mir etwas. Aber er ist klein im Vergleich zu den Flüssen, die ins Meer fließen.«

»Und was bedeutet das?«

Er war so ruhig. »Jene, die in der Lage sind, zur Tat zu schreiten und genauso von ihr absehen können, werden ein langes Leben haben. Alle anderen sind verurteilt, jung zu sterben.«

Ein letzter Blick; sie nahm sein Bild in sich auf und schob sich die Papiere in den Hosenbund. Im flackernden Licht stieg sie eilig die unsicheren Stufen hinauf. Sie würde ihn nicht töten. War das ein Sieg oder eine Niederlage? Aus der Dunkelheit heraus sagte sie: »Auf Wiedersehen, ehrwürdiger Herr.«

»Denk an die Flüsse«, rief er zu der Stelle, an der sie gerade noch gestanden hatte, »sie fließen ins Meer!«

Als Bliss ihre Augen schloß, sah sie den Edelstein. Feuer schien aus seinem Inneren und legte sich über den Ozean, rot, gold und ein Hauch von Bronze. Und sie dachte, warum ist dieser Opal so wichtig?

Sie war an Bord der Dschunke ihres Vaters; wachte auf, als sie Stimmen hörte, zog sich an und verließ ihre Kabine. Barfuß ging sie den Gang hinunter. Ihr schien es, als hätte sie die Stimmen nur im Schlaf gehört und sei deshalb aufgewacht. Aber sie waren so sanft gewesen, daß sie das eigentlich nicht für möglich hielt.

Aber so ein Traum wäre auch nicht merkwürdiger gewesen als jener, der sie seit Zilins Tod regelmäßig im Schlaf heimsuchte: Sie bedeckte sein eingefallenes Gesicht mit einem Kissen, drückte zu und eine fremde Stimme in ihrem Unterbewußtsein – seine Stimme! – zwang sie etwas zu tun, was sie sich niemals hätte vorstellen können. *Buddha wird dir vergeben, Bou-sehk,* sagte er. *Wie auch ich dir vergebe.* Aber könnte sie sich jemals selbst vergeben? Dies war die Frage, die sie nicht mehr losließ.

Stimmen in ihrem Kopf wie Zeitsprünge; eine Woche, ein Monat, ein Jahr. Die Ewigkeit sprach in ihr, während ihr Bewußtsein schlief. Manchmal fühlte sie sich, als hätte sich irgend jemand in einem Winkel ihres Bewußtseins einen Platz gesucht. Sie war nicht allein, aber sie fürchtete sich nicht.

Zilin – der Jian – war mit ihr. Er war tot, ja, und sie war seine Henkerin gewesen. Was war zwischen ihnen geschehen in der Sekunde seines Todes? Sie konnte es nicht sagen. Vielleicht, dachte sie, hatten sie gemeinsam irgendwie die Schwelle ins *Da-hei,* in die große

Dunkelheit, überschritten. Wer hätte schon sagen können, welche Wandlungen sich in dieser magischen Sphäre zugetragen haben mochten.

Einer Sache war Bliss sich aber sicher: *Dies* – was immer es war – war ein Teil von Zilins Plan. Er hatte seinen Tod vorausgesehen und gewollt, daß sie in diesem Moment bei ihm war. Hatte er sie nicht darauf vorbereitet? Hatte er ihr nicht schon vorher das *Da-hei* gezeigt? Als Vorbereitung, darüber war sie sich jetzt im klaren.

Wofür?

»... ist, wie du sehen kannst, von außergewöhnlicher Qualität.« Sie hörte ihren Vater, ganz nahe, mit ruhiger Stimme sprechen. »Dieses kraftvolle rote Feuer – ein großartiges Exemplar.«

»Aus Australien – richtig?« Danny, sein dritter Sohn.

Es war bereits sehr spät, fast vier Uhr morgens.

»Ich möchte, daß du herausfindest, wo er gekauft worden ist.« Bliss stand an der Kabinentür, ihre Fingerspitzen gegen das Holz gepreßt, und spürte die Spannung. Noch immer halb im *Da-hei,* hatte sie das Gefühl, daß ihr Platz besser in der Kabine gewesen wäre als hier draußen im Korridor.

»Vater?«

Three Oaths sah auf; und auch Dannys rundes Gesicht, das dem seines Vaters so ähnlich war, wandte sich ihr zu.

»*Bou-sehk,* ist alles in Ordnung?« Ständig dieser besorgte Blick, der sie im Innersten quälte. Aber wie sollte sie ihm erklären, was gerade mit ihr geschah, wenn sie sich selbst darüber nicht im klaren war?

»Ja«, erwiderte sie. »Mir geht's gut. Ich habe von einem großen Edelstein, einem Feuer-Opal geträumt; er leuchtete dunkelrot.« Sie blickte auf den Tisch und sah, wovon sie geträumt hatte – den Opal. Und bevor noch einer der Männer etwas sagen konnte, hatte sie den Stein auch schon ergriffen.

»Bou-sehk...«

»Vater, entschuldige bitte, daß ich dich unterbrochen habe, aber ich glaube, ich habe diesen Stein schon einmal gesehen.« Nur mit Mühe konnte sie ihren Blick von dem glitzernden Feuer lösen. »Ich habe zufällig gehört, daß du Danny beauftragt hast, herauszufinden, wo der Stein gekauft wurde. Ist das wichtig?«

Für einen Moment dachte Three Oaths daran, aus Rücksicht ihr gegenüber zu lügen. Er machte sich Sorgen um sie, konnte aber keine Möglichkeit finden, ihr zu helfen. Als er den Blick in ihren Augen sah, wußte er jedoch, daß er nur eine Wahl hatte: Er mußte ihr die Wahrheit sagen.

»Jake gab mir den Stein, bevor er nach Japan geflogen ist. Er wurde von einem Agenten verfolgt, der ihn daran hinderte, die Dschunke zu erreichen; das war in der Nacht, als Zilin ermordet wurde.«

»Wußte Zilin, daß er kommen wollte?«

»Ja, ich glaube schon.«

Bliss starrte auf den Opal und drehte ihn zwischen ihren Fingerspitzen herum. Das Feuer entflammte sich und verlosch wieder. In seinem wäßrigen Schein glaubte sie, die Züge des Jians erkennen zu können.

»Bou-sehk...?«

»Vater, ich möchte gern...«

»Das kommt nicht in Frage«, unterbrach er sie; Angst um sie stand in seinen Augen. »Diese Angelegenheit erledigt Danny. Er...«

»Willst du mich hier einsperren – wie eine Gefangene?«

»Unsinn«, beteuerte Three Oaths. »Du bist frei und kannst gehen, wann und wohin du willst.«

»Ja, solange meine Schwester Ling mich begleitet«, erwiderte Bliss. Und als er nicht antwortete: »Wie eine Kranke, nicht?«

»Ich möchte nicht...« Er hielt inne und drehte sich zu seinem Sohn um. »Danny, bitte laß uns allein.«

Der junge Mann nickte. Als sich die Tür hinter ihm geschlossen hatte, fuhr Three Oaths fort. »Bou-sehk. Bou-sehk, was soll ich denn machen? Dich in vorhersehbare Gefahr schicken, wo ich nicht einmal weiß, wie es dir wirklich geht?«

»Die einzige Gefahr ist die, daß ich aus Hilflosigkeit und Angst um Jake sterben werde. Dazu hast du mich bestimmt«, erwiderte sie zornig.

Three Oaths schüttelte den Kopf. »Ich glaube nicht, daß du selbst es besser weißt, was eigentlich mit dir los ist.«

»Bei mir ist alles in Ordnung!« Ein verzweifelter Schrei, von der letzten Kraft des schwindenden *Da-hei* getragen. »Aber du hast recht, ich bin nicht mehr diejenige, die ich vorher war... Mein Patenonkel ist tot.« Sie setzte sich auf den Stuhl, von dem Danny gerade aufgestanden war, und strich sich durchs Haar. »Shi Zilin war für mich die letzte Verbindung zu meiner Vergangenheit. Sein Lehrer, der erste Jian, war mein Urgroßvater. Es war Shi Zilin, zu dem meine Mutter in ihrer größten Not kam. Ohne ihn hätte ich wahrscheinlich nie das Licht der Welt erblickt. Sicherlich wäre ich ohne ihn niemals nach Hongkong gekommen, und dann hätte ich auch nie in dir einen Vater gefunden.

Ja, ich habe mich verändert, das streite ich nicht ab. Es ist jetzt Leere in meinem Körper, wo vorher meine Lebensenergie war. Ich akzeptierte seinen Tod, Vater: Buddha hat es so gewollt. *Joss.* Aber das läßt mich nicht unberührt. Ich bin nicht mehr dieselbe und kann mir auch nicht vormachen, daß ich es noch wäre.«

»Niemand fordert das von dir«, sagte er sanft.

»Dann ist es gut.«

Three Oaths sah die junge Frau, die er großgezogen hatte, nachdenklich an und wunderte sich über die Grenzenlosigkeit seiner Liebe für sie. »Ich werde dich nicht den Interessen des *Yuhn-hyun* opfern.«

»Das ist doch längst geschehen«, erwiderte sie. »Diese Entscheidung hast du doch schon vor langer Zeit getroffen. Du hast meine Ausbildung dennoch bestimmt. Und jetzt erlaube mir bitte, das zu tun, wozu ich erzogen wurde.«

»Es tut mir leid...«

»Dazu ist es zu spät.«

Und Three Oaths erkannte die Weisheit in ihren Worten. Er gab auf und informierte sie über alles, was Jake ihm über den Opal erzählt hatte.

Als er geendet hatte, lächelte Bliss, lehnte sich zu ihm hinüber und küßte ihn auf die Wange. Gleichzeitig schlossen sich ihre Finger um den Opal.

Jake hörte Stimmen. Die Toten schrien ihm ins Ohr. Ihre Knochen schlugen mit einem widerwärtigen Geräusch gegeneinander, das ihn schaudern ließ. Ihre Kiefer klapperten und schnappten zusammen wie der Biß eines Alligators; ihre knöchernen Finger zeigten auf ihn.

Ihre Botschaft schien wichtig, deshalb, nahm er an, schrien sie weiter. Jake schwieg; die Tirade dauerte an, ohne schwächer zu werden.

Er fragte sich, was denn so schrecklich wichtig sein könnte. Das Geschrei fing an ihn zu stören. Wenn er tot war, war doch nichts mehr so wichtig. Wenn aber nicht...

Das Dunkel wurde kohlefarben, ein Hauch von Staub schlug ihm ins Gesicht. Das Grau begann sich wie ein Wirbel zu drehen, und er schluckte an dem Rauch, in den sich einen Lidschlag später Licht mischte.

Blut und Haut, Fetzen von Fleisch, hellrot gefärbt, nach der Explosion der Granate in Mikios Haus. Die Explosion...

Er öffnete die Augen.

... schleudert Mikios Körper gegen ihn; Hautfetzen, die auf dem Kimono ein grelles Muster formen; das große dreispeichige Rad *Kamon*; das Komoto-Wappen zerbirst. Die Explosion...

Er öffnete die Augen und sah, daß er sich in einem Raum befand, der rundherum mit poliertem Zedernholz getäfelt war.

... die Mikios Körper zermalmt und gegen ihn wirft; die Hitze, die zur Feuersbrunst wird; und am Ende, bevor sein Bewußtsein ausgelöscht wurde, der schreckliche Anblick dessen, was von Mikios Gesicht übrig war, nur Blut, eine grinsende Totenmaske.

Er sah eine Reihe *Shoji*, teilweise aufgeblüht – und grüne Bäume dahinter? – und auf der anderen Seite des Raumes eine geschlossene *Fusuma*; eine Holztür, deren Mitte mit dunkel schimmerndem Seidenbrokat bespannt war. Er starrte noch auf die Tür, da wurde sie plötzlich vorsichtig geöffnet. Er hörte einen Vogel singen – von den Bäumen draußen? Doch konnte er seinen Sinnen noch nicht trauen; noch immer wurde alles von der Explosion überdröhnt. Das Gewicht von Mikios Körper auf seinem, ein menschlicher Körper, zerrissen von übermenschlichen Kräften.

Mikio, lieber Freund!

Ein Korridor aus Schatten öffnete sich vor ihm, und Jake starrte gebannt auf das Wesen, das den Raum betrat. Leise, die Schritte von *Tabis* gedämpft, trat es zu ihm und beugte sich über ihn.

Jake sah auf und verbannte die Geister aus Pulverdampf aus seinem Blick, den gellenden Schrei der Explosion aus seinen Ohren – er sah ein Gesicht, das er gut kannte.

»Mikio-san!«

Das erste, woran Andrew Sawyer dachte, als es begann, war: Ich muß den *Zhuan* finden.

Als er begriff, daß das unmöglich war, weil er nicht die geringste Idee hatte, wo sich der *Zhuan* befinden könnte, griff er in seinem kleinen Büroraum zum Telefon und wählte die Nummer von Three Oaths: Weit unter ihm befand sich die Börse von Hongkong, eine riesige Halle, erfüllt von dem hektischen Treiben der Händler.

Sawyer griff unter seine Jacke und lüftete sein teures Seidenhemd, das ihm auf der Haut klebte. Es war schweißnaß. Verdammt, dachte er ängstlich, während das Telefon am anderen Ende klingelte, wo zum Teufel steckst du?

Sein nervöser Blick wanderte von der Anzeigetafel mit den Kursen zu der aufgeregten Menge um Peabody und Smithers & Tung Ping An, zwei der größten Wertpapierhändler.

Schließlich wurde das schnarrende Klingeln unterbrochen und Sawyer holte tief Luft.

»Weyyy.«

»Es ist passiert«, sagte er. »Das schlimmste ist passiert.«

»Wo bist du?«

»In der Hang Seng.« Die Hongkonger Börse.

»Sieht es wirklich so schlimm aus?«

»Mehr als das. Wenn es nur schlimm wäre, könnte ich heut nacht noch ruhig schlafen.«

»Ich komme sofort«, erwiderte Three Oaths.

»Mein Gott«, sagte Sawyer in die längst tote Leitung. Er legte den Hörer mit ängstlich zitternder Hand auf.

Sein Assistent neben ihm reichte ihm regelmäßig Berichte über die Kursentwicklung herüber.

Seit Eröffnung der Börse hatte alles auf dasselbe hingedeutet: Pakete zu zehntausend Anteilen der InterAsia wurden in bestimmten Intervallen von den beiden Brokerfirmen Peabody und Smithers & Tung Ping An aufgekauft. Merkwürdig an der Sache allerdings war, daß die Aktienpakete nicht weiterverkauft wurden.

Weil InterAsia erst neu an der Börse eingeführt war und wegen der hektischen Geschäfte an der Hang Seng kam es im Laufe eines Handelstages immer zu großen Fluktuationen bei Ankauf und Verkauf und bei der Preisfindung der Aktien. Deshalb gehörte es zur Routine für Sawyer, der die InterAsia an der Börse vertrat, alle Paketaufkäufe von über tausend Stück zu überwachen. Seine Mitarbeiter untersuchten dann, für wen die Investmentgesellschaften kauften, auch wenn das manchmal nur zu Scheinfirmen führte.

Die Kauf- und Verkaufsaufträge zeigten Sawyer und den anderen Mitgliedern des *Yuhn-hyun* genau ihre Position am Markt, und erst dadurch ließen sich die weitverzweigten Unternehmen sicher steuern. An diesem Tag jedoch hatten zwei Investmentgesellschaften gemeinsam fast 75 000 Anteile am Kapital der InterAsia aufgekauft, und bisher gab es keinen Hinweis darauf, daß die Aktien weiterveräußert werden sollten.

Mehr als alles andere hatte das Sawyers Nerven bis zum äußersten gespannt. Die InterAsia wurde offensichtlich von mehreren Gesellschaften attackiert.

Aber von wem?

Ein lautes Geräusch in seinem Rücken ließ ihn aus seinen Grübeleien hochschrecken. Er drehte sich herum, und seine Kiefer schlugen mit einem heftigen Klacken aufeinander. Three Oaths eilte herbei. Der ältere Chinese war bleich wie der Tod, und auf seiner hohen Stirn standen Schweißperlen.

»Schlechte Nachrichten«, begann er, als er außer Atem den engen Raum betrat. Sawyers Assistent mußte seinen Tisch räumen, um ihm Platz zu machen.

»Noch schlechter als hier?« Sawyer zeigte mit einer ausholenden Handbewegung in die überfüllte Börsenhalle. »Ich glaube, du erkennst nicht den Ernst der...«

»Die SouthAsia«, unterbrach Three Oaths ihn. »Die Neuigkeit über den Skandal hat sich schon in der ganzen Kolonie verbreitet.«

»O Gott.« Sawyer sank auf seinem Stuhl zusammen. Ein Zittern lief durch seinen Körper. »Die Bank?«

»Der Run hat schon begonnen«, sagte Three Oaths. »Und wenn wir ihn nicht sofort beenden können, werden wir nicht mehr über ausreichende Mittel verfügen, ihn zu stoppen.«

»Um Himmels willen!« Sawyer hatte die Vision, daß sein ganzes Leben in diesem Augenblick in Schutt und Asche fiel; all die Arbeit, all der Schweiß und all die Hingabe beim Aufbau von Sawyers & Sons zu einer der bedeutendsten Handelsgesellschaften des Fernen Ostens. Und wofür das alles? fragte er sich selbst. Damit alles in dieser Katastrophe untergeht? Herr Jesus, nein! Sein brennender Blick heftete sich auf das Gesicht von Three Oaths. »Wenn wir Pech haben, werden wir die SouthAsia und die InterAsia in derselben Woche verlieren.«

»Und damit auch noch unsere Gegner unterstützen«, grollte Three Oaths. »Das würde nämlich bedeuten, daß wir die Kontrolle über Pak Han Min und Kam Sang verlieren. Und genau davor hat mich mein älterer Bruder deutlich gewarnt.«

»Kam Sang?« schrie Sawyer. »Wen im Namen der Heiligen Dreifaltigkeit interessiert ein von Syphilis befallener Hund und ein Projekt, das sechshundert Meilen von hier entfernt ist und von dem wir sowieso nichts wissen? Es sind unsere eigenen Gesellschaften, die jetzt unmittelbar bedroht sind. Falls die InterAsia erfolgreich attackiert werden sollte, haben wir unser gesamtes Leben lang für nichts gearbeitet. Verstehst du, Ehrenwerter Tsun? Für überhaupt nichts!«

Du hast uns einen schönen Schrecken eingejagt, *Yumi-tori.*

Der Besitzer des Bogens. Es war ein Ehrentitel, der nur einem hochrangigen Krieger oder einem Meister in der Handhabung von Pfeil und Bogen verliehen wurde. Wer nannte ihn *Yumi-tori*?

»Mikio-san?«

Er richtete sich auf, um das Gesicht in dem trüben Licht besser erkennen zu können. Doch sofort zuckte ein starker Schmerz durch seinen Körper.

»Langsam, Jake-san.« Mikios wohltuende Stimme. »Ja, ich bin's. Du darfst dich jetzt nicht anstrengen. Du mußt dich schonen.«

»Aber wieso bist du hier?« Er fühlte einen Druck auf seinen Schultern, fühlte, wie ihn jemand hinunterdrückte. Er blickte zur Seite und sah eine junge Frau in einem dattelfarbenen Kimono. Darunter war ein feuerfarbener Streifen von ihrem Unterkimono zu erkennen.

Er wandte das Gesicht wieder Mikio zu. In seinem Kopf jagten sich die Gedanken. »Wieso?« flüsterte er. »Ich habe dich doch in deinem Arbeitszimmer sterben sehen. Ich habe die Granate das Fenster zerschlagen sehen. Ich habe fühlen können, wie die Explosion deinen Körper zerrissen hat.«

»Der Körper hat dir das Leben gerettet.« Mikio Komoto lächelte Jake ins Gesicht. Aber er konnte seine Anspannung dennoch nicht verbergen.

»Ich habe versucht, dich zu warnen, Jake-san. Ich wollte dich da heraushalten. Weil ich annehmen mußte, daß meine Nachrichtenlinien von meinen Feinden überwacht werden, mußte alles auf Umwegen geschehen.

Deshalb habe ich auch deine Anrufe nicht beantwortet. Ich dachte, du würdest das, angesichts der schwierigen Situation hier, verstehen. Als ich dann erfuhr, daß du dennoch hierher gekommen bist, habe ich Kachikachi gebeten, dich wieder nach Hongkong zurückzuschicken. Dort gehörst du hin, nicht wahr? Aber nicht hierher – mitten in meinen Krieg hinein.

Aber es war mein Fehler. Ich hatte vergessen, wie beharrlich du sein kannst. Und ich werde dem Amida ewig dankbar sein, daß du nicht ernsthaft verletzt worden bist.«

»Aber was ist in deinem Zimmer geschehen?« fragte Jake.

»Es war eine List«, erklärte Mikio. Er strich sich mit der Hand über seine kurzen Haare. »Du wurdest überlistet und folglich auch meine Feinde. Wie du schon vermutet haben wirst, war nicht ich es, der dich von Jisaku zu meinem Haus führte.«

»Kachikachi!« Jake erinnerte sich plötzlich an den Verrat des kleinen Yakuza.

»Auch das gehörte zur List, Jake-san. Keine Angst. Mein Kachikachi hält zu mir. Heute und auch morgen, mein Freund. Aber sein Doppelspiel verführte den Kisan-Clan zu glauben, sie könnten einen Überraschungsschlag gegen mich führen, um diesen Krieg ein für allemal zu beenden. Ohne den ›Oyabun‹, der treu die Interessen seines Clans vertritt, hätte der Krieg jeden Sinn verloren.«

»Aber wer starb dann in deinem Arbeitszimmer?«

»Ein tapferer Mann«, sagte Mikio. »Ein Held des Clans. Es war ein Freiwilliger. Es war der Tod eines Samurai, und während ich darüber trauere, freue ich mich gleichzeitig über sein Schicksal. Sein *Kami* wird gepriesen werden . . ., und ich habe jetzt einen Vorteil gegenüber Kisan. In seinen Augen bin ich tot; und damit ist die Position meines Clans unhaltbar geworden. Sie glauben, daß dies für uns das Ende ist.«

»Und ich hätte euch fast diesen genialen Plan verdorben«, sagte Jake.

»Nein, ich hätte deine Absichten besser verstehen sollen. Ich hätte das hier voraussehen müssen.«

»Aber du konntest den Mord an meinem Vater nicht voraussehen.«

»Shi Zilin tot? Amida! Weißt du, wer es war?«

»Ja«, erwiderte Jake, und Mikio hörte, daß sich ein bitterer Ton in seine Stimme schlich. »Eine Gruppe *Dantai* hat ihn getötet, Mikio-san. Eine Yakuza-*Dantai*.«

»Aber das ist absurd«, antwortete Mikio schnell. Auf seinem Gesicht spiegelte sich seine Bestürzung.

»Ich habe selbst mit ihnen gekämpft«, sagte Jake. »Sie töteten meinen Vater und verletzten Bliss so schwer, daß sie jetzt im Krankenhaus liegt. Ich irre mich bestimmt nicht, denn ich habe selbst ihre Tätowierungen gesehen: *Irezumi*.«

»*Irezumi*«, wiederholte Mikio gepreßt und ließ sich in die Hocke nieder. »Aber wer soll Yakuza nach Hongkong geschickt haben? Kein *Oyabun*, den ich kenne, hätte so offen gewagt, fremdes Territorium zu betreten.«

»Trotzdem, Yakuza nehmen nur Aufträge von ihren *Oyabun* an«, erwiderte Jake. »Das ist einer der Gründe, weshalb ich gekommen bin, Mikio-san. Ein Grund, weshalb ich das Ticket, das Kachikachi mir gab, nicht benutzt habe. Weil ich unter allen Umständen herausfinden muß, wer hinter dem Mord an meinem Vater steckt. Denn inzwischen wird seine gesamte Organisation angegriffen, und ich kann absolut nichts dagegen tun, solange ich nicht weiß, wer meine Feinde sind.«

Mikio nickte. »Ich sehe, du hast das richtige getan, Jake-san. Das einzig mögliche.« Sein Blick schweifte nachdenklich ab. »Aber der Amida wacht über uns. Er hat dich beschützt, und dafür sollten wir ihm dankbar sein. Jetzt...«

In diesem Moment berührte die Frau im Kimono seinen Arm und lenkte seinen Blick zurück zu Jake, dessen Augenlider sich schwer vor Müdigkeit schlossen.

»Vorerst wird es das beste sein, dich ausruhen zu lassen«, sagte Mikio liebevoll. »Wenn du wieder wach bist, wirst du zu essen und zu trinken bekommen. Und dann haben wir viel Zeit, um miteinander zu reden.«

»Nein«, erwiderte Jake, »ich möchte jetzt mit dir sprechen.« Aber das sagte er nur in Gedanken, denn er war längst in einen tiefen, erholsamen Schlaf gefallen.

Tony Simbal war gerade erst drei Stunden in Miami Beach, als er den Kubaner entdeckte. Es war in einem todschicken Lokal, dem La Toucana. Pastellfarbene blaugrüne Wände, Spiegel und eine lange Bar aus durchsichtigen Glasblöcken, in denen Neonröhren leuchteten, Rattanstühle und Glastische: das Ganze sah aus wie der Traumpalast eines überdrehten Südamerikaners. Simbal wurde bei dem Anblick jedenfalls übel.

In einem weißen, leichten Anzug mit einem königsblauen T-Shirt darunter saß er an der Bar und mußte wegen des Neonlichts seine Sonnenbrille aufbehalten. Er bestellte einen Wodka on the Rocks. Die Ärmel seines Jacketts hatte er vor allem deshalb umgekrempelt, weil das gerade Mode war, und schließlich mußte er so aussehen, als würde er hierher gehören.

Der Kubaner kam einen Moment später herein. Sein plötzliches Auftauchen überraschte Simbal. Der Kubaner hieß Martine Juanito Gato de Rosa. Und bei einem solchen langen, fast unaussprechlichen Namen war es nicht verwunderlich, daß er auf dem Campus einfach als ›der Kubaner‹ bekannt war.

Der Campus war das Hauptquartier der SNIT, und der Kubaner war einer der besten Spitzel der SNIT. Deshalb hätte es Simbal eigentlich auch nicht überraschen dürfen, ihn hier zu finden. Aber die Tatsache, daß auch Edward Martin Bennett in Miami war, hatte Simbal alarmiert.

Es gab genügend andere Plätze auf der Welt, an denen sich der Kubaner in diesem Augenblick hätte aufhalten können – tönte die CIA doch ständig von ihm und seinen sogenannten Aktivitäten auf dem ›Subkontinent‹, wie sie Südamerika zu nennen pflegte.

Zufälle in dieser Größenordnung waren für Simbal Grund genug, sofort Zweifel anzumelden. Bennett und der Kubaner. Wie oft waren sie gemeinsam unterwegs gewesen? Wie oft hatte Bennett davon gesprochen, der Kubaner hätte ihm das Leben gerettet und umgekehrt? Es gab also mehr als einen Grund, aufzupassen. Simbal hatte sich Bennetts SNIT-Akte, die er mit Monikas Hilfe über den DEA-Computer angezapft hatte, genau eingeprägt.

Monika. Wenn er jetzt an sie dachte, war das mit einem unangenehmen Ziehen in seinem Unterleib verbunden. Was hatten Monika und Max Threnody vor? Was wollte Max von ihm? Simbal fragte sich zum hundertsten Mal, seit er von Dulles abgeflogen war, ob er Donovan nun über seinen Verdacht informieren sollte oder nicht. Er hatte beschlossen, es nicht zu tun. Im Augenblick genügte es, daß Donovan selbst Zweifel an den derzeitigen Manövern von Max hegte. Und er wollte nicht, daß irgend etwas außer Kontrolle geriet, solange er von Washington weg war. Nein, er hielt es sogar für besser, das Spiel mit seinem ehemaligen Chef erst einmal weiterlaufen zu lassen, bis er mit der Situation besser vertraut war. Es würde immer noch Zeit bleiben, Donovan Bericht zu erstatten und ein schwereres Geschütz aufzufahren.

Oder war der Grund für sein Schweigen dieses Gefühl tief in seinem Innern, daß er es einfach nicht für möglich hielt, daß Max gegen ihn arbeiten könnte? Falls er wirklich *gegen* ihn, Tony Simbal, arbeitete, für wen arbeitete er dann? Auch das war eine der Fragen, über die sich Simbal lieber keine Gedanken machte. Im Flugzeug schließlich, nachdem er Bennetts Akte zum dritten und letzten Mal durchgegangen war, hatte er sich damit abgefunden, daß sich seine Entscheidung, was Max betraf, hinauszögern würde – und wenn schon. Er würde beizeiten die Konsequenzen seines Handelns – oder Nichthandelns – tragen müssen.

Martine Juanito Gato de Rosa machte eine gute Figur in seinem hellen, eleganten Anzug, der seine kaffeebraune Haut wirkungsvoll betonte. Sein welliges Haar war straff aus der hohen Stirn gekämmt, es glänzte und saß so perfekt, als wäre es aus Kunstfaser. Ein paar Sommersprossen auf seinen Wangen verliehen ihm ein jungenhaftes Aussehen.

Doch der Schein trog. Simbal wußte, daß er alles andere als jungenhaft war. Schließlich hatten sich seine Wege mit denen des Kubaners während seiner Zeit bei der DEA zweimal gekreuzt. Das eine Mal hatte er einen Auftrag in Kolumbien gehabt und war Zeuge geworden, wie dieser schlanke, gutaussehende Mann mit den topasfarbenen Augen einem Kokainschmuggler mit der Leichtigkeit und Präzision eines Chirurgen die Kehle durchschnitt.

Das Verhalten des Kubaners während der Tat hatte sich tief in Simbals Gedächtnis eingeprägt. Wenn ihm die Aufgabe nicht sogar Freude gemacht hatte – zuwider war sie ihm jedenfalls nicht gewesen.

Simbal waren Leute, denen das Töten nicht zuwider war, schon immer suspekt gewesen – selbst wenn es ihr Job war. Das war nicht natürlich, und deshalb waren solche Leute besonders gefährlich. Also war ihm der Kubaner im Gedächtnis geblieben, und als sie sich ein paar Monate später bei einer Party auf dem Campus wiedertrafen, war er verblüfft, wie weltmännisch, wie geistreich und locker und wie überaus zivilisiert dieser Mann sein konnte. Er hatte keinerlei Ähnlichkeit mehr mit der grausamen Tötungsmaschine, die Simbal in Südamerika beobachtet hatte.

Da war eine Art Voodoo im Spiel, irgend etwas sehr Merkwürdiges umgab den Kubaner. Diese Gedanken waren ihm wieder gekommen, als er in Bennetts Akte auf seinen Namen gestoßen war. Sein plötzliches Auftauchen jetzt hatte Simbal mit einem Schlag hellwach gemacht.

Es war kein Zufall, daß Simbal an seinem ersten Abend in Miami sofort ins La Toucana gegangen war. Sowohl die Akten der DEA als auch der SNIT besagten, daß dieses Lokal eine der neuen Brutstätten des *Diqui* und des Drogenhandels in diesem Gebiet war. Unter dem glitzernden Dach dieses Restaurants wurden eine Menge Geschäfte gemacht, Bombengeschäfte. Großes Geld, das angeblich bis hinauf ins Büro des Bürgermeisters wanderte, sorgte dafür, daß Drogenfahnder und sonstige Unruhestifter draußen blieben.

Die Monster schienen sich hier alle wohl zu fühlen, sie tafelten ausgiebig und üppig und tranken dazu jene ausgewählten kalifornischen Weine, die groß in Mode waren. Und während sie aßen und tranken, baute sich jeder sein eigenes Imperium auf. Auf diese Weise brachten es die Großhändler zu chromblitzenden, importieren Sportwagen, Luxusyachten, Villen mit Marmorböden und wohlgeformten Frauen, deren einziges Interesse darin bestand, das eigene geschminkte Gesicht in den Spiegelsäulen zu betrachten.

Der Kubaner paßte hier gut herein. Er hatte eine Art, sich aufzuspielen, wie sie nur in Miami verstanden und geschätzt wurde. Bei ihm verband sich die südliche Mentalität mit einer gewissen Schwermut und einem Hang zur Protzerei. Es war eine interessante Mischung, deren Wirkung tödlich sein konnte.

Er setzte sich an einen Tisch, an dem ein Paar bereits seine Drinks genoß. Simbal ging in seinem Gedächtnis die Kartei durch und fand einen Namen für den Tischpartner: ›Mako‹ Martinez, ein dicker Fisch im Kreislauf des Kokainhandels. Das Interessanteste an Mako, was ihn auch von der Mehrzahl seiner Kollegen unterschied, war, daß er zugleich auch mit Waffen handelte.

Simbal fand es merkwürdig, daß sich der Kubaner gerade mit diesem besonderen Monster zum Essen an einen Tisch setzte. Jetzt mußte er schon zwei Fragen beantworten: Warum war der Kubaner in Miami? Und warum nahm er mit Mako Martinez Kontakt auf?

Soweit er wußte, lag Waffenschmuggel keineswegs in Martine Juanito Gato de Rosas Tätigkeitsbereich. Also spielten Waffen in ihrem

Gespräch heute nacht sicherlich auch keine Rolle. Aber daß es wieder so nach Zufall aussah, gefiel Simbal überhaupt nicht.

Er trank seinen Wodka aus, bestellte einen zweiten und signalisierte dem Maître, daß er nun einen Tisch wünsche. Gleich darauf wurde er direkt an ihrem Tisch vorbeigeführt. Simbal schaute der Frau ins Gesicht und lächelte. Ihr Blick war eisig und teilnahmslos. Würde sie je mit Monika in Streit geraten, überlegte er, könnte sie sie wahrscheinlich allein mit ihrem Schminkkoffer erledigen.

Der Maître plazierte ihn zwei Tische weiter, und Simbal wählte seinen Platz so, daß er die Gruppe aus dem Augenwinkel beobachten konnte. Er bestellte Krebse, einen Salat Cäsar und Spargel Vinaigrette, obwohl ihm der Maître das Steak vom Holzkohlengrill wärmstens empfohlen hatte.

Brasilianische Musik dröhnte aus den Lautsprechern. Auf der anderen Seite des Lokals befand sich eine Tanzfläche mit durchsichtigem Boden. Darunter schien Wasser in bunten Bächen zu fließen.

Das Essen war mittelmäßig, aber Miami war auch nicht für seine Kochkunst berühmt. Doch das spielte jetzt sowieso keine große Rolle für ihn, da seine Aufmerksamkeit dem Tisch des Kubaners galt. Die Männer waren in ein Gespräch vertieft; die Frau starrte unbeweglich auf ein Individuum in engen Hosen, das die Spiegelsäulen reflektierten. Die Männer unterhielten sich in knappen Sätzen. Simbal konnte lediglich die Sprache heraushören: es war Spanisch.

Es kam so, wie Simbal es sich wünschte: Mako schickte seine Frau weg, als sie aufs Geschäft zu sprechen kamen. Der Kubaner mußte seine Stellung ändern, um ihr das Hinausgehen zu erleichtern, und dabei entdeckte er Simbal.

Lichtkugeln drehten sich über der Tanzfläche. Inzwischen bewegten sich mehrere Paare geschmeidig zu den lateinamerikanischen Rhythmen. Die Atmosphäre in diesem Lokal erinnerte Simbal an den Dschungel, genauer ausgedrückt, an eine Mentalität, die sich der Zivilisation entledigt hatte. Er spürte hier etwas von den Ritualen primitiverer Kulturen, die er gerade wegen ihrer Ursprünglichkeit weit mehr schätzte als die, in der er lebte.

Simbal verlangte die Rechnung. Er wußte, daß der Kubaner ihn beobachtete, aber er sah nicht hoch. Er bezahlte in Ruhe seine Rechnung und schlenderte dann aus dem Restaurant. Genügend Zeit für den Kubaner, ihm zu folgen.

Der Diener fuhr seine gemietete Corvette vor, und Simbal hatte keine andere Wahl als einzusteigen; hinter ihm hatte sich eine Schlange gebildet, der Hochbetrieb begann. Aber kein Kubaner kam. Simbal schaute vom Haupteingang zur Straße hinüber. Neonlichter säumten den Weg, der riesige beleuchtete Vogel über dem Namenszug des La Toucane bewegte seinen Kopf mit geistloser Regelmäßigkeit auf und ab. Kein Kubaner. Das Hupen hinter ihm wurde heftiger. Er setzte den

Wagen in Bewegung. War es Einbildung oder hatte er, als er abfuhr, einen der Diener ins Restaurant eilen sehen?

»Es sind ungefähr fünfundzwanzig Millionen Anteile von der InterAsia im Handel«, sagte Andrew Sawyer. Er wischte sich mit einem Leinentaschentuch den Schweiß von der Stirn. »Peabody und Smithers haben davon jetzt vier Millionen in ihrem Besitz. Und Tung Ping An hat eineinhalb Millionen, einschließlich dessen, was während der heutigen Börse gekauft wurde.«

»*Dew neh loh moh* der öffentlichen Kapitalbildung«, zischte Three Oaths.

»Das ist gewöhnlich der beste Weg, um große Geldsummen aufzubringen«, sagte Sawyer.

»Beim Geiste des Weißen Tigers, manchmal glaube ich, es wäre besser für mich gewesen, beim Opiumgeschäft zu bleiben!«

»Das meinst du doch sicher nicht ernst.«

»Bei den pockenbefallenen Nachkommen unserer Feinde, ich meine es ernst!« empörte sich Three Oaths. »Da weißt du wenigstens, wer deine Feinde sind. Aber du hast keine Ahnung davon bei Scheingesellschaften und Börsenbrokern, diesen verlausten Hurensöhnen, die als Strohmänner fungieren.«

Die beiden *Tai pans* waren noch immer in Sawyers Zimmer. Obwohl die Börse schon seit Stunden Geschäftsschluß hatte, waren sie auf ihrem Kommandoposten geblieben, um auf die letzten Berichte zu warten.

Sawyer wußte, daß der Chinese bei dem Gedanken, daß sie die Kontrolle über die InterAsia verlieren könnten, einfach nur seinem Ärger Luft machen mußte. Praktisch war ihr ganzes persönliches Vermögen in der *Yuhn-hyun*-Gesellschaft gebunden. Shi Zilin hatte darauf bestanden, dem *Zhuan* Vollmacht über das gesamte – flüssige und nicht flüssige – Vermögen zu erteilen. Und jetzt war nur noch wenig Geld übrig, um den Übernahmeversuch abzuwehren. Wenn er nur nicht so tief in Shi Zilins Schuld gestanden hätte. Wenn sie nur nicht an die Börse gegangen wären. Wenn, wenn, wenn... Die Galle kam ihm hoch bei dem Gedanken, daß all die Jahre harter Arbeit innerhalb einer Woche zunichte gemacht würden.

»Wir mußten die Schalter der SouthAsia Bancorp schließen«, sagte Sawyer mürrisch. »Weil wir keine Möglichkeit mehr hatten, den Forderungen nach Auszahlung der Einlagen nachzukommen. Nachdem sich die Nachricht von dem Fehlbetrag erst einmal verbreitet hatte, war die SouthAsia dem Untergang geweiht.« Er schlug mit der Faust auf den papierübersäten Tisch. »Verdammt noch mal, ich weiß nicht, wo die undichte Stelle ist! Wir waren doch so vorsichtig!«

»Ich habe Spione bei Tung Ping An und vielen anderen Handelshäusern«, zischte Three Oaths. »Warum glaubst du, daß es dann bei uns keine Spitzel gibt? Das *h'yeung yau*, das wohlriechende Schmiermittel, wirkt Wunder in der Kronkolonie. Das war schon immer so. Geld verhilft zu Informationen, die man sonst nicht so leicht erhält. So ist das Leben.«

»Nicht in meiner Gesellschaft!« sagte Sawyer.

»Dann stehst du über allen anderen.«

»Ich werde den Informanten finden.«

»Weit klüger wäre es, sich auf die Lösung des Problems zu konzentrieren, das wir ihm verdanken.«

Sawyer sah ihm ins Gesicht. »Und das nächste Mal? Wir werden wieder in der Falle sitzen.«

Three Oaths schwieg zu dieser Bemerkung.

»Wo bleibt er?« fragte Sawyer und sah auf die Uhr. »Er sollte schon vor einer Stunde hier sein.«

»Machst du dir Sorgen, daß er nicht kommt?« fragte Three Oaths. »Er wird hier sein, sobald er kann. Es gibt keinen Grund, Tung Ping An zu diesem Zeitpunkt zu verdächtigen, ja? Gib der Hakennase Zeit. Er ist ein guter Mensch, ein ehrlicher Spion.« Three Oaths mußte herzhaft über seine eigenen Worte lachen. »Falls es so etwas überhaupt gibt.«

»Das glaube ich eben nicht«, sagte Sawyer grimmig.

»Hakennase ist mein Schwager«, beharrte Three Oaths. »Seine Loyalität steht außer Frage.« Er lachte wieder. »Abgesehen davon zahle ich ihm mehr als genug, um ihn bei Laune zu halten.«

Die Stille im Raum unter ihnen stand in unheimlichem Gegensatz zu dem brodelnden Stimmengewirr, das während der Geschäftszeit an der Börse herrschte. In dem riesigen, hallenden Raum waren die Schritte, obwohl sie sehr leise waren, deutlich zu hören.

»Er ist da«, sagte Sawyer.

Three Oaths drehte sich um, als der Mann mittleren Alters in das Büro trat. Sein Äußeres war wenig anziehend, und man hätte es gleich wieder vergessen, wäre da nicht die Nase gewesen, die schon in frühen Jahren mehrere Brüche erlitten hatte.

»Was gibt es Neues?« fragte Sawyer.

Three Oaths goß seinem Schwager Tee ein. Er war inzwischen nur noch lauwarm, aber der Chinese nahm dankbar an. Er leerte die Tasse und sagte: »Ich habe die Information. Es war ein hartes Stück Arbeit, und ich habe sie erst vor ein paar Augenblicken erhalten. Das Büro war überlastet mit Schreibarbeiten von den vielen Kaufaufträgen für InterAsia-Aktien.«

»Für wen hat Tung Ping An die Pakete gekauft?« fragte Three Oaths.

»Für Sir John Bluestone«, antwortete die Hakennase.

»Bluestone!« rief Sawyer entsetzt.

»Aber das ist unmöglich«, sagte Three Oaths. »Da muß irgendwo ein Fehler sein. Als wir vor neun Monaten die Five Star Pacific mit Pak

Han Min köderten, haben wir sichergestellt, daß ihr kurzfristiges Kapital erschöpft war. Das zwar Shi Zilins Plan, um seine Feinde in Beijing mit hineinzuziehen, die Five Star-Anteile aufkauften.« Er schüttelte den Kopf. »Nein, nein, Sir John hat zu viele Schulden, um hinter all diesen Käufen stecken zu können.«

»Aber er ist es ganz bestimmt«, versicherte ihnen die Hakennase. Er hielt ihnen eine Handvoll Fotokopien hin. »Schaut euch das an.«

Die beiden *Tai pans* lasen die Kopien durch. Sie bestätigten, was die Hakennase gesagt hatte.

»Woher hat er denn das Geld, um bei der InterAsia einzusteigen?« fragte Sawyer.

»Das habe ich mich auch gefragt«, erwiderte die Hakennase. »Deshalb habe ich einen Freund von mir bei Peabody und Smithers angerufen. Es ist ein Konsortium gebildet worden, Schwager. Ich habe unsere eigenen Unterlagen aus jüngster Zeit überprüft. Tung Ping An hat große Teile seines nicht flüssigen Vermögens veräußert – Immobilien, Handelsgeschäfte und ähnliches. Für diese Leute. Hier sind die Namen.«

Three Oaths überflog die Liste und gab sie an Sawyer weiter. »Wir kennen sie alle«, sagte er. »Leute von Bluestone, Geschäftspartner. Leute, die ihm einen Gefallen schuldig sind. Er nimmt sie alle in die Pflicht.«

»Die Einnahmen aus den Verkäufen werden zur Finanzierung der InterAsia-Käufe verwendet«, erklärte die Hakennase.

»Jake und Shi Zilin konnten das nie und nimmer voraussehen«, sagte Three Oaths niedergeschlagen.

Sawyer zerknüllte das Papier in seiner Faust. »Das ist das Ende.« Die Verzweiflung in seiner Stimme war deutlich zu hören. »Bluestone will die Kontrolle über die InterAsia erlangen, und so wie Jake und Shi Zilin die Firma angelegt haben, glaube ich nicht, daß wir viel dagegen unternehmen können.« Seine geballte Faust schlug krachend auf die polierte Schreibtischplatte.

»Er sei verflucht!«

Bliss brachte den Opal zu dem Affenmann. Sein Name war Chan – sie kannte niemand, der ihr seinen Vornamen hätte sagen können. Soweit sie wußte, nannten ihn alle nur ›den Affenmann‹.

Er hatte ein Geschäft an der Yat Fu Lane in Kennedy Town. Es war ein staubiger, baufälliger Laden, in dem er alles verkaufte, was man sich nur vorstellen konnte. Auf der einen Seite neben seinem Geschäft war ein Apotheker, der Alraunenwurzeln, Ginseng und gemahlene Tigerzähne an begierig wartende Chinesen verhökerte; auf der anderen eine große Teppichfabrik.

Als Bliss vorbeiging, konnte sie die jungen Frauen – wirklich fast noch Mädchen – sehen, die die Teppiche für die Männer auf die

Bambusgerüste hängten. Die Männer hantierten mit elektrischen Scheren und machten das, was die Händler euphemistisch als ›Handarbeit‹ bezeichneten, um die *Gwai loh*-Touristen zu schröpfen.

Chan wurde aus gutem Grund der Affenmann genannt. Er hatte ein Gesicht wie ein Orang-Utan. Sein Kopf wirkte viel zu groß für den kleinen, gekrümmten Körper. Vielleicht auch ließ nur diese Haltung seine Arme länger erscheinen als bei anderen Menschen.

Diese körperlichen Eigenheiten hatten Bliss nie gestört – im Gegensatz zu vielen anderen Kindern, mit denen sie aufgewachsen war. Jetzt war Chan alt und erschien in weit höherem Maße verehrungswürdig als die meisten älteren Chinesen.

Er war natürlich sehr erfreut, sie zu sehen. Die Haut um seine Knopfaugen legte sich noch mehr in Falten, als sein eigenartiges Gesicht sich zu einem breiten Lächeln verzog. Er nannte sie *Tihn gai-jai*, kleiner Frosch. Denn als sie noch klein gewesen war, hatte er sie oft zu einem Teich in den New Territories geführt, damit sie den Baumfröschen zuhören konnte, wie sie ihre Sommerlieder sangen.

Als er seinen Kunden bedient hatte, schloß er die Eingangstür ab und führte sie in den hinteren Teil des Ladens. Hier wohnte er, und der Unterschied zu dem fürchterlichen Durcheinander an gestapelten Waren im Laden war bemerkenswert. Hier hatte alles seinen Platz, war frei von Staub und funkelte wie geschliffenes Kristall.

Er lief geschäftig umher, machte Tee für sie und holte Kuchen hervor. Bliss ließ ihn hantieren; er hatte schon immer gern viel Aufhebens gemacht, wenn sie kam. Sie beobachtete ihn bei allem, von Gefühlen bestürmt.

Nach einer gewissen Zeit kamen sie auf den Anlaß ihres Besuches zu sprechen. Der Affenmann hatte von dem Augenblick an, als sie seinen Laden betrat, gewußt, daß sie aus einem ganz bestimmten Grund gekommen war, aber es wäre unhöflich gewesen, sie gleich danach zu fragen.

Bliss brachte den Opal zum Vorschein, und der alte Mann hob ihn in seiner ledrigen Hand hoch. Er holte eine Juwelierlupe, zog die Tischlampe heran, knipste sie an und warf einen Blick auf den Stein.

»Exzellent«, sagte er mit leiser Stimme. »Ein außergewöhnliches Feuer. Außerdem ist er groß und wurde von einem Meister geschliffen.« Er sah sie an, nahm die Lupe von seinem Auge. »Wieviel hast du dafür bezahlt?«

»Nichts«, sagte Bliss und erzählte ihm, wie der Stein in ihren Besitz gelangt war und wonach sie suchte.

»Hm, nicht so einfach«, sagte der Affenmann nachdenklich.

»Aber du hast gesagt, daß er von einem Meister geschliffen wurde. Kann uns das nicht weiterhelfen?«

Er zuckte die Schultern. »Ich denke, ja. Aber der, der den Stein geschliffen hat, muß nicht der sein, der ihn verkauft hat. Soweit ich sehen kann, wurde der Stein in Australien, wo man ihn auch gefunden hat, geschliffen.«

Bliss fühlte ihren Mut sinken. »Aber es muß einen Weg geben.«

Der Affenmann wiegte den Opal in seiner Handfläche und nickte. »Vielleicht.« Er stand auf und ging zu seinem Telefon, wählte eine Ortsnummer und sprach ein paar Minuten so leise in den Hörer, daß Bliss nicht verstehen konnte, was er sagte.

Nachdenklich legte er den Hörer wieder auf und kam an den Tisch zurück. »Es gibt einen Weg«, sagte er.

»Gut.«

»Vielleicht.« Er schüttelte den Kopf. »Ich bin kein Experte für Opale. In der Regel verkaufe ich sie nicht, weißt du. Wenn ich zufällig mal einen bekomme, gut...« Er zuckte nochmals die Schultern und strich mit den Fingerspitzen über die glatte Oberfläche des Opals. »Ich habe einen Bekannten angerufen.« Bliss war klug genug, nicht zu fragen, wer es war. Der Affenmann hatte Verbindungen zu den seltsamsten und unterschiedlichsten Typen in der Kolonie. Deshalb hatte sie auch bei ihm mit ihrer Suche begonnen. »Man hat mir einen Namen genannt, aber... ich zögere, ihn dir zu geben.«

»Warum?«

»Hast du schon einmal von ›Fung, dem Skelett‹ gehört?«

»Der Schmuggler?«

Der Affenmann nickte. »Ein Großteil des Opiums, das hier gehandelt wird, läuft auf die eine oder andere Weise über Fung.« Er sah sie an. »Wie es der Zufall will, ist er auch an Edelsteinen interessiert. So etwas wie ein persönliches Hobby. Er hat eine Sammlung, so hat man mir gesagt, die jedes Schatzamt vor Neid erblassen ließe.«

»Dann ist Fung mein Mann.« Bliss griff nach dem Opal, aber der alte Mann schloß seine Hand.

»Er ist ein gefährlicher Mann.«

Bliss lachte. »Sieh mich an. Ich bin kein kleines Mädchen mehr.«

»*Tihn gai-jai*, das hier ist kein Spaß. Ein Mann, der mit den Tränen der Mohnblüte handelt, hat keine Skrupel, keine Moral... keine Seele. Er könnte dich töten, ehe du dich umsiehst.«

»Ist er der Mann, den ich treffen muß?«

Als der Affenmann schwieg, nahm Bliss das als Zustimmung. »Dann sag mir, wo ich ihn finden kann.« Sie zögerte. »Ich habe noch andere Möglichkeiten. Dein Schweigen kann mich nicht aufhalten.«

Endlich öffneten sich die Finger des alten Mannes, und Bliss nahm den Opal aus seiner Hand. Er war warm von seiner Körpertemperatur.

»Weißt du, wo der Container-Terminal ist?« fragte er.

»Die Hoi Bun Road entlang? Am Kai Tak.« Also in Kwun Tong, einem Industriebezirk in der Nähe des Flughafens in Kowloon.

Der Affenmann nickte. »Die beste Zeit ist kurz vor Morgengrauen, hat man mir gesagt.« Er schaute so zerknirscht drein, daß Bliss die Hand ausstreckte und seine faltige Wange streichelte. »Wenn dir etwas passiert, wird dein Vater mich umbringen.«

Bliss lachte wieder. »Du warst schon immer ein Angsthase. Ich bin die Tochter meines Vaters. Wie sollte ›Fung, das Skelett‹ es wagen, mir etwas zu tun?«

Der Affenmann sagte nichts, aber als Bliss ging, bemerkte sie, daß er von Tee auf Johnnie Walker Red umgestiegen war.

Mikhail Carelin lag in seinem Bett und starrte an die Zimmerdecke. Es war ein unschöner Anblick: zahlreiche Unebenheiten, Wasserflecken, alte, mit Patina überzogene Farbe. Der abblätternde Putz bildete abstrakte Muster. Wenn Carelin diese Decke nachdenklich betrachtete, erschien sie ihm wie eine Landschaft. Die abstrakten Muster wurden zu Kontinenten, die sich aus einem Meer spinnwebartig verästelter Sprünge und Windungen erhoben.

Das Bett war bequem, und keine fünf Meter entfernt sah man durch eine halb geöffnete Tür ein gut ausgestattetes Badezimmer. Doch es war nicht Carelins Apartment. Diese Suite lag neben Carelins Büro innerhalb der wehrhaften Mauern des Kreml. Im Winter war es hier feucht und laut, im Sommer stickig. Nebenan lag das große Büro, in dem Fyodor Leninin Genachev einen Großteil seiner Arbeit erledigte. Genachev liebte die Nacht. *In der Dunkelheit liegt Frieden*, pflegte er zu sagen. *Diese Zeit des Friedens, Mikhail, ist zum Arbeiten da. Auch wenn man mitten in den unangenehmsten Angelegenheiten steckt, bleibt noch Zeit und Muße zum Träumen.*

Auch Carelin zog die Nacht dem Tage vor, aber aus einem anderen Grund. Für ihn war die Nacht da, um in die Dunkelheit zu lauschen. Im Halbdunkel der labyrinth-ähnlichen Korridore des Kreml konnte man das Geräusch der Chiffriermaschinen hören. Die Angestellten, die Nachtdienst hatten, zogen ihre Fäden im weitverzweigten Netzwerk der Macht. Genachev hielt gewöhnlich nichts von Klischees, aber einer seiner Lieblingssätze war: *Irgendwo auf der Welt ist es immer Tag, also gibt es für uns immer etwas zu tun.*

Für Carelin war die Nacht die Zeit der heimlichen Abmachungen: man bestach und ließ sich bestechen. Die Korruption unter den Apparatschiks blühte im dunkeln, üppig wie eine Kanalratte, die sich mit Unrat und Exkrementen vollfraß.

Selene.

Immer wieder tauchte dieses Wort in seinen Gedanken auf: *Selene.*

Es war sein Aktivierungscode. Seine Mission war vorbereitet; alle Eventualitäten waren bedacht worden, das Ziel war absolut klar.

Und doch...

So vieles hatte sich verändert, seit er die Richtlinien für seine Mission erhalten hatte. So viele Jahre in der Dunkelheit waren seither vergangen. Er hatte eine Schwäche für die Nacht, er liebte es, um diese Zeit aus dem Fenster zu sehen, aus so vielen verschiedenen Fenstern, vor allem aber aus dem einen in einem rosafarbenen Haus in der Gorki-Straße. Im Nebenzimmer träumte seine Frau, während seine Welt erwachte: Verrat, Betrug, das ruhige Gesicht des Spürhundes, der in den Höhlen schnüffelte, deren Tiefen wichtige Geheimnisse bewahrten.

Die blinkenden und glitzernden Lichter des nächtlichen Moskaus schienen so weit entfernt wie die Sterne. Auch aus diesen Lichtern schuf er sich in Gedanken seine eigene Landschaft.

Er hatte entdeckt, daß kein Mensch ohne Heimatland leben konnte. Fast sein ganzes Leben lang hatte er keines besessen, deshalb spielte er mit sich selbst ein Spiel, ein Spiel von tödlichem Ernst. Er hatte sich sein eigenes Land geschaffen, aus der Dunkelheit und aus den Lichterketten, die sich über die Moskwa und den Kuznetsov-Prospekt entlang spannten. Die Moskauer lagen friedlich in ihren Betten, ihr Atem roch nach Wodka und Kohl, und sie träumten von lachenden dicken Frauen. Carelin hingegen kehrte in das Land zurück, das er sich selbst geschaffen hatte. Wie Dracula, der jede Nacht erwacht, um sein eigenes Leben zu leben.

So war Mikhail Carelin.

Bis ihm sein Auftraggeber den Code übermittelt hatte: *Selene*. Damit hatte sich alles geändert.

Er hatte gelernt, in der Dunkelheit zu liegen und zu warten, er hatte gelernt, sich zu beschaffen, was ihm nicht gehörte, und es nach Übersee zu übermitteln. Er hatte auch gelernt zu töten.

Mit einem Murren stieg er aus dem Bett. Barfuß trottete er über den kalten Fußboden. Im Badezimmer drehte er den Hahn mit kaltem Wasser auf und hielt seinen Kopf unter den Wasserstrahl.

Er prustete, als er sich abtrocknete, und legte das Handtuch um seine nackten Schultern. Er schaute auf seine Uhr. Es war drei Uhr fünfunddreißig. Genachev telefonierte noch immer mit Washington. Carelin wußte das, denn Genachev hätte ihm sofort mit dem Summer Bescheid gegeben, wenn er schon aufgelegt hätte.

Er stand am Fenster und blickte auf die Zwiebeltürme der Basilius-Kathedrale, die im Licht der Scheinwerfer in blassem Gold erstrahlten. Nicht nur, daß sich alles verändert hatte, als er das Codewort *Selene* erhielt. Auch später hatte es entscheidende Veränderungen gegeben: als er entdeckt hatte, daß sein Auftraggeber umgebracht worden war.

Carelin hatte nur einem Mann unterstanden. Und nach dem Tod dieses Mannes hatte er das Gefühl gehabt, in der Luft zu hängen. Mit wem konnte er Verbindung aufnehmen? Sie hatten einen Maulwurf in der Organisation, dem er Bericht zu erstatten hatte. Und die Position dieses Maulwurfs in der Zentrale ließ es nicht zu, daß er mit irgend jemand in Kontakt trat.

Er dachte flüchtig daran, auszusteigen, *Selene* zu liquidieren, wie es mit dem Schöpfer des Codewortes, seinem Auftraggeber, geschehen war. Er liebte Rußland nicht besonders, obwohl er hier geboren war. Lediglich seine Arbeit machte ihm das Leben erträglich. Ihm war klargeworden, daß er keine Wahl hatte, daß er als Schnüffler weitermachen mußte oder austrocknen und wie eine Papiertüte weggeblasen würde.

Aber ein Spürhund ohne Auftraggeber war ein Nichts. Mit wem sollte er Kontakt aufnehmen?

Carelin war auf Jake Maroc verfallen. Dies war die einzige Möglichkeit, die sich anbot. Als ehemaliger Mitarbeiter kannte Jake die *Pyramide* aus- und inwendig. Da er in Hongkong war und keine Verbindung mehr zur Zentrale hatte, war er sicher vor Schimäre und damit der einzige Mensch auf der Welt, dem Carelin wirklich vertrauen konnte.

Und da war noch etwas: Jake war der beste Freund von Henry Wunderman gewesen. Mehr noch, Wunderman war Jakes Lehrer gewesen. Maroc verdiente es, die Wahrheit zu erfahren. So nahm Carelin Kontakt zu ihm auf.

Dann hatte er gemerkt, daß er sich in Daniella verliebt hatte.

Jetzt war er wie Gott. Vernichten oder erschaffen, das war die Frage. Und bis zu diesem Moment hatte er nicht gewußt, wie quälend die Entscheidungen sein können, die Gott treffen muß.

Ganz nahe an der offenen Tür seines Büros hörte er den durchdringenden Ton des Summers. Genachevs Anruf in Washington war beendet. Jetzt war die Reihe an ihm.

Er warf einen letzten Blick auf die nächtlichen Lichter von Moskau. Wenn die Antwort nicht da war, wo sollte er sie dann finden?

Der Summer ertönte ein zweites Mal, und er ging hinaus. Aber seine Gedanken ließen ihm keine Ruhe.

Jin Kanzhe war auf dem Weg durch die Pforten des Himmels, als ihn die Erkenntnis traf. Er war bei der Akrobatin. Sie hatte natürlich auch einen Namen, aber er fand es erregender, sie in seinen Gedanken ›die Akrobatin‹ zu nennen.

Er hatte sie nach einer besonders hinreißenden Vorstellung der Dazhalen-Akrobaten kennengelernt, zu der ihn Huaishan Han mitgeschleppt hatte. Kaum daß die Lichter ausgegangen waren, war der alte Mann auf seinem Stuhl eingeschlafen, ein nicht ungewöhnlicher Vorfall, den Jin Kanzhe mit erschreckender Genauigkeit voraussagen konnte.

Trotzdem hatte er sich gut unterhalten. Die Truppe war großartig. Sie gaben jeder Nummer einen Titel, was er etwas hochgestochen fand. Während der Nummer ›Strohhäuser‹ wurde er auf sie aufmerksam: auf die Geschmeidigkeit ihres Körpers und das katzenhafte Gesicht, das typisch war für die nördlichen Regionen. Sie war eine unter den vielen

Frauen, die über die Bühne wirbelten, aber etwas an ihr hatte ihn tief beeindruckt. Sie hatte eine so graziöse Art, über die Bühne zu tanzen. Es erregte ihn, wie sie sich aus den Hüften heraus bewegte. Am Ende der Nummer fühlte er eine ziemlich schmerzhafte Erektion.

In der Pause ließ er den schläfrigen Huaishan Han mit dem Auto nach Hause bringen. Dann, nach der Vorstellung, benutzte er seinen Dienstausweis, um hinter die Bühne zu gelangen. Sein Ausweis machte ihn zu so etwas wie einer wichtigen Persönlichkeit, was ihm gefiel.

Er sah die Akrobatin nicht sofort. Im ersten Moment nahm er nur die Lichter und das große Gedränge wahr, die Menschen, die bei Tee und Champagner zusammensaßen. Er mußte innerlich lachen, als er sah, wie jemand den Champagner vor ihm zu verstecken versuchte. Ein Meer von Gesichtern, das wegen der in die Ecken gerichteten Spots halb im Dunkeln lag. Wirklich nichts besonders Aufregendes.

Er hatte sich gerade damit abgefunden, daß sie sich wohl schnell zurückgezogen hatte, als er sie entdeckte. Sein Herz überschlug sich und es nahm ihm den Atem. Seine Anwesenheit hatte sich bereits hinter der Bühne herumgesprochen. Sie schien auf ihn vorbereitet zu sein und ließ jenes Lächeln aufblitzen, das er schon von ihrem Auftritt kannte. Damit war es um ihn geschehen.

Jetzt, als er in die weichen, feuchten Pforten des Himmels eindrang, hörte er ihr Stöhnen unter sich. Sie liebte es, ihrer Erregung geräuschvoll Luft zu machen. Jin Kanzhe, der so etwas bei einer Frau nicht gewöhnt war, konnte sich nicht mehr lange zurückhalten, wenn sie so weitermachte.

Die Akrobatin lag in einer ungewöhnlichen Stellung unter ihm. Ihr geschmeidiges Fleisch, das so fest und zart war, wogte unter ihm wie das Meer. Die Innenseiten ihrer Waden streiften seinen Nacken, seine Lenden begannen zu schmelzen.

Die Bewegungen ihrer Hüften erregten ihn. Sie war beweglich, als wäre sie aus Gummi. Er preßte die Luft aus seinen Lungen, und sie stöhnte.

Er begann sich in sie zu verströmen, ihr Stöhnen und ihre Schreie verstärkten sich. Sie wogte wie das Meer, die Laute der Ekstase klangen in seinen Ohren wie der Wind. Der Duft ihrer miteinander verschmolzenen Körper war überwältigend.

Sie liebten sich eine ganze Zeitlang. Für Jin Kanzhe war es ein schwindelerregendes Gefühl: köstlich, gefährlich, ungeheuer erregend; er war weit weg; hoch über dem Getriebe des Alltagslebens; er flog.

Und er mußte an Huaishan Han denken.

Eigentlich ging es nicht direkt um den alten Mann. Es war so seltsam, dachte er schaudernd. Sein Bizeps begann zu zittern. Schweiß rann ihm in der Mitte der Stirn herunter und floß von seiner Nase herab auf das brennende Fleisch zwischen ihren kleinen, festen Brüsten.

Die Akrobatin, mitten zwischen Wolken und Regen, hatte alles um sich herum vergessen. Ihr Gesicht war verzerrt; sie preßte sich gegen ihn, ließ ihre Hüften einige Male vor und zurück schnellen und stieß einen kurzen Schrei aus.

Jin Kanzhe verharrte unbewegt. Das Bild, das in seinem durch die Lust geweiteten Bewußtsein aufgestiegen war, erfüllte ihn ganz.

Vor seinem geistigen Auge sah er das Arbeitszimmer in Huaishan Hans Villa. Es war Nacht gewesen – Jin Kanzhe wußte nicht mehr genau, welche. Sie hatten sich gemeinsam betrunken und von alten Zeiten geredet, der alte Mann hatte stundenlang über Shi Zilin gesprochen, und Jin Kanzhe hatte sich die beiden in der Hölle von Kambodscha vorgestellt.

Er mußte damals eingenickt sein. In seinen Träumen hörte er undeutlich das klangvolle Ticken von Huaishan Hans Uhr. Seine vom Alkohol schweren Lider öffneten sich nur einen Spalt weit. Doch er sah, wie der alte Mann ihn anstarrte. Eine abgedeckte Lampe verlieh seinen Augen einen harten Glanz, einen Ausdruck, der Jin Kanzhe wie ein Schlag traf.

Dann kam der alte Mann auf ihn zu und berührte ihn. »Bist du wach?« flüsterte er.

Da Jin Kanzhe sich nicht bewegte, nickte der alte Mann und verschwand im Halbdunkel seines Arbeitszimmers. Jin Kanzhe war sehr müde. Die übermäßig genossenen Mengen von Alkohol pulsierten noch in seinen Adern wie ein Gift. Seine Augen schlossen sich, und er schlief ein.

So war ihm die Szene in Erinnerung geblieben. Das war alles gewesen, was er wußte – bis zu diesem Moment. Nun aber war das Bild in ihm aufgestiegen, sein Orgasmus – genauer gesagt, die Ejakulation – hatte es ihm ins Bewußtsein gerufen.

Er sah, wie Huaishan Han im Bad neben dem Arbeitszimmer urinierte. Aufgrund seines Alters mußte er sich dazu hinsetzen. Die Türe war halboffen. Der alte Mann griff in die Wandnische, wo das Toilettenpapier lag. Wieso brauchte er beim Urinieren Toilettenpapier? Vielleicht hatte er Probleme, seinen Darm geschlossen zu halten, wie es bei alten Leuten nicht ungewöhnlich war.

Aber warum las er dann auf dem Toilettenpapier, anstatt es zu benutzen?

Jin Kanzhe löste sich von der Akrobatin, und sie gab einen kleinen Schrei der Enttäuschung von sich. Sie wollte, daß er bis zum letzten Moment in ihr bliebe. Doch er rollte zur Seite und begann sich anzuziehen.

Es war sehr spät. »Willst du nicht die Nacht über dableiben?« fragte sie.

»Ich komme wieder«, erwiderte er und hielt ihr die Hand hin, um den Schlüssel in Empfang zu nehmen.

Sie rollte ihren erstaunlichen Körper zu einem Ball zusammen und wandte ihm ihr Gesicht zu. Zwischen ihren Lippen glitzerte Metall: der Schlüssel zu ihrem Apartment.

»Küsse mich«, sagte sie, ohne daß ihr der Schlüssel im Mund dabei Schwierigkeiten bereitete. Jin Kanzhe neigte sich über sie und schloß seine Lippen über ihren. Langsam drückte ihre Zunge den Schlüssel zwischen seine Zähne. Dann rutschte er in seinen Mund.

Sie lächelte, als er sich aufrichtete. »So hat es Houdini gemacht«, erklärte sie. Sie war stolz auf ihr Wissen über geheime Dinge. »Seine Gefährtin spielte ihm durch einen Kuß den Schlüssel zu seinen Ketten zu, bevor er ins Wasser gesenkt oder in den versiegelten Sarg gelegt wurde.«

Er hielt es nicht für angebracht, sie zu fragen, woher sie solche merkwürdigen Dinge wußte. Ihr Denken war Jin Kanzhe unbegreiflich.

In dem Wagen, der vor ihrem Apartment wartete, verließ er Beijing und fuhr in die nördlichen Vororte, wo Huaishan Han lebte. Auf den Straßen war kein nennenswerter Verkehr. Nur Lastwagenkolonnen rumpelten dahin; sie beförderten Lebensmittel, keine Soldaten, doch das Geräusch war dasselbe.

Jin Kanzhe senkte den Kopf. Er vermißte Colonel Hu. Der Krieg in Kambodscha hatte sie beinahe enger miteinander verbunden als Brüder. Was hatten sie nicht alles gemeinsam ertragen! Wenn zwei Männer jeden Tag in der schrecklichsten Gefahr sind, wenn sie den Feind mit nackten Händen in feindlichem Gebiet erwürgen, dann ist das Band zwischen ihnen unauflöslich.

»Jin *tong zhi.*«

Er schrak auf. Er hatte das Gefühl, es war nicht das erstemal, daß der Fahrer ihn angesprochen hatte. »Ja?« Seine Stimme war belegt, als wäre er gerade aus einem Traum erwacht. Auf seinem Körper lag noch der Geruch der Akrobatin. Seine Haut fühlte sich klebrig an, er spürte noch ihre Lust.

»Wir sind da, Jin *tong zhi.*«

Er sah, wie ihn der Fahrer im Rückspiegel beobachtete. »Gehen Sie und ruhen Sie sich aus«, sagte Jin.

»Ich bin nicht müde, Genosse.«

»Tun Sie, was ich Ihnen gesagt habe, und verschwinden Sie«, bellte Jin.

Er saß eine Weile allein im Auto und lauschte auf das Knistern des Motors, der langsam abkühlte. Wenn er die Zunge im Mund hin und her bewegte, spürte er noch den eigenartigen metallischen Geschmack des Schlüssels, den ihm die Akrobatin gegeben hatte. Und er dachte mit einer gewissen Bewunderung an Houdini.

Dann schlüpfte er aus dem Wagen und ließ die Tür offen. Die Nacht war sehr mild, man spürte bereits das Nahen des Frühlings, der eine kurze Atempause zwischen dem kalten Winter und dem glühendheißen Sommer brachte. Ein Nachtvogel zwitscherte einen Augenblick lang direkt über ihm.

Jin Kanzhe schlich von Baum zu Baum. Der alte Mann ließ in seinem Arbeitszimmer immer ein Licht brennen. Er war in dem Alter, in dem man nur noch zu unregelmäßigen Zeiten schlief. So konnte er den ganzen Tag über schlafen und den größten Teil der Nacht über wach sein.

Vorsichtig ging Jin Kanzhe die Treppe zu der holzverkleideten Veranda hinauf. Dann schob er seine Ausweiskarte in den engen Spalt zwischen der Tür zum Arbeitszimmer und dem alten Rahmen und wandte einen Trick an, auf den Houdini – und auch die Akrobatin – stolz gewesen wären.

Er spähte hinein – das Arbeitszimmer war leer. Er zog seine Schuhe aus und stellte sie vor die Tür. Dann schlich er lautlos über den Deco-Teppich, über Wirbel von Silber auf blauem Grund. Er stolperte über etwas, fiel auf ein Knie und fluchte leise vor sich hin.

Es war ein Pantoffel. Er stieß ihn zur Seite und verharrte längere Zeit bewegungslos. Am Ticken der Uhr hörte er, wie die Sekunden verstrichen, und er wischte sich den Schweiß ab, der ihm über die Stirn rann.

Schließlich durchquerte er das Arbeitszimmer und öffnete die Badezimmertür. Er ging hinein, kniete sich neben der Nische nieder und untersuchte das Papier. Es war eine normale Rolle. In dem Raum war es dunkel, und er wagte nicht, Licht zu machen. Vorsichtig streckte er eine Hand in die Nische, tastete ein wenig herum und entdeckte mit steigender Erregung, daß die Rückwand eine Attrappe war. Er nahm heraus, was dahinter versteckt war.

Dann ging er ins Arbeitszimmer zurück und hockte sich neben einer Lampe nieder. In der Hand hielt er einen Haufen Papiere. Sie sahen wie Verträge aus, waren aber alle handgeschrieben. Das waren die Papiere, die Huaishan Han gelesen hatte, als er ihn, Jin Kanzhe, in tiefem Schlaf wähnte.

Jin Kanzhe begann zu lesen. Schon bald sträubten sich ihm die Nackenhaare. Er fühlte eine Schwäche in der Magengrube. Mit jedem Wort, das er las, wuchs sein Entsetzen; je schneller er las, desto mehr fieberte er dem Ende dieser Aufzeichnungen entgegen.

Es war unglaublich und vollkommen irrsinnig, was er da las. Seit langem hatte er angenommen, daß Huaishan Han verrückt sei, und jetzt hatte er den Beweis dafür. Nun wußte er, was hinter seiner scheinbar grenzenlosen Macht stand. Er erinnerte sich daran, wie Huaishan Han gesagt hatte: ›Geld spielt keine Rolle. Es fließt durch meine Hände wie ein endloser Strom.‹ Jin Kanzhe wußte jetzt warum. Sein Reichtum mußte phantastisch sein, fast grenzenlos. Aber welchen Preis zahlte China dafür!

»Hast du genug gelesen?«

Jin Kanzhe zuckte zusammen und hob die Augen, verschreckt wie ein Hirsch, der in den Lichtkreis der Scheinwerfer eines Autos geraten war. Huaishan Han stand im dunklen Eingang zum Korridor. Neben ihm standen Jin Kanzhes Fahrer und der große Hund. In der Hand des jungen Mannes lag eine Pistole.

Jin Kanzhe stand auf. »Was hast du uns angetan?« In seiner Stimme schwangen unglaubiges Erstaunen und Wut mit. Er schwenkte die ungeheuerlichen Dokumente. »Du wirst uns alle vernichten.«

»Kaum«, sagte Huaishan Han. »Aber ich will meine Rache an Shi Zilin und seiner gesamten Familie. Und dies ist der einzige Weg.«

»Der einzige Weg!« rief Jin Kanzhe fassungslos. »Deine Besessenheit hat das ganze Land in Gefahr gebracht. Begreifst du überhaupt, was du da tust?«

Huaishan Han lachte. »Natürlich«, sagte er. »Ich werde dich töten.«

Wie in einem Traum sah Jin Kanzhe, daß Hans knochige Hand den gescheckten Nacken des großen Hundes packte. Der Hund knurrte grollend und sprang, ohne zu zögern, Jin Kanzhe an die Kehle.

Der Metallgeschmack kehrte in Jin Kanzhes Mund zurück. Er spürte noch einmal das fremdartige Gefühl, wie sich der Schlüssel zwischen seine Zähne schob und die heiße Zunge der Akrobatin folgte.

Als er fühlte, wie die Zähne des Hundes sich in seinen Hals bohrten, fragte er sich dumpf, wie Houdini hier wohl herausgekommen wäre.

Huaishan Han blinzelte. Er streckte seine dürre Hand nach der Waffe aus, und der Fahrer gab sie ihm. »Schau nach, ob er tot ist«, sagte der alte Mann und pfiff den Hund zurück.

Als der Fahrer den Befehl ausgeführt hatte, schoß Huaishan Han ihm mit einer Zielsicherheit, die man nicht mehr verlernt, wenn man sie erst einmal erworben hat, ins Herz.

Zur angegebenen Zeit setzte sich Three Oaths vor das alte Kurzwellenradio und überprüfte die Codes, die Jake ihm gegeben hatte, um Apollo zu erreichen. Dann begann der komplizierte Vorgang des Sendens und Empfangens. Er war schrecklich aufgeregt. Der Transistor weckte viele schmerzliche Erinnerungen in ihm. Mit diesem Ding, das er von seiner alten Dschunke gerettet hatte, hatte er über viele Jahre die Verbindung zu Shi Zilin in Beijing aufrechterhalten. Lange Jahre einer schmerzlichen, aber notwendigen Trennung. Über Jahrzehnte hinweg war dieses kleine Wunderwerk der Technik das einzige Kommunikationsmittel zwischen den beiden Brüdern gewesen.

Jetzt überschwemmten die Erinnerungen Three Oaths wie eine Flutwelle. Seine Augen waren feucht von Tränen. Er vermißte seinen Bruder sehr. Sein ganzes Leben war er mit Shi Zilin zusammen gewesen. Siebzig Jahre lang hatten sie – bildlich und wörtlich – die Köpfe zusammengesteckt. Sie hatten für die Zukunft geplant. Sie hatten die große *Ren* entworfen, die Ernte, die China nun im Begriff war einzubringen.

Three Oaths litt ungeheuer unter seinem Verlust. Sein Herz bebte vor Schmerz, wenn er sich der Leere bewußt wurde, die Shi Zilins Tod in ihm hinterlassen hatte. Dabei war es sonst nicht seine Art, sich in Erinnerungen und Trauer zu verlieren. Vielleicht hörte er deshalb auch nicht, daß Neon Chow hinter ihn trat.

Und vielleicht schenkte er ihrer Gegenwart deshalb auch nicht viel Aufmerksamkeit, als sie nun ihre Arme um ihn legte, ihr Gesicht an seines drückte und ihn küßte. Denn strenggenommen hatte sie unter Deck nichts zu suchen, wenn er an dem Gerät saß. Dies war eine eiserne Regel auf der Dschunke, und sie galt für Three Oaths' ganze Familie.

»Ich sehe Trauer auf deinem Gesicht«, sagte sie mit ihrer sanftesten Stimme. »Ich sehe tiefe Trauer.« Sie umarmte ihn zärtlich. »Das bißchen, was ich dir an Hilfe geben kann ... Ich weiß, daß es in keinem Verhältnis zu deiner Trauer steht.«

»Nein, nein«, erwiderte Three Oaths. »Es bedeutet mir sehr viel.« Er war ihr dankbar für die Wärme. Es milderte ein wenig die Leere, die ihn quälte. Nicht eine Sekunde dachte er darüber nach, warum sie hier unten war, obwohl sie das Verbot kannte.

Dicht hinter ihm öffnete Neon Chow die Augen. Auf der Tischplatte, die an zwei Messingketten von der Decke herunterhing, sah sie ein Stück Papier. Sie erkannte die Schrift des *Zhuan*. »Wen hast du sonst, der dich verwöhnt, der die Arme um dich legt, der dich die ganze Nacht liebt?« flüsterte sie, während sie las, was auf dem Papier stand. Ihr Puls schlug ihr bis zum Hals, und sie spürte einen stechenden Kopfschmerz. Sie kämpfte um ihre Selbstbeherrschung, als sie die Bedeutung der Worte begriff, die Jake Maroc für seinen Onkel aufgeschrieben hatte. Lieber Gott im Himmel, dachte sie, als sie den Namen von Apollo las, des Maulwurfs der *Pyramide* im Kreml. Ich muß dringend um ein Treffen mit Bluestone bitten. Sie wußte natürlich nicht, daß Apollo ein Maulwurf der *Pyramide* war – das war Three Oaths nur mündlich mitgeteilt worden. Aber sie wußte, daß dies der Mann war, mit dem Three Oaths im Auftrag von Jake Kontakt aufnehmen sollte.

Hatte er sich nicht gestern noch mit der großen Ehre gebrüstet, die der *Zhuan* ihm hatte zuteil werden lassen? Hatte er ihr nicht versichert, daß sie ein falsches Bild von Jakes Beweggründen hätte? Hatte er ihr nicht zeigen müssen, daß er immer noch soviel Macht innerhalb des *Yuhn-hyun* besaß wie zu Lebzeiten Shi Zilins? Ja. Ja. Ja. Eine Verbindung nach Rußland, hatte er ihr gesagt. Ins Herz des Kreml. Nun wußte sie genug, um sich alles zusammenreimen zu können.

»Dich«, sagte er jetzt. »Nur dich habe ich.«

Neon brauchte einen Moment, bis sie begriff, daß er auf ihre eigenen Worte antwortete, so gefesselt war sie von der Bedeutung dieser fantastischen Nachricht.

»Heute abend«, flüsterte sie und leckte sein Ohr, »komm früh ins Bett. Ich fühle, daß du eine ganze Nacht lang Zärtlichkeiten brauchst.«

Ihre Hand glitt hinunter zwischen seine Beine. Sie spürte, daß sie einen kleinen Schauer in ihm auslöste und lachte. Dann ging sie und vergaß ihn sofort; sie dachte nur noch an das Lob, das sie von Bluestone bekommen würde, wenn sie ihm diese unglaubliche Beute ausliefern würde.

Mit leicht nach vorn geneigtem Kopf, um auf ihre kleinen Füße in den traditionellen *Tabi* und *Yeta* achten zu können, trat sie zu ihnen. Sie trug einen blendend weißen Kimono, verziert mit blassen pfirsichfarbenen Pfingstrosen, und preßte krampfhaft ein kleines eingewickeltes Päckchen an ihre Brust.

Sie sahen, wie sie sich vor ein Gewölbe niederkniete, wo das Bild von Kannan stand, ein so heiliger Gegenstand, daß er den Büßern nur einmal in dreiunddreißig Jahren gezeigt wurde.

Unbeirrt in ihrer Frömmigkeit, beugte sich die Frau mit dem traurigen Gesicht in Ehrfurcht vor dem Bildnis der Göttin der Barmherzigkeit. Um sie herum versprühten Schalen mit Speisen und Blumen Farben und Gerüche im Überfluß. Ihre Lippen bewegten sich in einem stillen Gebet. Zu welchem *Kami* ahnten sie nicht, bis die Frau langsam das Päckchen auswickelte und ehrfurchtsvoll eine kleine Mädchenpuppe zwischen die weißen und gelben Kamelien stellte, die auf einer gebrannten Tonschale angeordnet waren.

Dann war ihnen der Grund der Trauer so klar wie das Sonnenlicht, das sich über dem Tal unter ihnen ausbreitete. Die Tochter dieser jungen Frau war vor kurzem gestorben, und die Puppe, die sie der Göttin der Barmherzigkeit brachte, war der geliebte Besitz des kleinen Mädchens gewesen.

Jake und Mikio Komoto saßen nebeneinander, ihre Augen hingen an den zarten Gesichtszügen der Frau, deren Augen vor Schmerz brannten. Und dann, als sie sich erhob und einen letzten Blick auf die Puppe warf, lief eine einzelne Träne ihre Wange hinunter.

»Hierher kommen alle«, sagte Mikio, »alle Frauen aus Kyoto. Zu Kiyomizu-dera.« Die beiden waren allein hier, ohne ihre Yakuza-Bewachung, da die Männer zuviel Aufsehen erregt hätten. Außerdem hielt man Mikio für tot. »Ja, sie kommen von überall her, um Kannon um eine sichere Geburt zu bitten. Oder, wie diese Frau, um die Göttin zu bitten, das *Kami* ihres toten Kindes zu beschützen.«

Jake sagte nichts. Er genoß den scheinbar grenzenlosen Blick von diesem buddhistischen Bergtempel über ganz Kyoto, auf die grünen Waldhänge des Berges, der voll von sprießendem Grün war, und auf das geometrisch gegliederte Ackerland im Tal, durch das winzige Gestalten, die aus der Entfernung schwarzen Punkten glichen, sich ihren Weg hinauf bahnten.

»Meine Frau ging gewöhnlich sehr oft hierher.«

Jake hörte aufmerksam zu. Er hatte Mikios Frau nicht gekannt und wußte, daß man einem Japaner besondere Aufmerksamkeit und Respekt entgegenbringen mußte, wenn er von so einem persönlichen Thema sprach. Er verschloß seine Gedanken vor seinen Schmerzen. Konzentriere dich, ermahnte er sich selbst.

»Sie kam«, fuhr Mikio fort, »um die Göttin der Barmherzigkeit um ein Kind zu bitten. Es war... schwierig bei ihr. Die Ärzte sagten, daß ihre Gebärmutter so schief läge, daß eine Schwangerschaft unmöglich wäre.« Mikio legte seine Hände zusammen, fast so, als würde er beten. »Sie empfahlen eine künstliche Befruchtung, aber wir fanden das irgendwie... geschmacklos. Deshalb kam sie hierher und betete zu Kannon. Auf diesem herrlichen Felsvorsprung, auf dem dieser Tempel im Jahre siebenhundertachtundneunzig errichtet wurde, fühlte sie die Nähe der Göttin. Sie fühlte, daß die Göttin sie hier hören würde.«

Sie befanden sich auf der breiten, überhängenden Veranda des Tempels, die man für heilige Tänze gebaut hatte. Ganz in der Nähe hörte man das Rauschen des Otawa, eines der berühmtesten Wasserfälle Japans.

Plötzlich erhob sich Mikio und ging an das Ende der Veranda, wo man ganz nahe am Otawa war. Jake folgte ihm, und sie schauten beide hinunter auf die weißgekleideten Pilger, die hinter der Barriere am Wasserfall mit erhobenen Händen zu Fudo-Myo-o beteten, daß er sie gegen die Anschläge ihrer Feinde in Schutz nehmen möge.

»Wir sollten auch dort unten sein«, sagte Jake. »Wir brauchen beide viel Schutz in diesen Tagen.« Nach einiger Zeit fragte er, ohne seinen Freund anzuschauen: »Hat Kannon die Gebete deiner Frau erhört?«

»Du siehst mich, wie ich immer gewesen bin, Jake-san: kinderlos.«

Es genügte nicht zu sagen, daß es ihm leid tat, und deshalb schwieg Jake.

»Vielleicht«, sagte Jake nach einiger Zeit, indem er auf die Betenden im Regen des Wasserfalls deutete, »wissen sie etwas, was wir nicht wissen.«

»Wenn es so ist«, sagte Mikio, »dann werden wir es nie wissen.«

Aus dem Augenwinkel heraus sah Jake eine Träne auf der Wange seines Freundes, und er dachte an die junge Frau und ihren Abschied von der geliebten Puppe des Kindes. Er wußte jetzt, warum Mikio ihn hierher gebracht hatte. Er fühlte sich immer noch verantwortlich dafür, daß Jake in Tokio fast getötet worden wäre. Und er ließ sich auch nicht davon beirren, daß eigentlich Jakes Starrköpfigkeit dafür verantwortlich gewesen war. Dabei wußte Jake selbst am besten, daß Mikio alles versucht hatte, ihn von der Gefahrenzone fernzuhalten. Jake hatte einfach den wiederholten Warnungen keine Beachtung geschenkt.

Aber Mikio sah das so: wenn Jake in Japan war, dann war der *Oyabun* – der Chef der Yakuza – für ihn verantwortlich. Schluß. Es war ganz einfach und doch so kompliziert. Jetzt hatte Mikio Jake gegenüber eine Schuld, die er nie zurückzahlen konnte. *Giri* und ebenso Freundschaft – *Giri* verbunden mit Freundschaft – war es, was sie so eng verband. *Giri* zwang Mikio, einen höchstpersönlichen und zweifellos schmerzvollen Teil seiner Vergangenheit vor Jake zu offenbaren. Das war ein außergewöhnlicher Augenblick gewesen, und das hatte auch Jake so empfunden.

»Aber die Liebe überdauert, Mikio-san«, sagte Jake. »Wie die Berge und die Seen. Die Liebe stirbt niemals.« Er beobachtete die Pilger, die sich im Wasser des Otawa reinigten und sich so mit dem Glanz Gottes bedeckten. »Vielleicht ist das das einzige, was uns manchmal am Leben erhält, *neh?*«

Mikio nickte wortlos, ohne seine Augen vom Wasserfall abzuwenden. Er verstand.

Stille – die Stille des Klangs der Natur – umgab sie, und es war, als stünden sie am Grund des Otawa, eingetaucht in das Wasser. Mitten in dieser Illusion sah Jake einen grauen Kiebitz, der von einem Zweig auf den anderen hüpfte. Unbewußt folgten seine Augen der graziösen Fluglinie des Vogels, der sich über dem dunkelgrünen Wald auf und ab bewegte. Der Vogel stieg immer höher auf, flog über ihre Köpfe hinweg und verschwand hinter der erleuchteten Fassade des Glockenpavillons.

Die Bewegung des Kiebitz führte zu den zwei Männern in dunklen Anzügen, die die breiten Stufen des Pavillons herunterkamen. Beide hatten kurzgeschnittenes Haar und kantige Gesichter. Sie trugen Sonnenbrillen mit Spiegelgläsern. Und sie machten kein Geheimnis daraus, worauf sich ihr Interesse richtete.

»Mikio-san«, sagte Jake leise, aber eindringlich, »ich fürchte, der Krieg hat uns eingeholt.«

Tony Simbal jagte in seiner gemieteten schwarzen Corvette über den Intracoastal Highway in Miami. Er hörte das Geräusch erst, als es fast schon zu spät war.

Er fuhr fünfundachtzig Meilen bei heruntergedrehten Fenstern; das Sausen des Windes übertönte fast die Stones im Autoradio, das er auf volle Lautstärke aufgedreht hatte. Verständlich, aber unentschuldbar.

Denn es war der Kubaner, der ihn rief, Martine Juanito Gato de Rosa in einem feuerroten Ferrari. Er fuhr neben der Corvette und schrie sich die Lungen aus dem Leib.

Eine Hand war am Steuer, die andere hielt eine Magnum aus dem offenen Beifahrerfenster, deren Geschosse einem den Schädel zerfetzen konnten wie eine reife Melone. Der Revolver war auf Simbals linkes Ohr gerichtet.

»Fahr an den Rand! Du verdammter Hurensohn! Ich sage, fahr das verdammte Ding rüber!« Er spannte den Hahn der Magnum.

Der Diener in der La Toucana hatte gute Arbeit geleistet und dem

Kubaner Marke, Modell und Nummer von Tonys gemieteter Corvette gesagt.

Pastellfarbene Hochhäuser, rosa und puderblau, schossen vorbei und dazwischen immer wieder kleine Yachthäfen, in denen weiß-blaue Segelboote und Fischerkähne kreuzten und über ihrem Kielwasser kleine Dieselwolken hinter sich herzogen. Mädchen in knappen Bikinis, mit coolen Sonnenbrillen im zurückgekämmten Haar und Niveacreme auf ihren sonnenverbrannten Schultern, lachten mit silbergrauen Millionären, die Hawaiihemden trugen, offen bis zum Nabel, damit man ihre 24-Karat-Ketten sah. Sie hatten keinerlei Sorgen, aber Tony Simbal wurde von einem wildgewordenen Ferrari und einem schwarzen Revolverlauf fast von der Straße gedrängt.

Die Ruhe der Landschaft sickerte durch die offenen Fenster der Corvette, der Motor lief im Leerlauf, während auf der linken Spur der Verkehr mit der Geschwindigkeit eines Kolibris vorüberschoß.

Der rote Ferrari, in dessen langer Kühlerhaube sich die Sonne spiegelte, hatte so dicht hinter ihm gestoppt, als würde er von einem Verkehrspolizisten gefahren.

Er hörte, wie eine Wagentür zugeschlagen wurde, und dann Schritte auf dem Randstreifen.

Plötzlich verdunkelte sich die Sonne, der Körper von Martine Juanito Gato de Rosa beugte sich in die Corvette. Simbal fühlte den kalten Lauf der Magnum an seiner Stirn.

»Du kleines Miststück«, sagte der Kubaner in abgehacktem Englisch, »ich sollte dir dein verdammtes Hirn ausblasen, aber ich habe zuviel Achtung vor den Polstern dieses Autos.«

»Ruhig, Junge«, erwiderte Simbal. Er war darauf bedacht, dem Kubaner nicht den Kopf zuzuwenden. »Laß uns ein bißchen plaudern und...«

»Leck mich doch am Arsch, du Scheißkerl.«

»Beruhige dich.«

»Du hast vielleicht Nerven. Kommst hierher und steckst deine Nase in meine Angelegenheiten.«

»Ich weiß nicht einmal, was deine Angelegenheiten sind.«

Die Magnum drückte schmerzhaft gegen seine Schläfe. Er konnte das Moschus-Parfüm des Kubaners riechen – und ein bißchen Schweiß. Hatte er etwa Angst? Vor ihm?

»Denkst du, du kannst mir den Dreck abjagen? *Hijo de puta.*«

»Wie du weißt, war meine Mutter eine richtige Lady, Martine«, erwiderte Simbal. »Die einzige Hure, die ich kenne, ist deine Schwester.«

Der Kubaner riß die niedrige Tür der Corvette auf und brüllte los. »Komm da raus, verdammt noch mal.«

Simbal tat, wie ihm geheißen wurde. »Was hast du vor?« fragte er. »Mich erschießen vor diesen vielen Zeugen, die hier alle dreißig

Sekunden vorbeikommen? Hör zu, wir können uns von mir aus den ganzen Tag beschimpfen, wenn du willst. Aber was mich angeht, ich habe wichtigere Dinge zu tun.«

»Wie in meinem Gebiet zu wildern.«

»Mako gehört dir allein, mein Junge.« Simbal hob seine Hände. »Zur Hölle, ich hätte im La Toucana einfach an deinen Tisch kommen können. Wenn ich das getan hätte, wäre die ganze Sache aufgeflogen.«

»Welche Sache?«

»Komm schon, Martine. Diese ganze Scheiße mit Mako und Eddie.«

Die braunen Augen des Kubaners näherten sich ihm. »Was, verdammt noch mal, weißt du davon? Und was machst du hier überhaupt?«

»Die *Pyramide* hat mich hierher geschickt«, erwiderte Simbal. Angesichts seiner Situation schien es ihm wenig sinnvoll, die DEA auch nur mit einem Wort zu erwähnen. »Im letzten Monat hat es in Chinatown einen *Diqui*-Mord gegeben. Ihr bester Mann, Alan Thune, wurde von einer oder mehreren unbekannten Personen umgelegt. Dann wurden einem von der DEA, sein Name war Peter Curran, in Paraguay sämtliche Glieder vom Leib gerissen; und diesmal waren die Nazis da unten schuldlos. Es war wieder die *Diqui*. Daran bin ich interessiert, genauso wie mein Boß, der oberste Honcho. Der Große Kahuna. Und deshalb bin ich hier.«

»Und warum ausgerechnet hier?«

»Laß uns irgendwo hingehen, wo es schön ruhig ist und wo wir die Sache bei einem guten Drink unter Männern besprechen können.«

Der Kubaner hob die Magnum, so daß ihr Lauf genau auf das Gesicht Simbals gerichtet war. »Warum bist du ausgerechnet hier?«

Simbal seufzte. »Weil sich hier auch Edward Martin Bennett rumtreibt. Stimmt's?«

Der Kubaner kannte ein kleines Lokal auf Key Biscayne, von dem man einen spektakulären Ausblick auf das Zentrum von Miami hatte – zumindest für denjenigen, der sich für die häßlichen Folgen ungezügelter Habgier interessierte. Große Wolkenkratzer aus Marmor und Granit und mit Rauchglasfenstern waren aus dem Boden gestampft worden, und zwar mit der gleichen Hektik, wie sie in einem Ameisenhaufen herrscht. In fieberhafter Eile hatte man während der Jahre, als viele davon träumten, daß in Miami das Glücksspiel legalisiert würde, ein Hotel nach dem anderen hochgezogen. Unsummen waren in diese schwerfälligen Riesen investiert worden, die nun fast leerstanden. Stille gähnte in ihren Gängen; sie standen herum wie hilflose Greise, die vorzeitig gealtert waren.

Aber aus dem Schatten eines ausgebleichten, gestreiften Sonnenschirms heraus sah die Bucht strahlend schön aus; die hochgezüchteten Rennboote strichen wie Wasserspinnen über die Wellen; das Grollen ihrer Motoren lag wie ein dumpfer Dauerton in der Luft.

Der Kubaner nippte an seiner Cola-Rum. »Mann, die sind doch wahnsinnig gewesen, dieses Ding, diese große amerikanische Sache zu ändern.«

»Welche Sache?«

»Die Cola natürlich, Mensch.« Der Kubaner sah Simbal an, als käme er von einem anderen Stern. »Eine amerikanische Tradition, ja eine Institution, hmm? Warum in aller Welt müssen sie daran herumpfuschen? Nun schmeckt nichts von diesem Zeug mehr vernünftig, egal wie sie es nun nennen. Ich meine, wozu gibt es überhaupt Tradition?«

Simbal wandte sich seinem Wodka zu. »Weißt du, Martine, ein Mord macht mich immer irgendwie gereizt.« Sie trugen beide dunkle Sonnenbrillen wegen des grellen Lichts und der blendenden Helligkeit der Bucht. Für eine Verhandlung war das nicht besonders gut, dachte Simbal, aber immer noch besser, als wenn einem jemand eine Magnum gegen den Schädel preßt. Er war froh, daß die Geschichte eine solche Wende genommen hatte.

»Mord kommt in unserem Geschäft jeden Tag vor, erzähl also keinen Unsinn.«

»Nur läßt sich nicht jeder zur SNIT zurückverfolgen«, sagte Simbal. »Ein Mitglied einer Organisation, das ein Mitglied einer anderen Organisation auslöscht, ist nicht gerade das, was einen heiter stimmt.« Simbal lehnte sich nach vorn. »Verstehst du, Martine, Currans Tod hat mich ein bißchen nervös gemacht.«

»Dann geh nach draußen und reagier dich an einem Mülleimer wieder ab.«

»Das habe ich schon bei deiner Tochter versucht.«

Der Kubaner wurde rot vor Wut. »Du verdammtes Stück Scheiße; ich hätte dich vorhin doch vom Highway wischen sollen.«

»Ja, vielleicht hättest du das«, erwiderte Simbal, »aber vorbei ist vorbei. Jetzt sitz ich hier mit dir, und wir sollten sehen, daß wir mit unserem Geschäft weiterkommen. Und wenn du mich umgelegt hättest, wäre dir das bestimmt nicht gut bekommen. Ich bin nämlich nicht mehr bei der DEA. *Pyramide* kümmert sich jetzt um die *Diqui*. Mein neuer Kahuna ist nur einem Mann Rechenschaft schuldig, und das ist der Präsident der Vereinigten Staaten von Amerika. Verstehst du? *Pyramide* hat eine Macht, von der die SNIT nur träumen kann. Ich glaube nicht, daß es zu deinem Vorteil wäre, wenn du dich mit mir anlegen würdest. Wo ich doch andererseits dein Freund sein könnte.«

Der Kubaner schwieg eine Zeitlang. Der Oberkellner führte eine dreiköpfige Familie an ihrem Tisch vorbei, und sie warteten so lange, bis es um sie herum wieder leer war.

»Dann wäre es am besten, wenn du mir mehr darüber erzählen würdest. Ich glaube nämlich nicht, daß du nur wegen eines Mordes hierher gekommen bist. Das kannst du auch vom Fat Boys Institute erledigen lassen, Mann.«

»Das FBI könnte diesen Fall nicht einmal dann aufklären, wenn ich ihnen den Mörder auf einem Silbertablett servieren würde.«

Der Kubaner schüttelte den Kopf. »Mann, du bist ein eiskalter Killer. Und dich schicken sie nur, wenn schon fast nichts mehr zu retten ist.« Er hatte aufgehört zu trinken und schob sein Glas nur noch auf dem Tisch hin und her. »Wer steckt hier in Miami in der Sache drin?«

»Du und Mako«, erwiderte Simbal.

Der Kubaner zuckte die Schultern. »Er und Bennett haben sich zusammengetan. Das hatte ich zumindest gehört, und ich wollte mir darüber Gewißheit verschaffen.«

»Und was hat Mako dir erzählt?«

Der Kubaner widmete seine ganze Aufmerksamkeit wieder Simbal. »Er und ich, wir schmuggeln Marihuana in und aus sämtlichen Buchten rund um Miami. Was willst du noch?«

»Ich will wissen, was er und Bennett vorhaben.«

Der Kubaner knurrte ärgerlich. »Warum fragst du ihn das nicht selbst? Ich bin mir sicher, daß er es dir verraten würde.« Er schüttelte den Kopf.

Simbal versuchte, das Gespräch in Gang zu halten. »Was könnte es denn sein?«

Der Kubaner spielte den Erstaunten. »Das fragst du ausgerechnet mich?« Er machte große Augen. »*Madre de Dios!* Was können Leute wie ich, die ihre Nase im Schmutz der Schützengräben stecken haben, dir, dem Großen Weißen Jäger, denn erzählen?«

»Hör auf mit dieser Komödie, Martine.«

»Jesus, du hast vielleicht Humor, Mann!«

Simbal ging nicht auf das Spiel ein.

»Was haben Bennett und Mako vor?«

Der Kubaner zuckte wieder die Schultern. »Ich weiß es nicht; sag du es mir.«

»Du solltest daraus besser kein Geheimnis machen«, erwiderte Simbal.

Nach einiger Zeit sagte der Kubaner plötzlich: »Na schön«, und nahm einen Schluck von seinem Drink. »Bei ihm wird heute abend eine Party stattfinden, nach Mitternacht erst. Die Gäste sind handverlesen. Dort soll ich die beiden treffen. Mit Mako klarzukommen, war schon immer eine schwierige Angelegenheit.«

»Bennett«, sagte Simbal nachdenklich.

»Wenn du schon an der Sache dran bist, ist es wohl besser, wenn ich dir ein bißchen von ihm erzähle«, sagte der Kubaner leicht säuerlich.

»Ich habe bereits Eddies Akte eingesehen«, klärte Simbal ihn auf.

»Das heißt nur, daß es noch eine ganze Menge Dinge gibt, die du nicht weißt.«

»So?«

»Du kennst diesen *Hombre* nicht persönlich, du weißt also nichts von ihm.«

»Und das heißt?«

»Edward Martin Bennett ist ein ganz übler Bursche.«

»Erzähl mir lieber etwas, das ich noch nicht weiß.«

»Ganz ruhig, ich bin ja dabei.« Der Kubaner griff nach seinem Glas, trank einen weiteren Schluck und fuhr fort: »Eddie und Peter Curran hatten gemeinsame Interessen.«

»Du glaubst, daß sie an einer gemeinschaftlichen DEA-SNIT-Sache gearbeitet haben?«

»Nein, Mann. Nicht so etwas.«

Simbal versuchte dem Kubaner am Gesicht abzulesen, worauf er hinaus wollte. Was es auch war, es konnte auf jeden Fall nichts Gutes sein.

»Erzähl mir nicht, sie hätten gemeinsame Geschäfte gehabt.«

»Keine Geschäfte«, sagte der Kubaner und trank den Rest seiner Cola-Rum. »Eher Vergnügen.«

»Herr im Himmel.« Simbal überlegte einen Moment lang. »Du willst mir doch nicht etwa erzählen, daß dieser ganze, äh, Scheißdreck wegen eines Streites zwischen zwei Liebenden passiert ist?«

Der Kubaner fingerte mit der leeren Flasche herum, er wollte anscheinend noch eine. »Doch, ich glaube, so hat es begonnen. Sie konnten nicht zusammenleben, sich nicht in der Öffentlichkeit zusammen sehen lassen. Das war schlimm für sie. Wenn solche Dinge erst einmal in deiner Akte sind, dann bist du in unserem Geschäft erledigt. Dann schicken sie dich nie wieder raus, und du bekommst nie wieder Geheimmaterial in die Finger. Sie schicken dich in Quarantäne. Auf die Lepra-Station, wie Eddie das immer nannte. Dann mußt du lernen, ein kleiner Angestellter zu sein und Papier herumzuschieben; wirklich hochwichtige Sachen, wie Beförderungen, Gehaltserhöhungen und sonstwelche Anträge.«

»Du hast behauptet, daß niemand davon gewußt hätte«, hakte Simbal nach. »Aber du weißt es doch auch.«

»Sicher. Eddie und ich, wir haben schon öfter zusammengearbeitet. Du weißt vielleicht viel aus seiner Akte, Mann, aber wie ich dir gesagt habe, speziell in Eddies Fall kannst du die Akten vergessen.«

»Um Bennett kennenzulernen, muß man ihn also erst lieben«, sagte Simbal. »Willst du darauf hinaus?«

Der Kubaner verzog das Gesicht. »Du hältst dich wohl für sehr schlau, hmm? Denkst, weil du für die *Pyramide* arbeitest, hast du plötzlich alle Fäden in der Hand; und auf uns, das einfache Volk, siehst du nur noch mit mildem Lächeln herab, wie?«

»Dies war die einzige Möglichkeit für mich, in die Sache hineinzukommen, Martine«, erklärte Simbal. »Die ganze Geschichte wurde nach allen Seiten hin abgeschottet, das habe ich sehr schnell begriffen. Aber ich hatte keine Zeit mehr, dich zu erreichen. Also zieh jetzt nicht so ein Gesicht und nimm nicht alles gleich persönlich.«

»Genau in diesem Punkt liegst du auf der total falschen Linie, *Hombre*. Diese ganze Sache ist durch und durch persönlich.«

»Dann erzähl mal.«

Der Kubaner nickte. »Für Eddie existierte niemand auf der Welt außer Peter Curran; sie waren zusammen auf der Schule.«

»Ja, ich weiß. Yale. Gleicher Umgang, gleicher Club.«

»Hellfire Club«, bestätigte der Kubaner. »Und da ist einiges passiert. Als wir einmal zuviel getrunken hatten, hat mir Eddie von seiner Aufnahme in den Club erzählt. Dort lernten Eddie und Curran sich kennen.« Der Kubaner zuckte die Schultern. »Ich denke, daß Männer sich auch in Männer verlieben können!« Er bestellte bei der Kellnerin eine weitere Runde. »Aber daß diese Liebe auch wieder erlöschen kann.«

»War es das, was zwischen ihnen passierte?«

»Es war wie eine Ehe, die auseinanderbricht«, berichtete der Kubaner. »Das ist ja das Lustige daran, einer von ihnen wechselte die Seite, der andere nicht.«

»Das muß Curran gewesen sein«, sagte Simbal. »Ich habe ihn einmal mit einer Agentin der DEA herumflirten sehen.«

»Ja, und das schien Eddie ziemlich hart zu treffen«, gab der Kubaner zu, »aber für die Trennung war Eddie selbst verantwortlich. Er wurde ins tiefe Wasser geschickt.«

In der Sprache der SNIT bedeutete das, daß er einen langwierigen Geheimauftrag übernommen hatte. »Einen Moment, laß mich überlegen«, unterbrach Simbal ihn. »Das *Diqui*-Projekt?«

»Genau.« Der Kubaner nahm seinen Drink von dem Serviertablett der Bedienung. Er schien ungewöhnlich durstig zu sein, und Simbal erinnerte sich an dieses Gefühl der Angst, das von ihm auszugehen schien.

»Er ist schon sehr lange weg. Sehr lange.«

Simbal bemerkte den Unterton. »Und das bedeutet?«

Der Kubaner machte ein erstauntes Gesicht. »Aus diesem Grund bin ich doch hier, und deshalb war ich doch auch so verwirrt, als du hier plötzlich aufgetaucht bist. Eddie kommt nicht mehr zurück; er ist zur anderen Seite übergelaufen.«

Es traf Simbal wie ein Schlag. Und in das folgende Schweigen hinein dachte Simbal, das ist ja schlimmer als ein Voodoo-Spuk.

Sun Tzu sagte, daß für einen General die effektivste Art, seine Truppen aufzustellen, diejenige sei, die dem Gegner deren wahre Stärke verborgen hielt. In einem solchen Fall war keine Verteidigung gegen einen Angreifer möglich, nicht einmal dem hervorragendsten Taktiker.

Dies war 500 Jahre vor Christi Geburt geschrieben worden; Sun Tzus Scharfsinnigkeit war indessen so groß, daß seine Strategie auch noch in diesen Tagen Gültigkeit hatte.

Jake mußte daran denken, als er und Mikio jetzt um die Ecke der Schriftenhalle bogen. Sie hatten ihre Flucht die lange Veranda des Tempels hinunter begonnen, denn die beiden Yakuzas hatten Gewehre in den Händen gehabt, was es wenig sinnvoll erscheinen ließ, ihnen entgegenzustürmen oder sie auch nur noch einen Schritt näherkommen zu lassen. Jake und Mikio waren unbewaffnet, denn in dem heiligen Bezirk war das Tragen von Waffen verboten. Außerdem war Mikio gestern in Tokio ›gestorben‹, es hatte also auch keinen Grund gegeben, mit einem Anschlag zu rechnen.

Aber schließlich waren sie hervorragend trainiert, und Sun Tzu hatte sie gelehrt, einen günstigen Kampfplatz zu finden. So hetzten Jake und Mikio am Ende der Veranda eine Steintreppe hinunter, vorbei an einer langen Reihe trostsuchender Frauen.

Als sie die offene Tür zur Halle der Heiligen Schriften durchschritten, hörten sie das rhythmische *Pok-Pok-Pok* des Holzinstrumentes, dessen Takt die Gebete der Priester untermalte.

Dann blieben sie wie angewurzelt stehen. »O Buddha«, sagte Jake leise. Sun Tzus Strategie wurde ihm jetzt erst in voller Bedeutung bewußt, als er vier weitere Yakuzas auf sich zukommen sah. Plötzlich war ihm alles klar. Die ersten beiden mit den Gewehren hatten sie nur ablenken sollen. Er verfluchte sich innerlich; etwas Derartiges hätte er bereits ahnen müssen, als die ersten beiden ihre Gewehre in Anschlag gebracht hatten. Denn an einem Ort wie diesem, wo ein Großteil der Gebäude von der japanischen Regierung zum Nationalheiligtum erklärt worden war, war eine Schießerei völlig undenkbar. Schließlich gab es auch andere Methoden, leisere und viel diskretere, jemanden zu töten.

»In den Garten«, zischte Mikio, und stolpernd stürzten sie in das große bambusbestandene Gebiet zwischen der Halle der Heiligen Schriften und der Glockenpagode. Sie verließen den hölzernen Gehweg und sprangen auf den ersten flachen Flußstein. Von einem Stein zum anderen führte sie der Weg durch Moos und Bambushaine. Rechts von ihnen lag ein gigantischer Felsen, den das Wasser in Jahrhunderten geformt hatte. Es war der wohltätige Stein, einer von fünf dieser Riesen, die im Garten verteilt standen. Jeder repräsentierte eine der fünf Tugenden des Konfuzius.

Ihre schnellen Schritte teilten das Farnkraut wie Wellen, und schon fühlte Jake, wie ihm der Atem ausging und es hinter seinen Augen zu flimmern begann. Um sie herum war alles ruhig. Irgendwo in der Nähe konnten sie Wasser plätschern hören, verborgen hinter einem Wald von Grün. Und von Zeit zu Zeit wehte auch das *Pok-Pok-Pok* vom Tempel zu ihnen herüber.

Sie entdeckten die Männer gleichzeitig. Mikio berührte Jakes Ärmel, und sie verschwanden tiefer in den Garten hinein, über einen schmalen, sich dahinschlängelnden Pfad aus moosüberwachsenen Steinen, die dem Spaziergänger den Eindruck eines rasch dahinfließenden Baches geben sollten.

Dann kauerten sie sich unter eine japanische Zeder, die leise flüsternd die Geheimnisse dieses alten, zeitlosen Platzes preisgab. Zu ihrer Linken hingen die rotgoldenen Blätter eines Zwergahornbaumes herunter. Und direkt vor ihnen erhob sich der gewaltige Stein der Gerechtigkeit, dessen konzentrisch aufsteigende Plateaus an die Jahresringe eines jahrhundertealten Baumriesen erinnerten. Der Fels schien an die vorüberziehende Ewigkeit zu gemahnen, an Zeitläufte, die jedes Menschenleben klein erscheinen ließen.

Zehn Jahre, so hieß es, hatte der Schöpfer dieses Gartens gebraucht, um die richtige Perspektive zu finden, die dem Betrachter die Zeitlosigkeit dieses Ortes und die Unveränderlichkeit der konfuzianischen Tugend der Gerechtigkeit, die selbst Teil der Natur war, offenbaren konnte.

»Ich verstehe das nicht«, flüsterte Mikio. »Für den Kisan-Clan bin ich tot. Und trotzdem haben sie so schnell meine Spur wieder aufnehmen können.«

»Ein Verräter?«

Mikio zuckte seine muskulösen Schultern. »Alles ist möglich, mein Freund; aber ich denke, daß es auch noch eine andere Erklärung gibt.«

Ein Pfeifen in der Luft ließ Jake den Kopf herumwerfen, gerade in dem Augenblick des beginnenden *Shohatsu*. Er handelte aus dem Reflex heraus und wehrte mit einem Fuß das schwere Ende der Kette des Yakuza ab. Die *Manrikigusari* – wörtlich, die Kette mit der Kraft von zehntausend – rasselte, als der Yakuza sie erneut gegen ihn schwang.

Jake streckte seine Hand zu einem Täuschungsmanöver aus. Dies brachte die erwartete Antwort, den *Uchiotoshi*, eine wirkungsvolle Attacke, die ihn aber verfehlte, weil er sein Handgelenk im letzten Augenblick aus der Gefahrenzone zog. Jake bekam die Kette zu fassen und warf sich herum. Wie auch sein Gegner verlor er den Halt, und beide stürzten in ein Bett von filigranen Spinnweben.

Der Mann war nicht besonders groß, aber außergewöhnlich kräftig. Als er wieder auf die Füße sprang, erkannte Jake, daß er seine gesamte Kraft in den Oberarmen und dem Oberkörper konzentriert hatte, was für einen Japaner, die ansonsten das große *Hara* priesen – die Konzentration der meisten Energie im unteren Körperbereich –, sehr ungewöhnlich war. Nicht umsonst waren die *Sumo*-Kämpfer so schwer.

Jake brachte einen *Tenkan* an, der den Körper seines Gegners nach links warf. Dann duckte er sich, da der Yakuza versuchte, Jakes Handgelenk zu greifen, um die *Manrikigusari* daraus zu befreien. Das kommt davon, dachte Jake, wenn man sich zu sehr auf seine Waffen verläßt: Plötzlich sind sie einem wichtiger als der eigene Körper.

Mit dem Griff nach Jakes Hand, um seine Kette zurückzubekommen, hatte der Yakuza seine Position aufgegeben. Sofort nutzte Jake den Schwung seines Gegners, der seine Arme hochriß, für sich aus und schlug ihm seine freie Hand ins Genick.

Der Yakuza warf sich nach hinten und prallte gegen die moosbewachsenen Steine. Doch schon im nächsten Moment schleuderte er wieder seine *Manrikigusari*. Sie wickelte sich um Jakes linkes Fußgelenk. Der Yakuza riß an der Kette, und Jake verlor die Balance.

Er schlug so heftig auf der Seite auf, daß er einen Moment lang nicht mehr atmen konnte. Als er den Kopf herumwarf, sah er gerade noch, wie Mikio bei dem Japaner einen präzisen Leberschlag landete. Der Yakuza verzog vor Schmerzen das Gesicht und ließ die Kette los, um seinen Körper zu schützen. Doch da hatte Mikio den Schlag schon wiederholt. Jake setzte mit einem Handkantenschlag ins Gesicht des Japaners nach und zerschmetterte seine Sonnenbrille. Röchelnd sank der Yakuza zu Boden.

Jake holte erleichtert tief Luft, doch Mikio riß plötzlich stöhnend seine rechte Hand hoch. Seine Augen weiteten sich unnatürlich, und seine Lippen öffneten sich zu einem stummen Schrei. Jake sprang an seine Seite, um ihn aufzufangen. Dann zog er ihm den *Shuriken*, den scharfgeschliffenen Stahldorn, aus der Hand.

Sofort schoß das Blut aus der Wunde. Mikio drückte sie mit der linken Hand zu. Jake hörte ein merkwürdiges Sirren in der Luft, und im selben Moment riß Mikio ihn zu Boden. Ein zweiter *Shuriken* grub sich mit einem dumpfen Geräusch in den Stamm der Zeder.

Auf Ellbogen und Knien schob Jake sich durch ein kleines Buchsbaumfeld und suchte dann Deckung hinter einem weitausladenden Azaleenstrauch. Er warf einen Blick zurück und sah, wie Mikio mit den Zähnen sein Hemd in Streifen riß und sich anschließend stöhnend die Wunde verband. Im nächsten Moment war die weiße Baumwolle tiefrot und naß von Blut.

Jake konzentrierte sich wieder auf den *Shuriken*-Werfer und versuchte, sich nicht von den Bienen ablenken zu lassen, die um die Blüten neben seinem Kopf summten. Er vermied jedes Geräusch und führte jede Bewegung bewußt langsam und mit äußerster Vorsicht aus.

Wenn die leichte Brise durch die Blätter und dünnen Zweige fuhr, schien der Garten sein eigenes Bewegungsmuster zu entfalten. Und Jake wußte, daß jede Veränderung darin die Aufmerksamkeit seines Gegners sofort auf ihn lenken mußte. Deshalb mußte er versuchen, mit seiner Umgebung vollkommen eins zu werden. Durch *Chahm hai*, wie Fo Saan es ihn gelehrt hatte. Doch sein ganzes Training beruhte auf dem *Ba-mahk*. Und wenn es Jake nicht endlich wieder gelang, sich in den ewigen kosmischen Puls aller Dinge zu versenken, dann würden ihm auch alle übrigen Wege verschlossen bleiben.

Er tat, was er konnte, um in seiner Umgebung zu versinken. Doch es war nicht genug. Das Geräusch der Kette ließ ihn herumfahren, aber die *Manrikigusari* legte sich ihm schon in einem *Makiotoshi*, dem tödlichen Würgegriff, um den Hals.

Jetzt kam alles darauf an, die Hände unten zu behalten und nicht an den Hals hochzureißen. Dabei würde die erste verzweifelte Reaktion des Körpers genau entgegengesetzt sein. Doch durfte man dem spontanen Wunsch nicht nachgeben, denn mit bloßen Händen ließ sich die geschmiedete Kette nicht zerreißen. Kostbare Sekunden würden verstreichen, die dem Angreifer nur Gelegenheit gaben, die Kette noch enger zu ziehen. Und dann gab es kein Entrinnen mehr.

Er holte tief Luft und setzte einen *Atemi* gegen den Brustkorb seines Gegners an. Dieser Handkantenschlag verlangte von ihm eine Vierteldrehung nach links, was seinen Hals noch weiter einschnürte. Aber noch hatte er genug Luft in den Lungen, und sein Körper machte im Angesicht des Todes für den Schlag die letzten Kräfte frei. Ganz bewußt setzte er diese Urangst ein, um soviel Adrenalin wie möglich in seinen Kreislauf zu pumpen.

Er warf sich nach rechts, führte den Schlag aus und fühlte drei Rippen seines Gegners brechen. Die Hitze in seinem Gesicht war inzwischen fast unerträglich geworden. Die Blutzufuhr in sein Gehirn war nahezu unterbrochen, und Jake ahnte, daß es nicht mehr lange dauern konnte, bis sein Blick sich trüben und er die Kontrolle über seinen Körper verlieren würde.

Der Yakuza sank auf die Knie und riß Jake mit sich. Doch war er so gut trainiert, daß nicht einmal die drei gebrochenen Rippen den Würgegriff auch nur einen Millimeter lockerten. Und noch immer stand der Japaner hinter Jake, so daß er kaum anzugreifen war.

Jake blieb nicht mehr viel Zeit. Die Lungen brannten ihm, und er fühlte sein Bewußtsein schwinden. Übernatürlich brach sich das Sonnenlicht auf einem Blatt. Die Brise rauschte in den Blättern wie aufgeregt schwatzende Geister, die zwischen den Bäumen Versteck spielten. Eine blaugraue Wolke verwandelte sich in einen Samurai...

Ich bekomme keine Luft mehr!

Hör endlich auf zu träumen und unternimm etwas, schrie er sich selbst an. Er versuchte vier verschiedene Fuß-*Atemi*, doch der Yakuza wich ihnen jedesmal geschickt aus und legte seine ganze Kraft in den Würgegriff. Jake ging davon aus, daß der Yakuza langsam an seinen inneren Verletzungen verbluten mußte. Doch auch das war nur ein schwacher Trost, denn der Japaner schien noch genug Kraft zu haben, Jakes brennende Lungen von jeglicher Luftzufuhr abzuschnüren.

Es blieben ihm nur noch Sekunden. Jake tat das einzige, was er noch tun konnte. Er warf sich mit aller Kraft nach hinten und konzentrierte sein ganzes Gewicht in dem entscheidenden Sekundenbruchteil, als er zum Drehpunkt wurde, in seinem Nacken.

Ohnmachtswellen durchfluteten sein Bewußtsein, als er mit ineinander verklammerten Händen einen Ellbogen-*Atemi* ansetzte. Mit letzter Kraft schlug er zu und zerschmetterte dem Yakuza das Brustbein.

Der Japaner wurde in die Höhe gerissen, seine Finger, weiß wie Knochen, glitten die feuchten Kettenglieder hinunter, und Jake schlug ihm seinen linken Ellbogen seitlich gegen den Hals und mit der rechten Hand gegen die Wange. Mit einem scharfen Knacken gab das Genick des Japaners dem Druck nach.

Jake wurde schwarz vor Augen. Dann sah er, wie sich eine Ameise ihren Weg durch ein Feld von Halmen bahnte.

Es dauerte eine Zeitlang, bis er begriff, daß die Halme die Haare auf seinem Handrücken waren. Sein Kopf war ihm kraftlos auf die Brust gefallen, die *Manrikigusari* lag ihm auf den Schultern wie das Gewicht, das Atlas zu tragen hatte.

»Jake-san!«

Plötzlich war Mikio an seiner Seite. »Ist alles in Ordnung?«

Der Hals schmerzte ihm viel zu sehr, um nicken zu können, und seine Zunge war so trocken und fühlte sich so verschwollen an, als füllte sie den ganzen Mund aus.

Mikio drängte ihn, weiterzugehen, und vorsichtig schoben sie sich um den Stein der Gerechtigkeit herum. Ein Feld von Buchsbaum und Silberwacholder gab ihnen Deckung.

»Da sind noch vier«, flüsterte Mikio. Er warf einen Blick auf seine Armbanduhr, als hätte er Angst, eine Verabredung zu versäumen. »Wir müssen sie aufhalten.«

Jake bemerkte, daß Mikio die *Manrikigusari* an sich genommen hatte. »Wie gut bist du denn damit?« Er tastete vorsichtig seinen Hals ab.

Mikio grinste ihn an. »Das kommt ganz auf den Gegner an.« Er sah Jake mitfühlend an. »Mach dir keine Sorgen, *Kyujutsu ka,* in einer Stunde werden wir in meiner Lieblingsbar in der Altstadt von Kyoto sitzen und Kirins trinken.«

Jake sagte lieber nichts dazu und behielt auch seine Zweifel an den Worten seines Freundes für sich. Dabei brauchte er jetzt nichts dringender als ein bißchen Erholung; ganz abgesehen davon, daß auch Mikios Verletzung unbedingt gründlich versorgt werden mußte. Prüfend sah er sich um, dann lauschte er in die Stille.

Ein scharfes Klacken ließ ihn zusammenzucken. Mikio legte ihm beruhigend eine Hand aufs Knie. »Das ist der *Shishi odoshi.*« Jake entdeckte das Bambusrohr und den ›Stein des Erschreckens‹ keine zwanzig Meter entfernt. Ursprünglich hatten die Bauern den *Shishi odoshi* erfunden, um zu verhindern, daß ihnen die Tiere das Getreide wegfraßen. Doch inzwischen hatte fast jeder Garten seinen *Shishi odoshi*. Ein entsprechend großer Bambusstab wurde so in einen Wasserlauf gehängt, daß er sich allmählich füllte, bis er schließlich aus dem Gleichgewicht geriet und mit seinem ganzen Gewicht gegen einen Stein schlug. War das Wasser abgelaufen, richtete sich der Bambusstab wieder auf, und das Ganze begann von neuem.

In der ewigen Harmonie eines solchen Gartens war das metronomische Klacken des *Shishi odoshi* das einzige Maß, das den Ablauf der Zeit festhielt.

Doch Jake schien es jetzt, als würde sie jeder Schlag des Bambusrohres, der durch das Grün hallte, dem überwältigenden Frieden in diesem Garten näherbringen. Nie war er sich der Schönheit der Welt bewußter gewesen als in diesem Augenblick, hier, unter den gertenschlanken Zweigen des Immergrüns, umgeben von Lilien, Farnen und Bambusgras. Er wischte sich den Schweiß aus dem Gesicht. Nein, sie durften hier nicht sterben, nicht heute, noch lange nicht.

Klack, klack. Der *Shishi odoshi* ergoß sein Wasser über den Stein. Die zeitlosen Konturen des Steins der Gerechtigkeit erhoben sich unmittelbar vor ihnen und wölbten sich in einem weiten Bogen bis zu dem japanischen Ahorn und der Zeder.

Plötzlich schimmerte durch das Grün ein Fetzen schwarzer Stoff mit Nadelstreifen. Ein Anzugärmel? »Es ist soweit, Mikio-san«, sagte Jake. »Sie kommen.«

Mikio schleuderte dem ersten die *Manrikigusari* entgegen und riß ihn von den Beinen. Der *Shuriken*, den der Japaner gerade werfen wollte, schlug auf den Steinpfad.

Im selben Moment lief Jake zur anderen Seite des riesigen Steinblocks. Es kam jetzt alles darauf an, daß die vier sich aufteilten, sonst hatten er und Mikio keine Chance gegen den Angriff.

Drei aus der Gruppe hetzten sofort hinter ihm her. Da Mikio verletzt war, hielten sie Jake offensichtlich für den gefährlicheren Gegner. Sie griffen ihn gleichzeitig aus drei verschiedenen Richtungen an. Anscheinend erwarteten sie, daß er versuchen würde zu fliehen, doch Jake rührte sich nicht von der Stelle. Er bemühte sich sogar noch, sie möglichst verwirrt anzusehen und sich vollkommen reglos zu halten, um sie mit seiner ersten Attacke überraschen zu können. Das konnte ihm wenigstens einen minimalen Vorteil einbringen.

Der Japaner auf seiner Linken war jetzt nahe genug heran und ging sofort zum Angriff über. Jake sah eine flache Hand in einem *Atemi* auf sein Gesicht zufliegen. Im letzten Moment ließ er sich auf das rechte Knie fallen und warf sich dabei gleichzeitig nach links. Seine rechte Hand fuhr nach oben und packte den Ärmel des Yakuza. Dann schleuderte er seinen Gegner, indem er dessen eigene Vorwärtsbewegung ausnutzte, dem Japaner entgegen, der ihn gerade von rechts attackieren wollte.

Jake richtete sich wieder auf und spürte im selben Moment, wie sich die Arme des dritten Japaners von hinten über seine Schultern legten. Ohne in seiner Bewegung innezuhalten, drehte Jake sich weiter nach rechts und schlug seinem Gegner aus der Drehung heraus seinen linken Unterarm in die Achselhöhle. Der Yakuza wurde hochgerissen und stürzte nach hinten.

Doch schon stellte sich sein erster Gegner erneut zum Kampf. Jake sah den *Shuriken* in seiner Hand und ließ ihn zustechen. Doch bevor ihn der Stahl traf, schoß Jakes linke Hand vor, berührte fast das scharfe Eisen und legte sich um das Handgelenk des Yakuza.

Mit aller Kraft zog Jake seinen Gegner näher an sich heran. Und als der Japaner, fast stolpernd, auf gleicher Höhe mit ihm war, traf ihn Jakes rechte Handkante im Genick. Bewußtlos sank der Japaner zu Boden.

Mit einem Fußschlag schaffte Jake sich erneut den dritten Angreifer vom Hals, doch im selben Moment sah er, daß der zweite Japaner ein Kurzschwert zog. Die tödliche Waffe in der ausgestreckten Hand, stürzte er auf Jake zu. Er stieß einen *Kiai*, doch schon traf Jakes Linke den Japaner unter dem Kinn, während seine Rechte die Hand mit der Waffe nach unten schlug. Nur dem Fußschlag des Yakuza konnte Jake nicht mehr ausweichen. Er fühlte einen stechenden Schmerz in der Hüfte und im nächsten Moment war sein linkes Bein taub. Hilflos prallte er gegen den Stein der Gerechtigkeit.

Der Yakuza stach ein zweites Mal zu, und Jake konnte sich gerade noch zur Seite werfen. Er hörte die Klinge gegen den Felsen schlagen und sah blaue Funken aufsprühen.

Jakes Hände schossen vor, er packte den Gegner an der Jacke und zog ihn zu sich heran. Damit war das Kurzschwert für den Japaner wertlos geworden, und auch seine Fußschläge konnte er auf so kurze Distanz nicht mehr anbringen.

Doch dann passierte etwas, womit Jake nicht gerechnet hatte. Der Yakuza ließ das Schwert einfach fallen und hatte im nächsten Moment schon einen Doppelschlag in Jakes Herzgegend gelandet. Jake rollte rückwärts aus dem Gefahrenbereich und war geistesgegenwärtig genug, mit einer schnellen Bewegung auch dem Fuß-*Atemi* auf sein Genick zu entgehen, mit dem der Japaner ihn endgültig ausschalten wollte.

Im Gefühl des sicheren Sieges setzte der Yakuza nach. Die Hände vor das Gesicht erhoben, griff er an. An den Handkanten konnte Jake sehen, daß sein Gegner eine hervorragende Karate-Ausbildung haben mußte. Den ersten Schlag konnte Jake mit einem *Tenkan* abwehren. Seine Handkante traf den Yakuza am Ellbogen, und schon hatte er ihn am Arm gepackt und mit dem Schwung seiner Drehung zu Boden gebracht.

Der Japaner mochte vielleicht benommen sein, doch schon im

nächsten Augenblick hatte er wieder sein Kurzschwert in der Hand und stieß zu. Nur um Haaresbreite verfehlte die Klinge Jakes Nacken.

Mit einem Fußschlag versuchte Jake, den Yakuza von den Füßen zu holen, doch seine Position war viel zu ungünstig für einen solchen Angriff, denn noch immer bedrohte ihn die tödliche Waffe. Jake spielte seine letzte Karte aus. Mit einem *Irmi* brachte er den Japaner aus dem Gleichgewicht. Der Yakuza stürzte, und Jake schmetterte ihn mit der Schädeldecke voran gegen den Stein der Gerechtigkeit.

Mühsam stand er auf und starrte erschöpft auf seinen reglos daliegenden Gegner. Da traf ihn ein gezielter Schlag an der Schläfe. Jake schlug gegen den Stein und rutschte kraftlos an ihm herunter. Er blinzelte, um den Schleier von den Augen zu bekommen, doch alles blieb verschwommen. Seine Arme und seine Beine waren plötzlich bleischwer.

Vor ihm stand der dritte Yakuza, in der Hand das Kurzschwert. Langsam hob er die blitzende Klinge, und Jake wußte, daß er den folgenden Angriff nicht überleben würde. In der ebenmäßigen Klinge des *Wakizashi* sah er seinen Tod aufscheinen, und schon ahnte er den kalten Hauch des Schlages, der ihm den Kopf vom Rumpf trennen würde. Die Klinge verschwamm vor seinen Augen, als der Japaner sie in einem flachen Bogen hochriß. Wenn sie seine Haut, sein Fleisch und seine Knochen durchtrennte, würde die Klinge auch den Zenit ihrer Geschwindigkeit erreichen.

Sie war jetzt schon so schnell und so nah, daß Jake sie nur noch als grell blendende haarfeine Linie sah. Als würde man Gott ins Angesicht sehen.

Plötzlich geschah etwas Merkwürdiges. Der Brustkorb des Yakuza wölbte sich, vielleicht sechs Zentimeter über seinem Herz, auf wie ein Ballon. Und im nächsten Moment ergoß sich etwas Feuchtheißes über Jake, das ihn würgen ließ.

Dann stürzte der Yakuza auf ihn, und Jake fühlte heißes Blut auf seinem Gesicht und an seinen Händen. Keuchend versuchte er, sich von dem Gewicht des Toten zu befreien.

Er spürte, daß jemand ihn zur Seite zog, seinen Kopf aufrichtete und ihm mit einem Tuch das fremde Blut aus dem Gesicht rieb. Jakes Blick wanderte zu dem toten Yakuza. Das Ende einer schwarzen, stählernen Pfeilspitze ragte aus seinem Rücken.

Jake drehte den Kopf herum und sah neben sich die wunderschöne Frau in dem pfirsichgelben Kimono knien, die ihn schon in Mikios Haus gepflegt hatte. Sie hielt ein blutverschmiertes Tuch in der Hand.

Es dauerte einen Moment, bis er entdeckte, daß sie in der anderen Hand eine Mitsui Jujika-1000 hielt, eine tödliche Gasdruck-Armbrust.

Bliss wußte, was es bedeutete, Buddha nahe zu sein. Noch während sie sich dem Container-Hafen von Kwun Tong näherte, wußte sie schon, daß ›Fung, das Skelett‹ nicht dort sein würde. Natürlich konnte sie das nicht wirklich, mit ihren Augen, sehen.

Aber ihr *Qi*, von dem ein Teil für immer mit dem *Da-hei*, mit der großen Dunkelheit vereint schien, verriet es ihr. Ausgebreitet über die Wogen der heraufziehenden Nacht war ihr Geist eins mit dem Rhythmus des Universums.

Wer schrie da verzweifelt in den Straßen? Es waren die Toten, wahre Massen, eine Armee, die einen ganzen Kontinent füllte, deren Wehklagen sie für immer in sich trug. Und wessen Tote waren es? Es waren die Toten Chinas, ihre Landsleute, die nach Freiheit schrien.

Wie konnte sie das alles wissen? Bliss, im Bug des gemieteten *Wallawalla*, schloß die Augen und lauschte der Stimme Shi Zilins. Sie war verborgen im Flüstern des Windes, der in ihrem Haar spielte, im Rhythmus der Wellen, die gegen das kleine Boot schlugen, im Glucksen des Kielwassers. Und sie hallte wider im Geschrei der Möwen, die gierig einen Fischtrawler umkreisten.

Die Erde bewegte sich, und Shi Zilin sprach zu ihr. Beides war eins. Das *Qi* des Planeten hob und senkte sich mit jedem Atemzug. Sie fühlte es, während sie seine Stimme hörte. Es waren keine Worte, sondern eher Impulse, wie das Gehirn sie in Arme und Beine sendet, um eine Bewegung auszulösen. Aber den Vorgang selbst erlebte man nie bewußt, sondern nur sein Ergebnis. Es war etwas Geheimnisvolles, etwas Magisches, etwas Ehrfurchtgebietendes. Deshalb konnte sie das, was sie fühlte, auch mit keinem anderen Menschen teilen. Und so hatte sich Bliss schon oft gefragt, was sie machen sollte, wenn Jake nach Hongkong zurückkehrte. Was sollte sie ihm sagen? Würde er spüren, daß sie sich verändert hatte? Und was würde ihm das bedeuten?

Ein leiser Schauer lief ihr über den Rücken. Im Osten malte sich schon eine blaßrosa Linie auf den grauen Nachthimmel.

»Sie müssen mir jetzt sagen, wo genau Sie hinwollen«, sprach der Bootsführer sie an.

Bliss zeigte ans Ufer, und als sie keine bestätigende Antwort bekam, drehte sie sich um. Der Bootsführer starrte sie mit furchterfüllten Augen an. Was mag er an mir sehen? überlegte sie. Vielleicht trage ich ein Mal, wie eine Narbe quer über meine Wange. Unbewußt strichen ihre Finger über die zarte Haut ihres Gesichts. Sie lachte in sich hinein. Aber es war ein ungutes Lachen, und wieder lief ihr ein Schauer über den Rücken.

Sie wünschte sich, daß Jake jetzt an ihrer Seite sein könnte. Nicht, damit er ihr sage, was sie tun solle, und auch nicht, damit er ihr Mut machte. Doch zum erstenmal, seit sie sich wiederbegegnet waren, zogen Zweifel, was aus ihnen werden würde, wie dunkle Wolken den Horizont herauf.

Seine Vergangenheit ängstigte sie: daß seine erste Frau Selbstmord begangen hatte, daß seine Tochter Lan am Sumchun ermordet worden war, und sie kannte auch das Schicksal von Jakes zweiter Frau. Sie war in Japan, in einem abgelegenen Gebirge, getötet worden. Nur ihrem Tod hatte sie es zu verdanken, daß Jake wieder bei ihr war. Wirklich, seine Ehen waren beide nicht sonderlich glücklich gewesen.

Jake war nur mit seiner Arbeit verheiratet, ob das nun früher die für die *Pyramide* gewesen war oder jetzt die für den *Yuhn-hyun*. Immer war er von irgend etwas ganz und gar besessen gewesen, und diese Besessenheit war in den Augen seiner engsten Freunde auch schuld daran, daß er sich von denen, die er im Grunde über alles in der Welt liebte, entfremdete.

Doch Bliss wußte, daß das nur ein Teil der Wahrheit war. Es gab etwas, das Jake von den anderen unterschied. Sie war von demselben Meister in den Kampfkünsten und der Philosophie unterwiesen worden wie Jake, von Fo Saan. Und deshalb wußte sie sehr genau, was Jake auszeichnete: sein starkes *Qi* und seine Fähigkeit, sich ins *Bamahk* zu versenken. Das war es, was ihn von den meisten anderen Menschen unterschied. Und diese besonderen Fähigkeiten waren es ihrer Meinung nach auch, die sich zwischen ihn und seine Familie geschoben hatten.

Bliss überlegte, wie es nun wohl mit ihnen weitergehen würde. Ihr eigenes *Qi* hatte sich ins *Da-hei* gedehnt. Nur dadurch konnte Zilin zu ihr sprechen. Und sie fragte sich, ob sie jetzt der Wächter seines Geistes geworden war, oder ob sich sein *Qi* ihrer bemächtigt hatte. Ob der Jian jetzt vielleicht sogar ihre Schritte lenkte, und wenn ja, zu welchem Ziel?

»Wir sind da«, sagte der Bootsmann. Das Boot schlug sanft gegen den Pier. Doch das Geld für die Fahrt, auf das sie sich vor dem Ablegen geeinigt hatten, wollte er jetzt nicht mehr annehmen. Beharrlich wich er ihrem Blick aus und antwortete auch nicht auf ihre Fragen. Er hatte anscheinend nur einen Wunsch, daß sie endlich von Bord ginge.

Über eine rostige Metalltreppe stieg Bliss zum Kai hinauf. In der Luft hing der Kerosingeruch des nahen Flughafens. Links von ihr erstreckte sich der Container-Terminal, eine schier endlose Reihe von heruntergekommenen Lagerhäusern, in denen legale und illegale Waren jeder Art darauf warteten, in die Welt hinaustransportiert zu werden.

Das Boot von ›Fung, dem Skelett‹ lag etwa dreihundert Meter weiter den Kai hinunter. Es war ein schlankes, schnelles Schiff, und sein Motor war mit Sicherheit so stark, daß es den meisten Polizeibooten entkommen konnte. Die Farbe der Außenhaut war dunkel wie Wasser bei Nacht, was das Schiff fast unsichtbar machte.

Der Kapitän, so erfuhr sie von einem Mitglied der Mannschaft, wurde nur der Malaysier genannt. Es dauerte fast zwanzig Minuten, bis er sich endlich sehen ließ. Er war dunkelhäutig und hatte einen muskulösen Körper, der allerdings schon etwas Fett angesetzt hatte. Sein Gesicht zierte ein großer, glänzend gewichster Schnurrbart.

Bliss schätzte ihn auf höchstens Mitte Dreißig. Er trug ausgewaschene Jeans und ein ärmelloses T-Shirt, das an seinem massigen Oberkörper fast schon lächerlich wirkte.

Derselbe Mann, der Bliss seinen Namen verraten hatte, hielt den Malaysier jetzt an und redete vielleicht eine Minute auf ihn ein. Schließlich nickte er und entließ den Mann mit einer flüchtigen Handbewegung. Dann kam er auf den Pier, wo Bliss auf ihn wartete.

»Du wartest auf den Kapitän dieses Schiffes?« fragte er und blinzelte in die aufgehende Sonne.

»Ich warte auf ›Fung, das Skelett‹.«

Der Malaysier fischte eine selbstgedrehte Zigarette aus einer Tasche seiner Jeans. Sie war vollkommen zerknittert. Eine Zeitlang beschäftigte er sich damit, sie wieder in Form zu bringen, und noch einmal so lange brauchte er, um sie anzuzünden. Dann nahm er genüßlich einen Zug. »Ich glaube nicht, daß wir irgend etwas miteinander zu bereden hätten«, sagte er schließlich.

»Aber ich habe etwas zu verkaufen«, antwortete Bliss.

»Du?« Er lachte und schüttelte den Kopf. »Aber bestimmt nichts, das mich interessieren könnte. Es sei denn...« Er ließ seinen Blick über ihren Körper wandern.

»Opale«, sagte Bliss.

»Du verschwendest meine Zeit.« Er war im Begriff, sich umzudrehen.

»Feueropale aus Australien«, fuhr sie unbeirrt fort. »Kennen Sie sich mit solchen Steinen aus?«

Wieder sog er an seiner Zigarette. »Sicher. Alles hat seinen Preis, und ich kenne jeden.«

Er liebte es anscheinend, den Überlegenen zu spielen. »Auch den von so einem Stein hier?« Sie reichte ihm den Opal.

Der Malaysier murmelte etwas Unverständliches, sah den Stein prüfend an, drehte ihn in den Fingern und hielt ihn gegen das Morgenlicht. Dann drehte er den Kopf zur Seite, spuckte aus und gab ihr den Opal zurück. »Und das ist alles?« fragte er. »Dann sieh zu, daß du hier verschwindest.«

»Es geht nicht nur um diesen einen«, erwiderte sie unbeeindruckt. »Es kommen noch etwa hundert dazu.«

»Von der gleichen Qualität?« Sie merkte, daß er es plötzlich nicht mehr so eilig hatte, wieder an Bord zu kommen.

Sie nickte.

»Und hast du dir schon über den Preis Gedanken gemacht?«

Bliss sah ihm ins Gesicht und entdeckte, was sie hatte sehen wollen.

Doch wenn sie jetzt auch nur das geringste Zeichen von Schwäche erkennen lassen würde, war das Spiel aus. »Das habe ich«, antwortete sie. Ihre Stimme war plötzlich härter geworden.

»Laß hören. Wenn er...«

Aber sie schüttelte bereits den Kopf. »Nein«, sagte sie. »Darüber spreche ich nur mit ›Fung, dem Skelett‹.«

»Mit wem?«

»Interessieren Sie sich nun für die Opale oder nicht?«

»Nur wenn der Preis stimmt.«

»Und was wollen Sie Fung sagen, wenn ich sie an die Konkurrenz verkaufe?«

Der Malaysier schwieg.

»Opale sind Fungs Spezialität.«

Der Malaysier betrachtete nachdenklich den Stummel seiner Zigarette. »Ich kenne dich nicht.« Seine eisigen Augen hefteten sich starr auf ihre.

Bliss hielt ihm mit ausgestreckter Hand den Opal hin. »Bringen Sie ihn Fung«, sagte sie. »Vielleicht kann das Ihr Mißtrauen besänftigen.«

Der Malaysier warf den glühenden Zigarettenstummel ins Wasser. Er schien zu einem Entschluß gekommen zu sein. »Geh an Bord«, sagte er, ohne auf ihre ausgestreckte Hand zu achten. »Wir legen in drei Minuten ab.«

Während der wenigen Schritte bis zum Schiff packte er sie plötzlich am Arm. »Entweder bist du sehr gerissen, oder du bist sehr dumm. Aber das werden wir ja bald herausfinden.«

Obwohl Daniella noch nie in Zvenigorod gewesen war, war es für sie wenig überraschend, daß der Ort an den Ufern von Malutas heißgeliebter Moskwa lag. Riesige Fichtenwälder überzogen die steilabfallenden Hänge der Hügel, zwischen denen die Stadt lag. Doch von der Sobo na Gorodke, der vor fast fünfhundert Jahren aus grauem Stein gebauten Kathedrale Mariä Himmelfahrt, hatte sie schon gehört. Als sie jetzt in dem überheizten Chaika an ihrem Portal vorbeifuhr, fielen ihr die merkwürdig schmalen Fensteröffnungen und der freistehende Hauptdom auf, die weniger an eine Kirche als an eine mittelalterliche Burg erinnerten. Das äußere Erscheinungsbild des Baus schien weniger von Gott als vom Krieg inspiriert worden zu sein. Aber das war ja, ging es ihr durch den Kopf, manchmal ein und dasselbe, zumindest in den Händen von unvollkommenen, nicht selten käuflichen Sterblichen.

Eigentlich hatte Daniella gehofft, das Wochenende über vor Maluta sicher zu sein. Schließlich war er in seine *Datscha* nach Zvenigorod gefahren, und sie war in Moskau geblieben. Es war früh am Morgen gewesen, sie hatte die Fenster ihres Büros weit geöffnet gehabt, um den Gesang der ersten Vögel, die draußen in den Fichten zwitscherten, hören zu können.

Sie hatte die letzten Geheimberichte von Mitre studiert, und mit großer Genugtuung hatte sie festgestellt, daß nur noch ein kleiner Schritt nötig war, dann hatte sie alles in der Hand: die InterAsia und den *Yuhn-hyun*. Kam Sang! Mehr als alles andere wollte sie endlich das Geheimnis dieses Projekts im kommunistischen China gelüftet wissen. Sie glaubte einfach nicht, daß Zhang Hua, der ehemalige Mitarbeiter Shi Zilins in Beijing, die Antwort auf die entscheidende Frage gefunden hatte. Vielleicht war die neue nukleare Entsalzungsanlage, die endgültig Hongkongs dauernde Trinkwasserprobleme lösen sollte, wirklich ein Teil des Projekts. Aber bestimmt auch nicht mehr als nur ein Teil.

Denn auch die chinesischen Militärs waren tief in die Sache verwikkelt, ihre besten Köpfe mit der Sache befaßt. Warum? Je mehr Material sie von Mitre zugespielt bekam, desto stärker wurden ihre Befürchtungen, daß Zhang Hua entweder nur unzureichend über das Projekt informiert gewesen war, oder – und allein schon der Gedanke jagte ihr einen kalten Schauer über den Rücken – er war ein Doppelagent gewesen und hatte ihr nur solche Informationen zukommen lassen, von denen Shi Zilin gewollt hatte, daß sie sie bekam.

Da Zhang Hua und Shi Zilin tot waren, würde sie die Wahrheit niemals erfahren. Aber Jake Maroc, Shi Zilins Sohn, hatte den Anschlag überlebt. Und daß Mitre nicht den leisesten Anhaltspunkt dafür hatte, wo er sich befand, beunruhigte sie nur noch mehr. Eigentlich hätte Maroc in der gegenwärtigen Situation die Operationen des *Yuhn-hyun* in Hongkong leiten müssen. Doch er war in der ganzen Kronkolonie nicht aufzuspüren gewesen.

Daniella funkte Mitre einen verschlüsselten Befehl durch, daß er alles zu tun habe, um Jake Marocs Aufenthaltsort ausfindig zu machen. In dem Moment klingelte das Telefon. Weil sie annahm, daß es Carelin sei, der vielleicht die genaue Uhrzeit für ihre Verabredung zum Mittagessen absprechen wollte, griff sie sofort zum Hörer.

»Ich hab' es schon bei dir zu Hause versucht, Genosse General.«

Es war Maluta.

»Die Pflichten einer Frau kennen keine Freizeit«, antwortete sie. Er lachte.

»Deshalb rufe ich auch an.« Er zögerte einen Moment. »Ich möchte einen Lagebericht mit den letzten Fortschritten.«

»Montag in aller Frühe...«

»Nein, nicht Montag«, unterbrach er sie. »Sofort.«

»Aber ich bin mit Carelin zum Essen verabredet.«

»Dann sagst du eben ab. Ich brauche dich hier. Und bei der Gelegenheit kannst du mir auch gleich von den Fortschritten eurer Beziehung berichten.«

»Wenn du das Wort in den Mund nimmst, klingt es sofort schmutzig«, erwiderte sie – zornig, weil er so hemmungslos seine Macht über sie ausnutzte, weil er sie einfach herumkommandierte und weil er ihr das Wochenende mit Carelin stehlen wollte.

»Vielleicht ist es das ja auch«, sagte er knapp. »Aber es ist nicht meine Sache, darüber zu urteilen.«

»Du bist wirklich ein ganz gemeines Arschloch. Hat dir das schon mal jemand gesagt?«

»Du beherrschst diese westlichen Entgleisungen, als seien sie deine eigentliche Muttersprache. Das finde ich ziemlich verdächtig, Daniella Alexandrova.«

Er hatte wirklich die Gabe, einem jedes Wort im Mund umzudrehen. Wieder glühte die Wut in ihr auf.

»Wieso reden wir plötzlich über Loyalitätsprobleme?«

»Tun wir das denn, Genosse General?« fragte er spöttisch. »Interessant! Ich frage mich, was die KGB-Psychologen zu dieser Bemerkung sagen würden. Hmm. Vielleicht sollten wir dir einen Gesprächstermin im Serbsky-Institut besorgen.«

»Idiot!« Aber sie wußte, daß er die Macht hatte, eine derartig absurde Idee Wirklichkeit werden zu lassen.

»Hast du gerade deine Tage bekommen?« fragte er. »Du bist heute so feindselig.«

Daniella schwieg. Sie wußte genau, warum sie wütend reagierte, und am Ende ließ das ihre Angst nur noch größer werden. In seiner *Datscha* in Zvenigorod war sie ihm endgültig ausgeliefert. Und allein dieser Gedanke genügte, daß irgend etwas in ihr sie trieb, einfach zu fliehen.

Du wirst einen Ausweg finden, hatte sie plötzlich wieder Carelins Stimme im Ohr. *Das weiß ich.* Einen Ausweg, Maluta zu vernichten. *Töten ist keine Möglichkeit, ein Hindernis aus dem Weg zu räumen.* War es nicht Maluta selbst gewesen, der das gesagt hatte? Ja. Ja. Sie dachte an ihr *Wei gi*-Brett, man brauchte die richtige Strategie, um springen zu können..., aber wohin?

Sie mußte endlich die Angst abschütteln, die Malutas Macht ihr einflößte.

»Wann soll ich in der *Datscha* sein?« fragte sie mit trockenem Mund.

»In einer halben Stunde wird mein Wagen dich abholen.« War da ein ärgerlicher Ton in seiner Stimme, weil sie scheinbar so ruhig reagiert hatte? »Und beeil dich mit dem Packen, damit du zum Essen hier sein kannst.«

Und jetzt, nur wenige Stunden später, war sie schon bei ihm. Oleg Malutas *Datscha* lag am Fuß eines der entfernteren Hügel. Man konnte von hier den größten Teil der Stadt übersehen und hatte deshalb auch einen freien Blick auf die Moskwa.

Die *Datscha* machte eher den Eindruck einer großen Jagdhütte. Keine Frau hätte sich in dieser betont männlichen Umgebung lange wohl fühlen können. Innen schien alles aus schwerem Holz gemacht zu sein,

Dach, Wände, Böden, was irgendwie niederdrückend wirkte. Wenigstens die Möbel könnten etwas freundlicher sein, dachte sie.

Maluta hatte in rauchgrauer Mohairhose und Kaschmirpullover die Tür geöffnet. Der Fahrer war mit ihrem Gepäck sofort ins Haus gegangen. Maluta hatte sie eine Zeitlang gemustert, schließlich ihren Diplomatenkoffer gesehen und zufrieden genickt. Erst dann hatte er auch sie ins Haus gelassen.

Ein ziemlich altmodisches Vestibül öffnete sich auf der einen Seite zu einer Bibliothek, auf der anderen zum Wohnzimmer. Die Schlafzimmer und sein Büro, so erklärte er ihr, seien über die breite Treppe mit dem Mahagonigeländer zu erreichen, die in den ersten Stock führte. Die Küche und das Eßzimmer befanden sich im hinteren Teil des Erdgeschosses.

Alle Räume schienen ihr riesengroß zu sein und wirkten dennoch vollgestopft mit schweren Möbeln, auf denen sich Andenken häuften. Zu viele für einen alleinlebenden Mann oder selbst ein Paar. Im Wohnzimmer entdeckte Daniella Unmengen Fotos, Medaillen und sogar einige furchteinflößende Erinnerungsstücke an den letzten Krieg, die Malutas Vater gehört haben mußten. Maluta hatte das alles, nachdem seine erste *Datscha* niedergebrannt war, hierher gebracht.

Er schenkte ihnen beiden etwas zu trinken ein und reichte ihr, ohne nach ihren Wünschen gefragt zu haben, ein Glas Rheinwein. Eigentlich war ihr der Wein eine Spur zu süß, aber sie lächelte freundlich und machte nach dem ersten Schluck sogar eine Bemerkung über den ausgezeichneten Geschmack.

»Und was hast du für mich?«

Das war typisch für ihn, dieser vollständige Mangel an Höflichkeit. Aber langsam sah Daniella die Umrisse seiner Strategie. Er schien, als hätte er nur den einen Wunsch, seine persönliche Umgebung ausschließlich dem eigenen Willen zu unterwerfen. Und dann schätzte er es, jeden, der mit ihm zu tun hatte, zu verunsichern, was ihm, und damit hatte er wahrscheinlich sogar recht, sofort einen taktischen Vorteil gab.

Mit leisem Erschrecken mußte Daniella sich eingestehen, daß das sogar bei ihr funktioniert hatte. Genau deshalb kam er ihr auch so oft wie ein schwarzer Stern vor. Maluta tat alles, um in seinem persönlichen Universum nur seine eigenen Gesetze gelten zu lassen. Und dieses Universum umgab ihn, wo immer er war, wie eine Aura, weshalb sie sich, egal wo, in seiner Nähe auch immer unsicher fühlte. Genau das war für Daniella das größte Problem, denn deshalb konnte sie ihm auch niemals gleichwertig gegenübertreten.

Sie öffnete ihren Aktenkoffer, eine handgegerbte Kostbarkeit aus Straußenleder. Es war eines der vielen extravaganten Geschenke, die Yuri Lantin ihr gemacht hatte. Dann holte sie ein paar Seiten rotes

Durchschlagpapier hervor, der beste Beweis, daß es sich um Originalunterlagen aus dem Kreml handelte.

»Hier findest du alles, was mein Mann in Hongkong zusammengetragen hat...«

Wütend kam Maluta mit langen Schritten über den Orientteppich auf sie zu. Obwohl Daniella das Gefühl hatte, seinen Zorn geradezu physisch fühlen zu können, wich sie nicht einen Millimeter zurück. »Was soll dieser Unsinn?« Er wischte die Durchschläge mit einer heftigen Handbewegung vom Tisch. »Jake Maroc ist immer noch am Leben, und über Kam Sang wissen wir auch noch nicht viel mehr als schon vor Monaten.«

»Mein Mann steht kurz davor, Kam Sang vollständig unter seine Kontrolle zu bringen«, erwiderte Daniella ruhig. »Das ist der einzig mögliche Weg für uns.«

Auf Malutas Stirn pulsierte eine blaue Ader. Seine knochigen Finger schlossen sich zu Fäusten. »Tatsächlich?« Seine keuchende Stimme verriet Daniella, wie schwer es ihm fiel, seine Gefühle unter Kontrolle zu halten. »Vielleicht sollten wir einfach einen unserer Bomber nach Kam Sang schicken, der dann aus Versehen eine Bombe über dem Projekt verliert!«

Daniella starrte ihn an, als wäre er ein giftspeiendes Ungeheuer. »Das ist doch Unsinn, und du selbst weißt das am besten«, erwiderte sie.

Maluta sah sie eine Zeitlang schweigend an. Dann drehte er sich auf dem Absatz um und ging zu seiner Hausbar hinüber. Ein paar Eiswürfel fielen klirrend in ein großes Kristallglas, das er sich fast bis zum Rand voll Wodka goß. Die Hälfte davon stürzte er auf einen Zug hinunter. »Du weißt, was das bedeutet«, sagte er, noch immer mit dem Rücken zu ihr stehend. »Na, sag's schon!« brüllte er los, als sie nicht antwortete.

»Ich weiß nicht, worauf du hinaus willst, Genosse.«

Er drehte sich um und sah sie mit finsterer Miene an. »Dumme Hexe!« schrie er. »Du blöde Hure! Dann werde ich es dir eben sagen. Idioten! Ich bin doch wirklich nur von Idioten umgeben.« Er trank sein Glas leer und schleuderte es wütend gegen die Rückwand der Bar. Das klirrende Geräusch, als es zersprang, schien ihm gutzutun.

Mit einigen schnellen Schritten stand er wieder vor ihr. »Zwei Dinge kann das, was du gesagt hast, bedeuten, Genosse General. Entweder bist du ziemlich unfähig, oder du hast mich belogen.« Er musterte sie prüfend. »Also was von beiden stimmt?«

»Du kennst eben Maroc nicht«, erwiderte sie und mußte sich beherrschen, ihm nicht ins Gesicht zu schlagen. »Er ist nicht so einfach zu vernichten. Das funktioniert nicht so, daß man einmal kurz mit den Fingern schnippt, und schon ist er verschwunden.«

Vielleicht war es ihr ruhiger Ton, was auf ihn wirkte. Sie bemerkte, daß es ihm offensichtlich Vergnügen bereitete, sie mit seinen Wutausbrüchen zu reizen und zu verunsichern. Auf diese Weise konnte er ihr ständig ihre schwache Position als Frau vor Augen führen.

»Schon gut, schon gut«, erwiderte er, und seine Stimme war plötzlich wieder ruhig. »Ich gebe zu, daß Jake Maroc kein gewöhnlicher Gegner ist. Aber andererseits ist er auch nicht unverwundbar, Genosse General. Das ist niemand. Auch er muß einen schwachen Punkt haben, und deine Aufgabe ist es, ihn zu finden, ihn für uns auszunutzen und Jake Maroc endlich auszulöschen. Ist das klar?«

»Selbstverständlich«, antwortete Daniella, und dabei verachtete sie ihn mehr, als sie je einen anderen Menschen in ihrem Leben verachtet hatte.

McKenna zog seine Magnum und schoß allen dreien in die Stirn. Sie stürzten vornüber und fielen auf den Ochsen, den sie gerade erst geschlachtet hatten.

So hatte sich die Geschichte in seiner Erinnerung eingegraben, und so spielte sie sich auch in seinen Träumen ab – manchmal jedenfalls. Aber abgelaufen war die Geschichte so nicht.

Bundooma. Im nördlichen Australien. McKenna und Deak Jones auf der Spur von drei Eingeborenen, die sechs junge Ochsen gestohlen hatten. Sie verfolgten sie bis in die Simpson-Wüste.

Die Simpson im Januar. Ein trostloser, gottverlassener Ort zu normalen Zeiten. Aber jetzt, im Hochsommer, war das etwas ganz anderes.

Es stimmte, daß Deak dagegen gewesen war, die Eingeborenen zu verfolgen: *Nicht auch noch dahinein, mein Lieber. Sollen die Kerle doch verschwinden. Da drinnen werden sie sowieso gegrillt werden.* Mit zusammengekniffenen Augen hatte er gegen das gnadenlos niederbrennende Sonnenlicht gestarrt, das die Luft über dem Boden zu verflüssigen schien. *Die hatten doch nur Hunger. Die haben doch nur gestohlen, um überhaupt zu überleben.*

Aber McKenna hatte den höheren Dienstrang und stand auch schon länger in Polizeidiensten. Was getan wurde, bestimmte er. *Es ist unser Job, Deak. Wenn wir den nicht hätten, dann hätten wir überhaupt nichts.*

Und hinterher hatte Deak Jones sein Versetzungsgesuch eingereicht. Er konnte McKenna nicht mehr ins Gesicht sehen. Weil McKenna drei Eingeborene, drei Diebe erschossen hatte? Ganz bestimmt nicht.

Manchmal konnte es McKenna allerdings passieren, daß er träumte, was damals wirklich geschehen war:

Zwei Tage hatten sie gebraucht, um die Eingeborenen aufzuspüren. Gegen Abend hatten sie eine Anhöhe erstiegen und die drei und das, was von dem Vieh noch übrig war, entdeckt. Da waren sie fast schon fünfzig Stunden in der Wüste unterwegs gewesen, und das hatte seinen Tribut gefordert. Stunde um Stunde hatten sie sich durch Gestrüpp, Dornenbüsche und zerklüfteten Fels ihren Weg gesucht.

Holen wir sie uns, sagte Deak mit verkrusteten Lippen. Leise wie ein Jagdhund war McKenna den Abhang hinuntergepirscht.

Als der Polizist näherkam, blickten die Eingeborenen auf. Wie McKenna vorausgesagt hatte, hatten sie gerade einen Ochsen geschlachtet. Das Blut hatte sich in der aufgeschlitzten Bauchhöhle in einem See gesammelt.

Es fiel kein Wort. Die Eingeborenen rührten sich nicht von der Stelle. In ihren Gesichtern war nicht ein Hauch von Feindseligkeit, aber auch kein Hauch von Reue zu sehen. Das ließ McKenna erst recht wütend werden. Wenn sie Schuld auf sich geladen hatten – und davon war er überzeugt –, dann mußte dafür gesorgt werden, daß sie auch Reue empfanden. Aber ihre unbeschreibliche Ruhe und Friedfertigkeit ließ den Zorn in ihm hochschäumen.

Wenn er sonst davon träumte, bestand das Trio aus drei Männern. Dafür sorgte dann McKennas Überego, das sich über sein Es stellte. Denn in Wahrheit waren die drei eine Familie: Vater, Mutter und ihr elfjähriger Sohn.

Und der Junge hielt das Messer in der Hand. Das Blut tropfte noch von der Klinge auf den ausgetrockneten Boden. McKenna nahm an, daß der Vater seinem Sohn gerade zeigen wollte, wie man in Zeiten der Dürre überleben konnte.

Los jetzt, sagte Deak. Er hatte seine Waffe gezogen und zielte auf die Familie. Die drei sagten noch immer kein Wort. Und keiner von ihnen sah direkt auf die Waffe. Als existierte sie einfach nicht für sie. Deak ging in typische Schußposition, er ließ sich auf das rechte Knie sinken und hielt die Magnum mit beiden Händen und ausgestreckten Armen. Dann rührte er sich nicht mehr. Als wollte er die erste Bewegung der Eingeborenen abwarten, als fürchtete er sich, auch nur noch einen Schritt näher zu gehen.

McKenna sah nur noch den Jungen. Er ging weiter auf die drei zu, die Hand am Knauf seiner Waffe. Mit einer kurzen Bewegung schüttelte er sich die Schweißtropfen von den Lidern und musterte das Gesicht des Jungen. Er erkannte ihn wieder. McKenna hatte ihn schon mehrmals in Bundooma gesehen. Und seit er es zum erstenmal gesehen hatte, hatte ihn dieses Gesicht bis in seine Träume verfolgt.

Und das war auch der einzige Grund gewesen, der ihn veranlassen konnte, im Januar in die Simpson zu gehen. Der Diebstahl interessierte ihn erst in zweiter Linie. Was war an einem Diebstahl schon Besonderes?

Erst als McKenna den Jungen berührte, zeigte sich auf dem Gesicht des Vaters eine Regung. Der Mann sprang vor und riß den Arm hoch; darauf hatte McKenna nur gewartet. Er zog seine Magnum und schoß dem Vater in die Stirn.

Aus dem Mund des Eingeborenen kam ein letztes, merkwürdiges Geräusch. Er wurde in die Höhe gerissen und schlug mit dem Kopf voran auf den Tierkadaver.

Die Frau schrie auf, die Augen vor Angst und Entsetzen übernatürlich geweitet. McKenna richtete seine Waffe auf sie, und das Schreien verstummte zu einem leisen Wimmern. Ihre Hände zitterten in ihrem Schoß.

Einen Moment lang kam es ihm vor, als würde ihm Deak direkt ins Ohr schreien. *Herr im Himmel! Wir sollten sie zurückbringen. Lebend, verdammt noch mal!*

Halt den Mund, erwiderte McKenna, ohne sich umzudrehen. *Halt endlich den Mund. Wenn du so was nicht kannst, hättest du gar nicht erst mit in die Simpson kommen müssen.*

Das wollte ich ja auch nicht, verdammt noch mal.

Aber jetzt bist du hier, und dann mach das Beste draus. Wer weiß, vielleicht bekommst du am Ende noch eine Medaille für die Sache. McKenna lachte. Nicht eine Sekunde lang hatte er den Jungen aus den Augen gelassen.

Halt die Frau in Schach, sagte er mit erstickender Stimme.

Warum? fragte Deak. *Glaubst du etwa, daß sie auf zwei Polizisten mit gezogenen Waffen losgehen könnte?*

Tu, was dir gesagt wird, verdammt noch mal! McKenna drehte sich um und hielt seine Waffe sekundenlang auf Deak gerichtet. Dann schob er die Magnum zurück ins Halfter. Sein Griff um die Schulter des Jungen war fester geworden. Dann zerrte er ihn aus dem hellen Feuerschein heraus.

Wo bringst du ihn hin?

McKenna antwortete Deak nicht. Im Halbdunkel konnte er das Sirren der Wüsteninsekten hören. Sonst schien nichts mehr auf der Welt zu existieren. Der Nachthimmel wölbte sich riesig über ihnen, er schien zugleich alles und auch nichts zu enthalten. McKenna fühlte sich befreit, befreit von dem Feuer, das in ihm brannte.

Er öffnete seinen Gürtel und zog den Reißverschluß seiner Hose auf. Dann drehte er den Jungen mit einer heftigen Bewegung herum.

Zieh die Hosen aus, sagte McKenna in Englisch. Aber erst als er es im Eingeborenendialekt wiederholte, gehorchte der Junge. McKennas Herz schlug wild vor Erregung, als er den nackten Hintern des Jungen sah.

Er schloß die Augen. Ein leichter Wüstenwind strich ihm über das Gesicht. Er begann zu keuchen.

Irgend etwas stürzte gegen ihn. Er stolperte einen Schritt zur Seite, ohne seine linke Hand von der Schulter des Jungen zu nehmen. Dann drehte er sich halb herum, hob die Magnum und schoß der schreienden Mutter, die sich an ihn klammern wollte, in die Stirn.

Grob stieß er den Jungen dann zur Seite. Jetzt fühlte er nur noch Abscheu für ihn. Er war schmutzig und verkommen.

Der Junge saß stumm auf dem Wüstenboden und starrte McKenna an. Noch immer – noch immer! – zeigte sich in seinem Gesicht keine

Regung. Es war noch immer so friedfertig wie in dem Moment, als McKenna ihn gepackt hatte.

Zeig gefälligst eine Reaktion! schrie McKenna und schoß ihm in die Stirn.

Bist du wahnsinnig geworden? brüllte jetzt Deak.

McKenna kümmerte sich nicht um ihn, sondern schloß seinen Gürtel.

Antworte mir gefälligst, du dreckiges Schwein!

Wir haben bekommen, was wir wollten, erwiderte McKenna und ging hinüber zu der Stelle, wo die restlichen Ochsen in dumpfer Geduld warteten...

Konnte es danach noch verwundern, daß Deak Jones um seine Versetzung nachkam, als sie in die Zivilisation zurückgekehrt waren? Daß er McKenna nie wieder ins Gesicht sehen wollte?

Aber das war noch nicht das schlimmste. Obwohl der Vorfall selbst schon ausgereicht hätte, einem Alpträume zu verursachen, war da noch einiges mehr. Zum Beispiel das Bild der großen grünköpfigen Fliege, die über das erloschene Auge des Jungen kroch. Und da waren die Nächte in Bundooma, in denen er wie riesige Augen Feuer in der Simpson brennen sah, und die Funken, die in einen schwarzen, sternenlosen Himmel aufstiegen.

Und da war der Gesang der Eingeborenen. Selbst noch in seinem Bett, bei zugezogenen Vorhängen und mit einem Kissen über dem Kopf hatte er sie singen hören. Ihre Gesänge hatten eine Macht, gegen die er sich nicht wehren konnte.

Weil, und McKenna wußte das, die Gesänge gegen ihn gerichtet waren. Als Strafe für das, was er in der Einöde der Simpson getan hatte. Die Eingeborenen besaßen eine Art primitiver Magie. McKenna hatte auch schon Zeugnisse von ihr gesehen, doch nie daran geglaubt. Nicht richtig jedenfalls. Er hatte alles für gekonnte Täuschung gehalten, für die geschickten Tricks eines Zauberkünstlers.

Bis die Gesänge begonnen hatten und in seine Nächte geschlichen waren, so daß er keuchend und schweißgebadet aus dem Schlaf hochschreckte. Und immer wieder mußte er an die Fliege mit dem grünen Kopf denken, wie sie über das erloschene Auge kroch.

Welches Recht hatten Kreaturen, die kaum mehr waren als Tiere, ihm so etwas anzutun? Wut und Angst rangen in seiner Brust miteinander. Am liebsten hätte er sich ein paar Leute und einen Jeep geschnappt und alles, was sich in der Wüste bewegte, voll Blei gepumpt. So wie in den ›Mad-Max-Filmen‹, die er gesehen hatte.

Er tat nichts dergleichen.

Am Ende kündigte er den Dienst, verließ Bundooma, den Außenposten am Rand der kochenden und schreckerfüllten Simpson, und verließ Australien. Er ging nach Hongkong, um ein neues Leben zu beginnen. Aber schon wieder war er unter solch widerwärtige Halbmenschen gefallen.

Und die Gesänge hatte er auch nicht abschütteln können. Irgendwie mußte er es schaffen, daß sie endlich aufhörten. *Irgend etwas* mußte er tun, oder er würde noch wahnsinnig werden. Bleich wie eine Leiche stand McKenna auf und durchsuchte seinen Schrank. Dann zog er sich die Sachen an, die er damals in der Wüste getragen hatte.

Sorgfältig gefaltet hatte er sie aufbewahrt, vielleicht für genau diesen Moment.

Schließlich nahm er seine Magnum und überprüfte sie noch einmal sorgfältig. Dann verließ er sein Apartment.

Er wollte töten oder getötet werden. Was von beidem, wußte er selbst nicht.

Stell dir vor! Sie wären für dich ans Ende der Welt gegangen. Sie hätten ihre Seelen für dich verkauft.

Daniella stand vor dem Spiegel, der in die Mitteltür des riesigen Eichenschranks in ihrem Schlafzimmer in Malutas *Datscha* eingelassen war. Er hatte eine wunderschön geschliffene Kante, doch hier und da wies das Glas schon dunkle Flecken auf, die den Spiegel wie Ölspuren auf einer Wasserfläche trübten. Das schwarze Kleid von Dior, das ihr Yuri Lantin einmal geschenkt hatte, fiel auf den Teppich. Daniella blieb reglos stehen und musterte sich selbst im Spiegel. Einen kurzen Moment lang kam es ihr fast so vor, als würde sie auf ein altes sepiabraunes Foto blicken; als würde ihre eigene Tochter oder sogar Enkelin vielleicht gerade das Familienalbum durchblättern und plötzlich das Bild von Daniella Alexandrova Vorkuta aufschlagen.

Und genau in diesem kurzen Augenblick sah sie die Wahrheit über sich selbst, als hätte ein Blitz einen nachtschwarzen Himmel erleuchtet. Sie sah, wie trostlos und unbefriedigend ihr Leben geworden war. Daß es im Grunde nie ein gewöhnliches Leben gewesen war.

Vielleicht hatte das alles der Gedanke an eine Tochter – ein Kind, das sie vielleicht nie gebären würde –, oder an eine Enkelin, die sie nie haben würde, ausgelöst. Die Wahrheit war, daß sie überhaupt kein Privatleben hatte. Mit Körper und Seele gehörte sie ganz und gar dem Geheimdienst. Selbst das kleine Vergnügen, das ihr die Beziehung mit Carelin gab, war etwas Verbotenes, für immer in die Schatten der Geheimnistuerei verbannt, und dazu auch noch mit einer bitteren Furcht verwoben: daß Maluta ihr Geheimnis an irgend jemanden im KGB verraten oder daß das Politbüro hinter die Sache kommen würde und sie dann dazu benutzen könnte, Carelin zu beeinflussen oder zu vernichten.

Jahrelang war sie nur damit beschäftigt gewesen, sich zu ihren wachsenden Ansprüchen und Zielen die passende Karriere aufzubauen. Und nicht einen einzigen Gedanken hatte sie deshalb daran verschwendet, was sie auf diesem schrecklichen Altar vielleicht alles opfern würde.

O heilige Mutter Gottes, dachte sie, wenn mich jemand vor ein paar Jahren gefragt hätte, ob ich nicht vielleicht irgendwann einmal ein Kind haben wollte, dann hätte ich ihn ausgelacht. Kinder? Was sollte damit jemand anfangen, dessen Ambitionen grenzenlos waren?

Zum ersten Mal in ihrem Leben wurde Daniella bewußt, daß hinter jeder noch so großen Macht eine unendliche Leere gähnt. Tief verstrickt in ihren psychologischen Krieg mit Oleg Maluta fühlte Daniella auf einmal nur noch Angst und Ekel. Und sollte es ihr doch noch durch irgendein Wunder gelingen, ihn zu besiegen, dann würde sie nicht einmal mehr triumphieren können. *Sie neigten die Köpfe vor dir und brachten dir auf Knien alles dar, was sie mächtig gemacht hatte.*

Maluta hatte recht gehabt mit dem, was er ihr am Ufer der Moskwa gesagt hatte. Sie war gierig gewesen nach Macht. Wie ein Vampir hatte sie sie verschlungen und dann jeden getötet, jeden Mann, der versucht hatte, sie für seine Zwecke zu benutzen – und statt dessen von ihr benutzt worden war. Sie wanderten vor ihrem inneren Auge vorbei wie Theaterschauspieler, die von einem begeisterten Publikum noch einmal vor den Vorhang gerufen werden.

Und während sie jetzt in ihre eigenen grauen Augen blickte, die so viele mächtige Männer verzaubert hatten, wurde ihr etwas klar. Plötzlich wußte sie, was sie glücklich machen würde. Und das war nicht eine Niederlage von Oleg Maluta, nicht ein weiterer Sprung auf der Karriereleiter an die Spitze des KGB oder vielleicht sogar der Sowjetunion. Nein, sie wollte ein Kind von Mikhail Carelin in sich wachsen fühlen. Mehr als alles andere wollte sie dieses Kind.

Für einen Moment verlor sie die Balance und stolperte gegen den Schrank. Ihre Lippen trafen in einem kalten Kuß die ihres Spiegelbilds. Als sie sich wieder gefangen hatte, sah sie, daß der Schweiß von ihrem Gesicht einen blinden Fleck auf dem Spiegel hinterlassen hatte.

Dann hob Daniella rasch ihr Dior-Kleid wieder auf. Es war ganz und gar unpassend für diesen Abend. Sie warf das Kleid auf das Bett und betrachtete noch einmal ihr Spiegelbild. Ihre Uniform mit den blauen Schulterstücken saß tadellos. Also konnte sie sie auch am Abend tragen, entschied sie.

Vielleicht war es sogar die einzig richtige Kleidung für das, was sie vorhatte.

Sie hatte Maluta niemals trinken gesehen – das heißt ernsthaft trinken. In Moskau nahm er zum Mittagessen vielleicht mal ein Glas *Zubrovka*. Das war alles. Aber hier in der *Datscha* schüttete er den *Ryabinovka* – einen mit Beeren aromatisierten Wodka – nur so in sich hinein.

Er hatte also schon reichlich getrunken, als sie die Treppe herunterkam, wo Kaviar und heiße Blini auf einem ziselierten Silbertablett auf sie warteten. Und bevor er mit dem Essen begann, öffnete er eine weitere Flasche und schenkte ihnen ein. Irgend jemand hatte offensichtlich eine Menge Zeit in der Küche zugebracht, aber es war Maluta selbst, der jetzt das Essen servierte. Falls noch jemand anderer in der *Datscha* sein sollte, so hatte Daniella ihn zumindest nicht gesehen.

Das Essen begann mit *Kulebiaka* – gekochtem Lachs, umhüllt von mehreren Schichten aus leichtem Teig. Dann gab es *Rassolnik* – eine dampfende Suppe aus einer Vielzahl von eingelegtem Gemüse, das zu einem Großteil bei Frühlingsbeginn sonst noch nicht zu erhalten war. Der Hauptgang war ein ausgezeichnetes Kiew-Huhn, über dessen goldbraune Keulen geschmolzene Butter floß, als Daniella es mit dem Messer anstach.

Als Nachtisch gab es *Vareniky*, süße Klöße, die mit schmackhaften Kirschen aus der Dose gefüllt waren.

Beim *Chai* fragte Daniella: »Ißt du immer so gut, Genosse?«

Maluta, der gerade seinen Tee zuckerte, antwortete nicht. Er ließ drei Würfel auf einmal in sein Glas fallen und zerstieß sie mit der Löffelspitze, starrte auf sein Glas, nahm noch einmal drei Stück Zucker und wiederholte den ganzen Vorgang.

Schließlich antwortete er ihr doch noch. »Meine Frau konnte außergewöhnlich gut kochen.« Aber der Ton seiner Stimme verriet ihr, daß er eher zu sich selber sprach. »Deshalb bin ich es einfach gewohnt, zu Hause in einer bestimmten Weise zu essen. Einige Dinge sollte man niemals ändern.«

Abrupt stand er auf und verließ das Eßzimmer. Daniella rührte einen kurzen Moment ihren Tee um, bis sie sah, wie sich der Zucker darin auflöste. Dann stand sie auch auf und folgte ihm.

Er stand bei einem der großflächigen Fenster im Wohnzimmer, von dem aus man auf die tief unten dahinfließende Moskwa sehen konnte, und nippte geistesabwesend an seinem Tee, die freie Hand hinter dem Rücken. Er schien heute abend ungewöhnlich melancholisch zu sein, eine Seite seines Wesens, die Daniella bisher noch nicht wahrgenommen hatte. Sie hatte ihn ruhig und auch schon zornig und hysterisch erlebt, aber noch niemals in sich gekehrt und vor sich hin brütend.

»Die Moskwa wird immer da sein«, sagte er, und wieder hatte sie das unheimliche Gefühl, daß er nicht mit ihr, vielleicht nicht einmal mit sich selbst, sondern mit einer unsichtbaren Person sprach. »Die Berge sind unvergänglich. Aber alles was lebt, entsteht und vergeht.«

Er drehte sich herum und sah ihr ins Gesicht. »Stimmt das nicht, Daniella Alexandrova?«

Sie nickte. »Das ist ein Naturgesetz, nicht?«

Seine dunklen Augen starrten sie an, aus dem Schatten heraus, den die schweren Brokatvorhänge warfen. »Ja, vielleicht. Und wir sollten es wissen, nicht wahr? Wir, die wir uns ständig mit den Gesetzen beschäftigen. Ist es der Mensch, der die Gesetze in dieser Welt macht, Daniella Alexandrova? Oder ist es, wie du gesagt hast, die Natur?« Er hob sein Glas Tee an die Lippen und nippte daran, ohne sie aus den

Augen zu lassen. »Ist Natur, frage ich mich, nur ein anderer Name für Gott?«

Daniellas Nackenhaare begannen sich zu sträuben. Oleg Maluta spricht von Gott? So etwas schien bei einem so unbeugsamen Parteigenossen unmöglich zu sein. Sie verstand nicht, worauf er hinaus wollte, deshalb antwortete sie ihm auch nicht.

»Wer erschuf die Welt, Daniella Alexandrova? Ist sie entstanden durch eine gewaltige Sternenexplosion? Durch einen Wirbel aus Billionen Jahre altem kosmischem Geröll? Oder kann man eine göttliche Hand erkennen, die den jungfräulichen Ton formte?«

»Willst du wirklich meine Meinung wissen?« fragte Daniella. »Oder nur die verschiedenen Möglichkeiten erkunden?«

Er trat aus dem Schatten der Vorhänge. »Ich bin neugierig, woran du glaubst.« Sie standen keinen Meter voneinander entfernt. »Ich bin neugierig, zu erfahren, ob du, wie soll ich sagen, ein höheres Wesen am Werk siehst – und am Anfang aller Dinge.«

»Ja«, erwiderte sie, ohne zu zögern. »Und Gott war Kommunist.«

Er lachte nicht, wie sie erwartet hatte. Statt dessen runzelte er die Stirn. »Ich mache keine Scherze, Daniella Alexandrova.« Sie überlegte, worauf er hinaus wollte, welche Falle er ihr nun zu stellen versuchte. »Ich will wissen, ob du glaubst. Du weißt, was ich meine. Ich will wissen – falls du glaubst –, ob dieser Glaube dir irgendeinen Trost spenden kann.«

»Ich habe gerade gelogen«, antwortete sie. »Gott versteht nichts vom Kommunismus.«

Er trat näher an sie heran. »Dann glaubst du doch.«

»Ich bin Kommunistin«, sagte sie. »Gott versteht auch mich nicht.«

Jetzt lachte er wirklich. »Falls es ihn gibt, woran ich zweifle, kann ich mir nicht vorstellen, daß er einen von uns beiden versteht.« Mit einem Mal wandte er sich wieder von ihr ab. Er starrte auf die rotbraune Oberfläche seines Tees. Die Melancholie war zurückgekommen und hüllte ihn ein. »Daniella Alexandrova, ich muß dich etwas fragen. Ist jemals etwas in deinem Leben passiert, das du dir nicht erklären konntest... das du nicht verstehen konntest?«

»Ich glaube, ich verstehe nicht ganz, was du meinst, Genosse.«

Maluta hob den Kopf und faßte sie wieder in den Blick. »Ich spreche von etwas Tragischem.«

Daniella begriff schlagartig, worauf er anspielte: auf den schrecklichen Tod seiner Frau. Und weil sie wußte, daß er eine ganz bestimmte Antwort von ihr erwartete, log sie.

»Ja.«

»Und?«

»Ja – und?«

»Hast du...« Er brach den Satz ab, vielleicht verwirrt. »Hast du die Hand Gottes in dieser Tragödie gesehen?«

»Wenn man daran glaubt, Genosse, dann berührt die Hand Gottes alle Dinge... und jeden Menschen.«

»Aber wie läßt sich das Unerklärliche... das Tragische in einem Leben erklären?«

»Man kann es nie erklären«, sagte Daniella und dachte jetzt an etwas, das ihr Onkel Vadim gesagt hatte, als ihre Mutter gestorben war. »Das ist unmöglich. Man kann es nur verwandeln.«

»Verwandeln?« Er sagte es so, als hätte er das Wort noch nie zuvor gehört.

»Ja«, erwiderte Daniella. »In seinem Kopf. In eine Art von inneren Frieden. Um den Schmerz zu beenden.«

Einen Augenblick lang schloß Maluta die Augen. Er bewegte die Lippen, als würde er ein Gebet murmeln. Oder vielleicht war es auch nur ein leises Zittern. »Ich verstehe«, sagte er schließlich. »Den inneren Frieden.« Die letzten Worte sagte er in einem Ton, der gewöhnlich Äußerungen vorbehalten ist wie ›hundert Milliarden Rubel‹, also für etwas, das unerreichbar und schwierig zu erfassen ist. »Dann kannst du nachts also schlafen?«

»Was?«

»Schläfst du nachts?« fragte Maluta.

»Ja.«

»Und träumst du auch?«

»Manchmal.«

»Nur manchmal«, sagte er nachdenklich. »Ich träume immer.« Er ging weg und stellte die Musik an. Tchaikovsky. Schwanensee.

Die Wolken hatten sich verzogen, und Mondlicht fiel auf die Moskwa. Daniella konnte sich jetzt fast vorstellen, wie das Tier, das Tchaikovskys Jäger so verzaubert hatte, durch Alchemie in einen Menschen verwandelt worden war. *Sie verkauften dir die Seelen...*

Daniella ging zum Sideboard hinüber. Über dem Plattenspieler, einem uralten Ding, das ganz anders war als der Apparat, den Lantin sich gekauft hatte, um seine ausländischen Schwarzmarktpressungen abzuspielen, hing eine Unzahl gerahmter Fotografien. Maluta als junger Mann, als Junge mit Mutter und Vater, allein mit seiner Mutter, die ihn auf ihre breiten Schultern gehoben hatte und ihn, der ganz verschreckt dreinschaute, anlachte. Neben den Bildern zwei Reihen schön gebundener Bücher, ausländische Ausgaben.

In einem Rahmen aus massivem Silber eine junge Frau, die seine Schwester hätte sein können, sah man vom Alter der Fotografie einmal ab; sie blickte mit offenen Augen in die Kamera, ohne Furcht, eher mit einer Spur von Aggressivität, die Daniella an sich selber sehr vertraut war. Neben dieser Porträtstudie hing in einem ähnlichen Silberrahmen eine dunkelhaarige georgische Schönheit mit dem typischen breiten und flachen Gesicht, mit starken Backenknochen und einer kräftigen Kinnpartie. Die pechschwarzen Augen beherrschten das ohnehin starke, fast schon gespenstische Gesicht. Daniella hatte noch nie ein Bild von Oleg Malutas Frau gesehen, aber sie war sicher, daß dies die Frau war.

»Oreanda«, sagte sie gedankenlos.

Maluta riß ihr die Fotografie aus der Hand und steckte sie weg, als könnte allein schon durch das Betrachten des Bildes die Frau darauf beschmutzt werden.

»Sie war eine sehr schöne Frau«, sagte Daniella und überlegte, wie weit sie gehen konnte.

Maluta knurrte etwas Unverständliches und legte das Foto mit der Rückseite nach oben auf das Büfett, als bedeutete es ihm überhaupt nichts. »Es ist schon spät. Wir sollten besser zu Bett gehen.« Aber er rührte sich nicht von der Stelle, und auch Daniella blieb stehen, wo sie war. Sie hätte nur die Hand ausstrecken müssen, um den Schnappschuß der Frau wieder an sich zu nehmen. Bei einer Feuersbrunst, deren Ursache nie wirklich geklärt worden war, war die erste *Datscha* Malutas, sie hatte auf demselben Boden gestanden wie die jetzige, bis auf den Grund niedergebrannt. Seine Frau war in den Flammen umgekommen.

Daniella dachte an den Gesichtsausdruck dieser Frau, der so voller Stärke war. Sie hatte fast die Züge einer Königin. So etwas sah man selten bei russischen Frauen. Sie überlegte erneut, ob Oreanda der Schlüssel zu Oleg Maluta sein könnte.

»Ich bin nicht müde«, sagte sie. »Wenn du nichts dagegen hast, bleibe ich lieber hier und lese noch ein bißchen.«

»Willst du ein Buch haben? Ich habe eine umfangreiche Bibliothek russischer Autoren.«

»Ich habe selbst eines dabei, danke«, erwiderte Daniella. »Den Marquis de Sade.« Sie stellte ihren Tee beiseite. »Kennst du seine Justine?«

Sie beobachtete mit Spannung sein Gesicht. Dies war eines der Bücher, das sie auf dem Regal stehen gesehen hatte. Sie hatte nicht angenommen, daß er so etwas lesen würde; *Schuld und Sühne* lag ihm vermutlich eher. Hatte es Oreanda gehört?

Maluta kniff die Augen zusammen. »Was weißt du über mich?« *Sie lagen auf den Knien und flehten dich an ...* »Du hast den Titel herausgesucht. Ich glaube nicht an Zufälle.« *... all das, was ihnen Stärke verlieh.* »Mit wem hast du gesprochen? Es gibt niemanden, der etwas über Oreanda weiß. Niemand außer mir selbst.«

»Das ist bereits die Antwort auf deine Frage.« Daniella sprach mit ruhiger Stimme und lächelte ihn an. Sie war auf der richtigen Fährte, das verriet ihr sein schwerer Atem. »Ich habe mit niemandem über deine Frau gesprochen.«

»Aber du weißt etwas!« Er packte sie am Handgelenk, als könnte er durch diese Geste das Wissen aus ihr herauspressen.

»Ich weiß, wie schön Oreanda war. Wie stark…«

»Stark, ja, stark. Wie es gar nicht zu einer Frau paßt.«

Sie hatte eigentlich nur ihr Gesicht gemeint, dennoch hatte sie ihn nicht gehindert, den Gedanken, den sie aufgeworfen hatte, zu Ende zu führen. Das Ganze entwickelte sich langsam zu einer psychologischen Befragung. Es war jetzt wichtig, ihm die richtigen Stichworte zu geben, um das Feuer zu schüren, das sich gerade entfacht hatte.

»Sie war eine Frau, wie es keine zweite mehr gibt«, sagte sie sanft und rückte näher an ihn heran. Der Schlüssel zu allem war, ihm körperlich nah zu sein, bei dieser Befragung durch körperliche Nähe Intimität herzustellen. »Sie war etwas Besonderes. Etwas ganz Besonderes.«

»Etwas Besonderes.« Seine Augen öffneten sich weit. »O ja, sie war etwas Besonderes. Sie war eine Welt für sich. Sie war wie Justine.« Ein grausamer, kalter Ausdruck lag auf seinem Gesicht; Daniella versuchte angestrengt herauszufinden, was er bedeuten mochte. »Alles wird anders sein, wenn ich erst wieder in Moskau bin. Ich kann wieder atmen. Wenn ihre Tränen versiegt sind, wenn der Mond nicht mehr auf die Moskwa scheint, wenn der Himmel wieder klar ist und der Regen den Staub von der Straße spült.«

Sie rief sich seine Fragen über den Glauben und über Gott ins Gedächtnis zurück. »Deine Liebe für sie ist unvergänglich.«

»Nein, nein, nein!« Er wurde plötzlich wild, sein Griff um ihr Handgelenk schmerzte. »Oreanda!« rief er. Nicht aus Liebe und in Erinnerung versunken, sondern eher zornig und zugleich ängstlich. »Sie ist es, die unvergänglich ist. Sie wird nie, nie, nie sterben!«

»Aber sie ist tot, Genosse. Oreanda ist seit neun Jahren tot.«

Mit fiebrigen Augen starrte er sie an. »Sie ist verbrannt, vollständig verkohlt. Ich habe den Leichnam gesehen, gerade als sie ihn aus den Trümmern hervorzogen. Der Arm des Skeletts fiel aus dem Gelenk, der augenlose Schädel starrte mich an, als würde er grinsen. War sie das? War das Oreanda?«

»Der amtliche Leichenbeschauer muß das überprüft haben. Um den Totenschein auszustellen, muß die Leiche zweifelsfrei identifiziert sein. Das Röntgenbild von den Zähnen.«

Er nickte heftig mit dem Kopf. »Das Röntgenbild von den Zähnen, ja. So haben sie es überprüft. Es war Oreanda. Der Leichenbeschauer hatte keinen Zweifel.«

»Also ist sie tot, Genosse. Was…«

»Nein!« Maluta schrie sie an. »Sie ist hier! Ich habe das hier für sie gebaut. Sie zwang mich, es für sie wieder aufzubauen, an derselben Stelle!«

Jetzt wurde Daniella alles klar: Malutas fast schon schizophrenes Benehmen, die unkontrollierten Wutanfälle, sein bösartiger Haß auf alle Frauen, auf sie, sein Vergnügen daran, sie zu quälen, sein Satz: *Sie verkauften dir ihre Seelen, sie neigten den Kopf vor dir.* Wie schief sie bisher gelegen hatte!

Das war das Magische, an dem sie ihn hatte teilnehmen lassen: die Stärke, die von Oreanda ausgegangen war, die Stärke, für die er sie ebenso gehaßt hatte wie er sie geliebt haben mußte; die Stärke, die ihn in Fesseln gelegt hatte: *Alles wird anders sein, wenn ich erst wieder in Moskau bin. Ich kann wieder atmen.*

Hatte er das Feuer gelegt, in dem sie verbrannte? Hatte Oleg Maluta seine geliebte Frau umgebracht? Sie war entschlossen, es herauszufinden.

Sie nahm seine Hand und sagte: »Du irrst dich, Oleg.« Zum ersten Mal hatte sie ihn beim Vornamen genannt. »Oreanda ist nicht mehr da.« Sie zog seine Hand zwischen ihre Schenkel. »Aber das ist noch da.« Dann legte sie die Hand auf die Wölbung zwischen seinen Leisten. »Und das.« Sie fühlte, wie es größer wurde und umschloß die Spitze seines Glieds mit Daumen und Zeigefinger.

Dann ließ sie sich auf die Knie nieder, zog ihm rasch die Hose herunter und umschloß ihn mit den Lippen, bis sie fühlte, wie die Hitze in ihm hochstieg. Kreisende Bewegungen ihrer Zunge, bis sie merkte, wie die kräftigen Muskeln an der Innenseite seiner Schenkel hart wurden und zu zucken begannen. In diesem Moment hörte sie auf.

Sie erhob sich und stellte sich vor ihn hin.

»Was...«, sagte er keuchend, »was machst du da?«

»Soll ich weitermachen?« antwortete sie. »Oder aufhören?« Ihre halbgeöffneten Lippen waren feucht.

Er zitterte. Vor Erregung oder aus Angst?

»Aufhören«, sagte er mit bebender Stimme.

Sie legte ihre Hand auf die Stelle über seinem Herzen und fühlte das Donnern seines Herzschlages. »Ich darf gar nicht weitermachen«, sagte sie. »Oreanda würde das nicht billigen. Du bist ihr Mann, ihr Liebhaber. Du gehörst nur ihr allein.«

Er zitterte noch immer, seine Augenlider zuckten nervös. »Ich kann wieder atmen«, keuchte er.

»Der Mondschein über der Moskwa«, flüsterte Daniella ihm zu und fuhr ihm mit der Zungenspitze ins Ohr.

»Ich kann wieder atmen«, stöhnte er.

»Oreanda...«

Er legte ihr die Hand auf die Schulter und drückte sie nach unten. Daniella hatte schon heimlich den Rock ihrer Uniform aufgeknöpft. Jetzt, als sie sich wieder auf die Knie niederließ, rutschte er ihr herunter, und sie stieg aus ihm heraus. Darunter war sie nackt.

Oreanda! rief es in seinem Kopf. Sie hatte ihn mit ihren sexuellen Forderungen zu ihrem Sklaven gemacht. Etwas in ihm hatte ihr die Macht verliehen, und sie hatte sie mit offener Hand ergriffen. Um Oleg und Oreanda hatte sich ein grausamer Teufelskreis geschlossen. Je mehr Macht er in seinem beruflichen Leben erwarb, um so mehr schuldete er ihr in seinem Privatleben – oder um so mehr nahm sie sich. Er wußte nicht, was ihm am meisten Lust bereitete. Ihr Einfallsreichtum bei der Liebe, den sie ihm an fast jeder Stelle der *Datscha* bewiesen hatte, verfolgte ihn noch immer. Er verfolgte ihn so sehr, daß er nun fühlte, wie alles in ihm in der Hitze von Daniellas Lust zu kochen begann. Er hatte keine solche Wollust mehr verspürt, seit...

Maluta stieß einen lauten Schrei aus und klammerte sich an ihr Jackett. »Ah, ah, ah«, schrie er, als ihr heißer Mund ihn wieder umschloß. Alle seine Beleidigungen, sein Hohngelächter über das weibliche Geschlecht, das alles war nur eine Maske gewesen, um seinen Hunger zu verbergen. Er verzehrte sich nach ihr, er haßte sie für das, was Oreanda ihm angetan hatte. Er hatte auch Angst vor ihr, er fürchtete, daß die Versklavung, unter der er neun Jahre lang gelitten hatte, von neuem beginnen würde. *Alles wird anders sein, wenn ich erst wieder in Moskau bin. Ich kann wieder atmen.*

Schließlich betete er sie an, wie er zuvor Oreanda angebetet hatte.

Daniella zog ihren heftig saugenden Mund zurück und zog ihn zu sich herab, bis er auf dem Teppich lag. Sie kniete sich über ihn, saß über ihm und lenkte ihn dorthin... »Das ist es doch, was du willst, oder?«

Er stöhnte.

»Aber du hast mir erzählt, daß du es nicht magst.« Sie hob sich ein wenig empor. »Es verabscheust. Deshalb bekommst du es jetzt nicht.« Sie drückte ihn von sich weg.

Maluta wollte nach ihr greifen, aber sie gab ihm mit der Hand einen Schlag. »Nein, nein«, sagte sie. »So nicht. Überhaupt nicht.«

Vielleicht hätte er sie überwältigen können, vielleicht auch nicht. Jedenfalls hatte er das nicht vor. »Aber es muß doch...«

Daniella näherte sich ihm wieder. Sofort fing er an zu zucken und zu pulsieren, und wieder ließ sie es nicht zu. Sie berührte ihn nicht und erlaubte auch ihm nicht, es zu tun.

»Was?« Es war ein Schrei wie kurz vor dem Ersticken.

»Ich will es.«

»Was?«

»Sag nach«, befahl sie ihm. »Sag ›Ich will es‹.«

»Ich will es«, sagte Maluta.

»Ich will hören, daß du das auch so meinst.«

»Ich meine es wirklich so...«

»Hier«, sagte sie, während sie sich langsam auf ihn senkte. »Es gehört dir.«

Er gab ein langes, ekstatisches Stöhnen von sich, als sie ihn in sich gleiten ließ. Gleichzeitig griffen seine Hände nach oben und unter ihre Uniformjacke nach ihren Brüsten. Dann zog er sie zu sich herunter, während er sich tief in ihr in seinem Orgasmus verlor.

Sie blieb weiter auf ihm. Ihre Brüste lagen auf seiner Brust. Er atmete tief und gleichmäßig wie kurz vor dem Einschlafen.

Vorsichtig legte sie ihm ihre Finger um den Hals und liebkoste mit den Lippen sein Ohr, bis sie merkte, daß er sich wieder rührte. »Ich sollte dich jetzt töten.«

Er stieß nur einen kläglichen Seufzer aus.

»Das würde Oreanda sich jetzt wünschen, stimmt's?«

»Was meinst du damit?«

»Du hast sie umgebracht, Oleg.«

»Was?«

»Lüg nicht. Du hast das Feuer gelegt. Du warst schlau, du hast es so gemacht, daß niemand auf Brandstiftung kommen konnte. Aber du hast Oreanda ermordet.«

»Nein, nein.«

»Lüg mich nicht an, Oleg. Ich weiß, wenn du lügst.«

»Aber ich lüge nicht!« schrie er. »Ich hatte mit dem Feuer hier nichts zu tun. Nichts! Ich schwöre es.«

Daniella ließ seinen Hals nicht los. »Ich will, daß du eines weißt, Oleg«, sagte sie, mit Verachtung in ihrer Stimme. »Als du in mir warst, habe ich nichts gefühlt. Und als ich dich in meinem Mund hatte, mußte ich mich zusammennehmen, damit mir nicht schon allein bei dem Gedanken schlecht wurde.«

»Warum erzählst du mir das?« fragte er und drehte sein Gesicht weg.

»Weil es wichtig ist, daß du die Wahrheit weißt.«

Maluta stieß sie von sich herunter, griff wie von allen Teufeln verfolgt nach seiner Hose und zog sie sich an. Auf seinem Gesicht war Scham zu lesen, und das verschaffte Daniella Genugtuung.

Jetzt, dachte sie, habe ich Macht über ihn. Vielleicht werden wir beide uns noch als gleichwertige Partner akzeptieren.

»Wir sind fast da«, sagte Kazamuki.

Jake, der in dem Mitsubishi-Sportwagen neben ihr saß, beobachtete das Spiel ihres pflaumenfarbenen Kimonos, als sie fuhr. Es war keine Spur von Blut auf dem Seidengewebe zu sehen.

Mikio lag auf dem Rücksitz und hielt sich die verletzte Hand. »Alles in Ordnung«, sagte er. »Es hat schon aufgehört zu bluten, und ich habe auch fast keine Schmerzen mehr.«

»Bitte«, sagte Kazamuki mit sanfter Stimme, während sie den Wagen in eine Kurve schießen ließ. »Ein *Oyabun* sollte mit seinen Kräften haushalten.«

Jake schloß die Augen. Ihm war schwindlig vor Erschöpfung. Er ließ den Vorfall in Kiyomizu-dera noch einmal an sich vorüberziehen. Mikio Komoto saß da, in den weißen Fäusten noch immer die *Manriki-gusari*. Dem Yakuza, der ausgestreckt vor ihm am Boden lag, den Kopf in unnatürlicher Art abgewinkelt, ragte das Ende eines schwarzglänzenden Stahlbolzens aus der Brust. Die Wucht, mit der das Geschoß eingedrungen war, hatte ihm die Wirbelsäule zerschmettert.

Kazamuki hatte sich erst davon überzeugt, daß das Leben ihres *Oyabun* außer Gefahr war, bevor sie Jakes letzten Gegner zur Strecke brachte.

Schwindelanfälle überfielen ihn, als der Mitsubishi aus Kyoto hinausraste. Sie fuhren in nordöstlicher Richtung zurück nach Tokyo. Plötzlich wurde ihm schwarz vor Augen, er konnte sich nicht mehr dagegen wehren. Deshalb bat er Kazamuki, anzuhalten, und sprang, so schnell er konnte, aus dem Wagen. Dann übergab er sich.

Ohne *Ba-mahk* war er nur noch ein ganz gewöhnlicher Mann.

Erschöpft stieg er wieder ins Auto. Kazamuki war so taktvoll gewesen, aus dem Fenster auf ihrer Wagenseite zu schauen, um nicht Zeuge seiner Schwäche zu werden. Sie setzten ihre rasende Fahrt fort.

Psychische und körperliche Erschöpfung, hervorgerufen von extremer Angst. Mikio Komoto sitzt neben ihm, die *Manrikigusari* ist noch immer um den jungen Yakuza geschlungen. Die Sonnenbrille ist zerschlagen, doch der *Oyabun* kann den Toten dennoch identifizieren.

»Jake-san«, hatte Mikio bedächtig gesagt, »ich fürchte, ich habe eine außerordentlich beunruhigende Neuigkeit für dich. Diese Yakuza gehören nicht zum Kisan-Clan.« Mit seinen durchdringenden ebenholzfarbenen Augen sah er Jake an. »Verstehst du, was das bedeutet? Meine Sicherheit ist immer noch gewährleistet. Diese Männer waren nicht hinter mir her; sie hatten mit dem Yakuza-Krieg überhaupt nichts zu tun.«

Mit starrer Miene und schwerer Stimme hatte Jake zurückgefragt. »Wer sind sie dann?«

»Mitglieder des Moro-Clans. Hast du schon von ihnen gehört, Jake-san?«

Er hatte den Kopf geschüttelt. »Nein.«

»Bist du sicher? Hast du nichts mit ihnen zu tun gehabt, als du für die *Pyramide* gearbeitet hast?«

»Nichts, an das ich mich erinnern könnte. Warum?«

»Weil, mein Freund, dieser Angriff nicht mir galt. Du solltest das Opfer sein.«

Der Mitsubishi fuhr mit 140 Stundenkilometern über ein Schlagloch, was genügte, um Jake zum Stöhnen zu bringen.

»Geht es dir nicht gut, Jake-san?« kam Mikios Stimme aus dem hinteren Teil des Wagens.

Jake sagte nichts und schloß die Augen noch fester.

Sie waren lange genug in Kyoto geblieben, um einen Arzt aus Mikios Bekanntenkreis aufzusuchen. Die Verletzung war nicht gravierend.

»Jetzt fahren wir nach Karuizawa«, hatte Mikio gesagt. »Dort hat der Moro-Clan sein Hauptquartier.«

»Jake-san.«
Er öffnete die Augen und sah das Flackern in Kazamukis Blick.
»Schläft der *Oyabun*?«
Jake hörte den weichen Klang in ihrer Stimme und drehte sich vorsichtig nach hinten. Mikios Augen waren geschlossen, er atmete tief und gleichmäßig.
»Er schläft«, sagte er. »Ist irgend etwas?«
»Wie man's nimmt«, erwiderte sie und warf wieder einen Blick in den Seitenspiegel. »Seit etwa zwanzig Kilometern fährt uns, zwei Wagen weiter hinten, ein Toyota-Transporter hinterher.«
»Werden wir verfolgt?«
»Ich denke, wir sollten das herausfinden, *neh*?«
Sie riß das Lenkrad herum, und der Mitsubishi schleuderte auf die linke Fahrspur. Sofort trat sie das Gaspedal durch, bis sie 160 Stundenkilometer erreicht hatte.
Jake warf einen Blick in den Rückspiegel und sah plötzlich den Toyota. Es war einer dieser futuristisch herausgeputzten Transporter, die Fenster völlig schwarz, so daß es unmöglich war, hineinzusehen.
Er beobachtete, was der Toyota machen würde: schneller werden, um sich nicht abhängen zu lassen, oder die Fahrspur wechseln. Nichts dergleichen geschah. Der Transporter war jetzt vier Wagen hinter ihnen.
»Jetzt werden wir es gleich wissen«, sagte Kazamuki. Sie beschleunigte noch mehr und zog den Wagen mit lautem Reifenquietschen zurück auf ihre ursprüngliche Fahrspur. Hupen ertönten, Bremsen kreischten hinter ihnen auf, und im nächsten Moment waren sie auf der Abzweigung.
Jake warf wieder einen Blick in den Rückspiegel und sah sofort, wie der schwarze Transporter darin immer größer wurde. »Sie kommen«, sagte er.
Kazamuki schaltete herunter und jagte in Schlangenlinien einmal links und einmal rechts an zwei langsameren Autos und einem Lastwagen vorbei. Im gleichen Augenblick, als sie sie überholt hatte, trat sie noch einmal das Gaspedal durch, um noch rechtzeitig eine Ampel zu passieren. Drei Häuserblocks weiter verminderte sie schließlich die Geschwindigkeit und ließ sich mit dem Verkehr mittreiben.
Nur wenig später kam der Toyota aus dem Verkehrschaos, das sie angerichtet hatten, herausgeschossen. Er wurde ebenfalls langsamer, als sein Fahrer merkte, daß sie die Geschwindigkeit vermindert hatten. Mit einem Kreischen der Räder schaltete Kazamuki den Mitsubishi wieder in den vierten Gang. Der Toyota kam näher.
Er fuhr nicht mehr direkt hinter dem Mitsubishi, sondern eher seitlich versetzt von ihm. Laut hupend drängte der Transporter ein Auto, das ihm entgegenkam, von der Straße, bis es auf den Gehsteig schleuderte.

Das schwarze Ungetüm kam immer näher. Jake konnte sehen, wie ein Seitenfenster heruntergekurbelt wurde. Dann wurde der Lauf einer Maschinenpistole herausgeschoben. Irgendwie erinnerte sie Jake an die Schnauze eines häßlichen Hundes.

»Weg hier!« rief er.

»Ja!« schrie Kazamuki in höchster Aufregung, und schon raste der Mitsubishi auf eine Mauer zu. Sie hörten eine Serie von Einschlägen hinter sich, und Kazamuki schaffte es, den Wagen wieder auf geraden Kurs zu bringen.

Sie warf Jake einen kurzen Blick zu. »Die haben offensichtlich nicht nur ein *Katana* an Bord«, sagte er.

Kazamuki konzentrierte sich auf den Verkehr. Der Toyota hatte seit Jakes improvisiertem Ausweichmanöver etwas an Boden verloren, aber jetzt holte er wieder auf. Sie hatten offensichtlich den Motor frisiert, denn der Transporter war schnell wie eine Rakete.

»Gleich haben sie uns wieder«, sagte Jake, und sie nickte.

Kazamuki riß den Mitsubishi mit solcher Geschwindigkeit nach links, daß sich die beiden rechten Reifen von der Straße hoben. Fast hätten sie auch noch drei Fußgänger, die schreiend auseinanderstoben, überfahren. Drei Häuserblocks weiter bog sie noch einmal nach links ab.

Zwar konnten sie noch die Bremsen des schwarzen Transporters hinter sich aufkreischen hören, aber sehen konnten sie ihn nicht mehr. Sie fuhren noch immer mit einer Höllengeschwindigkeit, aber es blieb ihnen auch nichts anderes übrig.

Noch einmal nach links, und sie hatten es fast geschafft. Jetzt beschleunigte Kazamuki wieder, und Jakes Lippen begannen leicht zu zittern. Die Straße war nur noch schemenhaft zu erkennen, und er betete, daß ihnen jetzt niemand in den Weg kommen möge.

Ein Ruck am Lenkrad, erneut eine Kurve, und dann schoß der Mitsubishi wieder geradeaus. Jetzt waren sie direkt hinter dem schwarzen Transporter. Nicht gerade ein Manöver für jemanden mit schwachen Nerven, dachte Jake.

Langsam schoben sie sich an die hintere Stoßstange des Transporters heran, und kurz bevor die Ampel auf Rot umschaltete, trat Kazamuki das Gaspedal ganz durch. Der Mitsubishi schoß nach vorn und rammte mit lautem Krachen das schwarze Heck.

Die Geschwindigkeit reichte aus, um den Toyota in die Kreuzung hineinzuschieben. Die Ampel war inzwischen umgesprungen, von links und rechts kamen die ersten Autos. Zwei von ihnen bohrten sich in die Flanke des Transporters und rissen ihn hoch.

Er überschlug sich mehrfach wie ein Akrobat, der auf dem Höhepunkt der Zirkusvorstellung das letzte, atemberaubende Kunststück vorführt. Dann krachte der Toyota mit dem Heck voran wieder auf die Fahrbahn. Der Aufprall riß den Benzintank auf. Funken stoben, und das Benzin entzündete sich mit einem merkwürdig dumpfen *Wumm.*

Kazamuki bog scharf nach links ab und gab Gas.

Man nannte ihn ›Fung, das Skelett‹, wegen seiner Tätowierung: ein Mann, ganz aus Knochen, den er durch das Spiel der Muskeln zum Tanzen bringen konnte. Normalerweise ging er ohne Hemd zur Arbeit, so daß jeder die Tätowierung quer über seinem rechten Schulterblatt sehen konnte. Hier in dieser Gegend war es wichtig, einen Namen zu haben.

Hier, das war Mong Kok, gelegen am nördlichen Ende des mächtigen Gebirgszuges von Yau Ma Tei, der die Taifune abhält, auf der westlichen Seite der Kowloon-Halbinsel. Ein wahres Meer von Booten aller Arten und Größen lag hier vor Anker. Die Menschen, die hier lebten und arbeiteten, bildeten schon eine eigene Stadt und schienen mit diesem Landstrich besonders fest verwurzelt zu sein.

Es war einfach, hier unterzutauchen oder ein Geheimnis zu verbergen, nach dem andere suchten. ›Fung, das Skelett‹ hatte so ein Geheimnis, und sicher gab es viele, die frohen Herzens den Lohn eines Jahres dafür hergegeben hätten, um es herauszufinden.

Viele hatten es auch versucht, aber jedesmal mit nur geringem oder gar keinem Erfolg. Und das nicht etwa, weil man ›Fung, das Skelett‹ nicht hätte aufstöbern können – in Hongkong konnte man für einen bestimmten Preis jeden finden; und auch nicht, weil er ein Ganove von solch überragendem Format gewesen wäre, daß er über eine ganze Armee stahlharter Männer hätte verfügen können.

Im Gegenteil, ›Fung, das Skelett‹ war ein ehrenwerter Geschäftsmann. Allerdings nicht, wenn er früh am Morgen oder spät abends an Bord eines der Schiffe seiner Flotte ging, auf denen er Rauschgift transportieren ließ.

Aber von neun bis fünf kleidete er sich und handelte er wie auch alle übrigen aufstrebenden *Tai pans.* In dieser Zeit zeigte er auch seine Tätowierung nicht. Niemand wußte dann, daß er ›Fung, das Skelett‹ genannt wurde.

Ian McKenna hätte ihn sofort als Big Oysters Pok wiedererkannt.

Daß es ihm gelang, inmitten der klaustrophobisch engen und gerüchtehungrigen Kronkolonie dieses gefährliche Doppelleben zu führen, verdankte er seiner Geschicklichkeit und seinem Einfallsreichtum. Die Tatsache, daß Inspektor Ian McKenna ihn nur unter seinem gesetzlichen Namen kannte, bewies die außerordentliche Gerissenheit von ›Fung, dem Skelett‹.

Das Wort *gesetzlich* mußte in diesem Zusammenhang natürlich merkwürdig klingen, besonders wenn man bedachte, daß ›Fung, das Skelett‹ es gewagt hatte, sich sogar noch eine dritte Identität als

Zuhälter zuzulegen. Es amüsierte ihn, sich in Wan Chai zu zeigen, und jedesmal mit einer anderen Schönen an seiner Seite. Er freute sich diebisch, wenn er merkte, wie es den Polizisten die Augen heraustrieb und wie ihnen das Wasser im Mund zusammenlief bei dem Gedanken an die Ware, mit der er offensichtlich Handel trieb.

Auf eine bestimmte Weise war es wirklich ein Vergnügen, jedem, der Auskunft haben wollte, den Zwielichtigen vorzugaukeln. In einem anderen Leben wäre ›Fung, das Skelett‹ vielleicht Schauspieler geworden – und bestimmt ein verdammt guter. Aber er war nun einmal, leider, Chinese, und die Berufsaussichten für chinesische Schauspieler waren so, wie sie schon immer gewesen waren, nämlich miserabel.

Natürlich existierte eine dicke Polizeiakte über ›Fung, das Skelett‹. Aber wie die meisten solcher Dossiers bestand auch dieses nur aus unbewiesenen Gerüchten und Informationen vom Hörensagen. Es gab nicht eine einzige beweisbare Tatsache über die Person, und ebensowenig eine Fotografie oder irgend etwas Handfestes, auf das hin die Polizei einen Haftbefehl hätte erwirken können.

Es war einfach so, daß zu viele Leute dank der Geschäfte von ›Fung, dem Skelett‹ reich wurden, als daß die Polizei jemals hätte darauf hoffen dürfen, einen Informanten einzufangen. Davon abgesehen wußte man, daß jeder, der Fungs Geschäfte zu stören versuchte, innerhalb von vierundzwanzig Stunden ein toter Mann war.

So groß war die Macht dieses Mannes. In einem Land, wo moderne Legenden zum Allgemeingut gehörten, sprach jedermann über ihn nur in ehrfurchtsvollem Ton.

Als der Malaysier Bliss zu ihm brachte, sprach er gerade mit einem seiner Kapitäne über ihre geheimen Handelsrouten. Alle seine Schiffe nahmen im Normalfall die offiziellen Schiffahrtsrouten; die geheimen wurden nur dann benutzt, wenn die Polizei zuviel herumschnüffelte. Die Routen wurden täglich gewechselt, und nur Fung selbst und seine Kapitäne kannten ihren Verlauf. Die Methode hatte sich als hundertprozentig sicher erwiesen. Die Verantwortung wiegt dann am schwersten, sagte ›Fung, das Skelett‹ häufig, wenn einer sie allein trägt. Und er hatte damit vollkommen recht. Was er machte, war absolut sicher, und das war es auch immer schon gewesen.

Der Malaysier nahm Bliss beiseite, während ›Fung, das Skelett‹ noch mit dem Kapitän verhandelte. Er achtete darauf, daß er zwischen ihr und seinem Boß stand, so daß sie, selbst wenn sie von den Lippen hätte lesen können, keine Möglichkeit dazu hatte.

Nach einer Weile ging der Kapitän hinaus und rief seiner Crew etwas zu. ›Fung, das Skelett‹ winkte den Malaysier und Bliss zu sich heran.

»Ich kenne dich«, sagte ›Fung, das Skelett‹ ohne jede Einleitung. »Du bist die Frau von Jake Maroc.«

Bliss antwortete nicht. Sie überlegte, ob sie diesen Mann zuvor schon einmal gesehen hatte. Sie hatte noch nie etwas mit Rauschgift zu tun gehabt, deshalb wußte sie nichts von ihm, außer seinem Namen. Doch kannte sie die Vergangenheit ihres Vaters und vermutete, daß die beiden sich vielleicht das eine oder andere Mal begegnet waren. ›Fung, das Skelett‹ mußte mindestens zwanzig Jahre jünger sein als Three Oaths, aber seine Verbindungen waren so weit gespannt, daß Bliss nicht glauben mochte, daß die Wege der beiden sich niemals gekreuzt haben sollen.

»Nein, nein«, erwiderte sie deshalb auf gut Glück. »Ich glaube, Sie kennen meinen Vater, Three Oaths Tsun.«

›Fung, das Skelett‹ lehnte sich gegen die Heckreling. »Ja? Hat er dich hierhergeschickt?«

»Nein, es war der Affenmann.«

›Fung, das Skelett‹ schnaubte und streckte die Hand aus. »Zeig her, was du da hast.«

Bliss zog den Feueropal hervor und ließ ihn in seine Hand fallen.

Fung ließ sich ungewöhnlich lange Zeit, den Stein zu untersuchen. Schließlich blickte er sie wieder an. »Woher hast du den?«

Schon der Ton in seiner Stimme warnte Bliss, aber der Teil ihres *Qi*, der seinen Sitz im *Da-hei* hatte, sagte ihr ganz deutlich, daß sie diesen Mann nicht anlügen durfte. So erzählte sie ihm, was Jake schon ihrem Vater berichtet hatte.

»Jetzt ist mir klar, warum du hier bist«, erwiderte ›Fung, das Skelett‹. »Du willst mir gar keine australischen Feueropale verkaufen. Es dreht sich nur um diesen einen besonderen Stein.«

»Kennen Sie die junge Frau, von der die Rede war?«

›Fung, das Skelett‹ stand auf und ging an der Reling entlang bis vor zum Bug. Bliss folgte ihm. Um sie herum war schon geschäftiges Leben: Herdfeuer brannten, Kinder spielten auf dem Kai, *Walla-wallas* zogen träge durch die Fahrrinne, Dschunken stachen in See oder liefen gerade ein, beladen mit unbekannter Fracht. Weit draußen am westlichen Ende des Piers konnte sie das schlanke Raubtierprofil einer Polizeibarkasse ausmachen, die träge wie ein Hai im Riff Patrouille fuhr.

»Irgendwo da draußen«, sagte ›Fung, das Skelett‹, »ist traumhafter Reichtum zu finden, der jenseits aller Vorstellungskraft liegt. Jeder träumt davon: auf einen Schlag das Geschäft seines Lebens zu machen. Manchmal glaube ich, daß die Leute – einige Leute – bei der Aussicht auf solche Reichtümer jedes Risiko auf sich nehmen würden, so grauenhaft es auch sein mag. Was meinst du dazu?«

»Ich denke, die Dummköpfe werden nie aussterben«, erwiderte Bliss knapp.

Eine Weile schwiegen beide. Dann, plötzlich, lachte ›Fung, das Skelett‹ lauthals los. Sein Kapitän, durch den Lärm aufgeschreckt, blickte von seinen Seekarten hoch, stellte fest, daß alles in Ordnung war, und machte sich wieder an die Arbeit.

»Ich habe bisher immer geglaubt, daß die *Loh faan*, die fremden

Teufel, die einzigen Dummköpfe auf der Welt sind.« Er drehte den Opal zwischen seinen Fingern, so daß die Sonne auf das karmesinrote Feuer fiel und es aufleuchten ließ. »Jetzt bin ich natürlich älter, erfahrener. Jetzt weiß ich es besser. Aber um deine Frage zu beantworten – ja, ich kenne die junge Frau, von der Jake diesen Stein hat. Es ist mein Stein. Sie erwarb ihn von mir, unter, sagen wir einmal, delikaten Umständen.«

»Ich hoffe nur, sie war es wert«, sagte Bliss.

›Fung, das Skelett‹ lächelte. »Keine Frau auf der Welt ist den Preis dieses Steines wert. Wenn du von Opalen etwas verstehen würdest, könntest du das vielleicht begreifen.«

»Warum hat sie Jake verfolgt?«

Fung blickte auf die See hinaus. Sie wußte, daß er die Fahrt des Polizeibootes beobachtete; dies war so seine Art. »Vielleicht aus demselben Grund, aus dem sie mir den Stein gestohlen hat.«

»Was soll das heißen?«

»Es war verrückt, das zu tun. Sie wußte, was mit ihr geschehen würde. Der einzige Grund, warum ich sie nicht getötet habe, war der, daß Jake mir zuvorgekommen ist.«

»Sie war nicht verrückt«, sagte Bliss. »Jake hätte das gemerkt.«

Er blickte sie an. »Dann hast du wohl eine Erklärung für das alles?«

»Sie war nicht dumm«, beharrte Bliss. »Sie war sehr gerissen. Gerissen genug, um Jake von seinem Treffen mit seinem Vater abzuhalten; um den Weg freizuhalten für die, die Shi Zilin umgebracht haben.«

›Fung, das Skelett‹ blickte von ihrem Gesicht zu den aufblitzenden, durchdringenden Farben zwischen seinen Fingern. »Wieso meinst du so genau zu wissen, warum sie diesen Stein gestohlen hat?«

»Ich habe so eine Ahnung«, antwortete Bliss. *Da-hei.* Shi Zilin. »Ich stelle mir vor, sie hat den Stein gesehen, seinen Wert erkannt und die Gelegenheit genutzt.«

»Aber sie muß gewußt haben, daß ich sie innerhalb eines Tages töten lassen würde.«

»Dann wußte sie eben auch, daß sie innerhalb weniger Stunden bereits wieder fern von Hongkong sein würde.«

»Jake hat das verhindert.«

»Ja.«

›Fung, das Skelett‹ sah sich die junge Frau genauer an. Sie konnte haarscharf denken. Er überlegte, wie gerissen sie wohl war.

»Ich weiß, daß sie noch jemand anderen getroffen hat, als sie bei mir zu Hause war.«

»Wissen Sie auch, wen?«

Er warf einen Blick auf seine Uhr. »Ich habe eine Verabredung, die ich nicht aufschieben kann. Sehen wir uns später beim Dinner?«

»Wo?«

»Ich gehe normalerweise ins Star House, kennst du es?«

»In der Causeway Bay? Ja.«

»Acht Uhr, ist das recht?« Er gab dem Malaysier ein Zeichen.

Bliss überlegte, ob er ihr etwas verheimlicht hatte. Sie hatte sein Gesicht gesehen, in seinen Gedanken gelesen, als der Malaysier sie hierher gebracht hatte. Sie merkte es, wenn man sie zu überrumpeln versuchte. Aber was hatte sie schon für eine Wahl? Fung war die beste und einzige Möglichkeit, etwas über die mysteriöse Frau zu erfahren, die Jake verfolgt hatte. Ihr blieb also kein Ausweg.

»Also gut, Punkt acht«, antwortete sie mit einem Schulterzucken.

Der Sturm holte Qi lin ein, nachdem sie die südliche Grenze überschritten hatte. Es hätte ihr vielleicht eher einfallen sollen, aber wenigstens jetzt fiel ihr ein, was der alte Arzt Jiao Zhuang Hu ihr gesagt hatte: *Denk an die Flüsse, die zum Meer fließen*, und sie benutzte die großen Bäume, die am Ufer des breiten, schlammigen Flusses der Ebene wuchsen, als Deckung.

Jetzt, hoch über dem Meeresspiegel, wußte Qi lin, daß sie endlich außer Gefahr war. Sie befand sich in den Bergen im Norden Burmas.

In den Shan-Staaten. Wo es kein Gesetz gab, und wo sogar die chinesische Armee in Furcht lebte.

Sie wußte, daß sie sich im Goldenen Dreieck aufhielt, einem Gebiet, das nicht nur einen Teil der Shan-Staaten umfaßte, sondern auch Teile von Laos, Thailands und ebenso einen Teil der Provinz Yunnan, ihres eigenen Landes.

In dieser Region blühte das Geschäft mit dem Opium oder, wie es hier genannt wurde, mit den Tränen des Mohns.

Die kommunistische Regierung Chinas hatte jahrelang versucht, den illegalen, aber enorm profitablen Opiumhandel zu unterbinden, und genauso hatte das auch das ziemlich ineffektive sozialistische Regime in Burma versucht. Aber die Shan-Staaten waren eine eigene Welt. In den Bergen lebten unzählige alte Stämme, wurden befehligt von harten und mächtigen Kriegsherren, von gut bewaffneten und geübten Privatarmeen, die eine Fortsetzung des lukrativen Handels sicherten.

Amerika und die Sowjetunion, die mächtigsten der Weltmächte, das wußte Qi, hatten diesen Tatbestand akzeptiert, obwohl sie jahrelang versuchten, diese Berge mit dem Ziel zu infiltrieren, Kontrolle über den Opiumhandel mit seinen Milliarden-Dollar-Profiten pro Jahr zu bekommen.

Sowohl die CIA als auch der KGB hatten dabei so hohe Verluste erlitten, daß beide Regierungen, so sagte ein Gerücht, sie nur noch über die Anlage von Sonderfonds auffangen konnten.

In dem Augenblick, als sie die Grenze nach Burma überschritt, wurde Qi lin vorsichtiger. Dies war nicht mehr China; ihre Papiere waren hier wertlos. Deshalb hatte sie sie in einen Beutel gesteckt und ihn noch in Yunnan vergraben. Die chinesische Regierung versuchte in den Shan-

Staaten alles, um jeglichen Handel zu zerstören, was natürlich jeden chinesischen Bürger dort sofort zu einem Verdächtigen machte. Aber bei einem Flüchtling, der erst kürzlich aus dem Gefängnis entkommen war, sah die Sache schon wieder ganz anders aus.

Besonders, wenn dieser Flüchtling auch noch nach seiner Schwester suchte, die nur wenige Tage zuvor aus China geflohen war.

Shan bedeutete ›freie Menschen‹. Dieselbe Grundbedeutung haben die Wörter *Siam* und *Assam*, die Namen von Völkern, die ein weites Gebiet Südostasiens besiedelt hatten. Von etwa dem fünfzehnten Jahrhundert an bis 1959 waren die Shans von vierunddreißig *Sawbwas* regiert worden, Prinzen in direkter Abstammungslinie, deren Lehen in feudaler Erbfolge weitergegeben wurden. Heutzutage hingegen waren die Kriegsherren der Shan, die das Goldene Dreieck beherrschten, oft nur noch Bastarde dieser ursprünglich regierenden Familien.

Aber es gab ohne Zweifel andere, noch weit gefährlichere Machthaber in diesem Gebiet. Das waren die Schufte von Generälen, die aus der kommunistischen Armee Chinas desertiert waren. Gier, Habsucht, der Reiz der Macht, das waren ihre Triebfedern. Und diese Kriegsherren würden sogar mehr noch als die Shan-Prinzen jeden Chinesen, der über die Grenze kam, verdächtigen. Auf keinen Fall durfte Qi lin einem von ihnen in die Hände fallen.

Kurz hinter der Grenze wurde sie von einer Gruppe Shan-Soldaten aufgegriffen. Sie trugen das typische rote Stirnband, weite weiße Hosen, Uniformhemden und die traditionellen gesteppten Jacken. Qi lin verstand ihren Dialekt nicht, aber es stellte sich heraus, daß einer der Soldaten, wenn auch mit fürchterlichem Akzent, Mandarin sprach.

Qi lin ließ sich durchsuchen und ausfragen. Schließlich holte sie das Foto von der Tochter des alten Arztes hervor. »Schwester«, sagte sie und zeigte dabei auf das Bild. »Meine Schwester.«

Mok, der Mann, der das abscheuliche Chinesisch sprach, reichte das Foto herum. Die Soldaten besprachen sich miteinander. Dann wandte sich Mok an Qi lin. »Warte hier.« Sein Gesicht bekam einen grimmigen Ausdruck. »Wenn du dich bewegst, befehlen schießen, dich töten.« Qi lin nickte gefügig.

Mok ließ sie umringt von den anderen zurück. Hinter ihnen befand sich ein bunkerähnlicher Betonbau. Qi lin hatte einen seltsamen süßen und zugleich scharfen Geschmack im Mund. Sie hustete und hob eine Hand, und sofort richtete einer der Soldaten seine AK-47 auf sie. Qi lin hob beide Hände, die Handflächen in Richtung auf den Soldaten. »Schon gut, du mutterloser pockengeplagter Hund«, sagte sie mit möglichst unterwürfiger Stimme. »Ich habe nichts Böses vor.« Sie lächelte, und der junge Soldat zeigte als Antwort seine Zähne. Sie waren schwarz wie die Nacht.

Qi lin sah noch mehr Soldaten, die sich mühsam in einer langen Reihe durch eine Tür in das Betongebäude schoben. Ihre Rücken beugten sich unter dem Gewicht von Leinensäcken. Andere Soldaten hielten sie mit angelegten Gewehren in Schach. Qi lin hatte in ihrem Leben noch nie so viele Waffen auf einmal gesehen, nicht einmal als sie Mitglied des *Gong lou-fu* gewesen war, der Triade des stählernen Tigers.

In der Ferne konnte sie den Zug der Maultiere sehen, von deren Rücken die Soldaten die Leinensäcke abluden. Und jetzt erkannte sie auch den Geruch. Er kam vom Opium-›Kochen‹. Das hier war eine ›Fabrik‹, wo Rohopium zu Qualität Nummer vier veredelt wurde, einer Sorte Heroin, die so hochkonzentriert war, daß zum Beispiel ein Pfund Rohopium auf ein Zehntel seines Gewichts zusammenschmolz. Das Endprodukt ließ sich folglich weitaus leichter durch schwieriges Gelände transportieren und in die westliche Welt einschleusen.

Mok kam zurück, und Qi lin musterte ihn aufmerksam. »Niemand sie gesehen«, sagte der Soldat.

»Trotzdem möchte ich euren Führer sprechen«, sagte Qi lin, darauf bedacht, sich nicht zu bewegen, denn noch immer war die AK-47 auf sie gerichtet.

»Ha?«

»Euren Führer.«

»Führer?« Der verdutzte Blick hielt sich einen Moment lang in seinem Gesicht. Dann strahlte er plötzlich. »Ah Ko Gyi«, sagte er. »Ihn sehen.«

»Ja«, sagte sie. »Das möchte ich. Sofort.«

Mok nickte. »Jetzt gehen.« Mok gab den anderen Soldaten ein Zeichen, und sie bildeten eine geschlossene Reihe um sie. Qi lin schaute Mok in die Augen. Sie waren undurchdringlich und abweisend. Irgend etwas war passiert, während er weggewesen war. Aber was?

Bis Sonnenuntergang hatten Qi lin und ihre Begleiter vielleicht sieben Kilometer zurückgelegt. Außerdem hatten sie einen Höhenunterschied von über viertausend Metern überwunden. Sie zitterte vor Kälte, aber niemand bot ihr eine Jacke an.

Auf einer schmalen Ebene hoch oben in den Bergen kamen sie zu einem Dorf. Die aus Bambus geflochtenen Häuser waren alle um eine Lichtung gruppiert.

»Wohnt hier der Ah Ko Gyi?« fragte Qi lin.

Mok beachtete sie nicht. Er hatte während des ganzen Marsches nicht gesprochen. Qi lin spürte den Schauer einer leisen Vorahnung. Aber es war zu spät, umzukehren. Und wo sollte sie auch hin?

Sie hatten das Shan-Dorf kaum betreten, da verschwanden die anderen Mitglieder des Trupps im Zwielicht. Mok faßte Qi lin am Arm und führte sie zu einem Haus aus Bambus und Lehm, das etwas größer war als die anderen. Qi lin vermutete, daß es die Residenz des örtlichen Kriegsherrn war.

Irgend jemand mußte die Nachricht von ihrer Ankunft bereits gemeldet haben, denn als sie sich der morschen Treppe näherten, die auf eine große Veranda führte, traten mehrere Gestalten aus dem Haus. Als sei dies ein abgesprochenes Zeichen, stieß Mok Qi lin nach vorn.

»Der Eindringling«, sagte er plötzlich in reinstem Mandarin. Qi lin starrte ihn schweigend an, während Mok wiederholte, wer sie war und warum sie nach dieser Frau suchte.

»Dein Name?« bellte der Kriegsherr.

Qi lin log, ohne nachzudenken, aus reinem Selbsterhaltungstrieb. Dann sah sie sich den Mann zum ersten Mal genauer an. Er war ungewöhnlich klein, rund wie ein Faß und hatte die kräftigsten Arme und Schultern, die Qi lin jemals gesehen hatte. Er trug Militärhosen und ein ärmelloses Hemd in einer undefinierbaren dunklen Farbe, auf dem verschiedene goldene und silberne Nadeln wie Orden angeheftet waren. Um seine Hüften trug er einen Munitionsgürtel mit einem ledernen Pistolenhalfter, in dem, wie es schien, eine 45er Pistole der US-Armee steckte. Dazu trug er weiche Lederstiefel, deren Schäfte ihm bis zu den Knien reichten. Gegen die beißende Kälte in dieser großen Höhe schien er vollkommen unempfindlich zu sein.

»Ist sie es?«

Qi lin verstand die Frage nicht und wollte das gerade sagen, als sie begriff, daß der Kriegsherr zu einer Gestalt im Schatten hinter sich sprach.

Die Gestalt bewegte sich langsam, es schien Qi lin wie schmerzgebeugt, vorwärts.

»Ja«, sagte der alte Mann. »Das ist sie.«

Qi lin verdrehte die Augen. Buddha! Sie hatte den alten Mann schon einmal gesehen. Ihr Herzschlag schien auszusetzen. Der ganze lange Weg, seit sie Oberst Hu in die Hände gefallen war, lag plötzlich vor ihr. Sie hatte das Gefühl, im Kreis gelaufen zu sein.

»Huaishan Han?« fragte sie entsetzt. »Sind Sie es?«

Man war ein Nichts in Miami, solange man nicht mit freiem Blick auf den Ozean wohnte. Mako Martinez wohnte in einem doppelstöckigen Apartment, das so groß war, daß Simbal sich vorstellen konnte, wie der gesamte Bürotrakt der *Pyramide* darin verschwand und immer noch Platz übrigblieb. Die Wohnung befand sich im dreiunddreißigsten und vierunddreißigsten Stockwerk des Hauses. Man erreichte sie mit einem Fahrstuhl, der so schnell fuhr, daß man fast Nasenbluten bekam.

Der Gang war breit und aufgeputzt wie eine Tausend-Dollar-Hure. Er war in modernem Miami-Pastell gehalten, mit gepolsterten Tapeten in einem Muster, das an Wasser erinnerte. Hier und da waren echte Gemälde aufgehängt. Kostspielig aussehende Möbel standen zu beiden Seiten der bronzenen Aufzugstüren, als hätten die Ausstatter sich gedacht, hier wäre ein behagliches Plätzchen für einen Plausch spät in der Nacht. Alle paar Meter warfen in Messing gefaßte Wandleuchter Licht an die blasse, lachsfarbene Decke.

»Hier stinkt es nach Geld«, sagte Simbal.

Martine Juanita Gato de Rosa knurrte bestätigend. »Es sind noch drei von diesen Türmen geplant. Aber wenn Mako und seine Partner nicht ihr eigenes Geld in dieses Ding stecken würden, um es am Laufen zu halten, wäre es längst nur noch ein rostendes Skelett. Mit Apartments lassen sich hier kaum noch Geschäfte machen. Es gibt einfach zu viele.«

»Und du bist sicher, daß Bennett hier ist?« fragte Simbal.

»Nichts ist jemals sicher in Miami«, erwiderte der Kubaner. »Daran sollte ich dich nicht erinnern müssen.«

Ein paar Doppeltüren am Ende des Flurs öffneten sich, und sie waren in der Wohnung. Simbal hatte schon viele Paläste gesehen, aber dieser hier schoß den Vogel ab. Die ganze Südfront des Wohnraumes, Simbal schätzte sie auf mindestens 20 Meter Länge, war aus Glas, durch das man auf die Küstengewässer und die mit nächtlichen Lichtern übersäten Inseln blickte. Auf der rechten Seite erhoben sich die riesigen Strandhotels.

An der Ostseite des Raums wand sich eine großzügige Treppe aus Plexiglasblöcken, deren Außenkanten von kleinen Lichtern markiert wurden, hinauf in den zweiten Stock.

Ansonsten war der Raum mit weichen schiefergrauen Sofas und übergroßen runden Sesseln aus weichem braunem Leder möbliert, deren Designer derart übertrieben hatte, wie es inzwischen typisch für ultramoderne Möbel war. An den sandfarbenen Wänden hingen riesige, scheußlich abstrakte Gemälde aus malven- und rosafarbenen Klecksen. Farne, sprießende Getreidepflanzen und Federpalmen standen verstreut herum, und zwischen zwei Säulen hing sogar eine Hängematte aus echtem Hanf. Ein Fotomodell mit fast schon unmenschlichen Proportionen lag darin ausgestreckt und stellte ihren knochigen Körper zur Schau.

Simbal war sich sicher, daß dieser Ort selbst den einstigen Schah von Persien begeistert hätte. Er ließ den Kubaner stehen und drängte sich durch den überfüllten Raum. Rockmusik plärrte. Simbal lachte in sich hinein.

Es gab hier so viele Männer in lässigen Leinen- und Seidenjacketts, die Ärmel auf ihren behaarten Armen hochgekrempelt, um die Aufmerksamkeit mehr auf ihre T-Shirts zu lenken, daß Simbal fast schon glaubte, er sei in die Dreharbeiten zu ›Miami Vice‹ geraten.

Er ging die enge Wendeltreppe hinauf und mußte an einer Frau in einem dünnen Kreppkleid vorbei, die ihm mit einem Martini in der Hand entgegenkam; es wurde spannend. Einen Augenblick lang dachte Simbal, sie sei drauf und dran ihn aufzufordern, es gleich hier zu tun, aber sie leckte sich nur ihre Lippen.

»Wir sehen uns sicher nachher noch«, rief sie ihm hinterher.

Oben war der glänzende, honigfarbene Parkettfußboden mit einem schweren sahnefarbenen Teppich ausgelegt. Man hatte sofort den Wunsch, die Schuhe auszuziehen und barfuß zu laufen. Was eine junge Frau mit langen roten Haaren auch gerade tat. Sie hielt ihren vollen mexikanischen Bauernrock mit beiden Händen hoch, so daß nicht nur ihre weichen Schenkel im Licht schimmerten, sondern auch der kleinste Schlüpfer, den Simbal jemals gesehen hatte. Das Meer von Haaren, in die das kleine Stück Stoff eingebettet war, zog die Aufmerksamkeit aller auf sich. Simbal schaute sich um und entdeckte die fahrbare Bar. Er ließ sich einen Whisky on the rocks geben und ging weiter.

Es gab hier oben auch einen Balkon. Vielleicht war er nicht so groß wie der im ersten Stock, aber immerhin. Simbal blickte durch die Scheibe hinunter zu den Motorbooten, die gemächlich in den Küstengewässern kreuzten. Eine kleine, unbewohnte Insel war mit bunten Lichtern geschmückt.

Dann nahm Simbal plötzlich eine Bewegung wahr, und die vielfarbige Beleuchtung enthüllte die flachen Züge eines Gesichts, das ihm bekannt vorkam. Run-Run Yi. Der *Diqi* Honcho von New York und, wenn man den Gerüchten Glauben schenkte, dann war er Alan Thunes kräftigste Stütze auf dem Weg in die höheren Ränge der Organisation gewesen. Mit wem sprach er?

Simbal änderte den Blickwinkel. Dunkelheit und dann wieder Licht. Bennett! Das Voodoo-Gespenst höchstpersönlich. Simbal starrte ihn lange an. Und dann, als plötzlich eine Lärmwelle durch die geöffneten Fenstertüren schwappte, drehte sich Bennett plötzlich um, und Simbal trat schnell einen Schritt zurück.

Als Simbal wieder hinuntersah, war Yi allein. Fluchend stellte er seinen Drink beiseite und eilte die Terrasse hinunter. Bewegungen, Schatten und blendendes Licht. Pärchen tanzten nach der vollen Stimme von Nona Hendryx, dem Inbegriff des Funkjazz.

Er kämpfte sich durch die Menge, bis er direkt bei Run-Run Yi war, der am Geländer lehnte und hinunterstarrte. Simbal tat dasselbe. Er sah Bennett im unteren Stockwerk.

Drinnen hatte die Frau mit den langen roten Haaren ihren Bauernrock ganz über ihren Kopf gehoben. Und schon näherten sich ihr drei schmierige Latino-Typen in Neunhundert-Dollar-Armani-Anzügen und mit gierigen Raubtierblicken in den glänzenden Gesichtern.

Von einem eiförmigen Cocktail-Tisch hatte man das sorgfältige Arrangement von Kristallgläsern, dicken Kerzen mit Lemonduft und einem Paradiesvogelgesteck in japanischem Stil abgeräumt, und vier kniende Paare saugten jetzt abwechselnd mit goldenen Strohhalmen weißes Pulver von der gläsernen Oberfläche.

Herr im Himmel, dachte Simbal, als er an ihnen vorbeilief, alles, was dieser Szenerie noch fehlt, ist Lots Weib.

Als er die strahlende Wendeltreppe hinunterging, wurde er einen Moment von einem goldbehangenen Macho mit stark behaarter Brust aufgehalten, der entweder betrunken oder high oder beides war. Schließlich stieß Simbal ihn in Richtung des eiförmigen Tisches.

Während er die letzten Stufen zum unteren Stockwerk hinuntersprang, fragte er sich, was vorhin in Bennett vorgegangen sein mochte. Hatte er ihn gesehen? Wenn ja, mußte er Simbal auch sofort erkannt haben. Simbal erinnerte sich an einen Hinweis in Bennetts geheimer Personalakte. Er hatte ein absolutes visuelles Erinnerungsvermögen. Deshalb war Simbal sich ziemlich sicher, daß Bennett ihn identifiziert hatte.

Die Talking Heads sangen gerade etwas von einem Psycho-Killer, als Simbal Bennett entdeckte. Der Kubaner hatte sich ihm auch schon genähert. Als er in Bennetts Augen sah, wußte er, daß sich irgend etwas Entscheidendes verändert hatte. Nur noch der Kubaner und eine junge Mexikanerin standen zwischen Bennett und der Eingangstür.

Simbal steuerte auf sie zu. Sie führten anscheinend irgendeine hitzige Debatte, doch David Bowie sang so laut von Templern und Saraszenen, daß es unmöglich war zu hören, worüber sie stritten, obwohl beide den Eindruck machten, als würden sie schreien.

Bennett hob als erster die Fäuste, und der Kubaner trat ihm gegen sein Standbein. Dann rammte Bennett dem Kubaner seinen Ellbogen in die Rippen und traf ihn im Nachsetzen mit der Faust an der Schläfe.

Gato de Rosa taumelte, und Bennett packte die Mexikanerin am Arm. Zusammen stolperten sie aus der Tür. Simbal konnte den Kubaner gerade noch auffangen und stellte ihn auf die Füße. Langsam drehte der Kubaner den Kopf herum.

»Martine?«

»Bist du es, Simbal?«

»Ja. Bennett ist ziemlich nervös heute, findest du nicht auch?«

»Er hat Maria mitgenommen. Sie ist eine meiner Kontaktpersonen hier.« Der Kubaner spuckte in ein Stofftaschentuch. Er starrte hinein, als hätte er noch nie sein eigenes Blut gesehen. »Verdammt!«

»Schnappen wir uns den Hurensohn«, sagte Simbal.

»Aber halt dich zurück«, sagte der Kubaner. »Er hat schließlich meine *Corazon* mitgenommen.«

Die Wandleuchter schienen sie plötzlich höhnisch anzugrinsen. Gato da Rosa wischte sich mit dem blutigen Taschentuch über die Lippen, während der in die Tiefe fallende Fahrstuhl fast ihr Trommelfell zum Platzen brachte.

»So was hat noch keiner mit mir gemacht«, sagte der Kubaner. Anscheinend machte ihm der Verlust seiner Ehre die größeren Sorgen. »*Hijo de puta!*«

»Was hat er gesagt?«

»Er hat zu mir gesagt: ›Was schnüffelt dieses verdammte Schwein Tony Simbal hinter mir her?‹ Ich habe ihm geantwortet, daß er Halluzinationen haben müsse. ›Simbal schnüffelt hier herum‹, hat er daraufhin gesagt. ›Und du kannst mir glauben, daß ich weiß, wen er sucht. Er ist ein verdammter Kopfjäger.‹«

»Das stimmt nicht!« sagte Simbal wütend.

»Jetzt reg dich doch nicht auf, Mensch.«

Im Erdgeschoß öffneten sich leise die Türen. Simbal machte einen Schritt auf die Eingangshalle zu, aber der Kubaner hielt ihn zurück. »Hier entlang.«

Sie gingen durch die Hintertür und durch einen breiten blaugefliesten Gang, der von Messinglampen beleuchtet wurde.

Vor ihnen konnte Simbal die Schiffsliegeplätze sehen, die zusammen mit dem einstmals bekannten australischen Tennis-Profi zum Kauf der Apartments locken sollten.

»Er ist nicht mit dem Auto gekommen«, sagte der Kubaner, während sie den Gang hinunterliefen. »Autos machen Bennett nervös. Er geht nirgendwohin, wo er nicht mit dem Boot hinkommen kann.« Als sie den Kai erreicht hatten, zeigte er aufs Wasser. »Dort liegt seine ›Zigarette‹. Die schwarze mit dem weißen Streifen.«

›Zigaretten‹ waren etwas Alltägliches in Miami. Schlanke, kraftstrotzende Boote, die fast nur aus dem Motor bestanden und in erster Linie in Rennen gefahren wurden. In Miami wurden sie außerdem von den Drogenschmugglern benutzt, die ständig auf den Tausenden von Wasserwegen, in den Buchten und an den kleinen Stränden, die die Küste säumten, unterwegs waren.

»Keinen Schritt weiter!«

Bennetts Stimme stoppte sie. Sie waren nicht mehr als eine Bootslänge vom Bug der schwarzen Rennjacht entfernt.

»Eddie, ich weiß nicht, was in dich gefahren ist. Ich...«

»Halt dein dreckiges Lügenmaul, du kubanischer Weiberheld!«

»Hör zu!«

»Nein, du wirst mir jetzt zuhören, du Zuhältervisage!« Bennett trat aus dem Schatten der Bootsverkleidung und schob dabei jemanden vor sich her. Simbal sah die auf Marias Schläfe gerichtete Magnum.

»Hört zu. Wollt ihr sehen, wie ich sie erledige, ihr Idioten?«

Simbal und Gato da Rosa schwiegen.

Bennett lachte höhnisch. »Seht euch an! Ich wünschte, ich könnte euch ein Video von euren Visagen vorführen. Jesus, ihr seht ganz schön blöd aus!«

»Laß sie in Ruhe, Eddie«, sagte der Kubaner. »Sie ist nur eine Frau. Du willst ihr doch nichts tun, oder?«

Wieder lachte Bennett. »Du kannst ja zur Sicherheit schon mal zu beten anfangen.«

»Ich weiß nicht, was du hast, Eddie!« rief der Kubaner.

»Aber ich weiß es«, sagte Simbal. »Er hat sich dem Wahnsinn ergeben.«

»Halt du bloß den Mund!« Bennett stieß Maria die Mündung der Magnum so heftig gegen die Schläfe, daß ihr Kopf sich zur Seite bog. »Ihr denkt, ich würde ihr nichts tun? Da täuscht ihr euch gewaltig. Ich bin schließlich auch nach New York geschickt worden, um einiges für Alan Thune zu tun. Ihr habt bestimmt davon gehört, das weiß ich. Jedes Schwein hat davon gehört. Darum ging's ja gerade.«

»Was zum Teufel sollen wir tun?« flüsterte Gato da Rosa Simbal zu.

Simbal war klar, daß es jetzt darum ging, den toten Punkt zu überwinden. Dies war schließlich kein Belagerungszustand, wo die Zeit fast immer auf der Seite derjenigen stand, die am längsten warten konnten. Simbal nannte so etwas wie hier eine Kurzschlußsituation, die schnell auf die eine oder andere Weise gelöst werden mußte. Derjenige, der am schnellsten dachte, würde gewinnen. Fast eine Minute lang sah er Maria in die Augen. Zu seiner Überraschung entdeckte er in ihnen weder Angst noch Panik. Das war gut. Vielleicht gab es doch noch eine Chance.

»Weißt du, was aus dir geworden ist, Bennett?« Simbal hob mit Bedacht seine Stimme. »Du bist ein Paria!«

»Martine«, rief Bennett, »wovon spricht er?«

»Du hast nicht mal ein Zuhause«, fuhr Simbal fort. »Du bist ein einsamer Wolf, den niemand haben will.«

»Damit liegst du ziemlich daneben!« schrie Bennett zurück.

Aber Simbal hatte seine Aufmerksamkeit geweckt. »Du stehst auf der schwarzen Liste.«

»Verdammte DEA!« sagte Bennett und lachte. »Ich habe ein besseres Zuhause gefunden. Ich mache mehr Geld als ihr armen dämlichen Miststücke euch jemals erträumen könntet.«

»Ich bin hergekommen, um dich aus dem Mist herauszuholen, Bennett.«

»Ja, das kann ich mir vorstellen. Der Killer der Firma.«

»Nein, nein, da bist du auf dem Holzweg, Bennett. Die *Diqui* hat mich beauftragt.«

»Was?«

Reaktionszeit war alles. Unter normalen Umständen konnte man sich nur auf die eigene Ausbildung verlassen. Und man mußte hoffen, daß die eigene die bessere war. Aber es gab Zeiten höchster Gefahr, in denen das nicht mehr ausreichte, wo man einen zusätzlichen Vorteil brauchte.

Simbals Erfahrung nach lag der einzige Vorteil, den man in einem solchen Augenblick erreichen konnte, im Überraschungsmoment. Der Körper reagierte instinktiv auf jede Bewegung, folglich war das Ziel das Bewußtsein. Das Bewußtsein mußte einen winzigen Augenblick lang gelähmt werden, so daß die Impulse zu Nerven und Muskeln jenen Sekundenbruchteil ausgeschaltet wurden, den man brauchte, um die Oberhand zu gewinnen.

Simbal hatte die Worte noch nicht ausgesprochen, als er in Aktion trat. Ein, zwei, drei lange Schritte und dann ein Sprung gegen den Körper der armen Maria, der sie und Bennett zurückschleuderte.

Alle drei stürzten sie taumelnd auf das Deck, alles geschah in einer einzigen verschwimmenden Bewegung. Das Pech lag auf Simbals Seite, denn Bennetts Cowboystiefel hob sich reflexartig und traf ihn über dem rechten Auge, die Magnum krachte, und Maria wurde in die Brust getroffen.

Dann landete die Mündung der Magnum neben Simbals Nase, er konnte nicht mehr atmen, seine Gesichtsnerven ertaubten.

Nur noch aus nacktem Instinkt schlug Simbal zurück. Der Organismus, um sein Leben kämpfend, war ausschließlich darauf konzentriert, Bennett die Kontrolle über die Waffe zu entreißen. Er wußte, was eine einzige Kugel einem menschlichen Wesen antun konnte und wollte sich deshalb unter allen Umständen aus dem Gefahrenbereich bringen.

Der Kubaner, er stand noch auf dem Kai, hatte seine Pistole gezogen. Er konnte Maria zwar sehen, doch ahnte er nicht, wie schlimm sie getroffen worden war. Der Schuß hatte ihn daran gehindert, auch auf das Boot zu springen. Denn die drei waren so ineinander verwickelt, daß er fürchtete, Maria oder Simbal könnte erschossen werden, wenn er sich einmischte.

Ein Schlag mit dem Knie in Bennetts Leistengegend, und die Pistole war so weit unten, daß Simbals blutige Finger über die metallene Oberfläche strichen. Noch einmal schlug Simbal blind zu, noch einmal griff er nach der Magnum. Sie flog über die Bordwand und klatschte ins Wasser.

Bennett verschränkte seine Finger ineinander und schlug Simbal seine Hände wie eine Keule in den Nacken. Das war das Ende. Simbal hatte bereits zuviel einstecken müssen, um diesen Schlag noch verdauen zu können. Er sank zu Boden, und Bennett trat noch ein-, zweimal wütend nach seinem Kopf.

Dann riß Bennett aus einem Stauraum in der Bordwand des Bootes eine Mack 10 heraus und richtete die kleine Maschinenpistole auf den Kubaner, der in dem Moment, als die Magnum ins Wasser gefallen war, einen Schritt nach vorn gemacht hatte. »Tut mir leid wegen der Frau«, sagte Bennett. »Aber das hast du nur diesem Scheißkerl zu verdanken.« Er gab einen kurzen Feuerstoß ab, als der Kubaner eine Bewegung andeutete. »Du bist doch nicht so dumm wie der hier«, sagte Bennett. »Also wirf die Pistole her.«

Mit einem Auge auf Gato de Rosa machte Bennett die Leinen los und startete den Motor. Die Maschine heulte auf, und er lenkte das schwarze Boot aus dem Dock heraus.

Als er das Gefühl hatte, weit genug vom Ufer entfernt zu sein, stoppte er und ging ins Heck, wo Simbal und Maria bewegungslos lagen. Bennett packte Simbal und zerrte ihn hoch. Dann warf er ihn mit einem triumphierenden Schrei ins Wasser. »Verdirb mir diesen Rattenplatz nicht allzusehr.« Er spuckte auf die Stelle, wo der Körper versunken war.

Zurück im Bug warf er das Steuerrad des Bootes herum und verschwand in einer Nebelwolke aufwirbelnder Gischt.

Das Star House in der Causeway Bay gehörte zu der Sorte von Restaurants, die Bliss normalerweise mied. Riesige Kristalleuchter schimmerten über den runden Tischen für acht bis zehn Leute. Eine Kette von Drachen war als Relief in die goldverzierten Wände gemeißelt, und Säulen in Gestalt von purpurnen und smaragdenen Phönixen verzierten den Raum.

Es war die Art Geheimtip, zu dem die Touristen nur so strömten, einfach weil das Restaurant nicht in jedem Hongkongführer stand und weil es wegen des sonderbaren Dekors angeblich oft auch von Einheimischen besucht wurde, ›die wirklich gutes Essen zu schätzen wußten‹.

Die zwei oder drei Male, die Bliss bisher hier gewesen war, war es allerdings nur mittelmäßig gewesen. Aber dieses Mal war es anders. Jeder Gang, der ihnen serviert wurde, war ein Hochgenuß. Als sie eine Bemerkung darüber machte, lachte Big Oysters Pok. »Das sagt jeder, mit dem ich hierhergehe. Ich liebe es, die Gesichter zu sehen, wenn sie hereinkommen und wenn sie den ersten Bissen *Faahn* nehmen. Die Sache ist ganz einfach. Der Chef ist mein Schwager. Er liebt meine Schwester über alles in der Welt. Und deshalb, sagt er, schuldet er mir viel.«

»Und wieso das?«

»Meine Eltern sind tot«, erklärte Big Oysters Pok.

»Ah ja.« Als Familienoberhaupt war es seine Aufgabe, die Heirat zu genehmigen. Offensichtlich hatte er es getan.

An diesem Abend war er Big Oysters Pok, nicht ›Fung, das Skelett‹: ein hellgrauer Leinenanzug, ein pastellblaues Hemd mit dünnen Streifen, eine nachtblaue Krawatte aus Rohseide. Er sah äußerst gewinnend aus; der muskulöse Schmuggler mit bloßem Oberkörper, den sie früher am Tag kennengelernt hatte, war kaum noch in ihm wiederzufinden.

Er sagte etwas Lustiges, und Bliss lachte. Dann nickte er und lächelte fast ein bißchen schüchtern. Er stellte fest, daß er sie mochte. Sie war anders als die Frauen, die er bisher kennengelernt hatte. Sie hatte den Verstand eines Mannes, und das fesselte ihn. Er fand keine Schwäche an ihr, nur Scharfsinn, der sie auszeichnete.

Gelegentlich war Big Oysters Pok der neuen Generation von westlichen Frauen begegnet, hart wie Stahl und genauso appetitanregend. Indem sie sich in Bereiche gestürzt hatten, die zutiefst männlich waren, hatten sich ihre Seelen verhärtet. Männliche Härte – das Muster, dem sie sich sklavisch unterwarfen – hatte sie unbeweglich gemacht. Sie hatten nämlich eine ganz wesentliche Eigenart dieser männlichen Natur mißverstanden.

Die richtige Härte für die Welt der Geschäfte konnte man nur lernen, indem man den Ozean bei seiner Arbeit an den Felsen entlang der Küste beobachtete. Das Meer überdauerte, während die Steine im Laufe der Zeit immer kleiner wurden.

Doch Bliss war so auffallend anders als diese neuen westlichen Karriere-Frauen. Dabei paßte es gar nicht zu ihm – oder zur Tradition –, solches Selbstbewußtsein bei einer Frau attraktiv zu finden. Dennoch war es so.

Sein verändertes Verhalten blieb Bliss nicht verborgen, aber sie konnte sich nicht ganz darauf einstellen. Ein Teil von ihr war ins *Da-hei* geglitten, ihr *Qi* dehnte sich über dem Südchinesischen Meer. Mondlicht spielte auf den Wellen; das Geräusch kräftiger Dieselmotoren weit entfernter Schiffe pflanzte sich ebenso im Wasser fort wie die langen, gedehnten Laute, mit denen sich die Walrudel untereinander verständigten.

Es ärgerte sie, daß sie sich so von ihrem Auftrag ablenken ließ, und sie war bemüht, sich vom *Da-hei* zu lösen. Wenn sie den Namen der Frau herausbekommen wollte, die Jake gefolgt war und von seiner Verabredung mit Zilin gewußt hatte, würde sie ihre ganze Konzentration brauchen. Big Oysters Pok war nicht irgendein Schmuggler der Tränen des Mohns. Er war ein komplizierter Mann. Sie mußte wissen, was für eine Gegenleistung er für die Information, die sie haben wollte, verlangen würde – und zwar bevor er seinen Preis nannte. Das war die einzige Möglichkeit, mit einem so raffinierten Geschäftsmann umzugehen.

»Sie scheinen ihre Persönlichkeit so leicht wechseln zu können wie ihre Kleider«, sagte sie.

Big Oysters Pok lächelte. »Das ist nichts weiter als eine bequeme Eigenschaft, nicht einmal ein richtiges Talent. Weil ich viele Leben lebe, kann ich auch viele Frauen lieben.«

Also das will er, dachte Bliss. Mich.

»Ich stelle mir vor, daß das auch recht gefährlich werden kann«, erwiderte sie. »In so vielen verschiedenen Kleidern zu leben, bringt Komplikationen mit sich, oder?«

Er zuckte die Achseln. »Vielleicht ist das einer der Gründe, warum ich so ein Leben gewählt habe. Wie beim Schmuggeln gibt es da ein großes Risiko. Und ich finde, daß ein Leben ohne das nichts bedeutet. Wie Sichuan-Pfeffer vermittelt das Risiko eine unleugbare Würze, die man sofort erkennen kann.«

»Sie könnten sich auch einen Revolver an den Kopf halten und russisches Roulett spielen«, sagte Bliss.

Big Oysters Pok lachte. »Das habe ich auch schon gemacht. Bei einer Wette. Ich habe auf diese Weise eines meiner Boote bekommen. Sehr leicht.« Er lachte wieder.

»Sprechen wir noch einmal von der Frau, die den Opal gestohlen hat«, sagte Bliss.

Big Oysters Pok sah sie nachdenklich an. »Bekomme ich ihn zurück?«

Sie reichte ihm den Stein.

»Die Frau war meine Geliebte«, sagte Big Oysters Pok. »Bis ich dahinter kam, daß sie sich regelmäßig mit einem kommunistischen Agenten vom Festland traf.«

»Sie war eine Spionin der Kommunisten?«

»Ja.«

Ihr Blick verschwamm, die Nacht verwandelte sich in Tag, das Mondlicht schimmerte wie ein Pfad, der sie weiterführte, das *Da-hei* hüllte sie ein. *Nicht jetzt! Ich habe es fast erreicht!* Das seltsame Rufen der Meeresgeschöpfe gesellte sich zu dem Pfad des Lichts, verstärkte die Helligkeit noch, bis es sich in eine Stimme verwandelte...

... Er kommt, er kommt...

Wer kommt?

... Er kommt, kommt in diesem Moment...

Big Oysters Pok wendet den Kopf, die Eßstäbchen fallen vom Tellerrand, als er sie losläßt.

Big Oysters Pok, der versucht aufzustehen, während Bliss gefangengehalten wird von den ätherischen Stimmen des *Da-hei*. Big Oysters Pok, der den Mund öffnet. »*Dew neh loh moh on y......*«

Dann die Explosionen. Eine! Zwei! Drei! Vier! Fünf! Sechs! Und jede Kugel traf.

Draußen in der Nacht brannten die Feuer. Im Hinterland. Hinter den Augen McKennas. Die grünköpfige Fliege kroch über die gekrümmte Oberfläche des milchigen Auges. Das Auge des Jungen, den er getötet hatte. Es starrte blind zu den flackernden Sternen hinauf. In der Wüste. Im Tod der Unschuld, in einer Zeit der Bewußtlosigkeit. Als Ian McKenna verrückt wurde.

Das war der Anfang gewesen, aber sein Verstand weigerte sich, es zu glauben, irgendeine Verantwortung für seine eigene Agonie zu übernehmen. Eher war die Magie schuld, die Magie der blendenden Feuer, die in der Wildnis brannten, die rätselhaften ›Gesänge‹, die ihn verhext hatte.

Schuld waren die Halbwilden, hatte McKenna entschieden. Die Halbwilden wollten ihn tot sehen. Sie bestanden darauf, daß er für seine Sünde bezahlte, für sein Verbrechen an der Natur. Ob Eingeborener oder Chinese, es spielte keine Rolle mehr für McKenna. Beide waren in seinem Kopf zu einer furchterregenden überlebensgroßen Gestalt verschmolzen, die ihn demütigte, ihm seine Überlegenheit nahm, selbst seine Männlichkeit.

Der von solcher Folter geschüttelte Verstand suchte sich das nächste Ziel, denjenigen, der ihn vor kurzem erniedrigt hatte. Big Oysters Pok.

Ian McKenna hatte Big Oysters Pok in jeder Kaschemme in Wan chai gesucht. Schließlich hatte ihn jemand daran erinnert, daß Pok gelegentlich auch im Star House in der Causeway Bay zu Abend aß.

McKenna war hineingegangen, seine blutunterlaufenen Augen blickten wild umher. Er war dem Wahnsinn verfallen, aber da die Chinesen alle *Gwai-loh* für verrückt hielten, trippelten sie eilig weiter hin und her durch die vollen Gänge, hielten die mit Speisen beladenen Tabletts hoch und schenkten dem hünenhaften Weißen keinerlei Aufmerksamkeit. Nicht einmal dann, als er sich mit eiligen Schritten dem Tisch von Big Oysters Pok näherte.

Erst als er die Magnum 357 zog und sechsmal feuerte, bis er die ganze Trommel geleert hatte. Da brach die Hölle los.

»Ich habe alle nötigen Anrufe erledigt.«

Seine Augen waren geschlossen, sein Bewußtsein war ins Dunkel getaucht, ins Nichts.

»Jake-san, hast du mich gehört?«

»*Hai*, Mikio-san«, erwiderte er leise, »ich habe dich gehört.«

Mikio ließ sich Jake gegenüber auf dem *Tatami* nieder. Auf der anderen Seite des Raums stand Kazamuki am Fenster und wartete auf Mikios Zeichen. Er gab es mit einer leichten Bewegung seiner Hand. Sie verbeugte sich und verließ den Raum so lautlos, daß Jake, müde bis zur Erschöpfung, nicht einmal merkte, daß sie gegangen war.

»Ich habe mit meinen Verbindungsleuten in der Polizeipräfektur gesprochen«, fuhr Mikio fort, als hätte sich nichts ereignet. »Du hast nichts von ihnen zu befürchten, glaub mir.«

»Wie hast du das geschafft?« fragte Jake tonlos. »Wir haben doch ein ziemliches Chaos hinterlassen.«

Mikio beachtete die unhöfliche Frage nicht weiter. Er war eher besorgt darüber, seinen Freund so leiden zu sehen. Seine Stimme verriet ihm, daß Jake in Selbstmitleid gefangen war. Und das ist ganz untypisch für ihn, überlegte Mikio.

»Das war gar nichts, verglichen mit dem Krieg, den ich in den letzten Wochen geführt habe. Mach dir keine Sorgen.« Verstohlen blickte er zu seinem Freund hinüber und fragte sich, ob der Tod von seinem Vater der Grund für Jakes Verzweiflung sein könnte.

Sie befanden sich in einem für japanische Verhältnisse großen Raum, in einem für japanische Verhältnisse großen Haus. Aber schließlich waren sie hier auch in Karuizawa, dem eleganten Erholungsziel, das der Oberschicht Tokios so ans Herz gewachsen war.

Hier, auf den breiten, von Lärchen gesäumten Straßen und in den großzügigen Villen mit den penibel gepflegten Rasenflächen davor entspannte und amüsierte sich die alteingesessene Elite Tokios.

Dabei war Karuizawa ein Ort mit gespaltener Einwohnerschaft. Hier, in dem alten Teil, wohnte die Kaiserfamilie, Dichter und Künstler, die altehrwürdigen Spitzen der Gesellschaft sozusagen. Keinen Kilometer entfernt war die Kehrseite der Medaille zu bewundern, wo die Neureichen – die Söhne und Töchter des alten Adels – in den neuesten Tennisklamotten herumbummelten; den Prince-Graphite-Schläger über den Schultern zogen sie von einer Boutique zur nächsten. Hier drehte sich alles ums Sehen und Gesehenwerden.

Karuizawa lag, nur zwei Autostunden entfernt vom Zentrum Tokios, am Fuß des zentralen Bergmassivs der japanischen Hauptinsel Honshu.

»Wir sind hier nahe am Zentrum des Moro-Clans, Jake-san«, sagte Mikio jetzt. Sorgen verfinsterten sein Gesicht. Doch Jakes Augen blieben geschlossen, seine Lippen bewegungslos. »Jake-san.«

»Hast du *Saki*?«

Mikio überlegte einen Augenblick, dann stand er auf und holte eine Flasche von dem Zederschrank. Er kam mit zwei kleinen Schalen auf einem roten Lacktablett zurück. Erst als er das Tröpfeln des Reisweins hörte, öffnete Jake die Augen.

Mikio reichte ihm die Schale. »Es tut mir leid, daß er nicht heiß ist.«

Jake kippte den *Saki* in einem Zug hinunter; Mikio nippte nur an seinem.

»Schmerz«, sagte Mikio vorsichtig, »scheint immer am härtesten ertragen zu werden, solange er nur im Kopf sitzt. Ich bin schon oft in meinem Leben verwundet worden, manchmal schlimm, manchmal weniger. Aber der Schmerz aller Wunden zusammen war nichts angesichts des Schmerzes, den ich erlitt, als meine Frau Kaziko starb.«

Er hatte nie gesagt, wie es passiert war, und Jake war so taktvoll gewesen, nie danach zu fragen. Als Jake seine Schale nachfüllte, fuhr Mikio fort. »Ich glaube, weil sie bei der Geburt unseres Kindes starb, weil wir solange versucht hatten, ein Kind zu bekommen, weil am Ende keiner von beiden gerettet werden konnte; ihr Tod und der des Kindes hat mich sehr lange Zeit nicht ruhen lassen.«

Jake schwieg. Sein stummer Respekt sagte mehr als tausend Worte des Dankes.

Nach einem kurzen Augenblick sprach Mikio weiter. »Ich erzähle dir das alles, Jake-san, damit du verstehst, daß ich sehr viel Erfahrung habe, was Schmerz angeht. Und deshalb wirst du es mir bitte auch nicht übelnehmen, wenn ich sage, daß ich vermute, daß ein ähnlicher Schmerz dich gepackt hat.«

Jake blickte in die Ferne. Die Unveränderlichkeit der bewaldeten Hügel wirkte irgendwie beruhigend.

»Du magst ja auch hierher gekommen sein, um herauszufinden, wer deinen Vater getötet hat, Jake-san«, sagte Mikio, »aber mir scheint, du hast noch einen anderen Grund – einen nicht weniger persönlichen.«

Jake trank seinen Reiswein aus und stellte seine Schale auf das Lacktablett zurück. Er schenkte sich nicht mehr nach. Seine Hände, im Schoß gefaltet, waren ganz ruhig. »Ich habe mehr als meinen Vater verloren, Mikio-san. Ich habe – meine Mitte verloren. Ich kann nicht mehr ins *Ba-mahk* eintreten. Ich kann den Puls nicht mehr fühlen, wie es mir beigebracht worden ist. Ohne *Ba-mahk* hat mein ganzes Leben sich geändert.«

»Wenn sich die Gezeiten des Ozeans abwechseln«, sagte Mikio, »wird die Welt eine andere. Das passiert zweimal am Tag und viele, viele Male in einem Leben.«

»Das ist nicht dasselbe.«

»Im Gegenteil, Jake-san, es ist ganz genau dasselbe. Die Gezeiten sind mächtig. Sogar die Schiffe wagen es nicht, gegen sie zu fahren. Aber wenn die Gezeiten sich ändern, ändern sich auch die Umstände. Alles, was sich einmal ändert, muß sich auch wieder ändern.«

»Ich glaube nicht, daß meine Fähigkeit, ins *Ba-mahk* einzutreten, jemals zurückkehren wird.«

»Das kann sehr gut sein, Jake-san. Aber wenn es so ist, dann ist das dein *Karma. Joss, neh?* Du mußt akzeptieren, was auch immer mit dir geschieht. Du mußt es akzeptieren und deinen Weg weitergehen. Denn die Kraft des Geistes darf nicht, anders als die Kraft der Flut, abebben. Die Kraft des Geistes ist das, was einen Mann ausmacht. Sie ist das einzige, was ihn vom Tier unterscheidet. Allein dadurch kann er sich als zivilisiert betrachten. Dies einzig und allein muß das Zentrum deiner Gedanken sein. Obwohl deine Schmerzen dich behindern – gerade deswegen. Denn dieser Geist muß immer stark bleiben.« Er stellte seine Schale weg. »Immer, Jake-san. Oder alles ist verloren.«

Jake dachte an den Berg, von dem sein Vater gesprochen hatte, vor ewigen Zeiten, jedenfalls schien es ihm so, als sie am Strand des Südchinesischen Meeres gesessen hatten. Zilin hatte gesagt, auf diesem Berg würde er auf die Probe gestellt werden; dort würde es dunkel und Jake würde allein sein.

Jake wußte, daß Mikio recht hatte. Er war auch nach Japan gekommen, um den Mörder seines Vaters zu finden; auch um den inneren Kreis zu schützen; auch um Mikio zu helfen, seinem Freund. Das alles waren gute Gründe für die Reise gewesen. Aber es gab noch einen anderen. Und das war der eigentliche Grund, warum er so entschlossen gewesen war, nach Japan zurückzukehren, an den Ort, wo er aufgewachsen war. Der verwirrende Verlust des *Ba-mahk* hatte eine Krise in ihm ausgelöst. Er hatte eine geistige Erneuerung gebraucht und hatte sie in der alten, mystischen Berglandschaft Japans gesucht, wo der wahre Kern seiner Jugend lag.

Als er aufsah, bemerkte er, daß Kazamuki in der Tür stand. Sie trug ein weites schwarzes Hemd, weite schwarze Hosen und, soviel er sehen konnte, schwarze, dünn besohlte Ballettschuhe. Ihr dickes schwarzes Haar war unter einem engen schwarzen Baumwollstirnband verschwunden. Ihr Gesicht war rußgeschwärzt.

»Wir sind fertig, *Oyabun.*«

»Gut.« Mikio Komoto erhob sich und nahm Kazamuki den Segeltuchbeutel ab. Er beugte sich vor, öffnete den Verschluß und zog verschiedene Gegenstände heraus. Dann wandte er sich wieder zu Jake.

»Egal, was passiert ist, du bist immer noch *Yumi-tori.*« Der Bogenschütze. Er streckte seinen Arm aus. Jake erkannte, daß er ein *Ouruma* in der Hand hielt, einen Kriegerbogen aus Holz. »Es wird Zeit für dich, deine Waffe wieder zu tragen.«

Ihre Blicke begegneten sich. Dankbar nahm Jake den Bogen.

Der burmesische Regenwald, fünftausend Meter über dem Meeresspiegel, schloß sich über ihnen wie eine riesige Kathedrale. Der dreifache Baldachin strahlte vor Leben, eine sprudelnde Woge, so üppig wie die des Ozeans.

»Jetzt haben wir sie«, sagte Sir John Bluestone. Sein rot angelaufenes Gesicht strahlte vor guter Laune. »Wir haben den *Yuhn-hyun* zerschmettert!«

Er saß hinter einem abgenutzten Bambustisch, ein Unterschied wie Tag und Nacht zu seinem fein geschnitzten Rosenholztisch im Büro der Five Star Pacific. Aber das machte ihm nichts aus. Dies war ein besonderer Augenblick; er schmeckte wie junger Wein. Das Wissen darum, daß er kurz davor war, die Geschäftsinteressen seiner Feinde in den Griff zu bekommen, ließ ihn zittern, so daß er gezwungen war, seine Hände unter dem Tisch fest zusammenzupressen.

»Unser Sturm auf die InterAsia Trading hat begonnen.« Er sprach von der Dachgesellschaft des *Yuhn-hyun.* »Da das Desaster der South-Asia Bancorp unseren Gegnern schwer zu schaffen gemacht hat, war unser Schlag an der Börse von größter Wirkung.«

White-Eye Kao war nicht sehr beeindruckt. Er ging über den verblaßten blau- und goldfarbenen Hereka-Teppich und nahm sich einen Drink aus einer der Flaschen, die auf einer halboffenen Kiste standen.

Der Blick durch die verstaubten, zum Teil mit zerrissenem, vergilbtem Zeitungspapier abgedeckten Fenster zeigte nichts als Shan-Soldaten, die AK-47-Gewehre und Segeltuchsäcke mit Opium trugen. Der eklige süßliche Geruch, der vom Kochen der Tränen des Mohns herrührte, hing schwer in der Luft.

White-Eye Kao kippte einen Scotch hinunter und schenkte sich sogleich von der bernsteinfarbenen Flüssigkeit nach. Er wartete auf das Stichwort.

»Der Plan lautet, mehr als fünfzig Prozent der InterAsia Trading zu bekommen, bevor sie auch nur die Möglichkeit haben zu begreifen, was passiert ist«, sagte eine Stimme aus dem Schatten.

Da war es. White-Eye Kao zog sich in den hinteren Winkel des Raumes zurück. Er beobachtete aufmerksam die kleine Gestalt, deren Habsucht er weder nachvollziehen noch verstehen konnte.

»Falls Sawyer oder Three Oaths Tsun auch nur den geringsten Verdacht schöpfen, bevor wir genügend Aktien gekauft haben, dann *Tai pans*, könnte es ziemlich ungemütlich für uns werden.«

Obwohl er nur in höchst ehrerbietigem Ton sprach, hörte Bluestone dem dritten Mann gespannt zu. Er war Chinese. Sein Alter konnte irgendwo zwischen fünfzig und fünfundsiebzig liegen. Seine Haut war glatt, außer an der einen Seite seines Mundes, wo eine blasse runzlige Narbe den Mundwinkel herunterzog, was ihm ein ständig sich sorgendes Aussehen verlieh. Trotzdem war er kein häßlicher Mann. Er hatte die Augen eines Zwanzigjährigen, weder durch die Jahre noch durch Langeweile getrübt. Und er besaß auch eine einzigartige Ausstrahlung. Er war nicht der Mann, mit dem man sich überwarf. Man widersprach ihm nur unter großer Gefahr oder wenn man sich absolut sicher war, daß man recht hatte.

Chen Ju war ein unerbittlicher Gegner.

»Wir befinden uns in einem kritischen Stadium«, fuhr er fort, »und ich muß es nochmals wiederholen: Wir dürfen jetzt keinen Fehler machen. Die Karten, die wir in der Hand halten, garantieren noch nicht den Sieg. Doch im Moment geben sie uns einen riesigen Vorsprung vor dem *Yuhn-hyun*, das ist nicht zu leugnen. Und deshalb müssen wir wachsam sein, daß wir den Vorsprung behalten.«

Bluestone erhob sich von seinem wackeligen Holzstuhl. Er spürte den Zwang, diesem sonderbaren Chinesen seine ganze Körpergröße zu zeigen. Obwohl Bluestone zu den pragmatischen Menschen gehörte, fühlte er sich immer unbehaglich in der Gegenwart von Chen Ju. Er schätzte es, alles und jeden unter Kontrolle zu haben und gerade darin war er sich bei diesem Mann äußerst unsicher.

Chen Ju besaß mehr Macht als jeder andere, dem Bluestone jemals begegnet war. In der Tat, für einen Mann, der so beharrlich auf Verschwiegenheit achtete, war Chen Jus Einfluß verblüffend. Nicht ein Gramm Opium, das hatte Bluestone begriffen, seit er mit ihm zu tun hatte, verließ Hongkong oder kam herein ohne sein Wissen, seine Zustimmung und seine Mithilfe.

Was könnte ich alles mit einem derart unsichtbaren Netz erreichen! dachte Bluestone gierig. Wie kann ich unsere Zusammenarbeit nur zu meinem Vorteil nutzen? Ich will das, was Chen Ju hat; ich muß sehen, wie ich ihm seine Macht entreißen kann. Bluestone zwang sich selbst zu einem Lachen. »Es gibt keinen Grund, so mißtrauisch zu sein, mein Freund. Wir sind fast am Ziel.« Er ballte die Faust. »Ich spüre schon, wie sich die Schlinge um den Hals von diesem Bastard Sawyer zusammenzieht. Du brauchst keine Angst mehr zu haben, Chen Ju.«

White-Eye Kao lächelte, aber er war eingetaucht in die Dunkelheit und deshalb völlig sicher. Es war ein kaum wahrnehmbares Lächeln. Er hatte es von Chen Ju gelernt, der ihn als Spitzel auf Bluestone angesetzt hatte.

»Ich habe keine Angst«, sagte der Chinese. »Doch sei vorsichtig.« Er starrte den langen Engländer an und dachte, nicht einmal in meinen wildesten Träumen hätte ich geglaubt, daß ich jemals mit einem *Gwai loh* verbündet sein würde.

Haß verband die beiden Männer – Haß gegen Andrew Sawyer. Früher hatte Chen Ju eine Stellung als engster Vertrauter Barton Sawyers innegehabt. Andrews Vater war ein sehr talentierter Geschäftsmann gewesen. Seine Kenntnisse als *Tai pan* von Sawyer & Sons hatten die Handelsgesellschaft zur Blüte gebracht.

Chen Ju knirschte mit den Zähnen, als er daran dachte. Hätte Shi Zilin sich nicht eingemischt, wäre Chen Ju selbst irgendwann einmal *Tai pan* von Sawyer & Sons geworden. Shi Zilin und Andrew Sawyer hatten ihm das, was ihm rechtmäßig zustand, genommen. Bevor Shi Zilin kam, war Andrew Sawyer vollkommen ungeeignet gewesen, *Tai pan* zu werden.

Sawyer & Sons war dabei ein völlig irreführender Name. Bartons *Tai tai* hatte ihm drei Söhne geboren, bevor sie gestorben war. Doch der Älteste war bei einem Schiffsunglück getötet worden, und der Jüngste bereits geistig behindert zur Welt gekommen; er hatte, Gott sei Dank, seinen fünften Geburtstag nicht überlebt.

Es blieb also nur Andrew übrig, den großen Traum seines Vaters zu verwirklichen und eine Sawyers-Dynastie zu begründen. Als Chen Ju dann gesehen hatte, daß Andrew offensichtlich nicht geeignet war, die Last des Handelshauses auf seinen Schultern zu tragen, war er zu seinem *Tai pan* gegangen, um ihm eine Alternative vorzuschlagen.

»Wenn ich keinen Sohn mehr hätte«, hatte Barton Sawyer gesagt, »dann würdest du nach meinem Tod die Führung des Hauses übernehmen, das weißt du.«

»Ich denke nur an das Unternehmen, *Tai pan*«, hatte Chen Ju erwidert.

»Das weiß ich.«

Aber Chen Ju hatte auch an sich selbst gedacht. Er wollte *Tai pan* sein. Nach all den Jahren, in denen er so nahe an der Quelle der Macht gelebt hatte, nach all der Zeit, in der er Barton Sawyer Ratschläge ins Ohr geflüstert hatte, sehnte er sich nach der Position über der des Ratgebers. Außerdem plante er, Sawyer & Sons in eine Asiatische Handelsgesellschaft zu verwandeln. Nur so, glaubte er, konnte die Gesellschaft wirksam die Position des Kaiserhauses – so hieß aus Tradition die bedeutendste Handelsgesellschaft Hongkongs – vertreten.

In Chen Jus Augen mußte Andrew Sawyer als *Tai pan* Sawyer & Sons für alle Zeiten aus dem Rennen werfen. Deshalb wollte er seinem *Tai pan* beweisen, daß er recht hatte mit seinem Urteil über Andrew.

Er heckte einen Plan aus, wie er Andrew mit der Tochter von Jiu Ximin bekannt machen könnte. Das war sehr amüsant für Chen Ju, da der Vater des Mädchens Arbeitsvermittler war und fast siebzig Prozent der Arbeiten bei Sawyer & Sons über ihn abgewickelt wurden. Er war also bestimmt kein Mann, mit dem sich Barton Sawyer leichten Herzens einen Streit leisten konnte.

Aber genau das mußte passieren, wenn Andrew dumm genug war, sich mit dem Mädchen zu verabreden. Es war eine Sache, wenn der Sohn eines *Tai pan* ein Bordell aufsuchte und seine Bedürfnisse von Frauen aus der Welt der Betten befriedigen ließ. Auch wenn sie Chinesinnen waren. Aber sich mit einem chinesischen Mädchen in der Öffentlichkeit zu zeigen, ohne ernsthafte Heiratsabsichten, das war unmöglich.

Es war Andrew Sawyers letzte Prüfung, und er bestand sie nicht. Die älteste Tochter von Jiu Ximin war wirklich eine außergewöhnliche Blume. Chen Ju hatte eine gute Wahl getroffen. Sie hatte ein Gesicht, das sogar einen Blinden in Verzückung gebracht hätte.

Alles lief genau nach Plan, bis Shi Zilin sich wieder einmal einmischte. Ohne daß Chen Ju davon wußte, war Andrew zu Shi Zilin gegangen, um ihn um Rat zu fragen. Und Shi Zilin hatte sofort gehandelt. Er hatte sich mit dem Vater des Mädchens besprochen und Andrew aus der Schlinge gezogen, noch bevor Chen Ju mit den Neuigkeiten über seinen unberechenbaren Sohn zu Barton Sawyer gehen konnte. Plötzlich gab es keine Neuigkeiten mehr zu überbringen und, was noch schlimmer war, Shi Zilin brachte dem jungen Mann alles bei, was ein *Tai pan* wissen mußte.

Chen Ju fand nie heraus, wieviel genau Shi Zilin bezahlt hatte, aber es mußte eine gehörige Summe gewesen sein, denn die Schuld, die es auszugleichen galt, war groß.

Auf jeden Fall war dies das Ende für Chen Ju bei Sawyer & Sons gewesen. Er würde nie *Tai pan* werden, ja, Shi Zilins Einfluß wuchs sogar noch weiter. Schließlich verließ Chen Ju das Unternehmen.

»Sei vorsichtig«, wiederholte Bluestone. »Du hörst dich an wie meine Großmutter. Ich denke schon selbst daran, einen Schal mitzunehmen, wenn ich im Winter vor die Tür gehe.«

»Ja«, sagte Chen Ju, »aber bindest du dir ihn auch um den Hals?« Er faltete seine Hände über seinem runden Bauch. »Ich habe lange genug auf meine Rache gewartet. Glaubst du wirklich, ich würde es zulassen, daß mir da irgendwer versichert, daß alles in Ordnung sei?«

»Was kann denn noch passieren?« wollte Bluestone wissen. »Der alte Mann, Shi Zilin, ist tot. Sein Sohn, Jake Maroc, ist Gott weiß wo. Three Oaths Tsun ist ausreichend mit unserem Börsencoup beschäftigt, und in Neon Chow haben wir einen direkten Draht zum *Yuhn-hyun*. Und der einzige andere *Tai pan*, den wir noch zu fürchten gehabt hätten, T.Y. Chung, hat gerade angefragt, ob wir nicht Partner werden könnten.« Er breitete seine Arme aus, als wollte er sagen: Was willst du mehr?

Ja, dachte Chen Yu – T.Y. Chung. Du versuchst, ihn auszuschalten, genauso wie du versuchst, meine Macht zu untergraben. Aber du bist ein Nichts gegen mich, *Tai pan*. Ich habe es so eingerichtet, daß du nur einen Teil meiner Macht vor Augen bekommen hast. Es würde dir die Sprache rauben, wenn du auch nur eine Sekunde lang sehen könntest, wie groß sie wirklich ist. »Maroc ist außerhalb unseres Blickfeldes«, sagte Chen Ju, »aber ich für meinen Teil sehe darin keinen Grund zur Freude. Ganz im Gegenteil.«

»Sei vorsichtig«, sagte Bluestone ironisch.

»Genau, *Tai pan*«, erwiderte Chen Ju, als wäre er zu schwerfällig, den Tonfall seines Gegenübers deuten zu können. Aber innerlich dachte er: Diesem eingebildeten *Gwai loh* muß einmal gezeigt werden, wo er hingehört. »Jake Maroc ist Shi Zilins Sohn«, fuhr er fort. »Er ist der *Zhuan*, der Auserwählte. Glaubst du etwa, das ist bedeutungslos?«

Bluestone zuckte die Schultern. »Es ist nur ein Name.«

»In China, *Tai pan*, daran brauche ich dich wohl nicht zu erinnern, ist Macht mit einem Namen verbunden«, sagte Chen Ju mit ruhiger Stimme, zu der er sich mit aller Macht zwang. »Jake hat diesen Namen von Shi Zilin bekommen. Glaubst du vielleicht, der alte Mann war ein Dummkopf? Wenn ja, dann hast du bereits einen äußerst gefährlichen Kurs eingeschlagen.«

»Ich habe nichts von Jake Maroc zu befürchten«, erwiderte Bluestone und mußte dabei an Neon Chow denken, die im Zentrum von Shi Zilins *Yuhn-hyun* saß.

Mit einer Bewegung, so schnell, daß kein Auge ihr folgen konnte, stand Chen Ju neben Bluestone. Der Blick in diese schwarzen Augen, die einer Wildkatze gehören konnten, ließ Bluestones Mund austrocknen. »Du bist jetzt mein Partner.« Chen Jus Flüstern war bedrohlich wie eine gezackte Schneide an seinem Hals. »Ich werde keine Dummheiten tolerieren. Du hast Jake Maroc in der Vergangenheit unterschätzt. Wenn du unfähig bist, aus deinen Fehlern zu lernen, dann bist du für mich nutzlos.«

Die Wut, die Bluestone jetzt empfand – die Wut des zivilisierten Mannes aus dem Westen gegen den Primitiven aus dem Osten –, drohte ihn zu überwältigen. White-Eye Kao fühlte das und spannte die Fußballen, bereit zum Sprung. Ein Schlag würde genügen, den langen Engländer zu fällen. Chen Ju, der ebenfalls bemerkt hatte, wie heftig seine Worte Bluestone getroffen hatten, wartete einen Moment lang ab, gab dann ein kaum sichtbares Zeichen und setzte sich wieder. White-Eye Kao entspannte sich wieder.

»Du hast deine Emotionen fast so gut im Griff wie ein Chinese«, sagte

Chen Ju zu Bluestone. »Das ist eine Lektion, die du gut gelernt hast.« Seine Augen bohrten sich in die von Bluestone. »Ich frage mich nur, ob du auch diese begreifst?«

»Maroc.« Bluestones Stimme drohte zu ersticken. »Ich werde ihn nicht unterschätzen.«

Chen Ju hob ruckartig seinen Kopf. »Vergiß nicht, was du hier versprochen hast, *Tai pan*. Wenn du durch diese Tür trittst, wird es niemanden mehr geben, der dich daran erinnern kann.«

»Die InterAsia wird bald mir gehören. Das ist *dein* Versprechen«, sagte Bluestone und mühte sich dabei um Haltung. »Wenn er das erfährt, wird es genügen, um Jake Maroc zu vernichten.«

»Ja«, stimmte Chen Ju ihm zu. »Die InterAsia für dich, Kam Sang für mich.« Er ist wirklich habgierig, dachte er. Und diese Habgier macht ihn blind gegenüber der Wahrheit. Er ist zu dumm zu sehen, wo die wirkliche Macht liegt. Wie alle *Gwai loh* wird er von dem angezogen, was glänzt, nicht von dem, was dauerhaft ist.

»Gleichwertige Partner, ja? Eine faire Aufteilung der Beute«, sagte Bluestone und dachte, ich kann es mir leisten, großzügig zu sein, ich bekomme den besseren Teil aus diesem Geschäft.

»Genau, *Tai pan*«, erwiderte Chen Ju. Ohne mich wäre er nicht näher daran, die InterAsia zu kontrollieren, wie irgend jemand in den Straßen Hongkongs, dachte er. Ich war es, der den Leiter der SouthAsia dazu brachte, die riesigen Summen zu unterschlagen. Der Mann war ein leidenschaftlicher Pokerspieler und ein chronischer Verlierer dazu. Es war ein leichtes, ihn mit Leuten zusammenzubringen, die für mich arbeiteten. Noch leichter, seine Frau und seine Kinder zu bedrohen, so daß ihm keine Wahl blieb. Er tat, was ich wollte. Ich gab Bluestone die Informationen, und jetzt, wo er fünfzig Prozent der InterAsia Trading hat, wird er sich zufriedengeben. Der Narr! Die ganze Welt liegt in seiner Hand, und er merkt es nicht einmal.

»Solange ich unterrichtet werde, worum es sich bei dem Kam-Sang-Projekt handelt«, rief Bluestone ihm ins Gedächtnis. General Vokuta brennt darauf, es zu erfahren, dachte er. Das wäre ein Coup, wenn ich es für sie herausbekommen könnte. Chen Ju weiß nichts von meinen Verbindungen nach Moskau. Und ich muß sichergehen, daß er es niemals erfährt. Wie ich den Chinesen kenne, würde er sich sofort gegen mich wenden, wenn er herausfände, daß ich der Topagent des KGB in Hongkong bin.

Chen Ju lächelte. »Sei beruhigt, sobald ich das Geheimnis von Kam Sang kenne, wirst auch du es kennen.«

»Wir beide wollen Andrew Sawyers Untergang«, sagte Bluestone. »Ohne Sawyer & Sons wird die Five Star Pacific unter den westlichen Handelshäusern in Hongkong an erster Stelle stehen.«

Aber ich will mehr, dachte Chen Ju. Ich sehe längst über Hongkong hinaus, sogar über Asien hinaus. Mein Blick ist allumfassender als der jedes Chinesen vor mir. Und Kam Sang wird mir das alles ermöglichen.

Ich möchte gern wissen, was dieser *Gwai loh* denken würde, wenn er wüßte, wer ich in Wirklichkeit bin und was ich all die Jahre seit dem Krieg gemacht habe. Er lachte innerlich. Irgendwie war es der Krieg, der mich unterstützt hat. Welche Ironie, daß der Krieg, der China und den Chinesen soviel Zerstörung gebracht hat, mir den Boden für meine Zukunft bereitete. Aber schließlich war ich in der ganzen Zeit auch nicht in China.

Bluestones blinder Wunsch, Andrew Sawyer zu treffen, hat ihn daran gehindert, sich meine Motive genauer anzusehen. Mein *Joss* ist gut. Bluestone wollte mir glauben – an das, was ich ihm bieten konnte –, und tat es auch. Um so besser für uns beide, jedenfalls soweit es mich betrifft.

»Gut«, sagte Chen Ju jetzt, »alle Räder sind in Bewegung gesetzt. Morgen oder vielleicht erst in den nächsten Tagen wird die SouthAsia zusammenbrechen. Unser Aufkauf von Anteilen der InterAsia wird fortgesetzt, sobald der Preis an der Hang Seng weiter fällt. Dann wird der ganze *Yuhn-hyun* uns gehören.« Er stand auf. »Fürs erste gibt es nichts mehr zu tun.« Er lächelte freundlich. »Hast du Lust, mich zum Abendessen zu begleiten, *Tai pan*?«

»Natürlich«, erwiderte Bluestone. »Es wird mir ein Vergnügen sein.«

Schatten im Zwielicht. Drei schwarze Raben im letzten Licht der Straße. Vorbei an zwei langen Mercedes-Limousinen, die, wie Mikio flüsterte, speziell für Hige Moro, den *Oyabun*, angefertigt worden waren, mit dicken Panzerplatten und eingebauten Tränengaswerfern. Illegal natürlich, flüsterte Mikio, von Rabe zu Rabe, aber wer wollte ihn daran hindern. Sicher nicht die Polizei. Drei ausladende Zedern, für jeden Raben eine, deren Schatten tief genug waren, sie in ihren schwarzen Kleidern noch vor den wachsamsten Augen abzuschirmen.

»Hige Moro führt den Clan an«, hatte Mikio gesagt, »aber er hat drei Brüder, alle jünger als er selbst, und denen hat er Teile des Moro-Territoriums abgetreten. Das war der ausdrückliche Wunsch seines Vaters, der sich, wie man erzählt, diese ungewöhnliche Gliederung seiner Organisation kurz vor seinem Tod ausgedacht haben soll. Dadurch sollte der Moro-Clan, wie die legendäre Hydra, viele Köpfe bekommen und ebenso viele Leben. So würde auch der stärkste Gegner ihn nicht niederzwingen können.

Drei schwarze Raben krochen durch die Schatten der Sträucher, die die riesige Villa der Moros umgaben.

»Aber wir müssen Hige Moro finden. Nur er wird wissen, warum du hier gejagt wirst. Die anderen sind für uns nutzlos.«

»Ich denke, es ist besser, wenn ich allein gehe«, sagte Jake. »Ich gehöre zu keinem Clan, deshalb kann mein Angriff keine Vergeltung hervorrufen. Du bist schon genug mit deinem Krieg gegen den Kisan-Clan beschäftigt.«

»Im Gegenteil«, erwiderte Mikio, »Hige Moro hat seinen Eid auf die Gesetze der Yakuza oft genug gebrochen. Er hat dich, meinen Freund, auf meinem Territorium angegriffen. Außerdem hat er versucht, Kazamuki und mich dabei zu töten. Schuld an allem, was jetzt passiert, hat er also selber. Keiner der anderen Clans wird die Hand gegen mich, ja nicht einmal gegen dich erheben.«

Die Nacht umhüllte die Villa. Leuchtkäfer flogen hier und da durch die Luft, tanzten über den weiten, gepflegten Rasen wie winzige Fischerboote auf dem Ozean. Die Raben bewegten sich zwischen ihnen hindurch wie riesige, stumme Gespenster.

Mikio hatte sein *Katana* in der Hand. Seine reich verzierte Scheide war im Auto zurückgeblieben. Eingeklemmt in ihre Armbeuge trug Kazamuki eine Hado, eine kleine Maschinenpistole, mit der man hundert Schüsse in der Sekunde abgeben konnte. Zahlreiche Bohrungen im Laufmantel sollten bei Dauerfeuer das Überhitzen verhindern.

»Es muß alles sehr schnell geschehen«, hatte Mikio gesagt, während er den Plan der Moro-Villa vor ihnen ausbreitete, »wenn wir Hige erwischen wollen. Je länger wir brauchen, desto größer werden unsere Schwierigkeiten werden. Er wird hier sein, im Zentrum des Hauses, das für seinen Vater konstruiert wurde und einem Labyrinth ähnelt.«

»Wissen wir genau, wo Hige sich befindet?« hatte Jake gefragt.

Mikio hatte genickt. »Kazamuki hat sich darum gekümmert.«

Die erste Verteidigungslinie waren die Hunde. Jake sah die schimmernden schwarzen Rücken der zwei Dobermann-Rüden, wie sie über eine Reihe von Azaleensträuchern gesprungen kamen, die zu einer breiten Hecke zurechtgeschnitten worden waren. Er hob den Bogen und überließ sich ganz seinem entfesselten Bewußtsein, das sich mühelos durch das *Kata* bewegte, die Phasen des *Kyujutsu*: *Ashibumi*, der ausbalancierte Stand des Bogenschützen; *Dozukuri*, das bewußte Atmen; das Heben und Senken des Bogens beim Ziehen des Pfeiles, *Uchiokoshi*, *Hikiwake*; *Kai*, das Anvisieren des Ziels; *Hanare*, das Loslassen des Pfeiles. Und schließlich *Zanshin*, der kritische Augenblick, in dem das Bewußtsein des Schützen dem summenden Flug des Pfeiles folgt.

Der erste Dobermann stürzte lautlos zu Boden. Mikio machte einen Schritt nach vorn, als der zweite mit einem tiefen Knurren in der Kehle hochsprang. Das *Katana* blitzte auf, und die furchterregende Klinge durchtrennte den Hals des hochschnellenden Tieres.

Sie ließen die Azaleenhecke hinter sich, und plötzlich erfüllte der betäubende Duft von Rosen und Jasmin die Luft. Mikio gab Kazamuki ein Zeichen, die sich sofort zum Hintereingang schlich. Neunzig Sekunden später warf er einen kurzen Blick auf seine Uhr. Ein Nachtvogel rief, ein zweites Mal. »Es ist Zeit. Sie ist an ihrem Platz«, sagte er.

Jake zog einen mit einer Stahlspitze versehenen Pfeil hervor, einen *Tsubekki-ne*, der seinen Namen von seiner meißelartigen Spitze hatte. Er legte ihn auf. »Jetzt!« sagte Mikio leise, und Jake ließ den Pfeil los.

Der Pfeil traf die Eingangstür, Holz zersplitterte, und das alte Eisenschloß zerbarst. Schon stürzte Mikio die Vortreppe hinauf und trat gegen die aufgebrochene Tür. Jake war unmittelbar hinter ihm. Seine Hand griff nach hinten; er legte einen zweiten Pfeil ein und ließ fast mit derselben Bewegung die *Rinzetsu*, die Drachenzunge, fliegen. Sie durchbohrte das Herz eines anstürmenden Yakuza-Wächters.

Aber es waren noch drei weitere da. Zwei von ihnen tötete Mikio mit der rasiermesserscharfen Klinge seines Schwertes. Den dritten traf eine weitere Drachenzunge in den Hals.

Sie hörten das durchdringende *Burt-burt-burt* des Hado und wußten, daß auch Kazamuki im Haus war. Sie würde nicht in das Herz der Villa vordringen, aber darüber wachen, daß Hige nicht durch den Hinterausgang entkommen konnte.

Jake und Mikio durchsuchten eilig die Zimmer. Es war absolut notwendig, alle Yakuza in der Villa aufzustöbern und auszuschalten. Denn keiner von ihnen würde, solange er noch lebte, einen Angriff auf den *Oyabun* zulassen. Es blieb ihnen also keine Wahl.

Plötzlich hörten sie das Klicken eines Sicherheitsbügels, der gelöst wurde. Sofort wirbelte Mikio herum und riß das *Katana* hoch. Ein junger Mann, nur halb bekleidet, schrie auf, als sein ausgestreckter Arm durchtrennt wurde. Noch einmal schlug Mikio mit dem Schwert zu, und der Yakuza brach zusammen.

Zwei weitere Männer mit bloßem Oberkörper, ihr *Irezumi* – die Tätowierung – zuckte in dem schwachen Licht, stürmten von der rechten Seite heran. Jake schickte ihnen in einer einzigen Bewegung zwei Pfeile entgegen, und die Männer wurden zur Seite geschleudert. Ihre *Katanas* fielen zu Boden.

Sie hetzten weiter. Wieder war das *Burt-burt-burt* zu hören, aber diesmal länger. Mikio hatte ihnen den besten Weg zu Higes Aufenthaltsort gezeigt, aber es war wichtig, daß sie jeden Raum überprüften.

Es war noch ein weiterer besonderer Pfeil in Jakes Köcher. Er sah anders aus als die anderen; seine Spitze war dreimal so groß. Man nannte ihn *Watakushi*, den Fleischwolf. Die Zerstörungskraft der Pfeilspitze war so groß, daß sogar ein ungeübter Schütze seinen Gegner damit töten konnte. In den Händen eines *Kyujutsu sensei*, wie Jake es war, wurde der *Watakushi* zur grausamsten Waffe. Dieses furchterregende Geschoß war für Hige Moro bestimmt.

Sie fanden ihn in seinem Zimmer, zusammen mit vier seiner Wächter. Mikio streckte mit dem Schlag der sieben Steine sofort zwei von ihnen nieder. Der dritte wurde in seinem Angriff gestoppt, als eine Drachenzunge seinen Bauch traf.

Der vierte Mann stürzte sich auf Mikio und konterte geschickt seine Schwertschläge. Er begann seinen Gegenangriff, und mit jedem Schlag schien die Spitze seines *Katana* dem Ziel näherzukommen, Mikios Fleisch zu durchbohren.

So wuchs sein Vertrauen. Genährt durch den Erfolg, verwandelte sich dieses Vertrauen in Aggression, und dann in Triumph, als die Klinge die Haut seines Gegners ritzte und Blut floß.

Er verdoppelte seine Angriffskraft, und genau darauf hatte Mikio gewartet. Mikio vollzog den Luft-Wasser-Wechsel, er tauschte eine Strategie gegen eine andere. Und in dem Sekundenbruchteil, als Mikios Strategie nicht mehr durchschaubar für ihn war, wurde der Yakuza verwundbar. Mit einem flach angesetzten Schlag durchdrang Mikio seine Verteidigung und schlug sein *Katana* beiseite. Dann legte er alle Kraft in den folgenden Angriffshieb. Der Mann war tot, bevor er den Boden berührte.

Plötzlich war da nur noch Hige Moro, ein dickschädeliger Mann mit grauschimmerndem Haar, das so kurz geschnitten war, daß man die Kopfhaut sehen konnte, und die Spitze des ›Fleischwolfs‹ auf dem *Ouruma*, dem hölzernen Kriegsbogen.

»Das ist der Mann, den du töten lassen wolltest«, sagte Mikio Komoto. »Ich glaube, er will eine Erklärung, Moro-san. Eine Erklärung, warum du seinen Tod willst und warum ein *Dantai* aus deinem Clan seinen Vater, Shi Zilin, umgebracht hat.«

Moro schaute von Mikios Gesicht zu der glänzenden Spitze des *Watakushi*.

»Er ist ein *Iteki*, ein Fremder. Er ist ein Nichts«, erwiderte Moro.

»Dieser Mann ist *Kyujutsu sensei*, Moro-san«, sagte Mikio mit scharfer Stimme. »Er ist ein *Yumi-tori*, ein Krieger von hohem Rang.«

Moro spuckte verächtlich aus.

»Du mußt bereit sein, Hige Moro zu töten«, hatte Mikio zu Jake gesagt. »Folter und Demütigung bedeutet ihm nichts. Wenn wir in sein Haus eindringen, seine Leute umbringen und ihn am Leben lassen, wird er uns ins Gesicht lachen und den Rest seines Lebens damit verbringen, uns zu jagen.«

Jake ließ den Fleischwolf von der Sehne, und Hige Moro schrie auf. Er sprang, nein, er wurde nach hinten geschleudert, im wahrsten Sinne des Wortes von den Füßen gerissen, als der Pfeil in seinen Brustkorb eindrang. Durchbohrt wurde er gegen die Wand geworfen.

Jake ließ den Bogen fallen und stürzte durch den Raum zu Hige, der im Todeskampf lag. Er griff nach seinem Kinn und hob es hoch.

»Warum hast du meinen Vater umgebracht? Sag es mir! Warum?«

Hige hustete. Es war Blut in seinem Mund. »Ich bin bezahlt worden«, flüsterte er.

»Wer? Wer hat dich bezahlt dafür, daß du meinen Vater umbringst?«
»Ein Mann ... ein Mann namens Huaishan Han.«
Ein Chinese? überlegte Jake. »Wer ist das?«
»Ich weiß ...«, Hige hustete erneut. »Jemand auf dem Festland. Ein Minister höchsten Ranges.«
»Ein *kommunistischer* Chinese?« Jake und Mikio konnten es nicht glauben.
»Du hast für die kommunistischen Chinesen gearbeitet? Warum?«
»Ich hab' es dir gesagt ... hab' es gesagt.« Higes Kopf sank kraftlos zur Seite, seine Augenlider flatterten. Jake kniff ihm in die Ohrläppchen, um ihn wieder zu Bewußtsein zu bringen.
Dann wiederholte er seine Frage.
»Geld«, sagte Hige. »Das Geld, das sie ... gezahlt haben, hat meinen Clan zu dem wohlhabendsten in ganz Japan gemacht.«
»Für unseren Tod?« Jake schrie jetzt. Er fühlte, wie das Bild der Berglandschaft von ihm abfiel. Dunkelheit stieg von allen Seiten auf, eine unirdische Kälte lief seinen Rücken hinunter. »Ich kenne die Kommunisten. Sie würden nicht soviel für unseren Tod bezahlen.«
»O ja«, sagte Hige, es klang wie das Bellen eines Hundes, bis Jake mit Entsetzen begriff, daß er lachte. »Sie haben uns mehr Geld gezahlt, als ihr euch je vorstellen könnt.«
»Wofür?« schrie Jake ihm ins Gesicht. Bedeckt vom Blut des Yakuza, griff er nach Higes Hemd und brachte ihre Köpfe näher zusammen. Er war schon so nah daran, die Dunkelheit von den Berghängen zu reißen, und sein Vater hatte ihm gesagt, daß es sein *Joss* als *Zhuan* sei, ganz hinaufzusteigen. Der *Shan* bebte unter dem Angriff, den Hige soeben aufgedeckt hatte. Jake dachte an seinen Vater, an die Zeit, die sie zusammen verbracht hatten. So kurze Zeit nur! Dann kam der Tod und das Ende der Zufriedenheit, neben dem alten Mann zu sitzen und seinen Geist zu suchen, seine Liebe, seine Menschlichkeit. Es war eine Trauer, die nicht zu ertragen war. Tränen in seinen Augen. Aus Wut, Enttäuschung und Verzweiflung.
»Sag es mir! Wofür?«
»Nur der Berg ... der Berg weiß es.«
»Was?« Jake sträubten sich die Haare. Der Berg? Was wußte dieser Yakuza *Oyabun* von dem Berg? »Welcher Berg? Was meinst du?«
Aber jetzt war auch das haarsträubende Gelächter verstummt. Hige Moros Augen starrten stumpf auf Jake. Sein Geist, schon befreit von dem erkaltenden Fleisch, hielt gierig sein letztes dunkles Geheimnis fest.

SOMMER 1950

Peking

Huaishan Han kehrte als Held von Hongkong zurück. Wenigstens sagte er Zilin, daß er in Hongkong gewesen sei. Ob er bis Taiwan gekommen war, wie er es vor seiner Abreise angekündigt hatte, darüber schwieg er sich aus.

Obwohl er vor seiner Abfahrt doch äußerst besorgt um Senlins Gesundheit gewirkt hatte, fragte er jetzt, nach seiner Rückkehr, nicht, wie es ihr ergangen war.

Er dankte Zilin auch nicht, daß er sich um sie gekümmert hatte. Ja, er schien nicht einmal mehr daran zu denken, daß er Zilin überhaupt um einen Gefallen gebeten hatte.

Er war schon einige Stunden in Peking gewesen und hatte zuerst Lo Jui-ch'ing und dann Mao Bericht erstattet. Er zeigte ihnen den Orden, den Mao selbst in einer, wie Huaishan Han es nannte, ›kleinen Zeremonie für Auserwählte‹ überreicht hatte.

Insgeheim wunderte sich Zilin, warum er nicht ins Ministerium eingeladen worden war, um an dieser ›kleinen Zeremonie für Auserwählte‹ teilzunehmen.

Senlin wollte wissen, womit ihr Mann sich diese außerordentliche Ehre verdient hatte; doch Huaishan Han erwiderte, daß er nicht befugt sei, es zu sagen. Aber nach dem Abendessen, als die beiden Männer im Garten umherschlenderten, verriet er es Zilin.

»Ich habe Mao *tong zhi* das Leben gerettet.« Er platzte förmlich damit heraus. Ja, er schrie es geradezu heraus. Für Zilin war es wie ein Schlag ins Gesicht. Konfuzius sagte, daß Stolz nur von den Gottlosen geschätzt wird. Er widersprach seinen fünf Tugenden: Gerechtigkeit, Güte, Höflichkeit, Treue und Weisheit.

»Das ist keine Sache, die man in der Öffentlichkeit hinausposaunt«, murmelte Zilin.

»Warum nicht?« fragte Huaishan Han. »Wie viele Männer können von sich behaupten, solch eine Tat vollbracht zu haben? Verdammt wenig.«

Zilin hatte schon früh bemerkt, daß Huaishan Han im Laufe der letzten sechs Monate begonnen hatte, sich seine Fragen selbst zu beantworten. »Um so mehr sollte man so ein Wissen für sich behalten.«

»Nein, nein. Das ist genau die Haltung, die wir aufgeben müssen. Die Zeiten sind voller Patriotismus. Wir marschieren nach Korea, wie du weißt. ›Widerstand gegen Amerika und Hilfe für Korea‹ heißt unsere neue nationale Kampagne. Damit treffen wir sicher die Stimmung des Volkes, glaubst du nicht auch?«

Zilin sagte nichts. Er wußte genau, wann ihm eine rhetorische Frage gestellt wurde. Er dachte an das chinesische Volk, müde, krank, noch seine Wunden pflegend, seine Toten aus den langen, mühseligen Jahren des Krieges begrabend. Da war kein einziger, darauf würde er jeden Betrag wetten, der diesen Krieg wollte. Aber, rief er sich in Erinnerung, er selbst hatte Argumente für den Krieg geliefert. Er war eine politische Notwendigkeit geworden. Aber das hieß nicht, daß er das, was er tun mußte, auch gern tat. Er sah die alle Bedenken beseitigende Notwendigkeit, sah, wie der Krieg der Zukunft Chinas dienen konnte. Aber er leugnete auch nicht den Tod und die Leiden in seinem Gefolge. Innerlich schauderte er und fragte sich, nicht das erste Mal, wie lange sein Bewußtsein dem Druck der wehklagenden Stimmen noch standhalten könnte.

Die Toten erschienen schon in seinen Träumen, wo sie ihre Skelettarme um Athena und Mai schlangen und sie ihm wegnahmen. In seinen Träumen sprach er auch mit den Geistern seiner Frauen. Wie Balsam auf den Wunden, die ihm während seiner langen Tage zugefügt worden waren, halfen ihm diese Gespräche, wenigstens zeitweilig seine eigene verletzte Seele zu beruhigen. Aber manchmal blieb ihm sogar diese kleine Ruhepause versagt.

Brabbelnde Geister und schnatternde Dämonen verschworen sich gegen ihn und suchten ihn in seinen Nächten heim, bis der Schlaf selbst ihn mit Angst erfüllte. Und wenn er schließlich, erschöpft von den Qualen, einnickte, sitzend, ein offenes Buch im Schoß, träumte er von der Frühlingsnacht am Rande des Geisterbrunnens. *Sterben und wieder sterben.* Mit einem Ruck war er aufgewacht, das Herz schlug wild, die Augen waren weit aufgerissen, als müsse er einen Eindringling finden. Aber es war niemand im Haus. Niemand außer ihm selbst.

»Die Menschen brauchen eine Richtung, eine neue Kraft«, redete Huaishan Han weiter. »Sie brauchen es, damit ihr Herz und ihr Verstand darauf gerichtet sind, diesen Krieg in Korea und diesen Krieg hier zu Hause zu gewinnen. Es gibt viel zu tun, Shi *tong zhi.* Schließlich sind wir berufen, die Welt zu verändern. Das kann keine leichte Aufgabe sein. Wir erwarten unerschütterliche Hingabe von jedem Genossen.«

»Vor allen Dingen brauchen wir Geld«, sagte Zilin nüchtern. »All die lobenswerten Ziele werden uns gar nichts nützen, solange wir nicht irgendwo das Kapital finden, um Maos Reformen zu finanzieren. Und es wird nicht aus unserer eigenen Wirtschaft kommen können. Wie es aussieht, haben wir nichts übrig. Ja, wir sind kaum in der Lage, unsere eigenen Leute zu ernähren, ganz zu schweigen die Industrie zu finanzieren, die wir zum Überleben brauchen.« Er fragte sich, ob sie in

Korea erfolgreich sein würden und wie Stalin die enormen Schulden bezahlen wollte, die er bei ihnen hatte. Es dämmerte ihm, daß sie vielleicht weniger bekämen, als sie annahmen.

»Geld, ja«, sagte Huaishan Han versonnen. »Es ist viel von Geld die Rede in den Ministerien.«

»So viel«, erwiderte Zilin, »daß man fast denken könnte, wir wären dabei, uns in Kapitalisten zu verwandeln.« Er lachte, aber sein Freund stimmte nicht mit ein.

»Das ist nicht zum Lachen«, sagte Huaishan Han düster. »Es gibt mächtige Feinde, die versuchen, unsere neuen Herrschaftsstrukturen zu infiltrieren. Und es sind alles Wegbereiter des Kapitalismus, oder bist so blind gegenüber den jüngsten Entwicklungen?«

»Oh, ich bin immer noch auf dem laufenden«, erwiderte Zilin etwas ironisch. »Ich habe mich nicht zurückgezogen in deiner Abwesenheit.« Er mußte an die Sowjets denken. In Zukunft würde Moskau, nicht Washington, als Chinas unerbittlicher Feind fungieren. Für Stalin – wie für die Sowjetführer, die seiner eisernen Faust folgen würden – gab es nur eine Form des Kommunismus. Er sah, wie jede Abweichung von der Moskauer Linie als Häresie betrachtet wurde, als potentielle Bedrohung von Moskaus Ziel: der Weltherrschaft. Aus der Sicht Moskaus konnte es nur einen Gewinner in Sachen Weltideologie geben.

Und auf eine bestimmte Art war Maos Weg sogar gefährlicher für die Sowjets als der Kapitalismus. Was Washington anging, so konnten sie wenigstens mit dem Finger auf die Ausbeutung der Arbeiterklasse, der Armen, durch den reichen Mann zeigen. Aber dasselbe konnte man nicht mit China machen. Hier waren die Unterschiede subtiler und deshalb schwieriger aufzulösen oder damit umzugehen. Und die starre Art der Sowjets, das wußte Zilin sehr gut, war für Feinsinniges nicht besonders geeignet.

In der stickig heißen Nacht rief ein Kuckuck, dann war es still. Lichtstreifen waren über der Mauer zu sehen, die den Garten umschloß. Die Zikaden summten eine metallene Symphonie. Der Duft des Phäonienbeetes, das Senlin mit Hingabe pflegte, erfüllte die Luft.

»Es ist gut, ein Held zu sein«, sagte Huaishan Han. »Es ist wichtig für ein Land, das in Wandlung begriffen ist, Helden zu haben.« Es klang, als versuchte er, sich selbst zu überzeugen. Selbstwertgefühl war ihm immer wichtiger geworden, seitdem er sich den staatlichen Sicherheitskräften angeschlossen hatte. Zilin erinnerte sich an das Gespräch mit Mao. *Wir werden gezwungenermaßen immer mehr vom Ministerium für öffentliche Sicherheit abhängen,* hatte Mao gesagt. *Von der Geheimpolizei,* hatte Zilin ihn korrigiert. *Wenn du es so nennen willst, ja.* Und Zilin hatte erwidert: *Ich kann ein Terrorregime nicht dulden.* War das der Grund, warum er von jener kleinen Zeremonie für Auserwählte ausgeschlossen worden war?

»Wie hast du denn Maos Leben gerettet?« fragte er plötzlich.

Huaishan Han nahm eine Zigarette aus einer ziselierten Silberdose und klopfte das Ende auf den glänzenden Deckel. Die Dose war nicht aus China, fiel Zilin auf, sondern ein westliches Fabrikat.

»Wo hast du das her?«

Huaishan Han überhörte die Frage oder zog es vor, sie zu ignorieren. Er steckte die Dose wieder ein und zündete die Zigarette an. Dann rauchte er eine Zeitlang schweigend. Als er sich selbst vergewissert hatte, daß er den Gang der Unterhaltung unter Kontrolle hatte, beantwortete er Zilins Frage endlich. »In Hongkong habe ich einen Anschlag auf Maos Leben aufgedeckt. Das war der eigentliche Grund, warum Lo Jui-ch'ing mich mit dieser Mission betraute. ›Du bist der einzige‹, sagte er, ›dem wir zutrauen, so einen schwierigen Auftrag zu erfüllen.‹«

Zilin war nicht sonderlich beeindruckt. Er wußte, daß Huaishan Han log, denn Mao hatte ihm ja bereits erzählt, daß er selbst Huaishan Han die letzten Aufträge gegeben hatte, diesen eingeschlossen.

Zilin fragte sich, warum sein Freund hier stand und ihn belog, wo er doch zu Hause bei seiner Frau sein könnte, die er fast zwei Monate nicht gesehen hatte.

Aber Huaishan Han paffte weiter an seiner Zigarette, der Rauch quoll aus seinem halboffenen Mund. »Unser Geheimdienst hat hervorragend gearbeitet«, fuhr er nach einiger Zeit fort.

»Und so bist du als triumphierender Krieger heimgekehrt«, erwiderte Zilin mit scharfer Stimme, »um deinen Preis zu fordern.«

»Aber nicht allein«, sagte Huaishan Han lächelnd. »Ich habe den Feind mitgebracht.«

»Den Feind?«

»Den Kapitalisten, der die Operation, Mao *tong zhi* zu ermorden, geleitet hat. Er ist mein Gefangener.«

»Kannst du ihn sehen? Den Ozean. Ich kann ihn in seiner ganzen Weite sehen und das Mondlicht, das sich auf der Oberfläche spiegelt, und die Wellen, auf denen kleine Lichtpunkte tanzen, ich kann sie fühlen und sehen. Sie sind heiß wie ein offenes Feuer.«

Senlin öffnete ihre Augen und starrte in Zilins Gesicht, das ganz nah bei ihrem war. »Siehst du ihn? Den Ozean, meine ich.«

»Nein.«

»Warum nicht?« Sie schaute angestrengt durch die Schatten, in die der Bambusbusch sie eintauchte. Dann verschränkte sie ihre Hände in seine. »Ich habe gedacht, wenn wir uns berührten..., wenn wir irgendwie miteinander verbunden wären, ... würdest du ihn auch sehen.«

»Aber ich kann ihn nicht sehen«, erwiderte Zilin. »Das ist deine Gabe, Senlin. Nicht meine.«

»Nein«, sagte sie fest. »Es ist unsere.« Sie rief sich den Augenblick zurück, in dem sich ihr Geist bei Wolken und Regen öffnete, als er tief in ihr gewesen war. Sie fragte sich, ob sie sich irrte, ob es doch einer intimeren körperlichen Verbindung bedürfe. »Ich bin mir ganz sicher. Ich habe nie eine seherische Gabe besessen – jedenfalls nicht dieser Art –, bevor ich dich traf.«

»Du meinst, bevor ich dich zu Fazhan brachte.«

Ihre geschlossenen Augen zitterten bei der Erwähnung des *Feng shui*-Mannes. Sie war so außergewöhnlich, dachte er. So ein zerbrechlicher Körper, und so ein starker Wille. Die Verbindung rief in ihm das Bild der durchschimmernden Vasen aus der Vergangenheit seines Landes zurück. Und er dachte: Schönheit hat ihre eigene Stärke.

»Nein«, sagte Senlin nun. Und sie sagte es sehr bestimmt. »Ich würde nicht versuchen zu leugnen, was in jener Nacht mit mir geschehen ist. Ich weiß besser als irgend jemand anderer, was durch Fazhans Zauber aus mir herausgelockt worden ist. Der Geist von Hu chao, die zum Kreis des letzten der Ming-Herrscher gehört hat.«

»Das Böse hat viele Namen.«

»Du denkst, Hu chao war nur böse?« seufzte Senlin. »Ihr Geist sei ein verqueres, häßliches Ding gewesen. Hervorgerufen durch das, was man ihr angetan hat. Das Böse ist in sie eingedrungen, und sie wurde davon verschlungen. Das Böse zerstörte ihren Körper, aber es zerfraß auch ihren Geist.«

»Und wie kam dieser böse Geist in dich hinein?« fragte Zilin halb scherzhaft.

»Die Soongs haben eine lange Geschichte«, erwiderte Senlin standhaft. »Vielleicht war Hu chao meine Urururururgroßmutter.«

»Es ist noch nicht einmal sicher, ob sie überhaupt Kinder hatte«, sagte Zilin.

»Dann wurde sie in mir wiedergeboren.«

Dieses Gespräch über Geister und eine mögliche Reinkarnation verwirrte ihn. Er war Buddhist; er war in Einklang mit dem Land, mit dem Kommen und Gehen des *Qi*. Das waren für ihn keine Geheimnisse und auch keine Magie. Die Dinge waren einfach da.

Feng shui – die Erdwahrsagung – war eine Sache, aber hier ging es um etwas ganz anderes.

»Auf jeden Fall«, sagte er, »ist das Böse jetzt weg.«

Senlin, verborgen in der Laube des raschelnden, hohen Bambus, wurde gestreift von Bändern aus Licht und Schatten. »Das Böse, ja.« Die Schatten bewegten sich über die feinen Züge ihres Gesichtes. »Aber etwas bleibt.« Wie Mondlicht auf dem Spiegel des Ozeans. »Irgend etwas ruft.« Helle, winzige Punkte, die strahlten wie das Lichtspiel im Kamm der endlosen Wellen. »Kannst du mir sagen, was?«

Er konnte ihre Wärme auf seinem Körper spüren, zehntausend

winzige brennende Feuer. Auftauchend, verschwindend, wieder auftauchend, das Sprühen des Sternnebels.

Ein Rufen?

Er öffnete den Mund, aber kein Laut kam heraus, Schwingungen, die sich von ihm auf sie und dann hinaus auf den lichtübersäten Grund des Ozeans übertrugen.

Wo sind wir?

Unter dem brausenden Wasser, den tiefen kalten Strömen, die einander schnitten, umeinanderwirbelten, das Universum von mannigfaltigem Leben tragend, das Wasser anstelle von Luft atmete. Die Lieder der Wale, rufend, rufend, die Echos hallten in ihnen wider, bebendes Fleisch, das nicht mehr Fleisch war, Melodie auf Haut, die unsichtbar war.

Und dann fanden Senlin und Zilin zueinander, in einer Weise, die vollkommen anders war als die, in der sie vorher miteinander verschmolzen waren. In diesem Augenblick der höchsten Verbindung wußte er, daß sie recht hatte. Irgendwie war das nicht sie, nicht er, sondern sie beide. Die Melodie, die sie hörten, sahen, schmeckten, fühlten, war die Harmonie ihres *Qi*, jeder auf dem anderen spielend, sich gegenseitig umfassend...

...eins werdend.

Der Krieg in Korea verschärfte sich. Die erste fantastische Welle von Siegen der Chinesen brachte eine Art von Euphorie, die die innere Moral eines Landes hob, das eine Schlacht im Krieg gewonnen hatte und nun, plötzlich, eine Art von weltweitem Ansehen fand. Wo vorher China der Lächerlichkeit preisgegeben gewesen war, nachdem es eine Niederlage nach der anderen hatte einstecken müssen, da sahen jetzt plötzlich die Nationen der Welt mit großem Respekt auf Chinas neue militärische Überlegenheit.

So wie Chinas Glück in Korea blühte, so blühte auch die Karriere von Maos älterem Sohn, Mao An-ying. Entweder war es das Talent des Jungen oder, vielleicht, der feinsinnige Plan eines raffinierten Kommandeurs, der seiner eigenen Karriere auf die Sprünge helfen wollte, jedenfalls wurde Mao An-ying befördert und diente beim Feldoberkommando der Zweiten Chinesischen Armee.

Dann entluden amerikanische Bomber, die das Gelände überflogen, ihre gesamte Bombenlast über dem Lager und töteten alle, die an der Niederlage der Weltmacht arbeiteten.

Auch Mao An-ying traf es.

Die Nachricht wurde Mao so schnell als möglich überbracht. Aber es gab, wie man sich vorstellen kann, einige Verzögerungen, denn die Soldaten durchkämmten das stinkende, rauchende Trümmerfeld erst noch nach Lebenszeichen. Schließlich identifizierte ein General Maos älteren Sohn.

»Krieg«, sagte Mao einige Zeit später zu Zilin, »ist wie bitterer Tee. Die Stärkung, die er bringt, wird abgeschwächt durch den Geschmack von Asche, den er im Mund hinterläßt.«

»Das ist schlimm, was wir da tun.«

»Findest du das wirklich?«

»Ja.«

»Dann müssen wir damit aufhören.«

Sie seufzte tief, ihre Stirn preßte sich gegen seine Brust. »Ich kann nicht.«

Zilin streichelte ihren Haarzopf. Im Mondlicht schien es, als sei ein silberner Faden hindurchgewebt. Er dachte an die grenzenlose Kraft der See.

»Dein Mann«, begann er, »fragt er nach deiner Gesundheit?« Er gebrauchte niemals Huaishan Hans Namen, wenn er mit Senlin zusammen war.

»Er sieht mich essen, er sieht mich kommen und gehen«, flüsterte sie. »Das genügt ihm.«

»Sprecht ihr miteinander?«

»Manchmal, ja.«

»Und ... berühren?« Nun war er es, der flüsterte.

»Meinst du, ob wir intim sind?«

Er nickte, wortlos.

Senlin legte ihre Handflächen auf seine Brust und riß ihren Kopf von ihm los. Ihre schwarzen Mandelaugen schauten in die seinen, als könnten sie die Schatten der sie einhüllenden Laube durchdringen. »Meine Antwort, denke ich, ist wichtiger als die Frage, *neh*?«

Frauen, dachte Zilin, sind um so vieles klüger als Männer, und zwar auf eine Art, von deren Existenz die Männer nicht einmal im entferntesten etwas wissen.

»Würdest du mir glauben, wenn ich dir sage, daß es für dich dasselbe ist, ob ich die Wahrheit sage oder nicht?«

»Nein.«

»Aber es ist so.« Sie führte ihre Handfläche über seine Wange. »Da ist kein Unterschied.«

»Die Wahrheit«, sagte er, »unterscheidet sich von allem anderen. Es gibt kein anderes Ideal in dieser unvollkommenen Welt als dieses. Die Wahrheit.«

Senlin breitete ihre Arme aus. »Aber die Wahrheit wohnt nicht hier, in der Welt um uns herum. Sie ist im *Da-hei*, in der großen Dunkelheit, in der aller Geist wohnt. Die einzige Wahrheit ist die, was geschieht, wenn wir zusammen sind im *Da-hei*.«

»Dann *bist* du also intim mit ihm?«

»Du hast kein Recht, diese Frage zu stellen.«

»Kein Recht?«

»Er ist mein Mann, nicht du.«
»Das ist hart.«
»Aber es ist die Wahrheit.« Sie schaute ihn an. »Die Wahrheit ist dein Gott, nicht meiner.« Sie streichelte sein Gesicht. »Ich möchte dir nicht weh tun. Aber du hast dir selbst weh getan.«
Zilin schloß die Augen. »Es war nicht zu verhindern.«
»Nein«, sagte sie. »Nicht, wenn du entschlossen bist, die Wahrheit ans Tageslicht zu bringen.«
Die Wahrheit, dachte Zilin. Sie hatte ganz recht. Sie war sein Gott. Es war nicht richtig, sie für seine eigene Schwäche zu tadeln. Er suchte in seinem eigenen Inneren und befreite sich damit von seinem Zorn.
Als er die Augen öffnete, dachte er an Huaishan Hans Zigarettendose. Nicht das erste Mal. Er hatte nur einen flüchtigen Blick darauf werfen können, aber er war sich sicher, daß ihm irgend etwas daran bekannt war.
Er nahm Senlins Hand, und im Gedanken an die Wahrheit, seinem Meister, sagte er: »Ich möchte, daß du etwas für mich tust.«

Es dauerte mehr als eine Woche, bis sie sie ihm bringen konnte. Zum einen war Huaishan Han die meiste Zeit außerhalb der Stadt und nahm sie mit. Zum anderen legte er sie nicht aus der Hand, nicht einmal zu Hause. Es war nicht einfach für Senlin, sie verschwinden zu lassen, und dann ging es auch nur für ein paar Minuten.
Die Zigarettendose aus dem Westen.
Natürlich hatte Zilin sie überreden müssen. »Er ist mein Mann«, hatte sie gesagt. »Du bittest mich, ihn zu hintergehen.«
»Du bist schon in ein Komplott gegen ihn verwickelt«, korrigierte er sie.
»Er ist dein bester Freund«, sagte sie. »Warum tust du das? Freunde konspirieren nicht gegeneinander.«
Zilin schaute hinaus auf die Lärche und die Pinien unterhalb der Grenze ihres Bambusplatzes. Eine Mondsichel wie die, die sich in jener Nacht am Geisterbrunnen erhoben hatte, ritt auf dünnen Wolken und zerriß sie mit ihren scharfen Spitzen wie dünne Gaze.
Er dachte daran, was die Nationalisten Senlin angetan hatten. Und er bezweifelte, daß Huaishan Han wußte, was unter den Händen seiner früheren Herren mit ihr geschehen war. Nein, er würde es nicht wissen. Warum sollte sie es ihm gesagt haben? Und Huaishan Han hatte sicher auch gar nicht gefragt.
»Es sind nicht Freunde, an die ich jetzt denke«, sagte er. Er sprach ebenso zu sich selbst wie zu ihr. »Ich denke an China. Vor einiger Zeit sagtest du mir, die Wahrheit sei mein Gott. Nun, vielleicht ist es so. Aber es ist China, wofür ich so schwer arbeite. Ich würde mein Leben geben, um seine Zukunft zu sichern.«
»Warum fürchtest du um Chinas Zukunft?«

Wie sollte er ihr das erklären? Wie sollte er ihr verständlich machen, daß er ein himmlischer Wächter seines Landes war? »Wer China kontrolliert«, sagte er, »wird eines Tages ganz Asien kontrollieren. Wenn China einen Fehler macht, wenn es in die falschen Hände fällt oder unter schlechten Einfluß gerät, wird es kein Zurück mehr geben. China ist so riesig, seine Völker so zahlreich, daß, wenn einmal eine Politik installiert ist, eine Kursänderung schwierig wird. China hat seine eigene Schwungkraft, es ist die Schwungkraft eines Riesen. China braucht einen Wächter. Jemand, der sichert, daß es zunächst überlebt, dann Fortschritte macht und schließlich mächtig wird. China braucht einen Jian.«

Senlin starrte ihn einen Augenblick lang an. »Und das bist du?«

»Ich tue nur, was getan werden muß.«

»Aber wie kannst du das?« fragte sie. »Du kannst nicht in die Zukunft schauen.«

»Nein«, sagte er. »Ich arbeite hauptsächlich in der Dunkelheit.«

»Dann mußt du ja Fehler machen, du mußt einige Taten bereuen.«

»Einige, ja, vielleicht«, gab er zu. »Es ist bedauerlich, aber ich fürchte unvermeidlich.«

Ihre Finger stahlen sich an seinem Handgelenk entlang, bis sie sich um seinen Arm legten. »Aber das ist vorbei.« Ihre Stimme war nur ein Hauch. »Vorbei.«

»Was?«

Ihr Gesicht war sehr nah bei seinem. Er konnte ihren süßen Duft wahrnehmen, wie Jasmin und Honig. »Du hast jetzt das *Da-hei*. Wir haben jetzt das *Da-hei*. Die große Dunkelheit.«

»Willst du damit sagen, daß man dort die Zukunft sehen kann?«

»Vielleicht, ja«, sagte sie, ihn sanft nachahmend.

Er stieß ein kleines Lachen aus. »Dann hat das *Da-hei* sicherlich auch vorausgesagt, daß du mir die neue silberne Zigarettendose deines Mannes bringen mußt.«

»Ja«, sagte sie ernst, »das hat es.«

»Das ist lächerlich, Senlin.«

Plötzlich wurde ihr Griff fester. »Hör mir zu.« Ihre tiefe Stimme war eindringlich geworden. »Ich bitte dich, es nicht zu tun. Ich flehe dich an, mich nicht zu bitten.«

»Ich sehe nicht ein, warum. Du kannst dich jederzeit weigern.«

»Das kann ich nicht.«

Er mußte wieder lachen. »Du kannst mir nichts abschlagen?« Aber das hatte einen unwirklichen Beiklang.

»Nur zum Teil«, sagte sie. Sie drückte sich gegen ihn, so daß er ihren Herzschlag wie einen Schmiedehammer fühlen konnte. Intuitiv legte er seine Arme um sie, als wollte er sie beschützen. Wovor? »Du suchst die Wahrheit«, sagte sie in sein Ohr. »Ich muß sie dir bringen.«

»Und wenn du es tust?«

»Es wäre besser – viel, viel besser –, wenn du dieses Mal die Wahrheit ruhen ließest.«

»Warum? Was weißt du über diese Dose?«

»Nichts!« schrie sie plötzlich. »Ich sehe es.«

»Was?« fragte er. »Was siehst du?«

Sie weinte jetzt, ihre kleinen weißen Zähne bissen in seine Schulter.

»Senlin«, sagte er, »was siehst du?«

Sie schüttelte sich heftig. »Das Ende.«

Aber, ihrem Wort treu, gehorchte sie ihm. Und betrog Huaishan Han ein weiteres Mal. Sie brachte Zilin die Zigarettendose.

»Wir haben nur wenig Zeit«, sagte sie, als sie zu der Bambuslaube gelaufen kam, wo er sie erwartete. »Huaishan Han ist gerade von Buddha weiß woher zurückgekommen. Er schläft jetzt vor dem Abendessen. Aber er wird bald wieder aufwachen.«

Zilin nahm ihr die Dose ab und betrachtete sie sorgfältig. Das Silberfiligran fing das fade Licht des sich neigenden Tages ein. Er kannte sie, dessen war er sich sicher. Aber woher?

Er drehte sie um, sah den Silberstempel, sah, daß sie aus den Vereinigten Staaten stammte. Ein leichter Schauder wie von Eiswasser lief ihm übers Gesicht. Er hatte vermutet, daß sie englischen Ursprungs wäre.

Er drehte sie wieder um und öffnete sie. Eine kleine, in Silber gearbeitete Feder hielt Huaishan Hans schlechte schwarze russische Zigaretten fest. Etwas auf der Innenseite des Deckels fiel Zilin ins Auge, und er hielt die Dose von sich weg, um die letzten Lichtstrahlen des dunklen Himmels aufzufangen.

Er sah Initialen, in das Silber eingraviert in großen, haarfeinen Buchstaben:

R. M. D.

Und sofort – vielleicht war es das *Da-hei* – begriff er alles: Warum Huaishan Han ihn von Anfang an über seinen Auftrag belogen hatte und warum er sich geweigert hatte, Zilin zu beantworten, woher er die Zigarettendose hatte. Am erschreckendsten von allem aber war, daß Zilin nun wußte, wen Huaishan Han mit nach Hause gebracht hatte, gefesselt wie ein Schwein, das zum Schlächter geführt wird, wer der führende Kopf hinter dem angeblichen Komplott gegen Maos Leben gewesen war.

Zilin fühlte den Schmerz in seinem Herz, und langsam, ganz langsam beugte er seine Stirn, bis sie den schimmernden, ziselierten Deckel der Zigarettendose berührte, der Zigarettendose, die im Westen hergestellt worden war.

In den Straßen von Peking, Shangai, in den Gemeinden von Kanton und Hunan, in den endlosen Reisfeldern und Bambuswäldern entlang der Ufer des sich windenden Jangtse – in ganz China – konnte man die gleichförmigen Stiefelschritte hören.

Die Nächte verwandelten sich in eine Zeit des Lauschens. Eine Zeit, in der metallene Absätze auf den Bodenbrettern der Flure scharrten, eine Zeit des harten Pochens an Eingangstüren, eine Zeit der herausgeschrienen Befehle. Verwirrung und die schleichende Angst, wenn die Nachbarn aus den Betten gezerrt wurden und ohne Erklärung im schweren Nebel verschwanden, das Dröhnen der sich langsam entfernenden Motoren, all das hielt die Leute in Atem.

Ohne daß seine Bewohner die Veränderung auch nur gespürt hatten, war China ein Land der Unterdrückung geworden, in dem ein Terrorregime sein allumfassendes Netz ausbreitete.

In jeder Stadt hatte Huaishan Han Ortskomitees geschaffen, die aus Gruppen von etwa hundert Haushalten bestanden. Dasselbe galt für die ländlichen Gegenden, wo jeder *Hsiang*, jedes Agrarverwaltungskomitee, täglich die Arbeit auf den Reisfeldern und den Bauernhöfen kontrollierte.

Diese Gemeinschaften, so argumentierte Huaishan Han, waren notwendig zur Kontrolle der riesigen Bevölkerung. Außerdem waren sie leicht durch Mitglieder des staatlichen Sicherheitsapparates zu infiltrieren. Auf diese Art und Weise befanden sich auf jeder Ebene der chinesischen Gesellschaft Spitzel des Ministeriums für Öffentliche Sicherheit. Und daher die nächtlichen Stiefelschritte, die scharfen Befehle, das unerklärliche Verschwinden von Menschen.

»Wir brauchen uns nur die Französische Revolution anzusehen«, sagte Mao zu Zilin, »oder, wenn du das vorziehst, ein östlicheres Beispiel, die marxistische Revolution in Rußland, um ein passendes historisches Vorbild zu nennen.

Wir befinden uns noch in den Kinderschuhen. Wir haben das Alte, das Korrupte, das Degenerierte niedergerissen. An seiner Stelle bauen wir ein neues Land, von Grund auf. Unsere erste Aufgabe ist es also, die Macht der Staatsmaschinerie zu etablieren, denn sie ist der Motor, ohne den China im Schlaf verharren wird.

Die traditionellen Feinde des Wiederaufbaus sind, historisch gesehen, von innen der Bürgerkrieg und von außen eine Invasion. Die Amerikaner müssen wir am meisten fürchten, Shi *tong zhi*. Die Amerikaner sind unsere Gegner in Korea, und die Amerikaner hören nicht auf, Geld und Kriegsmaterial in die Schatzkammern der Nationalisten zu schaufeln. Die Amerikaner haben Taiwan zu ihrem Protektorat gemacht.

All das tun sie, Shi *tong zhi*, weil sie mich fürchten. Und weil sie wissen, daß sie mit ihrem Protektionismus die Nationalisten an sich binden. Ohne die amerikanische Hilfe wären die Nationalisten nichts. Noch begreifen sie das vielleicht nicht, dennoch, sie sind nichts. Im Moment, mit der amerikanischen Hilfe, sind sie nur noch Marionetten der Kapitalisten. Entweder sie erfüllen die Forderungen des amerikanischen Präsidenten, oder man droht ihnen mit der Einstellung der Hilfe.«

Mao durchschritt den Raum wie ein Tiger im Käfig. »Das Schüren der Konterrevolution hat schon begonnen, von seiten der Nationalisten und der Amerikaner. Wenn die Amerikaner nach Korea einmarschieren, kann ihr nächstes Ziel sehr gut China sein. Wir müssen sichergehen, daß das niemals geschehen kann.«

»Und Unterdrückung ist der einzige Weg, es zu verhindern?« fragte Zilin.

»Lies die Geschichte, Shi *tong zhi*«, erwiderte Mao kurz. »Es ist der einzig sichere Weg. Niemand stellt sich gerne der Umerziehung. Die Leute wissen oft nicht, was das Beste für sie ist. Deshalb müssen das die Führer entscheiden.«

»Die Führer müssen es ihnen aufzwingen.«

»Ja, in der Tat«, stimmte Mao zu, offensichtlich überhörte er den Sarkasmus in der Stimme seines Vertrauten.

Zilin ließ Tee hereinbringen. Als er serviert war, hob er nachdenklich seine Tasse. »Was ist eigentlich mit dem Gefangenen geschehen, den Huaishan Han von Hongkong mitgebracht hat?«

»Was?« Für Sekunden schien Mao verwirrt. Und um das zu verbergen, machte er aus dem Eingießen seines Tees eine lange Zeremonie und starrte in den Wirbel der kleinen Blätter am Boden der Schale. »Hm, ach ja. Ich habe für einen Augenblick vergessen, daß ihr, Huaishan Han und du, so gut befreundet seid. Ja.« Er trank einen Schluck Tee und machte ein finsteres Gesicht, als könne er den Geschmack überhaupt nicht ertragen. Dennoch schenkte er sich nach. »Noch ist nichts offiziell entschieden. Ich überlege, wie wir am besten ... mit dem Spion verfahren sollen. Natürlich müssen wir an ihm ein Exempel statuieren.«

Merkwürdig war weniger, dachte Zilin, daß Mao – für ihn ganz untypisch – so um den heißen Brei herumredete, als vielmehr, daß er es vermied, Zilin in die Augen zu sehen, seit das Gespräch über dieses Thema begonnen hatte. Mao, der immer eine höchst direkte Art an sich hatte, der seinen durchdringenden starren Blick benutzte wie eine Waffe, um diejenigen zu entkräften, die ihm zu widersprechen versuchten, und wenn es auch nur um ganz beiläufige Dinge ging.

»Warum bist du so an diesem Mann interessiert?« fragte Mao.

»Ich möchte mit ihm sprechen.«

»Ich denke nicht, daß das besonders klug wäre«, erwiderte Mao.

Etwas in seiner Schale nahm seine ganze Aufmerksamkeit in Anspruch. »Er gehört den staatlichen Sicherheitskräften. Und das ist nicht dein Gebiet.«

»Es wäre mein Gebiet, wenn du den Befehl dazu gäbest.«

»Das würde Lo Jui-ch'ing nicht gerade erfreuen. Im übrigen würde

K'ang Sheng es überprüfen.« Mao sprach vom Leiter der Geheimpolizei der Kommunistischen Partei. »Wie sollte ich ihm das erklären?«

»Seit wann besitzen deine Leute solche Macht?« Zilin fühlte, wie Zorn in ihm aufstieg. »Ich bin dein persönlicher Berater. Ich habe immer das getan, was ich wollte und wann ich es wollte.«

»Die Zeiten haben sich geändert, mein Freund«, sagte Mao.

»Dann werde ich also auch überwacht.«

Mao zuckte die Schultern, was nur als Bestätigung zu deuten war.

Zilin war entsetzt. *Die Zeiten haben sich geändert, mein Freund.* Wie hatten sie sich so weitgehend, so schnell verändern können, ohne daß er es mitbekommen hatte? Und dann, mit großer Trauer, stellte er fest, daß keine einzige dieser Veränderungen geschehen war, ohne daß er sie wahrgenommen hätte. Er war in den meisten Fällen sogar dabeigewesen, als sie veranlaßt wurden. Er hätte protestieren können, hätte sogar darauf bestehen können, daß es noch einen anderen Weg geben müsse als die Einrichtung dieses riesigen Netzwerks von Informanten, von grausamen Polizisten, die in der Nacht loszogen wie verschworene Dämonen, um unverdächtige Bürger aus den Betten zu zerren, nur weil sie zu gut erzogen waren oder den falschen Familiennamen hatten oder vielleicht eine einzige Stunde nicht im Blickfeld der Späheraugen des Ministeriums für Öffentliche Sicherheit verbracht hatten.

Zilin kannte Beria und den NKWD sehr genau. Er verabscheute den Eifer der Russen bei der Durchsetzung ihrer eisernen Disziplin und verachtete ihre Repressalien. Was war das für ein Apparat, der noch den geheimsten Gedanken des einzelnen zum Gegenstand seiner Interessen machte!

Doch er selbst trug die Schuld daran genauso wie Mao oder Lo oder Huaishan Han. So viel Leid für ein Volk, das schon so viele Jahre gelitten hatte, zuerst unter den Händen der eigenen Herrscher, dann in denen seiner Geheimgesellschaften und schließlich während der langen Jahre der Herrschaft der fremden Teufel. Inzwischen konnte man fast meinen, daß das chinesische Volk sich nur zur Ausbeutung eignete. Vielleicht war das sein *Joss*.

Nein! Nein! Wie konnte er so etwas denken! Aber die Zukunft war wirklich düster. Er fühlte sich, als befände er sich auf einem unermeßlichen Gebirgsplateau, das sich in die kalte Dunkelheit erstreckte. Und er schien sich nicht erinnern zu können, in welcher Richtung es zum reifbedeckten Gipfel ging.

»Ich muß mit dem Gefangenen sprechen«, wiederholte er.

»Warum bestehst du darauf, etwas zu wollen, das ich dir nicht gewähren kann?« wollte Mao wissen. Er schien betroffen.

»Ich bitte dich aufgrund unserer lange währenden Freundschaft«, sagte Zilin. »Ich bitte dich nicht zu bedenken, was ich für China geopfert habe, ja nicht einmal, wie ich dir in all den Jahren geholfen habe. Dies ist keine Sache der Politik oder der Macht. Ich stehe vor dir lediglich als Freund. Und als solcher bitte ich dich, mir eine Stunde mit dem Gefangenen zu gewähren.«

Mao wandte sich ab, und als er durch das Zimmer ging, bemerkte Zilin zum erstenmal, wie gebeugt seine Schultern geworden waren. Dann blieb Mao stehen und starrte auf den Tienanmen-Platz hinunter, wo die Kriegsmaschinerie in Lauerstellung stand, zur Abwehr der gefürchteten Konterrevolution bereit, die über ihren Köpfen schwebte wie ein Damoklesschwert.

»Bald«, sagte Mao, »wird es regnen.« Er betrachtete die dicken schwarzen Wolken, die sich über den niedrigen Himmel wälzten, und zog das Fenster, trotz der Hitze, weiter zu. »Heute nacht«, fuhr er fort, »wird der Himmel sich öffnen.« Und dann, ohne daß seine Stimme sich veränderte: »Du wirst eine halbe Stunde Zeit haben.«

»Sie haben mich in den Bergen aufgegriffen«, sagte Ross Davies, »in einem winzigen Lager auf einem Plateau, eineinhalb Meilen tief in den Shan-Staaten.« In den Shan States also. In Burma. Und nicht in Hongkong, wie Huaishan Han behauptet hatte.

»Ich bin dort sechs Monate oder noch länger gewesen. Die Opiumfelder haben uns auf die Idee gebracht.«

»Uns?«

»Davies' rissige Lippen verzogen sich zu einem Lächeln. »Du erwartest doch wohl nicht von mir, daß ich dir das erzähle, alter Freund?«

»Warum nicht?« sagte Zilin. »Ich bin doch tot, nicht wahr?«

Sie lachten beide darüber und mußten daran denken, wie weit sie hatten gehen müssen, sie alle – Davies, Huaishan Han und Zilin –, um sicher sein zu können, daß Shis ›Tod‹ für Chiang und seine Stellvertreter überzeugend genug gewesen war.

Doch innerlich war Zilin entsetzt. Als ihm der Passierschein, den Mao ihm ausgeschrieben hatte, den Zugang zum Gefängnis der staatlichen Sicherheitskräfte verschafft hatte, hatte er erwartet, seinen alten Freund dort vorzufinden – R. M. D.: Ross Marion Davies –, mit seinem langen, lockigen, rötlich-goldenen Haarschopf, seinen hellen blauen Augen, seinem jungenhaften Gesicht.

Statt dessen stand ihm jetzt ein hagerer, schmächtiger Mann gegenüber, mit einem ledernen Gesicht und Augen, die so blutunterlaufen und geschwollen waren, daß Zilin nur noch einen schwachen Schimmer des klaren Blaus in ihrer Mitte sehen konnte. Das offene, jungenhafte Lächeln war gänzlich verschwunden, und die einst gerade Patriziernase war zerschlagen und so geschwollen, daß sie ein Viertel des Gesichts einnahm.

»Ich war in den Shan-Staaten wegen der Opiumfelder.« Wenn er sprach, konnte Zilin sehen, wie viele Zähne ihm fehlten. »Die Idee war, die Kontrolle zu übernehmen.«

»Die Kontrolle über die Weiterverarbeitung.«

»Ja.«

»Und was hätte euch das gebracht?«

»Auf der einen Seite Geld«, erwiderte Davies. »Unmengen von Geld.« Er saß auf einem groben Holzstuhl, der in den Boden verbolzt war, und griff nach den Gitterstäben, die zwischen ihnen aufragten. Seine Finger waren geschwollen, entweder weil er krank war oder weil man ihn gefoltert hatte. Es war nicht möglich, das eindeutig festzustellen. »Andererseits ahnten wir, daß uns das zu gegebener Zeit die Kontrolle über das ganze Gebiet verschaffen würde, und die Möglichkeit, noch weiter vorzudringen.«

»Um Mao umzubringen.«

»Was?«

Zilin beobachtete Davies' Gesicht sehr genau. Ohne daß er sich ganz bewußt darüber war, was er tat, dehnte sich ein Teil von ihm ins *Da-hei*. Und in der nachtschwarzen Leere entdeckte er, daß er Wahrheit und Lüge unterscheiden konnte. Ihnen beiden hafteten ›Farben‹ an, unterschiedliche Farben, die er erkennen konnte.

»Das ist mir berichtet worden. Von Huaishan Han. Daß du ein Komplott geplant hättest, um Mao zu ermorden.«

»Das ist nicht wahr.«

Davies sagte die Wahrheit. Zilin nickte, zog eine Packung Zigaretten heraus und reichte sie ihm durch das Gitter. Er zündete ihm eine an und beobachtete, wie er sich beim Rauchen bis ins Innerste entspannte.

»Gott, ich habe seit einer Ewigkeit keine anständige Zigarette mehr geraucht.«

»Es tut mir leid, daß es nicht der Tabak ist, den du sonst gewohnt bist.«

Davies wischte die Entschuldigung beiseite. Der Rauch quoll zwischen seinen schorfigen Lippen hervor und sickerte durch die Gitterstäbe, die sich allmählich in dem grauen Dunst aufzulösen schienen.

»Ich bin ziemlich lange dort gewesen«, Davies fuhr fort, als hätten sie das Thema nicht verlassen. »Eine Ewigkeit.« Er atmete langsam aus und genoß den Tabak. »Ich habe die Honchos dort sehr gut kennengelernt. Jedenfalls so gut, daß ich wußte, wir würden sie nie unter unsere Kontrolle bekommen.«

»Die Shan hassen die Amerikaner ebenso wie die Russen.«

Davies schaute Zilin seltsam an. »Laß uns diesen Mist beenden, okay?« sagte er plötzlich. Er ließ den Zigarettenstummel fallen und drückte ihn mit seiner verhornten Fußsohle aus. Dazu mußte er die Papierpantoffeln abstreifen, die man ihm gegeben hatte. »Wir wissen beide, warum die Amerikaner – oder sonstwer – nicht in der Lage sind, dort oben in den Bergen Fuß zu fassen.«

»Erzähl es mir«, sagte Zilin.

»Beleidige nicht meinen Verstand«, erwiderte Davies verärgert. »Ich dachte, daß ich wenigstens dir vertrauen könnte.«

»Dann tu mir den Gefallen und sag es.« Sie starrten sich gegenseitig an, es schien eine Ewigkeit zu dauern. »Bitte.«

»Weil ihr selbst dort oben alles unter Kontrolle habt: den Anbau, die Ernte, die Veredelung, die Verteilung.«

»Wir?« Zilin erschrak und zeigte es, ohne daß er es gewollt hätte.

»Du, Mao, Huaishan Han. Ihr gottverdammten Chinesen.«

»Das ist idiotisch!« erwiderte Zilin verblüfft. »Ich glaube dir nicht.«

Aber natürlich tat er es doch. Er mußte. Im *Da-hei* sah er die Farbe der Wahrheit. Sein Gesicht legte sich in Falten. »Ich weiß nichts davon.«

Davies beobachtete sein Gesicht, wie Zilin vorher seines studiert hatte. »Also gut.« Er drehte sich um und legte die Packung Zigaretten sorgfältig neben die dürftige Strohmatratze. »Du willst sagen, du weißt nicht, wer dahintersteckt? Ist es nicht Mao?«

»Ich weiß es nicht«, erwiderte Zilin. Aber er hörte Mao sagen: *Wir müssen natürlich ein Exempel an ihm statuieren.* Das waren wahrscheinlich Huaishan Hans Worte gewesen. Seine Macht wuchs täglich, zusammen mit der von Lo Jui-ch'ing und K'ang Sheng. War dies die Quelle ihrer Macht? Oder die Maos? Buddha! »Sag mal«, fuhr er jetzt fort, »konntest du den Namen von dem Mann herausfinden, der die Opiumfelder in den Shan-Staaten kontrolliert?«

»Er selbst nennt sich Naga, du weißt schon, nach der Schlange aus der burmesischen Mythologie. Seine Organisation nennt sich *Diqui.* Den Rest, fürchte ich, mußt du selbst herausfinden.« Er lächelte traurig, und eine leise Spur seines früheren Selbst schimmerte durch die von grausamen Strapazen geschwärzte Haut hindurch.

Zilin hörte hinter sich ein Rascheln. Die Wärter kamen, seine Zeit war abgelaufen. Er erhob sich, und Davies reichte ihm eine Hand durch das Gitter. In den Augen des Amerikaners war ein wenig Angst, als spürte er, daß ihm mit Shi an seiner Seite nichts Schlimmes zustoßen könnte.

»Was wird mit mir geschehen?« fragte er.

»Ich weiß es nicht, mein Freund«, erwiderte Zilin. Aber er wußte es. *Wir müssen natürlich ein Exempel an ihm statuieren.*

»Werde ich dich wiedersehen?«

Zilin schaute zu Davies hinunter, der immer noch auf dem Holzstuhl saß. Er schien nicht mehr die Kraft zu haben, aufzustehen, und Zilin dachte, was tun sie ihm hier an? Er erinnerte sich, was die Nationalisten mit Senlin gemacht hatten, und fragte sich, ob diese Leute hier, unter dem Befehl von Huaishan Han, in irgendeiner Weise anders waren.

»Sag mir«, sagte er, »hast du eigentlich schon damals, als wir uns das erste Mal trafen, für den amerikanischen Geheimdienst gearbeitet?«

Davies legte seinen Kopf an die Gitterstäbe, und Zilin konnte die Flecken kahler, farbloser Haut auf seinem Schädel sehen, als wäre an diesen Stellen sein dickes Haar weggebrannt worden. »Spielt das eine Rolle?«

Zilin schüttelte den Kopf. »Nein«, erwiderte er ehrlich. »Überhaupt nicht.«

»Er weiß es!«

Sie zitterte vor Angst wie ein erschrockenes Reh.

»Es ist wichtig, daß du ganz sicher bist. Weiß dein Mann es, oder hat er nur einen Verdacht?«

»Er weiß es. Ich denke, er weiß es.«

Die sich drehenden Schichtwolken waren gefärbt vom Rosa-orange des reflektierenden Lichtes, die Sonne versank hinter den kühlblauen Bergen im Westen. Ein Kiebitzpaar durchflog die dunstigen Sonnenfäden, die Flügel glänzten für einen Augenblick golden auf, bevor sie verschwanden. Der Geruch von Mandeln in der Luft erinnerte ihn an Zyanid. Er hatte einmal einen Mann an Zyanid sterben sehen, einen Spion, der einen Fehler gemacht hatte, so daß sein Auftrag gefährdet war und er seine Gefangennahme fürchten mußte. Nicht nur die Gefangennahme, sondern die Folter und schließlich einen qualvollen Tod. Er zerbiß die Kapsel in seinem Mund.

Zilin schaute weg, zu den Zyan-Bergen. »Wenn du das glaubst, mußt du gehen.«

»Gehen?« Sie schien verwirrt. »Wohin soll ich gehen?«

»Ich werde dich beschützen.«

»Er ist mein Mann. Ich kann ihn nicht verlassen.«

»Im Gegenteil, Senlin«, sagte er. »Du hast ihn schon längst verlassen.«

»Halt mich fest«, flüsterte sie. »Wirst du mich festhalten?«

Zilin legte seine Arme um sie, und sie tauchte den Kopf in die Umarmung und legte ihren Nacken an seine Brust. Ihr Haar fiel ihr über das Gesicht, so daß sie ihm ganz verloren vorkam. Er fragte sich, warum er das alles eigentlich begonnen hatte. Denn er hatte gewußt, immer gewußt, daß es zu diesem Tag kommen würde. Solche Verbindungen endeten unfehlbar so.

Doch genauso wußte er, daß er nicht das Ende ihrer Beziehung wollte. Nein, er war nicht bereit, Senlin aufzugeben. Er wollte sie glücklich machen. In diesem Augenblick war ihm dieser Wunsch ausgesprochen wichtig. Als könnte er dadurch alle seine Vergehen sühnen. Er würde sein Gewissen entlasten, das dumpf und schwer geworden war vom Wehgeschrei all der Toten, von all der Ungerechtigkeit, von all dem Terror. Und er würde sogar büßen für die unvermeidliche Pflicht, Athena verlassen zu haben, seine zweite Frau – Jakes Mutter –, und Sheng Li, seine Geliebte, die während des Krieges für sich selbst hatten sorgen müssen. Er wußte, daß er damit großes Gewicht auf eine einzelne Tat legte, auf das Glück eines einzigen Menschen. Vielleicht zuviel. Aber Senlin war etwas Besonderes. War er der einzige, der das sah? Mit Sicherheit sah Huaishan Han das nicht.

Huaishan Han. Auch mit ihm hatte das alles zu tun. Zilins Gewissen wurde durch Huaishan Han belastet. Ohne Zilin wäre er nicht in diese Position gelangt, und vielleicht hätte dann auch sein furchtbares Terrorregime nie existiert.

Ein unsinniger Gedanke, wie Zilin selbst wußte.

Dieses Terrorregime war nicht von Huaishan Han erdacht worden, es wäre in jedem Fall entstanden, ob nun mit ihm oder ohne ihn.

Dennoch, die Verbrechen, die allein Huaishan Han zu verantworten hatte, waren offensichtlich. Und dann war da noch die Sache mit dem Shan. Vielleicht wußte nur der Berg, wer die Ernte und die Verteilung der Tränen des Mohns organisierte, aber Zilin konnte nicht glauben, daß Mao darin verwickelt war. Mao hatte nur einen Wunsch, nämlich der Knute Moskaus zu entrinnen. Der Krieg in Korea, so hatte Zilin argumentiert, war ein schwieriger, aber endgültiger Ausweg. Wenn Mao so enormes Kapital aus dem Verkauf von Opium gewann, hätte er es dann nötig gehabt, sein Land in einen so gefährlichen Krieg zu verwickeln? Zilin glaubte es nicht.

Andererseits waren Lo Jui-ch'ing, K'ang Sheng und Huaishan Han in der Machthierarchie der neuen Regierung erst seit kurzem mit einem bedrohlichen Maß an Einfluß ausgestattet worden. Wie war es dazu gekommen? War der Berg, der Shan, wenigstens zum Teil der Grund? Zilin fand den Gedanken nicht abwegig.

Senlin weinte leise in sich hinein. »Das ist das Ende«, sagte sie, »genauso, wie ich es vorausgesehen habe.«

»Nein«, erwiderte Zilin. »Dieses Mal hast du nicht recht.« Aber der Geruch von Mandeln hing immer noch bitter in der Luft.

Er griff hinauf und löschte den Mond aus. Nun umhüllte ihn die samtene Nacht. Dicke Wolken glitten über einen weizenfarbenen, fast vollen Mond. Regen hing in der Luft, er kam von Südwesten. Das Barometer fiel, die träge Luft wurde noch schwerer.

Zilin benutzte den Passierschein, den Mao für ihn unterzeichnet hatte. Er hatte eineinhalb Stunden gebraucht, um das Datum zu fälschen, und das Ergebnis, das fühlte er, war mehr als zufriedenstellend. Das Gefängnis der staatlichen Sicherheitskräfte sah dunkel und abschreckend aus. Es lag abseits der Straße in einem neuen Gebäude, dessen Entwurf und Bau von den Russen überwacht worden war. Umgeben war es von einer Phalanx neu gepflanzter Bäumen. Davor parkten ein Armeetraktor und ein Truppentransporter. Die Fahrzeuge waren leer. Zu dieser nächtlichen Zeit lag die Straße verlassen. Er fuhr mit seinem Dienstwagen vor das Tor und parkte.

Ohne Zwischenfälle wurde er von drei Wachen durchgelassen. Aber nicht der Weg hinein machte ihm Sorgen, sondern später der Weg hinaus.

Nachts wurde das Gefängnispersonal um zwei Drittel reduziert. In erster Linie deswegen, weil die oberen Stockwerke derzeit für Verwaltungszwecke und Gespräche auf höherer Ebene genutzt wurden.

Der Gefangene war nicht in seiner Zelle, wurde ihm vom Leiter der Zellenblocks mitgeteilt. Er wurde verhört. Ob das üblich war, wollte Zilin wissen. Der Leiter der Abteilung, sein Name war Chu, bejahte. Es würde die ganze Nacht dauern.

»Und wann schläft der Gefangene?« fragte Zilin.

»Er schläft nicht«, sagte Chu fast gleichgültig. »Das gehört zum Verhör.«

Zilin hielt Chu das von Mao unterzeichnete Papier ins Gesicht. »Bring mich zu ihm.«

»Das ist ziemlich ungewöhnlich«, erwiderte Chu. »Vielleicht sollte ich das erst mit Huaishan *tong zhi* besprechen.«

»Ich komme vom Vorsitzenden Mao. Warum machst du es nicht gleich richtig und rufst ihn an«, sagte Zilin mit sarkastischer Stimme. »Ich bin sicher, er würde es sehr schätzen, wegen so einer dringenden Frage geweckt zu werden.«

Chu schaute voller Zweifel von dem Stück Papier in Zilins Gesicht. Dann nickte er. »Hier entlang.«

Der Gang roch erstickend nach Desinfektionsmittel. Doch das überdeckte kaum den Gestank von Fäkalien und Urin. Nackte Glühbirnen in Drahtgehäusen hingen von der massiven Decke herunter. Sie lieferten die einzige Beleuchtung. Ihre Schatten zuckten vor und hinter ihnen, während sie sich durch die Gänge bewegten.

Plötzlich blieb Chu stehen und klopfte an eine Eisentür mit einem Drahtgitter, das in Kopfhöhe befestigt war. Einen Augenblick später sprach jemand mit ihm durch dieses Gitter. Sie wurden eingelassen.

Der ekelhafte Geruch erschlug ihn fast. Drei uniformierte Männer verhörten abwechselnd Ross Davies, der nackt in der Mitte des vierekkigen Raumes hockte. Eine Batterie von Lichtern war auf ihn gerichtet, und ein merkwürdiges Summen war zu hören. Zilin sah sich forschend um. Einer der Uniformierten hielt einen elektrischen Stab in der Hand. Und jetzt drückte der Mann die Spitze des Stabes Ross Davies in sein bleiches Fleisch. Ein kleiner blau-weißer Bogen leuchtete auf, ein würgendes Keuchen war zu hören, und eine durchsichtige Rauchwolke, die nach verkohltem Fleisch stank, kräuselte hoch.

»Genug!« befahl Zilin. »Ich komme wegen dem Gefangenen.«

»Auf wessen Befehl?« fragte der Mann mit dem elektrischen Stab.

»Auf Befehl von Mao *zhu xi*«, erwiderte Zilin.

»Es stimmt«, sagte Chu und winkte mit dem Papier, auf dem Maos Name stand. »Dieser Minister gehört zum persönlichen Stab des Vorsitzenden.«

»Gebt ihm seine Kleider«, forderte Zilin. Jetzt mußte alles schnell gehen, sehr schnell, oder sie würden den Fehler aufdecken. »Zieht ihn an. Nicht in Gefängniskleidung. Mao *zhu xi* wünscht den Gefangenen selbst zu verhören.«

Zwei von ihnen mußten Davies beim Anziehen helfen. Seine Hände zitterten, und er traute sich nicht, in Zilins Richtung zu sehen.

»Brauchen Sie irgendwelche Hilfe, Genosse Minister?« fragte Chu, als Davies fertig war. »Ich könnte zwei meiner Männer entbehren.«

»Nein«, antwortete Zilin, »ist schon gut, Chu *ton zhi*. Ich werde allein mit ihm fertig.«

»Sind Sie auch ganz sicher, Genosse Minister?« fragte Chu noch einmal, während er ihm die Tür zum Verhörraum offenhielt. »Ich wage nicht daran zu denken, was passiert, wenn der Gefangene entkommt.«

»Sieh ihn dir doch an«, sagte Zilin, indem er Davies stützte. »Der Mann kann kaum noch gehen, wie sollte er dann versuchen, mich zu überwältigen? Ich übernehme die volle Verantwortung.«

»Wie Sie wünschen, Genosse Minister.«

Drei Kontrollen, dann hatten sie alles hinter sich. Draußen, in der stillen Nacht, ließ Davies einen leisen Seufzer hören. Sein Kopf ruhte auf Zilins Schulter.

»Nur noch ein paar Schritte«, flüsterte Zilin Davies ins Ohr. »Wir sind jetzt beim Auto. Kannst du einsteigen?«

Davies nickte, befreite sich aus Zilins Armen und ließ sich mit schmerzverzerrtem Gesicht auf den Beifahrersitz gleiten.

Zilin ging um den Wagen herum und stieg ein. Er startete den Motor und lenkte den Wagen von dem Platz herunter.

Selbst Jahre später, als die Erinnerungen ihn noch jagten, war er nicht in der Lage zu sagen, was ihn zum Xiang Shan geführt hatte. Der riesige Park lag eingebettet in jenes Pekinger Gebiet, das als ›Duftende Hügel‹ bekannt war. Erst später fiel Zilin der alte Name ein: Park der Jagd.

Der Ort innerhalb des Xiang Shan, an den Zilin Ross Davies brachte, war Shuang jing, das Haus der zwei Brunnen, am südlichen Ende des Parks. Hier gab es genügend Schutz und Wasser, obwohl einer der Brunnen, der weitaus tiefere, mit einem rostigen Wellblechdeckel abgedeckt war.

Zilin stoppte den Wagen am Eingang zum Park, und sie stiegen aus. Mit Zilins Hilfe humpelte Ross Davies an den Bronzelöwen vorbei, den Wächtern des Xiang Shan auf der Straße, die früher Mai mai jie hieß, die Straße der Händler. Jetzt waren nur noch Überreste der Läden zu sehen, die sich einst hier gedrängt hatten.

Der Weg zum Haus der zwei Brunnen schien ungewöhnlich lang zu sein, aber er war gut abgeschirmt, sogar innerhalb des Parks. Außerdem sollte es auch nur ein vorübergehender Ruheplatz sein. Gleich am Morgen würde Zilin Davies weiter fortbringen müssen. Aber wohin? Alles der Reihe nach. *Wir müssen natürlich ein Exempel an ihm statu-*

ieren. Er konnte das nicht geschehen lassen. Spitzel oder nicht Spitzel, Davies war sein Freund. Sein Leben bedeutete Zilin mehr als ein vielleicht geplanter Spionageversuch jemals für das neue China bedeuten konnte.

Er setzte Davies ab, gab ihm Wasser und machte es ihm so bequem wie möglich.

»Warum hast du das getan?« fragte Davies. Sein Gesicht war verschmiert vom Dreck, der sich in die Rinnen von Schweiß und Blut gemischt hatte. »Ich war mir sicher, daß ich dich nie wiedersehen würde.«

»Du bist eben ein Fremder«, sagte Zilin leise.

Davies lächelte und schloß die Augen. »Ich habe immer geglaubt, daß meine Zeit im Shan schlimm gewesen wäre«, sagte er. »Aber da drinnen war es noch schlimmer«, fuhr er fort. »Viel schlimmer.«

Zilin hockte sich schweigend neben seinen Freund. Vielleicht, überlegte er, ist es jetzt wichtig für ihn, reden zu können, weil er vorher keine Gelegenheit dazu hatte.

»Ich habe immer gedacht, sie hätten uns gut vorbereitet... auf alle Eventualitäten. Aber jetzt – jetzt weiß ich, daß sie nicht einmal geahnt haben, was mit uns passieren würde, wenn man uns schnappt.«

Ein tiefes Donnern zog von Südwesten heran. Der Regen kam. Zilin schaute zum Himmel hinauf, vorbei an dem überhängenden Dach. Es war kein Licht an dem niedrigen Himmel zu sehen, außer den schwachen Reflexen von den Lichtern der schlafenden Stadt.

»Ich weiß überhaupt nicht mehr«, sagte Davies, als die ersten Tropfen auf das Dach der Villa schlugen, »wie ich hierhergekommen bin. Es ist ein langer Weg von Virginia.« Er ließ seinen Kopf zwischen seine angezogenen Knie hängen. »Ich fühle mich, als wäre ich auf einem anderen Planeten, und ich denke – ich denke, das ist das Schlimmste. So weit weg von irgend etwas Vertrautem zu sterben.«

»Du wirst nicht sterben«, erwiderte Zilin, er veränderte seine Position ein wenig, um dem Regen, der jetzt stärker fiel, auszuweichen. Er mußte an ihren wilden Ritt entlang des Jinyun Shan denken. Dann nahm er eine Zigarette heraus, zündete sie an und steckte sie Davies zwischen die Lippen. Wie gut, daß Davies' Eltern ihn so nicht sahen.

»Ich habe Angst«, sagte Davies, er rauchte nicht. »Ich habe Angst vor dem Tod. Sonst hätte ich versucht, mich in meiner Zelle umzubringen. Was wird nach dem Tod mit mir geschehen? Werde ich ins Nichts fallen? Werde ich die Kälte spüren? Wird da überhaupt etwas sein?«

»Ich bin Buddhist«, erwiderte Zilin. »Für mich gibt es keinen Himmel und keine Hölle.«

Davies warf den Kopf herum. »Was dann?«

»Einen Anfang«, sagte Zilin. »Leben – unser Leben – ist nur der Anfang einer kosmischen Reise. Und wer kann sagen, wo sie endet? Für das Leben muß man kämpfen. In jedem Augenblick. Aber den Tod sollte man nicht fürchten, mein Freund.«

Er beugte sich vor, nahm Davies die Zigarette aus den Lippen und sog den Rauch ein. Dann stieß er den Rauch langsam aus und gab Davies die Zigarette zurück.

Davies sah ihn an. »Ich bin so weit weg von zu Hause.«

»Vergiß Amerika«, sagte Zilin. »China ist jetzt deine Heimat.«

Davies legte seinen Kopf zurück und nahm einen langen Zug.

Ein Geräusch, ein scharfer Ton aus den Schatten neben dem Brunnen, und Zilin sprang auf die Füße. Er sah, daß sich eine Gestalt auf das Haus zubewegte. Vorsichtig machte er einen Schritt nach vorn, der Regen hüllte ihn ein, dann noch einen und noch einen, bis er sich in der Nähe des abgedeckten Brunnens befand.

»Senlin!«

Stolpernd legte sie die letzten Meter zurück und warf sich ihm in die Arme.

»Ah, die Liebenden!«

Zilin kannte die Stimme gut. Huaishan Han. Er tauchte aus dem Unterholz auf, der Jäger, der seine Beute in die tödlichen Gründe jagte.

»Der gute Chu hat mich angerufen, nachdem du gegangen warst«, rief Huaishan Han, während er näher kam. »Er ist ein sehr gründlicher Mann, mein Chu *tong zih*, mißtrauisch noch dazu. Und nun bin ich hier, wo du dich immer mit meiner Frau getroffen hast.«

Zilin schaute hinunter auf Senlin, die sich zitternd an ihn drängte. Es war sehr dunkel, und der Regen verwischte, was noch an klarer Sicht übriggeblieben war. Ein Donnerschlag, Finsternis, und dann erleuchtete ein Spalt von grellem Licht ihr zerschundenes, zerschlagenes Gesicht.

»Senlin, was...!«

»Ich habe dir gesagt, daß er es wußte«, schluchzte sie. »Das ist meine Strafe. Er hat mir nur ins Gesicht geschlagen und mir dabei, glaube ich, ein paar Knochen gebrochen. Aber das hat er gewollt. ›Jeder soll deine Schande sehen!‹ hat er geschrien, als er mich geschlagen hat. ›Für den Rest deines Lebens wirst du bekannt sein für das, was du getan hast!‹«

Zilin zog sie stumm an sich. Er küßte ihr Gesicht.

»Deswegen?« fragte er nach einiger Zeit. »Deswegen?«

»Nein, nicht nur wegen meiner Untreue«, erwiderte Senlin. »Sondern auch, weil ich ein Kind in meinem Bauch trage. Es ist dein Kind.«

Betäubt sah Zilin, wie Huaishan Han nach Senlins Handgelenk griff.

»Laß sie los, Verräter!« Seine Augen glühten. Sie waren stumpf wie die eines krankhaften Fanatikers.

Huaishan Han drückte eine Messerklinge gegen Senlins pulsierende Halsschlagader. »Gib sie auf, wenn du sie nicht sterben sehen willst.«

Langsam löste Zilin sich aus der Umarmung. Er beobachtete Huaishan ganz genau, wartete auf jenen Augenblick, in dem seine Aufmerksamkeit nachließ. Plötzlich duckte er sich, sprang vorwärts und rammte seinen Kopf dem anderen in den Magen.

Huaishan Han keuchte vor Schmerzen, als sein Rückgrat gegen den Rand des Brunnens mit dem Blechdeckel schlug und das Messer aus seinen fühllosen Fingern glitt.

Zilin faltete seine Hände zusammen und schlug sie herunter auf Huaishan Hans Brustbein, so daß er zusammenbrach. Dann packte er ihn an Hüfte und Bein, die lange angestaute Wut kochte wie in einem Fieber über. Er riß ihn hoch und schleuderte ihn von sich.

Huaishan Han landete hart in der Mitte des Brunnendeckels. Von Wind und Wetter durchgerostet und schon lange nicht mehr in Gebrauch, gab der Deckel nach. Huaishan Han schrie entsetzt auf, und in panischer Angst streckte er eine Hand aus und packte Senlin. Sie stürzte mit ihm in die Tiefe.

Zilin schrie in den Sturm hinein und kletterte auf den Brunnen hinauf, wobei er sich die Haut von den Knien und den Schienbeinen schabte. Der Modergeruch der Jahre schlug ihm entgegen. Er konnte nichts sehen, fühlte nur eine Hand, die nach seiner griff. Mit letzter Anstrengung schloß sich seine Hand um Finger, die glatt von Schweiß und Brunnenfäulnis waren.

Wessen Hand war es? Huaishan Hans oder Senlins? In der Finsternis konnte er es nicht unterscheiden.

Dann öffnete sich ihm der Schoß des vom Mond erleuchteten Ozeans, und er war im *Da-hei.* Er hörte das Rufen.

Ich werde ihn zerstören. Er fühlte die Stimme. *Ich muß ihn zerstören. Laß los. Laß los.*

Nein! schrie er stumm. *Nein!*

Es gibt keine andere Möglichkeit. Er tötet mich.

Er zog kräftig an der Hand. *Nein!*

Ich werde auch nicht zulassen, daß er dich tötet. Laß los, ich bitte dich.

Senlin! Die Sterne tanzten in einem merkwürdigen Licht auf dem Grund des Ozeans. *Ich kann dich retten!* Und er griff nach ihr, nicht mit der Hand und mit seinem Geist, sondern mit seinem *Qi*, griff nach ihrem Wesen, mit dem er sich so viele Male vereinigt hatte.

Und er vereinigte sich ein letztes Mal mit ihrem *Qi.*

Senlin.

Es ist die einzige Möglichkeit.

Dann ließ er die Hand los.

Eine Zeit der Bewußtlosigkeit. Minuten später – oder waren es Jahre? – kroch er herunter von dem verfallenen Brunnen. Unter dem regennassen Dach der Villa schlief Ross Davies. Zilin kroch hinein, entfloh der Kälte und der Feuchtigkeit und der Finsternis.

Im selben Augenblick roch er den ekelerregenden Geruch von Bittermandeln. Als er den Kopf drehte, sah er die Spitze des durchgebissenen hohlen Zahns und den unnatürlichen Schatten von Blau auf den stummen Lippen seines Freundes.

Vierter Teil

VIVARTASIDDHA

Leben

FRÜHLING – SOMMER

Gegenwart

Miami/Moskau/Hongkong/Shan/Washington

»Er hat sich in Luft aufgelöst.«

»Was?«

»Aufgelöst, Mann. Verstehst du, er ist verschwunden. Der Hurensohn ist weg.«

»Bennett?«

Martine Juanito Gato de Rosa legte seinen Kopf schief. »Denkst du, ich hab' alles Wasser aus deinen Lungen herausbekommen? Kann sein, ich hab' was übersehen.«

»Noch ein wenig Mund-zu-Mund-Beatmung«, erwiderte Tony Simbal, »und ich könnte mich in dich verlieben.«

Es war dunkel und kalt dort unten gewesen. Simbal hatte nie zuvor in seinem Leben so gefroren. Aber er dankte Gott für diese Kälte; das war es, was ihn wiederbelebt hatte. Ohne die Kälte wäre er wie ein Stein gefallen, in Tiefen, die der Kubaner nicht ohne Tauchgerät erreicht hätte. Simbal fröstelte, noch immer wirkten die Kälte und die Dunkelheit nach.

Die topasfarbenen Augen des Kubaners verdüsterten sich. »Was für ein verdammter Mist.« Er saß da, eingehüllt in die graue Wolldecke, auf der in schwarzen gedruckten Buchstaben MIAMI METRO POLICE zu lesen war. Den Polizisten, die aufgrund einiger Anrufe aus der Bevölkerung gekommen waren, hatte er seinen Ausweis hingehalten, und nach einigen flüchtigen Bemerkungen waren sie mit Sirenengeheul wieder verschwunden, zu dem Schauplatz eines neuen Unglücks, einem Hotelbrand in der Stadt. Die Notärzte hatten Simbals Wunden und Abschürfungen behandelt. Sie wollten ihn für einige Untersuchungen und zur Beobachtung mit ins Krankenhaus nehmen, aber er hatte abgelehnt.

»Maria war nicht wie die Huren, die man hier unten üblicherweise findet, die sich wie Hunde an einem Knochen festbeißen. Sie hatte einen brauchbaren Verstand.«

In der Kälte und der Dunkelheit konnte man nicht atmen. Und das war es, was immer noch an Simbals Bewußtsein nagte. Keine Luft, kein Leben. Er stellte sich die Lungen vor, wie sie allmählich aufhörten zu arbeiten, als die Kälte und Dunkelheit angekrochen kamen, tröpfelnd durch die Nasenlöcher, zwischen den fest zusammengepreßten Zähnen hindurch, bis sie zur Flut wurden. Ertrinken. Erneut fröstelte es ihn heftig, und er schlug die rauhe Polizeidecke noch enger um sich.

»Sieh dir meinen Anzug an«, sagte der Kubaner. Wahre Trauer lag jetzt in seiner Stimme. »Ich könnte ihn geradewegs in den Ofen werfen, das ist alles, wozu er noch nütze ist. Hast du überhaupt eine Ahnung davon, was dieser elende Bastard mir angetan hat?«

»Halts Maul.«

»Was?«

»Ich sagte, halts Maul. Die Firma hat dich doch dafür bezahlt, nicht wahr?« Er meinte die CIA.

»Gut, ja.«

»Also hör auf zu jammern.«

Der Kubaner senkte seinen Kopf. »Es ist nicht dieser verdammte Anzug, du Idiot. Scheiße, Mann.«

Simbal zitterte.

»Dieser *Hijo de puta* hat seinen Revolver auf sie gerichtet und sie einfach abgeknallt. Einfach so. Man braucht schon ein kaltes, ein sehr kaltes Herz, um das zu tun, das sag ich dir. Wie ein Voodoo-Spuk.«

»Martin, halts Maul.« Um seine Erregung zu begreifen, hörte er dem Kubaner aber sehr aufmerksam zu.

»Warum sagst du mir, ich soll das Maul halten?« erwiderte der Kubaner mit gekränkter Stimme. »Wer, glaubst du, ist ins Wasser gesprungen, zu all den Haien und der Scheiße, und hat dich herausgezogen?«

»So nah gibt es keine Haie, Martin.«

»Hast wohl noch nie etwas von dichterischer Freiheit gehört. Madre de Dios, ich habe deine ungläubige Seele vor einem Wassergrab gerettet.«

»Und ich bin dir dafür dankbar, Martin, wirklich, aber könntest du freundlicherweise, in Gottes Namen, für eine Minute deine Schnauze halten?«

Der Kubaner sah hinaus zu den Lichtern, die auf dem Wasser tanzten. »Das ist eine feine Art, Dank zu zeigen, Mann.«

»Du sagst, Bennett ist verschwunden?«

Gato de Rosa starrte ins Wasser. »Verschwunden, Junge. Wie die Flut.«

»Vielleicht aber auch nicht«, erwiderte Simbal.

Der Kubaner drehte sich um und musterte ihn. »Weißt du mehr als ich?«

»Run-Run Yi.«

»Der Chinatown Yi. Einer der drei Brüder, die den *Diqui* in New York leiten.«

»Ja, genau der. Ich habe ihn auf der Party beobachtet. Er und Bennett sprachen miteinander.«

»So?« Der Kubaner zuckte die Schultern. »Ist das nicht der Sinn und Zweck von Partys?«

»Nicht diese Party«, sagte Simbal. »Erinnere dich daran, was Bennett gesagt hat. Er hat Alan Thune ermordet. Und Run-Run Yi war Thunes großer Förderer im *Diqui*. Soviel ich verstanden habe, hatte Yi Thune für eine wichtige Position vorgesehen.«

Gato de Rosa riß seine topasfarbenen Augen weit auf. »Und du denkst...«

Simbal nickte. »Wenn mit Thune etwas nicht in Ordnung war, dann ist es gut möglich, daß bei Yi dieselbe Sache faul ist. Wer weiß, vielleicht haben beide abgesahnt, oder zumindest geplant, selber ins Geschäft zu kommen.«

»Wenn du recht hast«, sagte der Kubaner, »müssen wir nur Run-Run Yi finden, um auch Bennett zu haben, da Run-Run Yi hier ist, um Bennett auf Eis zu legen.«

»Exakt meine Gedanken.«

Der Kubaner stand auf und faltete seine Decke zusammen. »Laß mich einige Gespräche führen. Vielleicht weiß jemand, wo Yi steckt.«

Und jemand wußte es.

»Yak sagt, daß sich Run-Run Yi im Trilliant unten am Strand eingemietet hat.«

»Yak?«

»Hör zu, *Hombre,* wenn du so viele Haare hättest wie dieser Typ, dann würden sie dich auch Yak nennen.« Sein feiner cremefarbener Seidenanzug war vollkommen zerknittert und an den Knien und Ellenbogen ausgebeult. »Laß uns ein paar trockene Klamotten auftreiben.« Er streckte seine Hand aus. »Und dann Yi finden.« Er zog Simbal auf die Füße. Sie standen nebeneinander. »Wohin dieser Bastard auch gehen mag, ich werde ihm folgen.«

»Bennett ist mein Mann.«

»Jetzt nicht mehr«, sagte der Kubaner. »Nicht nach dem, was vorgefallen wist.«

Das Trilliant wurde seinem Namen wirklich gerecht. Es war ein feuriger Juwel, und seine dreieckige Pyramidenform wirkte schwindelerregend. Zwischen seiner melonenfarbenen schrägen Fassade und dem Ozean erstreckte sich ein riesiger, dreieckiger, lagunenförmiger Pool mit einer Insel voller Palmen in der Mitte, die beleuchtet war wie die Startbahn eines Flughafens.

Gato de Rosa knurrte in sich hinein, als sie anhielten und ein uniformierter Wärter ihnen den feuerroten Ferrari abnahm. »Warte, bis du erst den Golfplatz siehst«, sagte er. »Das neunte Loch verlangt schon einen Schlag. Und das Handikap am siebzehnten Loch, das enthält mehr als nur Wasser. Da haust ein verdammtes Krokodil drin.« Er lachte.

Riesige Fliesen in fahlem Rosa führten zu dem glitzernden Eingang aus Rauchglas und polierter Bronze. Palmen und Azaleen waren zu beiden Seiten angepflanzt worden. »Erste Klasse«, sagte Simbal.

»Ja«, bestätigte der Kubaner, »wenn man diese Scheiße länger als eine Stunde aushalten kann.«

Drinnen verschlug die Klimaanlage ihnen den Atem.

»Jesus«, sagte Simbal, »wo ist mein Anorak?«

»Was ist los«, fragte Gato de Rosa ihn, »hast du vielleicht was dagegen, dich zu Tode zu frieren?« Er ging hinüber zu einem großen, marmornen Tisch, auf dem eine Reihe von rosafarbenen Telefonen ohne Wählscheibe standen. Er nahm einen Hörer auf und fragte nach der Nummer von Run-Run Yis Zimmer. Die Vermittlung wollte sie ihm nicht geben, und er wollte nicht, daß sie das Zimmer anwählte.

Er schlenderte hinüber zur Rezeption und wartete darauf, daß der dunkelhäutige Portier endlich auflegte. Gato de Rosa rief ihn leise zu sich herüber und steckte ihm einen Zwanziger in die Hand. Der Schein wechselte mit der rätselhaften Gewandtheit, wie man sie an Zauberern bewundern kann, den Besitzer. Etwa eine halbe Minute sprachen sie Spanisch miteinander.

Kurze Zeit später war Gato de Rosa zurück. »Was hast du erwartet«, sagte er kurz. »Dreißig-sieben-null-eins-und-zwei. Die Suite in der obersten Etage. Das kostet fünf Scheine pro Nacht.«

»Wer hat gesagt, Verbrechen zahlt sich nicht aus?« sagte Simbal, als sie aufgestanden und zu den bronzepolierten Fahrstuhltüren gingen. Jede trug das Dreieck, das Markenzeichen des Hotels, das auch in den Teppich in der Halle eingewebt war.

»Hat dein Landsmann auch gesagt, ob der alte Yi da ist?« fragte Simbal.

»Er meinte schon.«

»Und irgendwelcher Besuch?«

Der Kubaner sah Simbal skeptisch an. »Hör mal, das war der Portier, nicht Superman. Das Trilliant ist ein verdammt großer Kasten. Eine Lastwagenladung Marines könnte hereinkommen, und niemand würde es bemerken.«

»Aber du hast doch hoffentlich sichergestellt, daß du der erste warst, der ihn heute bestochen hat.«

Gato de Rosa lachte.

Ihre Unterhaltung endete abrupt, als sie Bennett aus einem der Fahrstühle kommen sahen.

»Hijo de puta!«

Die Halle war mit sehr elegant gekleideten Gästen überfüllt. Musik hallte von links durch den Raum, und die meisten Leute bewegten sich auch in diese Richtung, zur letzten Show des Nachtclubs. Die Menge an Diamanten, die da zur Schau gestellt wurde, hätte selbst dem größten Kenner das Wasser im Mund zusammenlaufen lassen.

Bennett versuchte, sich einen Weg gegen den Strom der Menge zu bahnen. Er machte nicht den Eindruck, in Eile zu sein, und hatte sich auch nicht einmal umgesehen. Wie die meisten Verrückten war er voller Zuversicht. Simbal und der Kubaner eilten hinter ihm her, sich durch die Massen der in Ungaro und Nipon gekleideten Gäste kämpfend. Duftwolken von Norell und Chanel No. 5 senkten sich über sie.

Bennett verschwand durch eine Seitentür, und sie beschleunigten ihr Tempo. Die Tür öffnete sich zu einem engen Korridor, dessen Boden mit Kunstrasen ausgelegt war. An der Wand hing ein Schild mit der Aufschrift: In der Halle keine Schwimmanzüge erlaubt. »Scheiße«, sagte Simbal und rannte los. Er erinnerte sich, daß der Kubaner gesagt hatte, Bennett würde niemals einen Ort aufsuchen, der nicht per Boot zu erreichen war.

Sie stürzten durch Glastüren, die sich automatisch öffneten, und einen beleuchteten Swimmingpool entlang, der die Ausmaße eines Ballsaales hatte. Hinter dem riesigen Platz, auf dem mehr als hundert Liegestühle in exakten Reihen angeordnet waren, senkte sich eine breite Treppe. Drei auf einmal nehmend, sprangen sie die sandigen Stufen hinunter.

Im Schein der Pool-Leuchten konnten sie Bennett bereits vorn am Wasser sehen. Simbal beobachtete, wie er in die Brandung sprang und mit einer Drehung seines Kopfes wieder auftauchte. Ein paar kraftvolle Schwimmstöße brachten ihn hinter die Brandungslinie. Dann sprang der Kubaner ins Wasser.

Augenblicke später entdeckte Simbal das schlanke schwarze Rennboot, das an seinem Anker zerrte.

»Gott verdammt noch mal!« sagte er und lief zurück zum Hotel.

Die doppelte Mahagonitür zu der Suite war nicht verschlossen. Run-Run Yi lag auf einem seegrünen Sofa, das sich an sämtlichen Wohnzimmerwänden entlangzog. Sein flaches kantonesisches Gesicht war weiß wie Reispapier. Sein Brustkasten bewegte sich unruhig auf und ab, und seine Augen waren geschlossen.

Simbal kniete sich vor ihn hin und fühlte seinen Puls. »Ehrenwerter Onkel«, sagte er in kantonesischem Dialekt, »es wird alles wieder gut werden. Das hat dir Bennett angetan. Edward Martin Bennett. Warum?«

Run-Run Yis Augen öffneten sich, aber Simbal wußte, daß er nur noch die Bilder in seinem Kopf sehen konnte. »Bennett mußte mich töten«, sagte er leise und mit schmerzverzerrtem Gesicht.

»So wie er Alan Thune töten mußte?«

»Ja.«

»Warum?«

Yi antwortete nicht. Seine Augen verdrehten sich vor Qualen.

»Warum, Ehrenwerter Onkel? Warum mußte Bennett dich und Alan Thune töten?«

Der Chinese murmelte etwas. »Was?« rief Simbal verzweifelt.

Und als er endlich verstand, wollte er es nicht glauben. »Waffen?« fragte er. Und dann mit mehr Nachdruck: »Ehrenwerter Onkel, hast du Waffen gesagt?«

Yis Augenlider flatterten. »Ich sterbe«, flüsterte er mit erstickender Stimme. »Du mußt meine Brüder benachrichtigen.«

»Ja, ja.«

»Die Götter sind meine Zeugen«, keuchte Yi hervor. »Ich verfluche meinen Mörder bis in die sechzehnte Generation.«

»Bennett wollte dich und Alan Thune wegen Waffen umbringen?« fragte Simbal. Er war dem alten Mann jetzt sehr nah und konnte den eigentümlichen Hauch des Todes riechen, der sich auf ihn legte.

»Ja.« Yis Lippen zitterten. »Ist es kalt hier drinnen?«

»Die Waffen, Ehrenwerter Onkel.«

»Das ist die Sache der neuen Generation, wie es scheint. Von Bennett, Mako und den anderen.«

»Welche anderen?«

Yi verlor immer häufiger das Bewußtsein. Seine Augen schlossen sich mit flatternden Lidern. Er schien seine letzten Kräfte zu sammeln.

»Waffen, leichte Waffen wie die Blackman T-93 sollen wir besorgen, hat man uns gesagt. Aber mit diesen Waffen macht man keinen Profit. Wir verkaufen sie nicht.«

»Was dann?«

»Wir lagern sie.«

»In Asien?«

»Asien, Südamerika, Europa, Amerika. Überall.«

»Aber warum?«

Eine rosafarbene Blase formte sich zwischen Yis zitternden Lippen. »Thune war dagegen. Wir hätten es besser wissen müssen. Aber es ist gefährlich. Sehr gefährlich für die Welt.«

»Welche Art von Gefahr?« drängte Simbal; sein Gesicht war nur noch Zentimeter von dem des Alten entfernt.

»Die schlimmste.«

»Was meinst du damit?«

»Diese Waffen haben die Kraft, die ganze Welt zu zerstören.« Kalter Schweiß lief über Yis flaches Gesicht. Seine Haut war jetzt fahl wie der Tod. »Wenn Bennett ...«

Simbal wartete atemlos. Er konnte seinen Puls in seinen Ohren hämmern hören. Mutter Gottes, dachte er. Wo bin ich da hineingeraten? »Wenn Bennett«, wiederholte er.

»Bennett ist der Geist, der die Tür öffnet.«

Was hatte das zu bedeuten? »Wohin ist er gegangen?«

»Zum Shan«, sagte Yi und schauderte. »Zur Quelle.«

»Ehrenwerter Onkel?« Simbal griff nach seiner Hand und suchte den Puls, der nicht mehr zu finden war. Einen Augenblick später lehnte er sich zurück.

Der *Diqui* und Waffenschieberei? überlegte er. Und dann auch noch leichte Waffen wie die Blackman T-93, ein Raketenwerfer. Warum? Und wie sollten diese kleinen Waffen den Untergang der Welt verursachen können? Simbal lief ein Schauer den Rücken hinunter. Plötzlich war ihm selbst kalt wie der Tod.

»Was soll das alles bedeuten, Mann?« fragte Gato de Rosa, als er den Raum betrat. Er hinterließ Pfützen auf dem dicken Teppich.

Simbal sah ihn nicht an. »Und Bennett?«

»Das Rennboot«, sagte der Kubaner. »Es wartete auf ihn.«

Simbal seufzte. »Ich bin müde.«

»Hey, versuch nicht, mich reinzulegen«, beharrte der Kubaner. »Du hast mit dem Chink gesprochen. Ich habe dich gehört.«

»Er hat nur noch fantasiert«, sagte Simbal. Er hatte das Gefühl, als würde das Gewicht der ganzen Welt auf seinen Schultern lasten.

»Unsinn!«

»Jawohl!« schrie Simbal. Er stand auf. »Und jetzt überläßt du Bennett mir.«

»Leck mich!«

»Du hast keine Wahl. Es ist jetzt nicht mehr deine Entscheidung.«

»So, denkst du?«

Etwas in seinem Ton warnte Simbal. Er erinnerte sich an das Gefühl, als er versucht hatte, die Worte des Kubaners zu deuten, als sie unten im Yachthafen waren.

Im nächsten Moment durchquerte er das Zimmer und ging zur Tür.

»Wo gehst du hin, Mann?« fragte der Kubaner.

»Wir werden uns schon irgendwo wiedersehen, Martin.«

Gato de Rosa sprang auf. »Hey, hey, das kannst du nicht machen, Mann!«

Simbal drehte sich um. »Was willst du tun, mich beschatten?« Er grinste. »Du solltest es inzwischen besser wissen.«

Für einige Zeit herrschte Schweigen. Sie starrten sich an.

»Hey, Mann, diese Suite wird jeden Augenblick wie ein Thunfischboot zu stinken anfangen.«

»Du wirst mir jetzt sagen, wen du vom Yachthafen aus angerufen hast, Martine?«

»Ich hab' es dir doch schon gesagt.«

»Ja. Richtig.«

»Oh, Mann.« Gato de Rosa kam quer durch das Zimmer auf ihn zu. »Er sagte mir, ich solle auf dich aufpassen. Er sagte mir, ich solle dir unbedingt auf den Fersen bleiben. Ich glaube nicht, daß er dir traut, Mann.«

»Wer ist es?« Aber er wußte es bereits.

»Max«, sagte der Kubaner. »Es war Max.«

Max Threnody, dachte Simbal. Erst schickte er Monika und nun den Kubaner. Aber Gato de Rosa war ein SNIT-Mann, und Max war der Kopf von der DEA. Zum Teufel noch mal, was will Max eigentlich? fragte Simbal sich.

»Du kannst Max sagen, wenn er will, daß ich beschattet werde, dann kann er das verdammt noch mal selber machen. Ich weiß, wo Bennett hin ist, und genau dorthin werde ich jetzt auch gehen.« Mit jedem Wort kam er näher an den Kubaner heran.

»Tja, da wirst du Begleitung bekommen, *Hombre.*«

»Unsinn«, sagte Simbal und schnellte vor. Er griff in Gato de Rosas Anzugjacke und zog die winzige Kaliber 22 heraus.

»Eine Frauenwaffe«, sagte er, »aber du kennst den Schaden besser als ich, den sie aus dieser Entfernung anrichten kann.«

»Hey, Mann, hey. Bist du verrückt?«

»Nicht persönlich werden, Martine.« Simbal entsicherte die Waffe. »Geh rüber zur Couch.«

»Hey, in Gottes Namen, Mann, besinn dich!«

»Mach, was ich dir sage«, sagte Simbal heiser.

Er benutzte den Gürtel von Yis Seidenmantel, um dem Kubaner die Hände hinter dem Rücken zu fesseln. »Mir macht es im Grunde nichts aus, dich frei herumlaufen zu lassen«, sagte er. »Die Polizei wird hier sein, bevor du da alleine wieder rauskommst. Aber ich bin dann schon lange weg.«

»Wohin weg, Mann? Wohin willst du?« Die Augen des Kubaners hatten sich kaffeebraun verfärbt.

Simbal nahm die Patronen aus dem Magazin und warf sie Gato de Rosa vor die Füße. »Erzähl es Max, wenn er herkommt.« Dann warf er die Pistole hinterher. »Sag ihm, ich bin zum Shan gegangen.«

Qi lin schlief.

»Du siehst, wie fantastisch das menschliche Gehirn ist.« Huaishan Han starrte mit einer Gier auf diesen Körper, daß Chen Ju für einen kurzen Moment fast erschrocken war. »Du siehst, was für eine fantastisch komplexe Maschine es ist.« Huaishan Hans sonderbar krummer Gang wurde durch die nackte Glühbirne noch überzeichnet, was seine Gestalt geradezu grotesk erscheinen ließ. »Colonel Hu wußte und verstand das.«

»Colonel Hu ist tot«, knurrte Chen Ju.

Huaishan Han lächelte, und erneut fühlte Chen Ju einen Schauer. So lächelten die, die ein bißchen mehr als nur verrückt waren. »Immer der Pragmatiker, mein Freund, hm?« Han nickte. »Aber ich verstehe deine Botschaft.«

Er streckte die Hand aus und strich über Qui lins faltenlose Stirn. »Ja. Sie tötete Colonel Hu und entwischte aus seinem Lager. Ein schwer befestigter Militärkomplex, möchte ich hinzufügen.«

»Mir scheint demnach«, sagte Chen Ju, »daß das, was Hu mit ihr gemacht hat, nicht funktioniert hat.«

»Wirklich?« Huaishan Han setzte wieder dieses Lächeln auf, das wie eine leuchtende Sonne Hitze abstrahlte. »Colonel Hu wurde zu einer Belastung, Chen Ju. Der Krieg in Kambodscha hatte ihn unwiderruflich gezeichnet. Er war ein Meister seines Faches, wirklich. Aber er betrank sich jeden Abend sinnlos. Die Männer begannen, seine Befehle und seine Führungsqualitäten in Frage zu stellen. Du weißt, was das bedeutet. Seine Einheit war dazu ausersehen, Befehle widerspruchslos auszuführen. Das war lebenswichtig, besonders für den Tag, da sie nach Kam Sang geschickt werden sollten. Denn dann mußten sie nicht nur die Wachmannschaften entwaffnen und die Einrichtungen übernehmen, sondern auch jeden gefangennehmen – einschließlich der Mitglieder des Geheimdienstes – und uns das herausholen, was wir für unsere weiteren Pläne brauchen.«

Huaishan Han seufzte. »Sehr schnell, mein Freund, wurde Colonel Hu ein Sicherheitsrisiko.« Er streckte sich und strich erneut über Qi lins Stirn. »Mein kostbares *Lizi*, mein Pfläumchen machte, was ich ihr sagte. Denkst du etwa, es war *Joss*, das sie mit General Kuos Soldaten zusammentreffen ließ? Nein, nein. Sie war auf all das programmiert. Hu zu töten, zu fliehen und hierherzukommen.«

Chen Ju sah ihn zweifelnd an. »Und wie?«

»Damit.« Huaishan Han zog eine Flasche Alkohol hervor und ein Bündel Baumwolle. Er nahm Qi lins Arm und drehte ihn so, daß er die Innenseite des Unterarms vor sich hatte. Er nahm ein Stück getränkter Baumwolle und betupfte damit ein Stückchen ihrer Haut. Dann nahm er eine Spritze, öffnete sie und drückte ein wenig der klaren Flüssigkeit aus der Nadel. Schließlich drehte er sie herum und schob sie in Qi lins Vene. »Eine regelmäßige Dosis dieser Droge. Es war Hus eigene Entdeckung. Sie wirkt direkt auf das zentrale Nervensystem und unterdrückt das Ich und das Über-Ich. Dafür stimuliert sie die primitiven Triebe. Haß, Angst, Gier werden eine Sache von Leben und Tod. In diesem unausgeglichenen Zustand ist das Subjekt einem Klumpen Erde ähnlich, bereit, von künstlerischer Hand geformt zu werden.« Er steckte die Utensilien wieder zurück in seine Tasche.

»Und sie weiß nichts davon?«

»In der Droge ist auch ein Bewußtseinsblocker«, erwiderte Huaishan Han. »Ihr Innerstes gehört mir. Mir für immer. Durch ihr Herkommen und ihre Flucht hat sie es mir bewiesen. Aber erst jetzt hat sie die allerschwerste Aufgabe vor sich.«

Huaishan Han sah Chen Ju in die Augen. »Es haben schon viele versucht, Jake Maroc Shi zu töten. Keiner hat es geschafft. *Joss*, hm? Aber ich habe herausgefunden, daß das *Joss* wie die Gezeiten der See ist. Es steigt, es fällt. Verstehst du?«

Ich will die Welt kontrollieren, dachte Chen Ju, und dieser gebrechliche alte Kerl hat nichts anderes zu tun, als den Willen eines jungen Mädchens zu beherrschen. Es ist einfach widerlich. Er sucht nur seine persönliche Rache, was für ein närrisches Unterfangen. Der Sturz in den Brunnenschacht hat nicht nur seinen Körper verunstaltet, sondern auch seinen Geist. Früher einmal hätte er den großen Plan verstanden, an dem ich arbeite; früher einmal hätte er an meiner Seite gestanden.

Chen Ju schüttelte den Kopf. Vielleicht hatten ihn die vielen Jahre im Shan ein wenig verändert. Dort bedeutete Reichtum gar nichts – Kriegsherren spazierten durch ihre Lager, die Taschen voller Rubine, Saphire und Jade. Sie leiteten den Vertrieb der Tränen des Mohns und ernteten damit enorme Profite. Und sie hatten die Macht über das Volk. Materieller Reichtum war im Shan zweitrangig. Der Grund, warum die Amerikaner und Russen aus dem Shan ausgeschlossen blieben, war, daß sie das Volk nicht beherrschten. Die CIA und der KGB versuchten dasselbe Spiel im Shan: Jedem Geld nachzuwerfen, der einem über den Weg lief.

Aber im Shan lachte man nur über die Westler; die Kriegsherren spotteten über sie und vertrieben sie. Die Macht hatte, wer die Verteilerwege kontrollierte. Wer die Bauern, die den Mohn auf ihren Feldern anbauten, kontrollierte, wer die Soldaten, die die Fabriken, wo das Rohopium verarbeitet wurde, befehligte.

Und falls Chen Ju irgend etwas gelernt hatte während seiner langen Verbannung aus Hongkong, dann war es das: daß die wahre Macht eines Menschen in der Beherrschung seiner Mitmenschen liegt. Jene, die nur reich waren, erlagen einer Täuschung.

Huaishan Han, dem so lange wahre Macht vorenthalten geblieben war, hatte seine Villa angefüllt mit den gesammelten archäologischen Reichtümern der Jahrhunderte. Aber was für einen Sinn hatte das? Wenn er starb, würde dieser Reichtum neu aufgeteilt, zerstört, verstreut wie Sand im Wind. Was würde zurückbleiben? Nichts.

Aber Chen Ju wußte, daß das, was er angefangen hatte, die Welt für alle Zeiten verändern würde. Wie der Pharao Cheops baute er ein ewiges Denkmal, um von seiner kurzen Zeit auf der Erde Spuren zu hinterlassen.

Die Gier überlasse ich niederen Geistern, sagte er sich selbst. Und er erkannte Gier in Hans Gesicht, als er auf das Gesicht des schlafenden jungen Mädchens starrte, das so wichtig für ihn geworden war. Er sehnt sich nach etwas, das er nie haben wird, dachte Chen Ju, und das ist eine treffende Beschreibung für Gier: Er sehnt sich nach einem Kind. Sein brennender Haß auf Shi Zilin rührte von diesem Verlust her. Und vielleicht war das auch die Wurzel seiner Manie für dieses arme Mädchen; warum er sie offensichtlich so vergötterte, warum er nicht verstehen konnte, wie sehr er sie quälte.

Als er Huaishan Han ansah, war Chen Ju betroffen von der Zerstörung, die die Zeit an der Seele und dem Körper eines Sterblichen anrichten konnte. Noch ein Grund mehr, sagte er sich, weiterzumachen mit dem, was ich zu tun habe. Die Welt wird in ein neues Zeitalter eintreten.

Daniella Vorkuta erhielt ihre Geheimberichte von Mitre – das war Sir John Bluestones Codename im KGB – jeden Donnerstagmorgen. Sie kamen verschlüsselt über einen Sonderkurier, und es war Daniellas Gewohnheit, sich eine Stunde vor dem Mittagessen etwas abseits zu setzen und die Fortschritte ihres besten Agenten, das Geheimnis von Kam Sang zu lüften, genauestens zu studieren.

Dieser Donnerstag war jedoch ein Alptraum. Sie wurde von dem Offizier vom Dienst aus dem Schlaf gerissen, der Geheimdienst der Armee brauchte dringend eine Verbindung zu ihren Leuten in Afghanistan. Sie erledigte den Fall, während sie sich anzog. Im Büro mußte sie dann allerdings feststellen, daß es bei nicht weniger als vier Operationen Schwierigkeiten gab; und zwei davon waren in der Endphase, was ihre ungeteilte Aufmerksamkeit verlangte. Also gab sie den betreffenden Offizieren ausführliche Anweisungen, die Hindernisse und Fallen zu umgehen, damit ihre Agenten am Leben und in Funktion blieben.

Die Mittagszeit brachte keine Erholung, da der dahinfliegende Morgen es erforderlich gemacht hatte, die üblichen Besprechungstermine aufzuschieben, bis die Missionen ihre kritische Phase durchschritten hatten.

Ein Dutzend Abteilungsleiter wartete dringend auf ihr Erscheinen, so daß die gesamte Runde der morgendlichen Treffen in die Mittagsstunden verlegt wurde.

Der Nachmittag verlief nicht weniger schlimm. Sie mußte sich anhören, daß trotz ihrer großen Anstrengungen einer der Agenten vor Ort von der Gegenseite hochgenommen worden war. Noch schlimmer war, daß man ihn lebend gefangengenommen hatte. Daniella war also gezwungen, vorsichtige und erniedrigende Verhandlungen zu beginnen, um ihn wieder freizubekommen.

In dieser Nacht gingen sie und Carelin nicht nach Hause. Er führte sie in ein kleines Apartment in der obersten Etage eines roten Backsteinhauses in der Solyanka-Straße, unmittelbar neben dem Pokrovsky, einem der grünen Boulevards, die ihren Namen den vielen Rasen- und Parkflächen verdankten. Aus einem der kleinen Fenster konnte man die Ustinsky-Brücke sehen und die Lichter, die auf der dunklen Moskwa glitzerten. Die Aussicht sei besser gewesen, sagte Carelin zu Daniella, bevor die Traktoren und Straßenbaumaschinen gekommen waren, um die Sackgasse nach dem neuen städtischen Verkehrsplan zur Internatsionalskaya und Ulyanovskaya zu verlängern, um so eine Verbindung zwischen dem Boulevard und dem Südufer der Moskwa zu schaffen.

Sie waren wegen Carelin hierhergekommen. Oder, besser gesagt, er konnte es nicht länger ertragen, daß dieser Maluta sie ständig bewachte. Diesen Platz kannte niemand. »Ich habe es satt, mit dir zu schlafen«, sagte er, »während uns Malutas Leute aus dem Dunkeln beobachten.«

Viel zu erschöpft, um noch etwas essen zu können, hatte Daniella ihre Kleider ausgezogen und sich dann so lange unter die Dusche gestellt, daß Carelin sich schließlich gezwungen sah, heftig gegen die Tür zu hämmern und zu fragen, ob sie jemals wieder herauskommen würde.

Schließlich tauchte sie wieder auf, ohne Lächeln, eingewickelt in ein dickes Handtuch, made in America. Ihre grauen Augen trafen die Carelins, er beugte sich vor und küßte sie zärtlich auf die Wange. Dann ging er selbst ins Badezimmer und schloß die Tür. Kurze Zeit später hörte sie das Geräusch der Dusche.

Daniella lag auf dem Bett, hörte dem Trommeln des Regens zu und beobachtete die grellen Lichtfetzen der Blitze, die die Schatten wie Messer zerschnitten. Sie schloß die Augen und erinnerte sich, daß sie den neuesten Bericht von Mitre noch nicht gelesen hatte.

Sie war so müde, daß sie flüchtig daran dachte, ihn bis zum nächsten Morgen liegenzulassen. Aber schließlich besiegte die Gier, endlich alles über Kam Sang wissen zu wollen, ihre Lethargie. Sie drehte sich herüber und zog das Papier aus der Tasche. Den Bericht hier zu lesen, war nicht weiter gefährlich. Durch den Code konnte ihn niemand außer Mitre und sie entziffern.

Sie stützte sich gegen das Kissen, schlitzte den Umschlag auf und begann zu lesen.

Etwas später legte sie die dünnen Blätter beiseite und starrte auf die Badezimmertür, als hätte sie plötzlich einen Röntgenblick. Dann setzte sie sich auf und las den Bericht ein zweites Mal. Er enthielt die Information, die Neon Chow an Bluestone über Apollo, den Spion der *Pyramide*, gegeben hatte. Die letzte Zeile enthielt den Namen Apollos: Mikhail Carelin.

Als Daniella den codierten Namen las, zog sich ihr der Magen zusammen, und sie schluckte, überwältigt von Übelkeit. Sie legte ihren Kopf zurück in das Kissen und tat nichts, außer für lange Zeit nur tief durchzuatmen.

Mikhail Carelin arbeitete als Agent für eine fremde Macht – für ihren größten Feind!

Jetzt, da sie es wußte, war es an der Zeit, sich klar darüber zu werden, welchen Auftrag er hatte. Sie mußte über Wege nachdenken, ihn umzudrehen. Oder, als andere Möglichkeit, ihn vor Gericht zu bringen. Schließlich war er ein Verräter.

Aber sie dachte an nichts dergleichen. Mit einem Schaudern bemerkte sie, daß es ihr gleichgültig war. Verräter oder Patriot, es machte absolut keinen Unterschied. Carelin war noch immer der

Mann, den sie liebte. Und sie wußte, daß sie nichts tun würde, was ihre Beziehung zu ihm gefährden könnte.

Daniella Vorkuta war, obwohl sie in der sowjetischen Eliteunterwelt, der *Sluzhba*, groß geworden und trainiert worden war, doch ein Mensch geblieben. Plötzlich wurde ihr klar, wie wenig ihr der Rang eines Generals bedeutete, oder ihre Berufung an die Spitze des Ersten Direktoriums und sogar, Gott bewahre, ihr Einzug ins Politbüro.

Ihre Karriere, ihr Leben im Geheimdienst bedeuteten ihr nichts. Was für einen Grund konnte das haben? Wie war das möglich? fragte sie sich. Sie legte ihre Fingerspitzen auf ihren Unterleib, strich über ihre Schenkel und schob ihre Finger in die Hitze zwischen ihren Beinen, bis sie sich ihrer Sache sicher war. Ihr Körper verriet ihr, daß es die richtige Zeit war, ein Kind zu empfangen. Ihre Hände zitterten, als sie sie wegzog. War sie verrückt geworden? Es gab keine andere rationale Erklärung. Aber sie wußte, daß diese Entscheidung nichts mit Rationalität zu tun hatte. Sie war nur von Gefühlen bestimmt. Das war der wahre Unterschied zwischen Mann und Frau.

Wenig später kam Carelin ins Schlafzimmer getrottet. Er sah, daß sie nicht las, vielleicht schon schlief, denn sie hatte die Lampen gelöscht. Als er sich ihr näherte, streckte sie sich wie im Schlaf und drehte ihren nackten Körper zu ihm. Ihre Finger berührten ihn und begannen ihn zu massieren.

»Danushka?« flüsterte er. »Bist du noch wach?«

Sie drückte ihre Brüste an ihn, strich damit über seinen Körper. Ihre Lippen öffneten sich und umschlossen ihn mit feuriger Hitze. Ihre Zunge fuhr an seinem Glied hoch und liebkoste es.

Sie rieb sich an ihm, bis er stöhnte und seine Hände sie auf ihn zogen. Er drang mit einem Stoß in sie ein, dann bäumte er sich auf und fühlte, wie sein heißer Samen tief in sie schoß, wie sie mit ihm kam. »Mikhail, Mikhail, Mikhail!« rief sie, und er spürte ihr tränennasses Gesicht.

Bliss fühlte die Kugeln kommen – eine, zwei, drei, vier, fünf! – wie Silberblitze, wie das mörderische Grinsen einer hungrigen Tibetkatze im smaragdgrünen Dschungel.

Weiß auf schwarz sah sie ihre kurze sirrende Reise im *Da-hei*, in der großen Dunkelheit.

Als sie den Mann, der neben ihrem linken Ellenbogen saß, durchschlugen, schrie sie laut auf. Big Oysters Pok zuckte bei jedem Schuß auf und nieder wie eine Marionette, deren Fäden von einem Verrückten oder Betrunkenen geführt wurden.

Kurz davor jedoch hatte Bliss den Tisch umgekippt, Gläser, Geschirr und die Reste der Mahlzeit fielen zu Boden. Doch nun waren sechs Zentimeter massives Holz und eiserne Beschläge zwischen ihr und der sechsten Kugel, die sich, anstatt in ihr Herz, in den Tisch bohrte.

Von ihrem Platz aus konnte sie die untere Hälfte von Big Oysters Poks Körper sehen, seine Füße lagen auf seinem umgekippten Stuhl. Blut lief dunkel über den Boden.

Sie wandte sich von dem Attentäter ab, der sich herumwarf und, die Schulter voran, zwischen den chinesischen Kellnern und den schreienden *Gwai-loh*-Gästen hindurch ins Freie flüchtete. Auf Knien rutschte sie zu Big Oysters Pok hinüber.

Fünf Kugeln hatten ihn getroffen, und das *Da-hei* verriet ihr, daß sein Leben erloschen war. Dennoch legte sie ihre Finger an seinen Hals, weil sie Gewißheit wollte. Kein Puls mehr. Sie beugte sich hinunter und legte ihre Lippen nahe an seine. Auch kein Atem.

Sie war ihm so nah gewesen. Bliss schloß die Augen und seufzte. Nun hatte sie nichts mehr, womit sie weitermachen konnte. Plötzlich stand sie bei ihrer Suche nach den Mördern des Jian vor einer Wand.

Alles, was Huaishan Han erblickte, wenn er in ihr Gesicht sah, war der Brunnen. Er starrt in Qi lins Gesicht und sah Wahnsinn. Der Brunnen war der Wahnsinn.

Echos. Naßkalte Echos, Schlamm, Schimmel, Rost und Schmutz. Schmieriger Schleim, der einem über die Hand lief. Die entsetzlichen Qualen der Folter, mit dem ganzen Gewicht des eigenen Körpers an den eigenen tauben Fingern zu hängen für – wie lange? Buddha, für wie lange?

Für eine Ewigkeit. Nicht einen Moment weniger.

Als er jetzt in Qi lins Gesicht den Wahnsinn sah, wußte er nicht mehr, ob es ihrer oder seiner war. Er dankte Buddha für sein großes Glück. Oh, sein *Joss* mußte wirklich groß sein! Colonel Hus Gehirnwäsche hatte gewirkt. Chen Ju hatte ihn angewiesen, und er hatte die Informationen an Hu weitergegeben. Die beste Stelle für einen Grenzübertritt war für jemanden, der vor der chinesischen Regierung flüchtete, dieser Abschnitt der burmesisch-chinesischen Grenze.

Die Shan-Staaten lagen in einer wilden und höchst unfreundlichen Region. Die verschiedenen Stämme – die Shan, Wa, Lahu, Akha, Lu, Lisu – hatten sich während des 15. Jahrhunderts in dieser Gegend angesiedelt. Und entschlossen hatten sie in ihrem Freiheitswillen den Versuchen der verschiedenen burmesischen Regierungen widerstanden, sie in die Nation einzuverleiben.

Noch heute waren viele der Kriegsherren, die über Stammesarmeen und Lehen von mittelalterlichem Zuschnitt regierten, Nachkommen – oder behaupteten es zumindest zu sein – der urpsünglichen *Sawbwas*, der Erbprinzen des Shan. Andere Kriegsherren waren abtrünnige Offiziere der chinesischen Armee, die von Macht und Reichtum in den Shan gelockt worden waren.

Und von allen Kriegsherren hier im Shan war General Kuo der mächtigste.

Er kommandierte mit Abstand die meisten Männer, und sie waren gut genug bewaffnet, um die chinesische Armee von einem Eindringen in sein Gebiet abzuhalten. Wie hätte sie es also schaffen sollen, nicht von einer seiner Grenzpatrouillen gestoppt zu werden?

Qi lins Schönheit stach ihm wie ein Pfeil ins Herz. Erst jetzt, da sie zurückgekommen war, wurde ihm bewußt, wie sehr er sie vermißt hatte. Sie war die Enkeltochter seines Feindes. Shi Zilin lebte durch sie weiter, wie er es auch durch Jake Maroc tat. Shi Jakes Tochter zu benutzen, um ihn zu ermorden, dieser Plan zeigte besondere Ironie. Der Gedanke ließ ein Lachen in Huaishan Hans Kehle hochsteigen.

General Kuo mochte Hans Lachen nicht. Es war abstoßend und eigenartig obszön, wie ein alter Mann, der unter den Rock eines jungen Mädchens schielt, um einen Blick auf etwas Reines und Rosiges zu erhaschen.

General Kuo sagte jedoch kein Wort davon. Er bekam eine königliche Summe für die Überwachung der Ernte und der Verarbeitung der Tränen des Mohns, und nicht dafür, daß er sich über irgend jemanden eine persönliche Meinung leistete. Die Produktion von Opium der Qualität Nummer vier war seine Hauptaufgabe. Seine zweite Aufgabe war es, die amerikanische CIA, den russischen KGB und die chinesische und die burmesische Armee im Zaum zu halten. Ansonsten scherte sich niemand darum, was er tat oder nicht. Außerdem bewunderte er Huaishan Han mehr als sonst jemand.

General Kuo wußte, daß er auf der Stelle zwanzig Mann erschießen lassen könnte, und Huaishan Han würde nicht einmal seinen Kopf nach ihnen umdrehen. Das Hochplateau im Shan war General Kuos Revier, ohne jede Einschränkung. Und Huaishan Han hielt sich daran.

Aber es war General Kuo gewesen, der Huaishan Han aus der grauenvollen Tiefe des stinkenden Brunnenschachts in den ›Duftenden Hügeln‹ gerettet hatte. Kuo war damals noch nicht General gewesen. Aber sein schneller, gewitzter Verstand hatte ihn schon immer von seinen Zeitgenossen unterschieden, die damit zufrieden schienen, ihre Köpfe in jenen Sand stecken zu können, der aus der Wüste Gobi herangeweht wurde.

General Kuo hatte es nie geschätzt, Befehle entgegennehmen zu müssen. Er war zum Militär gegangen, weil für ihn die Armee gleichbedeutend mit Macht war. Er sehnte sich nach Macht, wie andere Menschen Nahrung und Schlaf brauchen. Kuo konnte sich nicht daran erinnern, daß er je länger als drei Stunden in der Nacht geschlafen hatte; er hatte es nie gebraucht. Was er brauchte, war Macht.

Er war kein Politiker. Er hatte einen unglaublich systematischen Verstand. Disziplin. Er wurde mit einem disziplinierten Verstand geboren. Er war wie gemacht für die Armee – außer daß er es zurückwies, Befehle von Höheren entgegenzunehmen, die ihm nur dem Rang nach überlegen waren.

Schon in jungen Jahren hatte General Kuo das *Wei qi* entdeckt, das Brettspiel der meisterhaften Strategie. Er erlernte es, indem er einen alten Mann beobachtete, der jeden Tag im Park alle Herausforderer besiegte. Fast sechzig Jahre war Kuo jetzt mit dem *Wei qi* vertraut, und niemals wieder war ihm ein Spieler begegnet, der es mit dem alten Mann im Park hätte aufnehmen können.

Zu dieser Zeit war Shi Zilin zu Mao gegangen, um ihm aufzudecken, was er über den persönlichen Mißbrauch von Geldern aus dem verruchten Opiumschmuggel erfahren hatte. Sofort war eine großangelegte Untersuchung eingeleitet worden, in deren Verlauf sowohl Lo Juich'ing als auch K'ang Sheng entlastet wurden. Huaishan Han jedoch, der als tot galt, wurde entlarvt, sich den Plan allein ausgedacht und in die Tat umgesetzt zu haben.

Wie alle, hatte natürlich auch Kuo von der Sache gehört. Es war eine Woche nach dem Ereignis im Xiang Shan gewesen, und weil das Wetter mild und angenehm war, machte Kuo nach dem Essen mit seiner jungen Freundin einen Spaziergang im Park.

In Wahrheit hatte er diesen Park und genau diesen Fleck, Shuang jing, das Haus mit den zwei Brunnen, absichtlich gewählt. Er war teilweise an der Untersuchung beteiligt gewesen und deshalb in eine Menge von Informationen eingeweiht, die der Öffentlichkeit nicht zugänglich waren. Sein Plan war, die Ereignisse der vergangenen Woche und seine Rolle bei den anschließenden Nachforschungen mit grausigen Details auszuschmücken, um damit das junge Mädchen nachhaltig zu beeindrucken.

Er sollte dazu jedoch keine Gelegenheit bekommen. Sie schrie schon, bevor er noch mit seiner sorgfältig vorbereiteten Geschichte begonnen hatte. Er drehte sich um. Das Mondlicht glitzerte wie das Metall über den beiden Schächten. Seine Freundin streckte die rechte Hand aus, die linke hatte sie vor Entsetzen auf den Mund gepreßt, und Kuo machte sich daran, die Sache zu untersuchen.

Was er im ersten Moment für Splitter des zerbrochenen Deckels gehalten hatte, entpuppten sich bei genauerer Betrachtung als krallenartige Finger, die Glieder weiß vor Anspannung.

Kuo starrte über den breiten Steinrand des Schachtes und konnte ein Paar Augen ausmachen, hell leuchtend wie die eines Nachttieres, die ihn aus der stinkenden Finsternis anglotzten.

Es war Huaishan Han, übel zugerichtet und das Gesicht bis zur Unkenntlichkeit verschwollen. Sein Rücken war gebrochen, oder zumindest einige Wirbel seines Rückgrats. Er war wie ein Buckliger, als Kuo ihn aus seiner Hölle, in der er sich eine volle Woche festgeklammert hatte, zog. Kuo war überrascht, daß ein Mensch, der nur Regenwasser zu sich genommen hatte, dort unten so lange hatte überleben können. Deshalb hatte er vor Huaishan Han eine Art Ehrfurcht, als wäre er ein Übermensch.

Es war Huaishan Hans großes Glück, von Kuo gerettet zu werden. Aber auch für Kuo sollte es sich als Glück erweisen.

Praktisch jeder andere Soldat hätte seinen Vorgesetzten informiert, und Huaishan Han wäre in ein Militärhospital gebracht worden, wo er, nachdem er sich erholt hatte, wegen seiner Verbrechen vor ein Geheimgericht gestellt worden wäre. Und die Strafe wäre in der Tat furchtbar gewesen.

Kuo jedoch sah in der Situation die Möglichkeit für sich, der Armee zu entkommen. Er erkannte, daß Huaishan Hans Plan ihm soviel Macht und Reichtum eintragen konnte, wie es selbst seine kühnsten Träume übertraf. Deshalb wurde die Sicherheit des Verunglückten sein oberstes Ziel. Kuo wußte, daß er Huaishan Han nicht nur beschützen, sondern auch noch vor der Regierung verstecken mußte.

Deshalb brachte er den verletzten Huaishan Han mit Hilfe seiner Freundin zu seinem Dienstwagen. Er wußte, daß er das Mädchen mitnehmen mußte, um hundertprozentige Sicherheit zu haben. Für Kuo war alles klar, aber da er sich bei dem Mädchen nicht so sicher war, mußte er sie belügen. Und das konnte er gut. Beim *Wei qi* war es Teil der Strategie, durch Scheinangriffe in das feindliche Gebiet seine wahren Absichten zu verheimlichen, bis es für den Gegner zu spät war, ihnen entgegenzuwirken.

Kuo fuhr die ganze Nacht durch. Er wollte vor dem Morgengrauen einen möglichst großen Abstand zwischen sich und Peking bringen. Im Süden kannte er Leute, denen er vertrauen konnte, und andere, da war er sich sicher, die Huaishan Han helfen würden, wieder bei dem Opium-Geschäft mitzumischen.

Wie sich herausstellte, hatte Kuo auf die richtige Karte gesetzt. Der Verletzte wurde unter falschem Namen in ein Krankenhaus gebracht. Er galt als einer der vielen Verwundeten, die aus dem Koreakrieg heimkamen. So war es leicht, seine Identität zu verwischen, und keiner im tiefen Süden würde Huaishan Hans Gesicht je erkennen.

General Kuo stand jetzt am Fuß der Treppe zu seiner Hütte hoch oben auf dem Shan-Plateau und ließ seinen Blick über das geschlossene grüne Dach des Dschungels wandern. Die lila und weißen Berge von Nord-Burma ragten rings um ihn in den Nachthimmel. Er dachte an sie wie an einen Teil seiner Armee, es waren große Wachtposten der Natur, die er zu seinem Vorteil zu nutzen gelernt hatte.

So hatte alles angefangen, dachte er. Mit dem Verlangen eines jungen Mannes, eine Frau zu beeindrucken, und mit einer wilden Autofahrt nach Süden. Ein Traum, den er Wirklichkeit hatte werden lassen. Denn er hatte alles erreicht: Er war der Herrscher über Tausende von Menschen; seine Taschen waren vollgestopft mit faustgroßen Rubinen und Saphiren. Jedem *Tai pan* in Honkong konnte er das Handelshaus abkaufen, wenn es ihm in den Sinn kommen sollte.

Doch er wußte, daß er das niemals tun würde. Seine Heimat war hier. Hier war er Herrscher. Mehr, er war Gott.

Der Shan.

Nur der Berg weiß ... Hige Moros letzte Worte gingen Jake auf seinem Weg zurück nach Hongkong nicht aus dem Sinn. Welcher Berg? Sicherlich konnte der Yazuka *Oyabun* nichts über den Berg wissen, mit dem sich Jake abplagte. Der Berg von Shi Zilin, Jakes Vater, der Berg des Jian, des *Zhuan*.

Welcher Berg konnte einen kommunistischen Minister aus China und einen Führer der japanischen Unterwelt verbinden?

Mikio Komoto hatte es nicht gewußt und Jake ebensowenig. Mikio war vollkommen überrascht gewesen von Hige Moros Enthüllungen, und wenn Moro nicht am Rande des Todes gestanden hätte, so sagte er, hätte er sie auch mit leichter Hand beiseite geschoben. Er selbst mochte glauben, daß Hige Moro sie zum Narren hatte halten wollen. Aber Jake war sich nicht so sicher.

Zum einen war die Geschichte zu unwahrscheinlich, um nur ein makabrer Scherz zu sein. Zum anderen hatte Jake dem *Oyabun* in die Augen gesehen, während er es erzählte. Jake konnte wetten, daß er darin die Wahrheit gesehen hatte.

Als der 747-Jumbo auf der Landebahn von Kai Tak aufsetzte, war er noch immer nicht zu einem endgültigen Entschluß gekommen. Er hatte gehofft, während des Fluges ein wenig schlafen zu können, aber seine Gedanken hatten ihn nicht zur Ruhe kommen lassen.

Also kam er übermüdet zu Hause an, und jeder Knochen im Leib tat ihm weh.

Er verließ den Flughafen unter düsteren und gewittrigen Wolken. Ihr blaugeflecktes Lila dominierte einen bedrohlichen Himmel. Der Victoria Peak war eingehüllt in Finsternis, und von Zeit zu Zeit zuckte ein fahler Blitz wie eine Vipernzunge auf.

Auch in seinem Apartment im Cloud Levels auf dem Peak war es stockfinster. Ohne Bliss erschien ihm die Wohnung verlassen und kalt. Er stellte seine Taschen ab und ging sofort ins Badezimmer. Als er fünfundvierzig Minuten später eine kleine Tasse Saki in der Hand hielt, fühlte er sich zum erstenmal an diesem Tag halbwegs wie ein Mensch.

Während er noch zum Fenster auf die Wolkenschwaden hinaussah, griff er zum Telefon und rief seinen Onkel an. Die Nässe, die die Scheiben hinunterlief, hatte nur wenig Ähnlichkeit mit Regen. Der Himmel schien bittere Tränen zu weinen.

Er begrüßte einen seiner Cousins und hatte kurz darauf Three Oaths am Apparat.

»Ich bin zurück, Onkel«, sagte er. »Und ich weiß jetzt, wer meinen Vater getötet hat.«

»Weißt du auch, warum?«

»Noch nicht ganz. Die vollständige Antwort auf diese Frage war in Japan nicht zu finden.«

»Geht es dir gut, Neffe?«

»Das hängt davon ab, was du unter ›gut‹ verstehst«, erwiderte Jake. »Es geht so. Und wie geht es Bliss?«

Es gab eine kurze Pause. »Sie ist aus dem Krankenhaus entlassen worden, Neffe. Aber ich denke, du kommst besser sofort runter zur Dschunke.«

Jake fühlte die Spannung zurückkommen, das flaue Gefühl im Magen. »Geht es ihr gut, Onkel?«

»Jemand hat versucht, sie zu töten.«

»Wer?«

»Jemand«, sagte Three Oaths, »den du gut kennst. Das große Pißgesicht.«

»McKenna? Ian McKenna? Warum?« Jake wußte, daß er schrie, aber es war ihm egal.

»Meine Tochter hat darauf bestanden, die Opalmine selbst auszubeuten, Neffe. Die Spur führte zu Big Oysters Pok. Sie aßen gerade zu Abend, als das große Pißgesicht ihn erschossen hat. Und fast auch Bliss.«

»Ist sie verletzt?«

»Körperlich nicht«, sagte Three Oaths. »Ich bitte dich noch einmal, Neffe, komm zur Dschunke. Es gibt viel mehr zu . . . Neffe? Neffe? Jake, bist du noch dran?«

Er war es nicht.

Um halb acht Uhr abends nahm Rodger Donovan das Gespräch auf dem starken Kurzwellensender, den er selbst gebaut und in einer Ecke des ausgebauten Dachbodens in Greystoke installiert hatte, entgegen. Er war gerade von einer langen, berauschenden Fahrt mit seiner Corvette zurückgekommen.

Donovan liebte dieses Auto, verehrte es geradezu, wie er sich auch danach gesehnt hatte, Leslie zu lieben, wie er sich danach gesehnt hatte, Daniella Vorkuta zu lieben.

Er kannte jeden ölverschmierten Zentimeter seines Wagens, was mehr war als alles, was er je von einer Frau gewußt hatte. Donovan, der eine besondere Gabe für Maschinen und Männer hatte, hatte die merkwürdige Logik der weiblichen Psyche nie begreifen können.

Das war die Schwäche, die, hätte er je darüber nachgedacht, wäre er vielleicht sogar selbst darauf gekommen, die Daniella vor Jahren entdeckt und rücksichtslos ausgenutzt hatte. Während ihrer gemeinsamen Monate in Paris war es ihr gelungen, ihn anzuwerben. Zum einen, weil er glaubte, sie zu verstehen und es dennoch nicht tat, zum anderen, weil sie bei ihm auf eine tiefe Antipathie gegen das Elitesystem, das ihn selbst hervorgebracht hatte, gestoßen war.

»Drei-vier-sieben-acht«, sagte er ins Mikrophon.
»Ja, ich bin da.«
»Daniella«, sagte er, »steckst du immer noch bis zu den Hüften im Schnee?«
Sie kühlte seine heitere Stimmung mit ihrer ersten Frage ab. »Was weißt du über Apollo?«
»Apollo?« Sein Verstand funktionierte wie ein Computer; er versuchte den Namen einzuordnen. »Nichts.«
»Bist du sicher?«
»Ja, absolut. Kannst du mir nicht einen Tip geben?«
»Was?«
»Wer oder was ist Apollo?«
»Ein Spion«, sagte sie, »im Kreml. Ein *Pyramide*-Mann.«
»Unmöglich. Ich...«
»Er war ausschließlich Henry Wunderman bekannt.«
»O Gott.« Er starrte aus dem Fenster. Die sanften Hügel hatten sich gegen die untergehende Sonne eingedunkelt. »Weißt du, wer er ist?«
»Mikhail Carelin.«
Er blinzelte verwirrt. »Genachevs Berater?«
»Genau der.« Es entstand eine lange Pause. »Hör zu. Apollo war Henry Wundermans Mann. Das heißt, er wußte, daß Wunderman nicht Schimäre war.«
»Jesus!« Donovan biß die Zähne zusammen. Er versuchte, seine Angst abzuschütteln und begann angestrengt nachzudenken. »Weißt du, wer Apollos neuer Kontakt ist?«
»Ja«, erwiderte Daniella. »Jake Maroc.«
»Wieder Maroc.« Adrenalin schoß durch Donovans Venen. Die grünen Berge Virginias glühten jetzt entlang der Kammlinie. »Irgendwie habe ich immer gewußt, daß ich noch einmal von ihm hören würde. Kurz nachdem er Wunderman ermordet hatte, habe ich versucht, ihn wieder anzuheuern. Ich dachte instinktiv, es sei ein günstiger Zeitpunkt. Aber er wollte nichts mehr mit der *Pyramide* zu tun haben.«
»Jetzt scheint er sich wieder für sie zu interessieren«, sagte Daniella. »Und erst recht, wenn Apollo Maroc sagen wird, daß er sich in der Identität von Schimäre geirrt hat. Was, denkst du, wird Maroc tun, wenn er herausfindet, daß er nur aufgrund unserer gefälschten Berichte Henry Wunderman umgebracht hat? Wunderman war Marocs Lehrer; Maroc hat ihn geliebt wie einen Vater.«
»Das mußt du mir nicht sagen.« Donovans Augen starrten ins Leere, während er das Problem durchdachte. Er zauberte etwas hervor, verwarf dann aber eine Möglichkeit nach der anderen. »Ich glaube, wir haben keine Wahl«, sagte er vorsichtig. »Wir müssen ein für allemal mit Mr. Maroc fertig werden.«
»Ehrlich gesagt«, erwiderte Daniella, »glaube ich nicht, daß du

einen Agenten hast, der für den Job geeignet ist. Und das ist eine Aufgabe, die man nicht zweimal vergeben kann.«

Donovan dachte an den Spätnachmittag, als er nur so zum Spaß mit der Corvette durch die Gegend gejagt war. »Mach dir darum keine Sorgen.« Sein Verstand liebte es, der Gefahr unmittelbar ins Auge zu sehen. »Selbst wenn es jemand gäbe, würde ich diese Sache niemandem anvertrauen. Es würde zu viele Fragen geben.« Der Verstand mochte es, hin und wieder auf diese Weise getäuscht zu werden; es rüttelte die Gedanken auf und ließ sie in neue Richtungen wandern.

»Weißt du, wo Maroc zur Zeit steckt?«

»Er ist gerade in Hongkong«, sagte Daniella. »Mitres Leute überwachen ihn strengstens.«

»Gut«, erwiderte Donovan. »Halte mich auf dem laufenden.« Er erinnerte sich an die scharfe S-Kurve, die er mit fünfundachtzig genommen hatte. Und vor ihm der Berg, ein smaragdgrüner Fleck, der sich vor ihm auftürmte. »Ich werde mich selbst um Jake Maroc kümmern.«

Ian McKenna lebte in einem heruntergekommenen Haus in Dragon's Back, einem Gebiet im Südosten der Insel, mit dem Norden durch den Mount Collinson und mit dem Süden durch die D'aguilar-Park-Halbinsel verbunden.

Es war eine zum größten Teil ziemlich verkommene Gegend und untypisch für das übrige Hongkong. Die Topographie, zum Beispiel, glich mehr der Australiens. Jake nahm an, daß McKenna deshalb diesen Ort ausgewählt hatte.

Jake lenkte den Jaguar an den Straßenrand und stoppte den Motor. Er war noch ungefähr tausend Meter vom Haus entfernt. Die letzten eineinhalb Meilen war er ohne Licht gefahren. Die Straße war zu hügelig, weshalb man die Lichter seines Autos weit hätte sehen können. Anderen Wagen war er nicht begegnet, und er selbst hatte das große Pißgesicht nicht warnen wollen.

Er stieg aus und ließ die Tür offen. Geräusche waren hier draußen ebenso wie Licht weit wahrnehmbar. Hinter ihm schimmerten die Lichter vom Peak, rechts die von Aberdeen durch den Regen. Jeder in Hongkong freute sich über Regen. Denn solange die Entsalzungsanlage von Kam Sang nicht in Betrieb gegangen war, litt die Kronkolonie unter einem chronischen Wassermangel.

McKennas Augen wurden riesig vor Staunen, als er Jake zur Tür hereinkommen sah. Er saß in eine Ecke gekauert, den Rücken an der nackten Wand. Alle Bilder und Gemälde waren heruntergerissen und lagen wie die zerfetzten Überreste einer Schlacht in einem Wirrwarr von zerbrochenem Glas und zerschmetterten Rahmen auf dem Boden. Spiegelscherben glitzerten unter McKennas nackten Füßen. Es brannte kein Licht, und die Fensterläden und Jalousien waren zugezogen.

McKenna starrte unverwandt vor sich hin, als hätte er das Schlachtfeld von Armageddon vor sich.

»Hallo, McKenna.«

»Maroc, was zum Teufel machst du hier?«

»Ich bin gekommen, um eine Schuld zu begleichen.« Seine Miene glich der eines hungrigen Wolfs.

»Hä?«

Jake sah sich um. »Hast du gar keine kleinen Jungs hier, McKenna?«

Der Riese schreckte hoch. »Was weißt du über ihn?«

»Über wen?« Er sah McKennas Augen groß wie Untertassen werden.

»Du darfst das nicht wissen. Niemand darf das wissen.« Schweißperlen tanzten auf McKennas Gesicht. »Aber dazu ist es zu spät, nicht wahr? Sie wissen es! *Sie* wissen es!«

Das kann ja interessant werden, dachte Jake. »Wer weiß es?«

»Spiel nicht mit mir, Maroc. Du weißt, wer. Du weißt es. Sie wissen es.« Er schüttelte den Kopf, und Schweiß fiel herab wie Regen. »Ich weiß es, weil ich den Gesang hören kann.«

»Den Gesang«, sagte Jake und schob sich dabei weiter vor. »Klar, McKenna, ich höre ihn auch.«

Der große Mann nickte. »Diese Affen denken, sie könnten mich fertigmachen, wenn sie mich die ganze Nacht wachhalten.« Er lachte gackernd. »Aber sie unterschätzen mich schon wieder.«

»Klar tun sie das, McKenna«, sagte Jake. »Was ist mit Big Oysters Pok? Warum hast du ihn umgebracht?«

»Ihn umgebracht? Ich? Gut, dann hat er es wohl verdient.«

Da sah Jake, daß McKenna nackt war. Er hatte sich zwar in eine Decke gehüllt, aber hier und da sah man das blasse Fleisch hervorscheinen. Während Jake ihn musterte, zog McKenna eine Hand unter der Decke hervor. In ihr hielt er seine Magnum .357. »Damit hab' ich es gemacht, Jake. Aber er hatte es verdient.«

»Sicherlich, hm?« Jetzt kam es darauf an, vorsichtig zu sein, sehr vorsichtig. »Hat er dich geärgert, McKenna?«

»Ach was!« Wieder das gackernde Lachen, beinahe hysterisch. »Niemand ärgert mich, Jake, das weißt du. Aber es war ein Kaffer, weißt du, ein Kaffer! Hinter mir waren schon immer die verdammten Kaffern her, weißt du.«

Jake hatte keine Ahnung, aber er nickte. Am besten war es wohl, McKenna weitersprechen zu lassen. Er war offensichtlich so verrückt wie nur möglich, aber irgendwo in diesem verwirrten Hirn vermutete Jake einen guten Grund, warum er Big Oysters Pok erschossen hatte. »Du hast Pok erschossen, weil er Chinese war, wie?« Die Hauptsache war, sich auf McKennas Verrücktheitsgrad einzustellen.

»Du hast's kapiert!« McKenna grinste wild. »Ich hab' dich immer für einen klugen Jungen gehalten, Jake.« Er fuchtelte mit dem Revolver herum. »Ich bin froh, daß ich damit recht hatte.« Dann änderte sich seine Miene mit entsetzlicher Geschwindigkeit. Die Pistole zielte plötzlich auf Jakes Magen. »Aber komm mir nicht so verdammt nahe. Man weiß ja nie.«

Jake fröstelte. »Was weiß man nie, McKenna?«

Der große Mann starrte ihn an, als hätte er, Jake, den Verstand verloren. Er zeigte mit der Waffe zum Fenster. »Wegen der Kerle, natürlich.« Seine Augen wurden vorsichtig. »Sie könnten zu dir gehören, weißt du. Sie haben ihre Mittel.«

»Klar haben sie die«, sagte Jake. Er gab sich alle Mühe, seine Stimme ruhig zu halten. Er wollte die paar Meter, die sie noch trennten, mit einem Sprung überwinden und die Wahrheit aus McKenna herausschütteln. »Aber sie haben noch keinen Kontakt zu mir aufgenommen. Noch nicht.«

McKennas Augen wurden ängstlich. »Noch nicht? Was meinst du damit?«

»Nun«, Jake zuckte die Schultern. »Ich hab' natürlich den Gesang gehört.«

»Er hört niemals auf. Niemals«, sagte McKenna. »Früher war das anders, weißt du. Aber nun sind es zu viele. Affen. Sie singen immer weiter. Immer.«

Welche Sünde, fragte sich Jake, hatte McKenna in Australien begangen, daß er derart dem Wahnsinn verfallen war? »Hast du deshalb die Frau auch umbringen wollen?«

»Die Frau?« McKenna sah ihn verwundert an. »Welche Frau?«

»Die Frau, die bei Big Oysters Pok war, als du ihn erschossen hast.«

Der Blick des Riesen war weit weg. »War jemand bei ihm? Ich kann mich nicht erinnern.«

»Du mußt dich an das Mädchen erinnern, McKenna«, sagte Jake. Und er beschrieb Bliss.

»Hab' ich sie auch getötet?«

»Ich denke nicht, nein.«

»Pok hat immer jemanden dabei«, sagte McKenna schmerzerfüllt. »Aber jetzt sind seine Austern nicht mehr so groß, hm? Zur Hölle mit ihm. Er schätzte es, anzugeben, als wäre er kein Kaffer gewesen. Er kannte seinen Platz nicht. Aber jetzt trägt er die Nase nicht mehr so hoch. Bestimmt nicht.«

Also hatte er es nicht nur deshalb getan, weil Pok Chinese war, dachte Jake. Da gab es auch noch etwas Persönliches. »Du hast es ihm gezeigt. Du hast zuletzt gelacht.«

»Gelacht«, sagte McKenna. Seine Stimme schwankte unheimlich. »Er hat mich ausgelacht. Hat auf mich herabgesehen. Aber mir hat er die Informationen zugespielt, oder?«

»Natürlich hat er das«, sagte Jake, der wußte, daß er der Sache jetzt näherkam. »Welche Informationen?«

»Ach, das weißt du doch«, schnaufte McKenna, »das Gerücht vom Ärger – großen Ärger, hm, Jake? – in der SouthAsia Bancorp.«

»Wo hast du davon gehört, McKenna? Das war Top secret. Niemand außer den Direktoren der InterAsia dürfte eigentlich davon wissen.«

»Weiß ich nicht«, sagte McKenna fröhlich. »Ich...«

In diesem Moment wurde die Eingangstür aufgestoßen, und McKenna, der den Kopf herumriß, fiel mit erschreckender Schnelligkeit in seinen hysterischen Zustand zurück. Der Lauf der Magnum beschrieb einen unscharfen Bogen. »Sie kommen! Sie kommen!« schrie er.

Jake sah Bliss, die von den Scheinwerfern ihres Wagens hell angestrahlt wurde, in der halbgeöffneten Tür und sprang auf McKenna zu. Er fiel gegen seinen Arm, und die erste Kugel schlug in der Decke ein.

McKenna rollte sich knurrend zur Seite und bekam dabei eine Hand frei. Er hob die geballte Faust und ließ sie auf Jakes Hinterkopf niederkrachen. Jake wurde schwindlig, aber es blieb ihm keine Zeit, den Schlag abzuwehren, und auch nicht die folgenden, die ihn immer wieder an derselben Stelle trafen. Seine größte Sorge galt jetzt der Magnum. Bei dem Kaliber würde ein Schuß genügen, um ihn für immer auszuschalten.

Aber McKenna ließ die Waffe nicht los. Er hatte die Kraft eines Wahnsinnigen, und es war unmöglich, ihm den Revolver zu entreißen. Plötzlich wußte Jake auch, warum. Für McKenna war sie ein Zaubermittel, sein einziger Schutz gegen die Eingeborenen.

Jake preßte mit seinem Fuß McKennas Handgelenk zu Boden, um sich vor der Magnum zu schützen. Gleichzeitig schlug er einen Leberhaken, einen *Atemi*. Der Riese grunzte und riß sein Knie hoch. Es traf Jakes Hinterkopf, der erneut noch Sterne aufblitzen sah. Jake schwankte, und in diesem Augenblick gelang es McKenna mit übermenschlichen Kräften, seine Hand mit der Waffe freizubekommen. Er zielte mit der Magnum auf Jakes Gesicht.

»Bye, bye, Baby«, sagte er mit krächzender Stimme.

Da traf ihn der Fuß von Bliss an der Schläfe.

Er begann zu würgen, und Jake, der sich etwas erholt hatte, setzte mit einer Serie Ellbogen-*Atemis* nach, die jeden normalen Mann k. o. geschlagen hätten. Aber nicht McKenna. Er kam wieder hoch und schlug mit der Magnum und mit seiner geballten Faust wild um sich, so daß Jake keine Wahl blieb. Die Magnum kam immer näher. Er benutzte den *Jut-hara*, den tödlichen Schlag, bei dem die Handkante die fünfte und sechste Rippe in einem solchen Winkel zerschlägt, daß die Knochensplitter das Herz durchbohren.

McKenna schrie auf, die Augen traten ihm aus den Höhlen, und er wurde nach oben gerissen wie ein harpunierter Fisch. Er war sofort tot, nur noch die letzten Reflexe zuckten durch den Körper.

Jake kam noch ziemlich benommen wieder auf die Beine, nahm Bliss bei der Hand und ging mit ihr hinaus auf die Veranda. Weit unter ihnen schlugen die Wellen schäumend gegen die schwarzen Felsen, die letzten Regentropfen erfrischten sie, und der Nachtwind schien sie reinigen zu wollen.

Er versuchte, wieder zu Atem zu kommen, stand vornübergebeugt, während Bliss seinen dröhnenden Kopf hielt. Es dauerte einige Zeit, bis er endlich ihr Flüstern hörte. »Jake, Jake, Jake.«

»Dumm von dir, hierherzukommen«, keuchte er. »Ganz einfach nur dumm.«

»Das gleiche könnte ich zu dir sagen«, flüsterte sie dicht neben ihm. »Dabei hatte ich meinen Vater gebeten, dir nichts zu sagen, bis du auf der Dschunke bist. Ich wußte, daß du so etwas machen würdest. Oh, Buddha, ich hatte solche Angst um dich!« Sie schrie es in die Nacht hinaus und fiel ihm schluchzend um den Hals. »Wo bist du gewesen?« flüsterte sie. »Warum hast du mich nicht angerufen? Ich habe mir solche Sorgen gemacht.«

Schließlich legte Jake seine Arme um sie. Er wollte ihr alles erzählen: was er in Japan herausgefunden hatte und warum er überhaupt dorthin gegangen war. Aber er konnte es nicht. Er fühlte sich wie in einem Traum, in dem er seine Stimme nicht finden konnte. Warum blieb er stumm?

Als er sie küßte, kam er sich vor wie der allmächtige Held auf einem Kinoplakat, der die sanfte, verletzliche Lady umarmt. Das gab ihm ein wenig Trost, und er fragte sich, warum.

Er fühlte ihr Herz laut gegen seine Brust schlagen, ihre Wärme in sich eindringen, und er merkte, wie sehr er sie vermißt und wie sehr er sich um sie gesorgt hatte. Er hatte sie die ganze Zeit über anrufen wollen, als er in Japan gewesen war. Aber jedesmal hatte er es dann doch nicht getan. Warum? Vielleicht, weil er sich zu sehr gesorgt hatte. Die Situation in Tokio und auch in Kyoto war schon schlimm genug. Es war wohl besser gewesen, auf Abstand zu bleiben.

Aber jetzt erkannte er, wie grausam er sich verhalten hatte. »Es tut mir leid, Bliss«, sagte er. »Aber es war schlimm. Überall lauerte der Tod, und ich wollte dich nicht auch noch damit belasten.« Er küßte ihren Hals. »Und ich kenne dich doch. Beim ersten Hallo hättest du gemerkt, was los ist.«

»Ist schon gut, Jake«, flüsterte sie. »Solange du nur gesund zurück bist.«

Sie küßte ihn. »Ich habe auch etwas über die Frau mit dem Opal herausfinden können«, fuhr sie dann rasch fort. »Sie war die Geliebte von Big Oysters Pok. Und sie war eine Agentin der Kommunisten.«

»Dann habe ich also doch recht gehabt«, erwiderte Jake. »Sie hat mich verfolgt, um mich von der Dschunke fernzuhalten, damit die *Dantai* ungestört ihren Anschlag ausführen konnten.«

»Aber...«

Er hatte ihr eine Hand auf den Mund gelegt und ein Zeichen

gemacht, zu schweigen. Ihre Gesichter waren sich so nahe, daß er deutlich die Verwirrung in ihren Augen sehen konnte.

Ein Wagen, formten seine Lippen tonlos. »Geh zum Auto und fahr es weg«, flüsterte er ihr dann ins Ohr. »Und vergiß nicht die Lichter auszumachen. Und komm sofort zurück.«

»Aber Jake...«

»Beeil dich!« drängte er und sah ihr nach, wie sie im Schatten des Hauses verschwand. Sie machte nicht ein einziges Geräusch, und einen Moment lang hatte er Mühe wahrzunehmen, wohin sie gegangen war.

Als sie zurückkam, schien sie sich einfach aus demselben Schatten zu rematerialisieren. Geduckt kam sie auf ihn zu.

»Hast du was gesehen?« flüsterte Jake.

Sie nickte. »Ein Auto kommt. Ich konnte die Scheinwerfer sehen.«

»Also doch«, sagte er. »Wir müssen herausfinden, wer das große Pißgesicht zu dieser Zeit besuchen will.«

Das hieß, daß sie zurück ins Haus mußten, und zwar schnell. Also warteten sie direkt hinter der Tür. Zäh verrann die Zeit.

Bald hörten sie das dunkle Röhren eines Auspuffs. Der Regen hatte aufgehört, draußen war es still geworden. Sie hörten den Kies knirschen und Schritte auf der Treppe.

Dann klopfte es an der Tür, Bliss öffnete, und im selben Moment stürzte Jake nach vorn und zog die Gestalt auf der Schwelle durch die Tür. Bliss schlug sie wieder zu und machte das Licht an.

Der Chinese sah sie mit einem Auge an. Das andere, milchig weiß und blind, starrte wie eine zornige Wintersonne.

»Ich will ihn nicht sehen«, sagte Sawyer zu Sei An. »Unter keinen Umständen...«

»Aber ich bin schon da«, erklärte Sir John Bluestone und öffnete die Tür von Sawyers Büro.

»Es tut mir sehr leid, *Tai pan*«, sagte Sei An bedauernd. Sie warf einen kurzen Blick auf den großen *Gwai loh.* »Er hat mich überrascht.«

»Ist schon in Ordnung, Sei An«, sagte Sawyer.

»Ich habe die Wachen gerufen.«

Sawyer sah das breite, süffisante Grinsen auf Bluestones Gesicht und wußte, daß er es nicht lange ertragen konnte. »Nein, nein, Sei An, sag ihnen, alles ist in Ordnung.« Es war ihm unwichtig, ob er jetzt sein Gesicht verlor.

Sei An schaute auf ihren *Tai pan,* sah sein Dilemma, und da sie ihn nicht noch mehr beschämen wollte, nickte sie wortlos und zog die Tür hinter sich zu.

»Setzen Sie sich, *Tai pan*«, sagte Sawyer mit einem gezwungenen Lächeln. »Wie komme ich zu dieser Ehre?«

Es war spät. Die Sonne hing am Himmel wie ein geschwollener Bluterguß und tauchte die Stadt in ein staubiges, gelbes Rotbraun.

Victoria Harbor war überfüllt von Schiffen jeder Art, von alten, scheinbar heruntergekommenen Dschunken, die ihre verschossenen orangefarbenen Segel weit ausbreiteten, bis hin zu geschmeidigen modernen Motoryachten, aus deren Auspuffrohren Dieselwolken kräuselten; von stählernen Frachtschiffen, registriert in fast allen Ländern der Welt, bis hin zu den neuesten marinegrauen Flugzeugträgern, die hier zwischen den Einsätzen pausierten.

»Der Ausblick von diesen Fenstern«, sagte Bluestone, der Sawyer einfach ignorierte, »ist wirklich außergewöhnlich. Man hat das Gefühl, als gehöre einem ganz Hongkong.« Er drehte sich mit einem Grinsen um, ging, ohne zu fragen, zu dem granitbelegten Sideboard und goß zwei Drinks in weite, geschliffene Kristallgläser. Eines stellte er vor Andrew Sawyer auf den Tisch, dann nippte er an seinem eigenen. »Mmmmh, alter Whisky. Ausgezeichnet.«

Sawyer rührte seinen Scotch nicht an. Er hielt seine Hände verschränkt, die Finger ineinander verschlungen, um ihr Zittern zu verbergen. Er wußte selbst nicht, ob es Wut oder Angst war.

»Keinen Durst, *Tai pan*?« Bluestone grinste wieder breit. Er trug einen tadellos geschnittenen, tropenleichten, gestreiften Anzug, ein reinweißes Hemd von Turnbull and Asser, mit einer Regimentskrawatte, goldenen Manschettenknöpfen und Krawattennadel, sowie blutrote, spitze Schuhe.

»Ist das ein privater Besuch?« fragte Sawyer schließlich wütend.

Bluestone lächelte über diesen weiteren kleinen Sieg. Er wußte, daß es immer mehr wurden. Er blickte in seinen Scotch und schwenkte die bernsteinfarbene Flüssigkeit. »Privat? Ah, nein, *Tai pan*. Ich glaube nicht, daß ich dafür Zeit hätte.«

»Natürlich nicht«, sagte Sawyer ironisch. »Sie waren zu beschäftigt in letzter Zeit, nicht wahr?«

»Und Sie lieben nichts mehr, als auf mich einzuschlagen, *Tai pan*.« Bluestone hob seinen Kopf und sah Sawyer ins Gesicht. »Aber das sollten Sie besser bleiben lassen.«

»Soll das eine Drohung sein? Glauben Sie, mich erschrecken zu können?«

»Es müßte schon ein schrecklich dummer Mensch sein«, erwiderte Bluestone, »der sich bei der Aussicht, sein gesamtes Reich zu verlieren, nicht fürchten würde.«

»Jetzt verstehe ich, warum Sie gekommen sind«, sagte Sawyer. Er stand auf und mußte Bluestone damit einen weiteren kleinen Sieg zugestehen. Aber er konnte es nicht länger ertragen, von Bluestones königlicher Größe erniedrigt zu werden. »Aus reiner Häme. Weil Sie glauben, bereits gewonnen zu haben, weil Sie glauben, daß die InterAsia schon Ihnen gehört.«

»Tut sie das nicht?«

»Nein«, sagte Sawyer bestimmt.

Bluestone kam zu Sawyers Schreibtisch herüber und beugte sich über ihn. »Im Moment besitzen wir achtunddreißig Prozent der Inter-Asia. Allein heute haben wir weitere acht Prozent übernommen. Unser Paket wächst und wächst, und unsere Makler werden überflutet mit Angeboten, Aktien zu dem Preis zu verkaufen, den wir anbieten. Und das sind zehn Dollar mehr, als das Papier derzeit an der Hang Seng notiert ist. Glauben Sie wirklich, daß Sie die Übernahme jetzt noch verhindern können?«

Sawyer verlor den Kopf. »Verlassen Sie mein Büro!« schrie er. Seine Wangen waren rot vor Wut und Ärger.

Doch Bluestone blickte geruhsam durch den großen Raum. »Ich habe dieses Büro immer gemocht, und auch dieses Gebäude. Sein Standort ist großartig.«

»Aber es gehört mir!« grollte Sawyer. »Und solange das so ist, haben Sie hier Hausverbot!« Er nahm das Telefon und rief die Wächter in den zweiten Stock.

»Solange es Ihnen noch gehört, ist das Ihr gutes Recht.« Bluestone stellte sein Glas auf einem Stapel Papier ab. »Aber wir beide wissen, daß das nicht mehr sehr lange so sein wird.« Er legte nachdenklich seinen Zeigefinger auf seine Lippen. »Sie wissen, daß ich einen wahrlich schönen Plan habe, das Schauspiel dieses herrlichen Ausblicks zu maximieren.« Zwei bewaffnete Uniformierte kamen in den Raum. »Nun gut, ich sehe, daß Sie sehr beschäftigt sind, *Tai pan*. Und ich habe auch noch eine Menge zu tun.« Er hob seine Arme. »Das alles muß natürlich ausgetauscht werden, und das ist eine große Aufgabe. Sie entschuldigen mich also.« Und schon war er aus der Tür.

»Sir?« fragte der ältere der uniformierten Wachen.

»Nichts«, erwiderte Andrew Sawyer, den Kopf zwischen den Händen. »Es gibt nichts zu tun für euch.«

Als Oleg Maluta sie in sein Büro rief, ging sie bereitwillig hin. Nun, da sie das Spiel kannte, da sie das Messer zwischen die Platten seines Panzers gestoßen und die weichen Stellen gefunden hatte, fürchtete sie sich nicht länger vor ihm.

Oleg Maluta schien nicht mehr der Riese und mit unermeßlicher Kraft ausgestattet zu sein, besessen von einem unendlich klugen Verstand, der sie jederzeit in eine Falle locken konnte.

Sie erinnerte sich an die Waffe mit ihren Fingerabdrücken auf dem Griff, die in seinem Besitz war. Die Fotografien, die er von ihr hatte, weinend in einer Winternacht, in der sie ihm in die Falle gegangen war und wo sie Alexei erschossen hatte. Die schmutzigen Fotos, die er vor ihr ausgebreitet hatte und die die Liebe, die sie und Mikhail Carelin verband, zu einer unwürdigen, tierischen Paarung reduzierten.

Fotografien wie diese sollten nicht existieren dürfen, dachte sie. Sie waren ebenso ein Affront gegen Gott wie gegen die Unantastbarkeit der Gefühle. Huren und Schauspieler konnten auf einem Stück Zelluloid derart intim abgebildet werden, schließlich hatten sie sich in Wirklichkeit nichts zu sagen. Der Betrachter – der Voyeur – war aufgefordert, selbst etwas hinzuzufügen, damit aus seiner Fantasie Wirklichkeit werden konnte. Aber diese Bilder, die die Nacktheit Daniellas und Carelins festhielten, waren entsetzlich. Ihre Obszönität lag darin, daß hier Gefühle eingefangen worden waren, die nur sie füreinander hatten.

Draußen rollte unablässig der Verkehr, und eigentlich hätte Daniella die Fenster schließen müssen vor dem hochaufwirbelnden Zementstaub, der das wäßrige Sonnenlicht wie das auf dem Gemälde eines Pointilisten aussehen ließ.

Aber ihr war längst alles egal. Der Tag mit seinen vielen Besprechungen und Terminen hatte ihre ganze Kraft verbraucht: Budgetbesprechungen, Personalberatungen, Lagebesprechungen zu den laufenden Operationen, Kostenplandiskussionen, und dazu kamen dann noch die dauernden Probleme mit den technischen Einrichtungen der neuen Büros.

Eine träge Müdigkeit überfiel sie unerbittlich, was nur typisch war für die sowjetische Bürokratie, aber das machte es heute nur noch schlimmer.

Ihre Abteilung, die gesamte *Sluzhba*, so schien es, versank in Langeweile und Ineffektivität. Stumpfsinn hatte sie alle übermannt und machte aus ihnen nichts weiter als schwerfällige Schnecken, die blind über die steinbedeckte Erde krochen.

Nach mehr als einem Jahrzehnt und Gott allein wußte wieviel Geld, entfernte sich Afrika immer weiter vom Kommunismus. Die koordinierten Protestbewegungen in ganz Westeuropa waren zu einem Rinnsal abgeschmolzen, und der feste Griff Rußlands um Osteuropa konnte ihr lediglich den Mangel an Voraussicht und globaler Weitsicht ihres eigenen Landes vor Augen führen.

Nur die sowjetischen Trainingslager für Terroristen waren ein Erfolg gewesen, aber während viele von Daniellas Kollegen den Terrorkommandos applaudierten und lautstark mehr Rekruten aus dem Nahen Osten forderten, sah sie etwas, das ihren Kollegen scheinbar entging: Die Araber zu bewaffnen war eine Sache, aber sie in dieser Weise zu trainieren, eine ganz andere.

Die große Gefahr des Fanatismus in Rußland war verblichen, als die jetzige Regierung die Geschichte Stalins und Trotzkis neu schrieb. Ideologischer Fanatismus ist schlimm genug, dachte Daniella. Aber religiöser Fanatismus konnte zu einer tödlichen Bombe von unberechenbarer Sprengkraft werden. Und während sie in ihrer Chaika jetzt die Borovitsky-Brücke überquerte, dachte sie darüber nach, ob überhaupt irgendeiner in der *Sluzhba* eigentlich wußte, was man da in Gang setzen half.

Oleg Malutas Büro im Kreml umfaßte drei Räume. Es war im vierten Stockwerk eines unscheinbaren Gebäudes nahe dem Theater untergebracht. Seine alten Fenster luden zu einem Blick ein über den von Touristen belagerten Platz vor der Kathedrale, hinüber zur Tainitskaya Bashnya, dem im Jahre 1485 erbauten Turm des Schweigens, der einer der ältesten Bauten des Kremls ist.

Samtvorhänge hingen an beiden Seiten der Fensterflügel, und ein massiver Mahagonitisch stand unmittelbar davor. Auf diese Weise hatte Maluta das Licht immer im Rücken, während es seine Besucher blendete.

Daniella schloß die eichene Tür hinter sich und ging über den Isfahan-Teppich und zwischen den beiden samtbezogenen Ohrensesseln hindurch zu ihm hinüber. Übergroße Porträts von Stalin und Lenin, natürlich keine Standarddrucke, hingen an den beiden Seitenwänden. Durch eine halbgeöffnete Tür war die Seitenlehne eines Ledersofas zu sehen.

Maluta telefonierte, halb von ihr abgewandt. Sie legte stumm die beiden braunen Umschläge, ihre letzten Berichte über Carelin und Genachev, auf seinen Schreibtisch und sah zum Fenster hinaus. Hinter der italienisch angehauchten, krenelierten Mauer und dem Turm des Schweigens trieben Boote träge auf der Moskwa dahin. Aus dieser Entfernung erschien das Wasser dicht wie Blei. Es hatte die Farbe von Zink. Die geschlossenen Fenster hielten den Gestank der Abgase und den ständigen Baulärm ab. Dennoch hatte sich auf der Fensterbank Staub angesammelt.

Maluta bot ihr einen Stuhl an, aber sie übersah die Geste. Statt dessen ging sie auf die andere Seite des Tisches und stellte einen Fuß auf seinen Stuhl. Der dicke braune Stoff ihres Uniformrocks rutschte wie aus Versehen hoch und entblößte ihren Oberschenkel.

Erschreckt und wütend hob Maluta die Hand, um nach ihr zu schlagen, aber Daniella packte ihn mit beiden Händen am Handgelenk. Er wollte etwas sagen, aber sie näherte sich ihm mit ihrem Gesicht und drückte langsam, sehr langsam seine Hand nach unten. Sie sahen einander stumm in die Augen, und diesmal entdeckte Daniella seine Verwundbarkeit hinter der gepflegten Fassade. Er war ein Kind, wie alle Männer auf dem Grund ihrer Seele Kinder waren. Das ist der entscheidende Unterschied zwischen den Geschlechtern, dachte Daniella, Männer sind in ihrem Kern Kinder, Frauen sind Mütter.

Daniella fluchte, während sie die unwillige Hand unter den Saum ihres Rockes in die Dunkelheit führte.

»Das ist es, was du eigentlich willst«, zischte sie ihn an. »Aber du hast Angst davor, daß Oreanda dich deshalb bestrafen wird. Hab' ich nicht recht, Oleg?«

»Nenne mich hier nicht so.« Sein Gesicht war rot, und die Hand, die den Telefonhörer hielt, weiß.

»Leg den Hörer weg, Oleg.«

»Ich hab' dir gesagt...«

Sie packte seine Hand noch fester und führte seine Fingerspitzen, bis sie über den Flaum ihrer Schamhaare strichen. Sofort, als sie sein Beben spürte, stieß sie die Hand wieder weg und führte sie ihren Schenkel entlang.

Malutas Gedanken standen in Flammen. Durch die Feuersbrunst sah er Oreandas Gesicht. Ihre vollen, wollüstigen Lippen öffneten sich, und sie sprach mit ihm. Er fühlte die Worte mehr, als daß er sie hörte. Sie fielen wie Tautropfen auf seine gefangenen Finger.

Seine Zunge kam heraus und fuhr über die trockenen Lippen; er begann heftig zu zittern.

»Das *ist* es, was du willst, Oleg.« Ihre Stimme war ein Hauch von Seide.

»Nicht hier«, krächzte er. »Nicht jetzt.«

»Aber ja doch«, sagte sie leise in sein Ohr. »Hier und jetzt.«

»Nein«, schrie er und versuchte aus seinem Stuhl hochzuspringen. Aber Daniella zog seine Hand vorwärts, bis er sie wieder berührte. Dann schob sie seine Fingerspitzen tiefer. »Hier«, als wollte sie ein weinendes Kind zur Ruhe bringen.

O Gott, o Gott, dachte Maluta schaudernd. Er fühlte den Schweiß aus seinen Achseln tropfen. Mit einem unterdrückten Stöhnen legte er auf, ohne das Gespräch beendet zu haben. Er hatte einen merkwürdig süßen Geschmack im Mund.

»Bist du verrückt?« sagte er und wußte zugleich, daß nicht sie, sondern höchstens er es war; daß er, selbst wenn er die Hand jetzt wegtun *müßte*, es nicht könnte. »Warum machst du das?« flüsterte er. Er konnte seine Augen nicht von ihren Hüften, die Kreise beschrieben, losreißen. »Willst du mich damit noch weiter demütigen? Um mir sagen zu können, wie sehr du mich verachtest, wie sehr du es haßt, mit mir zu schlafen, wie es dich davor ekelt?«

»Gleich komme ich«, sagte Daniella und beugte sich seinen bohrenden Fingern entgegen. Der Blick ihrer grauen Augen schien ihn zu liebkosen. »Jetzt.« Und sie langte nach unten, um die harte Erhebung seiner Hose zu berühren.

Sie fühlte ihn zittern, dann heftig erbeben. »Ja. Komm. Ja.«

Das Telefon begann zu läuten. Er schnappte nach Luft, über sein nasses Gesicht lief der Schweiß und tropfte in den gestärkten Kragen seines Hemdes. Er zuckte leicht, wie unter sanften Elektroschocks, als sie fortfuhr, ihn durch die Hose hindurch zu liebkosen. Das Telefon verstummte.

»Ich hoffe, du hast Kleidung zum Wechseln da«, sagte sie, nahm lachend seine Hand weg und stellte ihren Fuß wieder auf den Boden.

»Hat es dir Spaß gemacht?« Maluta ließ sie nicht aus den Augen, während sie um den Tisch herumging und sich schließlich in einen der

Samtstühle setzte. Sie saß sehr aufrecht, die Beine gelassen übereinandergeschlagen, die Haltung eines Soldaten. Ihr Kopf lag im Nacken, eine Strähne ihres honigfarbenen Haares strich lockig über eines ihrer abschätzig blickenden grauen Augen.

»Ich möchte es wissen«, sagte Maluta. »Es ist wichtig, daß ich es weiß.« Er hatte sich noch keinen Zentimeter bewegt, seit sie weggegangen war.

»Warum ist es für dich wichtig, Oleg?«

»Weil...«, begann er und verstummte.

»Weil du dich selber für einen großen Liebhaber hältst?«

»Weil Oreanda es nie... genossen hat!«

Es war aus ihm herausgeplatzt, und Daniella unterdrückte ein triumphierendes Lächeln. Sie hatte gewußt, daß er sich nicht für einen Liebhaber gleich welcher Art halten konnte, so enthaltsam, wie er die Jahre seit Oreandas Tod gelebt hatte. Aber sie hatte eine Antwort aus ihm herauslocken wollen, und sie hatte gewußt, wenn sie tief genug hineinstach, würde die Wahrheit unausweichlich hervorbrechen. Und sie hatte Erfolg gehabt.

»Jetzt mußt du ja wissen, ob ich in dieser Sache genauso bin wie Oreanda«, sagte sie.

»Ja.«

»Oreanda ist bestimmt nie in dein Büro gekommen und hat das mit dir gemacht, Oleg.«

»Es wäre ihr nie in den Sinn gekommen«, gestand er ein.

»Was hat ihr Spaß gemacht?«

Er hielt die Augen geschlossen, seine gekrümmten Finger massierten seine Stirn. »Sie hat de Sade gelesen, wie du weißt.«

Sie hatte es nicht gewußt, sondern nur vermutet, seit er mit ihr in der *Datscha* darüber gesprochen hatte.

»Und sie hat auch praktiziert, was sie las.« Sie beobachtete ihn genau. »Ja«, fuhr sie fort. »Ich denke, daß sie eine gemeine Hure war.«

»Du weißt nichts von ihr«, erwiderte Maluta, aber seine Stimme hatte jede Überzeugungskraft verloren.

»Im Gegenteil«, sagte Daniella und beendete den Gedanken ganz bewußt.

»Nun?« sagte er. »Du hast meine Frage nicht beantwortet.«

»Ich dachte, ich hätte.«

»Ich verstehe nicht.«

»Oleg«, sagte sie, »eine andere Antwort wirst du nicht bekommen.« Sie stand auf und lächelte ihn an. »Ich hoffe, du hast jetzt keine Verabredung. Du mußt dich umziehen.«

Er schaute auf seinen Schoß hinunter, als würde er sich erst jetzt bewußt, was passiert war. »Schau, was du mit mir gemacht hast.«

»Ich will die Fotos von Mikhail.«

»Nein«, erwiderte Maluta.

»Was willst du denn mit ihnen machen?« sagte sie geringschätzig. »Damit onanieren?«

Er war plötzlich gekränkt. »Was denkst du überhaupt? Du kannst mich nicht so weit demütigen, daß ich sie dir gebe.«

»Das brauche ich auch nicht, Oleg«, sagte sie ernst. »Du hast dich schon selbst genug erniedrigt.«

»Wie leicht diese Lügen aus deinem Mund kommen, du Hure.«

»Nein, Oleg«, erwiderte sie. »Oreanda war die Hure, die alles kontrollierende Hure, die dein Leben zur Hölle gemacht hat!«

»Ich habe sie geliebt!« schrie er, und sie dachte, ja, die Wunde ist so frisch, als wäre sie ihm erst gestern zugefügt worden. »Ich habe sie von ganzem Herzen geliebt.«

»Das kann nicht sein«, sagte Daniella bestimmt. »Dann wäre sie doch nicht gestorben.«

Sein Gesicht war bleich. »Was meinst du damit?« Aber er wußte sehr gut, was sie damit meinte.

»Du beteuerst, das Feuer nicht gelegt zu haben«, sagte sie. »Warum? Glaubst du, du kannst es vor ihr verbergen? Glaubst du, du kannst ihrer Rache entgehen?«

Maluta packte die Armlehnen seines Stuhles.

Plötzlich war ihre Stimme wieder sanft. »Sie hört uns jetzt zu, nicht wahr, Oleg?«

Seine Augen waren geweitet und starrten sie an. »Du bist verrückt!« Es schüttelte ihn. Er wußte, daß er diese ätzende Ruhe durchbrechen mußte, um nicht verrückt zu werden. Das war es, womit er seit Oreandas Tod zu kämpfen hatte. Nun kam es heraus, Tropfen für Tropfen durch das feine Siegel, das er auf die dunkle Stelle seiner Erinnerung gelegt hatte. »Sie ist tot. Tot und verschwunden!«

Daniella schüttelte ihren Kopf, sie fühlte den Sieg. Seine Augen, weit aufgerissen, glichen denen eines panisch erschreckten Tieres. »Sie ist in deiner Seele, Oleg. Das mußt du doch wissen.«

Sie beugte sich über den Tisch, ihre Augen glänzten wild. »Sie weiß, wer das Feuer gelegt hat. Sie weiß, wer sie umgebracht hat.«

Dann lief sie plötzlich auf die andere Seite des Tisches. Ihre Miene wurde wieder weich wie ihre Stimme.

»Aber ich will dich beschützen, Oleg.« Ihre Hand lag wieder zwischen seinen Beinen. Sie fühlte die Bewegung. »Ich werde dich vor Oreanda beschützen. Ihre Kraft gehört mir, nicht wahr, Oleg? Der Zauber hat sich verwandelt. Er gehört mir, und ich kann ihn benutzen, wie ich will.« Ihre Stimme gurrte. »Ja, ich werde dich beschützen.«

Maluta schauderte und fingerte verzweifelt an seinem Hemdkragen. Er zog einen kleinen, sonderbar aussehenden Schlüssel an einer Goldkette hervor und klapperte damit an der obersten Schreibtischschublade herum, bevor er ihn schließlich in das Schloß steckte. Er zog die Lade heraus und suchte darin, außerhalb von Daniellas Sichtweite.

»Hier«, sagte er schließlich. »In Ordnung? Hier.«

Daniellas Herz klopfte wie wild, als er das Päckchen auf den Schreibtisch warf. Sie versuchte erfolglos, ihren Atem zu beruhigen.

»Du und Mikhail Carelin«, sagte Maluta durch verschlossene Lippen hindurch. »Wie die Charaktere eines Films. Eines Pornos.« Er sah zur Seite, als könnte er es nicht ertragen, was er da tat. »Die Abzüge und die Negative. Alles ist da.« Ein ungleichmäßiger Pulsschlag an seiner Schläfe. Er wirkte außerordentlich müde, als hätte er durch die Herausgabe der Fotos seine ganze Kraft verloren.

Daniella hob die Hand und strich über seine zuckende Braue. »Armer Liebling«, flüsterte sie. »Ruh dich ein bißchen aus. Schlafe.«

Oleg Maluta nickte und schloß die Augen.

Langsam, mit jener Art von Ehrfurcht, die ihre Mutter befallen hatte, wenn sie sich dem Kreuz näherte, legte Daniella ihre Hand auf das Paket.

Jake schlug White-Eye Kao seine Faust mit aller Kraft auf die Nase. Die Haut platzte auf, das Nasenbein zersplitterte, und ein Strom von Blut sprudelte hervor. Jake hielt die Hände des Chinesen fest. Er wollte ihn daran hindern, den Strom zu stillen.

Das gesunde Auge von White-Eye Kao war rot unterlaufen und sein billiger Anzug von Blutflecken übersät. »Ich weiß, daß du nicht hier bist, um dich aufs Kreuz legen zu lassen«, sagte Jake. »Du bist zu alt für McKenna, zumindest für diese Sache.« Er packte den Chinesen an den Jackenaufschlägen und schleifte ihn durch das hell erleuchtete Zimmer. »Und zum anderen bist du ein verdammter Kaffer. So hat McKenna dich genannt, weißt du das? Ich glaube kaum, daß er dir das jemals ins Gesicht gesagt hat. Nein, dazu hatte er nicht den Mut. Aber er hat es gedacht. Ständig. Du warst nichts als ein ständiges Ärgernis für ihn.«

Er packte White-Eye Kao am Genick wie eine Katze, die den Teppich beschmutzt hatte, und stieß sein Gesicht in das blutverschmierte McKennas.

»Gro ... Gro ... Großes Pißgesicht!« stammelte White-Eye Kao. »*Mi tuo fo!*«

»So ist es«, sagte Jake. »Rufe Buddha an. Aber heute wird er nicht sehr gnädig sein. Jedenfalls nicht mit dir.«

Er riß den Chinesen hoch und hielt ihn aufrecht. Es war wichtig, ihn jetzt nicht zur Besinnung kommen zu lassen.

»Wasser«, brachte White-Eye Kao mühsam hervor. Er drehte seinen Kopf zu Bliss. »In Buddhas Gnaden, ein bißchen Wasser!«

»Oh«, sagte Jake, »du willst, daß sie sich um dich kümmert, anstatt meiner? Das ist ein Fehler, den du sicher nicht noch einmal machen wirst, das garantiere ich dir.«

White-Eye Kaos blutunterlaufenes Auge starrte ihn verwirrt an. Jake grinste ihm ins Gesicht, und im selben Moment schoß seine Hand vor und legte sich um White-Eye Kaos Hals. Dann preßte er die Hand so heftig zusammen, daß das gesunde Auge des Chinesen aus seiner Höhle trat und White-Eye Kao sich vor Schmerzen hin und her warf. Schweißtropfen sammelten sich auf seinen Augenbrauen. Seine Lippen waren vor Qual zusammengepreßt.

Sein Brustkorb flatterte, als Jake von ihm abließ. Er stöhnte tief in seiner Kehle, und der Kopf sank ihm auf die Brust.

»Jake...«, Bliss trat einen Schritt auf ihn zu, aber Jake stieß sie zurück. Er ignorierte ihren besorgten Gesichtsausdruck.

»Siehst du nun, wie unklug du warst?« flüsterte Jake White-Eye Kao ins Ohr. Er wartete auf das Nicken des Chinesen, bevor er weitermachte. »Nun erzähl mir, was du hier wolltest.«

»Be... Besuch.«

Jake gebrauchte erneut seine Hand. Diesmal krümmte sich White-Eye Kaos Körper nach vorn, und seine Beine knickten kraftlos ein. »Ah, Buddha!« zischte er durch die zusammengepreßten Zähne.

»Er wird dir jetzt nicht helfen«, sage Jake. »Niemand wird dir jetzt helfen. Nun erzähl uns, was du hier treibst.« Seine Hand drückte zu, und der Chinese schrie gellend auf und versuchte, sich von ihm loszureißen.

»Ich weiß, wer du bist«, sagte Jake leise in sein Ohr. »Ich weiß, daß du für Mr. Bluestone arbeitest. Und ich weiß, wer Bluestone ist. Nun, was bist du dann?«

White-Eye Kao starrte angstvoll in Jakes Gesicht. »Ein... ein... Kommunist.«

»Und was hat ein Kommunist mit dem großen Pißgesicht McKenna zu tun?«

»Er...« Der Chinese würgte und schluckte sein eigenes Blut. »Er war ein Verbindungsmann.«

»Und du warst Bluestones Laufbursche?«

»Ja.«

»Und McKenna ahnte nichts?«

»Ahnte was? Er glaubte, ich sei von einer Triade.«

»Und Bluestone steckte hinter Teck Yans Veruntreuungen bei der SouthAsia?«

»Ja. Natürlich.«

»Wer war noch darin verwickelt?«

»Das weiß ich nicht.«

Er schleuderte ihn herum und riß ihn wieder auf die Füße. »Hör zu, du pockenverseuchtes Stück Hundedreck«, sagte Jake drohend. »Mein Vater wurde erschossen, auf diese Frau wurde geschossen, und jemand hat auf Schritt und Tritt von hier bis nach Kyoto versucht, mich zu erschießen.«

»Jake, er hat genug«, sagte Bliss mit ruhiger Stimme.

»Nein«, erwiderte Jake so heftig, daß es sie erschreckte. Dann wandte er sich wieder White-Eye Kao zu. »Sag mir, was du noch weißt.«

»Ich hab' schon alles gesagt. Ohhh!« Er übergab sich und würgte trocken.

»Jake.« Bliss legte ihre Hand auf seine Schulter. »Vielleicht sagt er die Wahrheit.«

»Hör auf sie«, flehte der Chinese auf Knien. Er preßte sein Gesicht auf den abgewetzten Teppich. »Bei Buddha, was willst du noch von mir?«

»Du hast ein freches Mundwerk«, sagte Jake und beugte sich über den Chinesen. »Ich will wissen, wer dich ausgebildet hat.«

»Bluestone.«

Jake hob den Kopf und sah Bliss an. »Auf jede Frage hat er dieselbe Antwort.« Er sah den Blick in ihrem Gesicht, als sie den Kopf schüttelte. Der Chinese log.

»*Mi tuo fo*, es sind deine Fragen, nicht meine Antworten!«

»Ein Meister«, sagte Jake. »Ich hab' dir gesagt, daß er von einem Meister ausgebildet wurde.«

Er ließ den Chinesen zusammengerollt auf dem Boden liegen, von Bliss bewacht, und durchstöberte die Küche. Er kam mit einem kleinen Messer zurück, beugte sich über White-Eye Kao, griff seine geschniegelten Haare und zog seinen Kopf nach hinten. »Da du ein freches Mundwerk hast, werden wir etwas dagegen unternehmen.«

»Wa... Was meinst du damit?«

Jake grinste ihm ins Gesicht. »Du hast eine Menge Zähne.« Sein böses Lachen war gnadenlos. »Einer nach dem anderen wird dir herausfallen.«

»*Dew neh loh moh*, bist du verrückt?« White-Eye Kaos Blick war von der blitzenden Klinge wie hypnotisiert. Dann grinste er verzerrt, vorsichtig wie ein Fuchs. »Das ist gut. Sehr gut. Weißt du was? Ich hab' vor Angst schon in die Hose gemacht. Aber ich weiß, das würdest du nicht...«

»Jake, um der Liebe Buddhas willen, nicht!«

White-Eye Kao schrie auf, als Jake mit dem Messer nach unten stach und die Spitze sich in das weiche rosa Zahnfleisch neben einem Backenzahn bohrte.

»Jake, was ist in dich gefahren?«

White-Eye Kao würgte und spuckte. »Oh, oh, oh«, stöhnte er. »Er hat mir nicht gesagt, daß es so schlimm werden würde.«

»Wer hat dir das gesagt?« Jake stand wieder neben ihm.

»Er sagte, ich würde nicht verletzt werden. Ich würde nicht verletzt werden. Ich würde nicht... Ah, Buddha, es tut so weh!«

»Stell dir vor, wie sehr es schmerzen wird, wenn ich auf der anderen Kieferseite weitermache«, sagte Jake und setzte die Klinge an.

»*Mi tuo fo*, nein!« White-Eye Kao versuchte zu fliehen, aber Jake hielt ihn fest. Tränen standen ihm in den Augen, und er spuckte noch mehr Blut. »Das ist es nicht wert! Nichts ist das wert!«

»Du bist nicht von Bluestone ausgebildet worden«, sagte Jake. »Aber von wem dann? Von Daniella Vorkuta?«

»Einer unzüchtigen Frau?« sagte White-Eye Kao verächtlich. »Buddha, nein.« Sein Stolz ließ den Strom seiner Tränen versiegen. »Ich wurde von Chen Ju ausgebildet.«

Jake lachte. »Über den verdammten Kerl gibt es mehr Geschichten als über sonst jemanden, den ich kenne. Und jetzt sagst du besser die Wahrheit.«

»Das ist die Wahrheit! Buddha, glaubst du, ich will noch mehr leiden?«

»Du kannst leicht über Chen Ju sprechen«, sagte Jake. »Der alte Mann ist längst tot.«

»Tot?« Nun mußte White-Eye Kao lachen. »Was glaubst du denn, wer hinter der ganzen Sache steckt? Bluestone?« Der Chinese spuckte erneut aus. »Der *Loh faan* ist der einzige, der sich selbst für so klug hält.« Er wischte mit dem Ärmel Blut aus seinem Gesicht. »Wer hat den *Tai pan* denn wohl auf den Gedanken gebracht, die SouthAsia zu unterwandern?«

Jake zog den Chinesen am Kragen seiner blutverschmierten Jacke hoch. Seine Knöchel waren weiß vor Anspannung, weil Bliss, die die Wahrheit erfühlen konnte, ihm ihr Wissen leise mitgeteilt hatte.

»Was sagst du da?«

»Wenn Chen tot ist«, sagte White-Eye Kao, »dann ist mir ein Geist begegnet.«

Mandalay, die Goldene Stadt, war das Zentrum der Welt. Und ihr Mittelpunkt war der königliche Palast, den der burmesische König Mindon 1857 vollständig aus solidem Teakholz hatte erbauen lassen: auf dem mystischen Mount Meru, der für die buddhistische Kosmologie von so großer Bedeutung war.

Nach burmesischen Vorstellungen war Mandalay, nur einige Jahrhunderte alt, eine junge Stadt. Es lag im oberen Irrawaddy im Norden und war rasch zum Handelszentrum aufgestiegen, da es inmitten der Reisanbaugebiete lag. Dabei war das Klima der Stadt oft so trocken, daß sich der Himmel ocker färbte von den Staubwolken, die die alten Fahrzeuge aufwirbelten.

Nichtsdestoweniger übte Mandalay einen nicht vergleichbaren Zauber in den Herzen der Burmesen aus. Man erzählte sich, daß Gautama Buddha nach Mandalay gereist war, um anzukündigen, daß an seinem zweihundertundvierzigsten Todestag am Fuße des Mandalay-Berges die größte Schule für Buddhisten entstehen würde.

Diese Legende gehörte genau zu den Dingen, die die Engländer, wie so manch anderen asiatischen Hokuspokus, einfach ignorierten. Als sie die Stadt 1885 übernahmen, tauften sie den königlichen Palast in Fort Dufferin um und verwandelten die heiligen Gemächer in Soldatenunterkünfte. Schnurrbärtige Rekruten polierten eifrig die Stiefel ihrer Offiziere in nach Zitrone duftenden Fluren, die vorher von heiligen Stimmen widergehallt hatten. Die Kommandanten zogen ihre Degen, legten die Spitzen aneinander und riefen Hallelujah! Wieder war ein Vorposten des britischen Empires gesichert.

Im Frühjahr des Jahres 1945 beschossen die Briten die Festung – die zu dieser Zeit von einer Handvoll japanischer und burmesischer Soldaten gehalten wurde. Und die Kanoniere erledigten ihre Aufgabe so gründlich, daß auch heute nur noch die äußere Mauer und der Burggraben von der Anlage übrig sind.

Daran mußte Toni Simbal denken, als er auf die Ruinen des königlichen Palastes hinunterblickte, eines regelmäßigen Vierecks, dessen Mauern in die vier Himmelsrichtungen wiesen. Er studierte den Fleck, von dem er wußte, daß es einstmals der Thronsaal gewesen war, in den General Prendergast sein Pferd führte, als im Winter 1885 der König Thibaw geschlagen ins Exil ging. Das nervöse Pferd verschmutzte mit seinen dampfenden Fäkalien einen Hunderte von Jahren alten Teppich, der einst aus dem alten Amarapura nach Mandalay gebracht worden war. Dem General war das vollkommen gleichgültig. Die feingezeichneten Bilder der Weber von den *Theraveda arhats*, den Heiligen, machten ihn doch nur nervös, und ohne ein bißchen Reue ließ er den Teppich in Flammen aufgehen.

Simbal hatte das Gefühl, daß man selbst heute noch beim Anblick der Ruinen einen Hauch des brennenden Stoffes riechen konnte.

Im Osten hielt der umbrafarbene Himmel seinen Regen noch immer zurück. Der knochentrockene Boden war unter der grellen Sonne aufgerissen.

In ein weißes Baumwollhemd, Buschhosen und feste, hohe Lederstiefel gekleidet, wartete Simbal auf Max Threnody, der schwerfällig den Berg heraufgeklettert kam.

Es war glühend heiß, und als Threnody den Anstieg endlich geschafft hatte, war sein Khakihemd völlig naßgeschwitzt. Mit einem riesigen Taschentuch, das bereits dunkel von Schweiß war, rieb er sich über die Stirn und die Augenbrauen.

»Himmel«, sagte er, »das ist wirklich ein gottverdammter Ort.«

»Im Gegenteil«, erwiderte Simbal, der immer noch auf die Palastruinen starrte, »er ist Gottes Residenz sehr nahe.«

»Und wo könnte die sein?« fragte Threnody sarkastisch.

»Dort.« Simbal deutete nach Nordwesten, wo die lila Berge sich aus den weiten Ebenen des Irrawaddy erhoben.

»Der Shan?« schnaubte Threnody, während er seine Hosen ausklopfte. Er wollte nur noch aus der Sonne heraus.

»Himmel, die Sonne hier oben kann einen umbringen.«

»Wirklich?« Simbal war nicht in der Stimmung, die einseitige Betrachtungsweise seines einstigen Chefs einfach hinzunehmen. »Hier oben gibt es Macht. Wirkliche Macht, von der so nette Leute wie du nur träumen können. Der Berg kennt dieses Geheimnis besser als irgend jemand von uns.«

»Ich nehme an«, sagte Threnody, »daß Leute wie du solche Macht nicht sonderlich begehren.«

Simbal drehte sich, um ihm ins Gesicht zu sehen. Die Hitze ließ Threnodys Augen irgendwie noch weiter hervortreten. Als Kind hatte Simbal ein Warmwasseraquarium mit tropischen Fischen besessen. Sein Onkel hatte ihm zwei wunderschöne samtige Goldfische mit Glotzaugen mitgebracht. Simbal hatte sie geliebt, aber eines Abends war er aus dem Haus gegangen, ohne vorher das wärmende Licht über dem Aquarium auszuschalten. Als er zurückkam, waren die Fische tot, gräßlich aufgedunsen und regelrecht gargekocht in dem heißen Wasser. Threnody erinnerte ihn jetzt irgendwie an diese Fische. »Ich bin überrascht, daß du gekommen bist.«

»Ehrlich gesagt, du hast mir keine Wahl gelassen.« Threnody steckte seine Hände in seine Hosentaschen. »Übrigens, der Kubaner ist wirklich stinkwütend auf dich.«

»Ich werde versuchen, darüber hinwegzukommen«, erwiderte Simbal. »Und er wird es auch überstehen.«

Threnody glotzte ihn durch seine dicken Brillengläser an. »Hör ich da eine leise Feindseligkeit heraus, Tony?«

Simbal griff in eine seiner übergroßen Hemdtaschen und drückte Threnody drei Fotografien in die Hand. Es waren Schwarzweißaufnahmen mit einer auffallend groben Körnung, wie sie entsteht, wenn man von einem Negativ nur einen Ausschnitt vergrößert. Außerdem wirkten die Motive flach, wie mit einem Teleobjektiv aufgenommen. Es waren Bilder von einem gutaussehenden Mann um die dreißig, mit klaren, intelligenten Augen, einer typisch amerikanischen Nase und einem sensiblen Mund. Das bißchen unscharfer Hintergrund ließ noch erkennen, daß Simbal den Mann vor dem königlichen Palast aufgenommen hatte.

»Hier steckt er also«, sagte Threnody.

»Mehr sagst du nicht«, erwiderte Simbal kurz. »Nicht, ›Meine Güte, er lebt ja noch‹.« Seine Augen blitzten.

»Welche irdischen Freuden würde uns das bringen«, sagte Threnody. »Tatsache ist einfach, daß Peter Curran lebt.« Er starrte auf die Bilder, die Simbal ihm gegeben hatte. »Laß uns diese Überraschung so schnell wie möglich vergessen. Ich will ihn, und du wirst ihn mir holen.«

»Einfach so?«

»Nicht in diesem Ton«, sagte Threnody scharf. »In welchem Metier glaubst du zu arbeiten, Tony? Glaubst du, wir sind alle Gentlemen, die ständig ›bitte‹ und ›danke‹ sagen und sich ansonsten aus dem Weg gehen?«

»Du hast mich mißbraucht.« Simbals Stimme war scharf. »Du hast Monika und Martine gegen mich aufgehetzt.«

»Meine Glückwünsche«, sagte Threnody, »du hast die Sprache deines Berufs begriffen. Besser spät als nie, Tony. Ja, ich hatte einen Auftrag zu erledigen. Und ich habe dazu alle Mittel benutzt, die mir zur Verfügung standen – dich, Monika, den Kubaner. Dafür werde ich von der Regierung bezahlt.«

»Ein beschissen dreckiger Job ist das.«

»Soll ich sagen: ›Aber irgend jemand muß ihn ja erledigen‹?« Er steckte die Fotos von Curran weg. »Du hast wirklich keinen Grund zu klagen, weißt du. Es ist auch dein Job.«

»Aber du gehörst zur DEA, Max«, sagte Simbal. »Und falls du vergessen hast: Martine ist ein SNIT-Mann, also von der CIA. Und die Firma und die DEA haben nie etwas miteinander zu tun haben wollen. Du hättest mir besser gleich gesagt, was eigentlich los ist.«

»Alles zu seiner Zeit«, erwiderte Threnody. »Nun, da wir beide hier sind, sollst du die ganze Geschichte erfahren.«

Simbal beobachtete einige safrangelb gekleidete Mönche, die langsam durch eines der zwölf Tore des Palastes gingen. Ihre geschorenen Köpfe glänzten im staubigen Sonnenlicht. Er mußte wieder daran denken, was die Briten der Goldenen Stadt angetan hatten.

»Die Burmesen«, sagte er nach einer Weile, »praktizieren eine ganz bestimmte Form des Buddhismus. Im Theraveda gibt es keinen allmächtigen Gott. Man kann nicht einmal um die Güte Buddhas bitten. Es gibt keinen göttlichen Eingriff ins Leben. Die Selbstrettung ist Sache jedes einzelnen.

Das ganze Leben ist Leiden, so glauben die Theraveda-Buddhisten. Leben und Tod sind die zwei Seiten von *Sasmara*, der Wiedergeburt. Es gibt nur einen Weg aus diesem Teufelskreis des Kummers, und der lautet: Strenge Befolgung der Lehren Buddhas, des Dharma. Man muß genau die Regeln der *Arhats*, der Heiligen, und des *Boddhisatvas*, des Buddhaseins, befolgen. Nur so kann man das Nirwana erreichen.

Aber heutzutage sind es wahrscheinlich selbst hier, im Zentrum der Welt, nur die Mönche, die diesen reinen Theraveda-Buddhismus praktizieren.«

»Und du bist einer von ihnen, nicht wahr, Tony?« Threnody wischte sich erneut über das Gesicht. »Du stehst hoch über den Massen. Du bist auf dem Shan, auf dem Berg, und siehst auf all diese kleinen Ameisen herab, die langsam dahinkrabbeln, auf ihrem gewohnten Weg, und sich mühsam ihr tägliches Brot verdienen.«

»Denkst du das von mir?«

»Oh, hör auf, Tony. Du bist ein elitäres Arschloch. Tu dir selbst einen Gefallen und gesteh es dir zumindest ein.«

Die Mönche bogen um eine Ecke. Sie hatten alle denselben Schritt, als würden sie von nur einem Gedanken gelenkt.

»Weißt du, wen Peter Curran hier bei Tagesanbruch getroffen hat?« fragte Simbal.

»Überrasch mich.«

»Edward Martin Bennett.«

»Gut, gut«, sagte Threnody, »da ist den Spürhunden zu Hause wohl etwas durch die Lappen gegangen.«

»Was wollen die *Diqui* von denen?«

»Machst du Witze, Tony? Mit dem, was sie aus dem DEA-Computer gestohlen haben, garantiert der *Diqui* auf Monate sichere Transportwege für das Opium, bis wir unser asiatisches Netz wiederaufgebaut haben.«

»Ich glaube nicht, daß das hier irgend etwas mit Drogen zu tun hat, Max.«

»Es ist mir egal, womit das zu tun hat«, sagte Threnody. »Mach sie fertig und laß es gut sein.« Er sah, wie Simbal den Kopf drehte und ihn musterte. Eins muß man dem Mistkerl lassen, dachte Simbal, er hat ein großartiges Timing.

»Es wird Zeit, daß wir mal ein bißchen miteinander plaudern, Tony. Von Mann zu Mann, sozusagen.«

»Ich denke nicht, daß Chen Ju unser dringendstes Problem ist.«

Three Oaths schwankte über das Teakdeck seiner neuen Dschunke und brachte den Tee, den Neon Chow zubereitet hatte.

»Heute morgen hat Bluestone seinen Anteil an der InterAsia auf über vierzig Prozent erhöht.«

»Ich frage mich nur, woher er das Kapital dazu hat«, sagte Jake und nahm dabei sehr nachdenklich einen Schluck von seinem dampfenden Tee.

Three Oaths zählte die Liste der Investoren auf, die Su ihm gegeben hatte. »Die haben genug Geld, um ganz Hongkong aufzukaufen, falls das nötig wäre.«

Jake hörte die Angst in seiner Stimme. »Bobby Chan, Six Toe Ping, Sir Byron Nolin-Kelly, Dark Leong Lau. Beeindruckend. Doch das flüssige Kapital von Bluestones Ring ist nicht unendlich«, schmunzelte Jake, »auch wenn sie alles nur in ein Projekt stecken.«

»Sie brauchen nur noch neun Prozent, um die Kontrolle übernehmen zu können«, sagte Three Oaths.

»Das wären dann dreizehn Millionen Aktien, so ungefähr jedenfalls. Wie ist zur Zeit der Kurs von InterAsia an der Hang Seng?«

»Laß mich nachsehen.« Three Oaths stieg den Niedergang hinab. Jake blickte sich um. Er sah Bliss und Neon Chow miteinander reden. Beide schienen sehr in ihr Gespräch vertieft, aber ab und zu warf Neon Chow Jake einen flüchtigen Blick zu. Von seinem Blickwinkel aus war ihr Gesicht nicht zu sehen. Er nahm sich vor, sie zu fragen, welche Fortschritte sie bei Bluestone gemacht hatte.

»Zweiundzwanzigeinviertel«, sagte Three Oaths, als er die Treppe wieder heraufkam. »Wir haben einen fürchterlichen Rückschlag hinnehmen müssen, als wir gezwungen waren, die SouthAsia zu schließen.«

»Sie müssen jetzt noch, wieviel...? Noch zweihundertneunzig Millionen Dollar aufbringen«, sagte Jake. »Wieviel haben sie schon investiert?«

Three Oaths rechnete kurz. »Knapp eine dreiviertel Milliarde, würde ich sagen. Dafür haben sie bestimmt einige Holdings liquidieren müssen. Aber was macht das schon. Sobald sie die InterAsia unter Kontrolle haben, werden sie im Endeffekt die gesamte Kronkolonie in der Hand haben. Und eine Milliarde ist billig für ganz Hongkong.«

»Billig nur, wenn man es sich leisten kann«, sagte Jake nachdenklich.

»Was machen wir jetzt, *Zhuan*? Wie können wir den *Gwai loh Tai pan* daran hindern, uns alles zu nehmen?«

Wieder hörte Jake den Zweifel in seiner Stimme. Three Oaths wußte, daß er aus momentanen Geschäftsentscheidungen ausgeschlossen war, und das gefiel ihm gar nicht. So war seine Beziehung zu Zilin nicht gewesen. Aber Jake war nicht der Jian; er war der *Zhuan*, und es waren andere Zeiten jetzt. *Traue niemandem, Jake,* hatte sein Vater zu ihm gesagt, *niemandem. Nicht, bevor du nicht Bluestones Spion im Yuhn-hyun gefunden hast.*

»Ich bitte dich, Sawyer zu sagen, er soll unseren Broker anrufen und die du-Long-Bonds in Umlauf bringen.«

»Was?« schrie Three Oaths. »Das ist ein gefährliches Spiel! Hoher Gewinn, bei dreifachen Zinsen auf dem Markt und extrem hohem Risiko. Die Schulden von InterAsia werden immens steigen. Und wozu? Ja, der Aktienpreis wird auch hochgehen, aber für wie lange? Und mit der lächerlichen Summe, die dadurch in unsere leere Kasse fließen wird, setzen wir uns nur der Gefahr aus, Beträge zurückzahlen zu müssen, die uns das Genick brechen können.«

»Wenn es uns dann noch gibt, werden wir gern zahlen«, sagte Jake ruhig.

Three Oaths wurde nachdenklich. »Einen Moment. Machst du das wegen Bluestone? Die zusätzlichen Schulden würden die InterAsia für eine Übernahme weniger interessant machen...«

Aber das wird nicht reichen, dachte Jake. Immer noch nicht reichen. »Um wieviel würden die Aktien steigen?«

Three Oaths dachte nach. »Um sieben Punkte. Zehn, wenn wir Glück haben.«

Wird das genügen? überlegte Jake. Dem Abgrund so nahe, konnte er die Klinge des Schwertes fühlen, das Bluestone, Daniella Vorkuta und Chen Ju über seinen Kopf gehängt hatten. Er fragte sich, ob es wirklich richtig gewesen war, so sehr an seinen Vater zu glauben. Zilin war schließlich auch nur ein Mensch gewesen. Also durfte auch er Fehler machen. Manchmal konnte auch Vertrauen die Zeitläufte nicht aufhalten.

Aber er wußte, daß er es selbst gewesen war, er, der *Zhuan*, der die letzte Entscheidung getroffen hatte. Im Endeffekt war es seine Sache. Er durfte nicht den Toten beschuldigen, wenn nun alles in einer Katastrophe enden würde.

Three Oaths' große Hand hatte die zierliche Teetasse umschlossen. »*Zhuan*, ich bin von Anfang an dagegen gewesen, mit der neuen Gesellschaft an die Börse zu gehen.«

»Das weiß ich.«

»Beim Geiste des weißen Tigers, wenn du auf meinen Rat gehört hättest, wäre das alles nicht passiert! Und ich müßte jetzt nicht zusehen, wie mir alles, was ich mir erarbeitet habe, seit ich von Shanghai hierher kam, von diesem unzüchtigen *Loh faan* abgenommen wird!«

»Vergiß nicht, Ehrenwerter Onkel«, sagte Jake, »wie es anfangs war, als du nach Hongkong gekommen bist. Mein Vater schickte dich mit einer Empfehlung zu Andrew Sawyers Vater, Barton, damit du so deine Arbeit für den *Yuhn-hyun* beginnen konntest. Die Entscheidung, mit der InterAsia an die Börse zu gehen, habe ich mit dem Segen meines Vaters getroffen.«

Einen Moment lang schwieg Three Oaths. Er starrte in Jakes müde, gerötete Augen. »Ich frage mich nur, was aus meinem Neffen geworden ist«, sagte er sanft. »Was ist aus dem jungen Mann geworden, der mir vertraute, mit dem ich alle Geheimnisse teilte?«

»Das war vor langer Zeit, Ehrenwerter Onkel. Zu ganz anderen Zeiten.«

»Das erkenne ich so gut wie jeder andere«, sagte Three Oaths. »So alt bin ich noch nicht.«

»Dann tu bitte, worum ich dich gebeten habe«, erwiderte Jake freundlich, aber ernst. »Ich möchte, daß die Bonds noch heute auf den Markt kommen.«

Lange Zeit stand er an der Reling. Er wollte nicht sehen, wie sich der alte Mann schmerzerfüllt den Niedergang hinunterschleppte.

Geschäftige *Walla-wallas* transportierten kamerabehängte, staunende Touristen zu einem mehrstöckigen schwimmenden Restaurant, das, wie zwei andere auch, ständig in Aberdeen Harbor vor Anker lag. Die Reisenden schauten mit einer Mischung aus Faszination und Besorgnis auf das verwirrende Hafenschauspiel, als ob sie erwarten würden, jeden Moment einen richtigen Schmuggler oder Triade-Attentäter zu sehen.

Jake trat zu den Frauen, und sie beendeten ihr Gespräch. »Laßt euch nicht stören«, sagte er.

»Wir sind fertig«, erwiderte Bliss.

Neon Chow lächelte. »Bist du mit deinem Onkel soweit?« fragte sie.
Jake begriff, daß sie ihre wahre Berufung verfehlt hatte. Nur eine exzellente Schauspielerin konnte so gewinnend lächeln und zugleich so scharfzüngig reden. Er zog es vor, nicht zu antworten. »Machst du Fortschritte mit Sir John Bluestone?« fragte er statt dessen.
»Er ist höflich, gewandt und geistreich.«
»Und er ist ein kommunistischer Spion«, sagte Jake trocken.
»Hast du erwartet, daß er mir das schon hätte gestehen müssen?«
»Ich hatte Fortschritte erwartet.«
»Huren«, erwiderte Neon Chow, »machen keine Fortschritte. Sie sinken bloß immer tiefer in den Abgrund.« Wieder dieses Lächeln. Jetzt konnte er dessen Schärfe wie die blitzende Klinge eines Stiletts sehen. »Und das hast du mit deinen Anweisungen aus mir gemacht, *Zhuan*. Eine Hure.«
»Was du nicht sagst«, murmelte Jake. »Ich glaube nicht, daß Bluestone von selbst darauf kommen mußte.«
Neon Chow gab ihm eine Ohrfeige. »Du Dreckskerl, weißt du überhaupt, wie schwer das für deinen Onkel ist?«
Jake bewegte sich nicht. Seine Augen glühten.
»Mach weiter«, sagte sie, »du kannst den anderen vielleicht Angst einjagen, *Zhuan*.« Sie spuckte aus, als würde es ihr die Zunge verbrennen. »Aber mir nicht.«
»Alles, was ich verlange, ist, daß du machst, was man dir sagt«, erwiderte Jake ruhig. »Wenn das zuviel ist, dann sag es. Du bist die Mätresse meines Onkels, nicht meine. Ich kann mir vorstellen, daß du noch andere Sachen zu tun hast.«
»Du bist wirklich ein Dreckskerl.«
»Ich glaube, du solltest Bluestone nicht mehr treffen«, sagte er abrupt.
Ihre Augen weiteten sich. »Warum?«
»Es war ein Fehler«, sagte Jake. »Lassen wir's.«
»Soll das heißen, daß du es mir nicht zutraust?«
»Ich sage dir, daß es ein Fehler war, das ist alles. Außerdem hast du selbst gesagt, daß es Three Oaths wehtut. Das will ich nicht.«
»Du willst doch Bluestones Geheimnis, oder?«
»Es gibt immer noch andere Möglichkeiten.« Er wollte nicht, daß sie erfuhr, daß es keine andere Möglichkeit gab. Was hätte sie dann von ihm verlangt?
»Welche denn?« beharrte Neon Chow. »Ich denke, ich hab' noch die besten Chancen. Früher oder später wird er etwas auf mein Kopfkissen fallen lassen, oder ich erlausche etwas bei einem nächtlichen Gespräch.«
Jake schien eine Weile nachzudenken. »In Ordnung«, sagte er endlich. »Ich gebe dir noch eine Chance. Aber«, warnte er, »wenn du mir bis nächste Woche keine Ergebnisse bringst, ist Schluß damit.«
Sie schien unsicher. »Das ist sehr wenig Zeit.«

»Mehr hast du nicht.« Er schaute flüchtig auf seine Uhr. »Ich an deiner Stelle würde das beste daraus machen.«

Neon Chow nickte, suchte ihre Sachen zusammen und verließ die Dschunke. Jake sah ihr hinterher. Es war leicht, sie in der Menge zu erkennen. Sie konnte den Verkehr in der Manier eines Fotomodells zum Erliegen bringen. Bliss sah seinen Blick. »Jake«, begann sie, aber er unterbrach sie mit einer Handbewegung. Er sah Three Oaths auf dem Unterdeck auftauchen und ging zu ihm hinüber.

»Es ist alles erledigt«, sagte der alte Mann. Er schien nur noch mehr verbittert zu sein. »Sawyers Reaktion war die gleiche wie meine, wenn dir das überhaupt etwas bedeutet. Aber er hat getan, was du angeordnet hast. Die du-Long-Bonds sind auf dem Markt.«

»Sehr gut«, sagte Jake und wendete sich ab.

»*Zhuan*.«

»Ja, Ehrenwerter Onkel.«

»Bliss hat mir erzählt, was bei dem Großen Pißgesicht passiert ist, und ich bin besorgt.«

»Wir sind alle besorgt, Ehrenwerter Onkel.«

»Nein, ich bin es über dich.«

Jake beobachtete ihn ruhig.

»Sie hat mir gesagt, was du mit White-Eye Kao angestellt hast.«

»Ich brauche mich nicht ...«

»Sie gab auch ihre Schuld zu.«

»Wir haben getan, was nötig war«, erwiderte Jake kurz. »Nichts weiter.«

»Ich weiß, daß viel auf dem Spiel steht.«

»Mehr, als wir ahnen, fürchte ich.«

Three Oaths versuchte, die Worte seines Neffen zu deuten. Ja, dachte er, er hat sich sehr verändert. Sein Geist ist so weit von uns allen entfernt. Machte das einen *Zhuan* aus? Und wenn es so ist, dann wünsche ich es bestimmt keinem meiner Söhne. »Stimmt es, daß Chen Ju lebt?« fragte er schließlich.

»Es sieht so aus, Ehrenwerter Onkel.«

»Und daß ihr, du und Bliss, ihn suchen wollt?«

»Ja.«

Three Oaths seufzte tief. »Es ist äußerst gefährlich dort. Im Shan.«

»Ich weiß.«

»Es ist sein Ort. Es ist das Zentrum seiner Macht.«

Jake sah dem alten Mann lange in die Augen. »Wenn ich es nicht tue, bleibt für keinen von uns etwas übrig, Ehrenwerter Onkel.«

»Dann mußt du gehen, *Zhuan*.«

»Ich werde gut auf Bliss aufpassen. Sie ist mir sehr wertvoll, deine *Bou-sehk*.«

»Mein Juwel.« Dem alten Mann stiegen Tränen in die Augen. »Du hattest recht, die Zeiten haben sich geändert. Mehr, sehr viel mehr, als ich bemerkt habe. Shi Zilin ist tot. Du bist nun *Zhuan*. Und meine *Bousehk* ist kein Kind mehr. Das ist eine harte Einsicht.« Welche hatte er gemeint? Die erste, die letzte – oder alle zusammen?

Der Wahnsinn wuchs weiter. In ihrer Nähe zu sein war, wie neben einem riesigen Feuer zu stehen. Kein Wunder, dachte Huaishan Han, daß Oberst Hu nicht mehr unter den Lebenden weilt.

Huaishan Han saß zusammengesunken in General Kuos königlicher Hütte. Sein verkrümmter Rücken beschäftigte ihn mehr als je zuvor. Er war die ständige Erinnerung an den Brunnenschacht. Oder vielleicht erinnerte sie, Qi lin, ihn ständig daran.

Ihre Augen waren wie brennende Kohlen. Einmal war Huaishan Han im Norden, weit weg von Beijing, auf Tigerjagd gegangen. Sibirische Tiger, riesige, wilde Bestien aus einer längst vergangenen Zeit, wie ihm schien.

Es war das weiße Fell der Raubkatzen, was ihn am meisten überraschte. Der Schnee mußte die Ursache dafür sein. So weit im Norden lag viel Schnee. Er konnte sich noch heute an seinen Atem erinnern, der wie ein lebendes Wesen in silbrigen Wolken aus seiner Lunge entfloh. Sein Haar war eisverkrustet gewesen, als wäre es früh ergraut. Die Kälte drang sogar durch seinen schafwollgefütterten Anorak.

Huaishan Han und der Jäger waren drei Tage der Spur eines riesigen männlichen Tieres gefolgt. Der Tiger war wie ein Geist: sie konnten ihn von Zeit zu Zeit hören, schnüffelnd und tief in seiner Kehle knurrend. Einmal war er sicher, das Biest sogar riechen zu können. Aber sie hatten ihn nie zu Gesicht bekommen.

Die letzte Nacht im Lager. Sie hatten sich entschieden, die Jagd aufzugeben. Die Kälte stach bis in ihre Knochen, und eine weitere Suche schien sinnlos zu sein. Sie saßen am Lagerfeuer und sprachen davon, in die Zivilisation zurückzukehren, wo sie wieder warme Kleidung und vernünftiges Essen bekommen würden.

Huaishan Han erwachte in tiefster Finsternis. Der Vollmond war verschwunden. Der Nachtwind peitschte Schnee und Eis durch das Zeltlager, das den Überresten einer geschlagenen Armee ähnelte.

Er hörte ein scharfes Geräusch, und als er den Kopf herumdrehte, sah er nicht mehr als einen halben Meter entfernt die riesigen Schultern des schattenhaften Wesens. Er hielt den Atem an. Die Angst kroch ihm wie Würmer in den Bauch. Seine Beine waren wie Butter, und er hatte das Gefühl, die Kontrolle über seine Blase zu verlieren.

Seine Nackenmuskeln verspannten sich, und während Huaishan Han die Bestie noch in hilfloser Faszination anstarrte, warf der Tiger kurz seinen mächtigen Kopf zurück. Er hörte ein scharfes Knacken, als ob ein ausgewachsener Baum von einem Blitz gespalten worden wäre, und der kreidebleiche Kopf seines Begleiters rollte in seine Richtung.

Huaishan Han schreckte zusammen, und schon warf die große

Katze den Kopf herum. Ein rauhes, bestialisches Schnüffeln, und er schaute direkt in das Gesicht der Kreatur. Einen Moment lang herrschte absolute Stille. Dann knurrte der Tiger leise, die schwarzen Lippen zogen sich zurück und enthüllten lange, blutverschmierte Reißzähne.

Die großen spiegelnden Augen, vollkommen rund, gelb und strahlend wie polierte Edelsteine, leuchteten grell. Sie lagen eingehüllt in den Schoß der Nacht, sprühten Feuer, bis sich Huaishan Han schließlich sicher war, daß nur noch er und die Bestie existierten.

Er wußte, daß die nächsten sechzig Sekunden über Leben oder Tod entscheiden würden. Und er wußte auch, daß diese Entscheidung nicht in seiner Hand lag. Wenn er sich auch nur einen Millimeter bewegte, würde der Tiger sich ohne Warnung auf ihn stürzen.

Die Entscheidung lag bei der Bestie. Oder bei Buddha, der in allen Lebewesen weilt. *Joss.*

Huaishan Han seufzte ein wenig vor Resignation, als er, dem Tod in die Augen blickend, bemerkte, wie wohlbekannt er ihm im Grunde war.

Es hatte ihn nicht überrascht, als sich die Bestie schließlich von ihm abwandte, alles Licht erlosch, die außergewöhnliche Welt, die in diesen Augen gelegen hatte, war wieder verschwunden wie die rohe Gewalt, die unerschöpfliche Energie. Die ehrfurchtgebietende Todesmaschine war wieder ein Teil der Nacht geworden.

Huaishan Han verbrachte in den nächsten Jahren viele schlaflose Nächte mit dem Versuch, die Botschaft Buddhas, die der Gott für ihn in die Augen des Tigers gelegt hatte, zu entziffern. Zuletzt hatte er sich für folgende Bedeutung entschieden: Der Tiger tötete nicht wahllos, aber ohne sich im geringsten schuldig zu fühlen.

Jetzt, in diesem alten Korbstuhl, den General Kuo ihm überlassen hatte, starrte er in Qi lins kohlenschwarze Augen und wußte, daß die fürchterliche Todesmaschine aus seiner Vergangenheit zu ihm zurückgekehrt war.

Wie unter einem Zwang nahm er ihre Hand in seine. Dann drehte er sie um und starrte sie an. Sie schien so zerbrechlich, blaß und schön, mit diesen langen schlanken Fingern. Gleichwohl wußte er, daß diese Hand General Hu getötet hatte. Er holte sich die hypnotisierende Schönheit der Bestie ins Gedächtnis zurück, die ihn fast dazu verführt hätte, seine Hand nach diesen samtigen Augen auszustrecken und sie zu liebkosen. Und er hatte den Wunsch niederkämpfen müssen, sich einfach an diese berauschende Macht anzuschmiegen.

Besaß dieses Mädchen, die Enkelin seines Feindes, nicht auch diese verwirrende Verführungskraft?

Es war wahnsinnig, das zu denken, an eine solche Kraft zu glauben. Aber der Wahnsinn war Huaishan Hans ständiger Begleiter geworden, ein Teil der vollkommenen Finsternis im Brunnen, die in ihm weilte, noch lange nachdem General Kuo an den Rand seines Lebens getreten war, nach ihm gefaßt und ihn aus der Hölle gezogen hatte.

Huaishan Han schloß die Augen und schauderte heftig. Ah, der Brunnen! Die Welt der Verdammten. General Kuo hatte ihn daraus gerettet, aber Huaishan Han wußte, daß er ihr nie wirklich entkommen war. Sein Herz war in den entsetzlichen Qualen dieser unendlichen Zeit gefangen. Und nun, da er in diese, seinem Gesicht so nahen Katzenaugen blickte, begriff er mit Schrecken, daß er, obwohl General Kuo ihn doch aus den Tiefen der Verdammnis gezogen hatte, dort unten im lichtlosen Schacht des Brunnens gestorben war.

Und er begriff, daß er nie zuvor so lebendig gewesen war als in jenem Moment, da er in jener Nacht in diese heißen Achataugen geblickt hatte. Nun wußte er, was diese Todesmaschine ihm gezeigt hatte, und mit zitternden, verkrümmten Händen hob er Qi lins schönen Kopf an. Ihre Wangen waren heiß wie eine geheimnisvolle Sonne, die in der Dunkelheit brennt, und ihre Haut fühlte sich an wie jener Samt, der sich in seinen Träumen mit dem weißen sibirischen Tiger verbunden hatte.

Sie knurrte leise, tief in der Kehle, als er sie auf die Knie sinken ließ, und er war sich der Gefahr, die von ihr ausströmte, so bewußt, als würde sich eine glänzende Klinge an seine Kehle legen. Er schluckte heftig und beugte seinen Kopf so tief, bis seine Stirn gegen ihre drückte.

Ihre Energie floß in ihn über, und er wußte, daß er sie, wenn sie jetzt versuchte, ihm das Genick zu brechen, nicht aufhalten würde. Aber sie würde es nicht tun. Er war sich seiner Sache so sicher wie nie zuvor in seinem Leben.

Nein, sie würde ihn nicht verletzen, dieses Enkelkind seines Feindes, aber sie würde ihn töten.

Sie würde Jake Maroc Shi töten.

Mit nahezu religiöser Ehrfurcht preßte Huaishan Han seine Lippen auf ihre Stirn, und für einen kurzen Augenblick verschwand der Schrecken des Brunnens aus seinem Bewußtsein.

Die Leuchtkugel stieg in den dunklen Himmel auf und strahlte hell.

»Da scheint jemand etwas von Feuerwerk zu verstehen«, sagte Threnody.

Sie konnten jetzt auch das Knallen und Zischen hören, aber hier oben auf dem Hügel waren sie ziemlich weit von der Quelle entfernt.

»Wenn der Junge kommt«, sagte Simbal, »muß ich gehen.«

Threnody konnte die Drohung sehr wohl heraushören. Sie saßen in einem Straßencafé. Es war immer noch so heiß, daß man selbst im Sitzen schwitzte. Er fand das Klima unerträglich und wunderte sich, wie es Simbal hier gefallen konnte. »Ich bin nicht hierher gekommen, um dir von Peter Curran zu erzählen. Die Information hätte ich dir auch per Telex oder durch Monika zukommen lassen können.«

In der Nähe stand ein großer Buddha, wie er anscheinend noch an dem abgelegensten Flecken in Burma zu finden war. Die Statue hielt die linke Hand offen im Schoß, die rechte Hand ruhte auf dem rechten Knie, so daß die Fingerspitzen den Boden berührten.

»Eigentlich«, fuhr Threnody fort, »bin ich froh, daß du sauer auf mich bist, Tony. Das zeigt, daß du noch nichts verlernt hast.« Er hob sein laues Bier hoch und trank einen Schluck. »Sonst hätte ich dich bei unserem letzten Treffen auch falsch eingeschätzt gehabt.«

Threnody schien sehr von sich überzeugt zu sein, und das interessierte Simbal. Dies war nicht seine Gegend, schien es ihm, und Threnody war ein schlechter Reisender. Er hatte einen schwachen Magen und neigte dazu, sich alle möglichen einheimischen Parasiten an den Hals zu holen. Zumindest hatte es entsprechende Gerüchte bei der DEA gegeben, als Simbal noch dort gewesen war.

»Sag mir eins, Max«, fragte er, »hast du gewußt, daß Peter Curran noch lebt?«

»Woher sollte ich das wissen?« erwiderte Threnody.

»Siehst du den Buddha?« fragte Simbal. »Er ist Jahrhunderte alt. Das da unten am Sockel sind Diamanten. In vielen Tempeln erneuern die Burmesen ständig das Blattgold, das von Bittstellern, die die Statuen anfassen, abgegriffen wird.« Er schenkte sich ein Bier ein. »Dieser da ist der *Mudra*. Er ruft die Vasumdarhi, die Erdgöttin, an.«

»Ich wußte gar nicht, daß auch Buddha fremde Hilfe braucht«, sagte Threnody trocken.

»Die Legende erzählt«, fuhr Simbal fort, »daß Mara, der Gott der Zerstörung, zuerst versuchte, Buddhas Macht durch eine Armee böser Dämonen, die er auf ihn hetzte, zu brechen. Als dies scheiterte, entsandte er seine drei Töchter, Begehren, Vergnügen und Leidenschaft, um ihn zu unterwerfen.

Buddha berührte die Erde und bat Vasumdarhi, Zeugnis abzulegen, daß er allwissend sei. Mit ihrer Zustimmung hob und senkte sich die Erde so heftig, daß Mara und seine Töchter fortgeschleudert wurden.«

Threnody hatte sein Bier ausgetrunken. Er schob sein Glas in die Mitte des Tisches, eine einsame Barriere zwischen ihnen. »Siehst du mich so, Tony, als Mara, Gott der Zerstörung, gekommen, um dich zu zerschmettern?«

Simbal schwieg. Er war sich Rodger Donovans Warnung vor Max noch zu bewußt.

»Heute bin ich nur ein Bote. Der Überbringer schlechter Nachrichten. Wirst du mir zuhören?«

»Sicher.«

Threnody beugte sich vor. Das Feuerwerk tönte sein Gesicht rosa und golden. »Ich meine, wirklich zuhören, Tony. Bis zum bitteren Ende. Auch wenn Dinge dabei sind, die du nicht hören willst. Ich war in einigen brenzligen Situationen dein Führungsoffizier und ich hab dich immer wieder heil herausgeholt. Ich habe meine Leute immer mit heiler Haut herausgeholt.«

»Wenn auch nicht immer mit heilem Verstand«, sagte Simbal. Aber er wußte, daß Threnody in Ordnung war. Bei ihm kamen seine Leute immer zuerst. Er bekam eine Menge Druck von den Schreibtischhengsten, aber davon ließ er nichts zu seinen Leuten durchsickern. Das war ungewöhnlich. Es gab viele Offiziere, die sich einen Namen machen wollten und die deshalb ihre Leute draußen allen nur möglichen Gefahren aussetzten, um irgendeinen Job zu erledigen. »Du vergißt«, fuhr Simbal fort, »daß ich jetzt für Donovan arbeite.«

»Donovan, richtig. Dein eigener Kontakt in die selige Studentenzeit.«

Simbal musterte ihn. »Glaubst du etwa, er hat mir deshalb den Job angeboten?«

»Mein Gott, nein. Aber es spielt doch eine Rolle, Tony. Vielleicht eine wichtige. Ich denke, Donovan glaubt, daß du, wenn es darauf ankommt, loyal bleiben wirst, egal was passiert.«

»Weil wir zusammen aufgewachsen und zur Schule gegangen sind?«

»Unterschätze diese Verbindung nicht, Tony. Ihr habt eure Jugend gemeinsam verbracht. Das Band ist schwer zu zerreißen.«

»Und noch immer hast du kein Wort über Curran und Bennett verloren«, sagte Simbal.

»Ich bin dir dankbar, Tony. Durch dich haben wir sie gefunden. Weil ich dich richtig motiviert habe. Du bist so ein ritterlicher Typ, ich wußte, was die Nachricht von Currans Tod bei dir auslösen würde.«

»Und es berührt dich nicht, was das für Monika bedeutet?«

»Glaub mir, Tony, für Monika ist es viel besser zu glauben, er wäre tot, als die Wahrheit zu erfahren.«

»Willst du jetzt auch noch Gott spielen?«

Threnody überhörte es. »Ich wußte, wenn ich dich erst genügend motiviert hatte, würdest du dich auch in die Sache verbeißen. Du hast Bennett gefunden. Du warst immer mein bester Spürhund, Tony. Und ich hatte gelegentlich höllisch zu tun, dich an der Leine zu halten.«

»Ich habe mehr getan, als sie nur zu finden, Max«, sagte Simbal. »Curran und Bennett planen etwas, das größer ist als die üblichen DEA-Fälle, größer auch als die üblichen Probleme der *Pyramide*. Ich habe ein paar Einzelheiten herausgefunden, aber die ergeben noch kein Bild. Run-Run Yi hat mir, bevor er starb, etwas erzählt. Daß der *Diqui* Waffen über den ganzen Globus verschiebt. Nicht zum Verkauf, sondern um Lager anzulegen. Yi hat auch behauptet, daß diese leichten Waffen die Kraft hätten, die ganze Welt zu zerstören. Er nannte Bennett den Geist, der die Tür öffnet. Weißt du, was er damit gemeint haben könnte, Max?«

»Alles, was ich weiß, habe ich dir gesagt«, erwiderte Threnody. »Der Punkt ist, daß ich verteufelt viel Zeit gebraucht habe, dich für diesen Auftrag zu gewinnen. Es gab viel ...«

»Dann geht es gar nicht um Bennett und Curran«, warf Simbal ein. »Dann ging es nie um sie.«

»O doch. Bennett und Curran sind eine Sache, Rodger Donovan eine ganz andere.«

»Wer mußte das Okay für meinen Auftrag geben?« fragte Simbal.

»Der Präsident.«

»Der Präsident wovon?«

Threnody seufzte. »Der Vereinigten Staaten. Das kommt ganz von oben, Tony.«

Simbal starrte seinen Exchef an. »Was hast du mit dem Präsidenten der Vereinigten Staaten zu tun, außer gelegentlich Medaillen für deine Mitarbeiter entgegenzunehmen?«

»Ich arbeite jetzt für ihn. Zeitweise. Deshalb kann ich auch einem SNIT-Mann wie Martine einen Auftrag geben. Ich bin bei der DEA so etwas wie halbpensioniert.«

»Seit wann«, fragte Simbal zweifelnd.

»Einen Monat, nachdem Henry Wunderman umgebracht wurde. Glaubst du, so eine Sache würde man so einfach durchlassen?«

»Und die DEA?«

»Soweit es um meine Leute geht«, sagte Threnody, »bin ich noch da. Sie wissen, daß ich Boxer als meinen eventuellen Nachfolger aufbaue.«

»David Boxer?«

»Ja. Du kennst ihn.«

»Was hat man ihm gesagt?«

»Daß mein Arzt sagt, ich müsse kürzertreten und die Dinge nicht mehr so ernst nehmen. Er ist sehr dienstbeflissen. Und sehr gut. Da hab' ich keine Bedenken.«

Simbal beobachtete, wie das farbige Licht von Max Threnodys Gesicht tropfte. Er hatte sich schon immer gefragt, was passieren müßte, um ihn aus der Ruhe zu bringen. Jetzt, da es geschah, wußte er, daß es nichts als Einbildung war. »Was ist los, Max? Warum bist du hier?«

»Einen Moment, Tony. Erst mal muß ich dir etwas erklären. Der Präsident war nicht glücklich, als ich dich für diese Sache vorschlug.«

»Warum?«

»Wie ich sagte, du und Donovan, ihr kommt vom selben Club. Ihr seid alte Freunde.«

»Es dreht sich also um Donovan?«

»Ich sagte dem Präsidenten, daß das in diesem Fall zu unserem Vorteil wäre. Ich sagte ihm, daß ich auf dich setze, Tony, auf deinen

Scharfsinn, deine Ehrlichkeit, deinen Sinn für Gerechtigkeit. Du bist ein gottverdammter Ritter, Tony. Du liebst nichts mehr, als auf einem weißen Pferd daherzukommen und gegen das Böse zu kämpfen.« Er legte eine bedeutungsvolle Pause ein. »Wer auch immer dahintersteckt.«

»Wie ich sehe, hast du dich durchgesetzt.«

»Ich kenne dich besser als der Präsident«, sagte Threnody. »Außerdem trage ich die Verantwortung.«

Unter ihnen brannten Lichter auf einem Platz. Eine Horde Jugendlicher mit nackten Oberkörpern spielte *Chinlon*. Es war der burmesische Nationalsport und eine Manie unter der Jugend. Ein aus Bast geflochtener Ball wurde mit komplizierten Schlägen, zu denen nur die Füße und die Knie benutzt werden durften, von einem zum anderen gespielt.

»Worauf zum Teufel willst du hinaus, Max?«

»Ich denke, daß dein neuer Boß – Rodger Donovan – für die andere Seite arbeitet.«

Unten auf dem Platz war der Junge mit dem Ball aus dem in den Sand gezeichneten Kreis getreten. Der Kreis hatte einen Durchmesser von sechseinhalb Metern, und wer ihn verließ, bekam Punkte abgezogen, ebenso, wenn der Ball den Boden berührte. Punkte sammeln konnte man mit den unterschiedlich schwierigen Schlägen, die man im Besitz des Balles fehlerlos zuwege brachte.

Simbal, der das *Chinlon*-Spiel beobachtete, tat der Junge leid. Er hatte keine Aussichten mehr auf den Sieg. Dann jedoch wurde ihm klar, daß er sich selber leid tat.

»Ich habe bemerkt«, sagte Threnody gelassen, »daß du nicht gesagt hast: Du hast den Verstand verloren.«

»Bis jetzt«, entgegnete Simbal. Der Junge, durch seinen Fehler aus dem Rhythmus gekommen, ließ den Ball vom Fuß rollen. Der Ball berührte den Boden, und sofort brach ein lautes Gelächter los. Jetzt hatte er überhaupt keine Chance mehr. »Und was macht Rodger verdächtig?«

»Ganz einfach, es beginnt und endet mit einem Gemälde«, sagte Threnody. »Und ansonsten ist es alles andere als einfach.«

»Ich verstehe nicht.«

»Erinnerst du dich an das Bild, das Donovan aufhängen ließ, nachdem er Direktor der *Pyramide* geworden war?«

»Ja, klar. Es ist ein Seurat«, erwiderte Simbal, und ihm fiel wieder das Gespräch ein, das er mit Donovan geführt hatte. »Aber es ist nur eine Kopie.«

»Wer sagt das?«

»Donovan.«

»Dann ist er ein Lügner«, sagte Threnody. »Es ist das Original.«

»Ich hoffe, du verdächtigst ihn nicht nur, weil es zu teuer für einen

Mann mit Beamtengehalt ist«, sagte Simbal. »Donovan kommt aus reichen Verhältnissen.«

Threnody warf seine Hand in die Luft. »Natürlich nicht. Geld hat nichts damit zu tun. Aber ich habe das Bild schon einmal gesehen. Vor Jahren, als ich in Paris gearbeitet habe. Damals interessierte ich mich für die Impressionisten. Ich klapperte alle Galerien und Museen ab. Und Auktionen! Mein Gott, ich hätte meine Seele verkauft, um eines der Bilder zu bekommen.

Das war das einzige Mal, daß ich meinen Dienst versäumte. Mitten während der Arbeit schlich ich mich davon, um zu einer dieser Auktionen zu kommen. Und dort habe ich diesen Seurat gesehen. Er wurde auf der Auktion verkauft. Eine schöne Frau mit stürmischen grauen Augen und vollem blondem Haar kaufte ihn. Aus vielerlei Gründen erinnere ich mich gut an sie. Ich wollte diesen Seurat, aber ich bin nicht wie dein Freund Donovan. Ich stamme nicht aus einer reichen Familie, und ich bin nicht auf die richtigen Schulen gegangen.« Er lachte ein wenig, aber es lag ein Hauch Düsternis, vielleicht ein wenig Bedauern darin. »Ich wurde in einem anderen Milieu geboren. Ich konnte nur sehnsüchtig die Töchter der höheren Gesellschaft Bostons beobachten und mich darüber wundern, was es wohl war, das sie über mich und meinen alten Herrn erhob. Natürlich, aus einem Rechtsanwaltsbüro kam man nicht mit einem schwarzen Kohlengesicht von der Arbeit nach Hause.

Nun, zu der Zeit, als ich das College verließ, kannte auch ich meine Maler, und ich liebte diesen Seurat. Ich begehrte ihn, obwohl ich ihn mir nicht leisten konnte. Und deshalb konzentrierte ich mich auf den Käufer.«

»Die Blondine.«

»Die Blondine«, wiederholte Threnody. »Und dann habe ich mich auch noch aus anderen Gründen für sie interessiert. Ich beobachtete ihr Gesicht. Ich machte gerade einige außerlehrplanmäßige Untersuchungen für eine Operation, die ein wenig seltsam war. Die Russen waren offensichtlich darin verwickelt. Oder besser gesagt, der KGB. Und dabei«, sagte Threnody, »war mir dieses Gesicht schon einmal begegnet. Der Seurat war von einem KGB-Leutnant mit dem Namen Daniella Vorkuta gekauft worden.«

Unten auf dem beleuchteten Platz kämpften sich die Jungen fast zu Tode. Im Grunde hätten sie längst heiser sein müssen von all dem Geplärre, aber der Lärm und ihre Energien schienen unerschöpflich. Als er hinunterblickte sah Simbal, daß der Junge, der die beiden Fehler gemacht hatte, schon wieder in vorderster Linie der Gruppe kämpfte. Und Simbal wünschte sich selbst noch einmal so jung und voller Kraft.

»Ist das alles, was du an Beweisen gegen Rodger hast?« fragte er nach einer Weile. »Daß er einen Seurat besitzt, den vor Jahren ein KGB-Leutnant in Paris gekauft hat?«

»Zur gleichen Zeit, als Rodger Donovan in Paris war«, sagte Threnody. »Ich habe das damals noch weiter verfolgt. Leutnant Daniella Vorkuta war mit einem Rekrutierungsauftrag in Paris. Ihr offizieller Titel war ›Zweiter Kulturattaché‹, so konnte sie sich in höheren Kreisen bewegen.«

»Und der Seurat?«

Threnody zuckte die Schultern. »Rekruten möchten umworben werden. Das ist ein Teil des Spiels. Alle wollen sie etwas Greifbares, wenn sie das erste Mal draußen sind. Als ob man das Wasser testet, ob es auch warm und einladend ist. Der Seurat war höchstwahrscheinlich ein Geschenk.«

»Ein Geschenk!«

»Ein Zeichen, wie wichtig Donovan für sie sein könnte.« Threnody griff in seine Tasche und zog einen Umschlag heraus, der dunkel von Schweiß war. »Und glaub mir, er lebte sich voll aus, Tony. Da ist alles drin, Kopien von geplatzten Operationen und Geheimmaterial, das zu den Sowjets gelangte. Das Ganze war natürlich ziemlich clever eingefädelt.«

Simbal sah auf den Umschlag, den Threnody auf den Tisch gelegt hatte. »Warum ist er dann nicht längst erwischt worden?«

Threnody zuckte die Schultern. »Was soll ich dazu sagen, Tony? Wir sind dumm. Jeder von uns, in jedem Dienst. Wir stolpern blind vorwärts. Wir verpfuschen alle mal was. Es ist doch wahr, in jeder Bürokratie werden mehr Sachen vermasselt als richtig gemacht. Ich gebe zu, ich bin da rein zufällig drübergestolpert. Ohne den Seurat hätte ich keinen Verdacht geschöpft. Jedenfalls nicht in Donovans Richtung. Und was soll ich jetzt tun?« Das Spiel auf dem Platz unten war aus. Der Junge, den Simbal beobachtet hatte, war doch noch Sieger geworden. Seine letzten drei Schläge hatten die Konkurrenz vom Platz gefegt. Gut für dich, dachte Simbal.

»Er bringt uns um, Tony«, sagte Threnody. »Er saugt unser Blut aus wie ein gottverdammter Vampir; er läßt uns ausbluten. Ich kann so nicht weitermachen. Er muß ausgeschaltet werden. Schnell und diskret.« Der Junge, auf den Simbal gewartet hatte, war gekommen. Er schlängelte sich geschickt zwischen den Tischen durch und kam grinsend auf Simbal zu. Er war von einem der Bergstämme in der Nähe von Mogok, wo sie die Juwelen förderten, für die Burma so berühmt war. In einen seiner Schneidezähne war ein herzförmiger Rubin in der Farbe von Taubenblut eingelassen und ein Stück Jade.

»Sie sind aufgebrochen«, sagte Simbal und stand auf. Der Junge hatte die Pension beobachtet, in die Curran und Bennett sich verkrochen hatten. »Ich muß jetzt gehen.«

»Zum Shan«, sagte Threnody.

»Da sind sie hin«, erwiderte Simbal. »Ich habe keinen Zweifel daran.«

Threnody sah zu ihm hoch und griff nach dem Umschlag. »Er ist ein übles Stück, Tony. Der Schlimmste.«

Simbal, der von dem Jungen schon am Ärmel gezupft wurde, nahm den Umschlag. »Ich werde mir mal anschauen, was du da hast.«

»Wir haben nicht mehr viel Zeit.«

»Was meinst du?«

»Geh schon, Tony«, sagte Threnody, »der Shan ruft. Das Land, wo Gott wohnt.«

»Weit weg von dem Ort, an dem Rodger Donovan sich aufhält.«

»Das ist meine letzte Information für dich«, erwiderte Threnody. »Meine Leute, die Donovan nicht aus den Augen gelassen haben, haben mir vor kurzem durchgegeben, daß er in ein paar Stunden hier sein wird.«

»Aber warum?« fragte Simbal.

»Weiß ich nicht. Ist mir auch völlig egal. Das einzig Wichtige ist, Tony, daß du sofort etwas unternimmst.«

»Ich habe mich noch nicht einverstanden erklärt«, entgegnete Simbal. »Ich bin hier, um Bennett und Curran zur Strecke zu bringen. Muß ich das noch mal sagen? Ich arbeite nicht mehr für dich.«

»Es ist alles da drin.« Threnody tippte mit dem Zeigefinger auf den braunen Umschlag. »Rodger Donovan ist ein Verräter, Tony. Eine Menge Leute sind durch ihn gestorben.« Threnody schaute ihn unverwandt an. »Du willst also Bennett und Curran zur Strecke bringen. Gott weiß, sie verdienen es.« Es war ein Blick, den Simbal schon einmal gesehen hatte. »Aber der Präsident und ich, wir befassen uns zur Zeit mit Donovan. Wir wollen, daß er verschwindet.« Es war dieser Blick, den Threnody nur hatte, wenn er sich entschloß, die Hunde von der Leine und ihnen ihren Willen zu lassen.

Der alte Mann hatte eine Haut wie Blattgold. Die Sonne und die Winde, die über das Shan-Plateau tobten, hatten ihn in genau der gleichen Weise geprägt, wie er die Produkte seiner Arbeit prägte.

Er war ein Künstler der alten Schule, ein Burmese, wie sie sogar in diesem versteckten Winkel des Landes inzwischen selten waren. Er war ein Meister in Lackarbeiten, geboren in Pagan, von wo, wie es hieß, seine Kunst irgendwann während des 1. Jahrhunderts nach Christus nach Burma gelangte, und zwar durch Chinesen des Nan-ch'ao-Reiches, deren Urururenkel jetzt Yunnan bewohnten.

Heutzutage wird die perlgraue Flüssigkeit, die aus dem *Thitsi*-Baum auf dieselbe Art gewonnen wird, wie Gummi aus dem Gummibaum, auf Holz- oder Bambusrahmen aufgetragen. Dieser Mann machte seine Arbeit jedoch immer noch wie seine Großväter. Er benutzte geflochtenes Pferdehaar als Basis, so daß das fertige Produkt von herrlich elastischer Qualität war.

Jake verbrachte einige Zeit neben dem alten Mann hockend. Er hatte zwei Flaschen Johnnie Walker Black mitgebracht und vier Schachteln amerikanische Zigaretten, die jetzt zwischen den Beinen des alten Mannes lagen.

Der alte Mann sprach die meiste Zeit, Jake nickte und stellte gelegentlich eine Frage, während er die alten Hände dabei beobachtete, wie sie geschickt die Lackarbeit modellierten, die sich schwarz färbte, sobald sie längere Zeit mit der Luft in Berührung kam.

Der Himmel über ihnen hatte die Farbe von Katzenaugen, große Wolkenmassen trübten das Blau. Vielleicht war es auch das viele Blattwerk, das den Himmel gelb färbte, oder der staubige Sand des Plateaus, der in großen Fetzen, wie Gaze von der Hand eines Künstlers gedreht, in der Luft hing.

Einige Zeit später stand Jake auf und entfernte sich ein Stück von den letzten Ständen des Marktes unter freiem Himmel, wo traditionelle Seidentücher und Opiumgewichte zum Verkauf ausgebreitet waren. Im Schatten eines ausladenden Baumes wartete Bliss. »Er weiß es«, sagte Jake. »Er hat von Chen Ju gehört. Obwohl er hier unter diesem Namen nicht bekannt ist. Man kennt ihn hier als Naga. Sehr melodramatisch. Die große Schlange aus der asiatischen Mythologie.«

»Jake.«

»Onkel Tommy weiß, wo man den Naga finden kann«, fuhr Jake fort. Alle Burmesen hatten amerikanische Namen und waren unter ihnen bekannt. »Wir sind nicht weit weg. Es ist nur ungefähr ...«

»Jake.« Bliss nahm seinen Arm und führte ihn auf die andere Seite des Baumes, wo sie von den Dorfbewohnern besser abgeschirmt waren. »Was ist los? Seit dem Abend auf der Dschunke meines Vaters hast du über nichts anderes als über Chen Ju gesprochen. Du hast nicht geschlafen und hast kaum etwas gegessen. Und du hast einen Ausdruck in den Augen, der mich ängstigt.«

»Es ist nichts.«

»So wenig wie das, was bei McKenna passiert ist?«

»Was soll das?«

»Du warst nie so gefühllos. Nie so ... Ich weiß nicht, vielleicht ist sadistisch das richtige Wort.«

»Was ich getan habe, hat mir keinen Spaß gemacht.«

»Nein«, sagte sie, »vielleicht nicht. Aber vielleicht hättest du einen anderen Weg finden können ...«

»Es gab keinen. Ich habe dir gesagt, White-Eye Kao ist von einem Meister trainiert worden.«

»Wenn das wirklich der Fall gewesen wäre, wäre er lieber gestorben, als etwas zu verraten.«

Jake beobachtete sie eine Zeitlang. Er dachte an die Frauen in *Longyi*, die sich ihre Gesichter mit blaßgelber Pigmentfarbe bleichten. Sie dienten dem alten Mann, als wäre er Buddha selbst.

»Was sagst du?«

»Ich sage nichts«, erklärte Bliss fest. Seit sie hierhergekommen waren, hatte sie den Eindruck, daß Jake zum Streiten aufgelegt war. »Worum ich dich bitte, ist zu bedenken, daß White-Eye Kao dir möglicherweise nur erzählt hat, was er dir erzählen sollte.«

»Weil Chen Ju mich hier haben wollte.«

»Ja, vielleicht.«

»Aber warum?« fragte Jake. »Es macht keinen Sinn, daß er mich in sein Versteck lockt. Da wäre es viel sinnvoller für ihn, sich über Mittelsmänner die Kontrolle über die InterAsia zu verschaffen. Wie er es ja auch gerade tut.«

»Er fürchtet dich«, sagte sie. »Und hier kann er dich wesentlich leichter vernichten als in Hongkong. Hier stellt auch niemand Nachforschungen an.«

»Das wäre dumm«, beharrte Jake. »Und Chen Ju ist nicht dumm.« Er beobachtete sie weiter, und jetzt fiel ihm etwas auf, das er nicht übergehen konnte. »Es sei denn, du weißt etwas, das ich nicht weiß.«

Bliss wandte sich ab. Wie sollte sie ihm erzählen, was mit seinem Vater passiert war? Wie ihn auf das *Da-hei* vorbereiten? »Ich ...«, und dann schloß sie ihren Mund. Sie mußte sich hilflos eingestehen, daß es keine Vorbereitung gab für das, was sie ihm erzählen mußte. Aber warum sollte er nicht verstehen? Wie oft hatte sie ihn ins *Ba-mahk* tauchen sehen. War das *Da-hei* nicht ähnlich?

»Du hast dich verändert«, sagte er plötzlich.

»So wie du. Ich hoffe, du kannst dich noch daran erinnern, wie es früher war, wenn wir zusammen waren.«

Etwas in ihren Worten durchbohrte ihn wie ein Pfeil. Er ließ sie los und rutschte am Stamm des Baumes hinunter, bis er auf dem Boden saß.

Bliss kniete sich neben ihn. »Jake«, sagte sie, »was ist denn?«

»Ich weiß nicht.«

Sie wußte, daß er log und sagte es ihm dummerweise auch noch, ohne lange nachzudenken.

»Du weißt jetzt wohl alles, was?« brauste er auf. »Du wußtest, wann White-Eye Kao log und wann er die Wahrheit sagte. Und jetzt hast du eine Veränderung an mir erraten. Was weißt du noch alles und sagst es mir nicht?«

Bliss hätte sich die Zunge abbeißen mögen dafür, daß sie so unbedacht gewesen war.

»Ahnst du es nicht?« sagte sie leise. »Du kannst die Wahrheit erraten. Im *Ba-mahk* kannst du ...«

»Nein.«

»Was?«

»Ich habe den Weg verloren, ins *Ba-mahk* zu kommen.« Sein Gesicht war im Schatten, aber sie mußte seine Miene nicht sehen, um die Bitterkeit in seiner Stimme zu verstehen.

»Ist es deshalb?«

Er drehte sich zu ihr. »Ist das so wenig?«

Sie schob ihren Arm unter seinen. »Jetzt klingst du wie ein kleiner Junge, der seinen Teddybär verloren hat.«

»Ich fühle mich wie ein Mann, der plötzlich blind geworden ist.«

Sie schwieg eine Zeitlang, nahm aber seine Hand in ihre und schob ihre Finger zwischen seine. Zusammen beobachteten sie die rastlosen Wolken, die sich wie schmutzige Wäsche türmten, bis der gelbe Himmel sich vollständig verdunkelt hatte. Kurz darauf war weit entfernt ein dumpfes Donnergrollen zu hören.

»Hat es dich je geängstigt, Jake?«

»Was?«

»*Ba-mahk.*«

»Die Macht?«

»Nicht so sehr das. Sondern die Visionen. Die Andeutungen.« Sie umklammerte seine Hände. »Die Verbindung zu einer anderen Welt.«

»Ich hab' es immer nur als Macht gesehen«, sagte er.

Das ist der Unterschied zwischen uns, dachte sie. »Vielleicht«, sagte sie vorsichtig, »vermißt du es deshalb so.«

Er sah sie an. »Was meinst du?«

»*Ba-mahk*, glaube ich, ist weit mehr als nur Macht.« Jake machte sich von ihr los und streckte seine Hände aus. »Sieh her«, sagte er. »Sie zittern. *Ba-mahk* ließ mich sicher sein. Durch *Ba-mahk* konnte ich Strategien entwickeln, und ich wußte instinktiv, welcher Schritt der richtige war und wo die Gefahr lag.«

»Und jetzt?«

»Jetzt habe ich nichts mehr«, sagte Jake. Er fuhr sich mit den Händen durch sein volles Haar.« Jetzt ist nichts mehr zwischen dem Tod und mir.«

Bliss war froh, daß sie ihm nicht erzählt hatte, was mit seinem Vater passiert war. Sie hatte vielleicht zu sehr an Shi Zilin geglaubt und sich selbst nur eingeredet, daß der alte Mann irgendwie von Jakes Verlust des *Ba-mahk* wußte und daß sein *Qi*, wenn es sich mit ihrem vermischte, als Hilfe für seinen einzigen Sohn gedacht war.

In diesem qualvollen Moment für Jake wußte sie, was er nun tun mußte. Und ebenso wußte sie, daß sie ihm dabei nicht offen helfen durfte. Er war wie ein Kind, das seinen geliebten Teddy jahrelang mit sich herumgeschleppt hatte, sogar dann noch, als er anfing auseinanderzufallen.

Der Teddybär, so glaubte das Kind, schützte ihn vor Bösem, vor allem, wenn es sich in die beängstigende Welt hinauswagte, weg von zu Hause. Aber dann war der Bär eines Tages plötzlich verschwunden, und das Kind mußte lernen, an die eigene innere Kraft zu glauben, und daß diese es ebensogut vor physischem Schaden schützen konnte.

Das war der Punkt, an dem Jake im Moment noch zweifelte. Vielleicht, so dachte sie, hatte Fo Saan ihm keinen Gefallen damit getan, ihn *Ba-mahk* zu lehren. Man mußte eine solche Ausdehnung des *Qi* in allen Dimensionen verstanden haben, um damit umgehen zu können, wenn sie sich einem eröffnete, aber eben auch dann noch, wenn sie einem nicht mehr zur Verfügung stand.

»Wenn du dir selbst nicht trauen kannst, Jake«, sagte sie, »wie kannst du dann erwarten, daß andere es tun? Du bist der *Zhuan*. Wieviel wirklich auf deinen Schultern lastet, weißt doch nur du.«

Ein kleines Mädchen mit einem Engelsgesicht blieb wenige Meter von ihnen entfernt stehen. Wie seine Vorfahren war es mit *Thanaka-bark*-Puder geschminkt, und seine langen Haare waren aus dem Gesicht mit einer roten Klammer, die mit einer Sternenblume verziert war, zurückgesteckt.

»Ich glaube, du hast mich nicht verstanden«, sagte Jake langsam. »Und ich bin wohl selbst schuld daran. Ich habe das Gefühl, daß ich mehr verloren habe als nur mein *Ba-mahk*, Bliss. Ich fühle mich so, als hätte ich auch einen Teil von mir selbst verloren.«

»Aber war nicht *Ba-mahk* ein Teil von dir?«

Das Mädchen starrte sie offen an. Es steckte die Fingerspitze in ihren Mund und lutschte daran, als wäre es ein Stück Zuckerrohr.

»Da ist eine Leere in mir«, sagte er, »die mehr ist als das verlorene *Ba-mahk*.«

»Aber was?«

Das Mädchen starrte gar nicht sie beide an, sah Jake jetzt, sondern etwas anderes, das ganz in der Nähe sein mußte. Es mußte gleich hinter Bliss Schulter sein, er konnte es aber nicht sehen.

Jetzt begann das Mädchen zu weinen.

»Wenn ich das wüßte, wüßte ich alles.« Aber er war in Gedanken bei dem Mädchen und dem, was es wohl zum Weinen gebracht haben mochte. Das Mädchen machte einen Schritt zurück, und auf seinem Gesicht stand der Wunsch geschrieben, einfach davonlaufen zu können. Aber irgend etwas hielt es fest, fesselte seine Augen. Fesselte...

»Bliss«, sagte Jake leise, »beweg dich jetzt nicht.« Er sah, wie sich ihr Körper schon im nächsten Moment anspannte.

»Was ist?«

»Tu einfach, was ich dir sage«, flüsterte er ihr ins Ohr. »In Ordnung?«

Er sah ihr Gesicht jetzt nur noch am Rande seines Blickfeldes.

»Jake, was ist?«

»Ich habe gesagt, beweg dich nicht!« zischte er. Er mußte sie festhalten, weil ihr Kopf die unwillkürliche Bewegung beginnen wollte, nach der ihr Körper verlangte, weil er spürte, daß er in Gefahr war.

»Wirst du bitte tun, was ich dir sage!«

»Ja.« Er konnte fühlen, wie ihre Angst an die Oberfläche gekrochen kam.

»Gut. Jetzt hör mir zu. In einem Moment werde ich mich bewegen. Und du sollst nichts tun. Verstehst du? Absolut nichts. Beweg dich nicht, klar?«

»Ja, Jake ... ?«

»Nicht jetzt«, sagte er kurz. »Paß auf.«

Er sprang über sie hinweg und schlug mit dem Fuß zu. Sein Absatz schleuderte die Schlange auf die trockene, krustige Erde. Das war es, was das kleine Mädchen so angezogen und geängstigt hatte. Nichts anderes in der Natur hätte eine solche Reaktion in einem Kind der Bergstämme auslösen können.

Die Viper warf sich herum, und Jake konnte sie gerade noch hinter dem Kopf packen. Er preßte sie noch immer mit seinem Absatz gegen den Boden und faßte jetzt mit der anderen Hand nach ihrem Körper. Es war eine *Mwe-boai*, Burmas gefährlichste Viper. Sie war nicht nur wegen ihres tödlichen Giftes so gefürchtet, sondern weil sie Menschen und Tiere ohne jede Vorwarnung angriff.

Er hörte Bliss' erschrockenen Atem und wußte, daß sie sich schließlich doch umgedreht hatte. Die *Mwe-boai* zischte, und Jake trat mit aller Kraft auf ihren Kopf. Man hörte das Splittern von Knochen. Der vielleicht anderthalb Meter lange Körper peitschte wild hin und her, und Jake ließ ihn los. Das Kind, das jetzt laut weinte, stand wie angewurzelt. Jake ließ die sich windende Schlange liegen und kauerte sich neben das Mädchen. Beruhigend sprach er auf die Kleine ein, und als sie ihren Kopf schließlich gegen seine Schulter sinken ließ, hob er sie hoch.

Er trug sie hinüber zu der Stelle, wo die *Mwe-boai* nun ganz ruhig lag. Jake, der immer noch beruhigend auf das Mädchen einredete, nahm seine winzige Hand in seine. Gemeinsam streckten sie dann ihre Hände aus. Die Kleine schrie ängstlich auf, als sie sah, daß sich die Hände der toten Schlange näherten, aber Jake zwang sie, das tote Tier zu berühren, damit sie sehen konnte, daß die Macht der Schlange für immer gebrochen war.

»Böses Ding«, sagte das Mädchen im Dialekt der Bergstämme. Jake lachte.

»Ja, böses Ding.«

Er nahm seine Hand weg, aber das Kind ließ seine auf dem Rücken der Schlange. Seine kleinen Finger folgten den kühlen, glatten Schuppen. Aber es hielt sich fern von dem zerschmetterten Schädel, der halb in den Boden getreten war. Als Jake schließlich aufstand, krabbelte das Mädchen an ihm hinauf und schlang seine Arme um seinen Hals. Er hob es hoch und ging zurück in den Schatten des Baumes, wo Bliss auf ihn wartete.

»Ich hoffe, du weißt jetzt«, sagte sie, »über was du verfügst, um Schaden von dir fernzuhalten.«

Jake beobachtete das Kind, wie es sich geborgen in seinen Schoß schmiegte. Seine klaren, dunklen Augen blickten ihn offen und nun ohne jede Furcht an.

»Es war nicht dein *Ba-mahk*, was dich vor der Schlange gewarnt hat. Nicht dein *Ba-mahk* hat dir erlaubt, sie zu töten, bevor sie mich angreifen konnte.«

»Aber mein Vater ist tot, weil ich die Fähigkeit verloren habe, vorauszuschauen. Ich wurde genau in dem Moment von der Dschunke weggelockt, als die *Dantai* ihren Überfall begannen. Mein *Ba-mahk* hätte mir das enthüllt. Statt dessen ...« Das Gefühl schnürte ihm die Kehle zu. Das burmesische Mädchen schien etwas sagen zu wollen und streckte seine Hand aus. Mit seiner Fingerspitze nahm es die Träne auf, die in seinem Augenwinkel stand, und ließ sie über seine Handfläche rollen. »Das böse Ding ist weg«, sagte es, »das böse Ding ist tot.«

Bliss war erstaunt über das tiefe Mitgefühl in diesem kleinen Menschen, und auch Jake fühlte es. Er beugte sich nach vorn und küßte das Kind auf die Stirn. Als er seinen Kopf hob, waren seine Lippen mit *Thanaka bark*-Make-up verschmiert. Das Mädchen kicherte schüchtern, und auch Jake lachte und drückte es fest an sich.

Ich wünschte, dachte Bliss mit einem Hauch Neid, daß ich ihn auch so zum Lachen bringen könnte. Aber das Kind kann nicht sehen, wieviel Schuld er auf sich geladen hat, und so bleibt es davon unberührt. Der Verlust, den Jake innerlich spürte, war ja nicht nur der seines *Ba-mahk*, der ihm das wirkliche Gefühl gab, blind zu sein, sondern auch der des Vaters, den er erst wenige Monate zuvor wiedergefunden hatte. Und jetzt war er wieder allein.

Jake hatte seinen Kopf gegen den Baum gelehnt. »Vielleicht habt ihr, du und dein Vater, recht. Ihr denkt doch beide, daß ich in eine Falle laufe.«

»Aber was hat das für dich geändert?« fragte Bliss. Es war eine gefährliche Frage, und beide wußten das.

Jake seufzte. »In Japan habe ich herausgefunden, daß die *Dantai*, die meinen Vater ermordet haben, Mitglieder des Moro-Clans waren.«

»Sind das Mikios Rivalen?«

»Nein, das war ja das Interessante, Mikio führte seinen Krieg gegen den Kisan-Clan.«

Jake zog seine Knie an, damit das Kind eine bequeme Wiege hatte. »Wir sind bis ins Innerste des Moro-Clans vorgestoßen. Hige Moro verriet mir dann, daß der Mord an meinem Vater von einem Minister des kommunistischen China, sein Name ist Huaishan Han, erkauft wurde.«

»Das klingt unwahrscheinlich«, sagte Bliss. »Seit wann schlagen die japanische Unterwelt und die chinesischen Kommunisten zusammen ihr Lager auf?«

»Nie«, gab Jake zu. »Ich habe jedenfalls noch nie davon gehört.«

»Dann hat Hige gelogen.«

»Vielleicht.« Aber sein Tonfall verriet, daß er es nicht glaubte.
»Und wenn nicht? Was für einen Sinn ergäbe das?«
»Wir sind hier«, sagte Jake, »im Shan. Wir sind auf dem Berg.« An der Art, wie er sprach, merkte sie, daß er beim Sprechen den Faden zu knüpfen versuchte. »Die Frage habe ich auch Hige gestellt. Und er sagte, er habe eine Goldmine für seinen Clan aufgetan, indem er mit diesem besonderen Minister Geschäfte machte.«
»Hat dein Vater je seinen Namen erwähnt?«
»Nein, aber Hige erwähnte den Berg. Ich fragte ihn, wofür er denn all das Geld bekäme, und er antwortete: ›Das weiß nur der Berg‹.«
Jakes Kopf senkte sich, seine kupferfarbenen Augen durchforschten ihr Gesicht. »Ich frage mich, ob er den Shan gemeint hat.«
»Du meinst, die Tränen des Mohns?«
Jake nickte. »Vielleicht. Aber die chinesischen Kommunisten gehen massiv gegen den Anbau, die Ernte und den Handel damit vor. Ein guter Teil der jährlichen Ausgaben für die Armee dient dazu, den Shan aus der Provinz Yunnan fernzuhalten. Die Opiumhändler und die sie schützenden Kriegsherren müssen mit ständigen Störmanövern und Angriffen der kommunistischen Armee auf ihre Mohnfelder rechnen.«
»Dann ist es eine falsche Spur.«
Jake sah die Schatten über ihr Gesicht kriechen. Die Flächen, Vertiefungen und Erhebungen ihres Gesichtes wurden in seiner Fantasie zu einem seltsamen und fremden Ort. Er wußte, daß sie sich in mehr als nur einer Hinsicht auf feindlichem Gebiet befanden. »Und dann erklärt uns White-Eye Kao, daß er, obwohl er doch für Sir John Bluestone arbeitet, von Chen Ju höchstpersönlich ausgebildet wurde. Und Chen Ju steht genauso hinter dem Übernahmeangriff auf InterAsia wie Bluestone, so daß wir also annehmen dürfen, daß die beiden Partner sind. Gleichzeitig hat Chen Ju jedoch einen Spion bei seinem Partner eingeschmuggelt. Was für eine Art von Partnerschaft ist das denn dann?«
»Jedenfalls keine, die auf Vertrauen basiert.«
»Nein«, stimmte Jake zu, »jedenfalls nicht von Chen Jus Seite. Aber er wird wohl überhaupt kaum jemandem trauen.«
»Und wohin führt uns das alles?«
»Zurück zum Shan«, erwiderte Jake. »Das ist der interessante Punkt. Der Shan ist der gemeinsame Nenner für alles: den Mord an meinem Vater, den Run auf die InterAsia und Chen Jus Racheplan.«
»Und wo paßt dieser Minister da hinein?« fragte Bliss.
»Ich wünschte, ich wüßte die Antwort«, sagte Jake. »Das würde uns einen großen Schritt bei der Lösung des Geheimnisses weiterbringen. Ich frage mich, was Chen Ju, Huaishan Han, Hige Moro, Sir John Bluestone und Daniella Vorkuta zusammenbringen könnte.«
»Die meisten von ihnen sind untereinander verfeindet«, warf Bliss ein.

»Das macht es ja so verwirrend«, sagte Jake. »Und so beängstigend. Was ist ihr gemeinsames Ziel? Es kann doch nicht die Zerstörung des *Yuhn-hyun* sein, wie ich ursprünglich gedacht habe. Diese Haie würden sich doch am liebsten selbst gegenseitig zerfleischen. Nein, es muß etwas vollkommen anderes sein. Etwas, das uns noch nicht bewußt ist.«

Die Sonne, die so lange von den wandernden Wolken verdeckt worden war, war hinter den Bergen untergegangen. Das schattenlose Licht war ebenfalls verschwunden, ein merkwürdiger Dämmerschein, der von den Wolken abstrahlte, hatte es ersetzt. Nur die Hitze hatte nicht nachgelassen, und das Sirren der Insekten war jetzt noch lauter zu hören.

»Was, wenn du es wärst? Was, wenn du ihr Ziel wärst?« fragte Bliss in unheilverkündendem Ton.

»Das Ziel des Shan? Das glaube ich nicht.«

»Dies ist der einzige Ort, an dem dein Tod unbemerkt bliebe«, wiederholte sie, »und vielleicht ungerächt.«

Er beobachtete sie aufmerksam. »Du würdest mir gern sagen: Okay, laß uns hier verschwinden. Gehen wir zurück nach Hongkong.«

»Ehrlich gesagt, ja«, gab Bliss zu. »Aber ich weiß, es wäre umsonst. Ich weiß, du kehrst jetzt nicht mehr um.«

»Da hast du recht.«

»Ich möchte wissen, warum. Irgend etwas geht mir durch den Kopf, aber ich hoffe, ich habe unrecht.«

»Und das wäre?«

»Daß du eine Todessehnsucht hast.«

Jake sah hinab auf das Shan-Mädchen. Seine Augen waren halb geschlossen. »Das hat Mariana auch von mir gesagt. Und meine erste Frau auch.«

»Heißt das, daß da etwas dran ist?«

Jake hörte den angespannten Ton in ihrer Stimme. »Ich glaube nicht«, erwiderte er.

»Aber warum bist du dann hier, mitten in der heißesten Gefahrenzone? Etwa um InterAsia zu schützen, den *Yuhn-hyun*, den Traum deines Vaters?«

»Das ist alles ein und dasselbe«, sagte Jake. »Ja.«

»Nein!« erwiderte sie so heftig, daß sie das Mädchen aufweckte. »Es geht nur darum, dein Schuldbewußtsein zu besänftigen. Du bildest dir immer noch ein, du seist für den Tod deines Vaters verantwortlich. Daß du, wenn du dein *Ba-mahk* noch gehabt hättest, den Angriff der *Dantais* hättest verhindern können. Aber Tatsache ist, daß mit oder ohne *Ba-mahk* das Ergebnis dasselbe wäre. *Joss*, Jake. Warum hörst du nicht öfter auf deine chinesische Seite? Akzeptiere das Schicksal deines Vaters. Er hat es selber auch getan. *Joss*, daß du meilenweit weg warst, als es passierte, glaubst du, daß das *Ba-mahk* dir dabei geholfen hätte, mit der Zecke, die sich an dich gehängt hatte, schneller fertig zu werden?

Glaubst du, du hättest sie ignoriert und zugelassen, daß sie dir auf die Dschunke folgte, wo dein Vater auf dich wartete?«

Jake schwieg, aber er wußte, wie die Antwort lauten mußte. Sie hatte recht. Sein *Ba-mahk* hätte nichts geändert. Sein Vater war tot. *Joss*. Er sah hinab auf das kleine Gesicht in seinem Schoß. Das Kind schlief zufrieden. Eine kleine Faust hatte sich schutzsuchend in seine Hand gekrallt. Und während er in das wunderschöne Gesicht blickte, fühlte er Schmerz, Kummer und Verlangen in seiner Brust.

»Merkwürdig, woran man manchmal denkt«, sagte er leise. »Ich vermisse meine Tochter jetzt mehr, als ich es damals getan habe, als sie noch lebte.«

Er blickte von dem Gesicht des schlafenden Kindes hoch zu Bliss. »Die schmerzlichste Erinnerung, die ich an sie habe, ist auch die ehrlichste. Sie war es, die eine Todessehnsucht hatte, Bliss. Lan, mein einziges Kind.«

Im nächsten Augenblick standen mehr Tränen in seinen Augen, als das burmesische Mädchen je hätte wegwischen können.

»Er ist auf dem Weg!«

Chen Ju triumphierte. Er hatte gerade den Kopfhörer abgenommen und den Empfänger abgeschaltet. »Huaishan Han«, sagte er, »ich habe es gerade von White-Eye Kao gehört. Shi Jake kommt, genau wie du es geplant hast.«

Er blieb in der Türöffnung stehen, von wo er die gekrümmte Gestalt des alten Ministers in dem staubigen Rattansessel sehen konnte. Zu seinen Füßen kniete das Mädchen. Sie hielten sich an der Hand. Vielleicht schliefen sie. Es war eine seltsame symbiotische Beziehung, die der alte Mann zu dem Mädchen hatte. Liebte sie ihn, oder haßte sie ihn, oder fürchtete sie ihn? fragte sich Chen Ju. Vielleicht war es etwas von allen dreien. Sicherlich hatte die Gehirnwäsche sie zu einer anderen Person gemacht. Aber wer wußte wirklich, wozu sie im Grunde doch fähig war?

Nun war sie das Werkzeug für Huaishan Hans Rache. Jake Maroc Shis Tochter.

Und was war sein eigenes Werkzeug? Kein menschliches Wesen sondern ein Shan – der unerbittliche Berg, eine internationale Organisation, die Jahrzehnte gebraucht hatte, um das mächtigste Schmugglernetz der Welt aufzubauen. Chen Ju würde eher den mahlenden Kiefern seiner *Diqui* vertrauen als einer menschlichen Seele. Daß seine Entlassung von Sawyer & Sons das einzig vom Zufall bestimmte Ereignis in seinem Leben geblieben war, minderte keinesfalls sein Verlangen nach Gerechtigkeit. Er hatte einen vernichtenden Schlag in etwas Positives verwandelt. Das war sein Genie. Aber das entschuldigte nicht das Unrecht, das ihm angetan wurde.

Tatsächlich war es Three Oaths Tsun gewesen, der ihm die Idee eingeflüstert hatte. Bevor er zu Sawyer & Sons gekommen war, durch die Vermittlung von Shi Zilin, war Three Oaths Tsun der beste Opiumschmuggler im Shanghaier Gebiet gewesen. Das Geld, das er nebenbei machte, war erstaunlich. Wieviel mehr könnte man erst verdienen, wenn man die Sache richtig aufzog, hatte Chen Ju sich gedacht. Die ganze Welt würde an seine Tür anklopfen.

So wurde die *Diqui* ins Leben gerufen, und mit Huaishan Hans Hilfe blühte das Geschäft auf. Doch das war Chen Ju nicht genug. Er wollte mehr. Er wollte die Welt.

Und nun, mit der Hilfe der zwei Amerikaner, Bennett und Curran, sollte er sie bekommen.

Erstaunlich, wie das auf einmal alles ändern kann, dachte Daniella. Mit dem Wissen, daß sie Carelins Baby in sich trug, schien nichts mehr so wichtig. Bestimmt nicht Oleg Malutas Angriffe auf sie. Es erstaunte sie, wieviel Macht ein ungeborenes Wesen haben konnte. Die Pistole, eingewickelt in eine Plastiktüte, so daß die sie belastenden Fingerabdrücke nicht beschmutzt werden konnten, schien plötzlich so weit weg und so unwichtig wie die abgewandte Seite der Sonne.

Die Zukunft vor Augen, hob sie den Hörer ab und verabredete sich mit Maluta nach der Arbeit. Ein Konzert und danach ein Essen, schlug sie vor. Er schien begeistert.

Sie entließ ihre beiden Chaikas und sagte den Fahrern, sie könnten sich die Nacht frei nehmen. Sie waren so etwas zwar schon gewöhnt, aber dennoch dankbar. Nichts war so entnervend für einen Armeeangehörigen als untätiges Herumsitzen.

Gegen Ende des Tages rief sie den Dienst-Wolga, den sie sich am frühen Nachmittag telefonisch reserviert hatte. Einer ihrer Leute hatte Karten für das Beethoven-Quartett bestellt. Fünf Minuten vor Konzertbeginn kamen sie am Gnesin-Musik-Institut an. Falls Maluta wirklich überrascht war, daß Daniella ihn in einem Wolga chauffierte, so zeigte er es nicht. Vielleicht war er einfach froh, daß sie allein waren.

Das Konzert hätte auch von vier Schülern gespielt werden können, dann die ganze Musik erreichte Daniellas Bewußtsein nicht. Sie starrte zur gewölbten Decke hoch, als ob sie in ihr eigenes Gehirn blicken würde. Sie schien ihr ganzes Selbstgefühl verloren zu haben, als ob ihr Herz ohne ihr Wissen aufgehört hätte zu schlagen, und nun stand sie da, atemlos, und starrte auf die Trümmer ihres Lebens. Sie sah Synapsen funkeln und gleiten. Auf der Bühne strahlten Scheinwerfer die Musiker an. Ihr Licht spiegelte sich in den wertvollen Instrumenten und zeichnete Diamantenmuster an die Decke, und inmitten dieser Muster glühte der massive Kristallüster wie ein Stern.

Daniella fühlte sich, als wandle sie durch ihr Leben wie eine Gliederpuppe, wie der benommene Überlebende einer Schiffskatastrophe an einem einsamen und versteckten Strand. Ihre Heimat, die ihr immer so lieb gewesen war, schien plötzlich nicht mehr zu sein als eine geschickt ausgestattete Bühne, auf der sie eine seltsame und vollkommen unerklärliche Rolle spielte. Sie fragte sich, was sie eigentlich die ganze Zeit gemacht hatte. Und wie, in Gottes Namen, sie das jemals hatte glücklich machen können.

Tatsächlich, so erkannte sie unklar, wußte sie im Grunde nicht, was wirkliches Glück war. Bis jetzt hatte sie nichts anderes getan, als zu überleben. Ihr Leben war ein täglicher Machtkampf gewesen, aus dem es kein Entrinnen gab.

Wie traurig das alles auf einmal schien angesichts der Liebe, die sie für Mikhail Carelin empfand.

Maluta sagte etwas zu ihr, aber sie nahm es nicht wahr. Es war, als hätte sie die Fähigkeit verloren, die Sprache zu verstehen, als wäre sie irgendeine kosmische Asche, die in der Weite, der tiefen Schwärze des Raums trieb, abgetrennt von jedem und allem.

»Daniella?«

»Ja.«

»Es ist Zeit zu gehen.«

Es ist Zeit zu gehen. Seine Worte hallten gespenstisch in ihrem Kopf wider, als hätte er sie in einer Höhle oder einer leeren Kirche gesprochen. Kein Wunder, daß sie in diesem Moment an ihre Mutter dachte. Religion hatte eine sehr große, wenn auch heimliche Rolle in Daniellas früheren Jahren gespielt. Das war etwas, was sie nie vergaß. Und weil sie, als Mitglied der *Sluzhba*, nie auch nur in die Nähe einer Kirche gehen konnte, betete sie einfach heimlich. Die Grundsätze ihrer Mutter waren in einem sehr tiefen Sinn ihre eigenen geblieben.

Es ist Zeit zu gehen. Sie stand auf, einem inneren Impuls folgend. In der überladenen Eingangshalle entdeckte sie das traurige Gesicht einer Frau, wunderschön, aber gezeichnet. Da war ein Ausdruck in ihren klaren grauen Augen, den Daniella früher oft in der Lubjanka gesehen hatte. Immer wenn die »Interviews« beendet worden und der Gefangene auf Abteilung 3 gebracht worden war, in jenen tiefgelegenen Block des Gefängnisses, aus dem es kein Entkommen mehr gab.

Mit Erschrecken sah Daniella, daß sie sich selbst wie in einem Spiegel sah: Sie selbst war diese Frau. Mit einem kleinen Kopfschütteln schaffte sie Klarheit in ihren Gedanken und ging, während sie ihren Mantel anzog, neben Oleg Maluta hinaus in die lichterhelle Moskauer Nacht.

Der Himmel war klar, und eine erfrischende Brise vertrieb den Dieselgeruch und den Zementstaub aus der Luft. Als Daniella einen Spaziergang unten an der Moskwa vorschlug, stimmte Maluta sofort zu.

Sie stiegen in den Wolga und fuhren zu jener Stelle, wohin er sie beim ersten Mal geführt hatte. Sie erinnerte sich an seine Geschichte, daß er als Kind hier im Eis eingebrochen war, und jetzt erkannte sie auch, was es wirklich gewesen war: eine Warnung. Er hatte dieses schreckliche Unglück überlebt, er konnte jetzt alles überleben.

Irgendwie machte es den Eindruck einer mystischen Erfahrung, so als sei ihm göttliche Hilfe zuteil geworden. *Ich bin unter den Erwählten, sei also zufrieden damit, meine Befehle auszuführen*, so hatte er gesagt. Das roch nach den übernatürlichen Kräften, die er auch Oreanda zumaß. Irgendwie glaubte er daran, daß sie nach ihrem Tode weiterlebte, so wie er auch davon überzeugt war, daß seine Errettung vor dem Ertrinken schicksalhaft gewesen sei.

Sie stiegen aus und gingen über das Geröll hinunter zum schimmernden Fluß. Diesmal griff Maluta nach hinten und half ihr über die zerbrochenen Schieferplatten.

»Daniella«, sagte er.

Aber sie hatte ihn schon fest gepackt, und mit einem Fußtritt brachte sie ihn auf den moosbewachsenen Ufersteinen zum Ausrutschen. Er fiel mit einem Stöhnen hin, und sie rammte ihm ihren Ellbogen in den Magen. Als seine Knie nach oben zuckten, zerrte sie ihn über die felsige Uferkante, bis sein Kopf und seine Schultern unter dem eisigen Wasser waren. Ihre Finger schlossen sich um seinen Nacken und sein Kinn und drückten ihn in die Tiefe.

Mondlicht schimmerte auf der Moskwa. Sie konnte den Verkehr sehen, der sich langsam wie geschmolzenes Blei dahinwälzte. Der Klang einer Hupe zerschnitt die Luft einen Moment lang und erstarb wieder.

Er kämpfte wie wild, und sie kletterte auf ihn, um zu verhindern, daß er sich mit seinen starken Beinen zurück in die kühle Nachtluft arbeitete. Sie wollte es nicht, sie wollte nicht, daß er nur ein einziges Mal Luft holen könnte. Sie wollte nicht, daß er seine körperliche Überlegenheit ihr gegenüber ausspielen konnte.

Es wurde immer schwieriger für sie, und sie kniete sich fester auf ihn. Sie konnte sich die luftlose Finsternis vorstellen, in der er sich befand, konnte sich seine Lungen vorstellen, die nach Sauerstoff verlangten, die Reflexe, die den Mund öffnen wollten, durch die Nasenflügel atmen wollten. Nur das Gehirn hielt durch, verzweifelt nach einem Weg suchend, aus dem Wasser herauszukommen.

Aber es gab keinen Weg. Daniella sorgte dafür. Und nach einiger Zeit bewegte er sich nicht mehr. Sie war naß von Schweiß. Ihr Blick war verschwommen, vielleicht hatte sie geweint.

Ohne seinen Kopf aus der Moskwa zu nehmen, tastete sie nach der Kette und dem Schlüssel um seinen Hals. Als sie sie gefunden hatte, zog sie heftig daran und hielt sie in der Hand.

Dann sorgte sie dafür, daß Oleg Malutas Leiche nie wieder an die Oberfläche kommen würde. Als sie damit fertig war, stieß sie ihn weiter in den Fluß hinein, bis sie selbst bis zu den Hüften im Wasser stand. Es war kalt, und sie zitterte heftig.

Er sank wie ein Stein, mit denen sie ihn auch reichlich beschwert hatte. Nur einen Moment lang beleuchtete das Mondlicht sein ruhiges

Gesicht. Dann war er verschwunden, gerufen vielleicht von seiner Oreanda. Und von seiner Schuld.

Im Schatten der Nacht ging sie ins Büro zurück. Sie hatte sofort seinen Geruch in der Nase. Er beherrschte die Büroräume wie der Gestank eines Krematoriums. Maluta.

Sie ging hinter den Schreibtisch und setzte sich auf seinen Stuhl. Dann nahm sie den Schlüssel, den sie ihm vom Hals gerissen hatte, öffnete die unterste Schublade und sperrte die Stahlkassette auf, die darin lag.

Und da war er. Mit zitternder Hand hob sie den Plastikbeutel heraus. Sie erkannte die Pistole. Das Öl hatte die Innenseite des Plastikbeutels verschmiert. Unter der Pistole war das Paket Fotos, die sie weinend in der Nacht zeigten. Sie zog die Stahlkassette aus der Schublade, zündete die Negative an und benutzte die Kassette als Feuerplatz. Anschließend steckte sie die Pistole in ihre Handtasche und wollte gerade gehen, als sie die Ecke eines Umschlages in der jetzt leeren Schublade entdeckte. Sie zog daran, aber er war eingeklemmt. Sie sah sich auf dem Schreibtisch um, griff Malutas Messingbrieföffner und bohrte ihn mit einiger Anstrengung in die Fuge am Boden der Schublade. Sie mußte einige Minuten hart arbeiten, aber schließlich konnte sie den Brief aus seinem Versteck hervorziehen.

Sie schlitzte ihn auf. Auf vier eng beschriebenen Blättern Durchschlagpapier las sie eine genaue Aufstellung von Profiten, Ausgaben, Prozentanteilen und Ähnlichem, als handelte es sich um irgendwelche Geschäftsberichte. Aber die Zahlen waren gigantisch.

Als Daniella zu dem Mandarinwort *Diqui* gelangte, wußte sie, daß sie einer wichtigen Sache auf der Spur war. Mit jedem Satz, den sie las, fühlte sie ihre Erregung wachsen. Sie dachte nicht mehr an Heim und Herd, an Liebe und eine idyllische Zukunft, die, wie sie tief innen wußte, sowieso nie eintreffen würde.

Jetzt fand die alte, die wahre Daniella zu sich selbst zurück. Sie fühlte die Macht aus dem Durchschlagpapier in ihre Hände fließen, wußte mit unerschütterlicher Gewißheit, was das alles bedeutete.

Es war, als ob das Schicksal sie hierhergezogen und sie veranlaßt hätte, diese erstaunliche Entdeckung zu machen. Es war, als ob das Schicksal ihr ihre Macht zurückgegeben hätte, die Macht, die sie auch gebrauchen wollte.

So sollte es sein.

Sie wußte, was sie jetzt tun mußte.

Sie atmete in der Dunkelheit die Aura der Kraft dieses Büros ein, das ihr schließlich sein letztes Geheimnis verraten hatte. Wenn es einen Gott gab, dann machte er sicherlich jetzt ihr Herz hart. In der Stille der Nacht stärkte sie sich für das, was auf sie zukam. Und sie fand zu ihrer Überraschung, daß es gar nicht so schwierig war.

Sie hatten den Sturm im Rücken, als sie in die grüne Hölle des Dschungels eintauchten. Die Shan-Staaten. Jenseits des Plateaus begann das Feindgebiet, die tödliche Gefahrenzone. Es war das Schlachtfeld, aus dem – so hatte Fo Saan Jake gelehrt – es keinen Rückzug mehr gab. Vor ihnen lag nur der Sieg. Oder die Niederlage.

Es ist die Entschlossenheit, die viele Schlachten gewinnen läßt, hatte Fo Saan gesagt. *Und Entschlossenheit ist genaugenommen Willenskraft. Oft ist das Ergebnis eines Kampfes nicht entschieden worden durch die erste Strategie oder die dritte. Vor allem Durchhaltevermögen ist nötig. Denn Willenskraft ist Durchhaltevermögen. Wenn du dein Selbstgefühl nicht verlierst, wirst du durchhalten, und deine Macht geht nicht verloren. Im Gegenteil, sie wird bleiben, sogar wenn dein Körper schon zerfallen ist.*

Jake und Bliss folgten der Richtung, die Onkel Tommy, der alte Meister der Lackarbeiten, ihnen angegeben hatte. Aber dennoch blieb es sehr schwierig. Das Gebiet war ihnen unbekannt und das Dickicht nur schwer zu durchdringen. Ohne Kompaß wären sie innerhalb weniger Stunden verloren gewesen. Und je tiefer sie in die Berglandschaft eindrangen, um so öfter mußten sie sich vor Armeeteilen der Shan-Kriegsherren verstecken. Schwer bewaffnete Patrouillen und Versorgungstrecks zogen in die eine Richtung, und in die andere ganze Militärkarawanen, die die Tränen des Mohns abtransportierten. Außerdem begegneten sie Streifen der burmesischen und der chinesischen Armee, vor denen man ebenfalls auf der Hut sein mußte. Das ist kein normales Land, dachte Jake, während sie sich unter größten Mühen langsam vorwärts bewegten, dies ist Kriegsgebiet.

Bei Tagesanbruch waren sie aus dem Dorf auf dem Plateau aufgebrochen, und bis Mittag hatten sie gerade sechs Kilometer zurückgelegt und mußten dennoch eine Pause machen. Sie aßen getrocknete Lebensmittel und spülten das unangenehme Zeug mit dem klaren, kühlen Wasser eines schnellfließenden Flusses hinunter. Jake blickte nachdenklich in die silbernen Tiefen des Wassers und beneidete es um die Leichtigkeit, mit der es den Berg hinabrann.

Vater, dachte er, *ich nähere mich endlich der Spitze des Berges. Ich hoffe nur, ich weiß, was ich tun muß, wenn ich dort ankomme.*

Kurz vor ein Uhr brachen sie wieder auf, folgten weiter Onkel Tommys Richtung und drangen weiter in den verbotenen Dschungel ein. Das wuchernde Laub verschlang sie vollständig, als würden sie sich auf dem Grund des Meeres bewegen. Das Licht war grün, mit einer eigenartigen Leuchtkraft, so wäßrig und schwer, daß sie sich wie mit einem Gewicht behängt fühlten.

Über ihnen schrien Vögel und flogen von Zeit zu Zeit aufgeregt auf, mit einem Geräusch, das durch den Dschungel hallte. Und es wimmelte von Insekten jeder Art, Größe und Farbe. Doch je höher sie stiegen, um so weniger wurden sie. Onkel Tommy hatte sie ermahnt, auf Schlangen und Leoparden zu achten.

Zweimal hatten sie Affen gesehen, aber bald waren sie zu hoch für die Primaten, die das wärmere Wetter auf dem Plateau vorzuziehen schienen.

Es regnete jetzt so stark, daß sogar die Zweige der unteren Bäume in einem blaßgrünen Dunst verschwammen. Sie waren vollkommen durchnäßt, und Bliss begann zu frieren. Sie überquerten eine primitive Hängebrücke, unter der sich eines der vielen herrlichen Shan-Täler ausbreitete, das vom Regen wie mit einem Pelz überzogen schien.

Gleich hinter der Brücke stießen sie auf einen Trampelpfad, der in den Dschungel gehauen worden war. Die niedergetretenen Farne an den Rändern zeigten, daß er viel begangen wurde. Ständig auf der Hut vor Soldaten eilten sie weiter. Dann begann Jake nach einem Schlupfwinkel zu suchen. Das war kein Wetter für einen längeren Treck.

Ungefähr einen halben Kilometer weiter entdeckten sie eine Hütte aus Bambusblättern. Zwei grobe Stufen führten hinauf zu einer Plattform, die mit einiger Fantasie Veranda genannt werden konnte.

Jake vermutete, daß noch mehr Häuser in der Nähe waren, aber bei dem Wetter konnte man keinen Meter weit sehen.

Er brachte Bliss die Stufen hinauf. Ein Junge, nicht älter als elf Jahre, tauchte plötzlich aus dem Dunkel der Hütte auf. Er hatte ein schönes Gesicht mit der typisch ebenmäßigen Haut der Burmesen. So hoch oben hatten Sonne und Wind ihre goldene Farbe fast kupfern werden lassen. Seine Unterarme und sein Oberkörper waren mit Tätowierungen bedeckt. Er lächelte, als er sie sah, und fing in einem Dialekt zu plaudern an, den keiner von ihnen verstand.

Jake sprach ihn in Mandarin an, worauf der Junge in die Hütte zeigte. Jake brachte Bliss hinein.

Ein überwältigender, süßer Opiumduft hing schwer in der Luft, und im Zwielicht konnten sie einen alten Mann ausmachen. Er hatte einen Turban auf und saß mit untergeschlagenen Beinen in einer Ecke auf einer Matte. Er rauchte. Als er sie sah, hob er matt die Hand und winkte sie zu sich.

Er bot ihnen Opium an, eine Geste der Freundschaft und Gastlichkeit in diesem Teil der Welt. Er nahm ein Stück einer klebrigen schwarzen Masse, rollte sie zwischen Daumen und Zeigefinger, bis sie eine Kugel bildete. Dann drückte er sie in den Kopf seiner langstieligen Elfenbeinpfeife.

Als er sie weiterreichte, konnte Jake sehen, daß er trotz der Kälte nur ein Lendentuch trug. Seine Handrücken und seine Schenkel waren mit den gleichen sich wiederholenden Mustern tätowiert wie die Haut des Jungen.

Der Junge war nirgends in der Hütte zu sehen; so stand Jake auf und ging leise zur Tür. Die Welt hatte sich in eine graugrüne Masse verwandelt. Der Regen strömte herab und sammelte sich in schlammigen Rinnsalen. Kein anderes Geräusch war zu hören. Jake wollte gerade wieder in die Hütte gehen, als sich am Rand seines Blickfeldes plötzlich ein Riß öffnete. Er wurde dunkler und weiter, und bevor er noch eine Bewegung machen konnte, tauchten über ein Dutzend Shan-Soldaten aus dem Dunst und dem Regen auf. Sie waren mit AK-47-Maschinenpistolen bewaffnet. Sowjetische Waffen. Und alle waren auf ihn gerichtet.

Bewegungslos blieb er in der Türöffnung stehen. Im nächsten Augenblick traten die Shan zur Seite. Eine große, schlaksige Figur tauchte hinter ihnen auf, so daß Jake, noch bevor er das Gesicht erkennen konnte, schon wußte, daß es ein Westler sein mußte. Ein blaßäugiger Mann mit dem gegerbten Gesicht eines echten Abenteurers tauchte aus dem Dunst auf. Es war ein amerikanisches Gesicht, kein russisches.

»Nun«, sagte Tony Simbal, während er die Treppe zu Jake hinaufgestiegen kam, »wen haben wir denn da?«

»Maroc«, rief er dann überrascht, »Herr im Himmel, Jake Maroc!«

Simbal lehnte sich gegen die Bambuswand. Draußen schlug der Regen herab wie ein militärischer Trommelwirbel.

»Du bist der Typ, der den sowjetischen Maulwurf erledigt hat. Henry Wunderman.« Jake beobachtete ihn von seinem Platz neben der Tür aus. Bliss saß immer noch neben dem alten Mann, der ungerührt weiterrauchte. Ein gutes Zeichen: Keiner der Shan-Leute war mit hereingekommen. Aber der Junge war wieder da. Jake ging davon aus, daß er Tony Simbal mit der Neuigkeit von der Ankunft herbeigeholt haben mußte.

Geheimnisse stahlen sich über den Boden, weiße Geister, körperlos und halluzinatorisch wie der Opiumrauch, den der alte Mann inhalierte.

»Rodger hat versucht, dich wieder zu rekrutieren, wie?«

»Wenn du Rodger Donovan meinst«, erwiderte Jake, »ist die Antwort ja.«

»Warum hast du nicht angenommen?«

Da war er, dachte Jake. Der Verdacht. »Damit bin ich fertig«, sagte er.

»Aber jetzt bist du hier«, hakte Simbal nach. »Du und ich auf demselben Fleck der Erde. Ich glaube nicht, daß das Zufall ist.«

»Wie lange arbeitest du schon für Donovan?« fragte Jake.

»Seit ein paar Monaten«, erwiderte Simbal. »Wir beide kennen uns schon eine Ewigkeit. Wir sind zusammen zur Schule und zum College gegangen.«

»Stanford.«

»Richtig.«

Er wird mir keine Hilfe sein, dachte Jake. Ein Mann von der Firma und vielleicht noch schlimmer. Sind solche Freundschaften manchmal bindender als ein Verwandtschaftsgrad?

»Du hast lange Zeit für Donovan gearbeitet.«

»*Mit* ihm gearbeitet«, korrigierte Jake. »Ich habe lange Zeit für Henry Wunderman gearbeitet.«

»Der Agent«, sagte Simbal, »Daniella Vorkutas Schwert.«

Bliss, die ihnen zuhörte und sie beobachtete, wußte, was los war. Die beiden waren mehr als zwei Hähne, die um ihr Territorium kämpften. Die Finten und Angriffe in den Fragen gingen weit über eine gewöhnliche Konversation hinaus. Beide wollten bestimmte Antworten hören, ohne das eigene Geheimnis zu offenbaren. Vielleicht war sie die erste, die erkannte, daß vielleicht beide dasselbe verheimlichten.

»Sah so aus«, sagte Jake.

»Was soll das heißen?«

Jake ging im Zimmer umher. So nah neben der Tür wurde es feucht. Es war auch nicht sonderlich beruhigend, die Shans im Unwetter hocken zu sehen, ihre Augen auf die Hütte gerichtet. Er kannte die Bedeutung dieser Machtdemonstration. Er wußte, wer die Situation letztlich beherrschte. Da draußen waren zu viele AK-47 für einen einzelnen Gegner.

»Henry war ein alter Kämpfer. Von Anthony Beridien selbst rekrutiert, dem Mann, der mit John F. Kennedys Segen die *Pyramide* gründete.

»Verbessere mich, wenn ich unrecht habe«, sagte Simbal. »Aber Beridien rekrutierte doch auch Rodger.«

»Zu einer anderen Zeit«, erwiderte Jake. »Von einem anderen Platz aus.«

»Die alte Garde ärgert sich immer über die neue.«

»Ja«, sagte Jake. »Das ist wohl wahr. Henry und Rodger haben sich nicht gerade geliebt.«

»Hast du Partei ergriffen?«

»Ich war weit weg«, erwiderte Jake. »Bürogeschichten interessierten mich nie. Ich war immer draußen tätig. Aber...«

»Ja?«

»Henry hatte mich angeworben. Er kam nach Hongkong und holte mich von der Straße. Ich habe krumme Dinger gedreht.« Jake sah Simbal durch den Rauch hindurch an. »Irgendwie hat Henry Wunderman mir das Leben gerettet.«

»Ihn zu töten war sicher eine schlimme Sache.«

»Es war schwer.« Traurig, ja, dachte er. Genau das war es. Er paßte jetzt besser auf. Vielleicht, dachte er, ist mehr an diesem Mann dran, als ich gedacht habe.

Genau das dachte Simbal auch. »Jeder in der Zentrale ist dir sehr dankbar für das, was du getan hast. Besonders Rodger.«

»Denk ich mir«, sagte Jake vorsichtig. »Besonders Donovan.«

»Du magst ihn nicht?«

»Ich mag das nicht, was er vertritt.«

Simbal war sehr ruhig. Er konnte den rasselnden Atem des alten

Mannes hören. »Und das wäre? Die alten Methoden sind immer die besten.«

»Nicht ganz«, erwiderte Jake. »Ich erinnere mich, daß eines der Schlagworte des Alten ›Veränderung‹ war. Beridien fand, daß Flexibilität in einer Organisation wie der *Pyramide* unbedingt notwendig sei. Er war überzeugt davon, daß der größte Fehler des KGB war, daß er sich nie veränderte. Invalides Denken, so nannte er es.

Aber was ich nicht mag, ist mehr Donovans Haltung. Der Alte dachte an seine Leute. Er konnte rücksichtslos sein und, ich vermute das, manchmal sogar grausam. Aber trotz allem schlug sein Herz für die Leute draußen. Er wußte, was gespielt wird. Rodger Donovan dagegen hat keinen Schimmer, wie es hier draußen zugeht.«

»Aber er ist gerissen«, sagte Simbal.

»Gerissener als irgendeiner von uns je gedacht hat.«

»Das könnte stimmen«, gab Simbal zu. Zu einem Entschluß gekommen, zog er ein Bündel Papier aus der Tasche. »Sieh dir das an.«

Jake blätterte die Durchschläge durch, die Max Threnody Simbal gegeben hatte.

»Was ist das?« wollte Bliss wissen.

»Beweise«, sagte Jake. »Der Beweis dafür, daß irgend jemand systematisch Informationen aus der *Pyramide* an den KGB weitergeleitet hat.«

»Dann stimmt das mit Apollo also auch«, sagte Bliss.

Jake sah auf. »Es sieht so aus.«

»Apollo?« fragte Simbal.

»Henry Wundermans Vermächtnis«, sagte Jake. »Ein Riesentrumpf. Ein Informant im Kreml. Mein Informant jetzt.«

Simbal zog ein Foto heraus. »Das war beim Beweismaterial.« Er reichte es hinüber.

»Das ist ein Foto von Daniella Vorkuta«, sagte Jake.

»Genau.« Simbal seufzte. »Als wir noch jünger waren, ging Rodger mit einem Mädchen vom College. Leslie. Sie und Daniella Vorkuta könnten leicht Schwestern sein.«

»Wurde Donovan so angeworben? Von Daniella Vorkuta?«

»Von ihr und mit Hilfe eines Seurat. In Paris«, erwiderte Simbal. »Es scheint so, ja.«

Er warf Jake einen Blick zu. »Ich denke, daß Apollo, wenn er wirklich Wundermans Trumpf war, immer gewußt haben muß, daß Wunderman nicht Schimäre war.«

Jake nickte. »So ist es!«

»Dann könnten diese Beweise also von einer anderen Quelle bestätigt werden.«

»Das sind sie schon«, erklärte Jake.

Max hat also nicht gelogen, dachte Simbal. Und dann, kann ich diesem Mann trauen? Er ist ein Ex-*Pyramide*-Mann. Ist er vielleicht immer noch wütend wegen seiner plötzlichen Entlassung? Threnody hatte Simbal einen Ritter genannt, und nun fand er in dem Mann, der vor ihm stand, ein ähnliches Selbstverständnis.

»Aber wegen Donovan kannst du doch nicht hier sein«, sagte Jake.

»Nein«, gab Simbal zu. So war es einfacher. Er war noch nicht sicher, was er tun würde, wenn er wirklich auf Rodger Donovan treffen sollte. »Ich bin hinter zwei Voodoo-Geistern her: Peter Curran und Edward Martin Bennett. Sie sind zur *Diqui* übergelaufen. Und jetzt wollen sie Naga treffen.«

»Wir sind hier, um Naga zu finden«, sagte Jake. »Er ist entschlossen, mich zu vernichten, meine Arbeit und alles, was mein Vater aufgebaut hat.«

Bliss war an seiner Seite und sah ihm ins Gesicht. »Chen Ju...«

»Wer ist Chen Ju?« unterbrach Simbal sie.

»Naga.«

»Der Kopf des *Diqui*?« Er konnte es nicht glauben. »Dann weißt du, wer er ist?«

»Ja.« Jakes Stimme war heiser, als hätte er stundenlang geschrien. »Mein Vater, meine Familie kennt ihn.« Er wischte sich übers Gesicht. »Es läuft alles auf Kam Sang hinaus. Das Geheimnis meines Vaters. Kam Sang ist ein nukleares Projekt in der Provinz Guangdong. Dort wird daran gearbeitet, einen kostengünstigen Weg zur Entsalzung von Meerwasser zu finden. Um Hongkongs Trinkwasserproblem zu lösen. Aber da gibt es noch eine andere, weit geheimere Sache in Kam Sang. Es ist eine Entdeckung, die, wie mein Vater gesagt hat, die Welt schon verändert hat. Bis jetzt habe ich nur nicht gewußt, wie unwiderruflich sie sich schon verändert hat.«

In der unheimlichen Stille hallte der Lärm des Regens durch das von Rauchschwaden durchzogene Haus; der Quelle der Träume und jetzt plötzlich der Angst.

Daniella Vorkuta hielt den honigfarbenen Hasen an ihre Brust. Seine glänzenden braunen Augen starrten sie mit staunendem Ausdruck an.

»Er ist perfekt«, sagte Mikhail Carelin, der offenbar unbedingt gehen wollte.

Daniella kräuselte die Lippen. »Woher willst du wissen, daß es ein Männchen ist? Ich glaube, es ist ein Weibchen.«

»Gut«, sagte er. »Dann ist sie eben perfekt. Kauf sie.«

»Ich weiß nicht. Martina ist so eigen mit ihren Tieren.«

»Die Enkelin deines Onkels Vadim wird sieben, hast du das nicht gesagt? Wie kann sie da eigenwillig sein?«

Daniella setzte den Hasen zurück zwischen seine Geschwister, und sie gingen weiter. So einfach war das nicht. Sie waren im Detsky Mir, in der Welt der Kinder, das in der Sowjetunion als das größte

Kinderkaufhaus der Welt galt. Hier waren mehr Leute als an Lenins Grab, es war unbestritten die größte Touristenattraktion, die das Land zu bieten hatte.

»Es ist verdammt heiß hier drin, Danushka«, sagte Carelin. »Hoffentlich müssen wir nicht den ganzen Vormittag hier herumlaufen.« Er konnte jetzt mehr Zeit zusammen mit ihr verbringen, weil seine Frau nach Leningrad gefahren war, um ihre Mutter zu besuchen.

»Wenn ich das Richtige für Martina sehe, weiß ich es sofort«, sagte sie.

»Also mir hat die Hasendame gut gefallen.«

»Weil es am einfachsten war«, sagte sie leichthin und nahm seinen Arm.

»Nein, mir hat ihr Gesicht gefallen. Ich habe ihren Schnurrbart zucken sehen.« Sie lachte und ließ ihren Blick über die Verkaufstische zu beiden Seiten der Verkaufshalle fliegen. »Weißt du«, sagte sie einige Zeit später, nachdem sie durch das ganze Kaufhaus gelaufen waren, »du hattest recht.« Sie führte ihn zurück zu dem Verkaufsstand, der voller honigfarbener Hasen war. Wieder hob sie das Stofftier hoch.

»Woher willst du wissen, daß deine Cousine das mögen wird?« fragte Carelin. Daniella blickte in das Gesicht des Hasen. Sie konnte ihm nicht sagen, daß dieser Hase für ihr ungeborenes Baby gedacht war, daß sie dieses eine letzte Mal mit ihm zusammen sein wollte und gemeinsam mit ihm etwas aussuchen wollte, das das Baby vielleicht lieben und durch das Daniella sich eines Tages diesen Moment wieder in Erinnerung rufen würde, diesen zeitlosen Moment frei von Wut, Groll oder Bedauern.

»Nimm ihn«, sagte er, »er ist perfekt.«

Daniella zeigte ihren Parteiausweis und wurde sofort bedient. Während der Hase als Geschenk verpackt wurde, öffnete sie ihre Brieftasche, nahm einen kleinen braunen Umschlag heraus und gab ihn wortlos Carelin.

Er sah sie fragend an und öffnete ihn vorsichtig. »Guter Gott«, sagte er leise. Er überflog die Fotos mit einem flauen Gefühl in der Magengrube. Es war verwirrend für ihn, sich selbst und Daniella in intimer Umarmung zu sehen. Schließlich hatte er das letzte Foto umgeblättert. »Und wo sind die Negative?« fragte er.

»Ich habe sie verbrannt«, erwiderte Daniella und bezahlte den Hasen.

»Wie hast du sie bekommen?«

»Frag mich nicht.«

»Danushka, ich will es wissen.«

Jetzt klang er wie Maluta. »Vertrau mir. Du tust es nicht.«

»Wie bist du zu ihnen gekommen? Hast du sie gestohlen?«

»Sicherlich nicht«, sagte sie und griff die sperrige Schachtel mit dem Hasen. »Er hat sie mir gegeben.«

»Es muß Maluta etwas Ernstes passiert sein, daß er sie dir einfach so gegeben hat.«

»Er findet mich toll.«

»Daniella!« Er lief hinter ihr her. »Er haßt dich wie die Pest.«

Sie schwieg.

Er nahm sie am Ellbogen und drehte ihr Gesicht zu sich. Die drängelnden Kunden schoben sie gegeneinander, und Daniella mußte das Paket von einem Arm in den anderen wechseln. »Ich will es wissen.«

»Warum?« Plötzlich wurde sie ärgerlich. »Warum mußt du alles wissen? Erzählst du mir alles?«

»Ja, natürlich!«

»Du bist ein Lügner«, sagte sie aufgebracht. »Und wie kannst du erwarten, daß ich einem Lügner vertraue?«

»Ich verstehe dich nicht.«

Sie kam mit ihrem Kopf näher an seinen heran. »Ich weiß, Mikhail. Verstehst du? *Ich weiß, wer du bist.*«

»Wovon sprichst du?«

»Hör auf«, stieß sie hervor. »Laß uns hier hinausgehen.« Plötzlich bereitete ihr das riesige Kaufhaus mit der wogenden Menge Platzangst.

Sie fuhren zum Eremitage-Garten an der Karetny Ryad, weil dort um diese Jahreszeit weniger Menschen waren als im Gorki-Park. Sie hatte genug von Menschenansammlungen.

Dann setzten sie sich auf eine Holzbank in der Nähe des Freilichtmarionettentheaters. Es war ungefähr Mittag. Graue Eichkätzchen huschten die Eichen- und Buchenstämme hinab, setzten sich in ihre Nähe und hofften auf Futter. In der Nähe watschelten Tauben vorbei und pickten hier und dort etwas auf.

Man hörte lautes Kinderlachen, und unwillkürlich berührte Daniella die feste Rundung ihres Unterleibes und stellte sich das winzige Leben vor, das dort wuchs. In der Kinderwelt wäre sie beinahe zusammengebrochen. All die Spielsachen, all die herumlaufenden Kinder, die überall hindeuteten, lachten und viele Wünsche hatten. Sie fühlte ein tiefes Sehnen in sich.

Große, ausgefranste Wolken zogen über ihre Köpfe hinweg, und nur gelegentlich konnte man das Brummen eines Lastwagens hören. »Was wirst du tun, jetzt, wo du es weißt?« Er sah sie nicht an.

»Ich möchte, daß du etwas verstehst, Mikhail«, sagte sie mit Bedacht. »Maluta ist kein Faktor mehr bei dem, was ich tue oder sage.«

Er sah sie an. »Soll ich raten, was das zu bedeuten hat?«

»Ich denke, das weißt du schon«, erwiderte sie.

»Wie hast du das über mich herausgefunden?«

»Mitre hat mir einen Wink gegeben.« Er wußte, daß Mitre der Codename für Sir John Bluestone war. Es gab keinen Grund, ihm das jetzt nicht zu erzählen. »Dein Name ist irgendwo in Hongkong aufgetaucht.«

Ein kleines Mädchen lief vorbei, seine Arme ausgestreckt, um den Hund, der fröhlich bellend vor ihm davonlief, am Schwanz zu erwischen. Seine Wangen waren rot, seine Augen vor Freude aufgerissen.

»Sag mir...«, begann Carelin, er beneidete das Mädchen um seine Unschuld, »liebst du mich?« Sein Rücken war steif. Viele Jahr würden noch vergehen, bis auch das Mädchen solche Fragen stellen mußte. »Hast du mich je geliebt?«

»Ich glaube«, sagte sie, »das ist eine Frage, die wir uns besser gegenseitig nicht stellen sollten.«

»Daniella«, sagte er ernst, »ich glaube nicht, daß ich je eine Sünde begangen habe. Es ist wichtig – sehr wichtig sogar –, daß du das verstehst.«

»Haßt du Rußland so sehr?«

»Ich hasse, was Rußland seinem Volk antut. Und allen Leuten, die mit ihm in Kontakt kommen. Und Rußland ist, was Rußland tut. Wir sind nicht so weit weg von Stalin, wie wir gerne glauben möchten. Wir Russen sind sehr geschickt in der Selbsttäuschung.«

»Nicht mehr als irgendein anderes Volk, Mikhail.«

»In dem Punkt, glaube ich, bist du vollkommen im Unrecht. Unsere Fähigkeit zu...«

»Ich will nicht – *ich will nicht* – mit dir über die moralische Seite der Angelegenheit debattieren«, sagte sie scharf. »Es war meine Wahl, meine eigene Entscheidung, und ich bedaure sie nicht.«

Er sah einen Moment lang weg. »Wenigstens nur sehr wenig davon.«

»Um deine Frage zu beantworten: Was immer du sein magst, hat nichts mit dem zu tun, was ich im Innersten fühle.«

Er blickte nach unten und sah die Kleinkaliberpistole mit aufgesetztem Schalldämpfer, die gegen seinen Mantel gepreßt wurde. Keiner außer ihnen konnte sie sehen.

Daniella bemerkte, wie sich Trauer in seinen Gesichtsausdruck schlich. »So hast du dir also den Genossen Maluta vom Hals geschafft?«

»Das ist die Antwort, Mikhail«, erwiderte Daniella. »Die einzige Antwort.« In ihren Augenwinkeln tanzten flüssige Diamanten. »Zwischen uns gibt es nur Lügen. Und das ist auch alles, was je zwischen uns sein könnte. Lügen sind das einzige, was uns in unserem Beruf erlaubt ist. Das wußten wir, als wir das wurden, was wir sind. Nichts kann das ändern.«

»Bist du so sicher?« fragte er.

»Ich habe jetzt die Macht, Mikhail. Die tödlichen Geheimnisse, die Maluta einst besaß – was ihn reich machte, was ihn stark machte –, gehören jetzt mir.«

»Ach so«, sagte er leise. »Du hast also mehr als die Fotos gefunden. Am Ende hast du alles.«

Er suchte in ihren Augen nach Lebenszeichen. Und als er sicher war, daß sie ihm nichts schenken würde, bot er ihr alles an, was ihm noch geblieben war. »Du magst vielleicht wissen, wer ich bin«, sagte er, »aber du weißt nichts von meinem letzten Auftrag.« Er sah von der Pistole, die sie ihm in die Seite hielt, in ihr Gesicht. Es ist ein so starkes Gesicht, dachte er. Und er mußte wieder an Circe denken, die alte Zauberin der griechischen Mythologie, deren Gestalt sie für ihn angenommen hatte. Wie gut sie alles und jeden in ihrer Umgebung manipuliert hatte, staunte er. »Mein Auftrag war, dich zu töten, Danushka.« Er sah, wie der Schock ihre Züge formte, und begriff sofort, daß dies für ihn ein Vorteil sein konnte, den er ausnutzen mußte. »Was sonst sollte Jake Maroc von mir gewollt haben?«

Im nächsten Moment stand er auf. »Leb wohl, Koshka.«

Daniella sah ihn weggehen, durch eine Gruppe schreiender Kinder, deren Kindermädchen vergebens versuchten, die Kleinen zusammenzutreiben. Es war Zeit, nach Hause zu gehen.

Stunden später fand sie sich in ihrem Büro wieder, ohne irgendeine Idee zu haben, wie sie hierher gekommen war. Sie erinnerte sich, wie sich ihre Mutter nach einem Autounfall in genauso einem verwirrten Zustand befunden hatte. Einen Augenblick lang fragte sich Daniella, weshalb sie eigentlich hierher gegangen war und nicht in ihr Apartment. Dann, als würde sich ein Schleier von ihrem Bewußtsein heben, erinnerte sie sich. Sie ging zum Fenster und sah in die Nacht hinaus. Sterne bedeckten den Himmel. Sie war irgendwie dankbar, daß sie weit genug vom Stadtzentrum entfernt war, um die größten Sterne noch sehr klar erkennen zu können. Unter ihnen lag die dunkle Masse des Waldes noch schwärzer sogar als der Nachthimmel. Ein Teil ihrer selbst hätte sich am liebsten in diesem stygischen Irrgarten verloren.

Sie dachte an die Zwiebelkirchen, die im Scheinwerferlicht glänzten, die Mauern mit ihren Zinnen, innerhalb derer, wie ein wildes Tier, die Macht die Welt zu verändern kauerte. Und sie besaß jetzt die Mittel, dieses wilde Tier zu zähmen. Dann drehte sie sich um, hob den Telefonhörer ab und sprach eine Zeitlang in die Muschel. Sie glaubte zu wissen, in welche Richtung Carelin flüchten würde. Richtung Hongkong. So viel war jetzt klar. Aber selbst wenn er eine andere Route wählte, würden ihre Leute ihn abfangen. Sie vertraute ihnen.

»Noch etwas, Leutnant«, sagte sie in den Hörer. »Ich möchte, daß der Verräter sofort erschossen wird. Sofort erschießen, verstehen Sie? Sofort erschießen.«

In diesem Moment fühlte sie etwas, das sie in Wahrheit gar nicht mehr fühlen konnte: eine Bewegung in ihrem Bauch. Sie stieß einen erstickten Schrei aus und legte den Hörer auf. Sie fühlte sich, als sei sie am Rande der Welt angelangt.

»Du hast recht«, sagte Simbal in die Stille hinein. »Kam Sang hat von Anfang an hinter allem gesteckt.«

»Wie meinst du das?« fragte Jake.

»Kam Sang war der Grund dafür, daß Donovan mich in diese Geschichte hineingezogen hat. Zwei seiner Agenten infiltrierten den *Diqui*. Sie wurden getötet, aber kurz vorher hatten sie Donovan noch berichten können, daß der *Diqui* am Kam-Sang-Projekt interessiert ist.«

Jake nickte. »Und jetzt weißt du auch, wer hinter Donovans Interesse an Kam Sang steckt.«

»Daniella Vorkuta?«

»Richtig«, sagte Jake. »Wieder Daniella Vorkuta.«

Simbal dachte eine Zeitlang nach. »Aber was ist denn nun eigentlich in Kam Sang entdeckt worden?«

Durch das grüne Laubdach über ihren Köpfen tropfte es unablässig. Rechts und links von ihnen fiel der Dschungel steil ab. Hier und da öffnete sich das Grün zu einer felsigen Lichtung. Auf dem Geröll saßen große schwarze Vögel und krächzten aufgeregt.

Sie hatten sich inzwischen – zusammen mit einer kleinen Schar der Shan-Krieger – etwa fünfzehn Kilometer von dem winzigen Dorf, das Simbal treu ergeben war, entfernt. In dieser Zeit waren sie vielleicht weitere 500 Meter gestiegen. Die Luft hatte jetzt den Geruch von Ozon, der die Kehle reizte und die Schleimhäute der Nase austrocknete. Man mußte hier schon in guter körperlicher Verfassung sein, sonst konnte der relative Mangel an Sauerstoff leicht zu einem Kreislaufzusammenbruch führen.

»Wir müssen jetzt schon sehr nahe sein«, sagte Jake. »Zumindest laut Onkel Tommy.«

Der Sturm war noch nicht vorbei, er schien sich bloß eine Verschnaufpause zu gönnen. Aber jetzt war die Luft doch ruhiger, als sie es in den vergangenen vierundzwanzig Stunden gewesen war. Die etwa zwei Dutzend Shan-Soldaten waren lose über die kleine Lichtung verteilt. Simbal hatte alle fünfzig Meter Wachen aufgestellt, in einem Umkreis von hundert Metern.

»Wir sind jetzt auf General Kuos Gebiet«, erklärte Simbal. Er wollte das Thema Kam Sang nicht unnötig überstrapazieren. Taten, nicht Worte, so hatte er im Shan gelernt, waren die einzige Vertrauensbasis. »Er ist der Oberbefehlshaber über das ganze Gebiet«, fuhr er fort, »und ein ziemlich übler Typ.«

»Wir müssen direkt auf ihn losmarschieren«, sagte Jake. »Vorausgesetzt, Onkel Tommy hat mich richtig informiert.«

Durch das dichte Blattwerk, in dem sie kauerten, konnten sie die schemenhaften Umrisse eines Gebäudes erkennen.

»Sieht wie eine Opiumfabrik aus«, sagte Jake und sog die Luft ein.

»Bingo. Vielleicht die größte im Goldenen Dreieck. Kuo ist der einzige, der so fanatisch auf Sicherheit bedacht ist, daß er seine Fabrik in der Nähe seiner Operationsbasis hat. Die anderen Generäle transportieren den Rohstoff lieber den Berg hinunter, bevor sie ihn weiter verarbeiten.«

Simbal veränderte leicht seine Position. »Wir haben nicht genug Feuerkraft, glaube ich«, sagte er. »Kuos Männer werden uns einfach auffressen und wieder ausspucken.«

»Mich interessiert dein General Kuo nicht«, erwiderte Jake. »Ich hatte nicht daran gedacht, deine Shan-Soldaten mitzunehmen.«

»Du meinst also, nur wir beide sollen angreifen?«

Jake sah ihn an. Was wußte er wirklich über diesen Mann. *Auf dem Schlachtfeld traue niemandem,* hatte Fo Saan gesagt. »Das liegt ganz bei dir«, sagte Jake.

Simbal wartete eine Minute. »Du bist ein harter Typ, wie? Was glaubst du, beweisen zu müssen?«

Jake behielt die Opiumfabrik im Auge. Es war wichtig, ein Gefühl dafür zu bekommen, was sich um die Anlage herum tat.

»Du hast die falsche Einstellung zu der Sache, weißt du das?« Simbal zerrupfte ein Stück Farn. »Das bringt dich eines Tages noch um.« Er wandte sich Bliss zu. »Hoffentlich hast du für deine Geliebte gut vorgesorgt, denn sie wird Trost brauchen, wenn du nicht mehr da bist.«

»Redest du immer so viel?«

»Nur, wenn mir etwas durch den Kopf geht.«

»Okay«, sagte Jake, »du hast deine Pflicht getan. Fühlst du dich jetzt besser?«

»Das war nicht für mich gedacht«, erwiderte Simbal, »sondern zu deinem Besten.«

Jake schwieg. In fünf Minuten hatte er nicht weniger als vierzig Shan in der Fabrik gezählt. Kein besonders gutes Zeichen.

»Was wir brauchen«, sagte er dann, »ist ein Weg, der uns schnell hinein und wieder hinaus bringt.«

Simbal schnaufte. »Wie wär's mit zwei Särgen? Das ist die einzige Art, wie wir aus der Festung wieder herauskommen, wenn du darauf bestehst, das Ganze als Zweiernummer abzuziehen. Es sei denn, du hättest vielleicht ein paar nukleare Minisprengsätze, die wir denen da auf den Kopf fallen lassen könnten.«

»Dafür gehst du besser ins Kino«, sagte Jake, »hier wird es kaum Hilfe für uns geben.«

Plötzlich hörten sie einen Augenblick lang laute Stimmen, die sofort wieder verstummten. Sie verließen ihren Posten und eilten durch den Dschungel zurück. Am Rand ihres provisorischen Lagers sahen sie einen Mann stehen. Er trug über einem Flanellhemd aus Büffelhaar eine Buschjacke, dazu Nike-Jogger-Hosen und Eddi-Bauer-Wanderschuhe. Auf dem Kopf hatte er eine Art Expeditionshut, wie Harrison Ford ihn in ›Jäger des verlorenen Schatzes‹ berühmt gemacht hatte.

Bliss, die von einem der Shan eine überzählige AK-47 bekommen hatte, hielt ihn in Schach. »Ich sah ihn im Unterholz lauern«, sagte sie, als Jake und Simbal bei ihr waren.

»Jesus«, rief Simbal überrascht, »was zum Teufel tust du denn hier, Rodger?« Warum sollte man ihn wissen lassen, daß er erwartet worden war. Rodger Donovan streckte die Hand aus und schob dabei geschickt die Mündung der Maschinenpistole zur Seite. »Zeit für einen kleinen Urlaub von Washington«, sagte er und kam auf sie zu. Er wandte den Kopf. »Hallo, Jake, dich hab' ich lange nicht gesehen.« Er sah wieder zu Simbal. »Die Informationen, die du dem Kubaner gegeben hast, waren ziemlich detailliert. Doch ich vermute, daß du nie erwartet hättest, daß ich deshalb meinen Direktorensessel verlassen würde.«

»Du bist doch auch kein Mann für draußen, Rodger«, bestätigte Simbal ihm.

Donovan runzelte die Stirn. »Bin ich falsch angezogen?«

»Nicht, wenn hier ein Film gedreht würde«, sagte Simbal lachend.

»Macht nichts«, erwiderte Donovan, »jetzt bin ich hier und möchte hören, was es Neues bezüglich des *Diqui* gibt.« Er sah, daß Jake und Simbal sich einen Blick zuwarfen. »Ich muß viel versäumt haben, seit du hier bist, Jake. Was für ein Interesse hast du eigentlich an der Sache?«

»Was ist passiert, Donovan?« fragte Jake zurück. »Sind dir die Dinge zu Hause ein bißchen zu heiß geworden?«

»Was soll das heißen?«

»Das da«, sagte Simbal und warf ihm das Bündel Beweise zu. Donovan nahm sie und ging die Dokumente langsam durch. »Was ist das?« fragte er.

»Deine Grabinschrift«, erwiderte Jake. Er reichte ihm das Foto und betete innerlich, daß Simbal sich beherrschte und nicht Apollo erwähnte.

Donovan sah hinab auf Daniella Vorkutas leicht unscharfes Gesicht. »Nicht gut getroffen«, sagte er.

»Und du mußt es ja wissen«, meinte Simbal bedeutungsvoll. »Weißt du, was dein Fehler war, Rodger? Daß du diesen verdammten Seurat im Büro aufgehängt hast. Wenn du ihn zu Hause gelassen hättest, wäre noch alles in Ordnung für dich. Aber Max hat ihn gesehen und wußte sofort Bescheid. Er hatte ihn nämlich schon einmal bewundert, bei einer Auktion in Paris. Als er verkauft wurde an einen KGB-Leutnant namens Daniella Vorkuta.«

»Aha.«

»Aha!« schrie Simbal. »Ist das alles, was du dazu zu sagen hast?«

»Du bist Schimäre«, hakte Jake nach, »du bist Vorkutas Agent und warst es schon immer.«

Er zitterte vor Wut. »Du hast mich auf Henry angesetzt, damit ich ihn tötete. Meinen besten Freund, meinen Lehrer. Du...«

Er sprang auf Donovan zu, der abwehrend die Hände hochriß. Simbal warf sich zwischen die beiden und stieß Jake zurück.

»Hör auf!« rief er. »Das ist keine Lösung!«

Jake dachte an den Augenblick, als er Henry Wunderman zum ersten Mal getroffen hatte. Er war nach Hongkong gekommen, um ihn anzuwerben. *Sag mal,* hatte er gesagt, *warum hockst du immer noch auf diesem Felsen und machst Botengänge für die Triaden? Weil ich Halbchinese bin,* hatte ein noch sehr junger Jake geantwortet. *Und wenn du ein richtiger Chinese wärst?* hatte Wunderman gefragt. *Dann würde ich einen Weg finden, die Triaden für mich arbeiten zu lassen.* Wunderman hatte gelächelt. *Angenommen, ich könnte dir zeigen wie,* hatte er gesagt. *Wärst du interessiert?* Natürlich war Jake das. Und dann hatte Wunderman gesagt: *Das wäre vielleicht auch ein Weg, herauszufinden, was mit deinem Vater passiert ist.* Wunderman hatte es gewußt, daß das Jakes größter Wunsch war.

»Henrys Tod muß noch abgerechnet werden«, sagte Jake schließlich.

»Und dein Schuldbewußtsein auch«, warf Simbal ein.

Jake ließ sich zurückdrängen. Er fühlte Bliss an seiner Seite.

»Er hat recht, Jake«, sagte sie.

»Also«, erklärte Simbal mit einem Funkeln in den Augen. »Jetzt, da wir über dich Bescheid wissen, Rodger, werden wir folgendes mit dir machen. Wir werden dich wieder zum Direktor der *Pyramide* befördern, nur daß du jetzt für uns arbeiten wirst.«

Donovan grinste. »Nett«, sagte er, »nur hat jemand anderer schon dieselbe Idee gehabt.«

»So?« fragte Simbal. »Wer zum Beispiel?«

Donovan sah ihn an. »Der Präsident der Vereinigten Staaten.«

»Was?«

Er wandte sich an Jake. »Ich habe euch nicht aufeinander gehetzt, dich und Wunderman. Daniella war es auch nicht, obwohl sie es gewollt hätte. Es war der Präsident.«

»Das glaube ich dir nicht«, erwiderte Jake.

»Das nehme ich dir nicht einmal übel«, sagte Donovan. »Aber denk eine Minute darüber nach. Was wäre besser geeignet gewesen, meine Verbindung zu Daniella zu festigen?«

»Henry wurde geopfert«, fragte Jake ungläubig. »Und ich war das Werkzeug?«

»So war es, ja«, sagte Donovan. »Und wer wäre besser geeignet gewesen als du, Jake? Daniella haßt und fürchtet dich. Mit dir auf dem Plan schöpfte sie keinen Verdacht.«

Simbal dachte einen Moment über alles nach. »Etwas gibt keinen Sinn, Rodger. Wenn du sozusagen ein Dreifachagent bist und für den Präsidenten arbeitest, warum will Max dich dann ausschalten?«

»Dann hat Threnody also dir die Beweise gegeben«, seufzte Donovan. »Ich hätte wissen müssen, daß er irgendwie an dich rankommen würde. Du warst immer sein blonder Liebling, Tony. Wie er es bedauerte, daß ich dich von ihm weggeholt habe!«

»Komm, Rodger, darum geht es hier wirklich nicht«, sagte Simbal skeptisch.

»Irgendwie schon«, erwiderte Donovan. »Max will meinen Job, verstehst du? Er hat jetzt selbst Zugang zum Präsidenten. Nun, ich bin sicher, daß er dir das gesagt hat. Es war sein Traum sein Leben lang, einmal diese Art von Macht zu bekommen.«

»Was sagst du da?« fuhr Jake dazwischen. »Jemand von außerhalb der *Pyramide* hätte nie eine Chance? Das ist einfach nicht die Art, wie solche Dinge abgewickelt werden.«

Donovan zog eine traurige Miene. »Du bist schon lange weg, Jake. So ist es früher vielleicht nicht gewesen. Beridien hätte das bestimmt nie zugelassen. Aber er ist lange tot, und die Zeiten haben sich geändert. Der Präsident brauchte für die Leitung der Nachforschungen über Anthony Beridiens Ermordung jemanden, der absolut keine Verbindungen zur *Pyramide* hatte. Gleichzeitig brauchte er jemanden, der Respekt genoß und ein gewisses Alter hatte. Er wählte Max Threnody. Und seit dieser Zeit tut Max alles, um den Präsidenten dazu zu bringen, mich zu entlassen. Und nach einem so intimen Kontakt mit den Russen ist meine Loyalität natürlich zweifelhaft.«

»Weiß Max etwas über Leslie?« fragte Simbal.

»Er scheint, verdammt noch mal, alles über mich zu wissen«, erwiderte Donovan. »Und so einfach ist das dann. Ich hatte eine Affäre mit einem KGB-Leutnant in Paris. Sie sieht erstaunlich dem Mädchen ähnlich, in das ich auf dem College verliebt war, Max zählte zwei und zwei zusammen.«

»In deinen Worten klingt das alles sehr unschuldig«, sagte Simbal. »Aber du kannst mir doch nicht erzählen, daß du nicht gewußt hättest, auf was du dich da einläßt.«

»Ich wollte sie«, erwiderte Donovan selbstgerecht. »Sie wußte, was mir gefällt.«

»Du hattest keine Wahl«, sagte Simbal. »Das sollen wir jetzt doch glauben?«

Donovan starrte sie an.

»Also, weiter«, forderte Jake ihn auf.

Donovan beobachtete ihn, auf der Hut vor einem neuen Angriff. »Sie war schön, sexy und – Tony, du wirst es verstehen – sie ähnelte Leslie so sehr. Ich wäre ein Unmensch gewesen, wenn ich sie abgewiesen hätte.«

»Wann hast du angefangen, für drei Seiten zu arbeiten?« fragte Jake.

Jetzt wandte Donovan den Kopf ab. Das Tropfen des Wassers war ein trübseliges Geräusch. »Ist noch nicht lange her.«

»Wie lange?« drängte Jake.

»Himmel«, fuhr Donovan hoch.

»Rodger, du sagst es uns besser«, riet Simbal ihm, »ich habe

Anordnungen von Max, dich zu liquidieren, und Jake sähe dich auch lieber tot. Es klingt seltsam, aber in diesem Moment sind wir wohl die einzigen Freunde, die du noch hast.«

Donovan nahm seinen Hut ab und schleuderte ihn in den Dschungel. »Warum trage ich so was überhaupt?« Einer der Shan-Soldaten fing ihn auf und setzte ihn sich auf. Er sah auch nicht komischer aus damit als Donovan. »Erst danach.«

»Wonach?« fragte Jake.

»Beridiens Ermordung.«

»Ah, Scheiße«, sagte Jake. »Ich sollte dich sofort abknallen. Du und die Vorkuta, ihr habt das ausgebrütet.«

Donovan nickte still.

»Rodger«, sagte Simbal, »als Max mir befahl, dich umzulegen, sagte er, daß es auf Geheiß des Präsidenten sei.«

»Ich vermute, er wußte, daß du das nicht mehr nachprüfen könntest«, erwiderte Donovan.

»Was soll das heißen?«

»Daß das alles streng intern ist. Der Präsident wünscht, daß die Dinge so oder so geregelt werden.«

»Würde dich der Präsident nicht lieber als Dreifachagent behalten?« fragte Simbal.

Donovan nickte. »Wenn alles gleich bliebe. Das tut es aber nicht. Max hat schon dafür gesorgt. Er hat dem Präsidenten Zweifel an meiner Loyalität eingeredet. – So steht es also zwischen mir und Max. Ein Kampf bis zum Ende. Max möchte mich auf jeden Fall draußen haben. Er weiß, das wird nicht leicht. Aber das hier war der perfekte Weg. Ich hätte das gleiche gemacht. Wer fordert schon eine offizielle Untersuchung hier draußen in Gottes Hinterhof?« Er lachte ironisch. »Die Wahrheit käme nie heraus. Außerdem wärst du immer an ihn gebunden, wenn du mich beseitigen würdest. Er hätte dich für den Rest deines Lebens in der Hand.« Er hatte einen herausfordernden Blick in den Augen. »Willst du es immer noch tun?«

Simbal wandte sich an Jake. »Was meinst du? Lügt er, oder sagt er die Wahrheit?«

»Da ist etwas, was mich stört«, entgegnete Jake. »Du hast gesagt, daß Threnody dir erzählt hat, Bennett und Curran hätten den DEA-Computer geknackt und Namen, Orte und Verbindungslinien abgezapft.«

»Da kann ich euch aufklären«, erklärte Donovan. »Manchmal ist die halbe Wahrheit die beste Lüge. Was diese Kerle noch haben mitgehen lassen, waren die strategischen Richtlinien für die neue Antiterrorismus-Einheit des Präsidenten.«

Was fehlt mir eigentlich noch, überlegte Jake. Drogen und Kam Sang und der Diebstahl von antiterroristischen Strategien. Ich habe viele Einzelteile, aber nichts Ganzes. Nichts paßt zusammen.

Nach außen hin zeigte er nichts von seiner Verwirrung.

Auch Simbal dachte scharf nach. Er erinnerte sich an Run-Run Yis Worte: *Bennett ist der Geist, der die Tür öffnet!* Mit Antiterror-Richtlinien? *Diese Waffen,* hatte Yi gesagt, *werden die Macht haben, die Welt zu zerstören.* Blackman T-93, leichte Raketenwerfer? Wie das? Und wieder fragte er sich, wo bin ich da bloß hineingeraten? Er fühlte sich wie eine Ratte in einem dunklen Labyrinth.

»Ich weiß nicht«, sagte er. »Warum hätte mich Max darüber belügen sollen?«

»Max weiß es wahrscheinlich nicht mal besser«, meinte Donovan. »Er ist der konsumierende Bürokrat, Tony. Das weißt du. Im Moment konzentriert er sich darauf, mich irgendwie loszuwerden.«

»Es steht zuviel auf dem Spiel«, sagte Jake jetzt, »als daß man einen von euch beiden beim Wort nehmen könnte.«

Donovan sah ihn an. »Ich sehe, ich muß noch weiter feilschen.« Er nickte. »In Ordnung. Erinnerst du dich, daß Henry Wunderman einen Agenten führte, der den Codenamen Apollo trug?«

»Ja«, sagte Jake. Er wagte nicht, Simbal anzusehen. Er wollte Donovan keinen Schlüssel in die Hand geben.

»Daniella weiß, daß es ihn gibt, und kennt seine Identität.«

»Hat sie dir das gesagt?« fragte Jake, gedämpft in seiner Angst.

»Hat sie.«

»Wie heißt er?«

»Was könnte dir das nutzen?«

»Sag es«, forderte Jake, »und stell keine Fragen.«

»Mikhail Carelin.«

Guter Gott, dachte Jake, Carelin ist ein toter Mann. »Wann hat sie es herausgefunden?«

»Wir sprachen darüber in der letzten Nacht vor meiner Abreise«, erwiderte Donovan. »Sie hatte es gerade erfahren.«

»Jake, was meinst du?« fragte Simbal.

Sagte Donovan die Wahrheit? fragte sich Jake, oder folgte er seinen eigenen Interessen und füttert uns mit Halbwahrheiten und Lügen?

»Wenn du mir glaubst, Tony«, sagte Donovan, »bedeutet das, daß du dich gegen Max Threnody stellst. Ich weiß nicht, ob du darauf wirklich vorbereitet bist.«

»Ich möchte eine Chance, um an Daniella Vorkuta heranzukommen«, erwiderte Jake. »Donovan ist der einzige Weg.« Es sei denn, dachte er, Apollo erwischt sie, bevor sie ihn töten kann.

»Ist es das Risiko wert?« überlegte Simbal laut.

»Um an den Kopf des Ersten Direktoriums des KGB heranzukommen«, sagte Jake, »würde ich Himmel und Hölle in Bewegung setzen.«

Simbal dachte an Max Threnody und daran, was er Monika angetan hatte, dem Kubaner und ihm selbst. Das gehörte alles zu dem Spiel in Max' Buch. War das jetzt auch nur eine neue List? Wer benutzte ihn jetzt, Max oder Rodger?

»In Ordnung«, sagte Simbal schließlich, als er seine Entscheidung getroffen hatte. Er rief leise nach hinten, und sofort kamen zwei Shan und packten Donovan. »Du wirst in ihrem Gewahrsam bleiben, bis das hier alles vorbei ist, Rodger. Und mach keine Dummheiten in der Zwischenzeit. Damit wir es am Ende nicht noch bereuen, daß wir dich am Leben gelassen haben.«

Der Regen hatte wieder angefangen, der wiedererwachte Sturm trieb ihn von Süden heran, und so schlug er auf sie ein wie ein fröhliches Kind auf seine neue Trommel.

Jake und Tony Simbal konnten in ihrem Versteck im dichten Unterholz die Opiumküche riechen. Der Gestank durchdrang die feuchte Luft und hing wie eine Giftwolke über der Lichtung. Die Shan-Soldaten hatten sich unsichtbar gemacht, es war kein Laut zu hören.

»Wenn wir zu General Kuo gelangen«, sagte Simbal, »haben wir vielleicht eine Chance.«

»Und welche?«

»Wieder lebend herauszukommen.« Simbal massierte einen verkrampften Muskel in seinem Schenkel. »Ich weiß nicht, wie das bei dir ist, aber ich habe keine Sehnsucht zu sterben.«

»Denkst du, ich?«

»Wem der Schuh paßt.« Simbal zuckte die Schultern.

»Keine Sorge«, entgegnete Jake.

Simbal legte die AK-47 in den Schoß. Er prüfte ihre Mechanik zum dritten Mal. Das war wichtig: die Kombination von feuchtem Klima und der Sorglosigkeit der Shan beim Waffenreinigen konnte tödlich sein.

»Herrgott«, lachte er, »worüber mache ich mir eigentlich Sorgen?«

Jake dachte eine Zeitlang nach. »Was schlägst du vor?« fragte er schließlich.

»Du und ich, wir gehen hinein, schön«, sagte Simbal. »Aber erst wenn meine Shan einen Ablenkungsangriff auf der anderen Seite des Lagers begonnen haben. Das muß zwei Dinge bewirken: Erstens muß es General Kuo herauslocken, damit wir eine Chance haben, ihn zu erwischen. Zweitens beschäftigt es seine Leute, während wir versuchen, Bennett und Curran zu finden.«

»Und Chen Ju«, ergänzte Jake.

»Und Chen Ju.«

Lange Zeit beobachtete Jake schweigend das Lager. Schließlich wandte er sich zu Simbal um. »Ich denke, es ist wichtig, daß du die ganze Wahrheit erfährst. Was die Wissenschaftler in Kam Sang entwickelt haben, ist ein mobiler nuklearer Sprengsatz, der auf bereits existierende Waffen aufgesetzt werden kann, zum Beispiel auf Granatwerfer. Die Projektleiter glaubten, daß das, was sie zufällig entdeckt hatten, im wesentlichen nutzlos sei, da der radioaktive Fallout nach der

Explosion eines solchen Geschosses den Schützen ebenso töten würde wie seine Opfer.«

»Himmel«, keuchte Simbal. Alles stürzte auf einmal auf ihn ein. »Deshalb haben die *Diquis* angefangen, Blackman T 93-Raketenwerfer einzulagern. Mit der Kam-Sang-Bestückung haben diese T 93 die Macht, die Welt zu zerstören.«

»Was?« Das war es: das fehlende Stück! »Wo hast du das gehört?«

Dann ging es also überhaupt nicht um Drogen. Chen Ju hatte ein ganz anderes Ziel im Kopf. Jakes Augen hefteten sich auf Simbal.

»Von einem Mann namens Run-Run-Yi, dem verstorbenen Boß des *Diqui* in New York.«

»Verstorben? Was ist mit ihm passiert?«

»Edward Martin Bennett hat ihn erwischt«, sagte Simbal. Er erzählte die Geschichte.

»Das ist Chen Jus Strategie«, erwiderte Jake, dem übel wurde bei dem Gedanken. »Die Mitglieder des *Diqui* werden mit gehorteten Blackman T-93, die natürlich mit der nuklearen Munition ausgerüstet sind, versorgt. Mit der gestohlenen Information, die Bennett und Curran ihnen besorgt haben, könnte ein einziger Mann in jede große amerikanische Stadt eindringen, jedes Lösegeld erpressen oder die Hälfte der Bevölkerung töten.«

»Gott im Himmel«, sagte Simbal, »mit den Antiterrorismus-Richtlinien könnte sich der *Diqui* unsichtbar machen. Er wäre nicht mehr zu finden.«

Jake nickte. Sein Kopf schwirrte von dem, was sie gerade entdeckt hatten. Dieser Mann war ein Ungeheuer! »Das also will Chen Ju.« Viel mehr als nur die Vernichtung des *Yuhn-hyun*, dachte er. »Er wird in eine Stadt nach der anderen eindringen und seine Forderungen stellen. Die Mitglieder des *Diqui* sind Fanatiker; der Tod bedeutet ihnen nichts. Und Chen Ju will nichts weniger als die ganze Welt. Das ist das letzte Stadium des Terrorismus.«

»Wird er die neue Technologie nicht einfach an den Meistbietenden verkaufen?« fragte Simbal.

»Ich glaube nicht«, erwiderte Jake.

Simbal stimmte ihm zu. »Er hat das Ziel des *Diqui* geändert, von reinem Opiumhandel zum Aufbau der stärksten terroristischen Armee. Mit der Technologie von Kam Sang kann Chen Ju die gesamten Vereinigten Staaten erpressen, wenn er will.«

»Und das wird er auch tun, täusch dich nicht«, sagte Jake grimmig. »Aber in einem Punkt irrst du dich, glaube ich. Chen Jus Strategie für seine *Diqui* hat sich überhaupt nicht verändert. Das sehe ich jetzt klar. Das hier ist nichts, in das man einfach so hineinschlittert. Ich glaube, sein kleines Spielzeug ist einfach zu dieser monströsen Waffe angewachsen.«

»Himmel«, flüsterte Simbal. »Wir müssen ihn aufhalten.«

»Fangen wir an.«

Simbal ging weg, um seinen Shan-Kriegern letzte Anweisungen zu geben. Als er zurückkam, beobachtete er eine Zeitlang Jakes Profil. Er hätte eine Menge dafür gegeben, zu erfahren, was in dessen Kopf jetzt vorging.

»Die Zeit läuft«, sagte er endlich. »Sie sind alle da. Die Information wechselt vielleicht gerade den Besitzer.« Er blickte auf seine AK-47. Seine Hände hatten es ihm gesagt, alles war in Ordnung. Jake nickte. Die Shan-Krieger waren in absoluter Stille wieder verschwunden, um ihre Posten einzunehmen.

Simbal blickte auf seine Armbanduhr. »Jetzt«, sagte er.

Zusammen verließen sie die Deckung.

General Kuo wurde zuerst durch einen Vogelschrei vor dem Angriff gewarnt. Die Wachen waren gut trainiert. Das war General Kuos erste Regel. Die Wachen waren das Wichtigste bei seiner Arbeit. Kriege waren verloren worden, weil die Wachen unaufmerksam waren. In General Kuos Armee gab es keine unaufmerksamen Wachen. Jedenfalls keine, die noch lebten.

Der Vogelschrei – eine seiner Ideen – hatte ihn elektrisiert. Er war aus dem Norden gekommen, und General Kuo war sofort auf die Veranda seines Hauses getreten und hatte Befehle erteilt. Schnell und präzise, aber nicht übereilt. Voreiliges Handeln, so war General Kuo beigebracht worden, führte oft zur Niederlage. Außerdem war er auf alle Eventualitäten vorbereitet. Er besaß einen kühlen Kopf in allen Dingen, besonders im Kampf, den er liebte.

Er kannte die Identität des Feindes nicht: burmesisch, chinesisch, russisch oder amerikanisch. Vielleicht war es auch die lächerliche Armee irgendeines Konkurrenten. Es war egal. Seine Reaktion wäre in jedem Fall dieselbe gewesen. Der Sieg war gesichert. General Kuo fühlte keine Ängste in diesen Situationen, sondern eher eine besondere Art von Hochstimmung.

Er schnallte sich seinen amerikanischen Armee-Revolver um und stieg von der Veranda herab. Am Nordrand seines Lagers begannen die Mulizüge ihren Treck den Shan hinunter zum Markt, beladen mit Opium. Meistens wurden hier die Angriffe gegen ihn gestartet. Die Tränen des Mohns waren schließlich sein Lebensblut. Das wollten sie alle, egal, woher sie kamen.

Drei seiner Männer eilten vorbei. Er rief ihnen etwas zu und schickte sie an den nordöstlichen Rand des Lagers. Es hatte keinen Sinn, das Glück herauszufordern. Er wollte keinen Angriff von der Seite übersehen. In der Verteidigung, so glaubte General Kuo, war es besser, konservativ vorzugehen. Er selbst ging schnell in die andere Richtung, auf die Fabrik zu. Da waren sie alle versammelt: Huaishan Han, Chen Ju und die beiden Amerikaner. Sie sprachen gern übers Geschäft, umgeben von ihren Waren, hatte General Kuo festgestellt. Wie ihm die unzähligen Saphire und Rubine, die er in seinen Taschen hatte, verschaffte es ihnen ein körperliches Gefühl ihres Reichtums. Dies war ein Weg, ein Gesicht zu bekommen. Einen anderen gab es nicht. General Kuo drehte den kaiserlichen Jadering an seinem Finger. Es brachte Glück, den mystischen Stein zu berühren, der von den Göttern höher geschätzt wurde als alle anderen. Er brachte dem Träger Gesundheit und Wohlstand.

Daran dachte er, als er um die Ecke bog und plötzlich den Lauf einer Waffe in seinem Nacken spürte. Er wollte sich langsam umdrehen, wurde aber von einem Stoß in die Nieren davon abgehalten.

»Laß das bleiben«, sagte eine Stimme leise in sein Ohr.

General Kuo zuckte zusammen und biß sich auf die Lippen, daß er nicht aufschreien und so vor seinem unsichtbaren Feind das Gesicht verlieren würde.

Er fragte sich kurz, wer so geschickt sein konnte, so erfolgreich in sein Lager einzudringen, wurde aber abgelenkt, als der Verschluß seines Lederhalfters geöffnet und ihm sein geliebter Revolver abgenommen wurde.

»Dafür bring ich dich um«, sagte er durch seine schmerzvoll zusammengepreßten Lippen hindurch. »Ich werde dich inmitten des Lagers festbinden lassen und zusehen, wie die Tiere der Nacht dich zerreißen.«

»Große Worte«, sagte Tony Simbal und drückte seine Waffe fest in den Nacken des Chinesen. Er riskierte einen Blick auf den Revolver, den Jake dem General abgenommen hatte. Der normale Kolben war durch einen geschnitzten aus Jade ersetzt worden.

»Sehr beeindruckend«, sagte er in Englisch zu Jake. Dann wandte er sich im Shan-Dialekt wieder an General Kuo. »Schick die Männer, die die Fabrik bewachen, dorthin, wo gekämpft wird.«

»Aber... oh!« Schmerz durchzuckte General Kuo und ließ seine Augen tränen. Er tat, was ihm aufgetragen worden war.

Als die Männer ihre Posten verlassen hatten, sagte Simbal: »Setz dich in Bewegung!«

»Wohin?« fragte General Kuo und überlegte, wie er die momentane Lage umkehren konnte.

»In die Fabrik«, sagte Jake.

Zur Bestätigung stieß Simbal ihm die AK-47 wieder in die Rippen, und der Chinese stolperte vorwärts. Zum ersten Mal begann General Kuo, sich Sorgen zu machen. Diese beiden Männer waren weder von der CIA noch vom KGB. Aber sie waren in sein Lager eingedrungen. Also waren sie keine Dummköpfe. Wenn er mit fremden Teufeln zu tun hatte, waren es meistens Narren oder Wahnsinnige. Dies war eine vollkommen neue Erfahrung für ihn, und er schätzte sie gar nicht. Er war ein Gewohnheitstier, ein Mensch, der nach strikten Regeln lebte, die er selbst aufgestellt hatte. Er kontrollierte sein Reich genau. Jedes Anzeichen von Anarchie war deshalb ein Fluch für ihn.

»Was wollt ihr hier?« Sein Tonfall hatte sich gewandelt. Er war jetzt weicher und sehr besonnen. Vielleicht, dachte er, kann ich mit den beiden verhandeln. »Morgen früh geht eine Schiffsladung weg. 600 Kilo der ausgezeichneten Qualität Nummer 4. Habt ihr deshalb ...?«

»Geh weiter«, unterbrach Simbal ihn und stieß ihn erneut vorwärts, so daß er schwer gegen die Blechwand der Fabrik schlug.

General Kuo biß die Zähne zusammen, legte seine linke Hand gegen seine schwere Gürtelschnalle und fühlte die Umrisse der dort versteckten Pistole vom Kaliber 22. Seine Finger zuckten. Noch nicht, dachte er. Es half ihm nichts, den einen Mann zu erwischen und vom zweiten erschossen zu werden. Er brauchte eine Gelegenheit, beide erledigen zu können. »Was wollt ihr in der Fabrik?« fragte er, »dort werden die Tränen des Mohns nicht gelagert.«

»Aber da sind alle versammelt«, sagte Jake.

General Kuo schoß die Angst den Rücken hoch. Buddha, dachte er, sie sind überhaupt nicht hinter dem Opium her. Seine Finger schlossen sich um den Griff der Pistole. Bald, dachte er, als er sie zum Haupteingang führte. Sehr bald.

»Hier ist der Eingang«, sagte er. Sie stiegen die hölzernen Stufen hinauf. Er spannte seine Sinne, fühlte, daß beide dicht hinter ihm waren. An der Tür drängten sie vorwärts, wie er erwartet hatte. Er konnte sie jetzt beide physisch spüren, wußte, wo sie standen. Er legte seine rechte Hand auf den Türgriff und zog die Tür auf. Im selben Moment holte seine linke Hand die kleine Pistole aus dem Gürtel, und sofort warf er sich herum. Er zog schon den Abzug. Sie standen direkt vor ihm. Er konnte keinen der beiden verfehlen.

Chen Ju ließ sich gerade von den beiden Amerikanern die Informationen geben, die er so dringend brauchte, als er die Schüsse hörte. Er drehte sich herum, wie die anderen auch. Die Eingangstür der Fabrik wurde aufgestoßen.

Regen schlug herein, und der Wind heulte. Dann tauchte General Kuo auf und starrte sie alle an, die Augen weit aufgerissen vor Überraschung. Verärgert darüber, in einem so entscheidenden Moment gestört zu werden, bellte Chen Ju ihn an. »Was ist los?«

»Was sitzt ihr hier«, schrie General Kuo, »wenn ...« und erbrach einen Schwall von Blut. Er machte zwei lange Schritte in den Raum hinein und taumelte gegen einen der verzinkten Arbeitstische. Sein ausgestreckter linker Arm rutschte über die verschmutzte Oberfläche, doch seine Finger griffen ins Leere und stießen den Bunsenbrenner um. Er blickte auf seine besudelte Uniform. »Schweinerei.«

Dann gaben seine Knie nach, und er sank zu Boden. Seine Augen starrten anklagend, aber sie wurden schon trüb.

Plötzlich füllte sich die Türöffnung wieder, nicht mit Regen und Wind, sondern mit den Umrissen zweier Männer.

Jake und Tony Simbal betraten die Fabrik. Simbal drehte den Lauf der AK-47 in Richtung der Vierergruppe.

»Verdammt«, sagte Edward Martin Bennett.

»Lange nicht gesehen«, entgegnete Simbal und war mit ein paar schnellen Schritten in der Halle.

Jake kniete sich neben General Kuo und fühlte seinen Puls. »Er ist tot«, sagte er. Simbal nickte.

Chen Ju, der fast unmittelbar hinter Peter Curran stand, gab dem Amerikaner einen heftigen Stoß.

Vollkommen überrascht stolperte Curran auf Simbal zu, der sofort das Feuer eröffnete. Currans Gesicht erstarrte, er taumelte, stand sekundenlang aufrecht und wurde dann von der Gewalt der Salven zurückgeschleudert wie von einem heftigen Windstoß.

Von der Seite war ein Knacken zu hören, Jake drehte sich um und sah, daß der Bunsenbrenner, den General Kuo umgeworfen hatte, noch brannte. Flammen züngelten die hölzernen Bodenbretter entlang, und im nächsten Moment krochen sie die Reihe freistehender Regale hinauf, die mit Glasflaschen und Metallbehältern gefüllt waren.

»Raus hier!« schrie Jake Simbal zu. »Ein paar dieser Chemikalien sind sehr leicht entflammbar!«

»Ich will diese Scheißkerle«, erwiderte Simbal.

»Jetzt!« Jake sprang hinter ihm vorbei und stieß Bennett auf die Tür zu. Der alte Mann mit den schiefen Schultern starrte Jake mit dem Ausdruck einer Sphinx an.

»Shi Jake«, sagte er mit flötender Stimme. Jake hob ihn hoch. Er sah nicht so aus, als könnte er noch schnell fliehen. Er roch schon nach Grab.

Der Rauch hatte sich inzwischen in der Fabrik ausgebreitet. Es war ein giftiges Grau, ätzend und funkensprühend, das die Augen versengte und die Kehle austrocknete. Dann war auf einer Seite ein tiefes Zischen zu hören, gefolgt von einer Explosion. Die chemischen Substanzen!

Jake trug Huaishan Han ins Freie und setzte ihn ab. Es regnete heftig, und der Wind war wieder stärker geworden. Der trübe Himmel schien an die Baumwipfel zu stoßen. Jake sah Simbal und Bennett und drehte sich wieder um, der vierte Mann war ihm eingefallen, zweifellos Naga.

Chen Ju. Er machte zwei Schritte auf die Fabrik zu, da wurde von einer dumpfen Explosion das Dach in die Höhe geschleudert. Eine Wand brach vollkommen zusammen, und die Flammen leckten hoch, das Unwetter konnte ihnen nichts anhaben.

Es war unmöglich, an die Fabrik heranzukommen. Die Hitze und der dicke, beißende Rauch verbreiteten sich über die gesamte Lichtung.

Jake wandte sich ab und sah den alten Chinesen, der sich gegen einen

Baumstamm gelehnt hatte. Die Schmerzen hatten sein Gesicht in eine Maske verwandelt. Jake kniete sich neben ihn. »Du bist Huaishan Han«, sagte er in Mandarin. Der alte Mann schien überrascht. »Bestimmt hat dein verstorbener Vater meinen Namen nie erwähnt.«

»Er wurde mir im Angesicht des Todes genannt«, sagte Jake, »von jemandem aus deinem *Diqui*-Verein. Die *Diqui* ist dein Werk, nicht?«

»Meines«, erwiderte der alte Mann, »und das von Chen Ju. Es gab ihm Macht.«

»Und dir?« fragte Jake. »Was gab es dir, alter Mann?«

»Mir? Mir gab es mein Leben zurück.« Huaishan Han streckte seine Klauenhand aus und zog Jake zu sich heran. »Ein Leben, das dein Vater mir genommen hatte. Er nahm mir alles: meine Frau, mein Kind, meine Karriere. Er ruinierte mich vollständig. Die *Diqui* gab meinem Leben wieder einen Sinn. Es brachte mich zurück in die Gnade eines kommunistischen Regimes in China, dessen Gedächtnis schwach geworden war. Man erinnerte sich nicht mehr an mich. Die alte Garde war verschwunden: hinausgesäubert oder eines natürlichen Todes gestorben. Außer deinem Vater. Er war der einzige, der sich erinnern und meinen erneuten Aufstieg in China verhindern konnte.« Er warf seinen Kopf zurück, als ob das gefräßige Feuer mit ihm sprechen würde. »Deshalb mußte er sterben, verstehst du? Nur er hätte mich aufhalten können. Und du, natürlich.«

»Du hast meinen Vater umbringen lassen.« *Nur der Berg weiß es*, hatte Hige Miro gesagt. Der Shan.

»Rache«, sagte Huaishan Han, /hat ihren Lohn in sich selbst. Dein Vater hat mich einmal vernichtet. Mehr als das, er hat auch meine Zukunft vernichtet. Meine Frau, meine liebste Senlin und mein ungeborenes Kind. Im Brunnen von Shuang jing. Er warf mich hinab in die Dunkelheit, in die Hölle.«

Die Augen des alten Mannes glänzten im Fieber. Die Flammen spiegelten sich in ihren strahlenden Tiefen wider.

»Er hatte mit Senlin etwas angestellt, dein Vater, weißt du. Etwas Unaussprechliches. Ihr Kopf, ihre ganze Persönlichkeit waren verwandelt bis zur Unkenntlichkeit. Ich wollte sie immer noch, ich liebte sie immer noch. Sie war die einzige, die ich je liebte!«

Es war ein Jammern, ein angsterfülltes Klagen, wie Jake es vorher noch nie gehört hatte. Der Regen zeichnete ein Muster auf Huaishan Hans weißes Gesicht. Und er keuchte, als laufe er in einem Rennen, das er nie beenden könnte.

»Im Brunnen«, wiederholte er. »An diesem höllischen Ort lebte ich fast eine Woche lang. Mein Rücken war gebrochen. Ich konnte mich kaum noch bewegen. Als ich fiel, nahm ich meine Senlin mit mir.« Seine Augen waren voller Tränen. Sie ließen die Flammen im Widerschein schimärenhaft erscheinen, sie veränderten sich wie vom Wind getriebene Wolken. »Sie lag über mir. Mein eigener zerschundener

Körper bewahrte sie vor einer ernsthaften Verletzung Derselbe herausragende Stein, der meinen Rücken gebrochen hatte, rettete uns vor einem endlosen Fall in die Tiefe.«

Sein Kopf hing schlaff von dem dürren Hals herunter, sein spitzes Kinn lag auf seiner flatternden Brust. »Oh«, schrie er, »sie hätte mich retten können! Sie hätte uns beide retten können. Aber nein, sie fing an, gegen mich zu kämpfen. Sie war im Banne deines Vaters. Irgendeinen schrecklichen, unvorstellbaren Zauber hatte er auf sie ausgeübt.

Ich konnte es kaum glauben. Ich bat sie, uns zu retten. Es war in ihrer Macht. Ich konnte hören, wie dein Vater von oben nach ihr rief. Wie ich ihn haßte! Ich sandte meinen Haß hinauf, als hätte er sich um ihn legen und das Leben aus ihm pressen können.

Aber meine Senlin wurde wieder stärker, und sie begann, mich mit der Faust zu schlagen. Sie war wie verrückt. Ich sah ihr Gesicht und wußte, daß sie nicht mehr bei Sinnen war, daß sie nicht mehr mir gehörte. Sie war nicht mehr Senlin. –

Sie war eine Fremde«, keuchte Huaishan Han. »Eine Fremde, die versuchte, mich zu töten.« Er sah zu Jake auf. »Ich habe das einzige getan, das ich tun konnte. Sie hatte mir erzählt, daß sie schwanger sei, und in diesem Moment muß auch ich verrückt geworden sein. Ich weiß noch, wie ich dachte: Es ist *sein* Kind, nicht meines!

So habe ich sie getötet. Und das Baby. Die Zukunft. Ein Augenblick, und alles war vorbei. Alles. Und eine Woche lang waren sie noch meine einzigen Gefährten.«

Jetzt hob der alte Mann seinen Kopf und packte Jake noch fester. »Du siehst also, es war nicht genug, deinen Vater zu töten, Shi Jake.«

Die Tränen waren verschwunden, die Augen waren klar und farblos geworden in ihrer Leidenschaft. Jake stellte sich vor, daß Huaishan Han seine Senlin mit diesem Ausdruck angestarrt haben mußte, in dem Bruchteil der Sekunde, in dem er ihr Leben auslöschte und das des Babys, das in ihr wuchs.

Plötzlich von Ekel ergriffen, löste Jake den Griff des alten Mannes. Aber Huaishan Hans Klauen suchten weiter Halt an ihm. Es war wie in einem Feld voller Kletten.

»Nicht genug damit, Shi Jake«, schrie der alte Mann. »Dein Vater nahm mir nicht nur meine Liebe und mein Leben, sondern auch meine Zukunft. Ist es nicht gerecht, daß ich jetzt seine zerstöre?«

Mit ganzer Kraft stieß Jake den wahnsinnigen Alten von sich. Er war angeekelt. Entsetzt, wie tief die menschliche Seele sinken konnte, drehte er sich um und sah wieder zu dem flackernden Feuer hinüber. Er hoffte, Simbal und Bennett irgendwo zu entdecken, aber statt dessen sah er plötzlich eine Gestalt auf sich zukommen.

Ihr Haar war kurz geschnitten, das Feuer zeichnete ihre Silhouette gegen den niederprasselnden Regen. Dann drehte sie sich etwas, und er sah, daß es eine Frau war. Die Gestalt kam immer näher, und schließlich konnte er ihr Gesicht erkennen, dieses vertraute Gesicht, das ihn in seinen Träumen verfolgt hatte, von dem Moment an, als Nichiren sie vor vier Jahren am Sumchun erschossen hatte.

Lan, seine Tochter, am Leben!

»Lan!« rief er voller Freude. »Lan!«

»Hallo, *Bah-ba*«, sagte sie und zog, wie Colonel Hu es sie gelehrt hatte, die automatische Pistole, zielte und drückte ab.

Als Tony Simbal den Schuß hörte, wirbelte er herum, der Regen lief an ihm herunter. Er hatte Jake nur kurz mit einer schemenhaften Gestalt zusammenstehen sehen. Dann war Bennett geflohen, und Simbal hatte die Verfolgung aufgenommen. Der Sturm, die Explosion und der Scheinangriff am anderen Ende des Lagers hatten zusammen ein unglaubliches Chaos ausgelöst. Bennett flüchtete in Richtung des Feuers. Ein geschickter Schachzug. Die Fabrik lag am Südrand von General Kuos Lager. Jede andere Richtung hätte Bennett in die Gefahr gebracht, von Kuos Männern aufgehalten oder, noch schlimmer, von Simbals Shan-Kriegern erschossen zu werden.

Simbal hatte sich das ebenso ausgerechnet und folgte deshalb Bennett nicht direkt, sondern lief zu dem Platz hinter der brennenden Fabrik, wohin er an Bennetts Stelle geflüchtet wäre. Er stand am Rande des Dschungels. Das Dickicht hatte schon wieder begonnen, sich zur Fabrik vorzuschieben, obwohl man deutlich sehen konnte, daß es erst vor kurzem zurückgeschnitten worden war.

Zwischen den Bäumen drehte er sich um und bewegte dabei den Lauf der AK-47 in einem langsamen Bogen. Der Regen behinderte die Sicht, und die nahe Feuersbrunst warf bizarre Schatten, die mit schwindelerregender Schnelligkeit aufstiegen und wieder zusammenfielen.

Bennett war nirgends zu finden, und Simbal fluchte in sich hinein. Er drang weiter in den Dschungel ein und begann parallel zur Fabrik eine systematische Suche.

Plötzlich bemerkte er eine kurze Bewegung. Er duckte sich und hastete so schnell er konnte auf die Stelle zu. Im nächsten Moment bekam er einen Schlag in den Rücken. Als Bennett ihn ein zweites Mal in die Nieren trat, sackte er zusammen und verlor die AK-47. Sofort griff Bennett nach ihr.

Doch Simbal stürzte sich auf Bennett. Er erwischte seine Beine und zog sie ihm weg. Bennett ging zu Boden, aber er rollte sofort zur Seite und trat mit aller Kraft nach hinten.

Die Spitze seines Cowboystiefels streifte Simbals Wange, und dann traf der Absatz voll den Kiefer. Simbal wurde zurückgeschleudert und sofort hob Bennett die AK-47 wieder und legte an. Simbal fühlte die Hitze des Geschoßhagels, konnte aber einen präzisen Handkantenschlag unterm Kinn landen. Bennett ließ mit einem lauten Stöhnen die

Waffe sinken, und Simbal brachte ihn zu Fall, indem er ihm einen Ellbogen gegen das Brustbein rammte. Doch jetzt schlug Bennett mit dem Gewehrkolben Simbal in die Leisten. Er sah Sterne, sein Atem glühte in der Brust, und die Galle stieg ihm hoch. Er hatte das Gefühl zu ersticken.

Bennett sprang auf die Beine und legte die AK-47 erneut an.

»Mein Gott, Tony, du warst mir schon immer ein Dorn im Auge. Was für ein scheißedler Ritter du doch bist. Ich glaube wirklich, ich tu dir einen Gefallen, wenn ich dich abschieße. Damit bewahre ich dich nur vor einem Leben der Sklaverei in grauen Korridoren mit kleinkarierten Menschen mit noch kleineren Brieftaschen.« Er legte seinen Finger an den Abzug. »Mach's gut, Tony.«

Simbal, der sich mit der rechten Hand scheinbar den schmerzenden Unterleib hielt, riß seinen Arm hoch, und das schlanke Wurfmesser versenkte sich bis zum Schaft in Bennetts Brustkorb. Er starrte plötzlich erstaunt – und starb mit diesem Gesichtsausdruck.

Simbal atmete dreimal tief durch und drückte sich auf die Knie hoch. Er nahm die AK-47 aus Bennetts Umklammerung und stakste wieder zurück zum Lager.

Jake fühlte, wie ihm das Blut vermischt mit dem Regen am Körper herunterlief. Es wurde aus ihm herausgepumpt, sein Leben zerrann. Er sank auf die Knie, konnte sich dann aber noch einmal hochzwingen.

»Lan!« rief er. »Lan! O Buddha.«

Er sah, wie sie die Pistole erneut auf ihn richtete, und dachte, das ist ein Traum, ein schrecklicher Alptraum, aus dem ich gleich erwachen muß. Aber der Schmerz war echt, und mit jedem Schlag seines Herzens fühlte er seine Kräfte weiter schwinden. Wie konnte das geschehen? dachte er. Wie? Er kämpfte sich auf sie zu. Der Wind und der Regen zerrten an ihm. Er wurde wieder auf die Knie geworfen. Er schnappte nach Luft, alles vor ihm verschwamm. Dann versuchte er seine Gedanken zu sammeln, aber der Anblick seiner Tochter und das, was sie getan hatte, hatten ihm den Verstand geraubt. Er war wie gelähmt. Schock und Verzweiflung ergriffen ihn.

»Lan!« rief er, »Lan, ich liebe dich!« Hatte er ihr das je gesagt?

Wann hatte er sie zum letzten Mal im Arm gehalten, zum letzten Mal getröstet? Konnte er es damals überhaupt? Wahrscheinlich nicht. Er hatte keine Tochter gewollt, erkannte er jetzt, er war enttäuscht gewesen, daß ihm seine erste Frau eine Tochter geboren hatte anstatt eines Sohnes. So hatte er sie zu einem Mann erzogen.

Jetzt wußte er, daß er die ganze Freude, das ganze Leben aus ihr herausgepreßt hatte. Was übrig geblieben war, war aus diesem unglückseligen Elternhaus geflohen, um sich einer radikalen Triade anzuschließen, den Stahltigern, die an der Grenze zum kommunistischen China operierten.

Und jetzt, es war verrückt, war sie dabei, ihn zu töten. Er sah hinauf, durch seinen Schmerz und seinen Kummer hindurch, und blickte in die Mündung der Pistole. Sie war auf einen Punkt zwischen seinen Augen gerichtet. Nichts war im Gesicht seiner Tochter zu sehen: kein Wiedererkennen, keine Wut, überhaupt keine Regung. Sie war eine Maschine, darauf programmiert, diese scheußliche Aufgabe zu erfüllen.

Jake machte einen letzten Versuch, sie zu erreichen. Er stand auf und machte drei schnelle, unsichere Schritte auf sie zu. Dann fiel er in den Schlamm zu ihren Füßen.

Er war der einzige, was Qui lin wahrnahm. Sie hörte ihn einen Namen rufen, aber sie begriff nicht, daß es einmal ihr Name gewesen war. Nein, er schien eine fremde Sprache zu sprechen, die wie der Regen an ihr ablief. Sie hatte keine Bedeutung für sie.

In ihrem Geist streckte Colonel Hu seine Hand aus der Wiege der Nacht und liebkoste sie, während sein Geist zu ihr sprach. Er sagte ihr, was sie tun solle, und sie hörte zu. Ihr Finger spannte sich fester um den Abzug, und zum zweiten Mal machte sie diese langsame ziehende Bewegung, die einen perfekt plazierten Schuß garantieren würde.

Dann lag sie plötzlich auf dem Boden, schnappte nach Luft und starrte in das Gesicht einer anderen Frau.

Bliss hatte sich von hinten auf sie geworfen, mit dem ganzen Gewicht ihres Körpers. Sie hatte nur den einen Gedanken, Jake zu retten. So hatte sie die Stelle, wo der Scheinangriff im Norden des Lagers stattfand, verlassen und Jake im Chaos gesucht. Sie war verärgert, daß er sie von dem eigentlichen Kampfplatz weggelockt hatte, aber darüber wollte sie mit ihm jetzt nicht streiten. Sie wußte, daß ihn andere Dinge beschäftigten. Und sie wußte, sie würde ihre Chance bekommen.

Die Explosion in der Fabrik hatte sie ihr gegeben, und sie hatte sie wahrgenommen. Sie hatte gesehen, daß auf Jake geschossen wurde, und ihre AK-47 instinktiv auf den Angreifer gerichtet. Dann hatte sie ihn rufen hören und Lan erkannt.

Zuerst dachte sie nicht daran, dem Mädchen weh zu tun, sie wollte sie nur niederwerfen. Aber als sie sich jetzt gegenüberstanden, wußte Bliss, daß irgend etwas völlig falsch war. Jetzt, wo Lan offen angegriffen wurde, zogen sich zuckend ihre Lippen zurück, und tief aus ihrer Kehle stieg ein animalisches Knurren hoch.

Bliss redete auf sie ein, während sie am Boden miteinander kämpften, aber das Mädchen konnte oder wollte nicht antworten. Sie schien dem Wahnsinn verfallen. Die Entscheidung kam plötzlich. Zum letzten Mal trat Bliss ins *Da-hei* ein. Und über das mondbeschienene Meer schwebte sie dem fremden Wesen entgegen.

Und sah, wie sich die Welt drehte, wie sich die Welt änderte, wie sie sich selbst *änderte. Sah, wie sich das große Rad des Karma in Bewegung setzte, wie es nach vorne schwang, immer weiter vorwärts, und sie an den Rand des mondbeschienenen Meeres brachte und des Unbekannten, das dahinter lag. Wartend. Jetzt war sie ganz nahe an Lans Qi. Und zog sich vor Schrecken wieder zurück. Durch die verschlungenen Ranken erkannte sie den endlosen Krieg, der wie ein wütendes Tier tobte. Hinein und hinaus, wie ein Mond aus grauen Vorzeiten durch Sturmwolken verdeckt, konnte Bliss Funken des wahren Geistes des Mädchens sehen. Aber die Bewegung des Tieres schnitt es immer wieder ab.*

Das Wesen von Lan starb an ihrem Geist, der gequält worden war über alle Vernunft hinaus. Die absichtliche Zerstörung war so grausam, daß Bliss vor Mitleid und Wut weinte. Gleichzeitig wußte sie, was sie tun mußte, wußte sie, warum Shi Zilin sie ins Da-hei *eingeweiht hatte und warum das Qi aller Menschenalter sie durchtobte wie ein heulender Wind.*

Sie fing an das zu tun, was Shi Zilin sie gelehrt hatte. Im Unterbewußten hatte sie den Verdacht, daß er diesen Moment vielleicht einmal hatte kommen sehen. Weil sie jetzt nicht mehr Bliss war, nicht mehr Jakes Geliebte, nicht einmal mehr Shi Zilins Urenkelin. Sie war all das und mehr. Sie war der Botschafter der himmlischen Wächter Chinas. Die Weisheit der Menschenalter wohnte in ihr, der alte Zauber einer alten Rasse, die Seele des Geistes, der weiterlebte, der erhalten werden mußte.

Jetzt war sie ganz Geist. Während, getrennt von ihr, ihr Körper den physischen Kampf mit Lan fortsetzte, breitete sich ihr Qi aus über den leuchtenden Flug des Da-hei *und begann, in den gequälten Geist von Lan einzudringen, die den Namen Qui Lin angenommen hatte, den Namen des mystischen männlich-weiblichen Tieres der chinesischen Mythologie.*

Das Tier, das Lans Geist besaß, hatte unberechenbare Kräfte. Aber Bliss war nicht allein. Shi Zilin war bei ihr, und noch jemand, noch ein weiblicher Geist aus grauer Vorzeit.

Die zwei schlanken Gestalten bekämpften einander im Schlamm, während der wirkliche Kampf an einem geheimen Ort ausgetragen wurde, in den kein menschliches Auge eindringen konnte.

Jake, der sich Zentimeter um Zentimeter unter Schmerzen zu der Stelle schleppte, wo die beiden Frauen miteinander kämpften, fühlte eine unbeherrschbare Angst in sich aufsteigen. Auf dem Schlachtfeld konnte es nur einen Sieger geben. Für den Verlierer blieb nur der Tod. Und weil er sie beide mehr liebte als alles andere in der Welt, mußte er sie trennen, bevor die Tragödie eintrat. Er taumelte vorwärts, blieb aber plötzlich stehen. Entsetzt hörte er die Stimme, die schon keine mehr war. *Bleib weg, Jake! Ich kann sie retten, wenn du wegbleibst!*

»Bliss!«

Er ging weiter, stolperte über eine Wurzel und fiel auf die Knie. Da hörte er es wieder. *Jake, bitte! Bleib, wo du bist! Sonst tötest du deine Tochter!*

Sein Kopf hallte wider von diesen Worten, und er glaubte schon, vor Schwäche zu halluzinieren. Aber er wußte, es war nicht so. Und im nächsten Augenblick sah er all die Veränderungen, die sich mit Bliss ereignet hatten, klar in seinem Bewußtsein. Seit dem Tod seines Vaters war sie eine andere Person geworden. Es war, als würde ein geheimnisvoller Strom durch sie hindurchlaufen. Sie konnte auf einmal die Wahrheit von der Lüge unterscheiden. Was konnte sie noch alles?

»Bliss!« Durch den Regen und seinen Schmerz rief er sie, wie sein Vater Senlin gerufen hatte. »Ich will dich nicht allein lassen!«

Ich bin nicht allein, Jake. Dieses muß geschehen, wenn du deine Tochter zurückhaben willst.

»Ich will nicht wählen müssen.«

Joss, Jake. Das Rad hat sich gedreht.

»Bliss, ich liebe dich! Bliss!«

Der Himmel war ein Stück gewalztes Eisen, das widerhallte vom Geheul des Tieres. Ein Zinkregen fiel herab auf Formen, die einander feindlich waren. Wolken aus Zink und Antimon zerrten daran, und ein Quecksilbermond gab schmerzliches Licht.

Bliss, oder eher ihr tiefstes Wesen, hatte ihren Pakt mit Buddha geschlossen. Es war Zeit, zu sterben. Sie fühlte die tröstende Gegenwart von Shi Zilin in sich. Lan war die Erwählte, der Abkömmling der Linie der Wächter Chinas. Bliss trug die Verantwortung für die Reinigung von Lans Geist, sie mußte ihn vom Übel befreien, so wie es Fazhan mit Senlin vor so vielen Dekaden gemacht hatte, um die Tradition von Weisheit und Magie am Leben zu erhalten, die China sicher ins 21. Jahrhundert führen würde. Alles, was sie besaß, mußte sie auf Lan übertragen.

Bliss war eins mit dem Universum. Vollkommen verbunden mit dem Dahei, *fühlte sie die Verbindung mit den Generationen. Sie war jung und alt zugleich, groß und klein, männlich und weiblich. Sie wurde das Kontinuum, von dem Leben und Tod nur ein unendlich kleiner Teil waren, das passive Gefäß eher als der böse Widersacher. Sie stahl der Welt das Licht, sie suchte die Niederungen, wurde Fluß, der zum Meer zog.*

Und das Meer wurde ihr Mantel der Macht. Auch der Wind, der Regen, der Sturm. Die Drachen der Nacht kamen ihr zu Hilfe, ihr wilder Atem verschreckte das Tier in Lan. Es war ihr klar geworden, daß sie, wenn sie das Übel, das Lan bewohnte, vertreiben wollte, die Kraft dafür aus ihrem eigenen Körper spenden mußte. Das war der einzige Weg.

Und Bliss fand Freude darin, denn sie spielte eine Schlüsselrolle im Fortleben Chinas, weil sie nun die Beschränktheit der Konzepte ›Leben‹ und ›Tod‹ kannte, Ideen, die der enge menschliche Geist heraufbeschworen hatte.

Jetzt war Bliss viel mehr. Sie war die Energie des Universums, sie bewegte sich und bildete sich in einer unendlichen Zahl von Richtungen. Geborgen am Busen der ewigen Elemente verstand sie, daß es viel mehr gab als das bloße Leben.

Bliss war ganz Farbe, wirbelnd: das Grünblau des Meeres, das Blaugrau des Himmels, das Orange-Braun-Grün des Blattwerks. Dann trat die häßliche Nichtfarbe des Bösen, das Lans Geist im Griff hatte, in ihre Vision. Sie flog darauf zu.

Bliss umarmte das Böse, spürte seine fürchterliche Kälte, und einen Moment lang fühlte sie, wie ihr Qi schrumpfte vor Angst, was das Böse ihm antun könnte. Dann, nach einem Donnergrollen in ihrem Herzen, verstand sie alles: daß Furcht nur eine menschliche Vorstellung war, die keine Bedeutung hatte an dem Ort, wo sie nun war.

Sie legte ihre Macht wie einen Mantel um sich und öffnete ihre Arme. Sie verschlang sie, ging durch sie hindurch und absorbierte sie am Ende in einer Explosion aus Licht und Energie, die sie erschütterte, die durch Ströme und über Felder brüllte, durch Meere und Gebirge, die in ihrer Welt wie ein ewiger Donner hallte.

Jake hörte etwas, ein Geräusch, als würde ein Zweig brechen. Trotz seiner Schmerzen und ihrer Warnung stand er auf und stolperte die letzten Schritte bis zu der Stelle, wo die beiden gekämpft hatten. Bliss lag oben, und stöhnend fiel Jake auf die Knie. Er zog Bliss weg von seiner Tochter und nahm sie in die Arme. »Bliss!«

Er sah das Loch in ihrer Brust, direkt über ihrem Herzen. Irgendwie mußte die Wunde sofort abgeheilt sein. Da war kein Blut, nur, unerklärlich, der Geruch des Meeres. »O nein. Nein!«

Der Regen fiel auf ihn, und jeder Tropfen schien an eine Sünde zu erinnern. »O Bliss«, flüsterte er. Er konnte einfach nicht glauben, daß sie tot war. *Ich werde auf sie aufpassen, Onkel,* hatte er zu Three Oaths gesagt. *Sie ist mir sehr wertvoll, deine Bou-sehk.* Bis zu dem Moment ihres Verlustes hatte er nicht gewußt, wie wertvoll. »Herrgott.«

Jake wandte seinen Kopf um.

»Bist du o. k., Jake?« fragte Simbal.

»Ich weiß nicht.« Simbal kniete sich neben Jake, seine Finger befühlten die Wunde. »Was ist passiert?«

Jake sah auf Bliss' Gesicht hinab. »Das weiß ich auch nicht.«

»Bennett ist tot. Und der alte Knabe mit dem gebrochenen Rücken sitzt unter dem Baum, wo du ihn verlassen hast. Er lacht und lacht. Kann nicht mehr aufhören. Ich glaube, er spinnt.«

Jake hörte kaum ein Wort. »Wie geht es dem anderen Mädchen? Wer ist sie?«

»Meine Tochter«, erwiderte Jake.

»Sie lebt noch«, sagte Simbal und fühlte ihren Puls.

Jake hob Bliss vorsichtig aus seinem Schoß. Er war sehr müde. Mit einer letzten Anstrengung beugte er sich über seine Tochter. Ihr Gesicht, das er so lange im Gedächtnis behalten hatte, schien irgendwie verändert. Vertraut, auf eine unbekannte Art. »Lan«, sagte er. »Lan.«

Ihre Lider öffneten sich, ihre Augen blickten ihn an. »*Bah-ba*«, sagte sie leise, ungläubig. Und begann zu weinen. »Die Zeit ist so langsam vergangen«, flüsterte sie. »Oh, wie ich dich vermißt habe.«

SOMMER, GEGENWART

Hongkong

Jake wollte allein gehen, aber Lan bestand darauf, ihn zu begleiten Die Sonne brannte herab, und der durchdringende Geruch von lufttrocknetem Fisch war überall. Die Wellen des Südchinesischen Meeres glichen Spänen aus gehämmertem Messing, wenn das Sonnenlicht sie traf. Und in den Wellentälern krochen tiefe aquamarinblaue Schatten und stahlen das Licht.

Jake konnte immer noch nicht gut laufen. Die Kugel war in seine rechte Seite, genau über der Hüfte, eingedrungen. Vielleicht hatte sie ein Stück Knochen abgesplittert oder einen Nerv beschädigt, genau ließ sich das nicht sagen. Auf jeden Fall blieb ihm der Schmerz. Nicht, daß ihm das etwas ausmachte. Es war der Beweis, daß das, was im Shan passiert war, nicht nur ein böser Traum gewesen war.

Nachdem sie wieder aufgewacht war, konnte Lan sich nicht erinnern, daß sie ihn kurz vorher gesehen, geschweige denn auf ihn geschossen hatte. Tatsächlich war eine vollkommen andere Person aus ihr geworden. Zorn und Wut waren verschwunden. Sie war wieder sein kleines Mädchen. Oder vielleicht war er wieder ihr Vater geworden.

Simbals Shan-Krieger hatten General Kuo den Kopf abgeschlagen und ihn vor sich hergetragen, als sie ins Lager vordrangen. Ohne ihren General konnte die Armee nicht existieren. Die, die nicht schon tot oder verwundet waren, wurden entwaffnet und geschlagen und den felsigen Geröllhang hinuntergeworfen. Der alte Mann mit den schiefen Schultern wurde hinter ihnen her geschleudert wie eine Flickenpuppe. Die Shan hatten keine Verwendung für einen Chinesen.

Jake und Simbal hatten ihn fünfzig Meter unter der steilen Felskante gefunden, mit dem Kopf nach unten, sein Genick gebrochen von einem hervorstehenden Granitstein. Es war ein schmachvoller Tod für jemanden, der eine so große und so schreckliche Macht ausgeübt hatte.

Jake beugte sich über die zerschmetterte Gestalt und konnte sich nur wundern über die Macht der Furien, die einen Menschen in eine solch lebenslange Jagd verstricken konnten. Sein Vater war solch ein Mann gewesen. Ebenso sein Feind, Huaishan Han. Das war ironisch und zur gleichen Zeit traurig. Huaishan Han war der Schatten gewesen von Zilins Licht. Aber sie waren auch die zwei Seiten derselben Münze gewesen, das war in der Tat ein ernüchternder Gedanke. Jake fragte sich, ob der *Zhuan* jetzt besser abtreten sollte. Er wollte nicht auch eines Tages auf ein Leben voll nicht endender Sorge und Trauer zurückblikken wie sein Vater und Huaishan Han.

Er erinnerte sich an die Geschichte in McKennas Haus, mit White-Eye Kao, und fragte sich, wie er je soviel Böses einem einzigen Menschen hatte antun können. Der Grund war zumindest ein gerechter gewesen. Oder? Die Trennlinie wurde unscharf, und das war ein Zeichen für Gefahr. Es erschreckte ihn, daß er schon die Mittel mit dem Zweck zu rechtfertigen begann. War das die Folge der Finsternis und der Kälte auf dem Berg? Huaishan Han war so gewesen. Hatte sich sein Vater genauso gefühlt? Jake dachte, er wisse die Antwort. Vielleicht war es Zeit für ihn, Platz zu machen. Laß jemand anderen die Last tragen, *Tai pan* aller *Tai pans* zu sein.

Er fühlte Lans warme Hand in seiner, fühlte das Gewicht der Urne, die er gegen die Brust drückte. Er atmete tief, plötzlich von Trauer übermannt.

Simbal und Rodger Donovan waren mit Jake nach Hongkong gekommen, aber nicht für lange. Sie hatten noch eine andere Schlacht zu gewinnen: den Machtkampf in der *Pyramide*.

Als sie allein waren, hatten Jake und Simbal sich die Hände geschüttelt.

»Es ist noch nicht vorbei, oder, Jake?«

»Nein«, hatte Jake geantwortet. »Die Welt wird vor Kam Sang nicht in Sicherheit sein, bevor wir nicht unbrauchbar gemacht haben, was dort gebaut wurde, und das wissenschaftliche Team, das an dem Projekt gearbeitet hat, aufgelöst worden ist.«

»Der Shan«, sagte Simbal, »der Shan hat dieses Mal noch gesiegt.«

»Der Shan ist das Schlachtfeld«, erwiderte Jake, »der Ort, an dem alles begann.«

Auf dem Berg ist es kalt und finster, hatte Zilin ihn gewarnt. *Und da bist du nun.* Auf dem Shan.

»Ich werde deine Hilfe brauchen«, sagte Simbal.

»Zwischen uns ist mehr als Freundschaft, zwischen uns ist Vertrauen«, hatte Jake geantwortet.

Nachdem Simbal und Donovan abgereist waren, hatte Jake in seinem Krankenhausbett erfahren, daß es Bluestone schließlich doch noch gelungen war, über fünfzig Prozent der InterAsia-Anteile aufzukaufen. Aber um das zu schaffen, hatte der Tai pan die Finanzen aller beteiligten Kapitalanleger bis zum Letzten ausschöpfen müssen.

Jake hatte den Kopf zurückgeworfen und zum ersten Mal seit vielen Wochen so gelacht, daß ihm beinahe einige Nähte geplatzt wären.

»Sollen sie sie doch haben«, hatte er zu einem beunruhigten Andrew Sawyer gesagt. »Jetzt sind sie fertig.«

»Wir sind fertig«, hatte Sawyer gejammert.

»Im Gegenteil«, sagte Jake und wischte sich die Tränen aus den Augen. Er konnte es kaum glauben. Die Strategie hatte funktioniert. Sein Vater hatte gesagt: *Ja, mein Sohn, spiele um alles. Aber Vater, wenn ich verliere? – Es lohnt sich nicht, um Pennies zu spielen,* hatte Zilin erwidert.

»Bluestone und seine Leute haben fast eine Milliarde Dollars für eine Gesellschaft gezahlt, die für ihre Absichten völlig nutzlos ist.«

Sawyer war weiß im Gesicht. »Hast du deinen Verstand verloren, *Zhuan*? Das gesamte Vermögen des *Yuhn-hyun* steckt in der InterAsia.«

»Wirklich?« fragte Jake. »Heute nachmittag gehst du zu unserem Anwalt. Sag ihm, daß du die Redstone-Akte brauchst.«

Jake studierte das erstaunte Gesicht seines Gegenübers. Es durchlief die Tonleiter sämtlicher Gefühle. »Darin wirst du alle wichtigen Unterlagen finden. Kannst du dich noch an die Versammlung erinnern, auf der mein Vater darauf bestand, daß alles Kapital der *Yuhn-hyun* auf mich übertragen werden sollte?«

Sawyer nickte. »Niemand war besonders glücklich darüber, nicht einmal dein eigener Onkel.«

»Ich weiß«, sagte Jake. »Aber jetzt siehst du, warum es getan werden mußte. Unser Kapital steckt längst nicht mehr in der InterAsia. Einige Monate nachdem wir an die Börse gegangen waren, wurde es vorsichtig aus den verschiedenen Holdings abgezogen. Sogar die Kam-Sang-Anteile gehören nicht mehr zum Pak Han Min. Tatsächlich ist InterAsia-Trading inzwischen nur noch eine leere Schale. Die Gelder des *Yuhn-hyun* fließen zwar durch sie hindurch, aber nichts gehört ihr wirklich. Ich hoffe, es macht dir nichts aus, daß Bluestone ein Prozent gewinnt. Das ist eine verdammt gute Dividende, aber für uns doch nur ein geringer Preis für den Zusammenbruch der Five Star Pacific.«

»Und der Pacific Overland Trading!« rief Sawyer. »Sir Byron Nolin-Kelly ist mir seit Jahren schon ein Dorn im Auge. Jetzt haben wir sie alle! *Zhuan*, du bist ein Genie!«

Du bist ein Genie. Die Worte klangen in seinem Kopf nach, als er jetzt seine Finger zwischen die von Lan schob. Ein Hauch von Spott klang in ihnen mit. Ein Genie. Er war nichts dergleichen. Seine Tochter war zu ihm zurückgekommen, aber Bliss war tot.

Er faßte die Urne fester. Sie war mit einer blauen Inschrift verziert: *Wenn die Jahreszeiten sich nicht änderten / hörte die Welt auf zu atmen / Das Universum gäbe es nicht mehr / und Buddha würde seine Augen schließen.*

In der Urne war Bliss' Asche. Bliss, die gestorben war, damit seine Tochter leben konnte. Er war ihr dankbar für ihre Selbstlosigkeit, aber er vermißte sie auch so schmerzlich, daß er es manchmal fast nicht ertragen konnte.

Sie kamen an den Platz, wo er und Three Oaths und T. Y. Chung die Überreste von Zilin ins Meer gestreut hatten. Three Oaths und seine Familie waren schon da. Die Gebete waren gesprochen worden.

Der Wind zerzauste Lans Haare. In der Zeit seit ihrer Rückkehr hatte sie sie wachsen lassen. Sie schimmerten wie schwarzes Gold und flossen in zarten Strähnen um ihr Gesicht.

Keiner von ihnen hatte Freude empfinden können, als Jake und Three Oaths sich zum ersten Mal wieder gegenüberstanden. Es gab wenig zu sagen. Jake hatte keine Erklärung für das, was geschehen war. Er wußte nicht mehr, warum Lan versucht hatte, ihn zu töten, und auch nicht, wie Bliss erschossen worden war. Er hatte keine Waffe in Lans Hand gefunden, und auch niemand war in der Nähe gewesen, der hätte schießen können. Und eine Pistole verschwindet nicht einfach von selbst.

Natürlich erleichterte das nicht den Kummer seines Onkels. Aber wenigstens den trugen sie gemeinsam.

»Sie hat es gewollt«, hatte Three Oaths gesagt. »Sie hatte nur bei dir sein wollen. Ich konnte ihr nicht verbieten, zu gehen.« Er zuckte die Schultern. »Sie tat, was sie wollte. Wie immer. So war sie.— Dann hatte er sich abgewandt und sich die Tränen von seinen Wangen gewischt. »Ich weiß, daß du dir Vorwürfe machst, mein Neffe. Darin bist du vollkommen westlich. Es war ihr *Joss*. Ich lasse keine Vorwürfe gelten. Ich bin stolz auf das, was sie getan hat.«

»Vater«, sagte Lan jetzt, »es ist Zeit.«

Jake nickte. Er hielt die Urne vor sich. Eine leichte Brise wehte von hinten. Eine Dschunke mit orangefarbenen Segeln lehnte sich in den Wind, auf der Suche nach einem Zufluchtsort vor dem aufziehenden Taifun. Weiter draußen fuhren Tanker nach Japan. Am Strand spielten Kinder und bauten Burgen aus Sand und Träumen. Mit einem tiefen Seufzer drehte Jake plötzlich die Urne um und streute die Asche über den Meeresbusen.

Lan streckte ihre Hand aus und berührte das glänzende Metall. In ihrem Kopf hörte sie ein angenehmes Summen, das bis hinab in die Fußsohlen zu spüren war. Ihr wurde warm davon, und eine tiefe Ruhe erfüllte sie. Es war fast, als hätte Buddhas Stimme zu ihr gesprochen. Sie hörte das Rufen der Welt rings um sie.

Dann öffnete sie wieder die Augen. »Vater«, sagte sie, »Shi Zilin und Bliss. Ich fühle sie. Sie sind um uns.«

Jake legte seinen Arm um ihre Schultern. »Das weiß ich, Lan.«

Aber vielleicht würde er nie erfahren, was sie wirklich gemeint hatte.